文化香港叢書

也斯的香港故事

文學史論述研究

王家琪

著

中華書局

也斯詩二首:〈去年在馬倫伯〉、〈八又二分一〉(《中國學生周報》1963年12月6日，資料來自香港中文大學圖書館香港文學資料庫。)

也斯在《星島日報・大學文藝》的投稿(1968年3月5日)

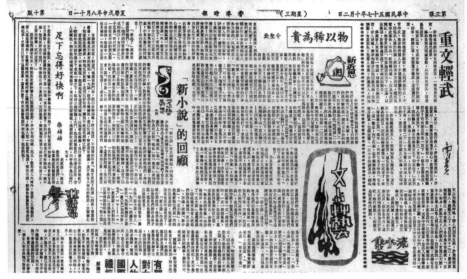

也斯在《香港時報》文藝版的「文藝斷想」專欄（1968 年 10 月 2 日）

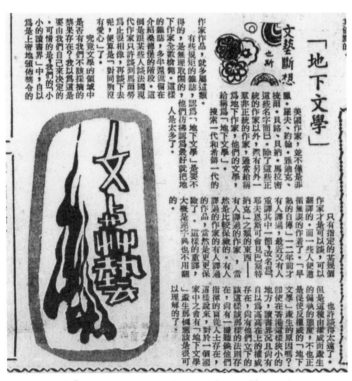

《香港時報》「文藝斷想」專欄（1968 年 11 月 1 日）

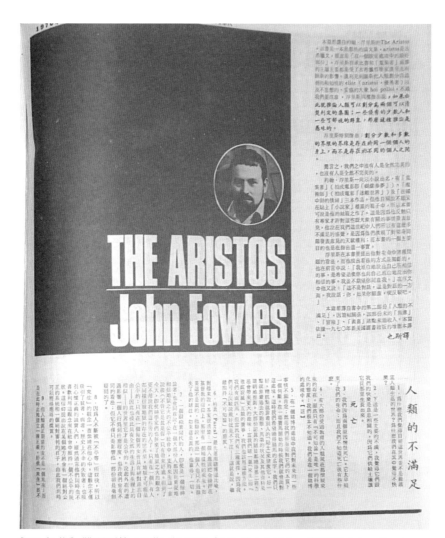

《70 年代》雙週刊第 12 期（1970 年 8 月 16 日），也斯譯 John Fowles。

《中國學生周報》第992期（1971年7月23日），「讀書‧生活‧思想」版介紹也斯在《快報》的專欄「我之試寫室」。（資料來自香港中文大學圖書館香港文學資料庫）

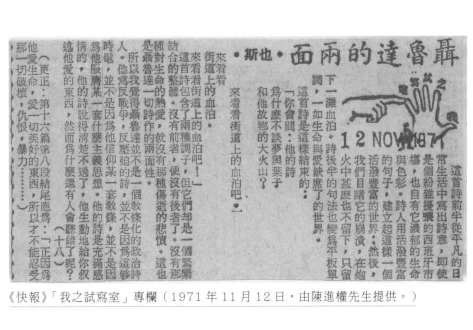

聶魯達的兩面 ·也斯·

這首詩前半從平凡的日常生活中寫出詩意，即使是個紛雜擾嚷的西班牙市場，也自有它濃郁的生命與色彩。詩人用活潑豐富的句子，建立起這樣一個活潑豐富的世界：然後，在炮火中甚麼也不留下，只留火中的大火山？

這首詩是這樣結束的：「你會問：他的詩為什麼不談夢與葉子和他故鄉的大火山？」

下一灘血泊，詩後半的句法也變為平板單調，一如生命與受缺席了的世界。我們目睹它的崩潰，然後——

來看看街道上的血泊吧。

來看看街道上的血泊吧！

來看看街道上的血泊！「但它們却是一個緊密結合的整體。沒有前者，便沒有那種傷逝的悲憤。這也是一種對生命的熱愛，就沒有那兩種調子。

這首詩包含了兩種調子。」

時髦，並不是因為他信仰某一套主義思想。他的詩是充滿感情的，他生動地給你敘述他愛的東西，然而為什麼還有人會聽錯了呢？

所以我覺得聶魯達並不是一個教條化的政治詩人。他寫反戰爭，反壓廹的詩，並不是因為這够為他服膺某一套教條，並不是因為這够

他愛生命，愛一切美好的東西，暴力……

（更正：…第十六篇第八段結尾應為：「正因為什麼，所以才不能忍受」）（十八）

《快報》「我之試寫室」專欄（1971年11月12日，由陳進權先生提供。）

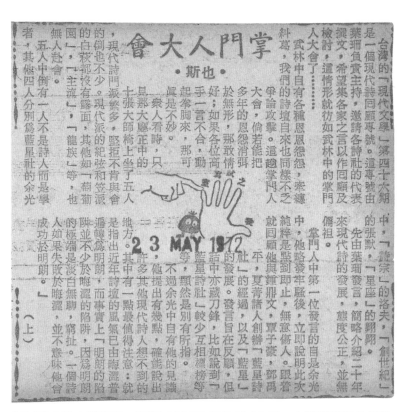

掌門人大會 ·也斯·

台灣的「現代文學」第四十六期中，「詩宗」的洛夫、「星座」的翺翺、「創世紀」是一個現代詩回顧專號。這專號由葉珊負責主持，邀請各詩社的代表撰文，希望集各家之言以作回顧及檢討，這情形就彷如武林中的掌門人大會了……

的張默，「星座」的翺翺。先由葉珊發言，簡略介紹二十年來現代詩的發展，態度公正，並無偏袒。

武林中自有各種恩恩怨怨，牽纏糾葛，我們的詩壇自來也同樣不乏爭論攻擊。這趟掌門人大會，倘若能把多年的恩怨消弭於無形，那敢情好；如果各位高手一言不合，動起拳脚來，那可真是不妙。

衆人看時，只見那大廳正中的十張大師椅上坐了五人。

掌門人中第一位發言的自是余光中，他略發牢騷後，立即說明此次純粹是點到即止，無意傷人。跟著就同顧他與覃子豪、鄧禹平，夏菁諸人創辦「藍星詩社」的經過，以及「藍星」的發展。發言旨在反顧，但話中亦藏刀鋒，比如說到「藍星詩社」較少互相標榜等，顯然是別有所指。不過余光中自有他的見論，確能說出許多其他現代詩人想不到的

是指出近年詩壇的風氣已由晦澀普遍轉為明朗，而事實上「明朗的陷阱」因為明朗的標端是淡白於晦澀，窮扯，並不意味他會成功於明朗。一個詩人如果失敗於晦澀，提出有幾點最值得注意，其中有一點現代詩人想不到的地方，許多其他現代派的地方。

現代詩門派繁多。現代派的紀弦和笠派，堅拒不肯與會，其他如「葡萄園」、「龍族」等，也的倒也不少。現代派的白萩都没有露面。

無人赴會。五人中倒有一人不是詩人而是學者，其餘四人分別為藍星社的余光……成功於明朗。——（上）

《快報》「我之試寫室」專欄（1972年5月23日，由陳進權先生提供。）

寫實主義

·斯也·

今天不想動腦筋，且借一些別人的話，看一個別人提出的問題。周作人在談廢名作品時這樣說：「馮君的小說我並不覺得是逃避現實的。他所描寫的不是什麼大悲劇，只是平凡人的平凡生活——退卻正是現實。特別的光明與黑暗固然也是現實之一部，但這儘可以不去寫他，倘若自己不曾感到欲寫的必要，更不必說如沒有這種經驗。文學不是實錄：乃是一個夢：夢並不是醒生活的複寫，然而離開了醒生活夢也就沒有了材料，無論所做的是反應

村的或是女翁嫗的夢的事。馮君所寫為多是鄉一部分人生始不是一以代表全體：其一個這見的兒是滿願之沉默著小蟹靴的胸前抖未雞心比實達失戀的姑娘之石的女郎為生的悲哀經驗，逐或而漸進展，思尋他的

試寫之

28 SEP 1972

潮有好一位留美的。香港學者，今年匆匆回逗留了兩三個月又匆匆飛回美國去了。就在飛機上，匆匆寄回香港的一篇文文章。是為香港寫實主義的應該表一。紐約州的航機上，左右匆匆來

藝術也自然會有變化，我們此刻覺得所的意然應以著者所願意給我，我們看的為滿當不妨雖要求他愛怎樣地照我們的，「批翻判到然而這段寫實主義」近來我們覺得所。作者不愛看不愛想到近我們自由出改的。「由思足是個答

近年來的批評方法，是辦法判決的寫實主義認為大旗應該中詳論原因的情況尤其複雜，甚嚴重說題。再的很也許亦未必問題。才定批出解的寫實主義文的路線

化式的變忘活在這，這自然記未必是見，這如果看那些指定路線的人跑來馬看幾年病的親光，便要看藥方端倪道未是想醫死人嗎？都說是創作的自由。只是一把殺了劃好圈子的好，結果

《四季》第 1 期（1972 年 11 月）、第 2 期（1975 年 5 月）封面（資料來自香港大學馮平山圖書館）

《四季》第 1 期（1972 年 11 月），也斯評介加西亞・馬爾克斯《百年孤寂》。

指拇大

報周

發刊詞

大拇指周報　·　逢星期五出版　·　每期出紙兩張半　·　每份港幣五角　·　編輯：大拇指編輯委員會

地址：九龍彌敦道760號十一樓5號　·　電話：3-815730　·　印刷：田風印刷廠

第一期

青年學生看——
我們的電視節目
有什麼問題？

適然

年青人的節目

電視劇的寫實性

傳播媒介的普遍

不良影響

「但爽威呀吔嘅喉骨情，要認真就一定
難以啟齒！」

「請問你收睇最多係什麼節目？」
「廣告！」

躍以敬作

《大拇指》第 1 期（1975 年 10 月）封面

《大拇指》第 4 期（1975 年 11 月）同人手繪插圖，也斯畫的是一條龍。

詩歌和俚語之間
談「三毫子歌劇」的藝術與現實

也斯

胡

（原刊快報，十二月十三日改寫）

火鳥電影會徵求會員

我們是一羣熱愛電影的人士，為了推廣電影藝術，提高欣賞水平，在一九七三年五月組成了「火鳥電影會」。我們的工作人員都有共同目的，大家在工餘或課餘時義務抽包，抽時間為「火鳥」工作，希望能夠對電影藝術有所貢獻。而事實上我們的支持者亦漸漸增多，使到很多活動都能夠舉行。現時已展開的活動有：

1. 放映：每月最少放映三部影片，會員只收一元。

2. 出版：出版一份電影月刊《火鳥第八》（會員免費），以便大家交流

經驗、互相增益。並替會員以五折至六五折的價錢訂購電影書刊雜誌。

3. 攝製：攝製組贊助及鼓勵電影製作（暫時以八毫米為主）並以平價租出器材。

4. 康樂：康樂組除了每季舉辦生活營及旅行，以便增進會員間的聯系外，為了輔助攝製組的工作，還經常舉辦拍攝技巧講座及電影座談會。

我們懇切的希望你能夠成為我們的一份子，共同努力。

會員申請表	入會費二十元會費每季三十元共五十元劃綫支票付火鳥電影會連同此表格寄香港郵箱一六三五五號火鳥電影會收
姓名	
地址	已展開的活動有：①每月至少放映三部片②拍攝電影③舉辦座談會及渡假營④出版刊物
電話	
職業	76年度優待學生，會費半價，請來信索取入會表格

大特寫
電影雙週刊

各大報攤有售

也斯在《號外》刊登不少文藝評論。《號外》第 5 期（1976 年 12 月）。

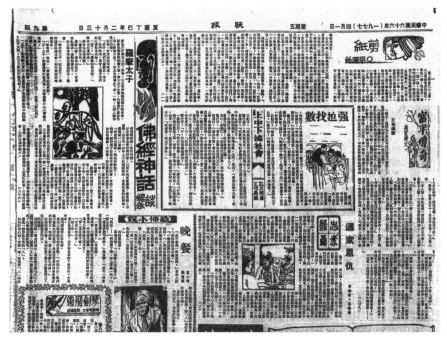

也斯在《快報》連載《剪紙》的首篇（1977 年 4 月 1 日）

《快報》「書與街道」專欄（1977 年 5 月 26 日）

在渡輪上，看海中的點點白光，是陽光的反映。中午有機會在渡輪上看海，叫人立即想到時間，星期六的中午。

×　×　×

船邊的泡沫。白色的圖案：肥皂泡沫、雪糕、小孩嘴邊的牛乳、洗地的水漬、天上的雲……

×　×　×

不過是一艘船的夢想吧了，在緩緩走前去時，濺起的零星的碎片。這笨重的船，它竟想起了母親洗衣服時的泡沫，孩子吃牛乳（的嘴巴，還把洗地的污水化作白雲。

《星島晚報》「喝一口茶」專欄（1977 年 10 月 5 日，由陳進權先生提供。）

《大公報》「比較文學」專欄（1988 年 10 月 17 日）

史迺德與中國

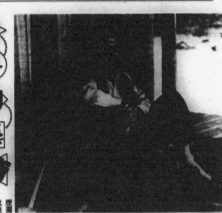

晚近攝一的德迺史‧里加

最新的《雪嶺遊踪》研討會，這次由緙仁大學加里‧史迺德（Gary Snyder）、法國詩人尚‧喬蘆也‧曾Jerome Rothenberg），及美國垮掉的葉慈嘉化的了解。他在柏克萊跟德迺德熟識，現在這直接的視域亦散發出來。不知道是否出版了，但目前也暫出庄了。但看來一直未能推及，為配合史迺德郵敬收買再版。以下為序文初稿，簡介史迺德與中國關係。以往史迺德也來過大學社出版後讀者，郵敬收合本文學社出版多次敬社會，

在柏克萊研讀中日文化。後來更東渡日本參禪學佛。這些經歷過傑克‧加洛克小說《法句》的渲染，更增添幾分傳奇色彩。

中國讀者對史迺德倍感親切。復因為他對中國文作和評論的反思。七十年代初譯介美國詩作的視野和表達方法得到啟發，亦引起了當代中國詩文。後來又翻譯了詩僧寒山的作品。史迺德在中國詩

歷獨特，年輕時到過流浪，既隱居在山間，富山火腹望真，又在里德學院吃神話學尋：他的追代詩人在藝好像代表了美國年輕整理。亦大量翻譯了史迺德過去未有翻譯的各本詩

現在這本集裡包括了題目《偈操》（一九六四）《觀浪》（一九六五）《斧柄》（一九六八）《留在雨中》（一九六七）（一九八三）（神話與經文）（一九八六）

對自由的追術和生活上。五十年代美

詩、民族、宗教與文化名方面的關連。對環境保護的理念，亦可以見到他對美國土地與文化我們本來選讀一位詩人為我們選讀《江山無盡》即將來臨的契機。這是促成這本中譯史迺政治、——的生誕實（詩與原始）（佛教與才與外。對文化不多精闢的見解。對人類目前的生久爭會環境非常關注，或許亦可以對當代中詩

除了各時期的詩作，我們亦選入史迺德的論文，包括《野》在中國《詩‧社圖》《土猿》《佛教與新月將沉落夏日將沱大雨同在紫星的嗚哂，為甚麼要這麼崎嶇的世界。

《飲之太和》（葉維廉）《文學與文化》（林耀福）《朝朝》譯有史迺德的詩與散的評論風貌如《美國地下文學選》《梁秉鈞》《當代美國詩選》

中文讀《群山呼喚我》《雪嶺》對史迺德都有專緝，對中西詩中具體呈現的美感方法有所承繼，那麼在構成中文德的名字並美感的生成，對史迺德當時的自然、史迺德與中國詩不陌生。在八十年代中國大陸開放進一步探討中國時，對「中國化」程度的把握介紹歐美現況當代文學，在美國的方面，亦有希望印證兩者所不同，這選集中就如新介紹敏銳精深《美國現代詩選》既有層析形式銷去名詞，亦有希望史迺德的作品中。縝密亦不免的遺落六、七十年如果詩式銷有關求取平衡的。緝密亦不免的遺落國現代詩選都有史迺這些不同的寶試統一起來。在史迺德的作品中。就代、港台的和曹試統一起來。在史迺德的作品中。就刊物如《明有綜合各方面料寫成的論述文字，再向中國讀者介紹史迺德與中國報月刊》《詩宗》等就開始介紹

另一方面。史迺德也連）由王繼而至論臺灣而至除游等宋詩人，他近期的《「野上述譯事問題的諸般探索。希望這種種探索。有於一系列近年的詩集《斧柄》中亦有宋詩模實我們從多處微角度去反省中西詩學交通的問題。而生活化的色彩。

一九九○年九月台灣七大學舉辦的《詩與越越研討會、邀請史迺德參加。這是促成這本中譯史德於文章集誕生的契機。我們除了對過去的譯作咕

基石
把思想交給清風池塘落葉、岩石溫暖在茫石上。溫文地傾斜天空和石頭若有若無的撫摸。視線的步伐——教我如何溫柔並不想變更多細部的步伐——許多位譯者亦是詩人。他們的不同譯法亦地傾斜有著不同的對生存愛。有比較純綷性的對生存環境和文化間題的發言。譯者亦為作作權為不同的對生我們了？又恣揚

續後的圖

續後的圖

《信報》「越界的藝術」專欄（1990年9月27日）

目錄

緒論　作為評論家的也斯

第三章　香港都市文學及其外

第四章　七十年代生活化新詩史的建立

第五章　也斯的香港抒情方案

「文化香港」叢書總序

　　「序以建言，首引情本。」在香港研究香港文化，本應是自然不過的事，無需理由、不必辯解。問題是香港人常被教導「香港是文化沙漠」，回歸前後一直如此。九十年代後過渡期，回歸在即，香港身份認同問題廣受關注，而因為香港身份其實是多年來在文化場域點點滴滴累積而成，香港文化才較受重視。高度體制化的學院場域卻始終疇畛橫梗，香港文化只停留在不同系科邊緣，直至有心人在不同據點搭橋鋪路，分別出版有關香港文化的專著叢書（如陳清僑主編的「香港文化研究叢書」），香港文化研究方獲正名。只是好景難常，近年香港面對一連串政經及社會問題，香港人曾經引以為傲的流行文化又江河日下，再加上中國崛起，學院研究漸漸北望神州。國際學報對香港文化興趣日減，新一代教研人員面對續約升遷等現實問題，再加上中文研究在學院從來飽受歧視，香港文化研究日漸邊緣化，近年更常有「香港已死」之類的說法，傳承危機已到了關鍵時刻。

　　跨科際及跨文化之類的堂皇口號在香港已叫得太多，在各自範疇精耕細作，方是長遠之計。自古以來，叢書在文化知識保存方面貢獻重大，今傳古籍很多是靠叢書而流傳至今。今時今日，科技雖然發達，但香港文化要流傳下去，著書立說仍是必然條件之一。文章千古事，編輯這套叢書，意義正正在此。本叢書重點發展香港文化及相關課題，目的在於提供一個平台，讓不同年代的學者出版有關香港文化的研究專著，藉此彰顯香港文化的活力，並提高讀者對香港文化的興趣。近年本土題材漸受重視，不同城市都有自己文化地域特色的叢書系列，坊間以香港為專題的作品不少，當中又以歷史掌故為多。「文化香港」叢書希望能在此基礎上，輔以認真的專題研究，就香港文化作多層次和多向度的論述。單單瞄準學院或未能顧及本地社會的需要，因此本叢書並不只重純學術研究。就像香港文化本身

多元並濟一樣，本叢書尊重作者的不同研究方法和旨趣，香港故事眾聲齊說，重點在於將「香港」變成可以討論的程式。

有機會參與編輯這套叢書，是我個人的榮幸，而要出版這套叢書，必須具備逆流而上的魄力。我感激中華書局（香港）有限公司，特別是副總編輯黎耀強先生，對香港文化的尊重和欣賞。我也感激作者們對本叢書的信任，要在教研及繁瑣得近乎荒謬的行政工作之外，花時間費心力出版可能被視作「不務正業」的中文著作，委實並不容易。我深深感到我們這代香港人其實十分幸運，在與香港文化一起走過的日子，曾經擁抱過希望。要讓新一代香港人再看見希望，其中一項實實在在的工程，是要認真的對待香港研究。

朱耀偉

序一

樊善標

一

「香港的故事，為甚麼這麼難說？」也斯這個經典大哉問，我是在 1995 年初次聽到的。前一年朋友兼同事杜家祁告訴我，也斯在香港藝術中心主講一個名叫「香港文化：理論與實踐」的課，我們於是一起報名參加。也斯的名字當然響亮，但我正在念博士，研究三國時代的經學，對寫詩作文、現代文學、香港文化，都只有很皮毛的認識。而且我出身中文大學，自覺和香港大學的人好像不是同一類，也斯大概也這樣看吧。接着的春天，也斯繼續在藝術中心開課，題目是「香港文化：創作與文化評論」，我們和他熟了，厚着臉皮不付學費旁聽，也斯不以為忤，藝術中心的人也不管。也斯複印了〈香港的故事：為甚麼這麼難說？〉在課上討論，這篇長文不久收進了他的《香港文化》（香港：香港藝術中心，1995）。我保存的這本《香港文化》有一張也斯手寫的便條：

> 寄出此書給你前，想到此書其實也是幾次講座發展而成的文稿。我有時有些想法，未必立即已經發展得很周全，在演講和準備、答問的過程，有些想法是會逐漸發展和修正的。我想到你那天說的多講會變成霸權，我隱約覺得未必需要是那樣，我基本上也不重複自己上次講的東西，是一個逐漸修改成形的過程吧了。——不過不管怎樣，由於其他原因，我也打算少講了。祝好。

現在重看不禁汗顏。那時候對社會上怎樣討論香港文化幾乎一無所知，只因為也斯在課堂上反覆談他的看法，就表現出一種反叛的態度。也斯放在

心上，卻不疾言駁斥，與我在課堂上感受到的平等交往是一致的。這是最初認識也斯的印象，算一算，那時他才四十多歲。

也斯又出了一個新主意，在藝術中心同時開設兩個互相配合的課程。一個是「從寫作到編排」，另一個是電腦平面設計，目標是把兩個課程的成果變成一本書。後者當然由專業人士任教，導師王緯彬是後來的名建築師。記得當時也斯介紹說，他是王無邪的兒子。那本書後來果然出版了，取名為《寫作班》（香港：香港藝術中心，1997）。也斯在書序裏說：

> 為了課程既有延續性也有變化、為了寫作班的同學能多聽一些不同的意見，也因為課程中間我有段時間要離港，我特別邀請了過去參加過寫作班，本身有教育和編輯經驗，而又與我的意見不大相同（有時甚至非常相反）的樊善標、黃淑嫻、杜家祁幾位一起主持這寫作班。

我想 Mary（黃淑嫻）無論如何是不能用「非常相反」來形容的，我和杜家祁也始終在也斯包容的範圍裏，這句話毋寧是用上了他慣常的故意示弱開玩笑語氣。序言也有很正經的話：「在書寫過程中，在寫真與虛構之間來回、主觀與客觀之間思考，書寫最主要恐怕還是一個反省過程」，「有感於報上的專欄趨向濫情、文化版的報道流於片面，也就想在創作之餘，同時理解文化。希望學員執筆為文，能抒發感情，也能分辨道理」。從也斯自己的作品 —— 詩、小說、散文、評論、論文 —— 來看，那些都是他經驗之談。

課程大綱由也斯設計，我們可以更換、補充一些閱讀材料。教學的方向是「從自我的抒情開始，學習去寫別人、去寫一塊地方、幫助作者將來可以去寫一則採訪、一個故事。在思考方面，從單篇的書評和影評入手，了解文化，進一步去寫作文化評論」。也斯還提議了一些寫作練習和討論問題，例如寫一篇自述，但假設自己是戲劇中的一個角色，又例如討論「如何既不是完全認同（如情書）又不是完全粗暴地否定對方之下去表達一種不同的意見。優雅流暢的文字會不會也有表達不來的觀點」。後來有機會在

不同場合教寫作，這個大綱總是我參考的原型。但直到我的研究重心轉到
香港文學，特別是香港報刊，對也斯在「編排」部分的用心，才有更深入
的體會：「如果你是一個編輯，要請你以本班的書評、影評及專欄討論材料
在雜誌上做一個專輯刊登出來，你會如何選擇？你會要求不同作者作甚麼
修改和發展？為甚麼？你會再約甚麼稿來補充？你覺得一個編輯的責任和
工作是甚麼？權力去到哪裏？」這些不正是他長期在做的事情？同一時間，
也斯組織編集一本《香港文學書目》，也把我們拉進團隊裏，他的精力可真
充沛。

接着還有一個「新觀念寫作」班，我也參與了，然後也斯在藝術中心
的主講似乎就告一段落。這幾個課程的導師和學員，記得還有羅貴祥、洛
楓、董啟章、小西、陳智德、智瘋、孤草、斯濃……二十多年來，大家在
香港文學、文化的領域裏，深深淺淺都留下了一些痕跡，都曾經過一個由
也斯提供的交匯點。

二

也斯不僅是作者、評論者、學者，他還以策劃、統籌的身份介入香港
文學和文化的發展。種種身份並非分別對應於不同場合，而是此呼彼應，
連結在一起的。從創作到編輯，從自我表達到與他人協商，從談論一本
書、一個現象到推動建設一種文化，他說了一個難說的香港故事。讀了王
家琪的《也斯的香港故事：文學史論述研究》，這個印象愈發鮮明。

中外學者的也斯研究琳琅滿目，但家琪選中了一個非常有意思的缺
項：從也斯的長短篇評論及創作探討他的香港文學史論述。家琪認定也斯
是一位不受限於學院體制的評論家，他在非學術媒體上的短論、創作，
以至譯介文字，也都承載了他的香港文學史觀點，重要程度不下於學術
論著。多年來也斯的香港文學史論述廣受注意，但一般研究者主要根據
一九八〇年代以來出版的單行本立論，然而也斯由一九六〇年代後期開
始，就在《香港時報》、《星晚周刊》、《快報》、《信報》、《大公報》等

報刊長期發表，結集成書的只屬少數。家琪幸得許迪鏘先生分享陳進權先生的大量舊剪報，加上從圖書館的報紙微縮膠卷蒐集掃描，成為掌握也斯一九六〇、一九七〇年代評論材料最豐富的研究者。這些短篇文字零碎而多姿，往往是也斯後來論著的草稿，保留了他認識事理的經過，用家琪的話說是「充滿了未定型的想法」，細閱這些材料是「重回文學史現場的最佳方法」，推而廣之可以更準確地理解也斯的觀點，認清他的香港文學評論「旅程」——這是也斯喜歡的比喻。

家琪選定了也斯反覆談論的幾個重要課題——香港後殖民問題、現代主義文學、都市文學、「生活化」新詩，縷述也斯關注各課題的緣起、經過，以及課題之間的連繫，從中透視他的香港文學史觀點，但並不僅僅注目於也斯，而是把他的觀點放置在香港文學評論史和其他脈絡中考察。然而香港的文學評論史至今未有經典著作可供倚傍，因此這一用來了解也斯的背景或脈絡，也需要同時勾勒出來。這是困難所在，也是本書吸引力所在。

本書理路清晰，但沒有犧牲複雜的事態，是因為對劃分與綜合，或者說釐析與連結，都有出色的處理。就劃分、釐析而言，家琪指出也斯吸收了法農（Frantz Fanon）後殖民理論中的被殖民者心理機制分析，但拒絕了民族主義鬥爭的信仰；又指出也斯儘管心儀美國地下文學「垮掉的一代」，但對他們的神秘主義和嚮往東方哲學的一面絕口不提。這只是隨意舉出的一個例子，類似的新見在書中俯拾即是，讀來令人有不斷發現的愉快。但更重要的是，本書細緻地區分時間層次，語境化地理解也斯的觀點，包括辨析他的對話者是誰、發言的緣起為何、發言背後有甚麼策略，從而讓讀者明白那些觀點的真正內涵，又從也斯不同時期觀點的出入，看出香港故事的建構痕跡，以及四十多年來也斯由關注文學形式到思考香港文化表述和身份認同的轉移變化。

就綜合、連結而言，本書對學術界研究也斯的成果，雖然未必吸納無遺，但漏網的應該不多了，當然這是研究者的本份。更難得是家琪追溯了也斯本人及有助於研究也斯的種種思想資源，把相關學理、概念、論爭的淵源始末扼要介紹出來，然後論述它們和也斯的關係，令也斯的觀點在時

間和空間兩個維度上都有豐富的連結。舉例來說，也斯寫於 1976 年的〈兩種幻象〉批評盲目崇拜西方或古代中國的人，是「蒙上面具，托庇於文字的荒原或意境的古道之上」，家琪指出面具的意象其實來自帕斯（Octavio Paz）《孤寂的迷宮》，由此可見也斯早在正式運用後殖民理論之前，已經吸收了帕斯的解殖想法，嘗試用來評論香港文化。又例如須文蔚論證以余光中為代表的台灣藍星詩社風格是「現代主義中的抒情傳統」，而不應該稱為「新古典」，家琪借助此一判斷把深受余光中影響的香港《詩風》，也重新定性為現代主義的一支，從而補上了也斯版本「一九七〇年代現代派詩歌譜系」排除了的部分。《詩風》性質的重認雖然得自何福仁先生的提示，但由此而產生的文學史意義卻是家琪的發明。更有意思的是本書的第五章「也斯的香港抒情方案」。這一章把也斯的觀點連結到中國現代文學「抒情傳統」論述，歸結也斯一生的事業為「情感的抗衡」，而他所說的「香港故事」其實也充滿獨特的「抒情」感性。無論對抒情傳統或也斯的研究，甚至香港文學來說，這一連結都是重要的增益。

此外，本書納入也斯的詩文小說創作，從中提取他的香港文學史觀點，發現與論述相比，往往更為豐富複雜。這一方面證明了作家也斯的成就並不籠罩在評論家也斯的陰影裏，另一方面則再次顯示了「香港故事」的建構痕跡。不過本書始終持守「史」的考察原則，談到也斯論述裏的種種「策略」，無不就事論事，沒有流於揭發挑剔。我想到 2010 年邀請也斯為馬博良先生的詩集撰寫新版總序，當時他已在病中，但毫不遲疑就答應了，後來寫出了長文〈現代漢詩中的馬博良〉，又想到也斯和劉以鬯先生都去世之後，也斯的家人和劉太太仍舊保持密切的聯絡。這些深厚的友情，並不是「策略」所能完全涵蓋的。

家琪 2017 年從博士班畢業，在短短三四年間增訂改寫了碩士、博士論文，接連出版成書，這既要感謝何福仁先生、許迪鏘先生等前輩的支持扶掖，也有賴她自己的勤奮上進。深信接下來她會繼續「找尋更壯大的樹木／更巍峨的石崖／找尋更高聳的瀑布／更漫長的海灘」（梁秉鈞〈旅程〉），有所期待的決不止我一人。

序二

陳智德

　　也斯老師在文學上最廣為人知的成就在於文藝創作，涉及新詩、小說和散文三種文類，而較為人忽略的是，在他成為比較文學領域上的學者之先，已發表過大量文化論述，涉及文學、電影、戲劇、翻譯等範疇，許多都在報刊以短論、書評和專欄散文的載體出現，加上議題具一定時效性，這些文章往後很少有人再提及，也斯自己編訂作品單行本和作品選集時，亦只收錄少量，其間捨棄了很多，因此，要全面整理、研究也斯的文化論述和文藝隨筆，難度甚高，王家琪的著作，正如她在緒論提出，要把「作為評論家的也斯」這形象重新考掘出，可說意義重大。

　　本書所引用和研究的也斯文化論述作品，包括《香港時報・文藝斷想》、《快報・我之試寫室》、《快報・書與街道》、《星晚周刊・雜文集》等專欄，許多都未曾收錄在也斯的文集或作品選本中，尤其《快報》的專欄文章更為難得，因為目前所見香港的大學圖書館所收的《快報》原始資料並不齊全，本書作者是經由私人收藏者提供的剪報資料而得閱多篇從未結集的《快報》專欄文章，亦見作者意識到蒐集也斯文化論述作品之不易及盡力蒐集資料之用心。

　　也斯的文學關注面很廣，其中香港文學的議題一直貫徹，他很留心於香港文學的文化空間問題，包括評論和書評的發表和寫作、香港文學史的書寫、跨界藝術的對話等等，可說是也斯畢生的人文關懷所在。本書作者把研究聚焦於也斯的香港文學評論，並以「文學史論述」的概念貫串，正涉及也斯研究中的核心議題。在結構上，本書五章各自對應「五個也斯最關注的香港文學課題」，包括香港後殖民論述及文學創作、香港現代主義文學的研究、香港都市文化及文學的討論、對「生活化」新詩的論述，以至

從七十年代到九十年代對「抒情」的看法和變化，即作者提出也斯的文學史論述的五個關鍵詞：「後殖民」、「現代主義」、「都市文化」、「生活化新詩」及「抒情」，概括出也斯對於建設香港文學史的主要貢獻，可說達致作者所說要把也斯講述的「香港故事」整理為完整的體系。

也斯對香港文學的貢獻，學院內外的層面兼有，一方面在學院推動香港文學研究、鼓勵研究生鑽研香港文學，另方面他以「越界」的視野，推動跨界藝術對話和創作，並不時在報刊針對文化現象發表評論，以上二者結合而觀，他不單是一位學院體制內的學者，從學術角度關注香港文學議題，更是一名公共知識分子。也斯固然歷年在香港大學及嶺南大學培育出大批關心香港文學的學生，但他為文藝界帶來的更重大啟發和思想衝擊，應是在學院層面以外的，本書作者對此亦有注意到，在結語指出「他最有名及最常被引用的評論文章，大多不是典型的學術論文，而是夾有散文筆法的評論」，正是切中要理的觀察。在也斯心目中，香港文學關乎更廣闊的人文關懷和公共議題，其意義遠遠超乎學術尤其是學院層面的範疇。

本書不單是也斯研究的專著，更從香港文學評論和「文學史論述」角度呈現也斯畢生的人文關懷，作者紮實地運用原始資料，為也斯孜孜講述又深深感嘆「為甚麼這麼難說」的「香港故事」，勾勒出理解路徑和思想脈絡，我作為也斯的長年忠實讀者，以及始於碩士研究生時期到博士階段一直追隨他的學生，邊讀邊湧現出段段也斯講學、談文論藝的風景，不禁心騁神往，實在樂見本書面世，並感激於作者的用心。

緒論
作為評論家的也斯

一、也斯的評論特點

也斯（梁秉鈞，1949-2013）是少數在創作及評論兩方面都對香港文學極其重要的作家，他用本名「梁秉鈞」寫詩、學術論文和翻譯，以筆名「也斯」寫評論、散文、小說，兩個名字都在文學史上留下重大貢獻。他的評論和論文是多個香港文學課題的重要參考，左右着相關的研究框架和基本認識，同時他又是具代表性的重要作家。翻開各種香港文學論文集，也斯是非常少數既以學者身份發表論文，同時又以作家身份被其他學者研究和談論的人，可見他在創作和評論兩方面的成就。

也斯的評論家身份的重要性不下於他留下的一系列作品。他自六十年代末起即在各大報刊及個人專欄上發表大量評論文章，內容題材遍及當代香港與台灣文學作品、西方文學思潮、電影及藝術等等。八十年代中葉以後又積極參與香港文學的論述生成和香港文學史的建立。以數量計，也斯在報刊專欄發表的短評和學術論文加起來遠遠超過其創作，卻至今缺乏有系統的研究整理。對也斯的研究一直集中在他的作品上，其中又以新詩和小說為主。小說方面，最多學者談論他對拉丁美洲魔幻寫實主義的挪用，以及他對後殖

民議題的探討。詩方面，他的都市詩和詠物詩是最受注目的，此外游詩、「生活化」和抒情詩的主張都備受重視。文學以外，他寫了不少電影評論，在他身後首次結集為《也斯影評集》（2014）。他與其他藝術媒介的越界合作也為人津津樂道。反觀也斯的評論很少被討論，從本書整理的「也斯研究資料」（見附錄三）來看，二百多篇單篇文章之中以也斯的評論為題者只有不足十篇，主要是《香港文化》及《香港文化空間與文學》的書評，[1] 大部分已經收錄於《也斯的散文藝術》。[2] 部分學者總結也斯的學術評論特點，例如楊傑銘認為也斯的文化評論比其創作「更能閱讀出他的內心意識，而現今的研究者往往將這部分作為研究他文學作品的輔助材料，卻少將其文化評論、研究論述視為一個整體的論述來作個別討論」。[3] 又例如古遠清認為也斯的評論中以詩評最有分量、最出色，其特點在於方法視野，比較文學背景令他能夠從多角度透視文本，跳出單一文學地域和批評圈子，又多採取文化研究方法。[4] 羅貴祥則強調也斯對香港文學和文化的研究開始於建制之外，其重要性也在於致力開拓評論的公共空間，認為也斯始終較為偏重作家的身份，使他成為非典型「學院建制」中的學者。[5] 劉登翰主編的《香港文學史》其中一節把也斯列入「雙棲批評家」的「作家 —— 批評家」類別討論。[6] 這些文章都準確地把握也斯的評論家身份特點，但是與也斯建設香港文學史的重大貢獻

1　書評類主要是以下五篇：（1）黃紐（黃淑嫻）：〈試評也斯的《香港文化》〉，《讀書人》第 4 期（1995 年 6 月），頁 92-96。（2）梁世榮：〈兩位也斯 —— 評也斯的《香港文化》〉，《星島日報》1996 年 1 月 8 日，D6 版。（3）艾曉明：〈後殖民地處境與香港身份辨析 —— 香港文化研究書刊述評之一〉，《香港筆薈》第 7 期（1996 年 3 月），頁 165-171。（4）石磊：〈「吾道孤」的寂寞 —— 也斯及其《香港文化空間與文學》〉，《明報》1996 年 4 月 7 日，D10 版。（5）李萬（馮偉才）：〈香港的文化空間 —— 評也斯《香港文化空間與文學》〉，《讀書人》第 14 期（1996 年 4 月），頁 42-45。

2　見曾卓然主編：《也斯的散文藝術》，香港：三聯書店，2015 年。

3　楊傑銘：〈「也斯障礙」：從《香港文化十論》看也斯書寫位置的去中心〉，《百家文學雜誌》第 24 期（2013 年 2 月），頁 29。

4　古遠清：〈細察現象，剖析本質 —— 評也斯的文學評論〉，《香港文學》第 127 期（1995 年 7 月），頁 63-68。

5　羅貴祥：〈邊界視野　也斯的香港文化研究〉，《字花》第 42 期（2013 年 3-4 月），頁 22-25。

6　劉登翰主編：《香港文學史》（香港：香港作家出版社，1997 年），頁 569-573。

相比，這樣的研究規模仍然是不足的，本書即為此方面的起步嘗試。

　　身兼文學家和評論家的身份令也斯不滿足於學院式評論，而發展出甚有個人特色的、界乎散文和論文、文學評論與文化研究之間的寫法。已經有部分文章總結出雙棲身份給也斯帶來的特點。溫儒敏可能是最早從這個角度分析的學者，他認為也斯「隨感性的富於詩的韻味的詩評」最具個人特色，「他的文學批評非常個性化」，「和那種以闡釋、判斷或倡導為要旨的批評是不同的」。也斯擅長「從自己的審美感受出發」，在評論其他詩人時發揮他本身也是詩人的優勢，通常談自己的閱讀感受來切入評論對象的特點，而較不着重「對作品價值的具體評估」，其「批評文體也富於散文詩似的抒情的格調」。[7] 這不只是指也斯的短評文章而言，溫認為也斯的學術論文「也離不開感受」，「梁秉鈞是很注重將自己微妙的閱讀感受上升到理性分析的」。[8] 這些都是對也斯的評論非常準確的觀察和概括。曾卓然則注意到也斯的文藝短評和他的散文具有同樣的「生活化」風格，他主要分析也斯的評論如何兼顧散文藝術的經營，例如藝術評論結合人物散文的寫法、「平視的角度」、「親切的語氣」，「散文的感性和批評的理性在這兒統合」。[9] 黃淑嫻形容也斯的《香港文化》「是幾種不同立場的磋商與交涉（negotiation）：嚴肅文藝與流行文化、系統概括的文化理論與實際文學藝術的例證、嚴謹的學術文章與深入淺出的抒情說理的散文」。[10] 這些文章都指出了也斯的評論特點與他的文學創作有着非常密切的關係。

　　不過，散文和評論的越界寫作同時為也斯帶來不少非難。例如同樣的特點曾經被梁世榮斥為「不太留意論文的基本要求」，流於主觀和武斷。[11] 也斯回應《香港文化》一書受到的批評時自嘲：「書出來以後搞創作的人覺

7　溫儒敏：〈香港文學批評印象（節錄）〉，曾卓然主編：《也斯的散文藝術》，頁 44-46。原文分上下篇於刊《香港文學》第 49 期（1989 年 1 月），頁 31-34 及第 50 期（1989 年 2 月），頁 33-39。

8　溫儒敏：〈香港文學批評印象（節錄）〉，《也斯的散文藝術》，頁 47。

9　曾卓然：〈也斯如何在散文中談文說藝〉，《也斯的散文藝術》，頁 202。

10　黃紐（黃淑嫻）：〈試評也斯的《香港文化》〉，《讀書人》第 4 期（1995 年 6 月），頁 93。

11　梁世榮：〈兩位也斯——評也斯的《香港文化》〉，《星島日報》1996 年 1 月 8 日，D6 版。

得我太理論性了；但誰料到讀社會學的書評人反又嫌我寫得太文藝化，太多實際的例子而不夠理論化」。[12] 也斯這篇回應〈散文與生活態度〉本身就採用書信體，以來自旅行的隱喻「越界」形容自己的評論實踐以及一種批評的位置與視野。[13] 此文以抒情散文的筆法，向質疑學術評論價值的友人提出異議，申辯自己對寫作評論的看法。他自言：

> 我從一個以創作詩文為主的作者，在這一階段好似越出原來文類的界線，變成在創作中包括評論的思維、甚至有時變成一個以寫作評論為主的作者，這未必是社會文化干擾了個人的詩情，是生活在這文化空間，自然需要直接或間接作出回應。[14]

但是由創作「越界」到評論，令他遭受不少質疑：

> 因為自己的雙重身份，卻經常被人質疑：「你是讀理論的，你一定是根據理論來寫詩！」其實我並非如此。要不就是被人認為：「你的理論一點也不夠理論化！」有時理論可以協助我們看得更闊，有時理論卻打消大家閱讀作品的需要。若把詩與文化理論之間的關係開放出來討論，想對寫詩的人與做文化研究的人都有意思。[15]

如果要衡量和評價也斯在建設香港文學史上的貢獻，同時也必須回答他的這些評論特點對於文學史論述的影響，例如他的論文寫法有何特點？他的學術論文與他個人的文學經驗有怎樣的關係，後者如何形塑了他的論述？

12　也斯：〈散文與生活態度〉，《越界書簡》（香港：青文書屋，1996 年），頁 176。原題〈從文學創作到文化評論〉，《讀書人》第 4 期（1995 年 6 月），頁 88-91。結集版本經過不少修改增補。

13　也斯：〈散文與生活態度〉，《越界書簡》，頁 177。

14　同上注，頁 179。

15　魏家欣、郭麗容紀錄及整理，張美君、葉輝、洛楓、也斯對談：〈在時間伊始的四重奏〉，梁秉鈞著，奧城（Gordon T. Osing）及梁秉鈞翻譯：《形象香港》（香港：香港大學出版社，2012 年），頁 255。

他的越界特點如何輔助其論述？這些都是本書嘗試探究的問題。

　　本書將處理筆者能夠取得的所有評論材料，首先是也斯的報刊專欄，主要包括《香港時報・文藝斷想》（1968 年 7 月 24 日 —1969 年 4 月 26 日）、《快報・我之試寫室》（1970 年？ —1977 年 5 月 14 日）、《快報・書與街道》（1977年 5 月 15 日 —1978 年 8 月 15 日）、《星晚周刊・雜文集》（1974-1975 年）、《信報・觀景窗》（1986 年 12 月 5 日 —1987 年 11 月 30 日）、《大公報・文學筆記》（1988 年 3 月 1 日 —10 月 15 日）及《大公報・比較文學》（1988 年 10 月 17日 —1989 年 10 月 30 日）。其次是散見報紙雜誌上的單篇文章，包括《中國學生周報》、《星島日報・大學文藝》、《號外》等等。另外還有他參與編務或創辦的刊物《文林》、《四季》、《大拇指》，再加上也斯全部的已結集評論。

　　在以上評論材料之中，以他早期的專欄文字最為缺乏整理。他曾經筆耕過的報刊園地不計其數，但是在六七十年代的專欄文章之中，只有小部分已經結集。主要原因是部分材料例如早年的《快報》若非私人收藏家借閱捐贈，可說是無法得見。[16] 按本書整理的「也斯六七十年代部分報刊專欄文章編目」統計（見附錄二），總共 2,347 篇報刊文章之中，只有 445 篇曾經結集於《灰鴿早晨的話》（1972）、《神話午餐》（1978）、《養龍人師門》（1979）、《山水人物》（1981）、《書與城市》（1985）、《城市筆記》（1987）、《街巷人物》（2002）和《也斯影評集》等書，即只有約 19% 結集成書。這些專欄文字由生活雜感、散文、連載短篇小說、電影評論、劇評、書評、詩評到遊記等等包羅萬有。雖然限於專欄篇幅，多是一千幾百字的短文，難以非常詳盡深入，但是因為每日刊出，數量龐大，其特點在於連續而長時間的大量材料，蜻蜓點水卻涵蓋廣泛，便於觀察文壇的歷時變化，例如某類文藝潮流的興衰，以及也斯個人文學觀的形成與變化，是非常有研究價值的材料。而且與結集之後的整齊面貌不同，專欄形式鼓勵他「借題發揮」，以他的譯介文章為例，由於專欄文字的跳躍性和隨意性，他經常由譯介內容馬上跳到評論當前文壇現象，這些文章通常包含一部分翻譯或內容概括評述，再

16　香港大學所藏《快報》最早僅至 1976 年 10 月，本書所用《快報》材料皆由陳進權先生私人收藏、承蒙許迪鏘先生慷慨提供，謹此致謝。

以暗示或直接批評的方式回應當前發生的文學論戰或思潮趨勢，有利於我
們側面了解六七十年代的文壇情況。早期材料的另一特別之處在於其中充滿
了未定型的想法，又是許多重要主張的萌芽時期，加上也斯是很早成名的
作家，專欄就是其早期想法的忠實記錄，常有遺珠之樂，可以對照八十年代
以後的學術評論，比較其想法的變化。他認為「專欄的特色，是它可以面
對更多的讀者，更有時間性」，而自己是「在寫專欄和寫論文的人生之間徘
徊」。[17] 簡言之，他早期的專欄材料如果得到更多整理，應可補充他的論文
觀點。八十年代以來的專欄則整理得較好，大多已經結集成書。其中較有趣
的則是他在學術論文以外，也在報章雜誌上以短評回應各種會議見聞、點評
最近讀到的香港文學評論，又以個人回憶的方式整理七十年代的香港文學史
料。這些專欄可以補充已結集的文章，同時是重回文學史現場的最佳方法。

二、也斯與香港文學評論史

　　要全面地掌握也斯的評論特色，[18] 需要衡量他在香港文學評論史上的位
置和重要性。而要做到這點，首先需要有整全的香港文學評論史，或至少

17　也斯：〈專欄與論文〉，《大公報》1988 年 10 月 15 日，第 22 版。

18　「評論」與「批評」似乎意涵相近，有學者討論與比較過兩詞的差異。楊松年認為文學「評論」
　　較「批評」一語更適合中國文學傳統，「批評一詞，乃指對人、物與事之具體評論，而其普通
　　用法，更包含針對評價對象之缺點，予以抨擊（反手擊之引申）之意，這實在不能包括中國
　　那些討論文學問題，評釋文學作家與作品之著作，並表明這些著作之特色」。楊松年：《中國
　　文學評論史編寫問題論析：晚明至盛清詩論之考察》（台北：文史哲出版社，1988 年），頁 2。
　　陳國球則指出「批評」一語在五四以來是對「criticism」一詞通行的翻譯，並被五四知識分
　　子視為中國文學的「缺項」。陳國球：〈導言〉，《香港文學大系 1919-1949・評論卷一》（香
　　港：商務印書館，2016 年），頁 43-48。現代中國最早的幾部《中國文學批評史》例如陳鐘
　　凡、郭紹虞、羅根澤都是使用「批評」一詞的，參考陳鐘凡：《中國文學批評史》，上海：中
　　華書局，1927 年。郭紹虞：《中國文學批評史》，上海：商務印書館，1947 年。羅根澤：《中
　　國文學批評史》，上海：古典，1958 年。
　　由此引申，「批評」一詞或可視為象徵了西方文學批評理論和方法主宰中國文學評論的處境，
　　而晚近以「評論」一詞翻案正好代表了華文研究界對長期依賴西方方法的反思而返歸中國
　　傳統文論。為了包納更多的評論體式，並與「批評」一語的另一用法（「批判」之意）作出
　　區分，本書主要使用「評論」一詞。

其基本框架。一部文學評論史應該是怎樣的？何恆達（Peter U. Hohendahl, 1936- ）在《評論的體制》（*The Institution of Criticism*）提出文學評論史值得像文學史一樣被嚴肅研究，一部文學評論史應該檢視文學批評在整體文學之中的結構位置，正視評論對文學的重要性，不是「新批評」式關注作品本身，而是建立一部體制史，展示文學及文學評論的生產、散播、接受的體制的變遷，綜合考慮媒體、經濟、社會的改變與評論體制的關係，文學理論及典範的生成條件等等。[19] 迄今唯一的一部香港文學評論史是內地學者古遠清在 1997 年出版的《香港當代文學批評史》，全書結構以文學思潮及文學論爭為主，輔以主要批評家及其作品的概述。這種寫法以史料概述為主，羅列評論家、作品與事件，而較不能看出主要的趨勢轉變，也沒有突出香港文學批評的特點，何以值得獨立於內地及台灣文學批評史來討論。[20] 陳國球在他主編的《香港文學大系 1919-1949・評論卷一》提出其評論史構想，「本卷選輯的內容重點是在香港出現以至發生作用之文學理念思潮以及相關之評論實踐」，[21] 在編輯上特別着重整理主要文學論爭與內地當時討論的關係，以及由文學評論看西方文藝思潮和概念在香港的引入，以資與鄰近地區的引入情況比較，突出香港的特色。在另一篇與《大系・評論卷》相關的論文〈香港文學的「曾經」與「可能」——香港早期文學評論的流轉空間〉中，他檢視在五四運動中的香港文人身影，指出香港文壇與五四當時情況不同，並未嚴格區分白話與文言、新文學與鴛鴦蝴蝶派，而且早期的香港文學評論已經有「草創期的中西比較文學練習」，[22] 又率先引介西方當代文學，充分展示香港的地緣優勢，「培育出一些政治和文藝思想

19　Peter U. Hohendahl, "Prolegomena to a History of Literary Criticism," *The Institution of Criticism* (New York: Cornell University Press, 1982), 226, 232-241.

20　此書總體來説資料翔實，對各種立場的評論家都有平均論及，有相當高的參考價值。但是書中部分選材值得商榷，例如把「多元化的魯迅研究」等對香港文學評論發展較次要的議題當成重點討論，書後附錄有不少史實訛誤，並頗為倚靠香港中國筆會及黃維樑提供的資料。

21　陳國球：〈導言〉，《香港文學大系 1919-1949・評論卷一》，頁 72。

22　陳國球：〈香港文學的「曾經」與「可能」——香港早期文學評論的流轉空間〉，《香港的抒情史》（香港：香港中文大學出版社，2016 年），頁 339。

都非常前衛勇進的文化人」。[23] 這種香港本位、結合比較文學視野的評論史
方法很值得取效，對於分析及研究也斯的評論非常有助益。

　　戰後香港評論發展到底經歷了甚麼變化，或者可以參考華文學界的同
類型研究成果。目前研究界對於中國古典文學評論史的整理和著述已經非
常豐富成熟，中國現代文學評論史的著作數量相對較少。[24] 部分學者以文學
理論及典範的轉變為線索整理現代文學評論的發展情況，較易把握二十世
紀中國文學評論體制的變化。例如柯慶明的《現代中國文學批評述論》結
合了比較文學視野，由晚清的梁啟超、王國維開始，歷述多位評論家對何
謂文學性的詮釋，扼要地概括其批評方法、評價範式及新觀念的出現與更
替。戰後的論述重點則放在台灣的新批評及比較文學的發展上。[25] 又例如楊
宗翰《台灣新詩評論轉型研究》認為「台灣新詩評論迄今至少發生過三次
重大轉型」，[26] 第一次是六十年代新批評的引入，代表人物是顏元叔與李英
豪，第二次是七十年代的比較文學發展，代表人物是葉維廉與張漢良，[27]
第三階段則是八十年代以來女性主義、後現代主義、馬克思主義等百花盛
放，或應總稱為「文化研究」主導評論的時代。[28] 這個基本框架不只適用於
台灣，也適用於形容戰後以來香港文學評論的大致情形。

　　參考以上幾部著作，可以這樣草擬初步的香港文學評論史框架：七十
年代初新批評引入香港和台灣，加上香港大專院校開始開設新文學課程，

23　同上注，頁 342。

24　例如較有規模者可參考溫儒敏：《中國現代文學批評史》，北京：北京大學出版社，1993 年。
　　該書介紹了王國維以後至四十年代共十幾位主要評論家提出的評論學說。

25　柯慶明尤其著重闡釋比較文學視野中，西方與中國模子此消彼長的趨勢：「從王國維開始，
　　現代中國文學批評的發展大抵是以西方的文學觀念作為討論中國文學的基本模子〔……〕到
　　了葉維廉才以一個典型的中國文學的觀念和理想〔……〕來從事中英文學的比較。」因此全
　　書最後一章致力整理「從中國文學創生的一些理論思維」。柯慶明：《現代中國文學批評述論》
　　（台北：大安，2005 年，第二版），頁 131。

26　楊宗翰：〈顏元叔與台灣新詩評論轉型〉，《當代詩學》第 3 期（2007 年 12 月），頁 27。

27　楊宗翰的博士論文集中在第一及第三階段，第二階段可惜未見論述。參考楊宗翰：《台灣新
　　詩評論：歷史與轉型》，台北：新銳文創，2012 年。

28　楊宗翰：〈顏元叔與台灣新詩評論轉型〉，頁 27-28。

學院派批評家的隊伍開始壯大，改變了前此以作家兼任評論家為主的情況；同時另一道評論潮流則是現實主義，但是情況仍待整理。八十年代在回歸問題的脈絡下，比較文學成為顯學，同時文化理論主導文學評論，後殖民主義和文化研究等等都成為評論者尋索香港身份的重要方法。報刊園地遠不如七十年代繁榮，但是仍有刊登長篇評論的篇幅，直至九十年代報業減價戰之後，報刊園地大幅萎縮。與此同時，九十年代文學評論逐漸轉移到學院的專業評論者手上，學者忙於應付學院的評比要求，跨出學院門牆、兼顧非學院評論的人日益減少。以上的情況與何恆達所說的西方情況不無可比之處，評論一方面受消費市場影響，另一方面又由精英化的學院研究主導。何恆達指，十九世紀中葉以來中產階級的興起及隨此而來的書業的轉型，令文學評論漸漸整合為書業消費行銷其中一個環節，另一方面則是學術評論拒絕評論當代文學，學院以艱深的理論研究現代主義文學經典，與大眾漸行漸遠。[29] 他認為可行的方向，是重新恢復評論的公共角色，自消費工業及大眾傳媒手中奪回公共言論空間（public sphere）。雖然西方書評生產的情況與香港大不相同，但是評論的學院化趨勢卻有相似之處。也斯一生致力於「越界」評論，其用意與此相通。

　　也斯可以說見證了上述各個階段香港文學評論場域的轉變。他從寫作專欄開始就非常關注文學評論的問題，這十分有利於我們觀察六十年代中葉至七十年代初香港及台灣的文學評論生態。在「新批評」引入台灣之前，也斯經常批評當時的文學評論不被重視，而且標準混亂，[30] 與顏元叔約略同時期對台灣文學評論狀況的批評相近。[31] 也斯特別點名批評羅門、張默等詩

29　Hohendahl, "Introduction," *The Institution of Criticism*, 11-19.

30　也斯：〈放任中的準則〉，《快報》1973 年 6 月 1 日，頁碼從缺。

31　顏元叔在引起論戰的文章〈颱風季〉中直斥「台灣既有之文評，大抵皆吹捧咒罵者流」，因此楊宗翰認為這場論戰其實是關於引介新詩批評方法的。見〈顏元叔與台灣新詩評論轉型〉，頁 30。也斯不只一次批評香港的評論只是小圈子酬酢或謾罵的活動，缺乏客觀公平的評論，所見與顏元叔相似。見也斯：〈不公平的現象〉，《快報》1972 年 8 月 27 日，頁碼從缺；也斯：〈什麼是批評〉，《快報》1974 年 3 月 29 日，頁碼從缺。

評家，反而推許葉維廉運用「新批評」的技巧和結構分析，[32] 又讚賞顏元叔在建立文學批評標準上的貢獻。針對顏元叔 1972 年引起的「颱風季論戰」，也斯支持顏元叔具體切實的評論態度，反對另一方的詩人所持的反批評、反分析的態度。[33] 後來顏元叔與夏志清筆戰，也斯仍然認為不可抹殺顏元叔在台灣批評界的貢獻，他創辦《中外文學》和《淡江評論》，開創比較文學的風氣，運用「新批評」等不同的西方理論，「開了一個比較合理的方向，踏實求解求感，否定了以前印象式的感情泛濫。他評新詩不限於一社一派，不囿圈子，態度上是公正的」。[34] 在西方，「新批評」和現代主義的關係密不可分，在台灣卻出現了用「新批評」來批評現代主義的情況，最後促成了現代詩的檢討風潮。[35] 對於現代主義及七十年代初現代詩的大規模反省批判，也斯頻繁發表意見，一方面樂見文學評論的發展，[36] 另一方面駁斥他不同意的觀點，從中醞釀了他對現代詩和「生活化」的看法。同時也斯又多番批評現實主義評論，側面反映了在內地文革影響下勃興的現實主義如何掀動香港的文學評論風氣。也斯抨擊這類評論變成扣帽子的活動，暴力地否定文學，[37] 他強烈批評現實主義的主張，對於台灣鄉土文學論爭之中出現的評論暴力也不表認同。[38] 在他當時對外國文藝的譯介之中也經常可見

---

32 「台灣的文學批評也相當混亂，羅門或張默的詩評，洋洋灑灑數萬言，也不知說了點甚麼出來。忽然又是心靈的放射，忽然又是潛意識的飽滿，簡直把人看得七葷八素。」也斯：〈一個時鐘〉，《快報》1972 年 1 月 29 日，頁碼從缺。

33 「……許多現在的中文詩評，翻開書本，『心靈投射』，『靈魂上昇』的怪名詞跳了出來，不然又是中國的梵樂希，東方的艾略特，沒有甚麼話好說。……實際針對某一人的詩作評的，卻少有佳作。白萩、余光中等人的批評，比較合理。顏元叔評詩也老實，懂一分就說一分，毫不取巧。」也斯：〈關於詩評〉，《快報》1973 年 8 月 16 日，頁碼從缺。

34 也斯：〈直言的人〉，《快報》1977 年 6 月 25 日，頁碼從缺。

35 楊宗翰：〈顏元叔與台灣新詩評論轉型〉，頁 39-45。

36 例如他認為「《中外文學》的創立，代表了台灣文壇近年這一類反省性的批評態度」，撇除一些意氣評論，「更多的人關心詩，並提出批評，本來是好事」也斯：〈塵埃尚未落定〉，《快報》1973 年 9 月 8 日，頁碼從缺。

37 也斯：〈等看你的〉，《快報》1973 年 9 月 10 日，頁碼從缺。也斯：〈談「文季」〉，《快報》1973 年 9 月 29 日，頁碼從缺。也斯：〈拳師與沙包〉，《快報》1974 年 9 月 23 日，頁碼從缺。

38 也斯：〈鄉土〉，《快報》1977 年 10 月 21 日，頁碼從缺。文中也斯批評因着鄉土文學潮流，「現在鄉土二字好像變了靈符，甚麼都管用」，該年夏天的鄉土文學論戰中「鄉土」被視為「正義的代名詞」，以至到了論戰後期，「不少人根本不談正題」，只是藉着「鄉土」二字互相指責而已。

借題發揮抨擊現實主義，或故意介紹與之針鋒相對的藝術流派等等。[39] 這一段歷史目前相對較少被整理，但是由也斯表達的憂慮來看，現實主義評論的影響力相當大。可以說也斯在成為學者之前，已經是相當積極的評論者了。

八十年代以來，也斯不再只是作家，更是晉身學院參與論述的形構、學科的建立等工作。適逢後殖民主義掀起熱潮，香港作為西方最後剩下的少數殖民地之一，本地及海外學者紛紛從後殖民角度討論香港，也斯在這股理論思潮中被視為香港文學的代表作家。這同時是他建立香港文學史論述的階段，把前一階段的個人文學經歷轉化為學術論述。早年的實踐和經歷在他的論述中扮演怎樣的角色，如何影響了他的文學史論述，是非常值得探究的問題。而他在文學評論場域的角色變化，又與香港文學的學科建立密切相關，稍後會從場域理論再加以分析。

三、歷史與論述：對香港文學史體式的想像

本書把也斯的香港文學評論稱為「文學史論述」，是因為也斯的確並沒有寫出一部「香港文學史」，但是他的文學評論大多具有無可忽視的文學史意識，「敘述」一套充滿個人特色、相當有影響力的香港文學史故事。以下將會依次說明「論述」、「歷史」和「文學史論述」的意涵，由此闡釋本書為何及將會如何由文學史論述的角度研究也斯的香港文學評論。

「論述」（discourse，或譯「話語」）可以視為「理解事物和世界的方法」，[40] 是後結構主義（poststructuralism）的核心概念，巴赫金（Mikhail Bakhtin, 1895-1975）、傅柯（Michel Foucault, 1926-1984）、拉康（Jacques

---

39　對這方面的詳細討論，請參考王家琪：〈文學翻譯作為評論：也斯六、七十年代的西方文學譯介〉，《中外文學》第 47 卷第 2 期（2018 年 6 月），頁 125-179。

40　Marianne Jørgenson and Louise Phillips, *Discourse Analysis as Theory and Method* (London: Sage Publications, 2002), 1.

Lacan, 1901-1981）、德希達（Jacques Derrida, 1930-2004）等都提出了重點不同的論述理論（theory of discourse）。「論述」被應用到跨度極大的不同學科和研究之中，然而其中的共通點是強調語言建構現實的力量。據王德威研究，「論述」本來是語言學概念，「指談話時，說話者（speaker）將其理念或訊息以一可以辨認而又組織完整的方式，傳送給一聽者（listener）的過程」，而傅柯擴大其定義，指稱「人類社會中，所有知識訊息之有形或無形的傳遞現象」，論述的特點是「製造一『完整』（finite）、有中心思想（centered）的幻象，以供聽者的迅速接納」，換言之是組織一個首尾完整的、情節鮮明的「故事」。[41] 傅柯在《知識的考掘》（The Archaeology of Knowledge）提出論述由不同的「聲明」（statements）組成，各種論述又組成了「論述形構」（the discursive formation）。[42] 他在〈話語的秩序〉（"Orders of Discourse"）概括了論述的多個特點，例如論述是具有「評論性」（commentary）的，話語的產生都是對前已存在之話語的迴響與闡釋，[43] 所以任何論述都必定和其他論述息息相關。論述又是「排他」（exclusion）的，是依賴其排斥和對立的事物來形成的。[44]

　　傅柯的「考掘學」是一種「反歷史性的史學」，[45] 挑戰傳統以時間性、統一連續的體系為本的單一統合歷史（total history）。他提出的考掘學是僅僅描述論述形構和知識話語的散播和變遷而不詮釋它們，挖掘一統歷史體系中的斷裂和縫隙，「意圖打破傳統人文學科模式，重新發掘深藏於各種思想、制度運作下的關係法則」。[46] 傅柯關注的是論述的形構，尤其是社會及各種體制如何以定義和排除的方式進行論述的行為藉此掌控權力，並研

41　王德威：〈導讀一：淺論傅柯〉，米歇・傅柯（Michel Foucault）著，王德威譯：《知識的考掘》（台北：麥田出版，1993 年），頁 29-30。

42　傅柯著，王德威譯：《知識的考掘》，頁 116。

43　Michel Foucault, "Orders of Discourse," Social Science Information 10, no. 2 (April 1971), 12-13.

44　Foucault, "Orders of Discourse," 24-25.

45　王德威：〈導讀二：「考掘學」與「宗譜學」〉，《知識的考掘》，頁 41。

46　傅柯著，王德威譯：《知識的考掘》，頁 102。

究某種客體由於甚麼條件因素、怎樣的權威操作、在甚麼系統中成為論述的對象。[47] 研究論述是要「顯示它們不是與生俱來的，而永遠是我們所知的一些規則所架構成的結果」。[48] 他並說明研究論述的幾項原則，包括「逆轉」（reverse），揭破論述排除（cutting-off）以及稀釋（rarefaction）的部分；「外延」（exteriority），注意論述的外延因素，甚麼令其出現及劃定其界限等等。[49] 比方說探討「為甚麼某一『聲明』而不是另一『聲明』出現」，[50]「注意我們所研究的話語與其他同時存在或與其相關的話語間發生關係時，扮演甚麼的角色」，即是「話語位置的分佈秩序」。[51] 歷史因而只是論述的總和，是語言闡釋的產物。[52]「考掘學」不無理論上的疑難，[53] 但是傅柯對論述和歷史的顛覆仍然徹底改變晚近的文學史觀，深刻地影響了歷史研究，新歷史主義（New Historicism）即是其中顯例。

　　新歷史主義在八十年代流行一時，並為文學研究留下了一些重要遺產，這裏僅扼要介紹與本研究有關的概念。新歷史主義「認為歷史和文學同屬一個符號系統，歷史的虛構成分和敘事方式同文學所使用的方法十分類似」。[54] 新歷史主義把評論家的角色推到最前方，強調評論的作用和影響，認為「批評者與本書的關係是相互影響的『同謀者』關係」，反對解

47　同上注，頁 120-123。

48　同上注，頁 99。

49　Foucault, "Orders of Discourse," 21-22.

50　傅柯著，王德威譯：《知識的考掘》，頁 102。

51　同上注，頁 156-157。

52　盛寧：〈歷史・文本・意識形態 —— 新歷史主義的文化批評和文學批評芻議〉，《北京大學學報（哲學社會科學版）》1993 年第 5 期，頁 19-20。

53　王德威在其對傅柯的導讀之中就數次提出考掘學的理論問題，例如以話語運作取代了多個史學概念、考掘學宣稱要進行之「中立」「客觀」描述顯得可疑、在這套解構主義的學說之下卻包含結構主義式對深層規則的追求等等。參考〈導讀二：「考掘學」與「宗譜學」〉，《知識的考掘》，頁 52-54。

54　張京媛：〈前言〉，張京媛編：《新歷史主義與文學批評》（北京：北京大學出版社，1993 年），頁 2、4。

構主義評論家「把本文看做是自己的病人」分析文本的隱秘的做法。[55] 新歷史主義者「注意產生文學本文的歷史語境」，「重新估價規範文學最初產生時的社會和文化」，「特別注重對闡釋語境的理解和分析」，並特別提出評論家在詮釋歷史時無可避免帶入詮釋當下的價值觀。[56] 新歷史主義因而徹底質疑了歷史的實體，把一切歷史視為「論述」，他們借用葛蘭西（Antonio Gramsci, 1891-1937）和巴赫金的理論，研究重點從文本（text）轉向脈絡（context），「帶着一種對霸權概念以及對話語內部和言語間的鬥爭之觀念的不無裨益的強調」。[57] 他們對論述、權力、歷史的看法明顯繼承自傅柯，[58] 尤其是「試圖呈現被過去歷史排斥在外的團體的傾向」，[59] 以及從歷史佚事引出對經典的新解讀等做法，[60] 顯然都是後結構主義的策略。盛寧概括傅柯的史觀對新歷史主義的影響：

> 「歷史」不再被當作一種客觀的存在，而僅僅是一種「歷史敘述」或「歷史修撰」（historiography）〔……〕「歷史」的「文本性」被突出，原先一個大寫的、單數的「歷史」（History）被眾多小寫的、複數的「歷史」（histories）取代了〔……〕歷史既是文本，它也就應該受制於文本闡釋的所有的規則。[61]

55　同上注，頁 2。

56　同上注，頁 5-7。

57　伊麗莎白・福克斯 — 杰諾韋塞（Elizabeth Fox-Genovese）著，孔書玉譯：〈文學批評和新歷史主義的政治〉，《新歷史主義與文學批評》，頁 57。

58　海登・懷特（Hayden White）著，米家路譯：〈解碼福柯：地下筆記〉，《新歷史主義與文學批評》，頁 109-143。弗蘭克・林特利查（Frank Lentricchia）著，肖明翰譯：〈福柯的遺產：一種新歷史主義？〉，《新歷史主義與文學批評》，頁 144-159。

59　布魯克・托馬斯（Brook Thomas）著，程巍譯：〈新歷史主義與其他過時話題〉，《新歷史主義與文學批評》，頁 84。

60　盛寧：〈歷史・文本・意識形態 —— 新歷史主義的文化批評和文學批評芻議〉，頁 24。

61　同上注，頁 20。

當然新歷史主義有其限制，他們最初雖然是希望由解構主義及形式主義批評的風尚之中恢復歷史研究，最終卻取消了歷史研究的積極意義。新歷史主義不再流行，卻仍然留下影響的痕跡，提醒我們「歷史」具有「歷史編纂」及「歷史本身」的雙重意味。[62] 文學及歷史研究者該如何面對新的歷史觀念？盛寧的說法值得引用：

> 我們從這樣一個角度去看歷史，並不是要把「歷史」理解成貶義的向壁虛構（這種誤解已經屢見不鮮），而是要去除「歷史」（文本）的神秘性，看到「歷史」自身的歷史性，看到「歷史」文本在形成的過程中如何受到歷史環境、認識條件和學術體制等各種作用力的制約。[63]

我們不必激進地認為歷史沒有真實可言，放棄追尋歷史事實，新歷史主義讓我們注意到歷史編撰的過程以及個體（史學家、文學評論家等等）的角色，對於文學及歷史研究而言仍是重要的啟發。

文學史既是歷史書寫之一門，這些歷史學的討論自然也深深地改變了文學史研究，「文學史」的概念被徹底地重新審視。文學史也具有「歷史編纂」及「歷史本身」的雙重性，就像詹明信（Fredric Jameson, 1934- ）對歷史的形容：「歷史在任何意義上都不是一個文本、大文本（master text）或宏大敘述（master narrative），但是它除了文本或敘述形式以外是無法企及的。換言之，我們只能通過預先的文本手段（textualization）或敘述重構

62　也有歷史學者把「歷史」更精細地分成三個層次，亞諾德（John H. Arnold）認為：「我用『歷史編纂』表示書寫歷史的過程，用『歷史』表示這一過程的最終成果，而「過去」本身「就像生活一樣無序、混亂、複雜」。亞諾德暗暗反駁新歷史主義的說法，「過去本身不是一段敘述」，「歷史是真實的，因為它必須與證據即歷史涉及的事實相一致，否則它就必須表明為甚麼這些事實是錯誤的，需要修正」。但是無論如何，「歷史」與「歷史編纂」的區分仍然是後結構主義及新歷史主義留下最主要的遺產。亞諾德著，李里峰譯：《歷史學》（香港：牛津大學出版社，2016 年），頁 5 及 17。

63　盛寧：〈歷史‧文本‧意識形態 —— 新歷史主義的文化批評和文學批評芻議〉，頁 22。

（narrative（re)construction）才能夠接觸歷史。」[64]文學史只有通過各種論
述才能企及，即使文學史總是在「重寫」之中。內地學者針對文學史課題
作了很多精彩研究，由官方主導的文學史編修工程及文學史所負載的意識
形態與教育任務，令他們更為敏銳、急切要重思文學史。在中國現代文學
史研究上，自從1988年陳思和、王曉明等人倡議「重寫文學史」以來，不
少學者都力圖拆解文學史的傳統概念，並提出異彩紛呈的文學史構想。至
於在香港，面對九十年代以來內地編寫的香港文學史，本地學者也高呼要
「重寫文學史」。迄今香港文學尚未有一部本地編修的文學史，然而在朝向
香港文學史誕生的路上，研究不同學者的香港文學史論述形構是非常重要
的起步工作，他們對香港文學各項課題、現象、作品的評論，都是為編修
文學史奠基。

　　香港文學史的論述形構是在九十年代因應香港政治前途的變動而出現
的，「香港文學史」忽然成為論述對象，各家爭相熱心敘述「香港故事」，
在各種出爐的香港文學史論述之中，以內地學者最有組織和規模，也是被
研究得最為仔細的。[65]本地學者為了抗衡他們的論述，評論、史料收集與編
選以至文學大系的準備工作陸續啟動，[66]並警惕香港文學史的書寫應該謹慎
進行，例如盧瑋鑾認為「短期內不宜編寫香港文學史」、[67]也斯說「香港的
故事為甚麼這麼難說」等等。[68]在他們的批評之中，文學、文學史論述以

64　由引者中譯。Fredric Jameson, "Marxism and Historicism," *New Literary History* 11, no. 1
　　（Autumn 1979): 42.

65　參考陳國球：〈收編香港 ── 中國文學史裏的香港文學〉，香港中文大學中國語言及文學系，
　　香港教育學院中國文學文化研究中心合編：《都市蜃樓：香港文學論集》（香港：牛津大學出
　　版社，2010年），頁3-21。王宏志：〈中國人寫的香港文學史〉，王宏志、李小良、陳清僑：
　　《否想香港：歷史・文化・未來》（台北：麥田出版，1997年），頁95-130。

66　參考樊善標：〈文學史「如何香港」的設想 ── 鄭樹森、黃繼持、盧瑋鑾香港文學「三人談」
　　與陳國球《香港文學大系總序》〉，《政大中文學報》第25期（2016年6月），頁91-128。

67　盧瑋鑾：〈香港文學研究的幾個問題〉，黃繼持、盧瑋鑾、鄭樹森編：《追跡香港文學》（香港：
　　牛津大學出版社，1998年），頁74。

68　也斯：〈香港的故事：為甚麼這麼難說？〉，《香港文化十論》（杭州：浙江大學出版社，
　　2012年），頁1。

及政治論述之間的關聯性明顯不過，不論是配合還是力圖擺脫政治主導論述，多能指出非文學因素（例如政治、經濟等）對文學史論述的影響，而這批本地的文學史論述及其研究又多是在後殖民理論及文化身份認同理論的範式下產生的。

　　綜合上述的理論啟發，我們可以嘗試重新想像香港文學史的可能形態。陳國球的文學史研究化用了傅柯及新歷史主義等理論分析文學史的敘事性，「文學史以敘事體的形式具體呈現於我們眼底」[69]，「當中有的是包括敘事者、敘事體和接受者的一項敘事行動」。[70] 因此並不存在「客觀」文學史，也沒有所謂權威的史著，而只是許多敘述的集合：

> 同一段文學史就寄存於不同的敘事體，在不同社區保有不同的面貌。由此可見，我們不能再以輕蔑的口吻說文學史的各種描述不外是「工具」、「手段」，以為文學史的「客觀事實」才是基礎、是骨幹、是真的「第一義」。我們要認真省察種種敘事體的本質，質疑它的支配地位，進而積極地深思這敘事體的操作方式有沒有改善的可能。[71]

也正因為文學史只是敘事體，它所敘述的故事就可以被質疑、審思。質疑的對象主要是長期作為意識形態附庸和教科書的文學史：

> 它的敘事體式必然具體了幾個特徵：
> 1. 敘事者表明所敘述的不是謊言，乃是真相；
> 2. 敘事者假設自己和讀者對相關知識的掌握程度並不對等；敘事

69　陳國球：〈文學史的探索 ——《中國文學史的省思》導言〉，《文學史書寫形態與文化政治》（北京：北京大學出版社，2004 年），頁 317。

70　陳國球：〈敘述、意識形態與文學史書寫 —— 以柳存仁《中國文學史》為例〉，《文學史書寫形態與文化政治》，頁 184。

71　陳國球：〈文學史的探索 ——《中國文學史的省思》導言〉，《文學史書寫形態與文化政治》，頁 318。

者訪得了知識的火光，然後傳遞給蒙昧的讀者；

3. 基於不平等的地位，基於高度的自信，敘事體充滿從上而下的
指導語態，藏有嘉惠後學的自慰心理。[72]

1988 年的「重寫文學史」浪潮正是要挑戰這些敘事體式。[73] 這些學者不再自
稱傳達客觀的歷史真相，樂於宣佈「敘事體僅是一己之見的宣言，戳破了
敘事者全能全知的神話」。[74] 例如陳思和提出要寫一部「個人的」中國現代
文學史：

> 它是不「全面」的，是有「偏見」的，它不適合作一部力圖公正
> 解釋各種歷史現象並負有意識形態指導者責任的教科書。但話又
> 說回來，這種「公正」的教科書又何曾有過呢？[75]

陳思和希望陸續「有各種各樣的對中國二十世紀文學史的解釋」。[76] 陳國球
的文學史研究無疑也秉持着相似的批判精神，他澄清這種解讀前賢的文學
史著作的方法並非為了指斥其不盡善之處，而是「只想說明文學史上的種
種現象，有賴『文學史家』去梳理串連」，因此「當我們進行閱讀時，應該
對敘述過程中的人為作用有所警覺」。[77]

在這種新的文學史觀之下，我們應該放棄追求所謂「完整」、「客觀」、
「終極」的幻象，改而期待眾數的、五花八門的「個人文學史」。而文學

---

72 同上注，頁 319。

73 參考陳思和：〈關於「重寫文學史」〉，《筆走龍蛇》（濟南：山東友誼出版社，1997 年），頁
    106-120。陳思和、王曉明：〈「重寫文學史」專欄主持人的對話〉，《筆走龍蛇》，頁 121-152。

74 陳國球：〈文學史的探索 ——《中國文學史的省思》導言〉，《文學史書寫形態與文化政治》，
    頁 320。

75 陳思和：〈一本文學史的構想 ——《插圖本 20 世紀中國文學史》總序〉，陳國球編：《中國文
    學史的省思》（香港：三聯書店，1993 年），頁 51。

76 同上注，頁 55。

77 陳國球：〈敘述、意識形態與文學史書寫 —— 以柳存仁《中國文學史》為例〉，《文學史書寫
    形態與文化政治》，頁 188。

史論述的研究正是要追問文學史敘事體的特點、發言立場與對象、被認可或成為主導論述的原因、作為「故事」它的情節結構安排，甚至它所沒有敘述的故事部分等等，「積極地深思這敘事體的操作方式有沒有改善的可能」。[78] 也就是說，我們期待不應只是「一部」本地學者編修的文學史，而是異彩紛呈的、眾數的「個人的香港文學史」，而研究現有的香港文學史論述正是重要的起步，例如也斯即在其中提出了一套他的香港文學史論述。

　　也斯畢竟沒有寫出一部以「文學史」命名的著作，在把他大量的香港文學和文化評論集合起來視為文學史論述來研究之前，我們還需要先拓寬對「文學史」體式的想像。這點或者可以參考陳國球對多部中國文學史的詳細剖析。在他的研究之中，有兩部文學史的寫法較為特別，一部是司馬長風《中國新文學史》，多被指是粗疏、不夠嚴謹；另一部是葉輝《書寫浮城》，並非文學史而是評論集。陳國球認為這兩部著作顛覆了傳統文學史的規格，其中有兩點對研究也斯的文學史論述很有啟發：（一）文學史可以充滿個人性和主觀性而不減其學術價值，（二）非歷時式、論文集合式的一組文本未嘗不可視為「文學史」的其中一種面目。

　　先談談文學史的個人性。也斯追求「越界」的評論寫法，他的文學史論述當然也是「越界」的了，他提出的香港文學史論述是一部個人的、主觀的、抒情的文學史。陳國球就嘗試論證主觀的寫法和個人回憶對文學史論述的價值。例如司馬長風的著作中敘事者的聲音經常出現，[79] 他所倚靠的文學史材料、發掘未獲當時其他中國現代文學史承認的作家的憑據，「不一定是司馬長風單憑爬梳整理存世文獻而得的新發現，個人往昔的記憶可能是更重要的根源」，而他取捨材料、敘述故事時也「摻進了許多司馬長風的個人經驗」。[80] 葉輝的《書寫浮城》也可見作者對七十年代個人經驗的重視，

78　陳國球：〈文學史的探索 ——《中國文學史的省思》導言〉，《文學史書寫形態與文化政治》，頁 318。

79　陳國球：〈詩意與唯情的政治 —— 司馬長風文學史論述的追求與幻滅〉，《中外文學》第 28 卷第 10 期（2000 年 3 月），頁 104。

80　同上注，頁 105-106。

多篇文章都由細說個人回憶開始，「全書各篇包括〈題記〉，幾乎都是各種
『記憶』的展陳」。[81] 既然文學史是集體的、民族的記憶，而又由作家和文學
史家所敘述，那麼也自然和敘述者的個人記憶難以完全分割，書寫文學史
的本身就是以個人記憶介入集體記憶，因此完全排除主觀意識的「客觀文
學史」並不存在，毋寧說愈是強調自身的客觀公正的文本就愈需要警惕：

> 一般認為，文學史書寫的目的是傳遞民族的集體記憶，但文學史
> 的書寫者是否必須，或者是否有可能完全排除個人的經驗，是一
> 個值得思考的問題。事實上，有特色的文學史都是個人閱讀與集
> 體記憶的結合。而個人的閱讀過程當中必然受過去的生活經驗影
> 響甚或支配。〔……〕這裏要說明的不是文學史著如何因私好而影
> 響「公斷」；反之，是要指出文學史論述往往包含個人與公眾的糾
> 結，文學史的書寫不乏個人想像和記憶。[82]

個人回憶要被視為文學史論述，需要滿足一些條件，例如研究者應該進一
步追問「『個人』經驗或者『個人』記憶，是否能代表／反映『公眾』的歷
史／文學史呢？」。[83] 以葉輝為例，他能夠從個人延伸到公眾的思考，例如
由個人的專欄經驗延伸到探討七十年代專欄文學等等，故此也可視為個人
角度出發的香港文學史論述。[84] 由此，陳國球提出「再思文學史的論述是否
與科學客觀、邏輯嚴謹、摒除主觀情緒等學術規範有『必然』的關係」：

> 作為文學史的敘述者，為甚麼一定要有莊嚴的學術外觀？為甚麼
> 不能是體己寬心的寬容？正如文學批評，既可以是推理論證、洋

81　陳國球：〈書寫浮城的文學史 —— 論葉輝《書寫浮城》〉，《香港的抒情史》，頁 102。

82　陳國球：〈詩意與唯情的政治 —— 司馬長風文學史論述的追求與幻滅〉，頁 107。

83　陳國球：〈書寫浮城的文學史 —— 論葉輝《書寫浮城》〉，《香港的抒情史》，頁 117。

84　同上注，頁 118。

> 洋灑灑的著述，也可以是圍爐夜話的詩話箚記。[85]

個人經驗與文學史論述的密切關係、記憶如何介入文學史書寫，還有文學評論的散文式寫法怎樣引申到文學史多樣的可能性，再思文學史書寫的學院規範，這些都非常適合借以理解界乎作家與學者之間的也斯。

陳國球更提出非歷時敘述的著作也不妨視為文學史論述，大大拓寬了文學史論述研究的視野。他對葉輝的討論提供了一個可以參考的先例，讓我們把也斯的香港文學與文化評論視為文學史的一種。在陳國球討論的全部文學史著作之中，只有葉輝的《書寫浮城》沒有以「文學史」命名，而是文學評論集。他認為雖然目前為止：

> 他還沒有宣示撰寫文學史的雄心，然而就以《書寫浮城》的各篇所見，葉輝正把他的批評觸覺伸展到有關文學史思考的不同角落，在若干環節又搭建了粗具規模的歷時論述架構。[86]

他認為《書寫浮城》是「以歷史探索的筆觸重整『個人』和『公眾』的記憶〔……〕讓我們看到文學史意識的形成，讓我們聯想不少文學史的理論問題」，[87] 並如此概括葉輝的文學史論述關懷：

> 從香港視野出發，從新釐定尋思「香港」與「中國」的關係，梳理香港（在中國的大背景下）的文學活動及其成果的歷史線索，參與構建「香港文學史」的始創工程。[88]

為了說明文學史有多種寫法，他先追溯西方文學研究的兩種傳統：一是歷

85　陳國球：〈詩意與唯情的政治 ── 司馬長風文學史論述的追求與幻滅〉，頁 115。

86　陳國球：〈書寫浮城的文學史 ── 論葉輝《書寫浮城》〉，《香港的抒情史》，頁 108。

87　同上註，頁 98。

88　同上註，頁 108。

時的「語文學」（philology），研究語言文字的歷史發展，二是共時的「修辭學」（rhetoric），追求普遍的原則。這引申到文學史也有兩種寫法，語文學在德國有很深厚的傳統，第一本現代德國文學史就視文學史為歷史發展的表現；法國則以修辭學、詩學的傳統為主，十九世紀以前的法國文學史不太着意追蹤歷時變化，而以肯定法國文學及語言的普遍價值為主。[89] 陳國球認為在香港文學史研究之中，盧瑋鑾對史料的收集代表語文學的傳統，而葉輝可被歸入修辭學的寫法。葉輝的評論注重探索香港文學的價值和本質等問題，是「例示式詩學」（exemplificatory poetics），但是不同於一般詩學研究是靜態的永恆價值的探討，葉輝關注文學與香港現實的關係，[90] 他的文學史論述尤其關注思考香港身份與中國意識的關係，並努力在華南地區尋找香港文化的定位。[91]

如果「客觀敘述」和「歷時敘述」都不是文學史的必要元素，那麼究竟有甚麼特點令一個或一組文本稱得上是「文學史」？其中一個關鍵可能是文學史意識，也就是在文本中展現歷史敘述的自覺。文學史意識的出現時機與歷史時刻密切相關，據陳智德考證，抗戰前夕的香港在報刊上有少量文章展現出「對『香港文壇』回顧和討論的自覺意識」，這些文章以「香港文壇」為題，「形塑出香港文學『歷史意識』的雛型」。[92] 他認為這種歷史敘述的需要，一是由於戰火逼近、淪陷在即，「造就一種歷史意識的反思」，[93] 二是聯合戰線、團結抗敵的需要，而歷史回顧能夠達致這種「共同

89　同上注，頁 100。

90　同上注，頁 101-102。

91　同上注，頁 102-116。

92　他舉出文章例子包括吳灞陵〈香港的文壇〉（1928）、康以之〈關於香港文壇〉（1934）、貝茜（侶倫）〈香港新文壇的演進與展望〉（1936）。陳智德：《板蕩時代的抒情：抗戰時期的香港與文學》（香港：中華書局，2018 年），頁 17。

93　同上注，頁 321。

感」。[94] 1997 無疑是另一個香港的歷史時刻，刺激了更大規模的香港歷史回顧，也斯參與香港文學史論述約在八十年代中期，是這次集體歷史回顧的重要一員。

　　總結以上的討論，也斯的文學評論實在可以視為一種香港文學史。首先，他對香港文學的評論每每展現出高度自覺的「歷史意識」。套用陳國球對葉輝的分析，也斯的文學評論「伸展到有關文學史思考的不同角落，在若干環節又搭建了粗具規模的歷時論述架構」。其次，他經常從整體上概括香港文學的特點。也斯的論述思路不是「語文學」，而是傾向「修辭學」和「例示式詩學」，他對香港文學的討論是區塊式的、以議題為中心的，不志在面面俱到，而是集中在幾個他認為最能演示香港特質的議題，深入研析，由此論證香港文學的價值和本質，嘗試從整體而言解釋香港文學的獨特性。因此他的香港文學故事集中在幾個課題，例如香港的後殖民問題、現代主義文學、都市文學、「生活化」新詩、抒情詩學等等，解釋這些課題和香港文學、文化、社會及歷史的關係，追蹤個別文學現象的成因、發展、特點。雖然把這些個別的「情節」加起來並不等於一部「完整」的文學史，但是他的評論多具備一定的時間性框架和源流梳理，或討論不同年代作家和思潮之間的承傳關係、梳理某些文學現象的形成脈絡。他從理論或文學史的高度提出許多香港文學特質，例如他對香港現代主義的研究，從南來一代對中國現代派的承傳，談到七十年代的轉變，歷時架構頗為完整。

　　也斯的香港文學史論述還有以下三個最大的特點，在本書各章的分析中將會反覆看到，並作更詳細的討論：

　　其一，也斯的論述對立面是內地學者的香港文學論述，他最着意抗衡的就是民族主義的論述。出於他對香港的情感和追尋主體性的執着，香港對他來說總是獨特的「例外之地」。香港的後殖民處境有別於第三世界民族國家的建立運動，不能簡單套用民族主義作為解殖出路，可以說香港是在

94　同上注，頁 19。另外，樊善標曾經論及「文學史撰著和群體建構的密切關係」，與陳智德所論相近。樊氏指出文學史書寫能夠「創造傳統、凝聚群體」，支撐民族國家這類「想像的共同體」。見樊善標：〈文學史「如何香港」的設想 —— 鄭樹森、黃繼持、盧瑋鑾香港文學「三人談」與陳國球《香港文學大系總序》〉，頁 94。

「經典後殖民理論之外」。香港又在「大論述之外」，雖然香港特別吸引戲劇化的故事，但香港文學力求自外於宏大敘述，而也斯最抗拒的「大論述」無疑就是民族主義的香港故事。這些都可見他對香港主體性的追尋是在與中國的相對關係之中發展的，是其論述賴以成立的基礎。

其二，他的文學史論述相當倚重個人經驗，文學理論主要是用以深化他早年個人的體會和經歷。即使是探討後殖民和現代主義這類理論課題，他的討論也是以個人的文化觀察和文學經歷為中心。他的「越界」理念決定了他的文學史論述是界乎「作家寫史」到「學者寫史」之間，論述也多由個人回憶的展陳、提升、總結再加以延伸到公眾層面。這種特點在對七十年代的論述之中最為明顯。香港文學史料長期散佚不全，八九十年代才開始着手整理，要了解歷史面貌，當時參與者的經驗和觀察印象是非常寶貴、甚至有時是僅有的資料。也斯參與了香港文學史的重要部分，他的經歷本身就是重要的史料，代表了戰後成長的一代對香港的摸索、思考、創作實驗以及與中西文藝資源協商的情況等等，而且他能夠由個人回憶延伸到對探究一代文學的特點，以個人記憶介入香港文學的集體記憶，是深具個人特色的文學史論述。他集中談論的基本上是他所喜好的課題，本意不在反映香港文學歷史的全部面貌，而是想為這些他熱愛的文學流派、現象或他所關注的課題建立文學史論述。我們閱讀其論述時，可以在他對題材的選擇和詮釋角度等等看到他個人美學口味的反映。

由此引申，也斯的論述「資本」除了來自其學院身份之外，更大程度上來自他身為當事人的經歷。他研究的課題幾乎都是他曾經以作家身份參與其中的，他把自己的實踐經驗總結和提升為文學史論述，嘗試把握香港文學的特質。他既是最早具有本土意識的作者之一，其創作構成了香港文學面貌的一部分，他的論述又是來自對早年個人思考與實踐的提煉和總結，因此十分適合倒過來用於研究他自己的作品。不少重要的香港文化論文都是建基於「也斯」的論述，同時又以「梁秉鈞」的作品為例。舉例來說，也斯的「生活化」詩歌備受論者青睞，被評論者視為代表香港的後殖民主體意識覺醒。羅貴祥注意到不少重要的香港文化論文都以梁秉鈞的詩為例，與他同時從事相關評論有關：

> 這不一定代表，也斯是第一個寫香港問題的詩。但因為也斯的作
> 品，一直在處理香港文化與身份的問題，他的創作與評論互為表
> 裏、延伸，令研究香港文化的學者以他的作品做切入點。[95]

也斯論述香港的努力，使他同時成為香港後殖民論述的其中一位代表作家
和領航學者，他的評論在這些情況中甚至加強了其文學創作的重要性。

　　其三，他的研究方法主要來自比較文學和文化研究。比較文學方法對
他尋找香港文學的價值和獨特性很有幫助。比較文學是「研究兩國或兩國
以上的文學，以及文學與其他知識領域的研究」，「是一國文學與他國文學
的比較以及文學與其他文化活動的比較」。[96] 也斯的博士研究是中國與西方
現代主義文學的比較，其後又延伸至香港現代主義的研究，例如討論香港
小說與西方現代文學的關係，比較香港及台灣的現代詩發展等。此外他也
關注文學與其他學科及藝術領域的比較，尤其是經常結合討論香港文學與
電影，以更立體地闡釋香港文化特點。而文化研究鼓勵跨科際、跨媒介的
思考，特別關注打破文化位階上的雅俗區分、挑戰文化霸權等等。也斯是
在本地學院引入文化研究的其中一位旗手，率先援引後殖民理論、身份政
治、都市空間研究等等，又身體力行嘗試打破學院評論的界線、與藝術家
跨界合作等等。這些是他常用的研究方法，讓他的文學評論展現廣闊的跨
界視野。

四、文學場域與學院場域中的也斯

　　掌握以上的一系列論述特徵之後，下文會先介紹法國社會學家布赫迪
厄（Pierre Bourdieu, 1930-2002）的學院和文學場域理論，針對也斯的學者

95　羅貴祥：〈邊界視野　也斯的香港文化研究〉，《字花》第 42 期（2013 年 3-4 月），頁 24。
96　李達三：《比較文學研究之新方向》（台北：聯經出版，1978 年），頁 201。

及作家的雙棲身份，嘗試運用這套理論工具解釋他越界寫作、倚重個人性等等的論述特徵形成的原因。

布赫迪厄的場域理論晚近已經成為顯學，他概括自己的研究方向為「將進行客觀化的主體客觀化」（to objectify the objectifying subject），[97] 例如用「針對社會學的研究工作去進行某種社會學的實驗」。[98] 以他對法國文藝場域的研究為例，他着眼於文學場域內不同參與者如何透過具體的言行操作，創造自己的文學地位。傅柯對權力的分析是抽象而非政治化的，布赫迪厄則相反，他的分析關注具體的個體和機構組織。布赫迪厄認為「文學（等等）場域乃是一個力場〔……〕又是一個競爭的鬥爭場域，進行鬥爭的目的，則是為了保存或是改變這個力量的現狀」。[99] 這些鬥爭是通過各人的「佔位」行為實施的，場域上的所有位置都是相對的，參與場域的每個施為者（agent）的策略和行為取決於他們處於怎樣的位置、擁有怎樣的資本。[100] 所有場域都有一定程度的同構性（homologous），「像每個場域各有其宰制者和被宰制者、保守分子和前衛分子、各有顛覆性的鬥爭和再生產的機制」。[101] 布赫迪厄承認他使用的部分概念早已由傅柯提出，例如傅柯提出「論述的場域」（the field of discourse）的概念以及把文學作品置於論述場域之界定其自身，視之為「爭論的場域」，[102] 但他批評傅柯仍然只是文本內部的分析，像這樣的結構主義與後結構主義排除了文學生產的經濟及社會條件，他提出文學藝術的分析應該結合文本內部及外部的分析，例如他

97　Pierre Bourdieu, "Preface to the English Edition," *Homo Academicus*, trans. Peter Collier (Stanford: Stanford University Press, 1988), xii.

98　布赫迪厄著，陳逸淳譯：〈將進行客觀化的主體客觀化〉，《所述之言：布赫迪厄反思社會學文集》（台北：麥田出版，2012 年），頁 179-180。

99　皮耶・布赫迪厄著，石武耕、李沅洳、陳羚芝譯：《藝術的法則 —— 文學場域的生成與結構》（台北：典藏藝術家庭，2016 年），頁 360。

100　同上注，頁 362。

101　布赫迪厄著，陳逸淳譯：〈知識場域：一個與眾不同的世界〉，《所述之言》，頁 262。

102　皮耶・布赫迪厄著，石武耕、李沅洳、陳羚芝譯：《藝術的法則 —— 文學場域的生成與結構》，頁 304-307。

非常着重把文學場域放回更大的場域（例如經濟、權力等等）中檢視它們同形對應的部分，[103] 並指出包括文學在內藝術品的價值不只來自藝術家，評論家、藝術史學者、出版商、畫廊負責人等等一連串的人都參與了作品價值的生產。[104] 布赫迪厄的場域理論主要是想讓研究者把握藝術場域的變遷，因此他建議研究者如下操作：「第一，要去分析文學（等等）場域在權力場域當中所在的位置，以及這個位置隨着時間的變動。第二，要去分析文學等等場域的內部結構〔……〕第三，去分析佔據這些位置的人，他們的慣習是如何生成的」。[105]

　　教育社會學是布赫迪厄的研究重點之一，《學術人》（*Homo Academicus*）「以大學體系作為研究對象」，[106] 以場域理論對法國高等教育體系進行社會學分析，研究不同院系的教授的資本（capitals）、慣習（habitus）、在場域上的位置等等因素如何影響他們的學術行為和政治取態等等。[107] 布氏作為學院中人，嘗試藉由社會學的方法，進行反思式的社會學研究，要打破大學向來被視為知識追求的場所的中立、客觀化迷思，把學術場域視為一切場域的其中一個，揭示其中的權力運作、與社會權力階層的關係等等。[108] 他提出這套分析大學場域的步驟：先分析大學場域在權力場域之中的位置，然後是分析不同院系（faculties）在大學場域之中佔據的位置，最後是分析個別院系之內不同學科（disciplines）所佔據的位置。[109] 他聚焦在大學場域的主要施為者 —— 大學教授身上，探討他們分別在權力場域、文化場域及大學場域中的位置和角色。首先，在權力場域中，大學教授相對於工商業經

103　同上注，頁 309、317-318。

104　同上注，頁 356。

105　同上注，頁 335。

106　布赫迪厄著，陳逸淳譯：〈將進行客觀化的主體客觀化〉，《所述之言》，頁 182。

107　黃庭康：〈布爾迪厄《學術人》導讀〉，蘇峰山編：《意識、權力與教育：教育社會學理論導讀》（嘉義：南華大學教育社會研究所，2005 年，第 2 版），頁 71。

108　Bourdieu, "Preface to the English Edition," *Homo Academicus*, xii.

109　Bourdieu, "A 'Book for Burning'?" *Homo Academicus*, 32.

理而言，當然是從屬的一方。但是大學教授擁有制度化的文化資本，從而保證了他們有官僚化的職業生涯和穩定的收入，因此在文化生產場域上，相對於較為離經叛道而不制度化的作家、藝術家而言，大學教授則是佔據了世俗化的主導位置。[110] 最後是在大學場域內，視乎他們隸屬的學科而分佈在場域的從屬或主導兩極之間。主導一方與政經場域相近，例如醫學院、法學院就和社會主導秩序較接近，而文學院、理學院就和知識場域較接近，是從屬的一方。前者擁有較多的政經權力，政治取態較保守；後者擁有較多的文化聲望，政治立場較左傾。[111]

　　大學場域如同一般的場域可以分成兩股主要力量：一方是保存、複製現有結構，另一方是尋求改變現狀，兩方是文化再製（cultural reproduction）和文化生產（cultural production）之爭。這種主導與從屬角力的結構可以再細分至每個學院之內，有些科系是正典學科，擁有較高的學術資本（academic capital）和學術權力（academic power），是大學體制的掌權者，他們控制其他人進入體制的管道、晉升的速度等等，從而保證體制的穩定延續，但是對研究的投入較低；[112] 有些科系學術權力較低，但是知識聲望等象徵資本較高，較為傾向知識追求，尤其以新學科、邊緣學科或在正典學科之內提倡用嶄新研究方法的學者，都是這類「受祝聖的異端分子」（the consecrated heretics）的代表。[113] 這套學院場域理論有助我們觀察香港文學進入學院論述的過程、也斯在這過程中所擔當的角色以及其角色在場內的變化軌跡（trajectory），即他在場域中連續佔據的一系列位置。

　　先從「正統／異端」之爭的角度分析香港文學成為一門學科的過程。香港文學在學科建立初期，是布赫迪厄所說在場域上處於「從屬」一端的、「離經叛道」的、支撐「文化生產」的學科，目的是尋求改變場域現狀、達

110　Bourdieu, "The Conflict of the Faculties," *Homo Academicus*, 36.

111　Bourdieu, "The Conflict of the Faculties," *Homo Academicus*, 38 & 49.

112　Bourdieu, "Types of Capital and Forms of Power," *Homo Academicus*, 84-85.

113　Bourdieu, "Types of Capital and Forms of Power," *Homo Academicus*, 105-106.

致被認可的地位。「香港文學」相關科目開設正規學院課程，[114] 最早可追溯到也斯任教香港大學比較文學系的時候。[115] 然而據朱耀偉研究，香港文學初期在比較文學系內十分邊緣，而比較文學原本又是英文系的邊緣領域。當時比較文學系內以英語學者為主，主流是與英文性有關的研究，[116] 像也斯、黃德偉等華人學者只佔系內少數，從事香港文學者說得上是「異端」，在英文性為主流的系上關注後殖民香港議題，更是異端中的異端了。朱耀偉指出：「整個 80 年代竟然沒有一篇比較文學的論文直接處理香港本身的跨文化問題。（『香港』完全失聲的情況要到梁秉鈞在香港大學比較文學系開設有關香港的課程才有改善。）」[117] 這個情況隨着九十年代香港文學研究的增加而逐步改變，由多項指標可以觀察到香港文學學科累積認受性的過程，包括相關課程的名稱和數量、專書的數量、以香港文學為題的作品選集數量、[118] 博碩士論文數目、專題研討會的數量（八十年代末不少香港文學論文是發表在中國現當代文學研討會上，愈接近九七就有愈多「香港文學」的專題研討會）、研究中心的設立等等。[119]

聚焦在也斯身上，在香港文學的學科建立過程中，他主導了不少重要

114　非正規課程可以追溯得更早，例如 1975 年也斯已經在香港中文大學校外課程部主講香港文學課程，同年港大文社舉辦「香港四十年文學史學習班」，也斯主講七十年代的部分。

115　香港文學學科養分不少來自比較文學和文化研究，由重要學者們的背景可見，例如鄭樹森、陳炳良、陳清僑、黃維樑、朱耀偉、陳國球等等多人都有比較文學背景。

116　朱耀偉整理了香港各大院校的比較文學學科情況，也斯執教的香港大學英文研究及比較學系是在 1975 年才由歐洲語言文學系改組而成，1989 年比較文學系自英文系獨立，系主任是黃德偉。比較文學在九十年代日漸式微，例如中大的比較文學學科就被併入現代語言及文化系。朱耀偉：〈同途殊歸：八十年代香港的中西比較文學〉，黎活仁等編：《香港八十年代文學現象》（台北：學生書局，2000 年），頁 273-299。

117　同上注，頁 293。

118　香港文學選集的研究可參考黃念欣：〈典律的生成 —— 近四十年香港小説選之編選法則與身份建構〉，《都市蜃樓：香港文學論集》，頁 81-101。

119　例如盧瑋鑾在 2001 年於中文大學成立香港文學研究中心，樊善標認為「『香港文學研究中心』應該置於『香港文學研究』體制形成的角度下審視」。香港中文大學香港文學研究中心編著：《曲水回眸：小思訪談錄（下）》（香港：啟思，2017 年），頁 155。

改變，推動這門學科走進學院場域。[120] 他對於自己是學術場域的一分子非常自覺，在〈雅俗文化之間的文化評論〉文中，他以「學院的可能與限制：以香港大學為例」為題回顧他加入學院以來香港文學研究的變化。他憶述港大英文系和比較文學系分家的原因，尖銳地指出主事者和系方的問題，同時又指在 1997 之前，英語仍是校方的官方教學和考試語言，「用中文寫作有關中文文化研究卻被否決了」，中文論文的指導老師以及系方的校外評審皆是不懂中文的西方學者擔任。[121] 香港研究被忽略的狀況在九十年代開始改變，也斯自己率先在 1993 年開辦「後殖民主義與香港文化」課程，「在學院開課討論香港文化並不容易，當然先後遭遇到種種內內外外的壓力」，「在許多人心目中，『香港文化』恐怕還不算是個正經的學術研究題目」。[122] 他對學院建制例如撥款、領導、機制問題等等的批評極其尖銳，從場域角度可以明顯看到九十年代初的他不是處於主導學術權力的位置，而是學術場域的「異端分子」。隨着香港文學學科被認可，他也由學院的邊緣走向中心。1985 年他在港大任職講師，十年後升任資深講師，1997 年他轉往嶺南大學任職後即獲授予講座教授的頭銜，並領導嶺南大學人文及社會科學研究所和人文學科研究中心，至此他可以說在文學學術領域內已有非常崇高的學術地位。[123] 他在學術場域的晉升過程與香港文學學科的建立過程是大致同步的，兩者相輔相成。他成為主導香港文學論述的學者之一，作為大學教授，充分發揮其影響力，在課堂上傳播他的觀點，訓練新一代學者和研究人員，指導論文，主編叢書，籌辦學術研討會，主持研究中心等等，都是在建設香港文學上非常核心的工作。

120　朱耀偉指出香港文化研究至今仍是體制中的邊緣，他認為香港研究正在新的「國際化」要求之下進一步被邊緣化，換言之英語為主的格局其實一直沒有改變。朱耀偉：〈香港（研究）作為方法〉，朱耀偉主編：《香港研究作為方法》（香港：中華書局，2016 年），頁 23。朱耀偉：〈引言〉，同前書，頁 122-123。

121　也斯：〈雅俗文化之間的文化評論〉，《香港文化十論》，頁 174。

122　同上注，頁 175。

123　也斯的履歷資料參考〈也斯小傳〉，黃淑嫻、吳煦斌主編：《回看・也斯》（香港：康樂及文化事務署，2014 年），頁 232。詳細參考梁秉鈞官方網站上載的履歷表（http://xpia10.com/leungpingkwan/PKLeung_CVacademic.pdf），最後瀏覽日期：2021 年 3 月 15 日。

重新認識當時的學術場域對於理解也斯的文學研究非常重要，而場域理論的「資本」和「慣習」概念亦可以解釋也斯的文學史論述特點。慣習指個體進入文學場域前的「配備」、「屬性」，施為者的佔位行為除了受限於場內已有的位置及規則外，也受其本身的家庭、學養、性格等影響，「他們從出身與生涯軌跡得來的種種秉性（dispositions）」，加上他們所繼承的「資本」，造就了不同人有不同的習性，在不同的位置上就有不同的表現，有時會引起新位置出現，改變場的結構。在布赫迪厄的理論中，位置與習性之間的循環互動是最重要的部分，使他在結構主義的機械決定論與浪漫主義的文學內部閱讀之間開創出新的研究路向，而不落入任何一者的窠臼。他認為施為者在場域內的策略「是根據他們在（無論是否制度化的）特定資本分佈當中處於甚麼位置而定，要保留還是要改變這種分佈的結構，也就是說，要延續還是要顛覆這些現行的慣例」。[124] 套用在也斯身上，可以得出三項觀察：

（一）他抗衡既成建制的傾向來自進入學術場域之前的慣習。青年時期的他並非學院精英出身，他就讀的浸會學院當時還不是大學，他偏好地下文學與一切當時未被主流欣賞的文藝，充分地表現了他的反主流氣質。這些出身和秉性貫穿他的整個文學事業。年輕時他是希望挑戰各種主流正統品味的作家，在受過專業的文學訓練、成為大學教授之後，他偏要研究當時在大學體制內尚未獲得承認的香港文學與文化，這種挑戰和抗衡中心的傾向似乎由早年一直延續下來。

（二）也斯是帶着在文學場域累積多年的文化資本和象徵資本進入學術場域的，他先成為一名作家，其後才獲得學院的「入場券」。他在美國完成比較文學博士回港後在港大任教，適逢香港回歸前途底定，香港研究開始興盛，大量學術會議舉辦，也斯這階段頻繁發表學術論文，除了沿着他的博士論文方向討論中國現代文學之外，也開始發表與香港文學及文化相關的論文，通過積極的論述行為把自己的象徵資本轉化為學術資本。

124　皮耶·布赫迪厄著，石武耕、李沅洳、陳羚芝譯：《藝術的法則 —— 文學場域的生成與結構》，頁362。

　　（三）他偏愛游走在學院與公共場域之間的「越界」評論，也和進入學院之前的慣習有關。即使成為學者之後，他仍然非常注重面向公眾進行文化工作，撰寫了許多非學院式評論的文章。這既是他個人對評論寫法的喜好，也是他長年寫作報刊專欄雜文的經驗讓他時刻面對大眾讀者，是「作家」身份對「學者」身份的影響。例如 1987 年起，他在香港中華文化促進中心大力推動香港文學相關的活動，包括每月詩會、文學月會等等，都是面向公眾的座談和活動。1991 年起，又在香港藝術中心陸續開辦多個香港文化相關的課程，藝術中心的課程就是他刻意想跨出學院，面向大眾的嘗試。同年他分別替《號外》及《今天》編輯「香港文化」專號，一本是大眾文化雜誌，一本是學院知識分子雜誌，相當有象徵意義。他並擔任《文化評論》雜誌的名譽顧問，[125] 其創刊詞與也斯對評論的看法一致，認為評論應該獲得重視，並希望評論能夠跨出學院，可以視該本刊物為把也斯對評論的想法付諸實行。[126] 也斯把藝術中心的課程講稿結集成《香港文化》（1995），翌年出版《香港文化空間與文學》（1996），他對香港文學的論述框架基本已經齊備，其後的研究是在這兩本書的基礎之上深化論述。有趣的是，這兩本書收錄的文章大多不是學術論文，或發表之初並非面對學院專業同行。原因之一固然是當時香港文學和文化研究仍在掙扎尋求進入學院體制，香港文學評論只能寄生於體制外的發表園地，但是這樣一來同時也是在開拓新的論述領域。[127] 在由異端到正統、由邊緣到中心的過程中，也斯對香港文學的看法獲得學者普遍認同和引用，他的作品亦成為重要的研究對象。從最初他自稱「我自己是搞創作的人，並不是研究香港文學的專

125　雜誌隸屬香港大學比較文學系，編者包括董啟章、明奇英、劉敏儀、任藹詩，總共出版過兩期。

126　「文化評論是否一種學者文人對周遭低瞻下顧的手段？現今社會對『評論者』的鞭撻，似乎還不少」，他們希望破除「社會文化上的所謂『高』、『低』、『雅』、『俗』的對抗」，因此在創刊號寫道「我們有對香港詩人也斯的創作背景及動機的探討〔……〕在文化的另一端，普及中之最普及的『娛人娛己』的卡拉 OK，我們也先以不含貶意的態度去理解」。文化評論編輯組：〈致讀者〉，《文化評論》第 1 輯（1992 年 12 月），頁 3。

127　也斯：〈雅俗之間的文化評論〉，《香港文化十論》，頁 173-177。

家」，[128] 到後來成為重要的香港文學學者，他在學院和文學場域上的軌跡與香港文學學科建立的軌跡是基本重疊的。由此我們發現對也斯的文學成就而言，作家的身份始終比學者的身份優先。

　　此外，我們還可以由布赫迪厄對法國寫實主義作家福樓拜（Gustave Flaubert, 1821-1880）的分析中提取兩個分析策略，應用於對也斯的研究上。其一，文學場域理論尤其適用於解釋典範和世代的轉變，而這點又是也斯在青年時期相當着重的。世代更替的訴求常見於他早期的專欄，他對當時主流文壇的勇猛批評，就是一種場域上的世代角力：

> 這些佔位是在與其他佔位的關係之中，以否定的方式自我定義的，由是之故，這些佔位的內涵時常仍然是空洞的，並被人當成是簡單的挑釁、拒斥、決裂：在結構上最為「資淺」〔……〕在正當化進程中最為落後的這些作家，會去排斥他們那些受到最多認證的前輩其一切所作所為，排斥一切在他們眼中可以界定為「陳腔濫調」的詩歌或是其他東西〔……〕並且裝作拒絕一切代表着社會陳舊化的標記〔……〕[129]

例如也斯大力抨擊本地文壇和學院是僵化的「舊勢力」，多次在專欄中批評香港文藝界門戶分立，[130] 保守封閉，文藝活動非常沉寂，[131] 更重要的是文藝

128　也斯：〈後記〉，《香港文化空間與文學》（香港：青文書屋，1996 年），頁 218。

129　皮耶・布赫迪厄著，石武耕、李沅洳、陳羚芝譯：《藝術的法則 —— 文學場域的生成與結構》，頁 371。

130　「香港尤其特殊的現象是：不論文學藝術的任何一個領域，都有強烈的門戶之見。總是自己機構捧自己機構的人，對其他人則排斥唯恐不及。」也斯：〈從畫展說起〉，《快報》1972 年 4 月 29 日，頁碼從缺。另參考也斯：〈過渡・封閉〉，《快報》1974 年 3 月 20 日，頁碼從缺。也斯：〈里〔裏〕與外〉，《快報》1975 年 3 月 12 日，頁碼從缺。也斯亦談及台灣藝術界的門戶之見，譏為武林門派，「不過比較起來，台灣現代詩壇又比香港的情況好得多。香港現在寫詩的青年，許多甚至沒有機會讀到前一輩的詩作」。也斯：〈掌門人大會（下）〉，《快報》1972 年 5 月 25 日，頁碼從缺。

131　也斯：〈一個圓圈〉，《快報》1972 年 7 月 26 日，頁碼從缺。

界沒有接受「一個驚奇和創新的世界，一個現代藝術的世界」的胸襟和視野。[132] 也斯深深感到像自己這樣的本地青年作者沒有發展的空間，多年後如此回顧自己初出道時面對的文學場域：

> 早期香港專欄作者不少是南來文人，也帶來了部分上海小報的遺風。在緬懷霞飛路的風光之餘，很少正視英皇道的現實，而且因為思想形態的不同，往往對本地的新生事物採取嘲諷的態度：不是罵年輕人留長頭髮，就是罵年輕人寫新詩。我初寫專欄時，很感覺到周圍那種舊文字背後的舊思想。我自己也留長髮，也寫新詩，真是勢單力薄，但也只能用自己的方法去表達了。[133]

他覺得「香港這地方，不管是電影，電視，電台上，以年青人為題材的作品，一向都沒有那一部是真正表現出此時此地的年青人的心態的」，[134] 因此他介紹了大量的青年電影、青年文學、青年刊物和關於青年的各類作品。[135] 他介紹的新興藝術都旨在打破常規，顛覆藝術「高高在上」的定見，尤其是美國地下文學更被他視為一股極具革命力量的青年文化。[136] 他高呼文學不應該有「禁果」，批評中文翻譯界的因循、只翻譯名家作品。[137] 他在專

132　也斯：〈新的形象〉，《香港時報》1968 年 8 月 27 日，第 10 版。

133　也斯：〈公眾空間中的個人論說 —— 談香港專欄的局限與可能〉，《香港文化空間與文學》，頁 66。

134　也斯：〈年輕人〉，《快報》1972 年 7 月 16 日，頁碼從缺。

135　例如介紹美國電影討論的青年問題，也斯：〈青年電影　青年問題〉，《快報》1971 年 7 月 2 日；又曾介紹德國青年導演電影節，也斯：〈荷斯曼的日記〉，《快報》1972 年 1 月 31 日。又曾介紹台灣現代詩壇近來青年詩刊的出現，也斯：〈塵埃尚未落定〉，《快報》1973 年 9 月 8 日；連新加坡青年文學雜誌也有談及，也斯：〈「蝸牛」〉，《快報》1973 年 4 月 20 日。此外各大學院的青年戲劇也常在介紹之例，也斯：〈青年戲劇（上）〉，《快報》1973 年 11 月 20-21 日。他也十分關注中港台三地青年文學創作的表現，也斯：〈三地的比較〉，《快報》1974 年 9 月 5 日。以上全部頁碼從缺。

136　也斯：〈青年電影〉，《快報》1972 年 2 月 10 至 13 日，頁碼從缺。

137　也斯：〈「地下文學」〉，《香港時報》1968 年 11 月 1 日，第 10 版。

欄中屢次提出的這些批評應該理解為一種佔位行為，企圖改變文壇的美學規範，推進文學世代更替，引入全新的文藝視野借以開拓青年文藝的空間。

其二，以布赫迪厄的術語來說，也斯是經常作出「拒斥」或「否定」舉動的作家，這對於理解他的論述對立面非常有利。我們可以詳細檢視也斯早期的專欄材料中曾經批評過的作家、作品和流派，由他所拒斥的「對立面」反向了解他當時在文學場域的位置以及場域的情況，是非常適合運用場域理論的作家個案。這意味着必須考慮其「相對位置」，即與之鬥爭角力的另一方，才能完整理解他在場域內的作為：

> 分析家對於過往的了解若是僅限於文學史認定值得留名的那些作家，他所做出的理解與解釋，就必然會帶有一種本質的缺陷〔……〕他要詮釋的這些作者的積極拒斥，卻也促成了那些被忽略作者的消失。如此一來他就無法真正理解，在流傳後世者的作品當中，那些消失作者的存在與行動所形成的間接產物，例如流傳後世作者的拒斥舉動。[138]

布赫迪厄提出需要發掘被正典歷史掩埋的作者與團體，明顯是後結構主義的影響，又認為在某些作家個案之中「拒斥舉動」是特別重要的。這是很有啟發性的分析策略，同樣適用於描述也斯一生在香港文學場域的「軌跡」。也斯就像布赫迪厄所說的作出了頻繁的「拒斥舉動」，由他六十年代末開始寫的專欄文章開始，他提到或暗示反對的人、流派、文學觀念相當不少，如果不能了解與也斯相對的其他施為者和當時文學場域的狀況，就不能完整地理解其早期專欄，而他早期的經歷正是他形成其文學觀的最關鍵階段。正如上文指出，他在八十年代以後形構的香港文學史論述主要就是來自他的個人經歷。初出道的青年作家作斯，在南來作家為代表的已成名主流作家與左派現實主義陣營之間，通過前衛小眾的西方文藝譯介，以

138　皮耶・布赫迪厄著，石武耕、李沅洳、陳羚芝譯：《藝術的法則 —— 文學場域的生成與結構》，頁 127-128。

及對當時場域內其他流派的批評，開始提出新的文學願景。取得比較文學博士學位讓他得到體制內的位置，他開始在學院執教、領導文學研究，加上學術思潮之轉向，使他之前那些文學實踐變成文學史的一部分。他把一系列的拒斥與否定帶入了他對香港文學史的詮釋與論述，透過分析也斯的軌跡，重構他所作的佔位動作，就能解釋其文學史論述的特點。

　　綜上所述，結合場域理論對個體佔位行為的分析，以及後結構主義對歷史和論述的觀點，本書將梳理也斯的香港文學史論述，研究他對幾項香港文學關鍵課題的影響，以及他建立、操作和形構論述的過程，並就他的論述補充相關歷史脈絡、當時的文學場域情況和他的論述變化，由此嘗試闡釋也斯作為當時文學場域一分子的表現，以及他的香港文學史論述特點。

五、章節結構安排

　　本書全面探討也斯的香港文學史論述，以他的評論為主，結合其文學創作，嘗試整理並研究他講述的「香港故事」。本書無意也無法包攬也斯的所有面向，他在創作上的重要主張如果與其文學史論述沒有直接關連就不會論及。各章主題以「對香港文學的影響程度和重要性」來衡量，挑選出五個也斯最關注的香港文學課題。每章分別抓住一個「也斯的香港文學史」關鍵詞，先追溯他在六七十年代對該課題的關注、其產生的背景脈絡、與當時文學場域的關係，再對照他八十年代及以後的論述，指出他對該課題的研究發展與變化。部分章節會加入分析也斯的文學作品，嘗試說明他的創作和研究之間的不同關係，例如第一章檢視其後殖民作品和論述的緊密聯繫，第三章注意在其都市論述以外較少被討論的山水郊野作品，第四章對照其「生活化」新詩與論述的不同之處等等。

　　第一章關注也斯在香港後殖民論述及後殖民文學創作上的重要性。首先追溯到六七十年代的早期文章，檢視也斯如何在對美國非裔藝術及拉丁美洲文學的關注中已經初步觸及種族主義、殖民經驗與後殖民的問題，這

些思考反映在他早期的部分小說和評論之中，其中拉美文學更啟發他思考香港殖民問題和建立本土文化認同的重要性。接着整理他在學術評論中援引的後殖民理論資源及他對香港後殖民處境的理解，包括借助法農的理論發展他早期對被殖民主體異化的體會，關注香港被「再現」的「東方主義」式問題，以及嘗試拆解民族主義論述。最後，有見於也斯是在眾多香港後殖民學者中極少數同時兼擅文學創作的，本章討論了《形象香港》、《記憶的城市‧虛構的城市》和《後殖民食物與愛情》這三部後殖民文學作品，探討其中和論述或有所配合、或互相闡發、或有所超越的關係，以完整呈現也斯的後殖民香港圖景。

　　第二章把焦點放於也斯對香港現代主義文學的研究上。香港是在東亞現代主義版圖上非常重要的個案，而也斯是建立香港現代主義研究的關鍵人物。也斯對香港現代主義文學的論述可以分成「五六十年代」以及「七十年代」兩個部分，五六十年代的研究重點在於其對中西傳統的繼承與轉化，七十年代的研究重點在於青年作者怎樣改變上一代的模式，發展成「廣義的現代派」。其次，就着也斯認為六十年代與七十年代的現代主義模式已經全然不同的說法，一方面把也斯放回當時香港及台灣共同檢討現代主義的場景之中，另一方面爬梳也斯青年時期對西方現代主義與後現代主義藝術的譯介，指出其中尚未被梳理為整齊的論述之前的複雜情況，重溯這個現代派的「模式變異」實際是怎樣發生的。由此評價他在這個過程之中的角色和重要性，以及他作為青年作家當時亟欲推動範式轉移所作的努力。

　　第三章整理也斯對香港都市文化及文學的討論，首先借鑒西方理論說明現代主義與都市文化的關係，並指出香港現代主義研究之中常見的都市概念。其次概括也斯的香港都市文學研究重點，檢視他如何嘗試建立都市研究與香港文學史之間的總體理論關係，尤為着重申述都市空間與文學形式的對應關係。其後以上海南來香港的作家個案為例，嘗試回應以「都市香港／鄉土中國」的對立為核心的論述策略。由此叩問都市論述的應用範圍、解釋效力和時間範圍是否有下限，並思索九十年代以後香港都市文學論述可以如何回應全球化帶來的改變。本章最後討論也斯的三本散文集《新果自然來》、《山光水影》、《城市筆記》，展示青年時期的他對都市異化、

現代社會、城鄉對比等問題的看法，突顯都市論述崛起的前後他對都市的觀感有何變化，以及都市文學作品與論述之間的縫隙。

　　第四章將會整理也斯對「生活化」新詩的論述。首先指出八十年代末「余派」爭議與文學史話語權的角力，如何促使也斯開始整理「生活化」的歷史，甚至影響他對「生活化」的界定，其中七十年代他倡議的「生活化」本來強調與現實主義的對抗，八十年代卻重新賦予對抗「新古典主義」的意涵。其次把也斯七十年代的詩作分成兩類，分別是以意象為主，作出攝影機式的冷靜觀察，及以抒情主體作街道漫遊的詩，並分析兩者的中西詩藝養分來源，從其作品實際檢視「生活化」詩歌的風格特點。然後回到六七十年代之交，重溯「生活化」出現的背景，爬梳明朗詩風在香港開始轉折的情形，並考察現實主義文論怎樣倡議生活與文學的關係，從而與也斯對「生活化」的定義作對比，突顯他怎樣競逐「生活化」的詮釋權，改造並樹立現代派的「生活化」定義。最後藉着反思他所提出的七十年代新詩三大路向之間的異同，探討他如何運用「雙重否定」的論述策略開創「生活化」在文學史上的位置。

　　第五章全盤整理也斯從七十年代到九十年代對「抒情」的看法和變化。首先從也斯七十年代的文藝評論開始，爬梳他早期對「抒情」的見解，具體見於他對「感傷的五四」傳統的反撥，以及對西方文藝的譯介和台灣現代詩的評論，他對香港抒情問題的思考也由此萌芽。接着下探八九十年代，整理他的博士論文如何闡釋抒情詩的抗衡性，和也斯自己的文藝主張有何關係，現代主義抒情詩在節制感傷浪漫情緒方面的實驗如何契合他的美學口味，進而影響他詮釋香港現代派詩歌的抒情特點。最後更提升為他對香港文化感性的理解，提出他非常獨特的香港抒情方案。

第一章
後殖民香港故事 *

一、引言：香港與後殖民

　　「後殖民」是香港文學的關鍵課題，八九十年代在後殖民理論的啟導下，香港學者致力追尋香港的主體性。也斯（1949-2013）是在文化及文學研究上最早倡議香港後殖民論述的領航學者，又是香港後殖民文學具代表性的作家。1991年起，也斯在香港藝術中心陸續開辦多個香港文化相關的課程，1993年起在香港大學比較文學系開設「後殖民主義與香港文化」課程，這些課程講稿後來結集成《香港文化》（1995），[1] 其時後殖民主義、後現代主義、文化研究等西方新興理論在香港剛剛起步，也斯率先挪用以闡釋香港文化。1995年他替《今天》雜誌編「香港文化專輯」集結了多篇有關香港文學與文化的論文，[2] 其中李歐梵、潘少梅、周蕾等人的論文深入討

---

* 　本章初稿曾經以〈也斯的香港後殖民文學與論述〉為題，發表於《臺北大學中文學報》第27期（2020年3月），頁75-144。

1 　也斯：《香港文化》，香港：香港藝術中心，1995年。

2 　梁秉鈞主編：「香港文化專輯」，《今天》第28期（1995年6月），頁71-206。

論了香港後殖民問題，後來皆成為被反覆引用的經典論文。[3] 在討論香港後
殖民狀況時，許多學者都以也斯為其中一位代表作家，引用他的相關論文
及分析他的文學作品。例如周蕾在分析香港後殖民自創的困難時，引用了
也斯對香港文化身份的討論，[4] 又認為也斯的詩作「積極生產及重造香港殖
民性的根源……並於其中開闢它們的生存空間」。[5] 王德威〈香港 —— 一座
城市的故事〉開首即引用了也斯的著名論文〈香港的故事：為甚麼這麼難
說〉，並討論了其小說《記憶的城市‧虛構的城市》的後殖民意義。[6] 朱耀
偉討論香港後殖民論述與都市文學時，分析了也斯同一部小說，結尾引用
了也斯的同一段話。[7] 也斯同時以作家的身份參與香港後殖民書寫，多部作
品被視為香港後殖民文學的代表作，例如他的詩集《形象香港》（*City at the
End of Time*, 1992）、《東西》（2000）、《蔬菜的政治》（2006）等等，小說
如《記憶的城市‧虛構的城市》（1993）以及《後殖民食物與愛情》（2009）
經常被論者由後殖民的角度探討。[8]

　　後殖民主義（postcolonialism）於七八十年代的歐美興起，最初是由來
自第三世界國家的歐美知識分子對殖民主義及帝國主義提出批判，從理論
反思自身經歷的殖民和身份認同問題。後殖民理論的專長是文化政治，例
如張京媛概括後殖民研究的四大課題：「批判東方主義」、「文化認同」、「對

3　李歐梵：〈香港文化的邊緣性初探〉，《今天》第 28 期（1995 年 6 月），頁 75-80。潘少梅：〈後
　　殖民時期、香港和女性寫作〉，《今天》第 28 期（1995 年 6 月），頁 109-116。周蕾：〈殖民者
　　與殖民者之間：九十年代香港的後殖民自創〉，《今天》第 28 期（1995 年 6 月），頁 185-206。

4　周蕾：〈殖民者與殖民者之間〉，《寫在家國以外》（香港：牛津大學出版社，1995 年），頁
　　97。所引的也斯的論文為〈都市文化與香港文學〉，原刊《當代》第 38 期（1989 年），頁
　　14-23，見第一章。

5　周蕾：〈香港及香港作家梁秉鈞〉，《寫在家國以外》，頁 128。

6　王德威：〈香港 —— 一座城市的故事〉，張美君、朱耀偉主編：《香港文學 @ 文化研究》（香
　　港：牛津大學出版社，2002 年），頁 319-341。

7　朱耀偉：〈大城小說：後殖民敘事與香港城市〉，《香港文學 @ 文化研究》，頁 253-270。

8　學者對有關詩集的討論，可參考陳素怡主編：《僭越的夜行：梁秉鈞新詩作品評論資料彙編》，
　　香港：文化工房，2012 年。對小說的有關討論，可以參考陳素怡編：《也斯作品評論集（小
　　說部分）》，香港：香港文學評論出版社，2011 年。

被殖民者的分析」、「對民族主義的探討」，都是文化面向的。[9] 其中重要的學者及著作包括法農（Frantz Fanon, 1925-1961）《黑皮膚・白面具》（*Black Skin, White Masks*, 1952）、薩伊德（Edward Said, 1935-2003）《東方主義》（*Orientalism*, 1978）、史碧娃（Gayatri C. Spivak, 1942- ）對底層研究（the Subaltern Study）的批判、巴巴（Homi K. Bhabha, 1949- ）提出的「混雜」（hybridity）等等。[10]「後殖民」一語的「後」既指時間上殖民歷史的完結，也指向價值意義上對殖民主義的反思和解除。[11] 而「殖民」除了指英法等帝國統治的殖民地，也指全球化脈絡之下以美國為首的文化及經濟殖民，即所謂的新殖民主義（neocolonialism）。[12] 晚近德里克（Arif Dirlik, 1940-2017）倡議擴展「殖民」一詞的用法，認為當下更值得關注的是民族國家建立過程中的殖民行為，尤其關注中國問題。[13] 德里克的觀點對於理解香港獨特的後殖民處境問題非常有啟發，因為香港的解殖（decolonization）問題不只是傳統後殖民理論框架之下與宗主國（英國）的關係，還包括與民族母體

9　張京媛：〈前言〉，張京媛編：《後殖民理論與文化認同》（台北：麥田出版，1995 年），頁 14-19。

10　這些後殖民理論不少繼承了後結構主義的學術遺產，因而被批評其政治姿態實際上是反動的，高雅的法國理論令其分析深奧複雜，脫離了第三世界面對的後殖民處境和批判實踐。參考吉爾伯特和德里克的批評，前者見吉爾伯特（Bart Moore-Gilbert）著，陳仲丹譯：《後殖民理論 —— 語境、實踐、政治》（南京：南京大學出版社，2001 年），頁 16-22。後者見德里克（Arif Dirlik）著，馮奕達譯：〈全球現代性與殖民〉，《殖民之後？台灣困境、「中國」霸權與全球化》（台北：衛城出版，2018 年），頁 54。

11　張京媛：〈前言〉，《後殖民理論與文化認同》，頁 9-13。

12　例如陶東風把殖民關係的發展概括為「殖民主義」、「新殖民主義」和「後殖民主義」這三個階段，殖民主義隨着二次世界大戰後多個殖民地獨立而進入新殖民主義的階段，標誌着美國霸權的崛起，也顯示西方對第三世界的控制並未簡單結束，而後殖民主義區別於前兩者，主要是探討殖民帝國與殖民地之間的文化關係。陶氏為了簡單明瞭而把三個殖民關係的階段描述為直線發展的狀況，但值得注意的是「後殖民」和「新殖民」實際是同時存在於不同地區的。陶東風：《後殖民主義》（台北：揚智文化，2000 年），頁 1-4。

13　德里克認為後殖民理論興起以來把「殖民主義」和「帝國主義」等同起來，這是把「殖民」的意思窄化了。「殖民」原指拓殖和移居，「殖民主義」最終是指一些特殊的壓迫形式，因此除了大家熟悉的「帝國殖民主義」之外，更應該涵蓋民族國家內部的殖民行為，論證殖民是內在於民族建構、現代性和資本主義的。〈全球現代性與殖民〉，《殖民之後？台灣困境、「中國」霸權與全球化》，頁 58-75。

（中國）的關係，而且後者才是九十年代以來較多學者關注的範疇。

　　後殖民主義在香港風行一時，無疑是學者就着回歸問題的思辨應對，而西方後殖民研究者返歸自身母國經驗的傾向有助香港學者反思本土經驗，同時也令他們意識到民族主義並非香港需要的答案。香港有不少異於一般後殖民理論探討範圍的問題，令香港成為很有價值的後殖民研究個案。就理論層面而言，後殖民理論主要關注歐美帝國及其殖民地，溢出「西方壓迫東方」框架的殖民行為沒有被正視，未可直接處理在世界範圍上正在發生的其他殖民行為。[14] 就政治層面而言，香港甚至說不上「後殖民」，不僅在 1972 年就在中國的要求下自聯合國的殖民地名單被剔除，1997 年後歸還給中國，與其他殖民地脫離宗主國統治後獨立建國完全不同，[15] 廖炳惠甚至稱香港為「不可能成為後殖民的殖民地」。[16]

　　九十年代以來，大量香港學者投身建構香港後殖民論述，力圖理解香港殖民歷史、勾勒香港過去在區域中的角色、建立本土身份認同，由文學、文化、歷史等層面面對「回歸」中國帶來的問題。陳智德概括九十年代香港後殖民學者的兩大關注面向，「一方面對『大中國』式的宏大論述感到疑慮，另方面對如何書寫、呈現香港感到焦慮」。[17] 朱耀偉總結九十年代

14　楊芳枝：〈挑戰文化主義，挑戰「中國」：堅持基進啟蒙精神的德里克〉，德里克著，馮奕達譯：《殖民之後？台灣困境、「中國」霸權與全球化》，頁 37。另外可參考廖炳惠對後殖民主義在亞洲地區適用性的批評。廖炳惠：〈在台灣談後現代與後殖民論述〉，《回顧現代：後現代與後殖民論文集》（台北：麥田出版，1994 年），頁 68-69。周蕾也提到類似觀點，她認為東亞研究為西方的後殖民理論提出不少難題，例如除了台灣以外「沒有一個東亞國家曾長期被舊歐洲殖民勢力所佔據」，人們保存固有的文化傳統，未被西方文化取代，而「亞洲四小龍」的經濟實力也令他們與許多貧困的第三世界國家難以相提並論，另外日本更曾經是帝國主義者。「這些事例都讓典型的『東／西』、『被殖民／殖民者』的二元對立想法，變得過於隨便而無效。」〈殖民者與殖民者之間：九十年代香港的後殖民自創〉，《寫在家國以外》，頁 92。

15　羅永生：〈殖民主義：一個迷失的視野〉，《殖民家國外》（香港：牛津大學出版社，2014 年），頁 3-4。

16　廖炳惠：〈在台灣談後現代與後殖民論述〉，《回顧現代：後現代與後殖民論文集》，頁 69。

17　陳智德：〈「回歸」的文化焦慮 —— 1995 年的《今天・香港文化專輯》與 2007 年的《今天・香港十年》〉，《政大中文學報》第 25 期（2016 年 6 月），頁 72-73。

香港後殖民論述的幾個關鍵詞，分別是「邊緣」、「混雜」和「第三空間」，「香港的後殖民論爭到頭來變成了闡釋『邊緣』的焦慮」。他又比較香港和台灣的後殖民討論，認為兩地的焦點不同：台灣在統獨之爭的角度下直接探問「中國性」的問題，香港則是「在『中國性』的大論述之下談『邊緣』、『他者』、『混雜』的觀念」。[18] 不難發現，無論是採取上述哪種後殖民理論概念，「中國」都是當時香港後殖民論述最重要的「他者」。「邊緣」的說法往往與抵抗、反思民族主義「他者」勾連，一方面聚焦於香港被壓迫的弱勢位置，排拒作為他者的「大中國」，另一方面又把「邊緣」反轉成為香港文化的優勢，嘗試保存香港獨特的文化身份。例如王宏志、李小良、陳清僑合著的《否想香港：歷史・文化・未來》回顧王韜以來旅港中國文人對香港的偏見，以及八十年代以來內地學者怎樣在民族主義的框架中編寫香港文學史。[19] 周蕾形容香港是在「殖民者與殖民者之間」，視中國為帝國主義殖民者，並以「第三空間」形容香港的「後殖民自創」，足以成為抵抗中國民族主義的要塞。[20] 王德威認為香港的城市文化能夠質疑和超越中國現代文學的「鄉土／國土」傳統，以邊緣和殖民地的身份偏處國族論述之外。[21] 除了從香港與內地相對的「邊緣性」立論，也有學者強調香港文化的「混雜」，與重視純粹、血統與根源問題的民族主義分庭抗禮。例如李歐梵認為香港相對內地雖是地理及政治上的邊緣，卻能「可以處在幾種文化的邊緣」，「從一個華洋雜處、中西交匯的環境中作不斷的創新」，以「雜種」的特色由邊緣挑戰中原，甚至在「後當代文化」中獨領風騷。[22] 無論是談「邊

18　朱耀偉：〈誰的「中國性」？ 九十年代兩岸三地的後殖民研究〉，《本土神話：全球化年代的論述生產》（台北：台灣學生書局，2002 年），頁 271-272。

19　王宏志、李小良、陳清僑：《否想香港：歷史・文化・未來》（台北：麥田出版，1997 年），頁 21-132，見第一及第二章。

20　周蕾：〈殖民者與殖民者之間〉，《寫在家國以外》，頁 91-117。

21　持這個立場的論述可參考以下兩篇。王德威：〈香港──一座城市的故事〉，《香港文學 ＠文化研究》，頁 319-341。王宏志、李小良、陳清僑：〈中國人說的香港故事〉，《否想香港：歷史・文化・未來》，頁 21-94。

22　李歐梵：〈香港文化的邊緣性初探〉，《今天》第 28 期（1995 年 6 月），頁 79-80。

緣」還是「混雜」，背後仍是對民族主義他者的抗衡。此外，也有學者把香港置於世界殖民史中論述。鄭樹森把香港與英國其他殖民地比較，指出香港文化空間的特點，例如殖民地香港的對話對象是文化母體而非殖民宗主國，而且未有推行「語文上的殖民」，為英國殖民史上的異數。[23] 阿巴斯（Ackbar Abbas, 1942- ）同樣強調香港在世界殖民史上的獨特性，[24] 指殖民主義是九七之前香港的歷史與經濟成就的主要部分，令主權移交具有「類殖民」（quasi-colonial）的性質，並指在後殖民處境下構築的香港主體性不是純粹的「本土」，應該是殖民主義、國族主義及資本主義之間協商、變換與組合的產物。[25]

　　也斯被視為上述「邊緣論」、「夾縫論」和「混雜論」的代表學者。1995 年《香港文化研究》刊出的「北進想像」專輯引起學術界廣泛關注和反響，既能反映九十年代香港後殖民討論的焦點，也能反面說明也斯的香港後殖民論述具有何等的影響力。羅永生、葉蔭聰、孔誥烽等年輕學者批評當時主要的幾位香港後殖民學者，針對「邊緣論」和「夾縫論」等說法，

23　鄭樹森：〈香港在海峽兩岸間的文化角色〉，《素葉文學》第 64 期（1998 年 11 月），頁 14-21。鄭樹森：〈殖民主義、冷戰年代與邊緣空間 —— 談四十年來香港文學的生存狀態〉，《素葉文學》第 52 期（1994 年 4 月），頁 20-23。鄭樹森：〈遺忘的歷史，歷史的遺忘 —— 五、六十年代的香港文學〉，《素葉文學》第 61 期（1994 年 4 月），頁 30-33。

24　阿巴斯認為香港有眾多不同於其他殖民地的特質，例如在殖民歷史以前不具備自身的歷史，九七前在各方面都比現「殖民」此地的中國更先進，超出東西方二元對立的框架等等。他又以「（不）呈現的文化」（culture of dis-appearance）、「反幻覺」（reverse hallucination）和「曾經消失」（déjà disparu）形容移交前夕充滿矛盾和弔詭特質的香港社會，在城市即將「消失」之前香港文化才獲得「呈現」。Ackbar Abbas, "Introduction: Culture in a Space of Disappearance," Hong Kong: Culture and the Politics of Disappearance (Hong Kong: Hong Kong University Press, 1997), 1-15. 術語的中文翻譯參考劉敏儀的譯法，見阿克巴‧阿巴斯（Ackbar Abbas）著，劉敏儀翻譯：〈最後的「貿易王國」——詩與文化空間〉，梁秉鈞著，奧城（Gordon T. Osing）及梁秉鈞翻譯：《形象香港》（香港：香港大學出版社，2012 年，再版），頁 62。

25　他以「本土總是一個翻譯」（"the local is already a translation"）來否定自戀式的本土身份。Abbas, Hong Kong: Culture and the Politics of Disappearance, 11-12.

指該等後殖民論述是本質主義和總體化的，[26] 不只沒有勾勒出香港複雜的後
殖民身份，更有與殖民主義「共謀」之嫌，也斯是其中一位被點名的主要
學者。[27] 葉蔭聰的文章〈邊緣與混雜的幽靈〉主要建基於對也斯的批評，針
對也斯主編的《今天》「香港文化專輯」中的多篇論文，點名他和李歐梵、
丘靜美和周蕾的香港後殖民評論皆犯上不同的理論問題，而也斯的專輯前
言顯示他正是以「邊緣」和「混雜」為線索組織專輯中的論文。他認為也
斯誤用了李歐塔（Jean-François Lyotard, 1924-1998）的「大論述」概念來
界定香港文化的「邊緣性」，[28] 卻「往往對香港本身的大論述視而不見」，例
如是「政經文化脈絡，即香港在國際與地區性的資本主義的位置」，而這
正是整個「北進想像」批評的基礎和出發點。[29] 孔誥烽則針對「夾縫論」作
出批評，同樣把也斯和周蕾等列為代表學者，指也斯想像香港處於眾多大
故事的夾縫裏，「在西方中心主義或大陸的中原中心主義下均被消聲和邊緣
化」，在強調香港被壓迫的時候卻忽略了香港文化的壓迫性。[30] 類似的批評
還有余麗文援引了大量後殖民理論指出也斯《游離的詩》「其中的自我／他
者的二元架構〔……〕把身份、形象定論化（essentialize）」，對也斯「邊

26　他們認為也斯等人「往往只聚焦在『香港的』的文化身份，因而忽略了其他文化身份（例如
　　女性、工人、同／雙性戀者等）的重要性）」，而且因為只討論文化層面，未有注意到「香
　　港在資本主義政經文化的地區性霸權」。「北進想像」專題小組：〈前言〉，《香港文化研究》
　　第 3 期（1995 年 9 月），頁 4。

27　參考專題中以下兩文：葉蔭聰：〈邊緣與混雜的幽靈 —— 談文化評論中的「香港身份」〉，《香
　　港文化研究》第 3 期（1995 年 9 月），頁 16-26。孔誥烽：〈初探北進殖民主義 —— 從梁鳳
　　儀風暴看香港夾縫論〉，《香港文化研究》第 3 期（1995 年 9 月），頁 27-45。孔文在結集
　　時文題略有改動。以上後來收入於陳清僑編：《文化想像與意識形態：當代香港文化政治論
　　評》（香港：牛津大學出版社，1997 年）。另可參考多位學者對該次專題的回應，見陳清僑
　　編：《文化想像與意識形態》，頁 103-181。

28　葉蔭聰認為也斯把李歐塔「大論述」（grand narrative）誤認為「曲折離奇的大故事」，但是
　　也斯原文的意思應是指該等戲劇化故事背後的民族主義與殖民主義大論述，不是指情節曲折
　　與否，因此本書仍會沿用也斯的說法。參考葉蔭聰：〈邊緣與混雜的幽靈：談文化評論中的
　　「香港身份」〉，《文化想像與意識形態》，頁 31-52。

29　葉蔭聰：〈邊緣與混雜的幽靈 —— 談文化評論中的「香港身份」〉，《文化想像與意識形態》，
　　頁 34-36。

30　孔誥烽：〈初探北進殖民主義 —— 從梁鳳儀風暴看香港夾縫論〉，《文化想像與意識形態》，
　　頁 54-56。

緣」及「夾縫論」的批評與上述葉、孔二文相近。[31] 無論這些批評是否公允，[32] 卻都證明了也斯的香港後殖民評論的代表性和影響力。

　　回顧香港九十年代對後殖民的引入和反思，不難看到也斯在其中極為關鍵。他是香港後殖民論述的關鍵人物，在後殖民框架下探討香港文化身份認同，提出的論點廣被引用，其文學作品又是後殖民批評的主要案例，其重要性無庸置疑。論者多能並讀也斯的論文和作品，但主要是借助其論點以協助解讀其作品，尚未由理論高度全盤審視及總結他的香港後殖民論述有何特點。由這點着手，本章試圖檢視他在學術研究及文學創作兩方面對香港後殖民論述的貢獻，首先回到六七十年代的時空，看看也斯如何在對美國非裔藝術及拉丁美洲文學的關注中已經初步觸及殖民與後殖民的問題。接着由也斯對後殖民的評論切入，整理他援引的後殖民理論資源，以及他由後殖民的角度提出的香港文化特點。最後有見於也斯是在眾多香港後殖民學者中極少數兼擅文學創作的，本章會討論他被視為後殖民文學的三部作品：《形象香港》（1992）、《記憶的城市‧虛構的城市》（1993）以及《後殖民食物與愛情》（2009），探討其中和論述或有所配合、或互相闡發、或有所超越的關係。

31　余麗文：〈香港的故事：也斯的後殖民話語〉，黎活仁、龔鵬程編：《香港新詩的「大敘事」精神》（嘉義：南華管理學院，1999 年），頁 163-190。

32　「北進想像」的批評針對香港的經濟實力和流行文化在區域內的影響力，然而並不就抵消也斯的觀察。前者談的是資本主義脈絡，即也斯稱為「大香港」的部分，他自己談的則主要是嚴肅文學藝術。加上由下文的討論將會看到，也斯的文學家本色令他和其他後殖民學者關注政經、社會、歷史等的討論層面並不相同。也斯追求香港主體性的自我建立，「北進」批判雖然勇猛尖銳，但是致力拆解而不是建立，解構主義對於後殖民主體建構的影響是一個值得深思的問題。

二、香港殖民問題、美國非裔文藝 與墨西哥文化的「解寂／解殖」

　　也斯對於後來被視為「後殖民文學」的相關文學現象竟有相當早慧的意識。當時香港尚未引入後殖民理論，他主要是以文化和文學現象的角度來閱讀該等作品，卻無礙這些早年的閱讀經驗後來轉化為他對香港殖民地狀況的思考資源。

　　也斯譯有《美國地下文學選》（1971），[33] 當時他已經注意到種族主義的問題。1968 年他曾經介紹里奈·鍾斯（LeRoi Jones, 1934-2014）[34] 等美國黑人作家，他頗欣賞鍾斯的劇作《荷蘭人》，「針對黑人向白人的文化、社會制度妥協的態度提出問題」，[35] 並指出鍾斯的創作原則，「力求維護純粹黑人風味的藝術，而把白人的批評準則扔過一旁」，他和同道的劇場不歡迎白人劇作家和觀眾，拒絕白人演出其作品，並批評部分黑人演員放棄為自己同胞演出而跑到百老匯劇場。也斯又曾介紹另一位美國黑人作家克里弗（Eldridge Cleaver, 1935-1998）對於非裔文學的看法，克里弗認為「黑人作家們都有一個道德的位置，而這是白人作家所無的」，黑人作家的文學成就應該建立在「一種戰鬥性的文學，需要用文字去陳述白人們如何奪去他們的地位和尊嚴」。也斯嘗試回應這種觀點，認為種族歧視問題雖然真實而嚴峻，但黑人作家完全排斥白人的做法是限制了自己的作品。[36] 也斯雖然沒有直接提到「殖民」和「黑人主義」（negroism）等字眼，但是顯然已經注意到相關的文學現象。

　　陳智德指出，香港社會內對殖民主義的反思，並不始自後殖民理論的

33　梁秉鈞編譯：《美國地下文學選》（台北：環宇出版社，1971 年）。

34　也斯當時使用的中譯姓名與今天通行的譯名大多不同，本書盡量使用現在較常見的譯名，並註出姓名原文，俾便讀者參照。

35　也斯：〈「金龜婿」與「荷蘭人」〉，《香港時報》1968 年 8 月 2 日，第 10 版。

36　也斯：〈兩位黑人作家的觀點〉，《香港時報》1968 年 11 月 20 日，第 10 版。

流行。他把香港的解殖思考上溯到更早時期，認為五十至七十年代香港民間本來就自發抗衡英國殖民統治，建立對「文化中國」的「民族—國家」意識，已經體現出早期的解殖意識的覺醒。[37] 在這背景之下，也斯對殖民的思考最特別之處是他並非從民族主義覺醒的角度出發，反而是關注香港的文化處境。最明顯的例子是他對拉丁美洲文學的閱讀。

他特別集中討論拉丁美洲民族文學的解殖和建立的過程。在《當代拉丁美洲小說選》的序文中，他介紹殖民地獨立運動之後的拉美文學，尤其著重指出拉美作家如何既汲取西方文化的影響，又結合拉丁美洲的本土傳統文化，創造出震撼世界的拉美文學。「在世界文壇上猶如在政壇上，他們是與外國並駕齊驅的獨立國家，不再是誰的殖民地了。」[38] 在《四季》第 1 期的加西亞‧馬爾克斯（Gabriel García Márquez, 1927-2014）專輯中，他認為拉美文學和中國文學非常相似，「彼此都盲目摹仿過歐美的文學，使本國的文學成為外國的附庸，又因此而產生一派矯枉過正的人，盲目排斥外國文學」。[39] 這裏他同樣沒有直接用上「殖民」相關字眼，但顯然是在殖民與民族文化的二元框架之中理解拉美文學的發展，並期許中國文學能夠像拉美文學那樣，拒絕模仿西方或單純推崇民族傳統，而是走出自己的道路。

他更進一步把對拉美解殖的討論連繫到香港的處境。他在《大拇指》介紹過墨西哥作家帕斯（Octavio Paz, 1914-1998）的書《孤寂的迷宮》（*The Labyrinth of Solitude*, 1950），[40] 並發現墨西哥和香港有很多可以比較之處。帕斯討論的許多議題後來備受後殖民批評家重視，例如墨西哥人在美國的情況後來被納入「內部殖民主義」（internal colonialism）的理論框架之下，又例如他討論在拉美出生的印第安與西班牙混血族群（mestizo），都是後

37　陳智德：〈「回歸」的文化焦慮 —— 1995 年的《今天‧香港文化專輯》與 2007 年的《今天‧香港十年》〉，《政大中文學報》第 25 期（2016 年 6 月），頁 72-73。

38　梁秉鈞：〈當代拉丁美洲小說的風貌〉，《當代拉丁美洲小說選》（台北：環宇出版社，1972 年），頁 5。

39　也斯：〈加西亞‧馬蓋斯與「一百年的孤寂」〉，《四季》第 1 期（1972 年 11 月），頁 90。

40　Octavio Paz, *The Labyrinth of Solitude*, trans. Lysander Kemp, Yara Milos and Rachel Philips Belash, New York: Grove, 1985.

殖民批評的重點議題，雖然帕斯被指主要是由哲學及文化價值的面向討論
這些問題。[41] 也斯在這篇同名文章〈孤寂的迷宮〉（1976）中，[42] 像帕斯那樣
由價值觀和文化層面閱讀墨西哥和殖民主義的問題，他先概括了帕斯的主
要觀點，認為墨西哥人之所以陷於「孤寂的迷宮」，是因為墨西哥人「找
不到自己的身份，尋覓不到過去的根源，在現代的世界中不清楚自己的位
置」，而這種身份認同的困惑和空白，正是來自被西班牙殖民的經歷，「墨
西哥人不願做一個印第安人，也不願做一個西班牙人。他否認這種混血的
傳統。他否認自己的過去，而活在孤寂之中」。[43] 而墨西哥知識分子對此的
解決方法就是重新認識墨西哥由殖民到獨立以後的歷史，返歸墨西哥古老
的傳統文化，並改造殖民者的西班牙語使之成為屬於墨西哥的語言。[44]

　　也斯由帕斯對墨西哥人的觀察聯想到香港，而這篇評論預示了後來
八十年代他的香港後殖民評論的重要特點。帕斯認為解除「孤寂」的方法，
就是「解殖」，是建立自身的文化和身份認同。帕斯談到一個在美國生活的
墨西哥青年群體（被稱為「帕諸高人」〔pachuco〕），他們擺盪於墨西哥和
美國這兩種不同的文化之間，不能安於其中一種身份。[45] 也斯馬上接道：

> 香港或海外的中國人，不也是同樣處於兩種不同的文化中的擺
> 盪者，同樣是感到難以適應嗎？當然他們有不同的根源、不同的
> 表現。[46]

他認為香港的情況和帕諸高人相似，由此或者是暗示香港可以向他們學習

41　Oliver Kozlarek, *Postcolonial Reconstruction: A Sociological Reading of Octavio Paz* (Cham: Springer International Publishing, 2016), xi-xv.

42　也斯：〈孤寂的迷宮〉，《書與城市》（杭州：浙江大學出版社，2011 年），頁 17-29。原刊《大拇指》第 31、32 及 34 期（1976 年 5-6 月），與結集版本相同。

43　也斯：〈孤寂的迷宮〉，《書與城市》，頁 24-25。

44　也斯：〈孤寂的迷宮〉，《書與城市》，頁 26。

45　Paz, *The Labyrinth of Solitude*, 14.

46　Paz, *The Labyrinth of Solitude*, 18.

解殖的方法。雖然也斯並沒有直接用上這些理論字眼，而是用了文學隱喻的表述方式，但其意思是相同的，所謂「撕開面具」、「面對自己」等等，就是解除殖民的影響、追尋和建立自我身份認同的意思：[47]

> 〔……〕知識分子感到的困惑最大；他們一向的觀念只是向歐洲
> 和美國借來的，那些崇高的理論似乎與他們的現實格格不入了。
> 資本主義和社會主義的理論都跟他們的實際情況有了距離。所以
> 最後他們必須自己去正視現實情況，要創造新的字匯、運用新的
> 觀念，來討論面對的新現實。中國人的情況又何嘗不是這樣呢？
> 〔……〕墨西哥〔……〕它得撕開面具，面對自己，在這樣的情
> 況下它才可以真正的生活和思想，但這時它也正是處在一種真正
> 的孤寂中。[48]

這篇文章有兩點值得留意，其一是也斯從墨西哥的例子意識到理論不一定切合在地的現實，他關注被殖民者的主體性問題，是從具體的文化觀察切入。這點與八十年代以後他對香港的討論相同，他的論述長處不在於引用大量的西方後殖民理論，而是他對香港文化的深入觀察。其二，他所思考的解殖問題同時是關於整個二十世紀中國文學未來的走向，應在西方的影響與民族傳統之間走出第三條路，而不是單純是談論香港。他把香港置於中國文學的脈絡之中，有別於八十年代以後的學術論文中，他把民族中國視為香港的關鍵他者。

「面具」的比喻成為也斯這時期談論香港的核心意象，他挪用並改造帕斯的修辭，顯示他嘗試把解殖的想法移用到香港的處境。也斯對「面具」意象的用法包含他自己的體會，所謂尋求面具背後的真我，他主要指文學

47　Paz, *The Labyrinth of Solitude*, 29-46. 無獨有偶，法農的名作《黑皮膚·白面具》也用上了「面具」這個比喻，帕斯是用以比喻一種封閉自我的退縮的心態，法農則指涉種族主義和殖民主義的問題，兩者略有不同。暫時沒有文本證據說明也斯當時就讀過法農（後來他的學術論文的確引用過法農），「面具」應該是借用自帕斯的。

48　Paz, *The Labyrinth of Solitude*, 28.

形式的適用性，省察當下眼前現實的能力和身份認同反省的能力，與帕斯所指的已經不同。例如寫於此時期的中篇小說《剪紙》就用了不少「面具」一語討論人際溝通以至香港文化問題。又例如在〈孤寂的迷宮〉稍後寫的評論〈兩種幻象〉（1976），在思考模式和語彙上都受帕斯《孤寂的迷宮》啟發而轉借以談論香港面對的問題，其中也非常倚重「面具」的意象，期盼香港可以擺脫「面具式的文藝」，並像帕斯那樣歸結到需要擁有自己的語言文字，香港的作者「要尋找一種確切表現生活經驗的文字」，「僅是古典或西洋的言語不足以表達當前的經歷」，「從打破幻象開始，才可以面對真實，繼續找尋那適切的文字」。[49] 當他說香港的作者傾向模仿中國或西方的模式，「他要寫得像杜甫或艾略特，他也容易變得不要寫得像自己。他是蒙上面具，托庇於文字的荒原或意境的古道之上，他不要表露他自己，不要因此受到傷害」，[50] 就很明顯是借用了帕斯的意念：「一個戴上面具的人，放棄了表達感情和表達意見的權利，也就放棄了一部分自我。」[51]

　　也斯並把文學表現上尋找自我的困難，連繫到香港社會的問題。他討論在香港生活面對的種種文化與價值觀的問題，其實就是談論殖民歷史引起的諸種問題：

　　　　一九四九年後在香港長大的一代，在他們長大的過程中，會發覺並沒有一種可以遵循的生活方式。逐漸長大時，會發覺這社會種種嚴重的缺點，很難無條件遵循。在教育方面，並沒有一套完善的教育制度，而是在唸書的過程，不斷改制，引起反對和批評，作了若干程度的改變，又妥協地繼續下去；在文學和藝術方面，此地的傳統非常薄弱，縱接五四和古典或橫接西洋並不完全暢順，需要個人努力去打破阻隔；在個人和家庭方面，日常的禮

49　也斯：〈兩種幻象〉，《號外》第 15 期（1977 年 11 月），頁 36-38。原文先刊於《快報》1976 年 12 月 2 至 8 日，《號外》版本在結尾的例子補充了一首黃德偉的詩。

50　也斯：〈兩種幻象〉，《號外》，頁 38。

51　也斯：〈孤寂的迷宮〉，《書與城市》，頁 24。

儀都支離破碎了，既沒法完全接受傳統的中國禮儀，沒法完全移
用西方的禮儀，也沒有真正建立起一種新的禮儀來，結果往往
變成一些奇怪的混血產物，或是索性廢棄、或是淪為沒有意義的
形式。[52]

在這段稍長的引文中，也斯談到教育、文藝、社會禮儀等幾種香港社會的
問題，他或者沒有清晰的指出殖民制度是問題的來源，但是他認為問題的
原因是中國的模式或西方的模式都不完全適合香港，斥之為幻象，這個想
法就和後來他在學術論文中提出香港的「邊緣」和「夾縫」特點十分相近。
至於說香港並沒有自身的傳統可以繼承，正是在反思殖民地文化身份認同
的問題：

在其他地方，其他社會中，年輕人對老一輩的觀念反叛、妥協或
反省，至少他們有一個崇拜或攻擊的明確對象。香港卻並非如
此。面對的是一片空白、沒有回聲的空谷。[53]

面對這種空白的困惑，香港青年只好模仿中國或西方的模式，以幻象權充
現實。這裏也斯實際上已經涉及被殖民者受到異化（alienation）的問題，
殖民的經歷構成了被殖民者的全部，殖民地香港被指在英國殖民者到來以
前沒有歷史，香港常被譏為「文化沙漠」，沙漠一語同樣是「空無」的形
容。同時殖民者帶來的文化改變了香港，殖民地的獨特位置令香港不同於
任何中國城市。對於異化的問題以及也斯對香港殖民史的論述，下文將再
詳細說明。

　　以上是在目前可見的材料當中也斯最早對香港殖民問題發表的觀點。
在這些早期的文章中，雖然他尚未展開以上一系列的問題，只是以散文的
形式和文學意象來討論香港文化，但他已經作出了敏銳的觀察，隱含了他

52　也斯：〈兩種幻象〉，《號外》，頁36。

53　同上注。

在九十年代香港後殖民討論之中關注的課題，例如殖民經歷令被殖民者遺忘自身的歷史，以及創造自己的語言才能夠表達自己的文化本源和國家的精神等等。九十年代他提出撥開殖民主義和民族主義對香港的刻板印象，說出真正的香港故事，背後的思考邏輯可以上溯至此，後殖民理論幫助他準確地表述早年就體會到的問題。

三、從後殖民理論看香港文化

也斯的後殖民論述主要關注的不是殖民地香港與宗主國英國的關係，而是香港後殖民主體性與中國之間的關係，民族主義是其論述中的關鍵他者，賴以界定香港文學的處境、特點和優勢。綜觀九十年代也斯所寫的香港文化及文學論文，他所探討的後殖民議題可以概括為三方面：（一）殖民體制對被殖民主體的扭曲、（二）香港發聲和再現的可能、（三）民族主義為何不是香港解殖的出路。以下會分別說明，並從中梳理他曾經援引的後殖民理論資源，分析他在挪用時如何對應香港的脈絡，嘗試指出其論述的特點。

也斯在〈都市文化‧香港文學‧文化評論〉（1993）簡單界定了他對香港後殖民狀況的理解：

> 後殖民的觀念可以是理論性的學術名詞，是深入研究和討論的課題；但在香港這個環境，也可以是非常切身的問題。切身的意思並不是說 1997 年以後，香港就不是殖民地了。很可能當香港名義上不是殖民地的時刻，人們仍然會帶着殖民地的意識。因為後殖民的意識，來自對殖民處境的自覺，自覺殖民處境造成對人際關係與文化的扭曲，造成種種權力不等的溝通和接觸。「後殖民」的「後」應該不僅指時間上的「後」，也指向內涵中的「破」，是對如何破殖民的反省。這種自覺可以始在現實政治改變之前，亦可

以遠遠落後在現實政治之後。[54]

他在注釋中引用了蘇赫特（Ella Shohat）的文章〈後殖民散記〉（"Notes on the Post-Colonial," 1992）以說明「後」在時間和價值上的雙層意涵，並較為重視價值層面的「後殖民」問題。蘇赫特該文其實是對「後殖民」一詞的尖銳質疑，提醒應該謹慎使用此術語。她認為後殖民被用以指涉太多毫不相似的殖民狀況，[55] 如果用作統一的時空標籤，甚至無法涵蓋真正在後殖民鬥爭之中的民族，[56] 同時無法突顯獨立後的殖民地仍然不能倖免於第一世界霸權的困境。[57] 她建議對於第三世界的鬥爭狀況應該改用「新殖民主義」、「後獨立」或「第三世界」等語義清晰的標籤，[58] 因為「後殖民主義」弔詭地維持了殖民主義話語的中心性，是同時優待又疏遠殖民話語，也無法像其他標籤般指涉霸權及反抗。[59] 不過她不是全盤否定後殖民理論，她認為「後殖民」用以指涉反殖民批評以及第三世界國族主義（third world nationalist discourse）之「後」的理論建構最為恰當，以顛覆「殖民者／被殖民者」、「中心／邊緣」的二元對立模式為特點，諸如後起的「混雜」等理論。「後殖民」無力指涉政治或經濟層面的抵抗，但是對文化層面的殖民矛盾與含混的關係討論最為出色。[60]

也斯對香港後殖民處境的討論恰好落在蘇赫特界定的後殖民理論應用

54　也斯：〈都市文化・香港文學・文化評論〉，《香港文化十論》（杭州：浙江大學出版社，
　　2012年），頁60。需要註明的是，此文最早為《香港的流行文化》（1993）而作，這裏引用
　　的一節在最初的版本中只是「後殖民論述？」，其後收入選集《香港文學@文化研究》的版
　　本擴寫成「後殖民論述抑或後現代論述？」。簡體版本是也斯最後修改過的版本，重新整理
　　了段落組織。雖然簡體版本有政治審查的問題（文章中的「香港」有時被改成「中國香港」），
　　然而考慮到應該採用也斯最後修訂過的版本，此處仍然選用簡體版。

55　Ella Shohat, "Notes on the Post-Colonial," *Social Text*, no. 31/32 (1992), 102.

56　Shohat, "Notes on the Post-Colonial," 104.

57　Shohat, "Notes on the Post-Colonial," 104-106.

58　Shohat, "Notes on the Post-Colonial," 106, 107, 111.

59　Shohat, "Notes on the Post-Colonial," 107.

60　Shohat, "Notes on the Post-Colonial," 108.

範圍之內，例如也斯關注香港在中國與西方之間的夾縫狀態、探討文化的矛盾和含混等等，正好得到後殖民理論的支援。在另一處，也斯同樣談到後殖民的雙層意涵，他把自己的關注焦點說得更為清晰：

> 後殖民（Postcoloniality）的思考不一定產生自殖民階段的結束，而是先要對外加的殖民式措施和論述帶來的限制有所自覺。要思考香港的文化身份，一方面要思考與西方文化的異同，同時要連起思考香港與中華民族文化的異同。[61]

事實上，最後這點「香港與中華民族文化的異同」才是他的論述中最為用力的部分，以下先看看他如何反思殖民主義的部分，再看他如何批評民族主義。

（一）法農的被殖民者心理研究與香港文化的問題

也斯對於被殖民主體的扭曲和異化體會很深。他的早期文章如〈孤寂的迷宮〉及〈兩種幻象〉等已經初步涉及香港的殖民地身世如何造成香港文化的嚴重問題。當時他主要關注文學形式的問題，表達的方式也近於散文。來到九十年代，後殖民理論幫助他準確地表述早年就體會到的問題。這方面他挪用的不是當時最新的後殖民理論，而是較早的法農。他援引法農的〈種族主義與文化〉（"Racism and Culture," 1956）形容香港：「在殖民地香港長大，會不自覺地接受了殖民者所外加諸我們的價值觀，令某些原有的文化好像變成僵化，令我們對之感到麻木。」[62] 在另一處又說：

61　也斯：〈民族電影與香港文化身份——從《霸王別姬》、《棋王》、《阮玲玉》看文化定位〉，《香港文化十論》，頁 222。

62　此句後有注釋說明「參看 Franz Fanon, "Racism and Culutre," in *Toward the African Revolution*, Harmondsworth: Penguin, 1970, pp. 41-54。」見也斯：〈都市文化‧香港文學‧文化評論〉，《香港文化十論》，頁 62，注 1。

從法農（Frantz Fanon）等論者開始，往往指出殖民者對被殖民者的傷害，往往不僅在財物、土地或肉身方面，也在心理方面。被殖民者認同殖民者，否定自己的文化、否定自己。這的確是值得思考的觀點。[63]

否定自己、與自身文化產生異化等等問題，都和早年他所觀察的「面具」與「幻象」問題一脈相承，法農的理論為也斯對香港問題的觀察提供了學理基礎。下文先扼要概括法農的論點，再看也斯如何將其運用在對香港文化的剖析上。

〈種族主義與文化〉一文是法農在巴黎「第一屆黑人作家及藝術家會議」的發言，簡要地總結了他在《黑皮膚‧白面具》的論點，他以描述心理病的方式描述被殖民者心態的變化階段（phase）。法農先回顧了對被殖民者的研究最初是由宗主國開展的，利用科學知識例如生物學和心理學來論證被殖民者較殖民者在物種和情感等各方面都更劣等，以種族主義的邏輯合理化殖民。[64] 其後新的種族主義轉為文化形式，殖民者設立研究機構，聲稱尊重及了解本土文化，但沒有真正指認本土文化的價值，反而只是企圖使之客體化（objectify）。殖民者貶低被殖民者的文化、語言、風俗，並不旨在消滅它們，而只是把被殖民的本土文化「木乃伊化」（mummification）凝定在殖民狀態、古老的時代。被殖民者在這種結構之中沒有存在的理由（raison d'être），他們不是主體。[65] 因此下一階段，被種族化的人民無可選擇，為了成為「人」、進入這套象徵秩序，唯一的方式就是認同、模仿並嘗試成為殖民者。他被異化（alienation），被告知他的不幸是由於其文化及種族是較為劣等的，他無條件認同殖民者的文化，否定自己的本土文化。[66] 法農期

63　同上注，頁 58-59。

64　Frantz Fanon, "Racism and Culture," in *The Fanon Reader,* ed. Azzedine Haddour (London: Pluto Press, 2006), 20.

65　Fanon, "Racism and Culture," 21-22.

66　Fanon, "Racism and Culture," 25.

待的是最後階段，被殖民者會發現他的異化是費解和不合理的，他會起來反抗，全心投入他本來揚棄的本土文化，即使出於心理補償和被原諒的需要而過分肯定自身的文化，成為傳統主義者，帶着狂熱和挑釁性的展示癖（exhibitionism），但是鬥爭的意願最終能夠帶來國家疆界的解放。[67]

法農的後殖民批評似乎頗為契合也斯對香港後殖民狀況的理解。他主要是引用被殖民者心理異化的部分來分析香港文化認同的「空白」，指出是殖民造成香港人對自身歷史與文化的隔閡。例如他說：

> 在香港從事文化評論，也許要回過頭去思考一些基本的問題，為甚麼香港人許多時對香港的文化也不認識呢？這可能是幾種不同的殖民主義重疊的結果，令香港人也內化了這種作為「他者」的意識，對自己的文化鄙視、看不起、說不出口，甚至疏離而漠視其存在。在這種態度之下，是對自己的社會、文化、歷史沒有認識，壓抑了種種記憶與感情，而渴望認同其他的模式、其他的文化。外來者如果以無知的態度君臨香港，視此地為「文化沙漠」，自然無法認識此地的文化。但即使本地土生土長也不一定就看得清楚，說得透徹。如果我們再一次只是引進西方或東方的文化理論，認為不必認識歷史、不必細察香港的文化現象，就可以一概而論，那亦不過是再一次抹煞了對香港文化的討論。[68]

其中說香港人內化了「幾種殖民主義」對自己文化的輕視，與自己的身份認同疏離，因而全盤認同和模仿外來的文化，都顯然是化用了法農對被殖民主體心理的描述。而「對自己的社會、文化、歷史沒有認識」，正是長篇小說《記憶的城市‧虛構的城市》（1993）的主旨：香港是一個「遺忘的城市」。我們還可以比較這段話和〈兩種幻象〉，「被殖民者認同殖民者，否定自己的文化、否定自己」以及「渴望認同其他的模式、其他的文化」，不

67　Fanon, "Racism and Culture," 27-29.

68　也斯：〈都市文化‧香港文學‧文化評論〉，《香港文化十論》，頁 58-59。

正是〈兩種幻象〉批評的「面具」問題嗎？可見法農的理論有助也斯把對
香港文化的體會納入後殖民框架中理解。又例如在《形象香港》他與譯者
奧城的對談當中，他也以相似的字眼形容被殖民的感受：

> 奧城：香港的殖民經歷對你來說有何意義？
> 梁秉鈞：我把它想成無法表述自身的過去，表達對身份的困惑，
> 以及形容自己對於此地的感受。這關係到教育，不平衡的文化政
> 策，沉默與壓迫，還有對自己的背景脈絡的漠不關心。但也不只
> 如此，它是我們做任何事情的背景。反諷地，香港作為殖民地為
> 中國人及中國文化提供了一個另類空間，以其混雜反襯嗜好「純
> 粹」和「本源」的問題。它組成了我大部分的背景，它在那裏，
> 孕育我也限制了我，令我不安，提醒我的匱乏，令我很早就質疑
> 一切理所當然的事情。[69]

身份的空白、表述的失效和難以正視被殖民經歷等等，都可由法農的觀點
闡釋。但是也斯的關注範圍超出了法農，「香港作為殖民地為中國人及中國
文化提供了一個另類空間，以其混雜反襯嗜好『純粹』和『本源』的問題」，
才是也斯最想證明的。也斯取自法農的，僅僅是其探討被殖民者心理機制
的部分。對於法農信仰的民族主義鬥爭，也斯顯然認為不適用於香港。法
農後來提倡知識分子應該積極介入政治運動，並呼籲由種族主義運動轉向
民族主義運動，[70] 這些也斯都沒有多談，也斯在其他論文中亦大力論證了民

69　由引者中譯，訪談原以英文刊出。Gordon T. Osing, "An Interview with Leung Ping-kwan,"
　　見《形象香港》，頁 222-223。

70　法農後來又寫了《大地上的受苦者》（*The Wretched of the Earth*, 1961），其中〈論民族文
　　化〉（"On Nationalism," 1959）是很多後殖民論文選集的必選之作，文章思路基本承接〈種
　　族主義與文化〉而有所反思，法農反對種族主義為邏輯的「黑人主義」運動（negroism），
　　認為所有文化首先應該是民族文化，由種族（普遍化的「黑人」）到國族（具體、獨特的每
　　個民族國家），本土知識分子必須建設民族文化才能和他企圖代表的本國人民重新融合，即
　　使知識分子被迫放棄在西方獲得的所有文化資源和優勢，徹底歸屬他本來覺得並不足恃的母
　　體文化。法農並認為知識分子光是利用「民族文化」等西方工具是不足夠的，他真正要做的
　　是投入現實的政治鬥爭，先求民族解放，再談民族文化。Frantz Fanon, "On Nationalism,"
　　in *Postcolonialism: Critical Concepts in Literary and Culture Studies,* ed. Diana Brydon
　　(London: Routledge, 2000), vol. II, 443-469.

族主義不是香港解殖的出路，下文會詳細討論。

（二）「香港可以發聲／再現嗎？」

第二個也斯非常關注的後殖民議題，是香港的「代言」／「再現」（representation）的問題，最好的分析例子是他最著名的一篇論文〈香港的故事：為甚麼這麼難說？〉（下稱〈香港的故事〉）。對也斯來說，香港「被再現」的問題不只是一個代言合法性的問題，亦是一個文學形式的問題，以下分別說明。

也斯分析香港在殖民主義和民族主義的敘述中如何被挪用、曲解、塑造，或可借用薩伊德的「東方主義」來理解。雖然在這篇論文中，他直接引述的後殖民理論只有史碧娃的屬下性（subalternity），[71] 相比之下薩伊德卻更為接近也斯的用意。也斯這樣形容香港無法言說自身的原因：

> 大家爭着要說香港的故事，同時都異口同聲地宣佈：香港本來是沒有故事的。香港是一塊空地，變成各種意識形態的角力場所；是一個空盒子，等待他們的填充；是一個飄浮的能指（signifier），他們覺得自己才掌握了唯一的解讀權，能把它固定下來。[72]

71　「《遠大前程》……阿扁和愛斯達拉這兩個否定自己、追求他人價值標準、到頭來『兩頭唔到岸』的香港人，無疑是有許多故事可說的。關於屬下性（subalternity）、屈辱、疑慮等心理狀態，關於如何轉變、如何反省。」見也斯：〈香港的故事：為甚麼這麼難說？〉，《香港文化十論》，頁 13。史碧娃關注的是知識分子自稱代表本國屬民的倫理問題，與也斯關注中國民族主義霸權及殖民主義異化之下香港無法發聲是不同的討論。史碧娃在〈從屬可以發聲嗎？〉把「屬民」嚴格限定為「處於文盲的農民、部族、城市亞無產階級的最低層的男男女女們」，她悲觀地認識到屬民永遠是無法發聲的，但是知識分子要做的是在認識到這點之後，對屬民承擔起倫理責任。引自斯皮瓦克（Gayatri C. Spivak）著，陳永國譯：〈屬下能說話嗎？〉，羅鋼、劉象愚編：《後殖民主義文化理論》（北京：中國社會科學出版社，1999 年），頁 118。史碧娃牢牢地抓住階級的差異，也斯則完全沒有涉及階級的考量，他要談的其實是「文學再現」的問題。

72　也斯：〈香港的故事：為甚麼這麼難說？〉，《香港文化十論》，頁 3。

其中主要的有兩種大故事。一種是國際性都市的故事。後現代跨
國企業的故事，繁榮安定的故事。〔……〕另一種故事是民族性的
故事。〔……〕在兩種好像相反的故事中，香港都變成一種陪襯、
一種邊緣性的存在，其功用不過是在闡釋說故事人某種曖昧的欲
望與幻想。[73]

也斯談論香港「被再現」的宿命，就像薩伊德談論福樓拜小說中的埃及妓
女那樣。薩伊德挪用傅柯對知識及權力關係的理論，認為「他者」或「邊
緣」的再現模式是由權力操作的，因此他提出在東西方權力不平等的情況
下，東方無法表述自身，而只能被西方代言。「東方」是沒有實存的、西方
話語的建構物，西方藉由建構出來的「東方」他者來確立自己的優越。沉
默的、被代言的東方的塑造完全是依據西方的利益和需要。[74] 薩伊德分析東
方怎樣被再現，和也斯上面那段話非常相似：

東方論述是建基於外在性（exteriority）上立論，即是說基於東方
學家、詩人或學者在令東方說話，他們描述東方、為西方人將其
奧秘變得淺白這事實。除了引發著述外，他們從不關心東方。正
由於它是被述說和被書寫的，他們的所言所述，表明了東方學家
乃身在東方之外，這是一個存在上的和道德上的事實。這外在性
的主要結果當然是表述再現（representation）。〔……〕如果東方
能表述自己，它自己也會做；但既然它不會，這樣的表述再現就
為了西方做了它應做的事，在沒有更好的情況下，也是為了東方
做了它應做的事。[75]

73　同上注，頁 8-9，11。

74　薩伊德著，黃德興、劉慧儀譯：〈東方論述‧導引〉，文化 / 社會研究譯叢編委會：《解殖與
　　民族主義》（香港：牛津大學出版社，1998 年），頁 29-59。

75　同上注，頁 50-51。

薩伊德剖析「東方」是怎樣被視為空白的客體，因為缺乏自我表述的能力而任憑東方學家「再現」塑造和虛構，而該等「再現」是如何為殖民權力服務的，都很可以挪用分析香港在民族主義和殖民主義論述中被再現的情況。但是有一點也斯和薩伊德非常不同，薩伊德聲稱他不是要尋找本質主義的「東方」，因為東方根本沒有「本質」；[76] 也斯卻是希望表述「真正的」香港，讓本地人奪回話語權。也斯關注的「再現」權力和合法性，對於香港文學的自我充權（self-empowerment）非常重要，尤其是後過渡期各方對香港的戲劇化想像，以及當時正面對內地官方領導的文學史書寫計劃對香港文學的扭曲和收編，[77] 這些都是他的論述的對話對象。

　　拒絕香港被外來者「代言」是也斯的主要訴求。例如他在〈香港的故事〉所批評的幾個電影及藝術文本，主要問題在於香港人只是被再現的客體，而不是自主發聲的主體。例如香港藝穗會與悉尼劇團合作的話劇《遠大前程》（1992），以香港為題的畫作例如劉大鴻《蝶戀花》（1993）和劉宇一《女媧之歌》（1994）、尚文西設計的 1994 年香港大球場開幕匯演等等。但是同時他又理解到本地人並不一定就懂得言說自身，因為殖民造成的異化問題太根深蒂固了。例如他在另一篇論文中曾以徐克和嚴浩的《棋王》

76　關於薩伊德的自相矛盾和理論問題，見吉爾伯特：《後殖民理論 —— 語境、實踐、政治》，頁 46-74。

77　王宏志、李小良、陳清僑指出在內地現代文學史的編寫向來是重要的政治任務，八十年代大量內地學者編修香港文學史無疑是為了香港回歸而進行的準備工作。這些文學史強調香港文學與中國文學的血緣關係，過度高估中國來港作家對香港文學的影響，其文學史評價標準也跟從五四以來的現實主義框架，並把香港的商業文化歸咎於殖民統治。參考王宏志、李小良、陳清僑：《否想香港：歷史‧文化‧未來》，頁 95-129，見第二章。黃子平整理香港文學進入內地學者視野的過程，幽默地稱之為「不明寫作物體」，內地學者對香港文學的認識深受內地的文學潮流影響，而香港蓬勃發展的流行文學傳入內地，對內地文壇的衝擊不小。參考黃子平：〈「香港文學」在內地〉，《害怕寫作》（香港：天地圖書，2005 年），頁 10-24。陳國球則研究眾多中國現當代文學史把香港文學納入其討論框架的幾種方式，包括收於附錄，尤如「可以隨時割棄的『盲腸』（appendix）」，又或是以「由『歷劫』到『走向光明』的情節」敘述香港百年歷史。他戲稱為「收編香港」，以指涉文化上的收編與政治上收回香港同步，卻因為兩地文學發展之間的巨大差異，而造成文學史框架的失衡和混亂。參考陳國球：〈收編香港 —— 中國文學史裏的香港文學〉，香港中文大學中國語言及文學系、香港教育學院中國文學文化研究中心合編：《都市蜃樓：香港文學論集》（香港：牛津大學出版社，2010 年），頁 3-21。

（1992）為例，論證香港如何也可能「內化了外來的敘述」，他認為這部香港導演的香港故事也只是重複殖民者和民族主義者對香港的刻板印象：

> 香港導演的這部電影作品裏，似乎正是無法說出一個香港的故事，說到香港的時候，又是內化了人家的濫調，再把香港說成一道聯繫的橋樑，把香港的角色，說成一種現實、進取、精明而又面目模糊的角色。[78]

選取這個本來無關香港的故事，詬病「香港空間卻始終是缺席的」，[79] 乍看稍嫌強求，但電影的確刻意把張系國的原著角色程凌改成香港人，嘗試聯繫北京和台北的故事。也斯認為電影改編顯示了「導演所投射的香港主體的尷尬」，[80] 僅僅重複了外人以為香港就等於發達這類來自傳媒和商業文化的定見。

也斯的討論方法是由文學形式思考文化「再現」的問題，探討香港如何能夠擺脫客體化的狀態，不是被再現，而是成為能夠充分發聲的、自覺的後殖民主體。不難發現也斯傾向把文化問題轉譯為文學問題。在後殖民文學、電影和藝術的特質之中，他最重視主體自省的表現，因此他特別推崇抒情電影，因為抒情電影正是要減低敘事成分、突出主體的情感和內省。他談文化身份問題總是很快跳到文學形式問題，例如我們可以留意一下也斯如何在批評各方爭說香港的「大敘事」（grand narrative）之後，馬上把話題轉接到抒情電影的形式和香港的抒情小說；[81] 在另一處他談論香港教育和文化政策問題如何阻礙我們反省自身之後，又連繫到怎樣的文學表達形式較適合再現香港，「可以通過翻譯、重寫、故事新編、借古喻今等

78　也斯：〈民族電影與香港文化身份 ——從《霸王別姬》、《棋王》、《阮玲玉》看文化定位〉，《香港文化十論》，頁 230。

79　同上注，頁 229。

80　同上注，頁 228。

81　也斯：〈香港的故事：為甚麼這麼難說？〉，《香港文化十論》，頁 5-6。

種種手段。徐克和李碧華就是這樣做了」。[82] 又例如在〈都市文化・香港文學・文化評論〉，他談到「香港的身份比其他地方的身份都要複雜」，難以界定其「含混性和邊緣性」，他馬上把文化身份的混雜連繫到文學語言的混雜，以崑南的〈旗向〉為例。[83] 這些都可見也斯的文學家本色，和其他後殖民學者主要討論文化、社會、歷史等有所不同。雖然也斯澄清自己的說法並非排外，本地人也可以內化了外地人說的香港故事，[84] 不過其實在這樣的澄清裏面，外來者仍然被視為殖民主義論述的來源，大致上代表了也斯以至不少九十年代香港後殖民論者的「邊緣論」和「夾縫論」，這些都是當時十分重要的抗衡策略，卻不免需要維持內外對立的結構。這個二元對立的論述僵局在《後殖民食物與愛情》以「混雜」代替「邊緣」的時候得到超越，推進了他的香港後殖民論述，本章最後將再詳論。

（三）民族主義不是香港解殖的出路

　　民族主義的問題是也斯的香港後殖民論述中最重要、所花力氣最多的部分，相對而言，他對殖民主義問題的探討只是佔一小部分。[85] 早在六七十年代，也斯已經表現出對民族主義的疏離。例如對於當時新詩返歸民族傳統的訴求，他不以為然，反而認為應該更集中地表現香港本身。[86] 來到九十年代，他對民族主義的抗衡仍然繼續。

82　同上注，頁 18。

83　同上注，頁 36-37。

84　梁秉鈞、張美君、洛楓、葉輝對談，魏家欣、郭麗容紀錄及整理：〈在時間伊始的四重奏〉，《形象香港》，頁 263。

85　例如余君偉曾批評相對於也斯堅拒接受民族主義收編，他對英國殖民者反而顯得缺乏批判，顯示他「對白人神話的溫厚」。余君偉：〈家、遊、行囊：讀也斯的游離詩文〉，《香港文學 @ 文化研究》，頁 158。

86　參考王家琪：〈也斯的香港七十年代新詩論述 ── 以台灣現代詩檢討風潮為燭照〉，《台灣文學研究》第 11 期（2016 年 12 月），頁 93-142。

　　民族主義是後殖民理論的關鍵課題，較早期的後殖民批評家如法農視民族主義為第三世界國家解除殖民的出路，既是團結被殖民者進行反殖鬥爭的有力號召，又能療救殖民主義和種族主義對他們造成的傷害。晚出的批評家則對民族主義相當警惕，同時後殖民理論由傳統的「帝國主義宗主國—殖民地」關係研究，轉而朝向「後民族」（postnationalism）發展。民族主義的悖論在於它本身就是十八世紀歐洲的話語，殖民地的征服、擴張、「啟蒙」正是歐洲諸帝國的民族主義在推動。因此第三世界國家借用民族主義為武器，不免仍是被籠罩在西方的陰影之下。[87] 由此我們甚至可以說殖民主義是內在於民族主義的，德里克就認為現今更常見的「殖民」形式早已不再是「一國對另一國的壓迫」，而是民族國家為了建立國族認同而壓迫國內的弱勢社群或原住民，統一其語言、文化風俗、宗教等等，這些殖民行為甚至比帝國殖民主義更為粗暴，「跟它們的帝國前輩比起來，對多樣化少了許多寬容」。[88] 同時又因為後殖民理論繼承了後結構主義的遺產，他們批評民族主義是本質化的、總體化的，反之推崇差異和多元。[89] 多位理論家如安德森（Benedict Anderson, 1936-2015）、薩伊德、巴巴、史碧娃等，從不同的角度反思民族主義。

　　也斯對民族主義的看法較為接近這一派「後民族」思路，故此對於法農，他迴避了其民族主義的立場而聚焦於對被殖民者的心理分析。但是也斯的立場不能簡化為「反中國」，他並不是主張香港與中國文化的徹底斷裂，而是強調香港文學對中國現代文學的選擇性承傳。[90] 在後過渡時期，不少後殖民學者以否定的態度面對中國，他們質疑回歸的官方敘述，甚至認

87　陶東風：《後殖民主義》，頁 133-136。

88　德里克舉出的國際例子包括中國對維吾爾族與藏族的統治、土耳其與庫爾德人、以色列和巴勒斯坦人等等。德里克著，馮奕達譯：〈全球現代性與殖民〉，《殖民之後？台灣困境、「中國」霸權與全球化》，頁 61-65。

89　章輝：《後殖民理論與當代中國文化批評》（開封：河南大學出版社，2010 年），頁 218。

90　「香港不是一個顛覆基地而是選擇性地繼承了一些東西的邊緣都市，而那些東西是中國到了八〇年代重新正視或接受的東西。香港因緣際會處於一個邊緣空間因而做了一些事情。」也斯、陳智德：〈文學對談：如何書寫一個城市〉，陳素怡編：《也斯作品評論集（小說部分）》，頁 17。

為中國無非是另一個殖民者，視香港為對抗「原鄉中國」神話的據點。[91] 也斯沒有視中國為另一個殖民者，[92] 而是認為香港的優勢在於能夠與民族主義論述保持批判性的距離。也斯主要是提出兩點：（一）必須警惕民族主義扭曲和誤解香港的部分；（二）在中國文學系統之中尋找和論證香港文學的特質，而其中一個香港特質就是保有對民族主義大論述的質疑和反思能力。以下分別詳細說明。

也斯認為如果對於第三世界國家而言，民族主義是讓他們找回自己的主體性，去除殖民主義留下的文化遺害，那麼對香港而言，由於此地後殖民處境的獨特性，民族主義反而阻礙香港尋找自己的主體性。他在〈都市文化・香港文學・文化評論〉中指出：

> 但香港的處境，又跟一些其他發展出後殖民論述的國家處境並不一樣。因為香港文化的問題，不見得回到一個中國民族文化的模式就可以解決。香港的歷史文化不見得如印度的史學家那樣以一個民族歷史的角度就可以闡釋清楚。不光是內地的民族主義論者往往把香港視為西化而抹煞了香港文化，台灣鄉土論述如尉天聰的〈殖民地的中國人該寫甚麼？〉一文，也以民族主義宏觀立場，無視於香港實際複雜處境，而拋出一些概念化的「燈紅酒綠」、「紙醉金迷」一類批評，隔岸觀火，胡亂指指點點。同樣，借用後殖民的理論，結果反用以否定本地的創作，或又一次用新的（即使是第三世界的）模式，來壓抑了本地的論述，這也是值得擔憂的現象。[93]

91　王德威：〈香港——一座城市的故事〉，《香港文學 @ 文化研究》，頁 319-341。王宏志、李小良、陳清僑：《否想香港：歷史・文化・未來》，頁 21-94，見第一章「中國人説的香港故事」。

92　這點與周蕾的立場比較就更為明顯，她稱中國為帝國主義殖民者，相當重視香港對中國民族主義的質疑與抵抗。周蕾：〈殖民者與殖民者之間：九十年代香港的後殖民自創〉，《寫在家國以外》，頁 91-118。

93　也斯：〈都市文化・香港文學・文化評論〉，《香港文化十論》，頁 56。

也斯認為民族主義者長期以來只是誤解和扭曲香港文化，無助於香港建立
後殖民主體，因此香港的解殖之路不能走向認同民族主義。引文中也斯比
較香港歷史書寫與印度的民族歷史書寫的不同，認為民族主義史觀與香港
本土史觀距離甚遠，周蕾也曾經作類似的分析，[94] 強調民族文化不只不能協
助香港建立後殖民主體，反而是壓抑香港的主體性。

　　也斯認為香港正好是質疑民族主義的最佳發言位置，能夠提供獨一無
二的後殖民案例，說明「去殖民」不必等於擁抱「民族主義」。並嘗試借用
安德森和巴巴的理論拆解民族主義論述。他的論據是電影文本分析，對這
問題談得最完整的論文是〈民族電影與香港文化身份 —— 從《霸王別姬》、
《棋王》、《阮玲玉》看文化定位〉。此文是第 15 屆國際電影研討會的論文，
該次會議主題是「民族電影再思」，他當時曾經寫下一篇散文記述研討會
所感，在會上提出民族電影的學者都來自曾經被殖民的國家，「來自香港的
我，自然就不免擔心 —— 一種大一統的民族電影，會不會壓抑了其中參差
不同的聲音？」。[95] 反觀第一世界的學者則大談「混雜性」，他也不認為可以
完全解釋香港。[96] 在他自己的論文中，他指出當時西方的後殖民討論關注第
三世界國家在解殖以後如何重建民族文化，例如詹明信（Fredric Jameson,
1934-　）「國家民族寓言」，但是他認為這種論述策略不適用於香港：

　　　　但這些討論未必足以涵蓋後殖民狀況的複雜性。以香港為例，一
　　　　方面逐漸離開殖民地的處境，但另一方面在文化上也並不是完全

94　周蕾提出香港的後殖民處境與其他殖民地大為不同，並以印度為例，支持印度民族主義的史
　　學家例如古罕（Ranajit Guha, 1922-　）認為印度人要從英國殖民者手上奪回撰寫歷史的權
　　力。後殖民學者查格巴堤（Dipesh Chakrabarty, 1948-　）則批評這種史觀掩蓋了印度內部
　　多種族多文化的差異，認為在拆解「歐洲」的同時，也無可避免地要質疑「印度」這個觀
　　念。參考 Dipesh Chakrabarty, "Postcoloniality and the Artifice of History: Who speaks for
　　'Indian' Pasts?" Representation 37 (Winter 1992), pp. 1-26. 周蕾：〈殖民者與殖民者之間：
　　九十年代香港的後殖民自創〉，《寫在家國以外》，頁 96-98。

95　也斯：〈民族電影與國際化雜拼之間〉，《越界書簡》（香港：青文書屋，1996 年），頁 147。

96　同上注，頁 150。

　　　認同一種國家民族的文化。要討論香港的文化身份，恐怕正得從
　　　它與國家民族文化既有認同又有相異之處開始細探。[97]

對於香港為何不能夠完全認同民族主義，除了他在其他論文已經提及的原
因之外，他又以《霸王別姬》（1994）說明民族的角度如何壓制香港主體，
借香港電影補充〈香港的故事：為甚麼這麼難說？〉提出的問題。北京導
演陳凱歌改編香港小說家李碧華的作品，為了說一個國家民族寓言，香港
（以張國榮飾演的程蝶衣代表）被邊緣化、沉默、成為被觀看的客體：

　　　這齣由內地與香港合作的電影，香港演員張國榮的反串成為矚目
　　　的焦點。但另一方面，也正如前述，成為一個邊緣的景觀，近乎
　　　啞默的被觀看的「美」，好像被同情的「被害者」而非能自我表白
　　　的主體。這人物和角色，正如敘事中的「香港」，都被刪除或邊
　　　緣化了。在這一部被稱為香港的電影中，香港正扮演着曖昧的角
　　　色呢。[98]

也斯認為中國「第五代」導演的作品已經質疑中國的國家民族觀念，又引
用後殖民理論家對「民族」概念的質疑，包括安德森的《想像的共同體》
（*Imagined Communities*, 1983）以及霍米・巴巴的〈散播民族：時間、敘事與
現代民族的邊緣〉（"DissemiNation: Time, Narrative, and the Margins of
the Modern Nation," 1990），[99] 以說明民族觀念是過時而正在瓦解的。他認
為這些對民族概念的不信任是香港的出身給他的批評觸覺，是他眼中香港
具有後殖民理論價值的關鍵，認為香港可以補充部分理論家對民族主義的
盲目信任。

97　也斯：〈民族電影與香港文化身份 —— 從《霸王別姬》、《棋王》、《阮玲玉》看文化定位〉，
　　　《香港文化十論》，頁218。

98　同上註，頁227。

99　同上註，頁220-221，也斯在註釋中分別引用了安德森及巴巴。

　　但是也斯並不是把中國與香港視為互不相容的立場，相反他是在中國文學系統之中尋找和論證香港文學的特質，說明香港與民族文化既同又異的部分。他認為香港一方面保有對民族大論述的反省距離，另一方面又承傳了非主流的中國文藝。他以關錦鵬《阮玲玉》（1992）為例，這部電影採用的間離手法疏遠左翼現實主義電影為代表的「民族電影」和「進步電影」，反而更為欣賞一直只是中國電影支流的「抒情性」，與也斯在上述〈香港的故事〉一文提出的「抒情／敘事」對比一致。也斯認為這可以與香港文學選擇性地繼承中國傳統文學的角色作類比，在「大中國」的民族主義與「大香港」的商業文化以外「尋找另外的態度」，[100] 就像香港另有角度審視中國文學，正是這點體現了此文開首他要探討的香港「與國家民族文化認同又有相異之處」：

> 這也是一個香港的角度。相對於上述大中國和大香港的角度，五〇年代以來，香港一直也有不少人斷斷續續在主流以外研究中國現代文學、研賞中國電影。〔……〕可見新一代人對五四主流以外的另一支傳統的欣賞、繼承與開展，雖屢屢在粗暴的評論中被抹煞，卻是存在的。[101]

這段話還可以反映出也斯的香港後殖民論述的三個特點。（一）是其中的「兩個香港」相當引人注意，一個是必須抨擊的商業掛帥的香港，另一個是作為也斯主要研究對象的香港。這個「分裂的主體」對於理解也斯的香港文化及文學研究很重要，他思考的後殖民問題，僅僅是針對後者。有評論者詬病他討論香港文化的取樣問題，[102] 但也正是這點突出他作為一位文學研

100　同上注，頁 233。

101　同上注，頁 235。

102　例如葉蔭聰就質問為甚麼也斯概括地說香港的說書人無意追逐香港的大故事，而把積極地說大故事的香港作家如梁鳳儀排除在討論之外。葉蔭聰：〈邊緣與混雜的幽靈：談文化評論中的「香港身份」〉，《文化想像與意識形態》，頁 34-35。

究者的特點，他關心的不是香港在經濟和社會方面的表現。（二）是他所說
的「主流以外」的另類角度，並不等同「第三空間」（the third space）。「第
三空間」是巴巴發明的術語，周蕾用以「說明在殖民者與主導的民族文化
之間，存在着一個第三空間」。[103] 也斯在一篇英文論文中引用過「第三空間」
形容香港在殖民者文化和民族主義文化之間協商出自我書寫的空間。[104] 有趣
的是，到他在中文論文裏面談到香港文學自我協商的生存空間時，協商的雙
方內涵就不同了。[105] 他最重視的抗衡空間不是在殖民者與民族主義者之間，
而是變為在民族主義者與商業文化之間，開拓香港文藝的生存夾縫。他說的
「商業文化」沒有上升到資本主義或新殖民主義的理論高度，而主要是着眼
於嚴肅文藝的生存空間。[106]（三）他把香港身份的優勢，建立於香港的中國
現代文學研究之上，而香港與民族主義的疏離正正是香港最寶貴的地緣優勢
和理論價值。這點可以說是他的香港後殖民論述的骨幹。

　　香港是否如同不少後殖民論者所說的不信任民族主義，已經引起不少
爭議，例如歷史研究就說明了不同的史實。[107] 嚴格來說，也斯並沒有真正
討論香港的民族認同問題，而是認為民族主義必然不適合香港，力抗對香
港文化的任何扭曲。除了也斯討論的這一面之外，部分作家對民族主義的
認同和響往也很值得補充，納入香港文學史的框架之中討論，連同也斯討
論的部分共同帶出較全面的不同年代不同立場作家對香港的認同狀況。套

103　周蕾：〈殖民者與殖民者之間：九十年代香港的後殖民自創〉，《寫在家國以外》，頁 102。

104　Leung Ping-kwan, "Modern Hong Kong Poetry: Negotiation of Cultures and the Search for Identity," *Modern Chinese Literature* 9 (1996): 221-222.

105　造成這種內涵落差的原因，可能是中英文論文的對象和發言目的不同，英文論文面對香港以外的讀者，傾向從較宏觀的後殖民角度説明香港歷史與文學的特質，中文文章面對本地讀者，較深入地討論本地文學生存的困難。

106　也斯：〈無家的詩與攝影〉，《娜移》第 2.2 期（1993 年 2 月），無頁碼。也斯：〈在香港寫小說〉，《香港文化空間與文學》（香港：青文書屋，1996 年），頁 147-151。

107　香港華人與民族主義及殖民主義的合作關係，可參考以下兩書。高馬可（John M. Carroll）著，林立偉譯：《香港簡史 —— 從殖民地到特別行政區》（香港：中華書局，2013 年），頁 80-106，第三章「殖民主義與民族主義」。羅永生：《勾結共謀的殖民權力》，香港：牛津大學出版社，2015 年。

用法農的話，被殖民者的抗爭邏輯早已被銘刻在殖民主義之中，但是歷史現實也不容許他們有另外的抗爭方式。以也斯為代表的一批香港學者把香港界定為夾縫和邊緣，我們固然可以批評他們只是順應殖民者和民族主義者對香港的看法，把香港定為受害者，取消了香港作為主體的抗衡的能動性，[108] 但是考慮到中港文化系統的強弱懸殊，那或者是當時最自然的論述策略了。而也斯對民族主義抹平差異的警惕，還有對多元混雜的強調，正好符合後殖民理論的發展趨勢，當然這點他在文學作品中有更精彩的表述，下一節將接續討論這點。

（四）小結：後殖民 —— 也斯的香港故事的基石

九十年代香港學術界在面對回歸問題時大量借用後殖民理論，不少評論者都認為香港的後殖民處境非常獨特，因而不能直接挪用西方的後殖民理論。由也斯的個案來看，他主要關注的是中國和香港之間的關係，而不是香港和英國的。當時學術界在探討香港後殖民問題時，這個傾向也相當明顯，尤其是就文化和文學層面而言，香港文學和中國的關係遠比和英國的關係重要。後殖民理論對於拆解民族主義提供了有力的武器，支援了他論證民族主義不是適用於香港的解殖方向，同時令他警惕再現和權力的關係。後殖民理論思考弱勢文化在殖民統治結束之後如何建立其主體性，有助他思考香港的文化身份認同問題，留心後殖民主體的建立多麼困難重重。

正是在抵禦民族主義的意義上，後殖民是理解也斯的香港文學研究的鑰匙。在其論述邏輯之中，民族主義成為了「香港」的關鍵他者，賴以界定香港文學的處境、特點和優勢。也斯提出的香港文學論述不少能夠與內地評論家的看法對應起來，尤其是他的香港現代主義與都市文化研究。透

---

108   相關觀點可以參考羅永生，他的博士論文對於香港的殖民歷史、殖民主義和民族主義的「共謀」關係提出了精闢的分析。可參考羅永生：《勾結共謀的殖民權力》，第八章「北進殖民主義」以及結論「在香港再思後殖民理論」，對九十年代的香港後殖民論述有很尖銳的批評。

過對香港都市文化的討論，也斯企圖說明香港在文學上比中國發展得更早更前衛，顛覆民族主義者對於殖民地文化和文學的鄙夷。這些文學史觀點，和他對民族主義的立場密切相關，是他的香港文學史論述中的重要部分。此外，他關注香港文學與中國文學的關係，卻跳出「香港文學是中國文學支流」的官方框架，提出香港文學雖然有傳承中國文學的部分，卻是選擇性的繼承，而排斥現代文學主流的現實主義。他更努力論證香港這塊邊緣的殖民地如何改變了來自中原的南來文人的正統文學風格，包括他對馬朗、劉以鬯、宋淇、吳興華的研究，背後仍然是秉持同一種「邊緣啟發甚至改變中心」的論述。[109] 由這個框架還可以引申至香港對中國現代文學研究的重要性，一直保持討論和出版所有立場的文學作品的自由，就像劉以鬯《酒徒》討論的現代文學作家很多只有當時的香港能夠討論，[110] 而也斯自己亦曾撰文討論寫實主義主流以外的作品，例如現代派新詩和抒情小說。[111] 這些都可以追溯到他對民族主義的後殖民立場。

　　也斯的後殖民論述是一名文學家所做的文化研究。由也斯援引後殖民理論的情況來看，他更多是提出自己對香港文化的觀察和體驗，運用理論時不同一般學術論文寫法，大部分提到理論之處只有一兩句的篇幅，反而更着重表達自己的經驗和觀察，展現出作為文學家的文化感性和敏銳觸覺。這點或者和他對「越界」評論的信念有關。他的「越界」除了指越過自己的原生文化界線去接觸異文化，也指越過學科的界線，建立一種跨文類、跨文藝、跨文化的比較文學視野。[112] 因此「越界」不只是浪漫的文學隱喻，更是一種批評的視野、能力與位置。上文所論的文章最初多收錄於《香港文化》，他認為此書就是「越界」的嘗試：

109　也斯：〈一九五〇年代香港新詩的承傳與轉化 —— 論宋淇與吳興華、馬博良與何其芳的關係〉，黃淑嫻、宋子江、沈海燕、鄭政恆編：《也斯的五〇年代：香港文學與文化論集》（香港：中華書局，2013 年），頁 57-79。

110　也斯：〈香港小說與西方現代文學的關係〉，《香港文化空間與文學》，頁 109。

111　梁秉鈞：〈中國現代抒情小說〉，陳炳良編：《中國現代文學新貌》（台北：學生書局，1990年），頁 117-135。

112　也斯：〈散文與生活態度〉，《越界書簡》，頁 176-177。

> 書出來以後搞創作的人覺得我太理論性了；但誰料讀社會學的書
> 評人反又嫌我寫得太文藝化，太多實際的例子而不夠理論化；同
> 時喜歡文學的人問我為甚麼不多談文學，喜歡普及文化的人不喜
> 歡我並舉文藝的例子。我又一次覺得自己吃了越界的苦頭。[113]

這是他的特點，也是惹來批評的原因所在，例如一些文化研究者就由左翼
理論批評他忽略政經脈絡。[114] 這些批評有其道理，但和也斯的討論是不同層
面的，也斯感興趣的是文學問題。與其他香港後殖民學者相比，也斯最大
的特點在於他同時進行創作。支撐其論述的不是理論，而是他的文學經驗。

四、也斯的後殖民文學作品

　　因此本章最後會討論也斯的後殖民文學創作，針對其作品與論述的關
係，嘗試比較他在文學作品中所表達的觀點和學術論文有何異同，由此說
明這種作品與論述的配合關係如何在後殖民的潮流中奠定也斯的文學地
位。以下在其詩集及小說中合共選取了三部作品，每部都與他的論述構成
不同關係：詩集方面，《形象香港》被最多後殖民學者討論過，這部中英對
照的詩集示範了他的詩怎樣與他九十年代的論述互相配合和推進。小說方
面，《記憶的城市・虛構的城市》啟發我們從「越界」的角度重新審視本土
本位的論述，《後殖民食物與愛情》是也斯最後一部小說，反映他二千年之
後對香港後殖民處境的最新思考發展，小說格局比論述更開闊，「混雜」文
化觀比九十年代的邊緣夾縫想像更能演繹香港。[115]

113　同上注，頁 179。

114　孔誥烽：〈初探北進殖民主義：從梁鳳儀現象看香港夾縫論〉，《文化想像與意識形態》，頁
　　　53-88。

115　還有一部也斯的作品和他的論述有密切關係，就是《狂城亂馬》（化名心猿發表）。《狂》雖
　　　然多有和也斯的《香港文化》若合符節之處，但是既然也斯特別為「心猿」設計了與自己
　　　不同的身份、背景和觀點，或不宜直接當成也斯的意見納入討論。

（一）梁秉鈞詩歌的後殖民詮釋：《形象香港》

　　《形象香港》（1992）的出版頗受後殖民學者重視。這不只是也斯的詩作英譯，而是一本新的詩集，近半的詩作未曾結集。有幾個原因令這部詩集成為眾多香港後殖民文學討論的熱門案例：詩集以「香港」為題，英文書名中「時間的終結」（*City at the End of Time*）又指涉香港回歸的命題，加上阿巴斯寫的前言〈最後的貿易王國 —— 詩和文化空間〉推舉也斯為書寫香港後殖民命題的代表詩人，以及譯者奧城（Gordon T. Osing）與也斯的訪談面向英語讀者介紹香港的後殖民情況，[116] 這部詩集遂被視為香港後殖民文學的重要文本。也斯表示此本詩集的構思「始於 1989 年」，東歐的變化與六四事件促使他「把香港放在一個與世界及其他華人城市相連亦可資比較的位置來思索」，因此他希望「以詠物詩來面對香港的處境」。[117]

　　在也斯寫作《形象香港》的新作的時候，他也正在醞釀不少重要的論文討論香港的文化處境，他的詩與論文之間的呼應不難理解。以他關注的「再現」問題為例，他有兩首詩是與此相關的。他描寫香港大學的〈老殖民地建築〉（1986）最尾一節以池水比喻文字：

> 偶然看一眼荷花池在變化中
> 思考不避波動也不隨風輕折
> 我知你不信旗幟或滿天煙花
> 我給你文字破碎不自稱寫實
> 不是高樓圍繞的中心只是一池
> 粼粼的水聚散着游動的符號[118]

116　此詩集於再版時加入了張美君的序及兩篇中文訪問，原本 1992 年的版本只有阿巴斯的前言與奧城的訪問作為後記。

117　梁秉鈞、張美君、洛楓、葉輝對談，魏家欣、郭麗容紀錄及整理：〈在時間伊始的四重奏〉，《形象香港》，頁 254-255。

118　梁秉鈞：〈老殖民地建築〉，《形象香港》，頁 86。

池水與文字的比擬指涉「再現」的問題，文字不是鏡面一般的池水，而是
被吹皺的，其中反映的影像與現實的「殖民地建築」不盡相同：「影印論文
看一眼荷花池歪曲／的倒影尖塔的圓窗漂成浮萍」。[119] 這首詩貫徹也斯一向
對寫實主義的懷疑，暗示「寫實」的讀法無法理解殖民地的真貌。「旗幟」、
「煙花」暗示國家機器、官方慶典，與「我」的「文字破碎」相對，後者採
用非寫實的方法、非中心的發言位置，「符號」和不穩定的影像或者引起後
現代的解讀，卻才是更接近實況的。

　　另一首詩集同名作品〈形象香港〉（1990）與也斯的論述的呼應更為明
顯。這首詩同樣思考「再現」的問題，詩中的五個人物顯然對應也斯後來
在〈香港的故事：為甚麼這麼難說？〉（1995）批評的幾種典型「香港形
象」。「來自上海」的「她」總是緬懷往昔，指涉在懷舊之中無視或輕視香
港的人。「在法國研究安那其主義，回來／在《花花公子》，然後在《資本》
雜誌工作」的「他」，代表了嚴肅文化在香港商業文化之中的處境與最通俗
的文字生產。「擅寫資本主義社會裏的狗和色情雜誌」的「報告文學好手」，
代表典型的反資本主義、描寫香港罪惡的作家。「她是來自台灣的小說家，
以為自己／是張愛玲，寫香港傳奇，霓虹倒影」，批評她把「不斷複印的淺
水灣酒店／異國情調描繪給遠方的觀眾」，更可能是暗示施叔青。而「擅寫
東方色彩的間諜小說」的「他」則影射各種對香港作東方主義式描寫及編
造離奇情節的作品。「我」希望「尋找一個不同的角度」，不同於上述五個
人物的書寫香港的角度，這個理想的角度「不增添也不刪減／永遠在邊緣
永遠在過渡」，但尚未找到，所以兩次「我」開口時句子都懸在半空：「我
們甚麼時候 ── 」、「我們抬頭，尋找 ── 」，以至「我」反問：「為甚麼
有些話無法言說？」[120]〈老殖民地建築〉和〈形象香港〉這兩首詩的共通點
是它們都關注「再現」的問題，又都提到「邊緣」，與也斯的香港文化論文
有很多可以對讀的空間。

　　詩歌不同於學術論文的體式，反而更配合也斯的後殖民觀點。他的詩

119　同上注。

120　梁秉鈞：〈形象香港〉，《形象香港》，頁88。

歌聚焦於還沒有被定型或進入任何論述的香港日常經驗，由平視和流動的角度觀察都市，具體地示範了〈香港的故事〉等論文中所亟欲尋找的本地人的聲音。而且詩歌可以用文學形式擬仿香港主體的「欲言又止」，不同於論文需要清晰的立論和論證，詩歌可以懸擱在尋找的姿勢中，具體演繹言說的困難。由此甚至可以說詩比論文更能夠展現也斯的後殖民觀點：「我們的想法和說法是多麼容易被其他觀點和聲音所侵吞。但總還有許多人在嘗試說香港的故事，用不同的方式。」[121] 他在論文中質問各方人馬「再現」香港的合法性和形式問題，其詩歌的批判力度同樣勇猛，同時以具體的意象表現這些問題意識，諸如盪漾的荷花池、欲言又止的敘事者等等，相當能夠演繹他的論點。

　　但是也斯作為詩人的發聲姿態和他作為學者的論述非常不同，除了以上兩首較明顯呼應其論述之外，詩集中大部分作品都完全無意介入後殖民論述。他在論述中總是積極為香港發聲、爭奪香港主體的話語權，但他的詩歌卻相反地拒絕從整體上代表香港。他的詩歌是一種「蟬鳴的詩學」，凝注於日常、微小、低迴的事物和景觀。例如阿巴斯認為梁秉鈞「不能也不想聲稱『代表香港說話』」，「並非香港社會的縮影，也沒有言簡意賅地概括香港的歷史」，與九十年代「一批又一批人站出來聲稱代表香港」不同。[122] 梁秉鈞的詩「精粹在於運用『小模式』」，「偏愛以平淡無奇的事物」，「是一種非異色化（de-exoticization）的做法」。[123] 這種拒絕代言的姿態與他的論述恰好相反。詩集分為「形象香港」、「大牆內外」、「物詠」、「游詩」四輯，其中第一輯「形象香港」和第三輯「物詠」都是關於香港的，所收詩作貫徹其「生活化」風格，凝視日常瑣碎的事物，引出抒情的吟詠感喟，

121　也斯：〈香港的故事：為甚麼這麼難說？〉，《香港文化十論》，頁 27。

122　阿巴斯（Ackbar Abbas）著，蕭恆譯：〈香港城市書寫〉，《香港文學 @ 文化研究》，頁 306。阿巴斯此文原為《形象香港》前言，題為〈最後的貿易王國 —— 詩和文化空間〉，收入其英文專著 Hong Kong: Culture and the Politics of Disappearance 後有多處內容不同，下文兩個版本都有引用。

123　阿巴斯著，蕭恆譯：〈香港城市書寫〉，《香港文學 @ 文化研究》，頁 308 及 311。

例如〈木瓜〉、〈雙梨〉、〈安石榴〉等等。[124] 或是游走香港街道，例如樓梯
街、花布街、鴨寮街，[125] 觀察城市的生活情狀。可以說，詩作刻意棲身在微
觀的日常細節，拒絕通過任何象徵上升到代表香港整體，也幾乎沒有直接
指涉這座城市當時的後殖民過渡處境。

　　既然如此，為甚麼這部詩集仍然在整體上被視為後殖民文學？有趣
地，詩集中收入的舊作之所以能夠被重新闡釋為應對後殖民處境的策略，
其論述基礎正是來自也斯自己的香港文化評論。各評論家重視這些詩作的
原因包括他企圖完全避開對香港的獵奇角度，刻意瑣碎、物質化、日常化
的書寫，拒絕被收編到任何「大論述」等等。這些說法與也斯自己對香港
文化的看法有異曲同工之妙，〈香港的故事〉所極力說明的「代言／再現」
問題成為討論也斯詩作的重要角度，他力陳民族主義與殖民主義的「大論
述」不適用於香港，而論者們也正是從這角度肯定也斯詩作的價值在於其
「在地」和「瑣細」。例如阿巴斯和周蕾對《形象香港》的解讀，說明了後
殖民論者如此重視也斯的「生活化」詩歌和詠物詩，是因為當下的後殖民
討論使《形象香港》裏面較早寫成的作品也獲致新的詮釋價值。阿巴斯的
前言旨在說明「梁秉鈞的詩為何可以代表香港的後殖民處境」？而他給出非
常睿智的回答：也斯是以「拒絕代表」而代表了香港詩作的特質。他認為
也斯這部詩集無意提供「香港社會的縮影」或「概括香港的歷史」，[126] 相反
也斯策略性地以「不說」來突顯「說」的問題：他「不自稱有代表性」，以
問題化各種在九七前夕自稱代表香港的聲音，突顯它們遠遠未能完全代表
香港內部各種複雜的立場和意見。[127] 他認為也斯的詠物詩正正是這種策略的
傑作：

124　分別是〈木瓜〉、〈雙梨〉、〈安石榴〉，《形象香港》，頁 134-137，148-152。

125　分別是〈木屐〉、〈花布街〉、〈鴨寮街〉，《形象香港》，頁 82-84，92。

126　阿巴斯著、蕭恆譯：〈香港城市書寫〉，《香港文學＠文化研究》，頁 306。

127　阿巴斯著、劉敏儀譯：〈最後的貿易王國——詩和文化空間〉，《形象香港》，頁 64-65。

如果所有例如「九七前景」等有關「人生」的「大主題」已經被寫成一些本地的「肥皂劇」，而一切有關政治局勢等的問題亦被職業政治家們所壟斷，那麼剩下來的，還可以較自由地「說話」的，就只是一些細小、平凡的日常生活中極普遍的題材及物品。[128]

周蕾對也斯的詠物詩抱持相似的讚賞，儘管她的討論角度與阿巴斯不同，但兩人都認為也斯的詩突出了殖民主義和資本主義的問題。她認為香港的經濟成就常常被視為殖民地缺乏政治主權的「補償」，「殖民」作為香港無法選擇的歷史，卻不失為可以利用的特點以及值得熱愛的生活，而非民族主義者所認為的悲慘處境。在這類論述之中被賤視的物質主義，偏偏是也斯的詩作主題，由在地的角度描繪了在殖民地上瑣細日常的生活與物質。[129]「它們處於陳說以外，處於文字的油腔滑調以外」，[130] 是拆解「英雄式反殖民主義」，[131] 在論證時也不時引用《形象香港》中也斯的訪問。簡言之，阿巴斯和周蕾的說法顯示了也斯的詩作如何能夠由後殖民理論重新詮釋，並被視為本土詩人的代表。

　　《形象香港》提供了一個重要案例，讓我們看到也斯的作品與論述之間互相推進的關係。也斯對香港後殖民處境的分析不只提供了研究梁秉鈞詩歌的角度，反過來亦可以說梁秉鈞的詩歌論證了也斯的香港後殖民論述。他在學術論文中力陳怎樣敘述香港的故事不會落入各種民族主義與殖民主義的大論述，排拒香港被「再現」，而正是他七十年代以來的詩歌寫作提供了例子說明怎樣言說香港才是「在地的」角度，甚至可以說他作為詩人的成就讓他擁有足夠的後殖民論述資源。

128　同上注，頁 69。

129　周蕾：〈香港及香港作家梁秉鈞〉，《寫在家國以外》，頁 119-148。

130　同上注，頁 137。

131　同上注，頁 140。

（二）在「越界」與「在地」之間：《記憶的城市·虛構的城市》

《記憶的城市·虛構的城市》（下稱《記憶的城市》）[132] 被視為香港九十年代其中一部後殖民文學代表作，小說以旅行紀錄的形式盛載也斯對香港文化的討論和批評，實踐其「越界」寫作。論者普遍關注旅行越界寫作與香港後殖民思考的關係，例如朱耀偉指《記憶的城市》「運用了後殖民文學常用的『旅遊』（travel）文體」，「借後殖民論述那種在家國以外重認自己家園的角度，凸顯記憶和虛構在香港的城市建構中的重要性」。[133] 王德威認為「放眼當代書寫香港城市的作品，我還看不出其他像也斯這樣銘記旅行／越界／過境經驗的嘗試」，[134]《記憶的城市》以「『不在場』的文字敘述來反襯城市本身的無從敘述性」。[135]「越界」作為他其中一個重要的後殖民書寫理念，其內涵和實踐效果都值得仔細研究。下文會先討論「越界」的後殖民意涵，其後以《記憶的城市》為例，說明小說演繹的多重「越界」，最後嘗試探討「越界」對他的香港後殖民論述的意義。藉此帶出，他着力以「在地」的立場抗衡和抵禦外來者的殖民主義與民族主義觀點，這種「本地／外地」對立結構與「越界」的理想恰好是相反的視點。「越界」是試圖克服對一個地方的誤解與扭曲，令我們明白到在本土本位論述中建立的「本地／外地」對立僵局不一定是絕對的。

也斯在文學創作和評論上提倡「越界」，頗受稱引。「越界」是一種嘗試把香港的「邊緣」及「夾縫」的局限反轉為優勢的身份想像，也斯以散

132　此書 1983 年在《快報》連載時原題為《煩惱娃娃的旅程》，在大幅重寫後 1993 年由香港牛津大學出版社出版，改題為《記憶的城市·虛構的城市》。也斯去世後再版，恢復原題。本書所用的版本為也斯：《煩惱娃娃的旅程》，香港：牛津大學出版社，2014 年。但是文中仍然沿用舊的書名，以便對應當時學者的討論。趙曉彤曾經仔細比較連載版本與單行本的差異，參考趙曉彤：〈本土與中國文化關係的重寫：以也斯《剪紙》、《煩惱娃娃的旅程》與《記憶的城市·虛構的城市》為討論中心〉，《思與言》56 卷 2 期（2018 年 6 月），頁 115-178。

133　朱耀偉：〈大城小說：後殖民敘事與香港城市〉，《香港文學 @ 文化研究》，頁 260-261。

134　王德威：〈香港──一座城市的故事〉，《香港文學 @ 文化研究》，頁 335。

135　同上注，頁 334-335。

文句式解說過「越界」的意思，越界是「想向邊界兩邊溝通」，[136] 是站在非此非彼之間，對兩邊都保留批評的能力，是「來往異地他鄉，有時反而在接觸新人回顧舊事時提供了新的思維」。[137] 換言之，越界提供有利和極有潛力的批評位置。更進一步而言，對也斯來說，香港是後殖民理論和民族主義都無法完全處理的「例外之地」，正是這種「例外」賦予他越界的能力，對殖民主義及民族主義、對後殖民與後現代都能夠保持批評的距離。雖然也斯說越界不是只有美好的涵義，[138] 但他的確認為越界和多元的角度比單一在地的角度更優勝：

> 在異地接觸的種種新人事新藝術，真奇怪，反而有助我們回頭看自己的家鄉自己的問題。好像總是通過接觸別人令我們更認識自己，通過接觸別人的文化令我們更認識自己的文化。[139]

如果要落實「越界」的後殖民意涵，或者可以與幾個西方理論概念作比較參照。「越界」似乎與普拉特（Mary L. Pratt, 1948- ）提出的「接觸地帶」（contact zone）概念相通，普拉特把它界定為「截然不同的文化相遇、碰撞、互相搏鬥，通常是在極為不平等的主導和征服關係之間，例如殖民、奴隸制或它們結束之後遍佈全球的後遺影響」。[140] 這種弱勢與強勢文化的「接觸」與香港的後殖民處境不無可比之處。「越界」又可與巴巴說的「邊界」（boundary）及「其外」（beyond）比較，巴巴引用海德格（Martin

---

136　也斯：〈散文與生活態度〉，《越界書簡》，頁 176-177。

137　同上注，頁 176。

138　「越過界線，滋味並不好受。你可能兩邊不討好，你不屬於那方面。你會受各方排斥，你不會握有權力，你暴露在最外行的批評底下，你會受突襲的暴力所傷。」也斯：〈散文與生活態度〉，《越界書簡》，頁 176。

139　梁秉鈞：〈附錄：異鄉〉，《半途——梁秉鈞詩選》（香港：香港作家出版社，1995 年），頁 282。

140　Mary L. Pratt, "Introduction: Criticism in the contact zone," *Imperial Eyes: Travel Writing and Transculturation* (New York: Routledge, 2008), 7.

Heidegger, 1889-1976）的話：「邊界就是某物開始存在之處」，認為文化正是由邊界開始，跳脫原初的主體性想像，反而注意文化差異的表述，在文化差異「之間」的空間是極有活力的，挑戰我們對一切規範性論述的定見。[141] 這些關於文化接觸的後殖民理論概念與也斯所說的「越界」頗為相似。

　　旅行是獲得「越界」發言位置的方法，「越界」本身也是一個旅行的隱喻。很多後現代及後殖民理論家都對旅行、游牧、離散等等非常感興趣，而也斯是在香港作家之中較早討論旅行文學的。陳燕遐注意到也斯寫的香港文化論述由旅行行為借來不少隱喻，[142] 除了用以形容他自己的文學實踐之外，也用於描述一些香港文化的特質，包括「越界」、「游離」、「無家」、「離家」等等。[143] 對也斯而言，旅遊與本土身份認同的建立相關，例如樊善標指出也斯把「外地遊蹤和城市香港結合成一個話題」，「藉異地的刺激，來反省 —— 其實是建構 —— 香港的文化身份」。[144] 他也以旅行書寫來比擬後殖民主體言說和反思自身殖民歷史的困難：「每次說香港的故事，結果總變成關於別的地方的故事，每次說別的地方的故事，結果又總變成香港的故事」，[145] 這個感受相信是來自他寫作《記憶的城市》的經驗：

> 我八三年回到香港以後就在說巴黎的故事，九〇年代有機會在柏林一段時間，其間一直在寫一個香港的故事，後來去到紐約就在寫柏林，去到華盛頓卻開始寫紐約，現在當我想寫華盛頓其實已經回到香港。追記的故事總沒法追上眼前現實，眼前的事又不斷

141　Homi K. Bhabha, "Introduction," *The Location of Culture* (New York: Routledge, 2004), 1-4 & 7.

142　陳燕遐：《旅行敘事：香港文化的移置論述》（香港：香港科技大學人文學部博士論文，2002 年），頁 31-38。

143　陳燕遐：《旅行敘事：香港文化的移置論述》，頁 38-48。

144　樊善標：〈三位散文家筆下香港的山 —— 城市香港的另類想像〉，《中國現代文學》第 19 期（2011 年 12 月），頁 129。

145　也斯：〈香港的故事：為甚麼這麼難說？〉，《香港文學 @ 文化研究》，頁 11。

修改我的記憶。[146]

也斯自己的旅行小說正是體現了香港的故事是如此難說，以至他必須以旅行情節為託，在其中寄寓他對香港的諸種想法。他想表達一個本地人的觀點，但他首先需要置身外地，通過「越界」重新認識香港。

書名《記憶的城市》是批評「香港是一個失憶的城市」，[147]「失憶」的主要原因是文學和文化未獲重視保存，「但我仍然記下細節，希望有一日能令失憶的人重新記憶」，[148]「文學與藝術不也是重重的記憶嗎？它們是記憶，提醒人不要忘卻」，[149]顯然是形容自己作為評論者和學者的使命。雖然在敘事學上，敘述者不應該與作者混為一談，但《記憶的城市》是自傳性極強的小說，其中敘述者自白年輕時的文學經歷、[150]在美國求學的事情等等，[151]都可以和也斯的散文對應，而小說中以英文代號隱去其名的朋友，亦可以和也斯的友人一一對應起來。

《記憶的城市》演繹了至少三種不同層次的「越界」，分別是身體上的越過國界，文類上的越界，以及評論視野上的越界。也斯在〈後記〉把這三重意義上的「越界」串連起來：

> 我一直想寫一本小說，寫香港，寫在香港成長的一代，到外面去，又再回來。我想寫他們如何通過與其他文化的接觸，去反省自己成長的背景；在外面學習到一點甚麼，回來又如何面對現實的急劇轉變。[152]

146　也斯：《煩惱娃娃的旅程》，頁 226。

147　同上注，頁 40。

148　同上注。

149　同上注，頁 92。

150　同上注，頁 44-51。

151　同上注，頁 124-128，177。

152　也斯：〈後記〉，《煩惱娃娃的旅程》，頁 291。

首先，小說記錄了敍述者在紐約、巴黎、柏林、香港等多個城市之間的旅程和見聞感受，「到外面去，又再回來」。在反覆越過邊界的過程中，他們逐漸獲得越界的視野，由起初帶着「自己成長的背景」認識其他文化，最終回饋到他們對香港的理解。

其次是文類上的「越界」。《記憶的城市》可以視為小說形式的文化評論，夾有大量敍述者對香港文學和文化藝術的意見。他形容：

> 初學寫小說的時候，聽人家說小說裏不能發議論、小說要從一個
> 貫徹的角度敍事、小說要有起承轉合，但在自己這個嘗試裏，有
> 時為了追蹤一些感情和思想，也會忍不住越過了界線。[153]

小說第九、第十章以後設手法納入書稿漫長的修改過程，實際的旅程與文字的旅程互相交錯，暴露敍述者停筆、修改、自我對話的情況，在目前的版本中反覆剪裁拼貼十年前的舊版本文字。這本小說由 1982 年起動筆，正是也斯回到香港開始參與學術場域的時候。《記憶的城市》的記遊部分很快就滑入敍述者的長篇議論，以及對個人往事的記憶。敍述者經常對藝術問題發表很長的評論，和他的記憶和身份認同一樣都可謂是「沉重的行李」。[154] 例如第四章討論拉美藝術和評論朋友的畫作，第五章參觀羅浮宮時與友人討論文學理論的應用問題，第十章對香港文藝圈的評論和對評論家黃子程的影射，都令人感到這是以議論連綴而成的小說。因此，我們可以把敍述者所抒發的議論和也斯另外獨立成篇的散文和文化評論相對應，甚至不少論者把其中的句子當作也斯的評論文章一般引用。[155] 王德威認為此書「其實很可視為也斯多年從事香港研究及創作的總回顧」，但是又含蓄地表

153　同上注。

154　小說敍述者自白道「記憶太重了，像沉沉的行李，令人無法輕快地走上新路」。也斯：《煩惱娃娃的旅程》，頁 92。

155　例如余君偉：〈家、遊、行囊：讀也斯的游離詩文〉，《香港文學 @ 文化空間》，頁 157-167，以及朱耀偉：〈小城大說──後殖民敍事與香港城市〉，《香港文學 @ 文化研究》，頁 253-270。

達了其批評：「這不是一本『好看』的小說」，「拒絕情節性敘述」，「顯然是成是敗，極富討論價值」。[156] 他說「回到書名，『記憶』的城市，『虛構』的城市才是他鄉愁真正的起點」。[157]

最後，《記憶的城市》廣徵博引談論各種中西文化藝術，可說是評論視野上的越界。有意思的是，敘述者同時在記憶與議論中不停回望家鄉，雖然屢次提醒自己「甚麼都不帶，甚麼都不要記着」、「就這樣去接觸一個地方」，[158] 到頭來仍然無法停止反覆打開「記憶的行李」。這種頻頻回首卻體現出「越界」的另一重意義，即是「通過接觸別人令我們更認識自己，通過接觸別人的文化令我們更認識自己的文化」，[159] 這點才是整本小說最重要的「越界」。敘述者在旅途中不停的自我叩問、思辨，甚至給予讀者感覺他流連於內心的思辨多於眼前的風景與旅途經歷，記述後者是為了襯托和引出前者。敘述者重視的是地理的距離帶來批判的距離，「在外面我總是為香港解釋，為它分辯，回到香港我又彷彿老是在批評它」。[160] 如此相比起在旅行越界中獲得對異文化的認識，他其實更希望借助旅遊的抽離視角以回顧和整理他對香港的想法，也就是說他真正珍視的不是身體上越過國界，而是旅行帶來的視野上的越界，因此小說在旅行情節之中夾附大量對香港文學和文化藝術的意見。

越界旅行應能挑戰民族主義與本土主義對土地的迷思，《記憶的城市》卻反而展示擺脫故土的困難，以及「無家」的鄉愁。在後殖民理論中，「旅行」隱喻被視為有潛力拆解土地與身份認同的固定關係。珍·雅各（Jane Jacobs, 1916-2006）整理晚近在文化理論中十分流行的「旅行」隱喻，不少理論家視「旅行」為一種包容差異與流動的思維與評論方式，在全球化年代是必要的，例如鄭明河（Trinh Minh-ha）認為「流動性」能夠破壞既有

156　王德威：〈香港 —— 一座城市的故事〉，《香港文學 @ 文化研究》，頁 334-335。

157　同上注，頁 335。

158　也斯：《煩惱娃娃的旅程》，頁 92。

159　梁秉鈞：〈附錄：異鄉〉，《半途：梁秉鈞詩選》，頁 282。

160　也斯：《煩惱娃娃的旅程》，頁 241。

的權力安排和女性、有色人種遭受的壓迫。[161] 黃念欣指：「行旅從來都是把家國、理想國以至自我的認同放在問題化的檢視之中」，[162] 皆是強調旅行對於國家、種族、性別、權力、身份等等各種疆界的破壞力。但是與「跨越出去」的方向相反，《記憶的城市》是關於「跨越回來」的。敘述者表示寫作這本小說是「以為寫這麼一個關於回來的故事可以幫助我回來，大概我以為重拾文字就是回家了」，[163] 卻苦於回來的過程無所適從、無法找到自己歸屬的位置，越界是「不屬於這兒也不屬於那兒〔……〕變成沒有歸屬的孤魂」。[164] 小說敘述者說「我是渴望回到一個『家鄉』那樣的東西？慢着，我知我回到香港也不會找到的」。[165] 香港的文化空間急劇變化，令敘述者感嘆「我好似在夾縫中寫作，無家可歸」。[166] 他以《奧德賽》比喻自己的旅程，「妖怪和魔障，不在外途的海島，而在你嘗試回去而回不去的地方。你執着記憶，它們又好似逐漸變成虛構」。[167] 如此看來，《記憶的城市》不是追捧前衛的「越界」理念，而是抒發無家的鄉愁。[168] 小說展示的不是流動的身份認同，反而是在越界之中更為執着香港的身份與記憶；不是張揚浪漫時髦的理論概念，而是反省越界實踐之不易。

　　由此就引出一個疑問：「越界」理解真的可能嗎？如果說外地學者、作家、藝術家總是帶着本身的預設議題和框架套用在香港身上，走訪世界

161　Jane Jacobs, "Travels on the Edge of Empire," *Edge of Empire: Postcolonialism and the City* (London: Routledge, 1996), 7.

162　黃念欣：〈一個女子的尤利西斯 —— 黃碧雲小說中的行旅想像與家國認同〉，王德威、季進主編：《文學行旅與世界想像》（南京：江蘇教育出版社，2007 年），頁 222。

163　也斯：《煩惱娃娃的旅程》，頁 259。

164　同上注，頁 225。

165　同上注，頁 241。

166　同上注，頁 260。

167　同上注，頁 23。

168　余君偉認為也斯詩文小說中的「行囊」隱喻多是沉重而負面的，並問道：「如果我們想像行囊不是一個承載着舊有事物的包袱，而是沿途收集各種珍品異物的容器，那麼『沉重的行囊』便頓時變成旅人佔有的喜悦」，精闢地指出了也斯的旅行隱喻由鄉愁的語調主導。余君偉：〈家、遊、行囊：讀也斯的游離詩文〉，《香港文學 @ 文化空間》，頁 163。

的香港旅人又何嘗可以徹底擺脫香港的思考從零開始理解外地文化。套用現代詮釋學的觀點，成見是一切理解的前提，所有的理解某程度上都是偏見。[169] 旅遊理論對於這點也有不少討論：旅客是否可能真正理解當地，他們能夠得到新的啟發，還是只是印證自己的預設？在旅行文學的討論中，雖然理想的旅行是旅客展開和異文化的對話交鋒，但實際上卻有不可避免的詮釋暴力，突破異文化隔膜非常困難。[170] 正如也斯自己所說，每個人總是從自己的位置發聲的：「到頭來，我們唯一可以肯定的，是那些不同的故事，不一定告訴我們關於香港的事，而是告訴了我們那個說故事的人，告訴了我們他站在甚麼位置說話。」[171] 外人所說的香港的故事如此，香港人所說的越界故事也理應如此。如果出於浪漫的文化理想而無視實際的權力問題是天真的話，那麼否定跨文化的溝通和理解又可能是太悲觀了。

　　如果說後殖民理論相信「越界」、游移、流動的視角比固着於「在地」的角度優越，在也斯的香港文化論述中，當他處於「在地」的位置時，卻對他者的「越界」觀察非常謹慎。「越界」的理想和也斯的香港文化論述中常見的「本地／外地」對立結構恰好是相反的視點：前者從外來者的角度觀看一個地方，後者從本地人的角度回應外來的目光；「越界」是相信對於他者仍有理解的可能，在地的立場則質疑理解的可能性而聚焦在他者的「誤解」上。主體「越界」觀察時，這個外在的觀看位置和距離，到底是有助還是有礙主體理解一個地方的文化？當也斯代表香港發聲時，他對於外來者能夠理解香港感到非常悲觀，他的分析都集中在外地人對香港的歪曲和謬見。當也斯是旅客時，他則相信旅行可以帶來新看法、新啟發，離開原來的位置，由新的位置觀看和理解問題，游離於香港與外地之間，對香港文化提出建言。「越界」與「在地」的視點其實是對反又互補的，「越界」

169　Hans-Georg Gadamer, "Elements of a theory of hermeneutic experience," *Truth and Method*, 2nd editions, trans. Joel Weinsheimer and Donald G. Marshall (New York: Continuum, 2004), 267-306.

170　參考郝譽翔：〈「旅行」？或是「文學」？——論當代旅行文學的書寫困境〉，東海大學中文系編：《旅行文學論文集》（台北：文津，2000 年），頁 297。

171　也斯：〈香港的故事：為甚麼這麼難說？〉，《香港文學 @ 文化研究》，頁 11。

代表理想的一面，「在地」代表實踐中經常產生的問題，例如「隔閡」和「不
了解」等等，都是他自己的旅行書寫中較少觸及的問題。兩個視點互相補
足，正好說明了問題的兩面，「越界」提醒了本土本位的論述應該包容開闊
的視野和不同立場的論述，而「在地」的觀察則提醒了「越界」可能遭遇
的詮釋障礙。

由此來看，「越界」不一定比「在地」的視野優勝，[172]「越界」是困難重
重的，但同時也說明了他在論文中未有帶出的一點：「他者」不一定只能帶
來對主體的誤解，還是可以帶來「理解」的。至於「越界」的另一部分構
想 —— 香港和異文化的互動，在他最後一本小說《後殖民食物與愛情》有
真正精彩的實踐。

（三）後民族的混雜性：《後殖民食物與愛情》

如果說《記憶的城市・虛構的城市》是一部剖析自我、非常私密的小
說，《後殖民食物與愛情》[173] 則刻意要擴大經驗範圍，把小說寫得更普及
化。前者是夾敘夾議而以議論為主，後者卻注重故事性，有意「把故事寫
好」。[174]《後殖民食物與愛情》可說是也斯最重要的後殖民作品，亦被視為

172　關於這點的深入討論，還可以參考以下兩文：余君偉指出對也斯而言「烏托邦總是在他
　　方」，余君偉：〈家、遊、行囊：讀也斯的游離詩文〉，《香港文學 @ 文化空間》，頁 146。
　　陳燕遐則批評也斯行文之間總是認定越界遊牧比植根在地優勝是不合理的。陳燕遐：《旅行
　　敘事：香港文化的移置論述》，頁 57。

173　也斯：《後殖民食物與愛情》，香港：牛津大學出版社，2012 年，修訂版。《後殖民食物與
　　愛情》2009 年初版包括十二個故事，2012 年修訂版增加至十三個，部分篇章名稱也有不
　　同，此處以修訂版為準。

174　也斯：《後殖民食物與愛情》，頁 377。

後九七時期的後殖民作品而頗受學者注目，相關評論不在少數。[175] 不少評論
集中於同名短篇〈後殖民食物與愛情〉，較少整體地討論這部小說在也斯
的後殖民論述中扮演的角色。《後殖民食物與愛情》代表了也斯成熟而多元
的後殖民香港想像，其盛載的後殖民理論意涵不低於其學術論文。承接其
九十年代的論述，這部小說主要探討的是在拒絕民族主義之後，香港如何
走向流動混雜的身份認同，表現了他在二千年之後對香港後殖民處境的思
考發展。如果香港的後殖民主體性不能夠建立在民族認同之上，那麼應該
是怎樣的？九十年代也斯的論述較為重視香港作為中國的「邊緣」所遭受
的壓迫，並嘗試把它轉化為優勢，集中於建構香港的「本土」空間。由上
文的探討能夠看到九十年代他的對話對象一直是作為他者的「大中國」，
民族主義敘述是香港被挪用、曲解的主要源頭，而且嘗試說明香港文學與
電影跟中國主流的批判性距離，強調香港與民族文化既同又異的部分，這
些都是自居又自豪於香港的邊緣特質，將之化為論述的資源。到了《後殖
民食物與愛情》他所談的重點則變成文化身份的混雜性，並刻意把身份認
同的探討擴展到本土以外的全球空間，遂使整個香港後殖民論述的結構由
二元變成多元。「混雜」是去除界線、更為解放性的概念，取代了九十年代
「邊緣」及「夾縫」的想像之中「民族主義」與「本土」的「中心／邊陲」、「強
勢／弱勢」的二元對立結構，不只更有利於香港主體的自我充權及發聲，
而且更適合帶出香港內部的不同特質，也更易於容納他者。

175　較多地提及後殖民理論的文章可參考以下三篇。趙稀方分析集中的同名短篇〈後殖民食物
　　　與愛情〉中的聚餐場面和食物，認為體現了霍米‧巴巴的「混雜」（hybridity）和「模擬」
　　　（mimicry），分別諷刺了殖民主義和民族主義。參考趙稀方：〈從「食物」和「愛情」看後
　　　殖民 —— 重讀也斯的《後殖民食物與愛情》〉，《城市文藝》第三十二期（2008 年 9 月），
　　　頁 67-72。鄧與璋也是集中分析短篇小說〈後殖民食物與愛情〉，從身份建構、食物的雜交
　　　性、民族主義和被殖民者的話語權四方面分析，可能由於文章希望從宏觀的層面討論香港
　　　與後殖民的關係，對小說的分析可以更為細緻。參考鄧與璋：〈後殖民主義批評理論與香港
　　　文學 —— 以也斯《後殖民食物與愛情》為例〉，《文學評論》第 13 期（2011 年 4 月），頁
　　　41-52。宋珠蘭引用肯亞文化學家提昂戈（Ngũgĩ wa Thiong'o）的《後殖民主義與非洲文學》
　　　及康科利尼（Nestor Garcia Canclini）等人的理論分析小說中「混種」的語言及食物文化。
　　　宋珠蘭：〈也斯小說中表現出的香港混種性文化 —— 以《後殖民食物與愛情》為中心〉，《香
　　　港文學》第 340 期（2013 年 4 月），頁 50-56。

這個由「邊緣」到「混雜」的理論重心改變，不只體現在也斯的創作上，九七過去後學術界有更多的餘裕從更大的格局上檢討反思香港的後殖民問題，討論的重點也由民族主義論述帶來的焦慮變為世界主義的思維。李歐梵和陳冠中分別都以「多元文化」的不同詮釋來應對回歸後香港在區域角色的變化。李歐梵提出「世界主義」（cosmopolitanism），他思考的是香港未來的定位，在成為一個中國城市或世界城市之間，只有後者可以保有香港的優勢和獨特性，香港雖然號稱國際大都會，卻仍然缺乏對世界多元文化開放的心態。[176] 陳冠中先後提出香港文化是「半唐番」和「雜種」的城市文化。用「雜種」來翻譯「混雜」最初是李歐梵的用法，[177] 陳冠中則對「雜種世界主義」大加發揮，既重視自我身份認同又強調與異文化的溝通交雜。[178] 陳更說是也斯的〈香港的故事：為甚麼這麼難說？〉啟發了他尋找香港的聲音。[179]「混雜」、「世界主義」和「雜種」文化是相似的思考方向，更顯出也斯提出「混雜」的前瞻性和對香港特質把握的準確。也斯提出「混雜」來把握香港特質同屬這一股新的「後民族」後殖民思潮。九十年代也斯已經談過混雜，[180] 雖然當時他被劃為「混雜派」的一員，[181] 但是現在看來當時他談論的「混雜」並不是挪用風行一時的霍米・巴巴，而主要是來自他對香港文學語言的觀察，認為語言混雜的狀況可以視為都市文化的特點。[182] 到了二千年之後，他寫作《後殖民食物與愛情》的時候對「混雜」

176   李歐梵：〈香港文化定位：從國際大都市到世界主義〉，《香港研究作為方法》，頁 78-83。

177   李歐梵：〈香港文化的邊緣性初探〉，《今天》第 28 期（1995 年 1 月），頁 75-80。

178   陳冠中：〈雜種城市與世界主義〉，《我這一代香港人（增訂版）》（香港：牛津大學出版社，2007 年），頁 57-59。

179   陳冠中、李歐梵：〈香港作為方法〉，《香港研究作為方法》，頁 136-137。

180   他當時說都市「成員的身份是混雜而非單純的」，其中又以香港特別混雜，這是由於殖民經歷的緣故，令香港不同於中國其他城市。但是他的說明重點明顯不在文化或歷史上，而是放在純文學的表現上，集中討論香港文學的定義問題以及香港作者的書寫語言問題。也斯：〈都市文化・香港文學・文化評論〉，《香港文化十論》，頁 36-38。

181   參考葉蔭聰在「北進想像」專輯的文章，葉蔭聰：〈邊緣與混雜的幽靈：談文化評論中的「香港身份」〉，《文化想像與意識形態》，頁 35。

182   也斯：〈都市文化・香港文學・文化評論〉，《香港文化十論》，頁 36-37。

有更精彩的詮釋，比起他九十年代的論文更進一步地推展了香港後殖民論述。理論風潮時常更替，但是即使在混雜理論不再是學院新寵之後，也斯對香港文化的混雜性的觀察卻仍然是準確的。

　　「混雜」是後殖民理論為了否定民族主義「純粹」、固定、本源式的身份認同而提出的概念。混雜理論之中，以巴巴最為人熟知，巴巴借用語言學的隱喻提出所謂的「第三空間」，認為既然「所有文化都在某程度上與其他文化相關，因為文化就是一個指涉（signifying）或符號的活動」，那麼所有文化都是依賴「他者」而界定的，它們都是去中心的結構。[183] 因此沒有任何文化可以宣稱它們是原生的（originality）、純粹的（purity）或從一開始就是統一固定的。文化的意義就在於「之間」（the "inter", the in-between space）。[184] 但是巴巴不是唯一談論過「混雜」的理論家，他的理論是各人之中最抽象的。「混雜」最初運用在探討拉丁美洲的後殖民處境。克里迪（Marwan M. Kraidy, 1972-　）整理「混雜」概念的來龍去脈，指出在殖民初期，歐洲殖民者很恐懼被殖民地土著「污染」，例如以科學論證土著是全然不同的物種。隨着時間過去，殖民者與被殖民者的「混雜」卻不可避免地發生，不少有關「混雜」的概念都是來自描述美洲的種族混雜，例如融合主義（syncretism）、跨文化主義（transculturalism）、克里奧爾化（creolization）等等。[185] 在後殖民理論中，「混雜」代表了後殖民文學及文化生產的關鍵面向，例如巴巴的「混雜」是一種被殖民者賴以抗衡殖民者的策略，薩伊德反對民族主義而認為文化總是混雜的，吉羅伊（Paul Gilroy, 1956-　）反對任何形式的種族本質主義和民族主義，或以文化純粹性排斥

183　Jonathan Rutherford, "The Third Space: Interview with Homi Bhabha," in *Identity: Community, Culture, Difference* (London: Lawrence & Wishart, 1990), 210.

184　Bhabha, *The Location of Culture*, 53-56.

185　融合主義指基督信仰在拉美的本土化（inculturation），跨文化主義指涉兩種文化互相改變，延伸至文學藝術上文化混合的情況甚至顛覆的潛能，克里奧爾化原指殖民者輸入美洲的非洲黑奴與美洲文化的混雜。Marwan M. Kraidy, *Hybridity: Or the Cultural Logic of Globalization* (Philadelphia: Temple University Press, 2005), 48-57.

異質，認為需要把實際上種族混雜的情況理論化，以作描述和理解。[186]「混雜」受後殖民理論家高度讚賞，但同時被批評理論脫離實際後殖民狀況，例如德里克極為尖銳地諷刺「混雜」作為理論概念是含糊的，是與實際的第三世界無關的時髦文化理論；[187] 它又是去地方化的，令「後殖民」變成一面沒有特定地理指涉的大旗幟。[188]「混雜」又被認為是擁抱跨國資本主義邏輯，畢竟所謂的「混雜」只是權力容許的混雜，不能忽視背後的歷史原因是殖民主義改變殖民地，文化之間是不平等的，跨文化交流主要由國際關係的等級決定。[189] 克里迪總結指，混雜仍是有力的理論，關鍵是要把「混雜」放在具體的脈絡中檢視研究。借用以理解《後殖民食物與愛情》，我們當然可以質問也斯是否有把「混雜」本質化之嫌，但是與其執着於「本質主義」這類無所不在的質疑，還不如實際地看他把混雜放在甚麼脈絡、有否寫出香港的味道來得更有意思。

　　《後殖民食物與愛情》集結了十三個故事，有一半的故事地點是在香港以外的地方，展現出極為開闊的世界版圖。小說所選的地方都與香港關係密切：港人非常崇拜熱愛的日本、與香港同期回歸的澳門、港人移民大本營溫哥華、同為南方前殖民地的越南等。書後他形容此書的構思：「我當時不想循已成定論的方法寫香港，也不想只顧迷戀肚臍眼只看香港。九七後我對香港與亞洲或其他城市關係更感興趣」。[190] 可以說也斯有意寫出香港文化的異質部分，他說：「他異的經驗從一開始就是香港經驗的一部分」，「香

186　Kraidy, *Hybridity*, 58-60.

187　Arif Dirlik, "Bringing History Back In: Of Diasporas, Hybridities, Places, and Histories," in *Beyond Dichotomies: Histories, Identities, Cultures, and the Challenge of Globalization*, ed. Elisabeth Mudimbe-Boyi (Albany: State University of New York Press, 2002), 105.

188　Arif Dirlik, "The Postcolonial Aura: Third World Criticism in the Age of Global Capitalism," *Critical Inquiry* 20, No. 2 (Winter 1994), 332.

189　Dirlik, "The Postcolonial Aura," 66-68.

190　也斯：《後殖民食物與愛情》，頁 373。

港也不一定是在香港的範圍以內了」，[191] 與他九十年代的後殖民論述相比，此時他的思考格局已經不只局限於香港本土，而更多地放在東亞以至世界之中審視香港的角色。

　　綜觀全書呈現的香港是「色、香、味、人、情」俱全的，「混雜」因而並不只是抽象的理論概念，與學術論文的觀點相得益彰。小說由食物的形容、人物的背景設定到愛情關係全都表現出「混雜」的特點。一切都是多國籍的，食物固然是，例如派對上的多國美食、[192] 法國與泰國菜混合而成的「後殖民食物」；[193] 人物亦刻意設定為多國文化背景，例如何方的學生阮是在香港長大的越南人、鹹蝦醬愛上的老大的女人是中葡混血兒。即使塑造某些人物以對應特定的文化階層，也不忘加入一些不那麼純粹的細節令他們感覺較為真實，例如〈後殖民食物與愛情〉瑪利安的父親代表前殖民地的上流階層品味，但特別提到他會講究地道炒河和掌管中菜。也斯對「混雜」寄予厚望，例如在史蒂芬身上就看出他認為混雜比純粹好，雅俗揉雜比徹底的高雅好，史蒂芬強調自己口味廣闊，[194] 比起頂尖的法國菜反而更喜歡法國及泰國菜融合的新菜色，跑到蘭桂坊吃川菜等等，又認為高級餐廳和街邊小店都是食物文化的一部分。[195] 連愛情也是混雜的，〈濠江殺手鹹蝦醬〉的兩層故事都是多角 / 多國戀愛糾纏不清，〈尋路在京都〉和〈愛美麗在屯門〉則寫居港多年的美國人羅傑和香港女孩阿素的愛情故事。

　　《後殖民食物與愛情》因為脫離了以往「民族他者」與「香港主體」的二元對立格局，而能夠更深入地表現不同身份的香港主體，盡量避免本質化的陷阱。同為愛情故事，把《後殖民食物與愛情》與《剪紙》比較就更為明顯。《剪紙》代表的是「夾縫」想像，喬和瑤的重像式設計分別代表

191　也斯：〈嗜同嚐異 —— 從食物看香港文化〉，《也斯的香港》（香港：三聯書店，2005 年），頁 165-166。

192　也斯：《後殖民食物與愛情》，頁 2。

193　同上注，頁 13。

194　同上注，頁 21、24。

195　同上注，頁 14。

西方文化與中國文化，以黃對喬的感情、瑤對唐的幻想敘述一個「香港」盲目愛慕中國或西方文化的故事。這樣的設計或許致令沒有太多篇幅表現的香港主體性稍嫌單薄朦朧，顯示了「夾縫」想像主要是關於與外在他者的關係，而不利於深入了解香港內部。而《後殖民食物與愛情》代表的是混雜的、世界主義的想像，更有利於表述香港的主體性。以〈愛美麗在屯門〉羅傑和阿素（愛美麗）的愛情故事為例，羅傑居港多年，在大學教英文，「他羅傑何嘗想過要做殖民地上佔盡優勢的外國紳士呢！」。[196] 阿素的名字讓人想起蘇絲黃，但他和阿素的關係不是《蘇絲黃的世界》（*The World of Suzie Wong*, 1957）代表的傳統殖民者與香港女子的權力關係，「總有各種各樣不同類的外國人，也有不同類型的香港女子吧」。[197] 羅傑喜歡香港文化，成為了一個「吃中藥的鬼佬」，[198] 他沒有假裝自己因此就是「香港人」，「他之為他的部分……不會因為表面地坐在茶餐廳裏便會立即消失無蹤的」。[199] 他和阿素的文化差異始終存在，例如他偏好英國茶而阿素只喜歡大排檔奶茶，他們的早餐選擇南轅北轍，他喜歡西式水煮蛋而她喜歡沙爹公仔麵，他喜愛的美國詩人和嬉皮文化對她來說就像是西餐伴碟永遠不吃的生菜絲。[200] 羅傑和阿素的文化落差令人想起《剪紙》中黃和喬的隔膜，喜歡中國古今詩詞的黃與喜歡西方流行音樂的喬最終釀成悲劇。[201] 但是這次羅傑和阿素的故事卻強調跨文化戀愛而不是溝通的失效，兩人最後分手不是因為文化不同，而只是事業前途的追求不同。《後殖民食物與愛情》的混雜文化觀突破了前此的「夾縫」想像，這次香港主體完整地發聲了，羅傑和阿素分別代表不同成長背景、不同文化品味的香港人。這個例子恰好可以說明「混雜」比「邊緣」或「夾縫」的想像更有利於敘說香港的故事。

---

196   同上注，頁 161。

197   同上注。

198   同上注，頁 157。

199   同上注，頁 162。

200   同上注，頁 160。

201   也斯：《剪紙》，香港：素葉，1982 年。

　　小說主要以食物具體地表現各種混雜的後殖民文化與權力關係。老薛要寫一本關於香港食物的大書，由食物看香港的文化、歷史、政治等等，[202] 其實是後設地指涉《後殖民食物與愛情》還有詩集《蔬菜的政治》的核心構思。小說中有不少地方故意運用理論術語來形容食物，在在表現出「由食物看文化政治」的野心，以下可以舉三個例子看看食物背後的後殖民意涵。

　　第一個例子針對全球化與後殖民的關係。〈後殖民食物與愛情〉稱泰國菜為「後殖民食物」：「混合了不同東西文化的食譜，帶着法國風味，又有獨立的泰國的辛辣與尊嚴」，但是餐廳部長否定這樣的後殖民身份，自稱「新派的法國菜」，具體的「泰國」被隱沒在廣義的亞洲味道之中，因為泰國菜在香港不受追捧。史蒂芬期待亞洲菜能和法國菜平起平坐，但他也明白所謂「泰國風情」本是歐洲人對遠東的想像，而在香港追逐的是高貴的法國餐廳。[203] 這個短短的片段藉由食物的混雜象徵後殖民亞洲由「市場」決定價值高低和身份的顯隱，對於在「混雜」中被抽空和掩蓋的獨立文化身份以及全球化資本主義的運作非常警覺。

　　第二個例子則是關於民族主義論述的。也斯在小說中的看法比他九十年代的論文更為豐富仔細，集中在香港內部的不同立場，同時又擴展到在世界格局中審視香港文化，不再只把焦點放在中國與香港的角力與對立上，而是更細緻地表現個體的民族認同的不同層次，體認不同立場的香港主體，展演香港的文化政治。例如〈後殖民食物與愛情〉一邊重申也斯的基本立場，即認為香港的價值在於對民族主義認同的疏離與批判，一邊讓民族主義者老薛出場。小說描寫回歸晚宴的電視直播，席間本地傳統家常菜都在民族主義的偉大修辭下被扭曲疏遠，而敘述者史蒂芬和他的朋友們則嘲笑名實不符的菜式沒有帶來愛國情懷只是產生滑稽的效果，[204] 明顯象徵也斯一向反對的民族主義宏大論述根本脫離以食物代表的本地現實。可是

202　也斯：《後殖民食物與愛情》，頁 192。

203　同上注，頁 13。

204　同上注，頁 17。

這篇小說不只是把「民族主義」設定為外在的他者，而是同時設計了擁護「民族主義食物」的香港人老薛。他們在蘭桂坊聚餐時，老薛等人連番批評這間意大利人開的四川餐廳不夠純粹。[205] 老薛是另一篇小說〈溫哥華的私房菜〉的主人公，這篇小說為了配合老薛較為傳統的口味，敘述語調戲劇化，加入刻意的政治修辭，並特別在每一節結束前加入說書人的「下場詩」。老薛自稱「我只在食物方面是愛國主義者」，[206] 他和朋友就溫哥華還是香港的飲食更多姿多彩而爭持不下，又把移民加國的子女對西菜的偏好說成「西風壓倒東風」，[207] 背後是移民的文化認同問題。[208] 對於老薛這樣的「讀書時關社認祖的國粹派」，也斯在學術論文中處理不多，小說卻提供了空間深入理解這個人物，而民族情懷在老薛心目中也遠不及家庭的重要性，同時表現了一個人在不同層次上的身份認同。也斯一方面在世界版圖上回看香港文化（以中菜和私房菜為象徵），另一方面又把焦點放回香港內部的複雜性，反而能夠體認不同的香港立場，更貼合香港現實。

　　第三個例子是關於「混雜」本身的。〈艾布爾的夜宴〉講述一群香港人分別由世界各地來到西班牙巴薩隆那一嚐馳名的艾布爾（El Bulli）分子美食餐廳。分子美食顛覆食物的觀念，一如「混雜」顛覆傳統的文化觀念。分子美食是反本質主義和反原教旨主義的最佳象徵，對分子美食而言沒有所謂的「本質」、「純粹」，一切可辨的國族界線都被消除，就像文化本來是混雜的，放在後殖民語境下解讀有極為豐富的意涵。食物不再由原本的形貌、本質、味道來定義自身，「他們把物的形狀改變了」，「味道和常見的製作方法改變」，有些食物「改變了形貌，卻又尋回它們的味道」。[209] 篇中甚至用上佛家和道家思想來形容這個食物革命，「見山不是山，見山是

205　同上注，頁 25-26。

206　同上注，頁 173。

207　同上注，頁 172。

208　同上注，頁 174。

209　同上注，頁 280。

山」，[210]「大音無聲。大象無形」。[211]〈艾〉還是一個鬼故事，令人聯想到在後過渡時期香港電影湧現的「鬼片」被視為恐懼未來或依戀懷舊的投射。[212]〈艾〉講述當天下午已經車禍去世的年輕人史和覓在晚上如期赴約，享用「最後的晚餐」——他們的名字「（尋）覓（歷）史」饒有深意，小說形容他們「從一個相對安穩的小島環境出來」，在到達「不知是好是壞的未來」之前就意外死亡。[213]「鬼」和「分子美食」都是後殖民隱喻，兩者加起來令這篇小說充滿疑幻疑真的氣氛，或許是暗示後九七的全球化流動時代之中，香港的命運並沒有更為明確。

　　食物的混雜還象徵香港人對異文化兼容並蓄的「好胃口」。也斯形容「我們基本上沒有一副民族主義的排他腸胃」，[214]他通過羅傑表達「混雜」是香港的優勢，羅傑覺得在日本常常感到自己被拒諸門外，在香港卻「好似可以找到一個可以生存的空間」，[215]香港充滿各種政治立場、宗教、性取向都差異極大的人群，暗示正是這點令他願意成為香港人。[216]愛美食的胃口本來就不需要講究國族認同忠誠或堅持民族界線，鍾情中菜也可同時欣賞西餐，喜歡吃地道小食不代表就要排斥其他菜式。食物又必定隨着傳播路徑而適應當地文化習慣，徹底的「純粹」和「本源」反而是少數的堅持和刻意為之，因此食物很好地演示了後殖民理論對民族主義的批評。

210　同上注。

211　同上注，頁 286。

212　Emilie Yueh-yu Yeh and Neda Hei-tung Ng, "Magic, Medicine, Cannibalism: The China Demon in Hong Kong Horror," *Horror to the Extreme: Changing Boundaries in Asian Cinema*, ed. Jinhee Choi and Mitsuyo Wada-Marciano (Hong Kong: Hong Kong University Press, 2009), 145-160.
　　另外，也斯曾在 2012 年與何慶基等人合辦香港「鬼文化節」，其中包括鬼文化國際學術研討會。議程內容請參考嶺南大學人文學科研究中心網址：http://www.ln.edu.hk/chr/Html/ghostculturalconference.html，最後瀏覽日期：2020 年 8 月 16 日。

213　也斯：《後殖民食物與愛情》，頁 284。

214　也斯：〈嗜同嚐異——從食物看香港文化〉，《也斯的香港》，頁 164。

215　也斯：《後殖民食物與愛情》，頁 31。

216　同上注，頁 161。

最後，《後殖民食物與愛情》還演示了小說作為後殖民理論載體的優勢。其一，小說示範並落實他在論文中提出的觀點。以他對宏大論述的排拒為例，《後殖民食物與愛情》界乎長篇小說與短篇小說集之間的設計一反傳統的線性敘述結構，[217] 加以題材上把大歷史褪到背景，前景是來去匆促的愛情故事（例如史蒂芬與瑪利安的故事背景是香港回歸，鹹蝦醬的故事背景是澳門回歸），一律都是把他對「大論述」的反感落實到小說設計上。他在後記中暗示施叔青的《香港三部曲》，表明自己志不在此：

> 寫大時代的歷史，大家從五四以來都是寫三部曲。好像三部曲就是一道道宴客的主菜，把你吃得飽飽的。照足歷史的公式。滿漢全席。應有盡有。全面兼顧的結構。
>
> 我有時倒想吃街頭小吃呢！我想設計一桌不那麼飽膩的小菜。[218]

這段話以食物為喻，觀點和他以前的學術論文仍是一致的，並且貫徹整個小說的各個細節。

其二，他以最通俗的食物和愛情的故事寫出普及版本的後殖民理論，意圖超越被指斥過於抽象、去地方化的、精英主義的理論，直接回到他身為作家所把握到的香港文化感性。背後雖有理論思路，文本上化為具體的情節、食物、愛情卻能直接表現真正的「混雜」狀態。以〈愛美麗在屯門〉為例，小說先是誇大中環與屯門之間的城鄉差異，以愛美麗（阿素）代表珍視本土的香港人，以愛時髦代表崇洋的香港人。故事充滿有趣的混雜文化，刻意把異國世界與本土香港交錯拼貼，例如「愛美麗」的名字是來自法國電影《天使愛美麗》，她卻帶着白瓷觀音四處享用香港地道美食以替父親祈福，「讓神靈與海鮮合拍一照」，[219] 有人說她是在蒙馬特出生而其實

217　《後殖民食物與愛情》雖然由十三個短篇小說組成，但是部分篇章的人物和故事設定是互相承接的，各篇共同組成一個更大的故事。

218　也斯：《後殖民食物與愛情》，頁 370。

219　同上注，頁 146。

她是在元朗 B 仔涼粉樓上出生的，[220] 處處設計了混雜的本土風味，而且這些「混雜」不是理論而是香港每天的日常現實。與也斯的論文相比，小說的寫法更有利於他提煉其個人體會和表現香港文化。若要吹毛求疵的話，小說或者可以寫得更為「普及」，不少人物的原型相信是來自也斯個人的經驗，例如在學院任教的羅傑和何方，史蒂芬和老薛的文藝趣味和寫稿經驗等等，如果能夠加入更多學院與文藝界以外的人物，或者更能貫徹小說的「世俗化」傾向。

　　其三，小說可以做到論文所不能達到的多視點敘述。小說的人物設定容許敘述者成為也斯論文中的「他者」，例如以外國人為視點形容香港文化和他們在其中的處境，並謹慎地沒有讓故事外的敘述者對人物加以評斷。對於他在論文中批評的對象，小說可以賦予更多同情，例如曾經追隨左派思想的老薛和日本漢學家小澤老師，在小說中他設計了筆下的左派分子反省從前的左翼信念。[221] 但是這部分的描寫不深，小說中表現的觀點沒有完全超出他的論文探討的範疇，他在學術論文中未有深入討論香港的左派文學，在這部香港的食物文化史中也不免是缺少了左派的角度。

　　概括以上對也斯的後殖民作品的討論，《形象香港》說明他的詩與後殖民論述怎樣互相配合和推進，《後殖民食物與愛情》精彩地描寫了混雜的香港文化，除了比九十年代的邊緣夾縫想像更能演繹香港文化之外，也把「混雜」的理論概念具體落實至最為世俗的食物和愛情，表現香港日常的混雜現實。也斯作為一個同時進行文學創作的學者，其作品與論述的關係特別值得重視。

220　同上注，頁 137。

221　同上注，頁 223。

五、總結

　　也斯的香港後殖民論述，特點在於他的個人文學經驗和對香港文化的觀察，例如他討論被殖民主體的文化問題就非常敏銳深入。反觀理論的部分談得不算多，主要是採用「越界」的寫法，介乎散論與學術論文之間。另一方面，由於其論述主要由個人文學經驗而來，他對民族主義的討論更接近個人的文學評論和立場表述。與其他香港後殖民學者相比，也斯最大的特點在於他同時進行創作。他的後殖民論述是一名文學家所做的文化研究，這是他的特點也是曾經遭受非議的原因所在。他由文學形式思考後殖民主體的再現問題，傾向把文化身份問題轉譯為文學問題。這些都可見也斯的文學家本色，和其他後殖民學者不同。他的文學經驗支撐了他的後殖民論述，同時又以文學創作參與香港後殖民書寫，與他的學術論文互相配合，構成了香港後殖民論述的重要一頁。

　　也斯在八九十年代對香港後殖民問題的思考主要集中在香港和中國之間的關係，而不是香港和英國，這點與當時學術界的傾向相同。後殖民理論為拆解民族主義提供了有力的武器，支援他論證民族主義不是香港解殖方向，同時令他警惕再現和權力的關係。由此民族主義成為了「香港」的關鍵他者，賴以界定香港文學的處境、特點和優勢，是他的香港文學史論述中的重要部分。他努力想論證香港這塊邊緣的殖民地如何改變了來自中原的南來文人的正統文學風格，強調香港的角色和重要性。他以香港為本位、力抗以民族主義論述為首的對香港文化的任何扭曲，這點也是很多後殖民評論家認為是香港最重要的特質。而在這以外，部分作家對民族主義的認同和嚮往其實也很值得納入香港文學史的框架之中討論，以期更全面地了解不同年代、不同政治立場的香港作家的身份認同。

　　本章嘗試探討也斯在香港後殖民論述及文學上的重要性。首先追溯到六七十年代的早期文章，檢視也斯如何在對美國非裔藝術及拉丁美洲文學的關注中已經初步觸及種族主義、殖民經驗與後殖民的問題，這些思考部分反映在他早期的小說和評論之中，其中拉美文學更啟發他思考香港殖民

問題和建立本土文化認同的重要性。接着整理了他援引的後殖民理論資源，說明他對後殖民處境的理解，包括借助法農的理論發展早期體會到的問題，關注香港被「再現」的「東方主義」問題，以及運用後殖民理論嘗試拆解民族主義、提出香港的後殖民理論價值在於與民族主義的批評距離。最後，有見於也斯是在眾多香港後殖民學者中極少數兼擅文學創作的，本章討論了《形象香港》、《記憶的城市・虛構的城市》和《後殖民食物與愛情》這三部後殖民文學作品，探討其中和論述或有所配合、或互相闡發、或有所超越的關係，以完整呈現也斯的後殖民香港圖景。

第二章
邁向香港現代主義文學譜系 *

一、引言：現代主義、東亞現代主義與香港現代主義

　　關於也斯與現代主義的研究很多，但主要是關於他的創作面向，很少評論曾經系統地整理過他對現代主義的看法，以及評價他在建立香港現代主義文學研究上的角色。在多不勝數的也斯作品研究中，多有運用現代主義某些概念以討論其詩作特色。然而論者談到現代主義時，經常與都市文化結合討論，相對上較少深入專研現代主義的美學問題。也斯在建立香港現代主義文學研究上的重要角色不容小覷，他在訂定研究框架、提倡論述、推進相關作家與作品的正典化過程以及培養新一代研究者等多方面都貢獻重大。本章將會整理也斯對香港現代主義的研究，首先概括他所提出的香港現代主義特質，並評價其論述的貢獻。他對五六十年代的研究重點在於香港現代主義作家對中西傳統的繼承與轉化，七十年代的研究重點在於他們怎樣改變和發展成「廣義的現代派」。其後會回溯他青年時期的專欄

---

* 本章部分內容初稿曾經發表於〈文學翻譯作為評論：也斯六、七十年代的西方文學譯介〉，《中外文學》第 47 卷 2 期（2018 年 6 月），頁 125-179。

雜文及編譯工作，為他對七十年代轉變和發展的討論補充當時的文學史背景，重溯兩代「現代派」的轉折實際是怎樣發生的，最後回應他把現代主義譜系延伸到七十年代之後的說法。

現代主義（modernism）是一項難以界定卻影響深遠的國際性美學潮流。布萊伯利（Malcolm Bradbury, 1932-2000）和麥克法蘭（James McFarlane, 1920-1999）在《現代主義》（*Modernism: 1890-1930*）充分說明了界定現代主義的困難：以時期而言，視乎評論者着眼的現代主義特質而可以定出不同的起點；以不同的文化大都會為中心，則又可繪製出一幅時間長度不同、特質不同的現代主義地圖。[1] 舉例來說，英美現代主義（Anglo-American modernism）揭櫫法國象徵主義（symbolism），其高峰約在二十世紀的首二十年，以紐約、倫敦、巴黎三地為軸心。但歐洲其他國家如德國、意大利或俄國皆有不同的現代主義發展軌跡。[2] 再加上現代主義內部的矛盾特質，令頭緒紛繁的現代主義運動更難被總結。[3] 就美學特徵而言，現代主義在不同藝術門類有全然不同的意涵，但是彼得・蓋伊（Peter Gay, 1923-2015）認為無論它們的面貌有多麼歧異，「現代主義在各高級文化領域展示的分歧性是包含着統一性的，貫穿着一種單一的美學心態和一種可辨識的風格」，[4]「第一是抗拒不了異端的誘惑，總是不斷致力於擺脫陳陳相因的美學窠臼；第二種態度是積極投入於自我審視」。[5] 後者又可引申至現代主義藝術總是非常張揚地展示自我主體性，也解釋了為甚麼現代主義吸收了許多浪漫主義的遺產。[6]

---

1 Malcolm Bradbury and James McFarlane, "The Name and Nature of Modernism," in *Modernism: 1890-1930*, eds. Bradbury and McFarlane (Sussex: The Harvester Press Ltd., 1978), 30-31.

2 Bradbury and McFarlane, "The Name and Nature of Modernism," 36.

3 Bradbury and McFarlane, "The Name and Nature of Modernism," 46.

4 彼得・蓋伊著，梁永安譯：《現代主義：異端的誘惑：從波特萊爾到貝克特及其他》（台北：國立編譯館及立緒文化，2009 年），頁 19。

5 同上註，頁 21。

6 同上註，頁 23。

　　就文學而言，現代主義有一系列標誌性的美學特質。賀維（Irving Howe, 1920-1993）詳細地討論了現代主義文學的特點：追尋陌生的形式，致力冒犯讀者、令他們困惑不安，挑戰社會的道德價值觀，反對現行的主流和形式，雖然不久之後現代主義自身就成為了主流形式。[7] 早期的現代主義明顯繼承了浪漫主義的自我張揚，以惠特曼（Walt Whitman, 1819-1892）為代表；中期則呈現自外部退縮至內心的審視，以胡爾芙（Virginia Woolf, 1882-1941）為代表；後期則厭倦了這種心理學取向而呈現被掏空的主體（the emptying-out of the self），以貝克特（Samuel Beckett, 1906-1989）為代表。[8] 現代主義作家不再相信啟蒙理性、傳統文化或歷史發展，因此專注於退守內心、探求普通的人性。[9] 界定現代主義文學的關鍵是其中是否具有現代的視野，即對世界和人的存在的全新看法。[10] 對於現代主義作品的核心技巧形式，賀維列出了以下九個：先鋒派的興起、徹底質疑信念價值、相信作品的自身具足性、破壞美學秩序的統一性、浪漫主義的自然不再是主要題材、極端重視顛覆性、原始主義、在小說中發展全新的敘述法則，以及虛無主義。[11]

　　自後殖民理論興起以來，經典現代主義研究即遭受嚴厲的重新審視。這類批評以薩伊德（Edward Said, 1935-2003）《文化與帝國主義》（*Culture and Imperialism*, 1993）和雷蒙・威廉斯（Raymond Williams, 1921-1988）《現代主義的政治》（*The Politics of Modernism*, 1989）等為代表，而中國文學研究者則把握這股後殖民思潮，以「另類現代性」（alternative modernities）、「殖民現代性」（colonial modernities）等概念為中國現代文學研究提出新見解。史書美《現代的誘惑：書寫半殖民地中國的現代主義（1917-1937）》就是其中表表者，她批評布萊伯利和麥克法蘭的著作雖然提

7　Irving Howe, "Introduction," in *The Idea of the Modern in Literature and the Arts,* ed. Irving Howe (New York: Horizon Press, 1967), 13.

8　Howe, "Introduction," 4-15.

9　Howe, "Introduction," 16-17.

10　Howe, "Introduction," 22.

11　Howe, "Introduction," 23-39.

到了多個歐陸城市，然而其他地區例如亞洲的狀況則被徹底忽略。由後殖民的角度來看，西方現代主義宣稱的普世性只是殖民主義邏輯的表現，掩蓋了宗主國大都會（metropolitan）對邊緣話語的挪用和支配，他們以歐美的現代主義為中心和典範，而把所有非西方的現代主義都看成「落後的」，實際上的情形卻是「非西方世界的現代主義不僅增補了而且也挑戰了都會現代主義」，中國詩對意象主義運動的影響就是著名例子。[12] 因此她認為研究中國現代主義的框架應該打破以往的「影響論」，改為強調非西方主體接受西方現代主義時的協商模式及主動性，例如中國的「西方主義」、對日本的學習等等都說明了現代主義並非單向的影響運動。[13] 她並提出現代主義傳入中國分別和西方及日本的帝國主義及殖民主義入侵密切相關，概括「半殖民主義」由根本上影響二十世紀初中國的文化生產。[14]

張誦聖則提倡以「東亞現代主義文學」為新框架，把中國、日本、台灣、馬來西亞等多地整合為單一研究版圖：

> 現代主義風潮多次在二十世紀不同階段發生於不同的東亞地區〔……〕各個現代主義運動之間極易發現片面的雷同和相異之處——無異是我們琢磨現代東亞文化轉譯的規律，探討新的比較文學框架的重要起點。[15]

她提出的框架相當宏大，富有比較文學研究的意義，可惜文中她僅詳細討論了台灣現代派文學，未及充分說明「東亞」各地區之間如何可以交互參照，而其東亞框架內也未有提及香港。林少陽也以「東亞現代主義」為框

12　史書美：《現代的誘惑：書寫半殖民地中國的現代主義（1917-1937）》（南京：江蘇人民出版社，2007 年），頁 2-3。

13　同上注，頁 4-5。

14　同上注，頁 36-37。

15　張誦聖：〈試談幾個研究「東亞現代主義文學」的新框架〉，《現代主義・當代台灣》（台北：聯經出版，2015 年），頁 387。

架，他則把香港放在非常重要的位置，提出「東京—上海—香港」的傳播脈絡，並作出以下論斷：

> 如果作一個較為圖式化的簡單劃分的話，漢語文學圈的現代主義「根據地」，在二三十年代應為上海，五十年代六十年代前期應為香港，六十年代後期七十年代應為台灣，八十年代九十年代前期則為大陸。但現在則呈多中心化的趨勢。[16]

他以現代主義在亞洲的傳播路徑為線索，串連起東京新感覺派、上海新感覺派及香港的劉以鬯，嘗試在西方中心的現代主義框架以外另覓研究角度。也斯非常重視「上海—香港」這道線索，並着重申述香港現代主義與西方原型的不同之處，其研究也可以置於這個後殖民主義啟發的現代主義研究框架之中理解。

學者一般視《文藝新潮》（1956-1959）為戰後香港現代主義文學的起點，而以六十年代為香港現代主義文學的盛期，重要的作家包括馬朗、劉以鬯、「香港現代文學美術協會」諸君包括王無邪、葉維廉、崑南、李英豪等人。鄭蕾指出香港現代主義的建構與香港文學的建構同步，尤以內地編製香港文學史的工程是促使香港學者整理的最主要動力。[17] 她概括內地學者的論述套路：「在大陸學者的敘述中，香港『現代主義』文學的發生往往歸結於社會『西化』，而在風格流派上又與『現實主義』文學、『通俗』文學對立。」[18] 相異的文學系統碰撞之下突出了香港豐富的現代主義文學成果，以及內地學者對香港文學的理解落差，令現代主義的相關文學史獲得本地學者積極的整理。

16　林少陽：〈語言的物質性——透過橫光利一看漢語書寫體：從上海新感覺派到香港的劉以鬯〉，《「文」與日本的現代性》（北京：中央編譯出版社，2004 年），頁 147。

17　鄭蕾：《香港現代主義文學與思潮——以「香港現代文學美術協會」為視點》（香港：嶺南大學中文系博士論文，2012 年），頁 2。鄭文後來出版單行本，緒論與學位論文不同，此處引用的是學位論文版本。

18　同上註，頁 4。

鄭蕾注意到在這個論述建構過程中也斯所扮演的角色，例如他撰寫的
一系列論文，又如他編選的《香港短篇小說選：六十年代》是在幾種香港
文學選本之中最為注重反映現代主義思潮的一種。[19] 此外，也斯作為一名大
學教授，培養了多位學生研究香港現代主義。王良和曾經精闢地分析「梁
秉鈞的影響力」：

> 他致力推動現代主義，不但引起更多人對香港現代主義詩歌發展
> 的關注，更引發不少人談論、閱讀和研究的興趣。事實上，五十
> 年代的詩人如馬朗、崑南，至今仍為四十年後新一代詩人認識，
> 與梁秉鈞的熱情推介大有關係，其中馬朗的〈北角之夜〉、崑南的
> 〈布爾喬亞之歌〉、〈旗向〉，更因梁秉鈞經常談論，在現代派詩人
> 和九十年代的詩壇新秀中輾轉被談論、引述，已成為五十年代的
> 名詩。[20]

他又指出各世代的現代主義研究者都深受也斯對香港現代主義的論述影
響，包括關夢南、葉輝、羅貴祥、洛楓、陳智德、杜家祁等，「或深或淺都
受到梁秉鈞的觀點影響，撰文討論香港詩歌都側向梁秉鈞所標示的現代主
義脈絡」。[21] 此外在教學崗位上，也斯指導多篇研究現代主義的學位論文，[22]

19　同上注，頁 15 及 125。

20　王良和：《詩觀的衝突與主流的競逐：香港八、九十年代詩壇的流派紛爭 ── 以「鍾偉民現
　　象」映照》（香港：香港浸會大學中國語言文學系博士論文，2001 年），頁 170-171。

21　同上注，頁 171。

22　王良和舉例認為也斯指導的兩篇重要碩士論文，洛楓《中國當代詩歌的城市形象》及陳智德
　　《放逐的視角：五、六〇年代香港新詩研究》，兩文都明顯沿用了也斯的觀點。同上注，頁
　　172。
　　現在這份名單還可以補入多份近期出版的、由也斯指導的學位論文，分別聚焦和深化香港現
　　代主義研究的不同部分。參考以下各篇：黃靜《一九五〇至一九七〇年代香港都市小說研究》
　　（香港：嶺南大學中文系哲學碩士論文，2002 年）。魯嘉恩《香港文學的上海因緣（1930-
　　1960）》（香港：嶺南大學中文系哲學碩士論文，2005 年）。吳兆剛《五十年代〈中國學生周報〉
　　文藝版研究》（香港：嶺南大學中文系哲學碩士論文，2007 年）。謝伯盛《六、七〇年代歐
　　洲電影與香港文學的關係》（香港：嶺南大學中文系哲學碩士論文，2011 年）。

其觀點得以繼續被深化。由此可見也斯以其在學術場域中的位置和角色致力建立起香港現代主義研究，對於梳理香港現代主義文學譜系貢獻重大。

在也斯的香港文學研究之中，現代主義和相關的都市文化是非常重要的一塊，其中又明顯以六七十年代為論述重心，晚近沿着歷史線索上溯到五十年代，部分原因是為了補充六十年代的情況和發展緣由，八十年代及以後的發展則較少討論。[23] 他未及正面談論現代主義的終結，亦幾乎沒有深入論及後現代主義在香港文學上的表現，反觀在電影方面則有幾篇論文談到「後現代」。[24] 也斯對現代主義的討論基本上不超過七十年代，在愈近期的論文中看得愈清楚，他最了解、最在意建立論述的始終是六七十年代的情況。究其原因，他最經常論述的七十年代香港文學就是主要以他出道以來的個人經驗為線索的，也是他的香港文學史論述的核心。也斯的現代主義研究必須放在香港文學面對的後殖民處境之中理解，他所強調的若干現代主義特質是為了應對內地評論者對香港文學的誤解。以下會整理八十年代以來也斯論及香港現代主義文學的所有文章，先概括他提出香港現代主義文學的整體特點，接着藉由他對馬朗、劉以鬯的研究個案，觀察他認為戰後香港現代主義怎樣與戰前上海現代主義連繫，以及香港如何令兩人的現代主義趨於成熟，由此帶出香港的地緣政治優勢，以及在發展現代主義文藝上的重要性。

---

23 即使他在部分文章中有意把八十年代納入討論，也不太詳細。舉例來說，〈香港都市詩作〉（2009）嘗試提出較完整的香港都市文學傳承脈絡，由三十年代起討論至八十年代，對於八十年代以後的說明相對上較為短促和零碎。也斯：〈香港都市詩作〉，梁秉鈞、許旭筠、李凱琳編：《香港都市文化與都市文學》（香港：香港故事協會，2009 年），頁 83-102。

24 例如以下兩篇：也斯：〈如何閱讀香港的都市空間？〉，《香港文化十論》（杭州：浙江大學出版社，2012 年），頁 87-99。也斯：〈懷舊電影潮流的歷史與性別〉，《香港文化十論》，頁 191-215。

二、也斯的香港現代主義文學研究

（一）現代主義的定義

　　先看看也斯如何定義現代主義。較詳細的界定見於他的博士論文《抗衡的美學：中國現代主義詩人研究（1936-1949）》（*Aesthetics of Opposition: A Study of the Modernist Generation of Chinese Poets, 1936-1949*），[25] 該文研究《現代》雜誌（1932-1935）及《新詩》（1936-1937）以來中國現代主義詩歌的理論和創作，借用西方理論整理他少年時所喜歡的四十年代新詩。[26] 首兩部分把中國現代文學的情況與幾個重要的西方現代主義理論模型作比較，依次為「文學現代主義」、「現代性的多副面孔」、「先鋒派理論」、「語言及編碼」、「後結構主義」及「文學社會學」，並認為能夠處理藝術與社會文化關係的模型才適合中國現代文學。[27] 他糅合幾位理論家的見解而提出「抗衡的美學」作為該文主要的方法論：

> 要從以上的理論討論之中總結中國現代主義者的具體特質，我想借用「抗衡」（opposition）作為中心概念，以解釋這代人如何回應

25　Leung Ping-kwan, "Aesthetics of Opposition: A Study of the Modernist Generation of Chinese Poets, 1936-1949," (Ph.D. dissertation, University of California, San Diego, 1984). Published by Ann Arbor, Mich.: University Microfilms International, 1986.

26　他在與洛楓的訪談中又說「早年對他們作品那種喜愛純粹出於感性，並沒有反省喜歡的原因。七八年到美國讀書，原先研究中國古典詩對美國現代詩的影響，後來改為中國新詩與西方現代主義的關係，想重新肯定中國現代詩人的價值，提供一套方法欣賞四〇年代的作品，並探討他們如何選擇、吸收現代主義，融匯在中國文化與社會背景中」。洛楓：〈在舊書店找到的詩集〉，陳素怡主編：《僭越的夜行：梁秉鈞新詩作品評論資料彙編》（香港：文化工房，2012 年），上卷，頁 12。同樣的說法，另見羈魂：〈詩・越界・文化探索〉，《僭越的夜行》，上卷，頁 36-37。

27　Leung, "Aesthetics of Opposition," 21-46.

現代主義在中國所受到的社會、文化及語言限制。抗衡的美學包括多種批判的態度：它是對自身文化的敵對（特里林），對傳統的批判（賀維），也是以現在抗衡過去（史班德）。從語言的角度來看，它是對傳統或商業語言的抗衡（巴特）；從與讀者的關係來看，這是對慣常的作者與讀者關係的悖離，也是對熟悉語碼的悖離（洛特曼及佛克馬）；從藝術表達來看，它的碎片化和變形扭曲的修辭手段是對線性、擬仿性再現的悖離（班雅明，布萊希特，波焦利）。它是對商業性文化工業的否定（阿多諾），以及反對藝術成為體制（布爾格）。整體來說它就像卡林內斯庫所觀察到的：它是對傳統、布爾喬亞文明甚至對自身的抗衡。[28]

以上主要針對現代詩方面而言。至於現代主義小說的界定，則可以參考〈香港小說與西方現代文學的關係〉，他說狹義的現代主義「是指 1890 年至 1930 年間世界革新性的文學潮流」，參考的是布萊伯利和麥克法蘭所界定的時段。並說現代小說的特點在於：

> 揚棄了傳統的外貌寫實，轉向內心挖掘：不再順應時序的發展而隨心理時間跳接，或是把着眼點從傳統小說中視為要素的情節、人物、對白等，轉移向意識的流動、意象的感覺、文字的節奏和肌理。他們都是在嘗試用新的方法來寫這複雜變化的人性。[29]

在稍後的另一篇文章中他提到更多現代主義小說常用的表現手法，包括限知敘事觀點、內在心理描寫、碎片化的時空處理、從集體轉向個人感受、

28　由引者中譯，Leung, "Aesthetics of Opposition," 46. 文中括號內提到的理論家依次為：Lionel Trilling, Irving Howe, Stephen Spender, Roland Barthes, Jurij Lotman, Douwe Fokkema, Walter Benjamin, Bertolt Brecht, Renato Poggioli, Theodor Adorno, Peter Burger.

29　也斯：〈香港小說與西方現代文學的關係〉，《香港文化空間與文學》（香港：青文書屋，1996 年），頁 102。

重新思考傳統、體驗及反省都市文化等等。[30]

　　也斯對現代主義的定義最有趣的是他還特別提到「廣義的現代精神」。他屢次強調現代主義不只是關於技巧，更是關於「現代的視野」，「『現代』並不僅是一種西化影響的狹小流派，而是一種視野與精神」，「『現代性』不僅是裝飾性的技巧，而是一種面對都市現實深化思考的視野」。[31] 又說：

> 廣義來說，今日的小說都無疑受過現代主義的洗禮〔……〕向人性內心深挖，與傳統的手法決裂，對小說技巧自覺，而且對所處的社會和文化帶着反省和批評，這些都是廣義現代小說的特色了。[32]

他力圖把更多作家作品包納到現代主義之中，甚至是一般被視為現實主義的作品，也可以找到受現代主義心理描寫影響的痕跡。[33] 他更用上「廣義的現代派」形容包括他自己在內的七十年代青年作者的轉變，認為六七十年代之交香港現代派文藝發生了一次重要的「模式變異」，這點會在本章最後加以探討。

（二）香港現代主義文學特點

　　也斯對香港現代主義的討論可以概括成兩大論點：（一）與內地文學史觀的抗衡，針對說明香港為現代文藝發展提供的自由空間及對 1949 年以前

30　也斯：〈一九六〇年代的香港文化與香港小說〉，《也斯的五〇年代》（香港：中華書局，2013 年），頁 231。

31　也斯：〈一九六〇年代的香港文化與香港小說〉，《也斯的五〇年代》，頁 234。

32　也斯：〈香港小說與西方現代文學的關係〉，《香港文化空間與文學》，頁 102。

33　也斯：〈從五本小說選看五〇年代以來的香港文學 —— 再思五六十年代以來「現代」文學的意義與「現代」評論的限制〉，《香港文化十論》，頁 75。

現代派文學的傳承和轉化；（二）對西方現代主義的挪用和在地化協商。以
下分別說明。

　　首先，在也斯討論香港現代主義文學的特點時，「中國」一直是最重要
的參照他者，他的論點無不是對應着五四寫實傳統、中國民族主義和政治
管制文藝的狀況，相對於內地的情況以突出香港文學的獨特價值。例如在
〈從五本小說選看五〇年代以來的香港文學 —— 再思五六十年代以來「現
代」文學的意義與「現代」評論的限制〉（2000）一文，也斯指出香港現代
主義文學萌芽於五十年代，但是以馬朗《文藝新潮》為代表的現代主義「在
當時影響面並不寬廣，要到 60 年代才見更成熟的作品」。[34] 由他對五十年代
的概括中，處處可見針對中國的情況：

> 在基本上是繼承五四寫實主義的文藝風氣底下，50 年代在香港出
> 現的現代主義文藝有如下特色：第一，從集體的、共同的信仰與
> 價值觀轉往肯定個人探索與體驗到的信仰和價值觀；第二，從外
> 在的描寫轉往刻劃人物內在心理的複雜變化；第三，未必以前衛
> 激進的姿勢出現，作者多是中年穩健一路〔……〕相對於當時中
> 原強調集體精神的政治新風，這邊陲小島更多借古喻今，或從個
> 人感情去體會、去闡釋大歷史。[35]

　　他以對舉的句式把內地的限制與香港的自由作對比，例如「集體的、
共同的信仰與價值觀」指涉內地的政治指導文藝，「外在的描寫」即現實主
義，由此突出香港發展現代主義和個人主義的自由。他又以張愛玲〈五四
遺事〉為例，認為其中「偏離中原中心的一種歷史或對文學史的態度」，可
以代表五十年代南來香港的文人的立場，包括曹聚仁、李輝英和司馬長風
的文學史，以及馬朗和劉以鬯的文學作品和編輯工作，他們「回顧五四以
來被忽略了的傳統」，「就自己所親歷過而當時在國內被否定了的傳統，或

34　同上注，頁 73。

35　同上注，頁 73-74。

就西方翻譯過來的作品所提供的新視野，糅合作出不同嘗試」。[36] 所謂「被忽略」或「被否定的傳統」，他在其他文章中說明是指中國三四十年代的現代派，在五十年代以後撰寫的中國現代文學史之中一直不能被提及，台灣方面也因為嚴密的文藝管制政策而不能自由談論這段文學史。例如他認為《酒徒》（1962）的其中一個重要意義，是在小說之中談論當時內地不能談及的作家，稱之為「關於小說的小說」。[37] 他認為通過小說的形式，劉以鬯幫助我們認識五四以來的作品：

> 雖然當時香港舊書店中可以買到不少五四以來的作品，亦有人從事新文學的研究，但能獨具慧眼、不勢利地對過去被忽略了優秀短篇小說重新評估的，也只有《酒徒》中的那些段落了。事隔多年，當年被抹煞的小說現在得到普遍承認，可見《酒徒》除了本身是優秀作品外，更流露了卓越不群的文學見識。[38]

因此他認為《酒徒》「以一個香港的角度回應了三四〇年代中國現代小說的傳統，開創了香港現代主義一條不同的路」。[39]

此外，他的立論無疑是試圖回應當時部分內地學者對香港文學的誤解。為了說明香港文化的獨特性及其異於內地現代文學發展情況之處，故由現代主義和都市文化等方面入手，說明這些才是香港文學的「主流」：

> 1988 年底中大香港研究中心與三聯書店合辦了一個大型的香港文學國際研討會，參與的人數很多，但發言的水平參差不齊。其中

36　同上注，頁 72。

37　也斯：〈香港小說與西方現代文學的關係〉，《香港文化空間與文學》，頁 109。

38　也斯：〈現代小說家劉以鬯先生〉，《城與文學》（杭州：浙江大學出版社，2013 年），頁 54。

39　也斯：〈從《迷樓》到《酒徒》——劉以鬯：上海到香港的「現代」小說〉，梁秉鈞、譚國根、黃勁輝、黃淑嫻編：《劉以鬯與香港現代主義》（香港：香港公開大學出版社，2010 年），頁 13。

> 內地代表提出「南來作家是香港文學主流」、「鄉土文學是主流」
> 之類論點頗令香港聽眾訝異，而某些對散文和女性作家的討論，
> 亦令大家明白：如果不了解香港文化的獨特性與複雜性，恐怕難
> 以討論其中的文學作品。[40]

簡言之，中國「他者」就是也斯賴以界定香港現代主義特色的關鍵，發展現代文藝的自由、繼承在國內被禁的現代派、揚棄主流史觀等等，都是相對於中國的情況而突出香港的特點。

其次，也斯認為香港現代派作家在挪用西方現代主義時，沒有盲目模仿，而是結合了本地社會的情況，並且與中國現代文學有所連繫。他認為香港的特色在於無限制地接觸西方現代文學（「限制」當然是再次針對內地的文藝管制情形而言），而他的比較文學研究方法，頗為接近上文提到在後殖民思潮啟導下的現代主義研究。他認為與其強調西方文藝對香港文學的影響，倒不如強調香港作家的主體性，研究他們如何轉化和挪用該等西方資源：

> 因為一個作家接受另一個外國作家的影響，可能有種種原因，
> 有時是藉以反叛本地文壇一些風氣，有時可能是尋求思想或技
> 巧上的出路，以擴闊本人或本地文學的視野，補充欠缺的素質
> 〔……〕[41]

因此他希望能夠說明香港的現代派作家如何借用西方文藝「轉化以反省香港的時空」。[42] 他討論了四位香港作家所取用的西方資源，一是李維陵〈魔道〉對王爾德（Oscar Wilde, 1854-1900）《陶連格萊的畫像》（*The Picture of Dorian Gray*）的借用，但李不同意王爾德「為藝術而藝術」的主張，李

40　也斯：〈都市文化‧香港文學‧文化評論〉，《香港文化十論》，頁 49。

41　也斯：〈香港小說與西方現代文學的關係〉，《香港文化空間與文學》，頁 100。

42　同上註，頁 101。

的現代文學評論也表達其人道主義的態度。[43] 二是劉以鬯《酒徒》與喬伊斯
（James Joyce, 1882-1941）《尤利西斯》（*Ulysses*），他認為劉雖然借用了現
代心理學的分析和內心獨白的手法，卻和喬伊斯的「意識流」不同，「有實
指、有批評、有較分析性的語法」而且「與小說的主題是相關的」，不只不
是無意識的流動，有些段落甚至應該視為對現代小說的評論文字。[44] 三是崑
南《地的門》，也斯指出《地的門》與《尤利西斯》、胡爾芙、卡繆（Albert
Camus, 1913-1960）和美國地下文學等的可比之處，又認為崑南運用神話
的方法與艾略特《荒原》不同，「不是為了泯滅或隱藏自我」，「不是為了
結構或秩序」，而是寫出當時香港青年的困頓感受。[45] 四是吳煦斌〈木〉與
加西亞・馬爾克斯（Gabriel García Márquez, 1927-2014）《百年孤寂》及盧
沙（João Guimarães Rosa, 1908-1967）〈河之第三岸〉的相似之處，而結合
了香港青年作家對中國三四十年代現代派文學的懷想和致意。[46] 和前三者比
較，吳的取法對象不再是英美現代主義，而是拉丁美洲魔幻現實主義。文
章結尾他提出西方現代主義表現了「一種與歷史的隔斷」、「反既有文化」、
「反習俗，反抽象規則，甚至反理性本身」，反觀香港現代主義作品卻能
「重新見到對於歷史、對於傳統，開始思考一種新的關連」。[47] 這點和他的博
士論文中對「中國現代主義的一代」的看法相同，同樣強調他們對西方現
代主義模型的轉化和相異之處，可見香港與中國現代主義的相通之處。

引申而言，也斯認為香港作家對西方現代主義能夠保持距離作出反
思，視之為香港文學的寶貴質素。他分析了《文藝新潮》所譯介的現代主
義，認為《文藝新潮》與其他「冷戰氣氛下的高峰現代主義雜誌，很有不
同」，例如介紹「勇於介入現實政治的法蘭西文學家馬爾勞」，譯有史班德
（Stephen Spender, 1909-1995）〈現代主義派運動的消沉〉「反而是現代主義

---

43 同上注，頁 104-106。

44 同上注，頁 108-109。

45 同上注，頁 109-111。

46 同上注，頁 111-113。

47 同上注，頁 113-114。

的反省」，又聲援匈牙利的革命等等，都和西方現代主義的封閉、遠離社會政治相當不同。[48] 在其他文章中，他提到香港現代派作家「寫出的不是純粹的為藝術而藝術的作品」，「也不避歷史和政治的思考」，這些特點都體現在《文藝新潮》：

> 如《文藝新潮》易文談馬爾勞，曹聚仁談「灰色馬」，對布達佩斯事件的反應，對五四小說的回顧。這批中年作者本身自有豐富人生閱歷與文化修養，對西方的現代主義並非抱着追隨潮流的躁動，其中亦有李維陵入乎其內出乎其中的反省，在海峽兩岸暨香港最初引入現代主義時，同類的反省並不多見。[49]

由此可見，他認為這種反省能力是香港現代派作家的特點，他說「海峽兩岸」及「冷戰氣氛下其他高峰現代主義雜誌」，似是有意暗示台灣現代派。事實上他也的確非常初步地談及過香港《文藝新潮》與台灣《現代文學》的比較，認為由兩刊的發刊詞「可以看到港台在接受西方現代文學方面，從開始就有不同的取向」，例如《文藝新潮》不以「震驚文壇」為目的，「介紹的作家也不拘限於政治立場或思想背景」。[50] 這些都是在反覆強調香港文學的反省能力。

（三）從馬朗、劉以鬯看香港現代主義之價值

　　了解過也斯對香港現代主義的基本論點後，以下將會以馬朗和劉以鬯這兩位也斯非常重視的作家為例，分別由詩和小說兩方面，進一步補充也

48　也斯：〈一九五七年，香港〉，《也斯的五〇年代》，頁 150。

49　也斯：〈從五本小說選看五〇年代以來的香港文學——再思五六十年代以來「現代」文學的意義與「現代」評論的限制〉，《香港文化十論》，頁 73。

50　也斯：〈香港小說與西方現代文學的關係〉，《香港文化空間與文學》，頁 103-104。

斯的看法，包括戰前上海現代主義和戰後香港現代主義的連繫，以及香港
如何令兩人的現代主義趨於成熟，由此帶出香港的地緣政治優勢，以及在
發展現代主義文藝上的重要性。

馬朗（馬博良）如今已被公認為香港現代主義代表詩人，他主編的《文
藝新潮》象徵着五十年代香港現代主義的最高水平。迄今對馬朗和《文藝
新潮》的研究成果已經相當豐富，如果回顧馬朗進入文學史討論的情形，
不難發現也斯所扮演的關鍵角色：除了幾篇散文與序跋之外，[51] 在研究者之
中以也斯最早由文學史的角度評價馬朗和《文藝新潮》的重要性，他為馬
朗的詩集《焚琴的浪子》（1982）所寫的長序〈從緬懷的聲音裏響現了現
代的聲音 —— 試談馬朗早期詩作〉是研究馬朗詩作的重要參考材料，對於
《文藝新潮》的「出土」功不可沒。自他詳細討論以來，馬朗和《文藝新潮》
就成為了香港現代主義的標誌。陳子謙認為也斯的觀點對後來的研究者影
響很深，[52] 尤其是也斯經常談論的詩作〈北角之夜〉，「也斯認為馬博良在這
詩中糅合了眼前的現實與昔日的回憶〔……〕後來的論者如洛楓、陳智德、
楊宗瀚等都沿襲了這個觀點」。[53]

劉以鬯是另一位也斯經常討論的現代主義代表作家，同樣是跨越 1949
年、代表香港怎樣承傳上海現代派文藝的例子。也斯由最初在《快報》寫
稿開始，與劉以鬯相交多年，大力推崇他作為編輯、文學評論家及小說家
三個身份的重要性。[54] 在對劉以鬯的研究上，也斯除了再次談到香港文學對
中國現代文學的承傳角色之外，特別着重討論他游走在通俗和嚴肅文學之

---

51   例如以下幾篇：崑南（1965）：〈文之不可絕於天地間者 —— 我的回顧〉，小思編：《舊路行
      人 —— 中國學生周報文輯》（香港：次文化堂，1997 年），頁 87-92。葉維廉：〈經驗的染
      織・序馬博良詩集「美洲三十絃」〉，馬博良：《美洲三十絃：馬博良詩集》（台北：創世紀
      詩社，1976 年），頁 5-20。李維陵：〈曾經滄海的異客 —— 跋「美洲三十絃」〉，《美洲三十
      絃：馬博良詩集》，頁 93-102。

52   例如「洛楓的碩士論文《中國當代詩歌的城市印象》基本上承襲了也斯的研究線索，特別關
      注馬博良詩作與香港城市的關係」。陳子謙：《馬博良新詩及文藝活動研究》（香港：香港中
      文大學中國語言及文學系哲學碩士論文，2007 年），頁 13。

53   陳子謙：《馬博良新詩及文藝活動研究》，頁 69。

54   也斯：〈現代小說家劉以鬯先生〉，《城與文學》，頁 54-57。

間的文學生涯如何體現了香港文學的生存環境和文學的特點。

也斯藉由馬朗和劉以鬯的案例，嘗試說明香港現代主義的幾個重要面向。（一）1949 年前後這代南來作家親自參與過上海的文藝活動，他們體現了戰前上海現代派與戰後香港現代派之間的關係，突顯出香港相對較自由的文學空間對於現代主義的發展具有何等的重要性。（二）香港獨特的文化環境如何改變他們的文學創作。馬朗的例子是由三四十年代抒情詩的風格轉化到五十年代的現代主義風格，劉以鬯的例子除了是現代主義技藝的成熟，更是商業環境促使他反思文學與寫作的意義，產生了《酒徒》這本重要作品。（三）由此可以看到也斯如何把文學風格和身份認同連上關係，相對於現實主義或浪漫抒情所代表的「五四遺緒」而言，現代主義才是代表「本土」的。

首先，在戰後香港對上海文學的承傳方面，馬朗和劉以鬯分別在文學創作及刊物編輯兩方面延續上海時期的方向。也斯分析了馬朗較早的詩作如何繼承了戴望舒、艾青、何其芳等人的抒情風格，並通過現代派詩人例如卞之琳等接受歐美現代詩影響，學習避免傷感濫調、省略連接和時空組織等技巧。[55] 劉以鬯則在小說方面承傳上海現代派文學，也斯認為他在上海時期的兩篇小說〈迷樓〉和〈北京城的最後一章〉從心理角度重寫隋煬帝和袁世凱的歷史人物形象，是繼承了上海新感覺派小說的實驗手法，可見他「四〇年代在上海的作品〔……〕對現代小說的精神已有涉獵」。[56] 及至香港時期，《酒徒》「終於從另一個角度找到結合現代心理與歷史的方法，完成從上海開始的一種現代小說的探索」。[57] 除了創作，馬朗和劉以鬯皆以刊物編輯的身份在香港推動現代主義的發展。馬朗來港後創辦《文藝新潮》是「繼承了三、四〇年代對外國現代文藝的興趣，更把眼光擴展到英

55　也斯：〈從緬懷的聲音裏逐漸響現了現代的聲音——試談馬朗早期詩作〉，《香港文化空間與文學》，頁 9-10。

56　也斯：〈從《迷樓》到《酒徒》——劉以鬯：上海到香港的「現代」小說〉，《劉以鬯與香港現代主義》，頁 3-5。

57　同上注，頁 14。

美以外的作品去」。[58] 劉以鬯在《香港時報‧淺水灣》上「鼓勵刊登大量有
關現代英美小說，尤其是心理小說和意識流的技法的討論」，自己也寫作不
少這方面的評論介紹文章，從中習得更成熟的意識流手法和詩化敘述的語
言。[59] 兩人作為編輯角色的貢獻和影響力絕不下於其文學創作，他們這代南
來作家切實地把三四十年代的文學影響帶來香港，「回顧他們這一代如何延
續發展五四的傳統，吸收外國現代文藝加以轉化」，[60] 可以看到他們「不但
在香港掀起現代主義的巨波，也把浪潮帶到台灣」。[61]

　　馬朗和劉以鬯的文學承傳更體現了香港在發展現代主義上的地緣政治
優勢。邊緣的位置意味香港不只可以自由接觸各種文藝資源，更能夠對這
些文藝資源保有反省的空間，除了選擇地挪用西方文藝技巧，對於中國民
族主義也未有全盤接受。例如也斯解讀〈焚琴的浪子〉一詩，就強調「這
詩的矛盾性和濃縮性、多層面的複雜結構」，[62] 令它不只是一般的抗戰詩或
抒情詩，而是借用現代主義文藝技巧以回應詩人所感受到的那個複雜矛盾
的歷史時刻。他把這首詩和民族主義激情對立起來：

　　　　這詩沒有把狂熱的人物形容成愚蠢的群眾，但同時它亦拒絕毫無
　　　　批判地認同英雄式的民族主義。詩在香港出版，內容同時是理想
　　　　化而又批判性的，同時詩意而又殘酷地粗糙的。它欣賞一種投入
　　　　而忘我的政治運動，但同時覺得這不過是幻象而後退一步與它保
　　　　持距離。[63]

58　也斯：〈從緬懷的聲音裏逐漸響現了現代的聲音 ── 試談馬朗早期詩作〉，《香港文化空間與
　　文學》，頁 14。

59　也斯：〈從《迷樓》到《酒徒》── 劉以鬯：上海到香港的「現代」小說〉，《劉以鬯與香港
　　現代主義》，頁 9。

60　同上注，頁 6。

61　同上注，頁 14。

62　同上注，頁 19。

63　也斯：〈一九五〇年代香港新詩的承傳與轉化 ── 論宋淇與吳興華、馬博良與何其芳的關
　　係〉，《也斯的五〇年代》，頁 79。

他認為馬朗既沒有完全認同民族主義激情，也沒有盲目模仿現代主義技巧。《文藝新潮》一方面超越主流英美現代主義的視野，大量歐洲文學甚至拉美文學的譯介，「帶出不同文化裏各種對現代主義模式的嘗試」，「不避對現代主義的批判」；[64] 另一方面《文藝新潮》選輯介紹的三四十年代作家大多是中國內地禁談的。[65] 又例如《酒徒》借敘述者的牢騷和醉語評論當時在內地不容被客觀評論的作家，大膽提出茅盾、巴金、老舍等「主流」作者的藝術成就不如李劼人、端木蕻良、沈從文、張愛玲、師陀、穆時英等等當時尚未獲得認同的作者，[66] 認為是「以一個香港的角度回應了三四〇年代中國現代小說的傳統」。[67] 可見也斯非常重視香港的「邊緣」價值，認為它是香港現代主義的獨特之處。

　　他也提出香港獨特的文化環境改變馬朗和劉以鬯的文學創作。以馬朗為例，在較近期的論文中，也斯討論的重點由馬朗怎樣承傳上海現代派的啟發，轉為強調香港時期對馬朗的重要性和影響力。例如指「五〇年代在香港的短居，對他卻是重要的過渡期，他的詩也由傳統的抒情詩轉化成一種更複雜的現代主義詩作」。[68] 又說「馬朗的轉變也跟香港處於中國的邊緣的位置有關」，自覺地接觸當時在內地是「禁果」的西方現代主義作品。[69] 也斯更詳細地辨析《文藝新潮》的編譯工作如何影響了馬朗的詩作，認為馬朗在香港時期較晚寫成的作品如〈夜〉和〈山雨〉「對外在的現實有更主觀的刻劃，對黑暗的潛意識亦有更深入的探索。這也顯露了戴倫・湯馬士和布列東等人影響，而這兩位的詩作都是他在《文藝新潮》翻譯過

64　同上注，頁 72。

65　同上注。

66　參考劉以鬯：〈我為什麼寫《酒徒》〉，《暢談香港文學》（香港：獲益，2002 年），頁 118-121。

67　也斯：〈從《迷樓》到《酒徒》——劉以鬯：上海到香港的「現代」小說〉，《劉以鬯與香港現代主義》，頁 13。

68　也斯：〈一九五〇年代香港新詩的承傳與轉化——論宋淇與吳興華、馬博良與何其芳的關係〉，《也斯的五〇年代》，頁 70。

69　同上注，頁 76。

的」。[70] 強調馬朗在上海時期接觸現代文藝與強調他在香港時期的轉變並不
互相矛盾，香港讓馬朗更自由、更開放地閱讀與譯介現代主義，同時香港
的環境和內地的變化也令他感到更需要這種新的表達模式。

　　至於劉以鬯，也斯特別利用劉以鬯游走在通俗和嚴肅文學之間的文學
生涯，以說明香港文化場域由商業主導、雅俗混雜的特點。這項特質促使
劉以鬯反思文學與寫作的意義，通過《酒徒》刻劃現代主義作品不得不與
現實社會協商求存的狀況。移居香港後，劉以鬯寫過很多流行小說，主要
是都市傳奇，「上海洋場的體驗和觀察令劉以鬯比其他（比方來自東北的李
輝英）作家更能把握都市脈搏」。[71] 連他的嚴肅文學作品，也多是連載於報
刊之上。嚴肅文學寄生於商業社會，作家必須「娛樂別人」才能「娛樂自
己」的狀況，就成為了《酒徒》的主題：

> 在香港逐漸發展為現代都市的背景中，他把身歷商業社會輕視文化
> 的種種不滿，借現代主義的心理描寫、詩文字的濃縮、彈性和豐富
> 聯想，以一個城中異客的角度〔……〕抒寫了《酒徒》這本小說。[72]

他對劉以鬯的這些描述也有自況的意味，也斯本身就是多產的專欄作家，
注意面向非學院的公共空間，又認為在香港從事嚴肅的文學創作，是在玩
一個文藝與商業之間的遊戲。[73] 簡言之，劉以鬯的創作歷程代表了香港文化
特點：「他走過的道路，他在香港這文化場域所承受的負面限制，以及如何
轉化不利的狀況從限制中走出的路，值得後人細探。」[74]

70　同上注。

71　也斯：〈從《迷樓》到《酒徒》——劉以鬯：上海到香港的「現代」小說〉，《劉以鬯與香港
　　現代主義》，頁 8。

72　同上注，頁 13。

73　也斯：〈在香港寫小說〉，《香港文化空間與文學》，頁 147-151。另參考也斯：〈公眾空間中
　　的個人論說——談香港專欄的局限與可能〉，《香港文化空間與文學》，頁 63-79。

74　也斯：〈從《迷樓》到《酒徒》——劉以鬯：上海到香港的「現代」小說〉，《劉以鬯與香港
　　現代主義》，頁 7。

　　也斯更把這套討論方法，擴大到涵蓋香港五十年代現代派詩歌的特點。他希望勾勒出五十年代南來的這代作家如何繼承了中國現代派，並在香港發展現代主義文藝。嚴格來說，香港現代詩對三四十年代詩歌的傳承並非也斯的創見，例如崑南、李維陵、葉維廉等分別在六七十年代已經由這個角度肯定過馬朗和《文藝新潮》的價值，[75] 但是這點卻是也斯相當重視的。他在〈一九五○年代香港新詩的承傳與轉化 —— 論宋淇與吳興華、馬博良與何其芳的關係〉（2002）一文加入了宋淇為個案，該文開首就把香港的後殖民處境連繫到現代詩的書寫空間：

> 香港現代詩選擇性地承繼了中國古典詩和五四傳統的新詩，對西方現代詩亦有創造性的回應。從這種文化商議中衍生出來的，是一種未被介定的香港主體性，既在某程度上認同強勢的英美及中華文化，同時也與它們有別，因而強調了香港曖昧的殖民地處境。由於它無法完全認同殖民者的文化，或瀕臨爆發「文化大革命」的母國文化，香港現代詩嘗試尋找可以自我書寫的「第三空間」，這在後來的詩中亦得以繼續發展。[76]

此文是他一篇英文論文的改寫，原文討論五位香港現代派詩人宋淇、馬朗、崑南、王無邪和葉維廉，曾有一個較早的中譯版本。[77]〈一九五○年代香港新詩的承傳與轉化〉雖然只討論了宋淇和馬朗兩位，但分析較為詳細。

75　崑南：〈文學的自覺運動〉，《新思潮》第 5 期（1960 年 6 月），頁 5-8。李維陵：〈曾經滄海的異客 —— 跋「美洲三十絃」〉，《美洲三十絃：馬博良詩集》，頁 93-102。葉維廉：〈我與三四十年代的血緣關係〉，《花開的聲音》（台北：四季，1977 年），頁 1-30。

76　也斯：〈一九五○年代香港新詩的承傳與轉化 —— 論宋淇與吳興華、馬博良與何其芳的關係〉，《也斯的五○年代》，頁 58。

77　Leung Ping-kwan, "Modern Hong Kong Poetry: Negotiation of Cultures and the Search for Identity," *Modern Chinese Literature* 9 (1996): 221-245. 中譯見也斯：〈香港現代詩的形成：文化磋商與身份的探索〉，現代漢詩百年演變課題組：《現代漢詩：反思與求索：1997年武夷山現代漢詩研討會論文匯編》（北京：作家出版社，1998 年），頁 38-43。

他認為宋淇的翻譯、批評和創作雖然不若《文藝新潮》的前衛，[78] 卻能「在五〇年代的保守氣氛中奠下現代詩的基石」，[79] 到了六十年代又開始介紹美國現代派。宋更把吳興華的詩介紹到香港，吳不只代表現代漢詩對中國傳統詩詞的轉化，他在內地寂寂無名、文革期間被迫害，作品卻借助香港這個空間得以流傳，影響葉維廉、蔡炎培等新一代詩人，因此是很有象徵意義的案例。除了吳興華，宋淇還介紹過杜運燮和穆旦，也斯認為宋淇「這種對五四新詩現代性的選擇性繼承，也是對主流的五四寫實文學、或者當代泛政治化的文學的一種乖離呢！」。[80] 而這種對國內主流的乖離代表了香港的獨特性：「特別着重在內地備受忽視的中國現代詩人。這種對中國文學選擇性的繼承，最終構成部分香港現代詩的獨特色彩。」[81]

在上述的討論之中，可以看到也斯如何把文學風格和身份認同連上關係，暗示比起現實主義或浪漫抒情所代表的「五四遺緒」，現代主義是更為「本土」的。以宋淇為例，也斯選擇了他為個案的其中一個重要原因，是他迥異於五十年代文壇普遍的懷鄉浪漫情緒，一力反對新月派和浪漫主義，反而推介現代主義控制主觀情緒、比較沉煉凝縮的作品。[82] 也斯討論馬朗〈北角之夜〉，同樣表達出對浪漫懷鄉表達手法的排拒，他說馬朗象徵着這代人由平靜的抒情詩過渡到複雜矛盾的現代詩，他明白馬朗對抒情詩時代的緬懷，但他無疑更欣賞現代的部分。他強調香港令這代南來作家轉向現代主義，技藝趨於圓熟，並把五六十年代的現代派小說和詩，明確地和香港文學的本土化發展掛鈎討論：

78　也斯：〈一九五〇年代香港新詩的承傳與轉化 —— 論宋淇與吳興華、馬博良與何其芳的關係〉，《也斯的五〇年代》，頁 71。

79　同上注，頁 69。

80　也斯：〈香港現代詩的形成：文化磋商與身份的探索〉，《現代漢詩：反思與求索：1997 年武夷山現代漢詩研討會論文匯編》，頁 40-41。

81　也斯：〈一九五〇年代香港新詩的承傳與轉化 —— 論宋淇與吳興華、馬博良與何其芳的關係〉，《也斯的五〇年代》，頁 63。

82　同上注，頁 60。

> 我初讀《文藝新潮》的興奮，是知道即使在香港，仍有人可以辦
> 出這麼開闊的文藝雜誌，即使以香港現實為背景，仍有人寫出新
> 銳的作品來。詩如崑南的〈賣夢的人〉、〈悲愴交響樂〉、葉維廉
> 〈我們只期待月落的時分〉；小說如馬朗的〈太陽下的街〉、李維
> 陵（衛林）的〈標題〉，都是由香港當時特殊的時空激發出來，在
> 題材或表現方法上有所突破的作品，教當時在摸索中的我看了，
> 知道不一定要是艾略特的城市或佛洛斯特的果園、不一定是徐志
> 摩的康橋或朱自清的秦淮河才是文學，我們生活其中的小小的北
> 角也可以是文學作品的題材。[83]

引文中「不一定是徐志摩的康橋或朱自清的秦淮河才是文學」直接指涉
五四浪漫主義，並在文中特別提到六十年代的《中國學生周報‧文藝版》
過分感傷，不難理解也斯暗示承接這一脈的作家在懷鄉情緒之中沒有書寫
香港，反之現代主義則有助作家寫出在香港都市環境之中的生活感受。再
加上他認為現代主義的自由發展和對中國現代派的選擇性傳承體現出香港
獨特的角色，現代主義遂被視為香港文學的代表流派。

　　自從也斯討論過以來，馬朗、《文藝新潮》和現代主義已經成為香港文
學史中不可繞過的課題。也斯的論點部分受到後來的研究者質疑，[84] 例如他

83　也斯：〈從緬懷的聲音裏逐漸響現了現代的聲音 ── 試談馬朗早期詩作〉，《香港文化空間與
　　文學》，頁 6。

84　這可以舉出兩個例子。其一，也斯認為馬朗和《文藝新潮》展示出對現代主義的反省，但是
　　湯禎兆認為其實具有這種反省意識的只是史班德和李維陵共兩篇文章，《文藝新潮》的創作
　　及馬朗自己的論文都沒有表現出這種反省。湯禎兆：〈馬朗和《文藝新潮》的現代詩〉，《詩
　　雙月刊》第 6 期（1990 年 6 月），頁 33-34。樊善標也認為：「在馬博良心目中，現代主義
　　總是正面積極的，與一般人對現代主義的認識頗有差異」，並在馬朗的譯介文章中指出他視
　　現代主義為追求文學上「真善美」等理想價值的方法，由此「略去了現代主義低沉的一面」。
　　樊善標：〈故事與散材 ──《江山夢雨》序〉，馬博良：《江山夢雨》（香港：麥穗，2007 年），
　　頁 27-28。
　　其二，就詩作的解讀而言，陳子謙認為也斯經常談及的〈北角之夜〉並不能代表馬朗香港時期
　　的詩作，馬朗只有極少數的詩作是書寫香港都市風景，〈北角之夜〉已是香港時期很晚期的詩，
　　實際上香港時期的馬朗根本很少寫香港，甚至很少寫現實環境，「在這時期的詩作中着力尋找香
　　港（城市）經驗，不免有如緣木求魚」。陳子謙：《馬博良新詩及文藝活動研究》，頁 71。

集中強調馬朗和《文藝新潮》「現代」的一面，後來的研究者卻指出這並非全面的形容，目前對兩者現代主義面向的標舉很大程度上是以也斯為代表的研究者所建立的論述，進而影響了詩人對自己文學生涯的評價。[85] 無論如何，也斯在香港現代主義文學研究上所發揮的重大作用是有目共睹的。從另一角度來看，也斯沒有提及馬朗的古典、抒情面向，而集中討論其現代主義部分，更能突出也斯的討論策略，以及馬朗作為個案對他來說的價值何在。

也斯還藉由劉以鬯的案例說明六十年代與七十年代現代派作家的差異和轉變。他以《酒徒》與《對倒》（1972）分別代表六十年代及七十年代的香港都市文學，認為兩者相比，除了在敘述角度上由單一轉為多元，由心理敘事轉向外在都市生活和景觀描寫之外，在批評的態度上也有所不同，現代主義典型的反叛和對大眾文化的強烈批判和拒斥有明顯減褪。也斯把六十年代與七十年代現代派文學的歧異稱為「書寫的典範的漸變」，[86] 是也斯相當重大的文學史判斷，其中意義值得深究。

85　樊善標提出古典情調及和諧抒情調子才是馬朗詩作的主調。他引用葉維廉對馬朗詩作的分析，認為馬詩表現出傷感、古典、和諧抒情的調子。他概括馬各個時期詩風的變化：「馬博良的詩風從帶古典情調的和諧抒情，經過破碎突兀的反諷語態，又回到和諧抒情。」更非常精闢地指出現代主義何以成為研究馬朗的主要進路：「馬博良前兩本詩集有緣遇上目光如炬的評論家，葉維廉、李維陵、也斯等的意見讓作者更了解自己文學事業的價值，在他重說的故事裏，迴響着論者的聲音。」樊善標：〈故事與散材 ——《江山夢雨》序〉，《江山夢雨》，頁 9-10、25 及 31。
　　陳子謙也有相同意見，他仔細地比較了《文藝新潮》的發刊詞以及馬朗後來的多篇回顧文章與訪問，認為發刊詞「全文完全沒有提及『現代』、『現代派』或『現代主義』這類字眼」，因此其中所說的「採摘禁果」本來應該不是只指現代主義。馬朗是在 1985 年兩篇關於《文藝新潮》的回顧之中，「把發刊詞重新解釋為現代主義宣言，並強調該雜誌與推動現代主義的關係」。陳子謙：《馬博良新詩及文藝活動研究》，頁 28、35。

86　也斯：〈都市文化與香港文學：歷史、範圍與論題〉，《城與文學》，頁 17。

三、七十年代香港現代主義的
「範式轉移」及其西方文藝資源

也斯提出兩代現代派作家的不同，成功確立了七十年代的轉折意義，「六十年代」與「七十年代」的差別是不少討論香港文學的論文都會分析的課題，其中也斯自己也被視為七十年代新變的代表作家。[87] 也斯在另一篇文章中提出「六七十年代以來的本土文化 —— 對高峰現代主義的延續、反叛與轉化」，以他參與過的譯介工作和刊物編輯經驗申述六十年代與七十年代現代派的不同：

> 70 年代文學對 60 年代高峰現代主義有所反省，亦有繼承〔……〕從推介存在主義小說、艾略特的詩，轉而向法國新小說、法國普雷維爾的口語詩作、美國詩人費靈格蒂和金斯堡、拉丁美洲魔幻小說引為共鳴。與之同時在 70 年代逐步出現的是一種對本土經驗的重視、對語言和文學重新思考的創作。整體來說這階段「模式變異」的特色是：從哲理和觀念先行到重視文學本體與實存空間、從象徵典故和修辭轉向以文字思考經驗、以文字探索和溝通。這一模式一直延伸到 80 年代的創作。[88]

文中他雖然沒有點明自己的角色，但他羅列的法國「新小說」、美國戰後詩歌和拉美小說等等其實都是他自己大力譯介過的。而「對本土經驗的重視」是指他在主編《中國學生周報·詩之頁》期間（1973-74）對「生活化」新

87　參考陳少紅：〈香港詩人的城市觀照〉，《香港文學 @ 文化研究》，頁 342-374。陳智德：〈揭示幻象的本土詩學 —— 論梁秉鈞的「香港系列」詩作〉，《根著我城：戰後至 2000 年代的香港文學》（台北：聯經出版，2019 年），頁 403-418。

88　也斯：〈從五本小說選看五〇年代以來的香港文學 —— 再思五六十年代以來「現代」文學的意義和「現代」評論的限制〉，《香港文化十論》，頁 77。也斯此文是回應藤井省三，兩文是 1999 年 4 月由香港科技大學人文學部華南研究中心主辦的「香港文學·日本視野」研討會文章，結集為《文學香港與李碧華》。

詩的提倡。他把「生活化」詩歌定位為對六十年代現代主義的轉化、反叛和發展，視為七十年代青年詩人檢討現代主義之後的修正方向，因此稱之為「廣義的現代派」。[89]

也斯這項「現代主義模式變異」的判斷有三點值得補充：其一，他把七十年代納入「現代主義」的譜系，認為與五六十年代相比，兩者雖然模式不同，但皆是現代主義。這觀點有別於一般對香港現代主義的研究不超出六十年代的範圍，[90] 意即香港現代主義思潮的終結不早於七十年代，[91] 延伸了現代主義研究的範圍。其二，他認為七十年代反叛了「六十年代的高峰現代主義」，但有趣的是，他自己對六十年代文學的研究卻沒有說明香港現代主義的「高峰」特徵，甚至是一力證明香港作家與高峰現代主義的不同，論證香港現代派文學的價值。如果標榜六十年代現代主義的挪用與轉化，就無法突出七十年代的轉折與改變；如果要突出七十年代的獨特性，論述上需要補充說明六十年代現代主義的「高峰」特徵，例如存在主義的流行、超現實主義詩風的影響等等，他卻不願意減損六十年代的價值，沒有着墨於這些他認為流弊甚多的文學現象，而集中在他欣賞的作家、刊物和流派，這也反映出歷時體式的文學史論述帶來的困難。其三，如果七十

89　羈魂訪問梁秉鈞（1997）：〈詩・越界・文化探索〉，《僭越的夜行》，上卷，頁 34-35。

90　例如陳國球、須文蔚等學者近年對香港現代主義的研究基本上是針對五六十年代。參考陳國球：〈情迷中國 —— 香港五、六十年代現代主義文學的運動〉，《香港的抒情史》（香港：香港中文大學出版社，2016 年），頁 261-310。須文蔚：〈葉維廉與台港現代主義詩論之跨區域傳播〉，《東華漢學》第 15 期（2012 年 6 月），頁 249-273。
　　又例如鄭蕾認為七十年代以來實驗也是現代主義內化的產物，但是認為「『香港現代文學美術協會』這一代藝術家的浪漫精神」與「七十年代以後興起的『回歸日常』、『小敘事』的『後現代』精神有所區別和對照」，鄭蕾：《香港現代主義文學與思潮 —— 以「香港現代文學美術協會」為視點》，頁 19。

91　區仲桃曾經討論香港現代主義詩歌的終結，認為定出一個確切的下限是不可能的，不少現代主義詩人在六十年代過後，其詩歌中仍然看到現代主義的影響。區仲桃：〈都市漫遊 —— 試論香港現代主義詩潮的終結〉，香港中文大學中國語言及文學系及香港教育學院中國文學文化研究中心合編：《都市蜃樓：香港文學論集》（香港：牛津大學出版社，2010 年），頁 219-230。在她最新出版的著作中，她引用近年西方學界對現代主義的討論，認同現代主義思潮至今仍未完結，而也斯正是香港現代主義的代表詩人及小說家。C.T. Au, "Introduction," *The Hong Kong Modernism of Leung Ping-kwan* (Lanham: Lexington Books, 2020), 1-22.

年代現代主義的「模式變異」成立的話，他所作的翻譯、評介及編輯工作在何種程度上構成了這個「變異」，其重要性和影響力如何，需要實際研讀當時材料和文壇狀況，然後具體說明和衡量他的角色。也斯已經提出了基本的歷時架構，供我們繼續補充和探究，下文會先檢視現代主義範式轉移的過程，從他當時的譯介和詩論分析青年時期的他對於現代主義的看法，並評價他在轉變過程中所扮演的角色重要性，最後嘗試回應七十年代是否能夠被視為香港「現代主義」思潮的一部分。

也斯自 1967 年開始從事文學翻譯及介紹，先後在《星島日報·大學文藝》、《中國學生周報》及他自己的專欄《香港時報·文藝斷想》（1968 年 7 月 24 日至 1969 年 4 月 26 日）、《快報》的「我之試寫室」及「書與街道」（1970 年至 1978 月 8 月 15 日）撰文介紹或翻譯他欣賞的西方文藝作品。他很快就出版了三種譯文集，分別是《當代法國短篇小說選》（與鄭臻合譯，1970）、《美國地下文學選》（1971）及《當代拉丁美洲小說選》（1972）。從未結集的譯介文章更是不勝枚舉，涉獵範圍之廣令人吃驚，涵蓋電影、戲劇、雕塑、音樂等各個藝術門類。他的專欄至少三分之一篇幅都是譯介，可見其譯事之勤。按在報刊上發表的時間順序，他對法國「新小說」和美國地下文學的介紹是最早而且大約同步的，拉美文學則在稍後才加入。由這份名單可以看到也斯早年的文學口味，和五六十年代現代主義作家的興趣以高峰時期英美現代文學為主頗有不同。[92] 也斯這系列翻譯工作有很多值得解讀分析之處，[93] 這裏僅集中說明他所選擇譯介的外國文學和他想推動的「現代主義模式變異」的關係。

也斯的翻譯和評介與其視為文學翻譯，不如將之視為評論的其中一種形式。作為業餘譯者，也斯的翻譯以個人口味為中心，不一定都是當時西方新興或正流行的文藝思潮，也不是為了介紹該國作品的當代全貌，而是

92　可以參考鄭蕾：《香港現代主義文學與思潮》，頁 106-125，「存在主義的風氣」一節。須文蔚：〈一九六〇年代台港意識流理論建構源流研究〉，黃淑嫻主編：《香港·一九六〇年代》（台北：文訊，2020 年），頁 11-36。

93　對也斯早年譯介工作的完整整理和闡釋，請參考王家琪：〈文學翻譯作為評論：也斯六、七十年代的西方文學譯介〉，《中外文學》第 47 卷第 2 期（2018 年 6 月），頁 125-179。

推介自己喜歡的作品以抗衡當時的其他流派或表達自己的詩觀。參照文學
翻譯理論有助我們理解這點。翻譯研究學派（translation studies）認為翻
譯永不是「透明」的中介，研究焦點遂應該對準譯者的能動角色、譯文對
譯語系統的形塑、譯文在譯入文化脈絡的功能等等。[94] 聚焦在也斯的譯者角
色，可以觀察他如何搭建起譯文與譯入社會的對應關係，使之在香港文壇
上促成也斯渴望的變革。正如也斯在討論六十年代香港現代主義與西方現
代主義之間的影響關係時提到：

> 因為一個作家接受另一個外國作家的影響，可能有種種原因，有時
> 是藉以反叛本地文壇一些風氣，有時可能是尋求思想或技巧上的出
> 路，以擴闊本人或本地文學的視野，補充欠缺的素質〔……〕[95]

這段話同樣可以形容也斯在六十年代末至七十年代初所積極從事的譯介
工作，解釋他為何積極介紹各種衝擊現代主義的文藝潮流。也斯往往非
常敏銳地選擇了反撥高峰現代主義而繼起的學派與藝術潮流作為譯介對
象，它們後來多被歸類為「後現代」（postmodern）。[96] 也斯譯介的時候香
港台灣兩地固然未有「後現代」一名，他是看中它們對高峰現代主義的批
判和修正。例如他在杜尚（Marcel Duchamp, 1887-1968）的「物體藝術」
（readymades）、羅伯—格里耶（Alain Robbe-Grillet, 1922-2008）的小說、
凱奇（John Cage, 1912-1992）的音樂等前衛藝術中感知到相似的特色，[97] 認
為「他們都向文藝發展到目下這一階段的機械反應的傾向和自我封閉的態

94　參考以下兩書：André Lefevere and Susan Bassnett eds., *Translation, History and Culture*,
　　London: Pinter Publisher Ltd., 1990. André Lefevere, *Translation, Rewriting, and the
　　Manipulation of Literary Fame*, London: Routledge, 1992.

95　也斯：〈香港小說與西方現代文學的關係〉，《香港文化空間與文學》，頁 100。

96　Matei Calinescu, "On Postmodernism," *Five Faces of Modernity: Modernism, Avant-Garde,
　　Decadence, Kitsch, Postmodernism* (Durham: Duke University Press, 1987), 297-301.

97　也斯當時使用的中譯姓名與今天通行的譯名大多不同，本書盡量使用現在較常見的譯名，並
　　註出姓名原文，俾便讀者參照。也斯：〈現代藝術的傳奇人物馬素杜潘〉，《香港時報》1968
　　年 10 月 17 日，第 10 版。

度作了訣別的手勢」。[98]

　　換言之，也斯的譯介是針對不再能帶來突破的現代主義美學，以翻譯推動本地文壇的模式變異。但是另一方面，他對歐美戰後的現代主義流派一度很有興趣，例如荒謬劇和「新小說」等等，說明他早期對現代主義的態度還未形成連貫的論說。以歷史回顧的眼光來看，的確就像也斯自己後來的論文所說是後者終於取代了前者，但是當時轉變的過程實際上是迂迴而複雜的。

（一）反叛力量與本地詩壇的代際交替：美國地下文學的譯介

　　也斯對美國地下文學的譯介可以說明他的翻譯工作在促成模式改變上的重要角色，「模式變異」一說不只是作為文學研究者的觀察，而是他親身參與的過程，是在六七十年代就非常自覺地希望引入「新的模式」以取代舊的現代主義。當時不少香港、台灣的作家開始尋索現代主義之後的路向，在這轉變和搜索新的詩歌範式的過程中，戰後美國詩歌的翻譯承擔了重要的變革角色。也斯最早編譯的譯介專輯之一就是《星島日報・大學文藝》1968 年 1 至 2 月間一連五期的「美國地下文學專輯」，[99] 依次分別是「Diane Di Prima 作品選」（1 月 9 日），費靈格蒂（Lawrence Ferlinghetti, 1919- ）專輯（1 月 16 日），克里利（Robert Creeley, 1926-2005）小輯（1月 23 日），梅勒（Norman Mailer, 1923-2007）小輯（2 月 6 日）以及柯索（Gregory Corso, 1930-2001）（2 月 13 日）。其後也斯在《香港時報》撰寫自己的專欄「文藝斷想」，繼續這方面的介紹。他編選的《美國地下文學選》內容包括詩、小說和劇本，由較「垮掉的一代」早一輩的亨利・米勒

98　梁秉鈞：〈談羅布格利葉的作品特色 —— 兼介「新小說」〉，《中國學生周報》1968 年 5 月
　　17 日，第 4 版。

99　當時版面上並沒有註明編者，此項資料由也斯自述。見羈魂訪問：〈詩・越界・文化探索〉，
　　《僭越的夜行》，上卷，頁 36。

（Henry Miller, 1891-1980）開始，包括不同流派的地下文學，例如比尼克（beatnik）的凱魯亞克（Jack Kerouac, 1922-1969）、柯索、布洛斯（William S. Burroughs, 1914-1997）、堅斯堡（Allen Ginsberg, 1926-1997）、史居（Leo Skir, 1932-2014）、普里瑪（Diane Di Prima, 1934-2020）等等；「黑山派」（the Black Mountain poets）詩人克里利和多恩（Ed Dorn, 1929-1999）；「三藩市復興」（the San Francisco Renaissance）的費靈格蒂和斯奈德（Gary Snyder, 1930- ）；「紐約派」（the New York School）兼非洲裔作家鍾斯等等。

　　這些戰後美國詩歌流派和詩人反思象徵主義、玄學派及新批評（New Criticism）等代表高峰現代主義的詩觀，並挑戰傳統詩學、社會主流想法和各種成規。[100] 也斯曾經把美國現代主義詩歌的變遷概括為「早期六〇年代現代詩的模式（受法國詩人梵樂希等的象徵主義、英美詩人如艾略特等的創作或新批評派就作品論作品的理論影響而成的模式）如何發展到後來另一種（或多種）比較開放、複雜的模式呢？」。[101] 所謂「後來另一種（或多種）模式」，就是由地下文學開啟的新的現代主義模式。他強調的美國文學這兩種現代主義模式的差異，恰好對應上文他提出的香港六十年代與七十年代現代派之不同：「從哲理和觀念先行到重視文學本體與實存空間、從象徵典故和修辭轉向以文字思考經驗、以文字探索和溝通。」[102] 這些話雖然是後來的回顧，卻大致解釋了他當時的譯介動機，例如也斯在《美國地下文學選》序文指他們「不讚〔贊〕成炫誇學識，主張直接抒寫胸臆，這只是他們不願意俯首貼耳地服從文學權威和教條的表現」。[103] 同樣是強調它們的反學院與反叛氣質。

100　Manuel Luis Martinez, "Introduction," *Countering the Counterculture: Rereading Postwar American Dissent from Jack Kerouac to Tomás Rivera* (London: The University of Wisconsin Press, 2003), 3-11.

101　也斯：〈五月、詩會、鄉土故居與後現代的迷思〉，《香港文化空間與文學》，頁 35。

102　也斯：〈從五本小說選看五〇年代以來的香港文學──再思五六十年代以來「現代」文學的意義和「現代」評論的限制〉，《香港文化十論》，頁 77。

103　梁秉鈞：〈序言〉，《美國地下文學選》，頁 4。

反叛現代主義的需要，與也斯當時作為一名初出道青年作家的心態及
文壇上的位置密切相關。在也斯的譯介語境之中，美國戰後「反文化」所
抨擊的種種被置換為本地的文學「舊勢力」，他早期的專欄把上一代作家
的所有文學口味視為反叛的對象，而美國戰後詩歌正是提供了進行文學場
域「新」「舊」之爭的話語資源。他當時經常抨擊「學院派」甚至廣泛而
言的一切既成狀態，例如他在《香港時報‧文藝斷想》最早的幾篇專欄已
經嚴苛地批評洛夫等台灣現代詩人一窩蜂追捧里爾克（Rainer Maria Rilke,
1875-1926）、艾略特（T.S. Eliot, 1888-1965）、洛卡（Federico García
Lorca, 1898-1936）、威廉斯（William Carlos Williams, 1883-1963）等英美
名家，嘲諷他們對外國詩的興趣一點都不廣泛，[104] 更把美國地下文學與正統
作家對立，批評中文翻譯界的因循、只翻譯名家作品，高呼文學不應該有
「禁果」：

> 有些規矩的雜誌，認為「地下文學」是要不得的〔……〕這只有
> 指定的某幾個作家才是可以談，可以翻譯的。〔……〕這種由權威
> 而產生的偏執的態度，不也正是促使反權威的「地下文學」產生
> 的原因嗎？[105]

當時作為一個初出道、期望被承認的青年作家，也斯顯然十分能夠認同地
下詩人在建制以外的位置，「今日的未被承認的、非正統的作家，誰曉得不
會成為明日的主流呢？」。[106] 我們不妨借用布赫迪厄的術語，把也斯對美國
地下文學的譯介視為新晉作家的進場策略，譯介外國文藝新潮、倡議新的

104　也斯：〈口味問題〉，《香港時報》1968年8月7日，第10版。

105　也斯：〈「地下文學」〉，《香港時報》1968年11月1日，第10版。

106　也斯：〈從「巴巴麗娜」的原著說起〉，《香港時報》1968年9月27日，第10版。

文學範式，正是推動場域結構變動的「佔位」（position-taking）手段。[107]
他希望以譯介美國地下文學等離經叛道的潮流衝擊「正統」的口味，透過
提倡美學範式的轉變，試圖為包括自己在內的青年作家打開發展的空間，
而譯介打着「反叛」旗號的美國戰後詩歌正是促成進行文學場域「新」「舊」
之爭的「他山之石」。美國反學院派的反叛支持了他由「正當化進程中最為
落後」的位置挑戰「受到最多認證」的正統現代主義，鬆動本地文壇已經
定型的板塊，為自己創造突破的機會。

　　在更大的範圍上來看，六七十年代之間現代主義模式變異其實是橫跨
香港、台灣兩地的思潮。也斯編譯的《美國地下文學選》出版前後，香港、
台灣至少還有三種以美國地下文學為主的譯文集和論文集出版，[108] 這種對引
介美國戰後詩歌的興趣關係到當時兩地共同感到突破現代主義的需要，通
過這批譯者和詩人的自覺譯述，美國戰後詩歌的新趨勢對本地詩壇發展產
生深遠的影響。舉例來說，1969 年創建學院「詩作坊」開始招生，「詩作
坊」導師之一的戴天相當倚重美國戰後詩歌的實驗方向，而「詩作坊」亦
被視為香港詩風由現代派轉向明朗化的關鍵標誌。[109] 另一位導師古蒼梧提出
過與也斯相似的「模式變異」的判斷：

107　布赫迪厄的場域理論這樣形容文壇上新舊作家的交替：「這些佔位是在與其他佔位的關係之
　　中，以否定的方式自我定義的，由是之故，這些佔位的內涵時常仍然是空洞的，並被人當
　　成是簡單的挑釁、拒斥、決裂：在結構上最為『資淺』〔……〕在正當化進程中最為落後
　　的這些作家，會去排斥他們那些受到最多認證的前輩其一切所作所為，排斥一切在他們眼
　　中可以界定為『陳腔濫調』的詩歌或是其他東西。」布赫迪厄著，石武耕、李沅洳、陳羚
　　芝譯：《藝術的法則 —— 文學場域的生成與結構》（台北：典藏藝術家庭，2016 年），頁
　　371。

108　第一本是奈莫洛夫（Howard Nemerov）著，陳祖文譯：《詩人談詩 —— 當代美國詩論》，
　　香港：今日世界出版社，1975 年。另外兩種在台灣出版，由香港僑生主理，一本是翱翱
　　（張錯）的《當代美國詩風貌》，台北：環宇出版社，1972 年。另一本是鄭樹森、何欣主編
　　的《從地下文學到當代英詩》，台北：環宇出版社，1970 年。

109　杜家祁：〈現代主義、明朗化與國族認同 —— 香港六十年代末「創建學院詩作坊」之詩人
　　與詩風〉，《文學論衡》第 18、19 期（2011 年 6 月），頁 109-122。

六十年代末的美國正興起一股與新左派反越戰、反建制運動相應
和的詩風：內容傾向社會批判，詞鋒銳利，意象簡練，節奏明
快，剛逝世不久的金斯堡和民歌手卜狄倫正是當時的代表詩人。
這一路詩風有取代在兩次大戰間雄霸英、美學院以艾略脫、史提
芬・史班德等為代表的現代派詩之勢；後者的風格正好是晦澀、
曖昧，節奏迂迴。[110]

　　他認為這種詩風透過戴天而影響了當時的年輕詩人學員。差不多同時期，
台灣經歷了「現代詩論戰」，新興詩社的宣言展示出青年詩人對現代詩的深
刻反省，多份刊物也推出檢討現代詩問題的專號。[111]正當香港及台灣很多詩
人希望尋找新的寫作方向時，美國地下詩歌以其對現代主義的衝擊和反叛
而來得恰如其分。[112]

　　在冷戰的結構下，香港和台灣所深受美國文學和文化影響，青年所面
對的壓抑的社會氣氛和追求突破的需要與美國戰後詩人也不無相似。因此
不難理解美國反學院詩歌和地下文學所追求的反精英、明朗語言、現實題
材等成為了「生活化」主張的養分。例如地下詩歌和現代主義詩歌其中一
個最大分野就是反對詩人自居為精英階層，七十年代詩人的角色和自我定
位都和六十年代現代派詩人全然不同，更多地是和普通人一樣面對現實生
活困迫和諸多社會問題。他們反省現代詩語言的高蹈、晦澀、遠離現實，
希望現代詩變得可感，就是反省現代主義精英定位的其中一種努力。美
國地下詩歌的反叛和反建制不只與港、台當時的社會氣氛和青年的訴求吻
合，而且他們都同樣面對已成典範的英美現代主義，故此美國反學院派主
張對於當時港、台青年作家的訴求很有啟發。

110　古蒼梧：〈話說創建學院與詩作坊〉，《讀書人》第 27 期（1997 年 5 月），頁 81-82。

111　參考解昆樺：《轉譯現代性：1960-70 年代台灣現代詩場域中的現代性想像與重估》，台北：
　　　學生書局，2010 年。陳瀅州：《70 年代以降現代詩論戰之話語運作》，台南：台南市立圖
　　　書館，2008 年。

112　詳見本書「生活化」一章的討論。

　　由此來看，也斯在香港推動的譯介工作實在是整個思潮的一部分。他參與在「現代主義模式變異」的過程之中，既是七十年代香港的代表作家之一，又非常自覺地希望通過譯介促成文壇風氣的改變，推動現代主義模式的變更，非常有利於切入研究這場詩學典範轉移。

（二）現代和後現代之間：法國「新小說」、荒謬劇與美國後現代劇場

　　在美國地下文學之外，也斯對沙特（Jean-Paul Sartre, 1905-1980）以降的法國「新小說」（nouveau roman）及荒謬劇（theatre of absurd）表現出濃厚的興趣。與此同時，他也興奮地推介美國的「生活劇場」（the Living Theatre）和「突發性戲劇」（見本章附表整理）。前二者具有明顯的現代主義色彩，後者卻是後現代劇場的前衛實驗。這突顯出他早年龐雜的文學口味之間彼此存在的張力，也說明他譯介過的多種外國文學與現代主義的模式轉變的關係並不是一致的，「模式變異」的說法包括了後來論述的整理。

　　由沙特的作品催生出來的荒謬劇和「新小說」堪稱法國戰後現代主義的代表。「新小說」是指一群在五十年代中突然獲得法國及美國文壇注意的前衛小說家，最初見於 1954 年羅蘭・巴特（Roland Barthes, 1915-1980）對「新小說」家中最有名氣的羅伯─格里耶的介紹，其後《精神》雜誌（*Esprit*）在 1958 年組織了一個「新小說」專號介紹這群當時最前衛的小說家。因他們的作品全部由羅伯─格里耶擔任文學顧問的午夜出版社（Les Editions de Minuit）出版，故他們也被稱為「午夜小說家」（"Midnight Novelists"），亦有稱之為新先鋒派（neo-avant-garde）、新寫實主義小說等。[113] 蓋伊認為荒謬劇令「現代主義戲劇回到了它在十九世紀的繫念」，就

113　對法國「新小說」的介紹參考：Arthur E. Babcock, *The New Novel in France: Theory and Practice of the Nouveau Roman*, New York: Twayne Publishers, 1997. 張容：《法國新小說派》，台北：遠流，1992 年。鄭臻：〈前言〉，梁秉鈞、鄭臻合譯：《當代法國短篇小說選》（台北：晨鐘，1970 年），頁 1-13。

是對於布爾喬亞階層的全力攻訐。[114]「新小說」則是在小說文類之中與荒謬劇平行的發展,「他們也不是十九世紀寫實主義者的繼承者。相反地,雖然沒有自稱為現代主義者,他們都是最貨真價實的現代主義者」,蓋伊把「新小說」的實驗與高峰現代主義的實驗相提並論,「新小說家不過是重演上一代現代主義者對小說的批判。他們相當於一個小浪,回應着現代主義祖輩對傳統主義小說家的批判」。[115]

　　也斯和鄭臻合力編譯的《當代法國短篇小說選》,顧名思義是包括當代法國的重要流派,包括但不限於「新小說」。「新小說」的部分主要由也斯負責翻譯,包括羅伯—格里耶、薩候特(Nathalia Sarraute, 1900-1990)、莒哈絲(Marguerite Duras, 1914-1996)和品哲(Robert Pinget, 1919-1997),全部的簡介和作品都是先在其《香港時報・文藝斷想》專欄上連載。其中羅氏收入了《快照》(Instantanés)的兩個短篇〈海灘〉("The Shore")和〈縫衣匠的人像〉("The Dressmaker's Dummy"),其餘作家各一篇。此外亦由也斯負責翻譯的還有「新新小說家」索萊爾(Philippe Sollers, 1936-),被視為超現實主義的小說兼劇作家紀涅(Jean Genet, 1910-1986)以及格諾(Raymond Queneau, 1903-1976)。[116] 書後並附有吳而斌(吳煦斌)翻譯的羅伯—格里耶《論新小說》(For a New Novel)其中兩篇論文。也斯在專欄中多次介紹過羅氏的論點,連同另一位新小說家薩候特所著的《狐疑的年代》(The Age of Suspicion),這兩本論著被視為「新小說」標誌的理論著作,也斯在 1968 年的《香港時報・文藝斷想》專欄上都已經介紹過了。[117] 也斯說明他推介「新小說」是因為存在主義小說的教化主義令他感到厭倦,而想尋找其他小說的寫法:

114　彼得・蓋伊著,梁永安譯:《現代主義:異端的誘惑:從波特萊爾到貝克特及其他》,頁 474。

115　同上注,頁 476。

116　書稿另一半作品由鄭臻負責翻譯,包括代表存在主義的西蒙波娃和沙特,「新小說」家畢托(Michel Butor, 1926-),影響「新小說」家很深的貝克特,以及兩位「新新小說」家克里其奧(J.M.G. Le Clezio, 1940-)及維安(Boris Vian, 1920-1959)。另有一位葛思嘉(Pierre Gascar)沒有註明由哪位翻譯。

117　也斯:〈新小說的回顧〉,《香港時報》1968 年 10 月 2 日,第 10 版。

> 小說發展到了現代，在作品中熱切探究人生問題的同時，作者卻
> 往往容易滿足於一些已成窠臼的答案。不少作品，說是為了表示
> 「人與人溝通的困難」、「人的處境的荒謬」等等〔……〕新小說
> 之吸引我，恐怕主要就在他們撤除小說背後負馱的那個「萬應萬
> 靈」的人生訓誨的重擔，而讓小說獨立地出現這一點。[118]

存在主義小說的哲理部分過重，加上在港、台文壇已經獨領風騷一段頗長
的時間，令他感到是時候作出變革。可能是這個緣故，《當代法國短篇小說
選》中存在主義的部分（西蒙波娃和沙特）是由鄭樹森負責的。

在不滿存在主義思想的泛濫和自我重複的同時，來自存在主義傳統另
一分支的荒謬劇卻深得也斯的認同。他有意或無意地未有談及存在主義與
荒謬劇的關係，而主要欣賞其文學形式上的實驗。也斯評介過不少荒謬劇
作家，以尤奧斯高（或譯尤內斯庫，Eugène Ionesco, 1909-1994）和品特
（Harold Pinter, 1930-2008）兩人最多。他讚賞荒謬劇場反對臨摹現實，以
新鮮的形式和語言來演出生活，暗指傳統的現實主義戲劇陳濫，在其專欄
中詳細討論過品特的《黑與白》（*The Black and White*, 1959）、《啞侍》（*The
Dumb Waiter*, 1957），尤奧斯高的《犀牛》（*Rhinocéros*, 1959）、《空中行人》
（*Le Piéton de l'air*, 1963）、《椅子》（*Les Chaises*, 1952）等等多部著名的荒謬
劇作品。[119] 荒謬劇盛行於五十年代，戲劇源頭可以上溯到史特林堡（August
Strindberg, 1849-1912）和卡夫卡啟發，哲學源頭則無疑來自沙特和卡繆，

118　梁秉鈞：〈談羅布格利葉的作品特色 —— 兼介「新小說」〉，《中國學生周報》1968 年 5 月
　　17 日，第 4 版。

119　參考也斯以下專欄文章，談到品特的例如有：〈品特的「黑與白」〉，《香港時報》1968 年
　　8 月 23 日，第 10 版。〈不同的觀點 —— 續談「黑與白」〉，《香港時報》1968 年 8 月 24
　　日，第 10 版。〈風流公子與品特〉，《快報》1971 年 5 月 20 至 23 日，頁碼從缺。〈生日宴
　　會〉，《快報》1972 年 5 月 16 至 18 日，頁碼從缺。
　　談到尤奧斯高的例如有：〈伊安尼斯高的「空中飛行」〉，《香港時報》1968 年 8 月 29 至
　　31 日，第 10 版。〈言語的悲劇〉，《香港時報》1968 年 10 月 2 日，第 10 版。〈荒謬的馬
　　克白〉，《快報》1972 年 2 月 29 日，頁碼從缺。〈談「啞侍」和「椅子」〉，《快報》1975
　　年 12 月 30 日至 1976 年 1 月 4 日，頁碼從缺。

以戲劇的形式表現存在主義的思想，其盛行可歸咎於二戰帶來的幻滅感。「荒謬劇」之名由艾施林（Martin Esslin, 1918-2002）提出以形容貝克特、尤奧斯高和亞達莫夫（Arthur Adamov, 1908-1970），荒謬劇在形式上處處與傳統的現實主義戲劇相反，以符號性的人物、無故事的故事、瑣碎錯亂的對話表現現代人生命處境的荒謬，否定語言溝通的能力和意義。[120] 荒謬劇可說是現代主義戲劇之中最有名氣的流派。弗萊徹（John Fletcher）和麥克法蘭認為，易卜生和貝克特代表了現代主義戲劇的兩極，[121] 現代主義戲劇的主要特徵是「沉默美學」，表現為劇中情感和語言的破碎、低調、無法清晰表達甚至是直接的沉默，不少受布萊希特啟發，追求打破戲劇幻覺，以悲喜劇（tragicomedy）的形式破壞虛構與真實的界線，這些特徵都見於貝克特、品特和尤奧斯高的劇作。[122] 這樣來看，也斯所引介的文學流派與存在主義哲學畢竟不是截然割裂的。除了「新小說」與荒謬劇的對比之外，不無關係的另一點細節是，他心儀的美國地下文學「垮掉的一代」就和存在主義有很深的連繫，但他從不提及其哲學面向，也沒有提及他們的神秘主義和嚮往東方哲學的一面，可見他鮮明的文學口味。

　　他除了評介富有現代主義色彩的荒謬劇，同時又譯介六十年代開始被視為「反現代」或「後現代」的美國劇場實驗。美國部分「外外百老匯」劇作家受法國劇作家亞陶（Antonin Artaud, 1896-1948）的「殘酷劇場」（the Theatre of Cruelty）啟發，例如貝克（Julian Beck, 1925-1985）和瑪麗娜（Judith Malina, 1926-2015）創立的「生活劇場」、卡普羅（Allan Kaprow, 1927-2006）的「突發性戲劇」（happenings，或譯「即興演出」、「偶發劇」、

120　參考以下文章：李瑞媛：〈從存在到荒謬〉，《哲學與文化》第 35 卷第 3 期（2008 年 3 月），頁 3-17。王維賢：〈荒謬戲劇的淵源和涵義〉，《現代學苑》第 8 卷第 11 期（1971 年 11 月），頁 11-14 及 28。

121　John Fletcher and James McFarlane, "Modernist Drama: Origins and Patterns," in *Modernism: 1890-1930*, 502-503.

122　Fletcher and McFarlane, "Modernist Drama," 507-510. 另參考 Wallace Fowlie, "The New French Theatre: Artaud, Beckett, Genet, Ionesco," *The Sewanee Review* 67, no. 4 (Autumn, 1959): 643-657.

「機遇劇」）等等。[123] 他們一方面繼承了現代主義的破壞力量和形式實驗，另一方面反抗已經正典化的現代主義傳統，攻擊布爾喬亞的品味，顛覆現實主義劇場的營造的真實幻覺，鄙視社會文化的禁忌，把現代主義戲劇的非理性傾向表現到極致。[124] 後現代劇場趨向取消舞台、觀眾與表演者的界線以至完整的劇本故事，強調戲劇的偶然性和自發性，運用混雜、拼貼手法，主張語言革命和肢體語言，徹底衝擊傳統劇場的定義。[125] 也斯不只一次在專欄中介紹「生活劇場」，例如〈戲劇的革命〉譯介貝克不久之前在《常青評論》的文章，[126] 說明「生活劇場」對亞陶「殘酷劇場」的繼承和實踐，貝克認為顛覆布爾喬亞劇以往令觀眾接受生活現狀，「生活劇場」要衝擊觀眾，引起革命。[127] 他也評介過相對上較冷僻的巴爾加斯（Enrique Vargas, 1940- ）的「臟腑劇場」（Gut theatre），劇場在街頭演出，結合當地居民的生活，與觀眾「一起表演」。[128] 也斯的《雷聲與蟬鳴》第二輯詩的題目就是「突發性戲劇」，在他的專欄中也有所涉獵評介，認為突發性戲劇在真實的地點演出，取消台上台下的分別，演出環境本身的偶然變化也成為演出的部分，是真正的「真實」。[129]

　　由此我們觸及也斯對「現代主義」的矛盾興趣以及多種譯介之間隱藏的內部張力。這些內部張力顯示也斯對外國文藝的追求拉扯於兩種現代主

123　可參考以下文章：蘇珊‧桑塔格著，黃茗芬譯：〈即興創作表演 —— 一種激進的並列藝術〉，《反詮釋：桑塔格論文集》（台北：麥田出版，2008 年），頁 365-379。潤平譯：〈劇壇中的突發劇〉，《星島日報》1968 年 3 月 12 日，第 12 版。思喆：〈介紹亞倫‧加普羅和他的突發性演出〉，《星島日報》1968 年 3 月 26 日，第 26 版。

124　Ilka Saal, "Toward Postmodernism: The Political Theatre of the 1960s", *New Deal Theater: The Vernacular Tradition in American Political Theater* (New York: Palgrave Macmillan, 2007), 151-182.

125　曾艷兵：〈後現代主義戲劇辨析〉，《河南社會科學》第 14 卷 1 期（2006 年 1 月），頁 105-108。李時學：〈從劇場幻覺到生活真實 —— 現代、後現代主義戲劇對西方戲劇傳統的消解〉，《四川戲劇》2008 年第 2 期（2008 年 3 月），頁 58-61。

126　原文見 Julian Beck, "Theatre and Revolution," *Evergreen Review,* May 1968.

127　也斯：〈戲劇的革命〉，《香港時報》1968 年 10 月 26 日，第 10 版。

128　也斯：〈臟腑劇場〉，《香港時報》1968 年 11 月 22 日，第 10 版。

129　也斯：〈這邊和那邊〉，《香港時報》1968 年 8 月 21 日，第 10 版。

義之間：一方面是荒謬劇和「新小說」等被視為延伸自高峰現代主義的文
學實驗，是現代主義繼一二十年代的高峰時期之後在戰後一度復興的代
表。另一方面則是美國地下文學及「生活劇場」等等被視為後現代主義的
先聲。這些歧異甚大的文學作品之間充滿張力，最大的共通點就是對創新
文學形式的追求，這點或者可以視為也斯在尋找仿效對象的時候「轉益多
師」的證明，更體現出他為香港文學引入新典範的努力，也可以看到他怎
樣把早期的經驗和龐雜的專欄文章整理為清晰的文學史論述。

（三）拉美文學的「另類」現代主義之路

　　正如也斯指出七十年代現代派作家的取法對象，開始由六十年代較盛
行的英美現代主義過渡到拉美文學，他自己也經歷了類似的過渡。及至
七十年代初，他對荒謬劇、「新小說」和地下文學的興趣漸漸轉淡，開始頻
繁地介紹拉美文學。他曾經詳細回顧自己疏遠「新小說」、轉向拉丁美洲
魔幻寫實文學的原因。[130] 雖然他不同意「新小說」是「反人文」的說法，
「你說新小說不是關於人的嗎？那也未必盡然。此中有人，呼之欲出。問題
是當你需要熱情的擁抱，就會嫌它只是個疑幻疑真的影子」。[131] 他也漸漸不
能滿足於單一的文學實驗，說自己早期某些小說曾嘗試實踐羅伯—格里耶
的小說理論，卻反而感到其限制，「即使法國作家中，杜赫的溫婉、西靈的
尖銳怪誕、山聚亞的深刻，也自有不同」。[132] 他坦承自己初接觸外國文學時
不求甚解，「熱情是有的，但卻沒有經過咀嚼和反省。只因為它掃除了舊有
的陳腐的觀念的一陣新鮮感，就張臂擁抱，無條件地接受了」。[133] 因此其後

130　也斯：〈海灘〉，《快報》1976 年 11 月 4 至 12 日，頁碼從缺。後改題〈走在海灘上〉，收
　　　入舊版的《書與城市》（香港：香江出版有限公司，1985 年），頁 247-256。

131　也斯：〈海灘（五）〉，《快報》1976 年 11 月 8 日，頁碼從缺。

132　同上注。

133　也斯：〈海灘（四）〉，《快報》1976 年 11 月 7 日，頁碼從缺。

「等到陸續發現了加西亞・馬蓋斯、葛蒂沙、富恩特斯，甚至波希士這些南
美作家天馬行空的宇宙，就常常忍不住把新小說放過一旁，因為覺得：它
們的世界，好像太拘謹了」。[134] 如此也斯的文學口味完成了一次重要的轉換。

　　也斯在 1972 年出版的《當代拉丁美洲小說選》翻譯了幾位以魔幻現實
主義風格著稱的作家，有些是現在公認的魔幻現實主義名篇，包括阿斯杜
利亞斯（Miguel A. Asturias, 1899-1974）的〈把妻子賣給魔鬼的人〉（節譯
自 *Mulata de tal*），加西亞・馬爾克斯的〈伊莎貝的獨白：在麥干度看雨〉
（"Monologue of Isabel: Watching It Rain in Macondo"）、羅薩（Guimarães
Rosa, 1908-1967）的〈河之第三岸〉（"The Third Bank of the River"）、
科塔薩爾（Julio Cortázar, 1914-1984）的〈一朵小黃花〉（"A Yellow
Flower"）、富恩特斯（Carlos Fuentes, 1928-2012）的〈愛娜〉（"Aura"）
等等；但沒有包括同樣享負盛名的卡彭鐵爾（Alejo Carpentier, 1904-1980）
和略薩（Mario Vargas Llosa, 1936- ）。也有包括其他風格，例如博爾赫斯
（Jorge Luis Borges, 1899-1986）的一篇是有存在主義和荒謬意味的〈南方〉
（"The South"），而不是也斯在專欄大力推介的奇幻短篇。該年出版的《四
季》第一期（1972）有加西亞・馬爾克斯專輯，第二期（1975）則有博爾
赫斯專輯，是頗有規模的翻譯介紹。小說以外，1971 年 10 月智利詩人聶魯
達（Pablo Neruda, 1904-1973）獲頒諾貝爾文學獎，也斯為他寫了《快報》
專欄上最長的連載文章〈談聶魯達〉，詳談其詩歌創作，希望推翻以為聶魯
達只是政治詩人的刻板印象。[135]

　　拉美文學是也斯的現代主義觀念醞釀成熟的關鍵。早在他為《當代拉
丁美洲小說選》所寫的序文中，他已經體會到在世界文壇的舞台上拉美文
學的活力將要取代此前的歐美文學，他們脫離了單方面受歐美現代主義文
學影響的階段，反過來成為國際矚目的文學潮流。[136] 他又指拉美文學與中國

134　也斯：〈海灘（五）〉，《快報》1976 年 11 月 8 日，頁碼從缺。

135　見《快報》1971 年 10 月 24 日至 12 月 18 日，頁碼從缺。

136　梁秉鈞：〈當代拉丁美洲小說的風貌〉，《當代拉丁美洲小說選》（台北：環宇出版社，1972
　　　年），頁 2-11。

新文學從政治局勢動盪、教條文藝大行其道到所面對的西方文學影響問題
都十分相似：

> 看拉丁美洲小說的發展史，常覺得與我國五四以來小說的發展有
> 相像的地方。彼此都經歷過混亂的政治局面，也產生過政治教條
> 式的作品；彼此國內都有寫之不盡的自然環境，也產生過不少寫
> 實的鄉土文學〔……〕
> 拉丁美洲小說跟我國的小說既然有這麼多相似的背景，那麼他們
> 掙扎出來的道路：怎樣吸收新技巧融會貫通以表達當前的現實、
> 怎樣以自然環境和政治情況作為襯托現代人思想感情的背景而不
> 是以描寫鄉土風味和宣揚政治口號為唯一目的〔……〕都值得我
> 們注意。[137]

因此他認為拉美文學能夠給當代中國文學很大啟發。

　　也斯在其博士論文《抗衡的美學》更詳細地闡釋拉美文學與現代主義
模式轉變的關係。他在導論談及多個西方現代主義理論模型，在比較了中
國的情況後，指出歐陸和拉丁美洲的現代主義更適用於理解中國現代文
學，諸如俄國和意大利的未來主義和德國的表現主義，該等作家皆遭受政
治壓迫，並在局勢的劇變中面對文學的危機，與中國三十年代起的情況非
常相似。[138]尤其是拉丁美洲，其第一波現代主義運動（ *el modernismo, 1890s* ）
就體現出它與殖民宗主國西班牙文學的不同，現代主義文學的發展標誌着
拉丁美洲在文化和文學上開始解殖。[139]也斯指第三世界國家的現代主義常
常顯示出本土文化與西方文學之協商，並發展成「另類的現代主義」（ "a
different type of modernism" ）。不同於英美高峰現代主義的反動、唯我、

137　也斯：〈加西亞・馬蓋斯與《一百年的孤寂》〉，《四季》第 1 期（1972 年 11 月），頁 90-
　　99。

138　Leung, "Aesthetics of Opposition, " 7.

139　Leung, "Aesthetics of Opposition," 8.

自現實退縮到內心世界，拉美現代主義重視文字的技藝，同時自覺其文化根源和社會背景，不迴避以詩歌介入社會政治現實，是一種在地化的現代主義。[140] 拉美現代文學由此經歷了文學上的解殖，也斯認為對於中國文學甚有啟示作用。

拉美現代派最初深受法國文學影響，其文學活動中心也在巴黎，緊跟英美文學當時風行的流派。[141] 吉拉德（Cathy L. Jrade, 1949- ）指拉丁美洲現代主義很快就轉向美洲自身的傳統文化、神話背景、社會事件等而糅合出其獨特性。[142] 拉美現代主義產生的背景與西方國家不同，他們以文學回應科技、殖民和資本主義等在當地的發展，希望通過現代主義追求文學的現代化、與歐洲看齊，在追求文學實驗的同時展現出一種現實主義傾向，回應他們面對的現代性狀況。如果說歐洲現代主義標舉藝術的自律性（autonomus），拉美現代主義卻始終有鮮明的政治和社會指涉，他們的現代主義追求伴隨着明確的解殖和建立民族身份的意圖。[143] 顯然拉美的現代主義文學與二十世紀初中國新文學的處境非常相似。也斯引述卡林內斯庫的說法，指在拉美文學研究中有兩個不同的討論方向，一是強調拉美現代主義與其他西方現代主義同樣追求現代性，二是強調拉美現代主義的獨特性。[144] 他藉此帶出中國四十年代的現代主義詩人在借鑒西方文學的同時也有自身的獨特性；而中國詩人更接近在兩次世界大戰之間強調文學的社會性

---

140   Leung, "Aesthetics of Opposition," 9.

141   Roberto González Echevarría, "Introduction," *Modern Latin American Literature: A Very Short Introduction* (London: Oxford, 2012), 1-9.

142   Cathy L. Jrade, "Modernismo: Knowledge as Power," *Modernismo, Modernity, and the Development of Spanish American Literature* (Austin: University of Texas Press, 1998), 14.

143   Cathy L. Jrade, "Spanish America's Ongoing Response to Modernity," *Modernismo, modernity, and the development of Spanish American literature*, 4-5.

144   Leung, "Aesthetics of Opposition," 8.

的超級主義者（ultraists）如聶魯達等人。[145] 顯然，拉美「另類的現代主義」的入世性格和人文精神更接近五四以來新文學的取態，[146] 亦更接近也斯的美學口味。

　　這種文學的社會性和對現代化的複雜態度表現在也斯研究的中國四十年代現代主義詩歌之中。他們同時追求國家的現代化和文學的現代化，與艾略特等人的詩歌相比，他們的城市詩也經常書寫城市的異化和墮落。[147]不同的是，西方的現代主義詩歌因而否定客觀現實、退入主觀世界，或追求詩歌中的神秘主義，[148] 但中國的現代詩並不指向超越的抽象存在，[149] 反而更關心詩中的現實，[150] 也沒有西方現代主義的藝術世界與現實世界的絕對斷裂，[151] 即使是中國詩人筆下最前衛的形式實驗中，語言對現實世界的指涉也從未消失。[152] 面對傳統語言的遺產，三四十年代的詩人不像五四新文化運動擺出反傳統的姿態，反而思考如何更新古典語言，這點和西方現代主義對待傳統的態度截然不同。[153]

145　也期譯為「歐達派」。他雖然提到「歐達派」，但是沒有再區分其內部的西班牙派（Spanish ultraists）與美洲派（American ultraists），而把兩派各自的代表詩人混合舉例。主張拉丁美洲獨特性的是後者才對，例如也斯心儀的聶魯達和博爾赫斯在相關討論中是被視為「美洲派」的。見 Calinescu, "Literary and other modernisms," *Five Faces of Modernity,* 77. 至於「西班牙派」，也斯轉引卡林內斯庫提到一位薩里那斯（Pedro Salinas, 1891-1951），試圖借以說明美洲獨特性的主張，但在卡林內斯庫的原文中，薩里那斯其實是反對現代主義、支持地域主義的「西班牙派」，認為現代主義只是一種很快會過去的風潮。見 Calinescu, "Literary and other modernisms," *Five Faces of Modernity,* 74.

146　關於五四新文學的性格，參考李歐梵：〈文學的趨勢 I：對現代性的追求，1895-1927 年〉，《劍橋中華民國史 1912-1949》（北京：中國社會科學出版社，1994 年），上卷，頁 505-566。

147　Leung, "Aesthetics of Opposition," 108.

148　Erich Heller, "Rilke and Nietzsche," *The Idea of the Modern in Literature and the Arts*, 269-276.

149　Leung, "Aesthetics of Opposition," 116.

150　Leung, "Aesthetics of Opposition," 125.

151　Leung, "Aesthetics of Opposition," 120.

152　Leung, "Aesthetics of Opposition," 36.

153　Leung, "Aesthetics of Opposition," 33.

　　香港的現代主義文學也繼承了這些傾向，例如上文提到也斯分析香港小說與西方現代主義的不同之處就包括結合本地社會情況、不認同「為藝術而藝術」的取向等等。事實上，他在博士論文的導論中坦言梳理中國三四十年代詩歌是希望有助理解五六十年代香港和台灣以至當代中國文學對現代主義的挪用。[154] 他對三四十年代都市詩的討論，無疑也能夠延伸到討論香港新詩。他着力研究現代性如何改變抒情詩的表現，例如指陳敬容對異化都市的不適表現為現代主義的「唯我」和主體退縮至象徵世界，[155] 都市生活的複雜經驗使唐祈早年的抒情語調轉變成現代主義碎片的句子、時間和影像等；[156] 又例如指馮至的現代性不在於書寫現代都市，而在於其感知模式（modes of perception）的不同，抒情主體不是追求與外界和諧統一，而是抒發了過去與現在、主體與客觀世界的斷裂，以及只屬於現代性的情緒如孤絕、碎片化、轉瞬即逝感（ephemerality）等等。[157] 這些研究成果後來延伸成為他對五十年代南來作家如何繼承與發展現代主義的研究。

（四）小結：現代主義之後？

　　詳細研究也斯早期譯介的幾種外國文藝後，能夠發現它們與現代主義的關係並不一致，顯示也斯徘徊於歐美戰後現代主義的新發展、美國反學院詩歌與後現代劇場，以及拉美魔幻現實主義的「另類」現代主義模式之間。「模式變異」一說的確捕捉到香港現代主義文學的關鍵轉變，正好突顯了由六十年代到七十年代追求突破和新形式的過程。但是我們也不難發現這個模式轉變過程中，歐美文學仍然是主要的取法對象，包括與存在主義一脈相承的「新小說」和荒謬劇、美國戰後詩歌等等，因此又可以說六十

154　Leung, "Aesthetics of Opposition," 13.

155　Leung, "Aesthetic of Opposition," 108-112.

156　Leung, "Aesthetic of Opposition," 112-120.

157　Leung, "Aesthetic of Opposition," 131.

年代與七十年代的美學口味並不是截然二分的，轉變的過程也是較論述整理後的面貌更為迂迴而複雜，也可以看到他怎樣把早期龐雜的專欄文章整理為清晰的文學史論述。

六七十年代之交，香港、台灣兩地都共同尋求突破上一代的現代主義美學，翻譯是其中一種可以推動本地文壇改變的手段。黃繼持這樣概括七十年代香港小說的發展：

> 另一路則受法國「新小說」和拉丁美洲「魔幻現實主義」的啟導，非原樣襲用而是栽接於本地生活及／或香港意識的土壤中，竟見奇葩茁長，穎異於同期台灣和大陸小說。[158]

他舉例指劉以鬯、西西、也斯、吳煦斌等等都是其中代表。整體來看，也斯對於六七十年代之間現代派文學「模式變異」的判斷是成立的，例如西西就是著名的例子，她走出存在主義時期，以魔幻現實主義的筆法寫下了七十年代香港文學的里程碑之作《我城》。[159] 也斯的努力正好配合了當時文壇的轉變方向，以專欄雜文、翻譯及文學創作等方式參與其中，而且不難發現他所提到的「法國新小說、法國普雷維爾的口語詩作、美國詩人費靈格蒂和金斯堡、拉丁美洲魔幻小說」等七十年代新變，[160] 主要涵蓋他親身推動的譯介工作，結合六七十年代文壇的整體情況，才能客觀地檢視和評價他在其中的角色。

最後，也斯把七十年代的這些新發展方向稱為「廣義的現代派」，把香港現代主義譜系的討論至少延伸到七十年代，不禁令人思考現代主義的下限問題。借鑒他對拉美現代主義的討論，「現代主義」顯然有多種的發展路

158　黃繼持：〈七、八十年代的香港小説〉，黃繼持、盧瑋鑾、鄭樹森編：《追跡香港文學》（香港：牛津大學出版社，1998 年），頁 26。

159　西西、何福仁：〈胡說怎麼説 —— 談《我城》〉，《時間的話題》（台北：洪範書店，1995年），頁 198。

160　也斯：〈從五本小説選看五〇年代以來的香港文學 —— 再思五六十年代以來「現代」文學的意義和「現代」評論的限制〉，《香港文化十論》，頁 77。

徑和特色，六十年代流行的存在主義和超現實主義詩風退潮後，七十年代
的種種新變未嘗不可視為現代主義的新發展方向。但是另一方面，過度延
伸現代主義風潮的範圍又恐怕使其定義模糊，其中一個複雜的課題是「現
代」與「後現代」的界線應該怎樣釐定。胡伊森（Andreas Huyssen）強調
現代主義與後現代主義不應在時間分期上作出截然二分：

> 一九七〇年代被慶賀為後現代的藝術、文學、和音樂，大多似乎
> 承繼了二十世紀初期的歷史前衛派之遺產〔……〕如果的確有
> 後現代主義這樣一種運動，那麼，它所代表的是連續性，也是變
> 化：它是現代主義自身的多種轉型中的一種。[161]

今天看來，也斯選擇譯介的文藝潮流混合了反現代、後現代、另類現代主
義等等多種流派，而他仍然選擇把這個階段稱為「廣義的現代派」，固然需
要有文學理論上的論證和支持，然而這也正正突顯了他對現代主義持續的
興趣。

四、總結

在東亞現代主義的研究版圖上，香港是非常重要的個案，而也斯是建
立香港現代主義研究的關鍵人物。也斯對香港現代主義文學的論述可以分
成「五六十年代」以及「七十年代」兩大塊，五六十年代的研究重點在於
其對中西傳統的繼承與轉化，七十年代的研究重點在於青年作者怎樣改變
上一代的模式，發展成「廣義的現代派」。他對「五六十年代」的討論可以
整理為三個重點：（一）針對內地文學史觀，申述香港現代文藝的自由發展

161　胡伊森（Andreas Huyssen）著，王曉玨、宋偉杰譯：《大分裂之後：現代主義、大眾文化
　　　與後現代主義》（台北：麥田出版，2010 年），頁 8。

及對 1949 年以前「現代派」的傳承和轉化，突出香港的地緣政治價值與現代文藝的關係；（二）香港現代派作家在取法西方現代主義時，並未盲目模仿，反而結合了本地情況，也體現出與中國文學的勾連；（三）香港的都市環境如何驅使南來文人轉向現代文藝觀。這些論點又具體見於他對馬朗及劉以鬯等現代派作家的討論之中。其後，就着也斯認為六十年代與七十年代的現代主義模式已經全然不同的說法，回到他六七十年代的譯介工作，檢視他當時的美學口味，本章一方面把也斯放回當時香港及台灣共同檢討現代主義的場景之中，另一方面指出也斯青年時期的文學口味之中尚未梳理為整齊的論述之前的複雜情況，重溯這個「模式變異」實際是怎樣發生的。由此評價他在這個「模式變異」的過程之中的角色和重要性，以及他作為青年作家當時亟欲推動範式轉移所作的努力。

附表：也斯翻譯及介紹的戲劇

也斯的詩評、書評、影評等大多都已經結集，劇評卻未被收集和注意，故特此把筆者手上的材料整理出來。除了他對外國戲劇的介紹，也一併列出他對本地劇壇的介紹。

由於專欄文章題目多甚短小，故又設「備註」一欄說明該文介紹了何種戲劇。

（一）《香港時報・文藝斷想》

篇名	日期	備註
「薩爾夫人」（一）	1968 年 8 月 13 日	三島由紀夫劇作
「薩爾夫人」（二）	1968 年 8 月 14 日	
「薩爾夫人」（三）	1968 年 8 月 15 日	
這邊和那邊	1968 年 8 月 21 日	「突發性戲劇」和「真實電影」
品特的「黑與白」	1968 年 8 月 23 日	品特的荒謬劇場
不同的觀點──續談「黑與白」	1968 年 8 月 24 日	
伊安尼斯高的「空中飛行」（上）	1968 年 8 月 29 日	即尤奧斯高，下同。
伊安尼斯高的「空中飛行」（中）	1968 年 8 月 30 日	
伊安尼斯高的「空中飛行」（下）	1968 年 8 月 31 日	
廟宇和交響樂	1968 年 9 月 2 日	
言語的悲劇	1968 年 9 月 4 日	尤奧斯高的荒謬劇場
路撒根茲和基頓史丹已死（上）	1968 年 9 月 5 日	司圖拔（Tom Stoppard）
路撒根茲和基頓史丹已死（下）	1968 年 9 月 6 日	
放逐歸來的「生活劇場」	1968 年 10 月 24 日	

（續上表）

篇名	日期	備註
戲劇的革命	1968 年 10 月 26 日	Julian Beck「生活劇場」對亞陶「殘酷劇場」的繼承和實踐
電影中的突發劇	1968 年 10 月 29 日	電影 Hammerhead 開首的突發性戲劇
臟腑劇場	1968 年 11 月 22 日	Enrique Vargas 的「臟腑劇場」（Gut theatre）
街頭的戲劇	1968 年 11 月 23 日	續前
鬼怪之夜與老爺車風雲	1968 年 12 月 7 日	浸會書院系際戲劇比賽
瘋人院病人演的戲（一）——矛盾的對立須觀眾下結論	1968 年 12 月 23 日	彼德·魏斯（Peter Weiss）《馬勒／薩爾》（Marat/Sade）。提到香港劇壇只會重演五四劇作。
瘋人院病人演的戲（二）——矛盾的對立須觀眾下結論	1968 年 12 月 24 日	
瘋人院病人演的戲（三）——矛盾的對立須觀眾下結論	1968 年 12 月 25 日	
瘋人院病人演的戲（四）——矛盾的對立須觀眾下結論	1968 年 12 月 26 日	
歷史背景	1968 年 12 月 30 日	
奧比談他的戲劇	1969 年 2 月 3 日	
回顧？等待？	1969 年 3 月 26 日	談在聯合書院和浸會書院上演的兩部劇

（二）《快報·我之試寫室》

篇名	日期	備註
風流公子與品特	1971 年 5 月 20 日	品特的幾個劇作
品特談品特劇	1971 年 5 月 21 日	續前
每個劇都是個失敗	1971 年 5 月 22 日	續前
僕人	1971 年 5 月 23 日	續前
誰記得奧斯本	1971 年 5 月 31 日	
馬拉良秀與沙德良秀	1971 年 6 月 20 日	彼德·魏斯的瘋人院劇作
斷夢與斷想	1971 年 8 月 6 日	觀香港大會堂演出現代戲劇後
戲劇中的思想性（一）	1971 年 8 月 12 日	續前，詳談有關劇作，包括皮藍德羅（Luigi Pirandello）、亞拉巴爾（Fernando Arrabal Terán）。
戲劇中的思想性（二）	1971 年 8 月 13 日	續前
戲劇中的思想性（三）	1971 年 8 月 14 日	續前
戲劇中的思想性（四）	1971 年 8 月 15 日	續前
荒謬的馬克白	1972 年 2 月 29 日	尤奧斯高改編莎士比亞的《馬克白》
只是吃蘋果	1972 年 3 月 1 日	柏林啞劇團
棋局與棋子	1972 年 4 月 26 日	觀劇雜談
生日宴會（上）	1972 年 5 月 16 日	品特《生日宴會》
生日宴會（中）	1972 年 5 月 17 日	
生日宴會（下）	1972 年 5 月 18 日	
談戲劇	1972 年 7 月 27 日	
專誠拜訪	1972 年 8 月 26 日	話劇《專誠拜訪》
獨幕劇匯演（上）	1973 年 6 月 13 日	
獨幕劇匯演（下）	1973 年 6 月 14 日	
青年戲劇（上）	1973 年 11 月 20 日	校協戲劇節
青年戲劇（下）	1973 年 11 月 21 日	
啞劇演員	1974 年 1 月 15 日	
戲劇·設計	1974 年 3 月 19 日	
舊劇的翻新	1974 年 7 月 21 日	

（續上表）

篇名	日期	備註
龍舞	1975 年 9 月 1 日	大學實驗劇團的兩個劇作
寫實劇	1975 年 9 月 2 日	
寫實劇要注意的	1975 年 9 月 3 日	
介紹兩個劇	1975 年 12 月 26 日	
言語的動作（談「啞侍」和「椅子」之一）	1975 年 12 月 30 日	香港大學學生會戲劇學會上周演出品特的《啞侍》及伊安尼斯高的《椅子》。另見梁三：〈「椅子」和「啞侍」〉，《大拇指》第 11 期（1976 年 1 月 2 日），第 11 版。
濃縮的對白（之二）	1975 年 12 月 31 日	
雙關的題目（談兩劇之三）	1976 年 1 月 1 日	
兩種言語（四）	1976 年 1 月 3 日	
椅子（完）	1976 年 1 月 4 日	
歌與俚語（上）	1976 年 11 月 29 日	布萊希特《三毫子歌劇》
歌與俚語（下）	1976 年 11 月 30 日	續前
找尋一種語言	1976 年 12 月 1 日	續前
默劇	1976 年 12 月 10 日	
如何對付天外來客	1977 年 5 月 24 日	德國歌劇電影
根與根據	1977 年 6 月 26 日	美劇《根》
戲	1977 年 8 月 17 日	也斯和朋友合作排戲
大難不死	1977 年 9 月 14 至 18 日	香港話劇團成立，首演 Oscar Wilde《大難不死》。
禁葬令	1977 年 12 月 29 日	劇評
素材與作品	1978 年 6 月 15 至 21 日	協進劇團《噢！香港》劇評
兩個翻譯劇	1978 年 8 月 14 日	奧尼爾（Eugene O'Neil）和布萊希特

第三章
香港都市文學及其外 *

―――――

一、引言：作為一座都市的香港

「都市」幾乎可以說是「香港」的同義詞，也是香港文學研究的關鍵課題。正是因為香港文學的「都市」命題似乎毫無疑義，一系列的重要問題仍然有待討論和反思：都市論述對香港文學這麼重要的原因，以空間性的命題「都市」作為文學研究方法的內涵和意義，以至都市論述的邊界與限度等等，都是值得探索的課題。以下首先借鑒西方理論說明現代主義與都市文化的關係，並指出香港現代主義研究之中常見的都市觀點。其後會概括八九十年代以來香港都市文學研究的重點，參照衡量也斯在其中的重要性，並概括他的香港都市文化論述，藉此探問都市論述的長處和限度。最後會透過討論也斯的三本散文集《新果自然來》、《山光水影》、《城市筆記》，展示青年時期的他對都市生活、現代化、城鄉對比等問題的看法，突顯都市論述崛起的前後他對都市的見解有何變化。

―――――

* 本章部分內容初稿曾經發表於〈香港文學的都市論述及其邊界〉，《中國現代文學》第 38 期（2020 年 12 月），頁 73-92。

「都市」與「城市」在中文經常混同使用，意涵相近，[1] 而「大都會」（metropolis）一詞據班德爾（Thomas Bender, 1944-　）指源自希臘語，「它的意思是『母城』，即有殖民者去建立新城邦的那個原來的城市或者城邦（polis）」，又因此後殖民理論借用此詞指稱殖民宗主國。[2] 都市研究首先是社會學研究範疇，七、八十年代以來文化研究的興起使之成為熱門研究課題。都市研究範圍非常廣泛，包括建築、都市規劃、都市發展模式、資本主義與全球化等等各種跨度甚大的課題，其中與文學關係較密切者則屬都市文化研究。對「城市」的研究最早可追溯到亞里士多德，而現代都市文化研究可以概括為五大面向，每個面向都可以一位理論家為代表，包括以西美爾（Georg Simmel, 1858-1918）為代表的都市生活心理學，班雅明（Walter Benjamin, 1892-1940）論都市表現實踐，大衛‧哈維（David Harvey, 1935-　）論都市的物質基礎，雷蒙‧威廉斯（Raymond Williams, 1921-1988）論文化生產模式與現代主義，以及珍‧雅各布（Jane Jacobs, 1916-2006）論大都會文化與國家文化的關係。[3] 其中班德爾談到國家文化與都市的關係，頗適合理解香港的都市文化特點。他認為一個大都會的活力，「它的文化成就和能量就是來自沒有負擔代表國家的責任」，就像上海和紐約，相反如果是負責代表國家文化的大都會，則較無法呈現國際化的活力而只能被指派表現國粹文化，就像蘇州和布達佩斯。[4] 香港顯然屬於前者，這契合了許多論者對香港的定位，就是脫離國家意識形態、自由發展本身特色和現代文藝的大都會。

1　也有學者認為兩個詞語的內涵有所區別，提出「城市」是指從地理、經濟、政治、社會學等角度區別於「鄉村」的城鎮，而「都市」則指較大的、在一國之中佔重要政治經濟地位的「城市」。參考蔣述卓等著：《城市的想像與呈現：城市文學的文化審視》（北京：中國社會科學出版社，2003 年），頁 65-66。另參考陳曉明：〈城市文學：無法現身的「大他者」〉，楊宏海主編：《全球化語境下的當代都市文學》（北京：社會科學文獻出版社，2007 年），頁 3。

2　托馬斯‧班德爾著，何翔譯：〈當代都市文化與現代性問題〉，許紀霖主編：《帝國、都市與現代性》（南京：江蘇人民出版社，2005 年），頁 259。

3　同上註，頁 258。

4　同上註，頁 269-270。

二、香港都市文學研究概說

　　香港文學是華文地區之中較早表現出都市性的，作為研究個案對於其他城市而言有重要的參照價值。八九十年代以來，以都市為題的香港文學研究著作甚豐。就主題內容的研究而言，對不同年代作品的研究各有重點，包括梳理三四十年代早期文學中的都市描寫和現代性的表現，五十年代南來文人對香港都市的看法和變化，六十年代現代主義文學對都市的表現，七十年代本地成長的一代作者怎樣藉由都市題材展現本土意識，八十年代以來從後殖民和後現代性等研究都市經驗等等。另一方面，對都市文學形式的研究也甚為重要，包括拼貼並置、混雜、生活化等等文學形式怎樣和都市特質有關。還有不少的都市比較研究，例如香港和上海、台北的比較分析等等。綜觀目前的相關研究成果，「現代主義」、「本土」、「後殖民」這三個研究角度可說是最為突出。三者是互相關連的，一方面後殖民思潮所催生的本土身份認同追溯和反思皆寄託於都市空間，另一方面對都市文學的分析偏重現代主義與前衛實驗形式，而這些混雜多元的形式又往往與香港的殖民地身世相關。

　　以都市為主題的作品首先見於現代主義的實驗之中，故此爬梳現代主義文學作品所描繪的香港都市形象是最為常見的都市文學研究方向。在目前已經相當豐富的香港現代主義研究之中，往往與都市文化結合討論，反過來說不少對香港都市文學的分析也是作為現代主義文學研究的一部分而展開的。例如鄭樹森比較香港與台灣五六十年代的現代派詩歌，認為馬朗、崑南、王無邪、海綿等現代主義詩人所表現的「香港獨特之中西混合的『都市性』」是同期的台灣新詩較少表現的，後者「偶一出現的『都市性』都非常抽象，是知性的表達，而不是感性的呈現」。[5] 引申而言，甚至可以說是香港超前的都市化水平令現代派詩歌的表現穎異於同時期台灣以

5　鄭樹森：〈五、六十年代的香港新詩〉，《現代中文文學學報》第 1 卷第 2 期（1998 年 1 月），
　　頁 153。

至其他華文地區的詩歌。洛楓梳理馬朗、崑南怎樣以現代主義手法表現對
香港都市的印象和感受，而七十年代的代表詩人則有也斯《雷聲與蟬鳴》
自覺以都市街景為詩作主題，遊歷於城市空間。[6] 區仲桃以班雅明的漫遊者
（flâneur）概念討論西西和也斯詩作表現的都市漫遊主題，並思索現代主義
詩潮的終結年份。[7] 簡言之，都市空間、其中的生活經驗和都市人的精神意
識等等皆是現代主義的重要主題，兩者經常被一併討論。

　　誠然，已有不少西方理論說明都市與現代主義的關係，足資佐證上述
的討論。為了避免予人混淆兩個理論框架之感，必須首先釐清作為一種文
學流派的現代主義和作為一個地理空間的都市之間的關係，也就是為甚麼
現代主義形式與都市主題有關、為甚麼現代主義適合表現都市等等的問
題，使「都市文學研究」能夠區別於「現代主義研究」。現代主義的興起本
來就與歐陸的大都會關係密切。布萊伯利（Malcolm Bradbury, 1932-2000）
指出現代主義文學可說是「多語種城市的藝術」，城市聚集的人流、文化機
構和資本都是文學生產和流通所必須的。[8] 城市為文學提供其主題內容，文
學中的城市與其說是「地方」不如說是「隱喻」，因為對許多作家來說「城
市就是形式的對等物」。[9] 十九世紀不只是西方急速城市化的時代，也是作家
和藝術家脫離其贊助者和精英讀者的時代，但也因此他們被置於似乎是獨
立但又充滿不確定性、後來被稱為「異化」（alienation）的社會位置，產生
了現代主義特色的精神和形式。[10] 雷蒙・威廉斯則從左翼的角度探討現代主
義與大都會的關係，把帝國主義和殖民主義的問題帶入視野，認為「現代

6　陳少紅：〈香港詩人的城市觀照〉，張美君、朱耀偉編：《香港文學 @ 文化研究》（香港：牛津
　　大學出版社，2002 年），頁 342-374。

7　區仲桃：〈都市漫遊 —— 試論香港現代主義詩潮的終結〉，香港中文大學中國語言及文學系及
　　香港教育學院中國文學文化研究中心合編：《都市蜃樓：香港文學論集》（香港：牛津大學出
　　版社，2010 年），頁 219-230。

8　Malcolm Bradbury, "The Cities of Modernism," in *Modernism: 1890-1930,* eds. Malcolm
　　Bradbury and James McFarlane (Middlesex: Penguin books, 1978), 96-97.

9　Bradbury, "The Cities of Modernism," 97.

10　Bradbury, "The Cities of Modernism," 98.

主義」已經是過時的分類範疇，應該注意的分析對象是「都市」，因為現代主義實際上和特定城市發展成大都會的過程密不可分。[11] 以十九世紀的倫敦為例，浪漫主義的多種特徵都對應倫敦城市化的過程所帶來的感受，這些特徵後來就是早期現代主義的主題，[12] 包括大量陌生人聚集，個體在其中的孤獨感和疏離感，城市的不可測知和罪惡，城市帶來的新啟發等等。[13] 令現代主義成為「現代主義」的，不是其主題或對都市經驗的回應，而是其地理位置。早期大都會發展和帝國主義及殖民主義關係甚大，大都會聚集了財富和權力，擁有即時全球性地接觸從屬文化的能力，同時在歐洲內部，不同大都會之間的發展差異也造成新的階級。基於這些帝國主義、殖民主義、資本主義等的發展，現代主義才能誕生。[14]

　　沙維奇（Mike Savage, 1942- ）與渥德（Alan Warde, 1949- ）在《都市社會學、資本主義與現代性》（*Urban Sociology, Capitalism and Modernity*, 1993）一書總結出都市文化研究的兩大方向，可以對照出目前現代主義研究中較常見的都市概念主要來自哪些理論。第一種方向是歸納式的，嘗試概括所有都市生活的普遍屬性，第二種方向則是演繹式的，閱讀具體的都市，研究其獨特的文化。[15] 第一種方向以魏爾思（Louis Wirth, 1897-1952）

11　Raymond Williams, "The Metropolis and the Emergence of Modernism," in *Modernism/Postmodernism,* ed. Peter Brooker (New York: Longman, 1992), 83-84.

12　Williams, "The Metropolis and the Emergence of Modernism," 85.

13　Williams, "The Metropolis and the Emergence of Modernism," 85-89.

14　Williams, "The Metropolis and the Emergence of Modernism," 90-92. 部分社會學家也對現代主義與都市經驗的關係持有不同看法，質疑大都會是否必然導致現代主義出現。像一八九〇至一九三〇年代現代主義與歐陸大都會的關係，到底是「都市」的普遍屬性，還是特定歷史時期在特定城市才能成立？ 持前一種的看法有伯曼（Marshall Berman, 1940-2013），認為「現代性」的經驗不只是十九與二十世紀一切社會生活的總體特色，都市經驗更一直是創造性藝術的泉源。持後一種看法的有培里・安德森（Perry Anderson, 1938- ），認為現代主義與都市的關係只適用於形容由封建秩序轉為資本主義秩序的歷史過渡時期，現代主義藝術可說是對這個過渡階段的回應。二十世紀三十年代以後資本主義已然大獲全勝，再申論這點已經沒有太大意義。參考 Mike Savage and Alan Warde, "Perspectives on Urban Culture," *Urban Sociology, Capitalism and Modernity* (London: The Macmillan Press Ltd., 1993), 117.

15　Savage and Warde, "Perspectives on Urban Culture," 96-97.

和西美爾為代表理論家，這一路的都市文化理論探究都市環境對文化心理
和生活經驗的影響，現代主義文學研究自此得益甚多。魏爾思在〈都市主
義作為一種生活方式〉（"Urbanism as a Way of Life," 1938）透過區分城
市與鄉村聚落，在空間上界定都市文化。他認為都市生活的特徵是孤立和
社會解體，由此才能聚集大量異質的社會關係。這種聚落形式和都市的心
靈生活密切相關，都市是匿名、孤獨、孤立和暫時關係的經驗，與之相反
的則是鄉村的安穩與溫暖。[16] 西美爾的〈大都會與心靈生活〉（"Metropolis
and Mental Life," 1903）關注由早期城鎮發展大都會期間人口增加和都市
規模擴張等等「量」的變化如何造成了都市的「質」的變化。相對於魏爾
思的空間性論述，西美爾討論的是時間性的問題。他的都市心理研究最為
著名，認為都市文化是壓倒性的視覺經驗，外在的感官爆炸令人退縮到內
心，並由貨幣經濟的特點引申討論大都會居民漠然（blasé）的精神狀態和
心理。[17] 第二種研究方向注重對個別具體都市的仔細研究，在近年的文化研
究之中發展出豐富的成果。閱讀都市大致有三個方法：建築作為文本、社
會層面上都市如何被賦予意義，以及以個人記憶與經驗為都市意義。[18] 也
斯對香港都市文化特質的研究大致是採取這類方法，並參照前一種研究方
向，嘗試突出香港與普遍都市不同的特質，由分析香港都市建築開始，而
及香港的文化特色，試圖以都市的特質解釋文學形式的特點。都市文化理
論啟發了都市文學研究，尤其是都市的環境和經驗如何影響了現代主義作

16　路易·沃斯著，陶家俊譯：〈作為一種生活方式的都市主義〉，汪民安等編：《城市文化讀本》
　　（北京：北京大學出版社，2008 年），頁 142-154。
　　魏爾思的論點後來受到不少質疑，主要的問題包括在個案研究之中，都市並非沒有社區連
　　結、鄉村也不是絕對安穩，這種刻板印象被認為是浪漫主義田園牧歌式神話的深遠後遺；另
　　一方面也不存在一種普遍性的都市生活方式，大都會的人口多樣性說明了大量次文化的產
　　生，甚至由此可以說，都市不只不會造成個體隔絕，在某種規模以上的大都會還造就次文化
　　群體得以聚集形成。雖然如此，魏爾思的論點仍然是非常重要的洞見。Savage and Warde,
　　"Perspectives on Urban Culture," 99-108.

17　齊美爾著，涯鴻等譯：〈大城市與精神生活〉，《橋與門：齊美爾隨筆集》（上海：上海三聯書
　　店，1991 年），頁 258-279。

18　Savage and Warde, "Modernity, Post-modernity and Urban Culture," *Urban Sociology,
　　Capitalism and Modernity*, 122.

品。沙維奇與渥德認為都市提供的新穎的經驗、人群本身還有疏離感都為現代主義者所索求。現代主義文學繼承了魏爾思和西美爾的觀點，例如西美爾的都市心理研究影響深遠，甚至被指「現代主義在許多方面似乎是西美爾在〈大都會與心靈生活〉所發展之主題的藝術深究」。[19] 至於魏爾思提出的城鄉對立假設更是廣泛見於各種作品，早期西方現代主義就常常以這些負面的都市特質為題材。這種城鄉二元對立的論點雖然在社會學研究上被批評是簡化，對於理解香港文學史上的都市形象卻很有助益，畢竟文學不同於社會學，部分戰後南來作家筆下的都市印象，或是現代主義作品對社會、大眾與商業文化的拒斥等等較多抒發這種對都市的負面看法。[20]

　　其次，八九十年代以來，後殖民成為香港文學研究的首要語境，啟導本地學者致力追尋香港的主體性，而都市又被視為香港文學的主要特色，兩個課題自然互相結合。例如朱耀偉探討城市空間如何作為後殖民論述的據點，指出在不少後殖民國家，鄉土被視為抵抗殖民主義、建構本土論述的據點，但在香港這個大都會，發揮這項論述功能的空間卻是城市，因此八九十年代以來，以城市為主題的文學作品往往盛載對香港後殖民身世的思考。[21] 針對香港都市文學與民族主義的關係，王德威認為「香港最重要的意義在於它是座絕無僅有的城市 —— 一座不斷重新琢磨其功能和國族屬性的都會」。[22] 他顯然十分看重這一點，稱許香港的城市文化能夠質疑和超越中國現代文學的「鄉土／國土」（country/country）傳統，以邊緣和殖民地的身份偏處國族論述之外。「中國現代文學的主流總召喚着原鄉情結」，現實主義的鄉土神話被賦予國族政治的隱喻意涵，反觀香港的殖民歷史令此地偏離國族大論述，建立出獨一無二的城市文學譜系。[23] 又如周蕾從香港作為一個經濟發達的殖民地海港城市談起，引導我們思考庸俗日常的物質

19　Savage and Warde, "Perspectives on Urban Culture," 116.

20　陳少紅：〈香港詩人的城市觀照〉，《香港文學＠文化研究》，頁345-350。

21　朱耀偉：〈小城大說 —— 後殖民敘事與香港城市〉，《香港文學＠文化研究》，頁253-255。

22　王德威：〈香港 —— 一座城市的故事〉，《香港文學＠文化研究》，頁319。

23　同上注，頁321-324。

主義如何被用作反襯和補償民族主義論述，而香港詩人怎樣反過來利用這種城市的物質主義構築獨特的詩藝。[24] 可以說香港後殖民思潮與都市題材關係十分密切，「都市」空間被賦予反民族主義和解除殖民主義等等的重大價值。經常被討論的香港後殖民都市文學作品，包括西西的小說《我城》和〈浮城誌異〉，也斯的詩集《形象香港》、小說《記憶的城市・虛構的城市》、《後殖民食物與愛情》，董啟章《地圖集》等「V城系列」小說，黃碧雲的〈失城〉等等，皆是從都市思考香港後殖民處境。與後殖民相關的文學特點，還有香港文學的混雜語言。陳冠中結合後殖民主義的「混雜」（hybridity）理論，以「半唐番」形容香港語言與文學的特點，[25] 後來又以「雜種城市」、「世界主義」等等延續對香港都市空間混雜性的探討，樹立香港獨特的文化美學。[26] 鄭政恆承接其討論，分析「半唐番」怎樣反映香港詩歌的語言特點以及表現香港的城市風貌和生活。[27] 這種切入角度和「三及第」文學的討論方向相近，而又更強調殖民歷史對香港文學語言的影響。

　　「本土身份認同」的問題無疑是藉着這股後殖民主義思潮而成為香港文學的熱門課題。學者回過頭來追溯七十年代是本土意識萌發的時代，不少香港文學作品此時開始描寫和表現本地都市風景、生活方式和市民意識，被視為本土意識的重要里程碑。不少論文遂從都市主題的展演分析本土身份認同的建立與發展。例如洛楓比較戰後多個香港新詩流派對都市的描寫及立場，包括現代主義的馬朗、崑南、梁秉鈞，現實主義的舒巷城，新古典主義的康夫、黃國彬、羈魂，後現代主義的羅貴祥等等。[28] 她認為七十年

24　周蕾：〈香港及香港作家梁秉鈞〉，《寫在家國以外》（香港：牛津大學出版社，1995 年），頁 119-132。

25　陳冠中：〈半唐番美學筆記〉，《半唐番城市筆記》（香港：青文書屋，2000 年），頁 5-6。

26　參考以下兩文，陳冠中：〈香港作為方法 —— 都市神韻〉，《我這一代香港人》（香港：牛津大學出版社，2005 年），頁 42-49。陳冠中：〈雜種城市與世界主義〉，《我這一代香港人》，頁 50-73。

27　鄭政恆：〈香港詩歌與半唐番城市生活〉，梁秉鈞、陳智德、鄭政恆編：《香港文學的傳承與轉化》（香港：匯智出版，2011 年），頁 179-196。

28　陳少紅：〈香港詩人的城市觀照〉，《香港文學 @ 文化研究》，頁 342-374。

代新詩由之前的懷鄉和民族題材轉向城市題材，象徵着本土意識的起點：
「七〇年代香港現代詩表現的『本土意識』，可從兩方面看：一是對外在城
市景觀的實地描寫，一是對日常生活狀況的直接思考。」[29] 又例如羅貴祥認
為香港「本土意識」的萌發來自七十年代詩人對城市空間的強烈意識，以
及對城市生活經驗作出物我分離的觀察與反思。[30] 陳智德藉由討論劉以鬯
六七十年代的小說，提出他逐漸脫離南來作家對城市生活的否定，重新正
視和思考城市經驗，「它們對城市的觀察角度，異於五、六〇年代一輩否定
或略去現實的過客心態」，而展現出其本土性。[31] 由此引申，又與近年香港
文學地景、地誌書寫的發展相關，已經成為重要的創作方向。

三、都市空間與香港文學發展的關係：
也斯的香港都市文化與文學研究

　　在上述香港都市文學研究之中，也斯佔有十分重要的角色。一方面他
是具代表性的都市文學作家，在相關論文之中經常是主要的研究個案；另
一方面他是建立香港都市文化論述的重要學者，率先討論現代主義與都市
的關係，探索香港都市文學的源流和特色。就文學創作而言，也斯的多部
詩集和小說集被視為都市文學的重要作品，例如《記憶的城市・虛構的城
市》，朱耀偉認為也斯這部小說把後殖民思考寄托在對城市的虛構和敘述之
中，[32] 王德威則指也斯通過記述在香港以外的城市旅行的感悟「來反襯城市
本身的無從敘述性」，「放眼當代書寫香港城市的作品，我還看不出其他像

29　洛楓：〈香港現代詩的殖民地主義與本土意識〉，《香港文學 @ 文化研究》，頁 237。

30　羅貴祥：〈經驗與概念的矛盾：七十年代香港詩的生活化與本土性問題〉，《香港文學 @ 文化研究》，頁 246-247。

31　陳智德：《根著我城：戰後至 2000 年代的香港文學》（台北：聯經出版，2019 年），頁 350-351。

32　朱耀偉：〈小城大說——後殖民敘事與香港城市〉，《香港文學 @ 文化研究》，頁 260-261。

也斯這樣銘記旅行／越界／過境經驗的嘗試」。[33] 又例如也斯七十年代以來的「生活化」詩歌正面描寫香港都市空間與街道，被視為香港詩歌展現本土意識的里程碑。羅貴祥以《雷聲與蟬鳴》的「香港」輯詩為例，說明也斯在描寫香港日常景觀與經驗時如何體現出抽離的本土觀察主體，[34] 洛楓認為也斯的詩以抗衡的聲音走入城市空間觀照遊歷，代表了七十年代初的本土詩學。[35]

就論述方面而言，在現有的眾多都市文學研究中，也斯最特別之處是他嘗試建立都市研究與香港文學史之間的總體理論關係，其中尤為着重申述都市空間與文學形式的對應關係，例如他認為香港的都市環境和特質驅使南來文人由五四抒情文風轉向現代主義，以適應描寫都市的需要，並在對馬朗及劉以鬯的研究論證了這個轉變。他並試圖歸納都市特質與香港文學發展的關係，把香港文學的本土特色與都市特質掛鈎。他從理論和文學史的高度提出這類大判斷，對於後來的香港都市文學研究很有影響力，奠下了香港都市文學的討論基礎。以下首先概括也斯的主要論點，再嘗試延伸其中一些值得繼續深究的議題。

（一）香港都市特質與文學發展的關係

也斯認為都市特質是香港文化極為獨特之處，「香港都市文化，是香港文化的主要特色」。[36] 他認為正是由於這種都市特質，香港文學才在延續

33　王德威：〈香港 ── 一座城市的故事〉，《香港文學 @ 文化研究》，頁 334-335。

34　羅貴祥：〈經驗與概念的矛盾：七十年代香港詩的生活化與本土性問題〉，《香港文學 @ 文化研究》，246-247。

35　陳少紅：〈香港詩人的城市觀照〉，《香港文學 @ 文化研究》，頁 353-359。洛楓：〈香港現代詩的殖民地主義與本土意識〉，《香港文學 @ 文化研究》，頁 237-240。

36　也斯：〈都市文化與香港文學：歷史、範圍與論題〉，《城與文學》（杭州：浙江大學出版社，2013 年），頁 3。

五四文學傳統之餘，尚能發展出獨特的自我身份認同和藝術表達模式。[37] 由此，他更把香港視為都市文化的範本，認為對其他都市有啟發性：「香港面對的問題也可能是其他城市現在或將來面對的問題」，例如內地當時也開始面對香港已面對多年的商業文化問題，意指香港在都市發展上領先，具示範作用。[38] 他也討論過香港的建築特色和空間特點、香港電影、流行文化、商業文化和大眾傳媒的發達之下嚴肅文學的寄生狀況等等。[39]

就着香港都市空間與文學發展的關係，也斯提出一項十分重要的判斷，指香港的都市環境驅使南來文人轉向現代主義。在〈從五本小說選看五〇年代以來的香港文學〉（2000）他如此形容五十年代的部分南來作家：

> 這些作者在香港生活日久，就更不能不去想如何抒寫這不同都會的感受〔……〕生活在異地，作者發覺舊方法之不敷用，寫不出那複雜的都會感受，乃想發展新方法來寫都會、來寫這一新時期。[40]

他認為都市的發展影響了美感經驗，複雜、現代化的環境需要有相應的語言來描述，體現出香港的都市特質如何催生新的文學形式。他說：「都市文化的多元性，是相對於鄉村的樸素單一，面對現代化的複雜性而不得不重新調整視野、調整評述的框架。」[41] 由於都市文化的這些特質，才驅使作家尋找不同於以往五四主流文學模式的表達方法，並因此轉向現代主義。這些判斷皆着眼於都市空間與文學形式的對應關係，是也斯較為突出的論點。

37　也斯：〈香港的都市電影和文化身份〉，黃淑嫻、宋子江、沈海燕、鄭政恆編：《也斯的五〇年代：香港文學與文化論集》（香港：中華書局，2013 年），頁 36。

38　也斯：〈都市文化・香港文學・文化評論〉，《香港文化十論》（杭州：浙江大學出版社，2012 年），頁 43-44。

39　也斯：〈如何閱讀香港的都市空間？〉，《香港文化十論》，頁 86-99。

40　也斯：〈從五本小說選看五〇年代以來的香港文學 —— 再思五六十年代以來「現代」文學的意義與「現代」評論的限制〉，《香港文化十論》，頁 73。

41　也斯：〈都市文化・香港文學・文化評論〉，《香港文化十論》，頁 49。

　　也斯對都市文學形式有不少深入思考，可說是在香港文學研究者之中最為關注都市文學形式的。這可以分為語言及敘述形式兩方面說明。其一，他認為都市文學的重要標誌是語言的混雜。他指出都市造就作家的城市感性，都市的混雜空間產生了混雜的語言。[42] 在他最詳細的香港都市文學論文〈都市文化與香港文學：歷史、範圍與論題〉（2001）中，他先由一系列不同時代的文本指出其中反映的都市特質，例如交通方法的演進、人口聚集的情況等等。接着又以三十年代鷗外鷗的詩為例，認為其中若干現代主義的特點與都市特質相關：

> 都市的主題，往往與現代主義文藝相關。一方面現代主義文藝興起於城市，另一方面都市的紛雜多元、發展新的價值觀與生活方式，也同時要求新的書寫方法。鷗外鷗在《香港的照相冊》這輯詩中，用了不規則的自由詩體、行中有大號排列的字體、羅列的地名、號碼、雜用英語、詞性的轉換「金屬了的總督」、使用文言的反諷語法、幾何圖形的描寫，盡量做成新異陌生的效果。[43]

其中列出的部分手法，例如英語與文言的混合與反諷效果，同樣見於也斯經常論及的崑南〈旗向〉，不難發現他認為語言混雜是都市詩的核心手法。他還提到三及第文字適合表現香港的都市特質。他以改編自三蘇「經紀拉」日記系列的電影《擺錯迷魂陣》（1950）為例，其中一個片段的歌詞文字有異於原著的三及第文字，而改為古典情調的文言句子，他認為是「濫調」，並說：

> 陳舊的言語難以描繪都市實景及其複雜的感情關係與道德曖昧處境，對此我們或許更能理解原著中三蘇所用的「三及第」語言既通俗卻又創新之處：那是尋找一種複雜語言以表達現代都市感受

42　也斯：〈都市文化・香港文學・文化評論〉，《香港文化十論》，頁33-37。

43　也斯：〈都市文化與香港文學：歷史、範圍與論題〉，《城與文學》，頁11。

的企圖。[44]

可見他相當重視語言混雜的特點，認為是香港都市文學的一大特色。

其二，他曾經提出都市文學的敘述特點是多元並置。他認為「都市空間的並置、錯列、缺乏中心，也要求不同的觀看、理解與再現的方法，例如浪蕩、徘徊、無目的無中心的書寫」。[45] 又認為劉以鬯《對倒》、西西《我城》等平行或多線敘事的手法和都市文學本質有關。他比較《酒徒》與《對倒》後，認為《酒徒》只集中在一個主角的心理活動，而《對倒》則以兩個人物寫兩道故事線索，這種平行敘事的手法和都市文學本質有關：「多於一個角度的寫法，是否跟都市的現實和理解都市的方法，有某種必然的內在關係，以至成為不同作者對都市題材的回應的方法？」[46]

也斯對都市文學形式的掌握建基於「都市的紛雜多元」，由香港都市空間、歷史和人口組成的「混雜」引申至文學如何表現「混雜」。也斯不只認為混雜是都市的特點之一，更進而論證混雜是香港的特色，因此他提出「香港的身份比其他地方的身份都要複雜」：

> 香港人相對外國人當然是中國人，但相對於來自內地或台灣的人，又有一些不同。他可能是 1949 年後來港的，對於原來在本地出生的人，他當然是「外來」或「南來」了；但對於七八十年代南來的，他又已經算「本地」了。[47]

他這段經常被引用的話，非常形象化而傳神地描繪出九七回歸前港人對身份認同的困惑以及「香港」身份的複雜內涵，突顯「香港人」並沒有一個明晰的定義，而他對香港文化身份認同的理解因此體現在上述他對都市文

44　也斯：〈香港的都市電影和文化身份〉，《也斯的五〇年代》，頁 45。

45　也斯：〈都市文化與香港文學：歷史、範圍與論題〉，《城與文學》，頁 3。

46　也斯：〈都市文化與香港文學：歷史、範圍與論題〉，《城與文學》，頁 17。

47　也斯：〈都市文化・香港文學・文化評論〉，《香港文化十論》，頁 36。

學形式的論述之中。除了也斯，不少學者同樣關注都市與文學形式的關係，例如梁敏兒以《秋螢詩刊》為考察對象，提出生活化、寓言、剪貼拼湊、碎片化等等為都市詩的形式特點。[48] 又例如黃靜認為空間形式是都市小說最具代表性的特點，「五〇年代到七〇年代的香港小說，小說敘事也由一元發展出多元、片斷和敘述，以及符號、意象和象徵物的運用和並置，都使小說表現出豐富的層次」。[49] 後者的論點尤能看到也斯的香港都市文學形式研究怎樣啟發和影響後來者。

　　西方都市理論對於都市空間與文學形式關係的討論，可以與也斯的論點彼此參照。都市研究理論認為，都市異於鄉村的最大特點是其人口和文化的混雜性。例如魏爾思說：「城市歷史上是不同種族、民族和文化的熔爐，是有利於培育新的生物和文化混合體的溫床。它不僅容忍而且鼓勵個體差異，將自不同地方的人凝聚在一起……」[50] 孟福（Lewis Mumford, 1895-1990）形容「城市不僅培育出藝術，其本身也是藝術，不僅創造了劇院，它自己就是劇院」。這是因為「城市生活是多樣的、多面的」，「城市提供了更多人與人直接交流的機會，城市人的個性也就更為多面〔……〕就整體而言，人們在面對現實時不再呈現出頑固的傳統性」。[51] 這些都市空間的特點刺激了新的文學形式。布萊伯利認為都市的多變、混亂、繁雜反映在文學藝術形式之中，現代主義傾向壓縮概括都市經驗，都市小說和都市詩是其主要表現形式。現代主義藝術之所以是屬於都市的，是因為藝術家自其中得到疏遠一切和自我流放的態度，促使他們專注於美學技藝上的鑽研。[52] 在許多經典作品的結尾，小說主人公都由都市的角度重新定義自

48　梁敏兒：〈都市文學的空間：八十年代的《秋螢詩刊》〉，黎活仁主編：《香港八十年代文學現象》（台北：台灣學生書局，2000 年），頁 191-227。

49　黃靜：《一九五〇年代至一九七〇年代香港都市小說研究》（香港：嶺南大學中文系哲學碩士論文，2002 年），頁 5-6。

50　路易・沃斯著，陶家俊譯：〈作為一種生活方式的都市主義〉，《城市文化讀本》，頁 146。

51　芒福德（Lewis Mumford）著，張艷虹譯：〈城市是甚麼？〉，《帝國、都市與現代性》，頁 194-195。

52　Malcolm Bradbury, "The Cities of Modernism," in *Modernism: 1890-1930*, 100.

我，彷彿自我和藝術的追尋只能在都市的怒視和存在的揭示之中進行。[53] 班德爾也討論過都市與文學形式的關係，認為都市刺激了嶄新的文學形式出現。他引用龐德的話：「文學性的敘事只適合歐洲村鎮，而大都市，他認為天生就是屬於電影的。」又因此「現代都市和攝影是一同出現並彼此塑形的」。[54] 他並說：

> 單一的敘事或者影像似乎都不可能概括出一個當代的大都市，這很大程度上是因為它並沒有一個線性的單一等級。它的多元性圍繞着多元的軸心，它總是在受到質疑，並不斷自返。有人認為，正是出自這樣的精神，波德萊爾創造了散文詩這一次等的混合文體來描述巴黎。〔……〕波德萊爾發明了一種特殊的寫作樣式來頌揚日常生活的英雄主義和轉瞬即逝。〔……〕惠特曼仍然在嘗試找到一種形式來捕捉 19 世紀中葉的紐約的雜亂無序和日常生活。[55]

這裏包含了一些有趣的判斷，例如認為都市的複雜性較適合無韻的散文詩，又例如單一線性敘事並不適合表現都市主題等等，都是說明都市特質促使詩人尋找有別於傳統的形式，十分接近也斯的想法。

追溯起來，也斯在青年時期對都市空間與文學形式的關係已經有相當成熟的想法。他在七十年代初對香港現代詩的發展方向提出願景，其中雖然沒有明確討論「都市」的議題，但對「現代」的理解顯然與香港的都市特質不可分割，並認為這些特質影響詩的形式。列舉兩篇 1973 年的專欄雜文為例，他稱香港為「無詩之地」，「詩人來香港這樣的一個環境生活一個星期，一定忍受不了而致枯死」，因為「照習慣上對詩畫兩字了解的意義來說：香港是個沒有甚麼詩情畫意的地方」，他沒有直接用上「城市」或「都

53　Bradbury, "The Cities of Modernism," 101.

54　托馬斯・班德爾著，何翔譯：〈當代都市文化與現代性問題〉，《帝國、都市與現代性》，頁262。

55　同上注，頁 263。

市」的字眼，卻是指涉都市生活對文學的限制，例如說「這地方不能提供悠閒的生活與思索的餘閒」，意即都市的節奏不利詩的生長。但是他沒有停留在批評上，反而視之為香港文學應該要掌握和發掘的方向。他認為香港有「最尖銳的衝突，最複雜的糅合」，應可孕育出新的文學，「如果香港將來還會出現藝術家和作家，恐怕就不會是田園詩人式的人物，而是認識清楚環境的限度而不失其警覺性的人物了」，「一種新的詩會產生出來」。[56] 另一篇文章中他也闡釋了相同的觀點，他認為很多傳統的詩歌主題諸如四時景物、山水自然美景、歸隱田園或感懷身世等等都不適合香港，暗示香港都市特質對文學的限制，但是這反而是一個文學革新的契機：

> 現代人仍可以寫一種表達現代人感情的詩。〔……〕切實寫出在這現代環境中的人的感受。詩人一旦能闖出舊觀念的範限，就會發覺無事不可入詩。這不僅是一種文學的革新，也做人的觀念的更新，因為可以好好地正視活着的世界。[57]

印證他的同期詩作，就是向這個新方向發展，而成為了香港都市詩最重要的案例之一。可見他當時對香港都市特點和文學形式的關係已有所思考，這些看法稍後會成為其文學史論述的基礎。比較起來，他後來的論述主要從正面立論，肯定都市能產生前衛和開放的文學形式，較少像早年這般由都市的不利條件反面立論。[58]

　　另一點也斯提出的重要見解，是七十年代的作品對都市態度出現重要轉變。他曾以劉以鬯《酒徒》與《對倒》（1972）分別代表六十年代及七十年代的香港都市文學，《酒徒》對都市現象持批評態度，《對倒》則隱藏

56　也斯：〈無詩之地〉，《快報》1973 年 4 月 15 日，頁碼從缺。

57　也斯：〈給詩洗澡〉，《快報》1973 年 8 月 1 日，頁碼從缺。

58　葉輝也有類似的觀察，認為香港都市文學的特點就是「反詩意」，是打破傳統對詩歌美感的想像，實驗新美感、新美學。參考葉輝：〈城市：詩意與反詩意〉，《書寫浮城：香港文學論集》（香港：青文書屋，2001 年），頁 161-172。

了批評的部分，代之以觀察，顯示他們對都市的立場已經與上一代完全不同。[59] 在另一篇論文中，他總結七十年代青年作家的都市文學表現，再次申述他們與六十年代的手法如何不同：

> 七〇年代目睹了戰後成長的一代，在影視開始出現了以本土為題材，嘗試新表現手法的新血，在文學界同樣如是。他們圍繞在《中國學生周報》、《四季》、《大拇指》、《羅盤》、《素葉》等刊物上。對都市的態度來說，這些作者未必站在城鄉對立的角度批判都市、眷戀自然，而是視都市為已發生的必然，身處其中嘗試去了解或提出質疑。角度未必那麼黑白分明，寫作的方法上可能用較不帶主觀意念的描寫，或離開華麗文辭轉以口語語氣民歌節奏成詩。[60]

他指七十年代出現更多本土題材，其中「不再批判都市」是對應這代作家與六十年代作品的差異，而「主觀意念」應該是指現代主義的標誌性心理敘述，但七十年代的小說反而增加對都市環境與生活的外在描寫。

也斯並認為電影與文學的發展情況可以平行比較，在電影中也能看到同樣的變化。他把都市小說多角度敘述的特色，擴大至討論七十年代新浪潮導演描寫香港的手法，新浪潮電影之中同樣看到「雙重、多重角度的敘事，發展成他們跟前代導演最大的不同之處」，因此在文學與電影方面都體現出七十年代的新變。[61] 又例如〈香港的都市電影和文化身份〉（2007）他舉出多部以香港都市為題材的電影為例，勾勒由五十到七十年代電影對都市態度的轉變。五十年代對都市的看法可以三部電影代表：《慈母頌》理想化正面肯定都市現代文明；《人海萬花筒》完全負面地描繪都市，呼籲回到內地；《經紀拉》系列則並非完全肯定或完全否定，而是以諷刺、自嘲等描

59　也斯：〈都市文化與香港文學：歷史、範圍與論題〉，《城與文學》，頁17。

60　也斯：〈香港都市詩作〉，《香港都市文化與都市文學》，頁93。

61　也斯：〈都市文化與香港文學：歷史、範圍與論題〉，《城與文學》，頁21。

寫資本主義社會生活。接着他又以兩部電影代表六十年代對都市的主要看
法：《飛女正傳》展現對西化身份的憧憬，《紫色風雨夜》則訴諸中國民族
主義。他認為以上諸種「都無法徹底幫助我們了解香港都市所形成的文化
身份」，直至七十年代「新浪潮」才終於有「對香港都市空間的正視和探
索」，包括徐克《第一類型危險》、許鞍華《瘋劫》等等。[62]

　　暫時脫離文學討論，令我們更容易發現這種鋪敘歷時變化的文學史體
式的限制，需要犧牲不同年代的非主流特徵以突出明確的轉變軌跡，例如
壓抑前代作品的某些枝節以突出七十年代的轉捩點角色。舉例來說，如果
《經紀拉》系列正視了都市生活，那麼對都市的態度轉變就是早於七十年代
已經出現；又例如徐克《第一類型危險》描繪香港是危險暴力的空間，和
《人海萬花筒》否定都市、呼籲回到內地革命，其實同樣都呈現出對香港的
負面看法，兩部作品之間對都市的立場差異，不如政治立場的差異明顯。
但是在強調歷時變化的敘述方式之中，不容易包納討論各個文本的相似之
處，情形就像也斯為了提出香港現代主義在七十年代發生的模式變異，在
歷時變化的敘述方式之中難以顧全他先前努力論證的香港五、六〇年代現
代派作家對西方高峰現代主義的轉化。[63] 也斯對香港都市電影的研究串連
不同年代不同立場的電影文本展現出對都市的態度變化，搭建起基本的論
述框架，我們要繼續深化其研究的話，或可補充左派和現實主義立場的相
關文藝作品是否也有正視都市空間的描寫、有否呈現對都市的多元態度等
等，嘗試更全面探索香港都市文學電影的譜系。[64]

62　也斯：〈香港的都市電影和文化身份〉，《也斯的五〇年代》，頁 36-53。

63　請參考本書第二章的討論。

64　例如陳曦靜討論一向被視為鄉土作家的舒巷城，否定以「城鄉對立」的角度來分析，反而認
　　為其小說中呈現的香港都市形象立體、豐滿，有批評但也不無肯定，就是這方面的研究案
　　例。陳曦靜：〈舒巷城作品中香港七〇年代的都市形象〉，嶺南大學人文學科研究中心香港
　　文學研究小組編：《書寫香港 @ 文學故事》（香港：香港教育圖書公司，2008 年），頁 212-
　　232。

（二）論述框架的效力：在「城鄉對比」與「上海 — 香港」現代主義脈絡之間

也斯的香港都市論述的參照對象不是抽象的鄉村特質，而是以「都市的」香港與「鄉土的」中國民族主義對舉，表明了他真正在乎和最想確立的論點不只是香港的「都市特質」，而是隨着香港的殖民現代性而來的、可以自外於國族意識形態的自由。因此他對香港都市特質的討論背後大多暗藏「鄉土中國」這個比較對象，往往由「城鄉對比」延伸到民族主義的問題：

> 都市文化的多元性，是相對於鄉村的樸素單一，面對現代化的複雜性而不得不重新調整視野、調整評述的框架。民族主義強調明確集中的氣概，城市則包容紛雜的想像。都市的居民經過與多種族裔的相處、與外來文化的接觸，逐漸會質疑一元化標準的單調，對排斥異己的態度不滿，覺得狹隘的分類是種壓抑，無法容得下現實的實踐，不能不另辟表述途徑。[65]

引文一開始的空間性對比「都市與鄉村」，很快就加入意識形態上的「民族主義」一併討論，前者多元包容，後者排外狹隘。也斯把都市文化理論中常見的比較對象「鄉村」直接置換為「民族主義」，主要原因是在中國現代文學的討論中，現實主義、民族主義經常與鄉土劃上等號，[66] 也斯的討論亦不例外，為了建立「現代都市香港」，指認「鄉土中國」作為他者是一種論述的需要，提出「現代主義」只能在香港這樣的大都會產生和成熟，而「鄉土中國」的正統文學形式「現實主義」則代表對都市的厭惡和排斥。另一原因是為了回應八十年代以來內地評論家對香港文學史的說法。他的現代主義與都市文化研究，很大程度上是出於抗衡內地學者提出「南來作家

65　也斯：〈都市文化・香港文學・文化評論〉，《香港文化十論》，頁 49。

66　王德威：〈香港 —— 一座城市的故事〉，《香港文學@文化研究》，頁 321。

是香港文學主流」、「鄉土文學是主流」等等的論點。[67] 在也斯的香港文學史論述之中，民族主義是「香港」的關鍵他者，賴以界定香港文學的處境、特點和優勢。他的都市文化論述之中展現的一系列高下價值判斷，皆是「香港文學／中國文學」這組概念的變異和申述，例如混雜多元的都市與純粹的鄉土、現代與傳統、開放的與固定的文化身份、現代主義與現實主義等等，皆認為前者比後者優勝。

如果把這套「都市香港／鄉土中國」的論述與香港現代主義的「上海—香港」脈絡互相比較，會發現前者是一種共時性的概括，後者是歷時性的變遷，兩套框架在說明香港文學現象的時候具有不同的效果。也斯對中國與香港文學的關係提出過兩種闡釋，一種是強調香港都市特質改變南來文人，建基於「都市香港／鄉土中國」的對比；另一種是強調香港承傳了三四十年代、特別是上海現代派的文學成果，建基於「上海—香港」文學脈絡。第一種觀點的理論基礎是都市特質會改變文學表現，例如上文提到雷蒙・威廉斯認為現代主義的基礎是大都會的發展，是鄉郊遷入大都會的體驗。也斯正正是認為香港的都市體驗令南來文人轉向現代主義，此論點是以內地與香港存在巨大的都市化差距為前提。第二種觀點強調「上海—香港」的傳承脈絡是香港文學發展的一道重要線索，卻和第一種觀點的「城鄉遷移」論述不無齟齬，當我們把「鄉土中國」「他者化」時，無法同時兼顧中國文學「非鄉土」的部分。

劉以鬯和馬朗的例子可以演示這兩種闡釋之間的縫隙。也斯藉劉以鬯為例說明「由上海到香港」的文學史發展，並強調香港都市環境對作家的重要影響。他先討論了劉以鬯在上海時期的兩篇小說〈迷樓〉和〈北京城的最後一章〉，認為可見劉「四〇年代在上海的作品〔……〕對現代小說的精神已有涉獵」，[68]「繼承穆時英都市風貌與施蟄存故事新編心理小說的探索」，[69] 而也斯要追問的主要是：

---

67 也斯：〈都市文化・香港文學・文化評論〉，《香港文化十論》，頁 49。

68 也斯：〈從《迷樓》到《酒徒》——劉以鬯：上海到香港的「現代」小說〉，梁秉鈞、譚國根、黃勁輝、黃淑嫻編：《劉以鬯與香港現代主義》（香港：香港公開大學出版社，2010 年），頁 3。

69 同上註，頁 5。

劉以鬯南來香港以後，由於香港特殊的環境，帶給他怎樣的衝
擊，令他的創作走向怎樣的發展？上海時期已有涉獵的現代精
神，如何進一步深化和個人化？劉以鬯是橫跨許多年代的一位作
家。我自己的研究，近年特別集中在五〇年代的香港文學，希望
勾勒出從大陸移居香港一代，從承傳到轉化中國文化的貢獻，亦
想從這脈絡了解劉先生。[70]

也斯強調香港「特殊的環境」是令劉以鬯的現代主義技藝成熟的主因，既
有傳承三四十年代上海現代派文學之處，也有香港自身獨特的發展，這裏
所說的「特殊的環境」一方面是指商業社會文化，另一方面是本地都市生
活對文學題材的影響。[71] 類似的案例還有馬朗，也斯提出香港令馬朗的詩作
風格由上海時期受何其芳等人影響的抒情詩，轉向更複雜的現代主義。[72] 例
如他屢次討論到馬朗〈北角之夜〉以「小銀駒」的意象描寫北角街頭，認
為是此一過渡的體現，看出南來一代所不能割捨的鄉土情結如何與香港的
都市景觀重疊在一起。[73]

　　馬朗、劉以鬯來自繁榮的大都會上海，但是也斯更想強調香港都市空
間給他們的刺激，由此而來的問題變成需要說明香港的都市特質與上海有
何不同，以至能夠刺激這兩位作家來港後轉向或者更為深入地探索現代主
義？戰後香港的都市化水平超越上海是否進一步刺激了他們的現代主義實
驗？同時如果都市化的水平與現代主義的傳播直接相關的話，在討論南來
文人的「遷移」經驗時，還需要考慮他們來香港之前的都市體驗。再以馬
朗為例，「小銀駒」等等的田園意象可能不是「城鄉遷移」體驗落差所殘留

70　同上注，頁 6。

71　「基於香港賣文為生的經濟需要，以及市場（從老闆至讀者）對現代都市背景故事消費的欲
　　望，流行小說大多以都市傳奇為主。上海洋場的體驗與觀察令劉以鬯比其他（比方來自東北
　　的李輝英）作家更能把握都市脈搏。」同上注，頁 8。

72　也斯：〈一九五〇年代香港新詩的承傳與轉化 —— 論宋淇與吳興華、馬博良與何其芳的關
　　係〉，《也斯的五〇年代》，頁 70。

73　也斯：〈從緬懷的聲音裏逐漸響現了現代的聲音 —— 試談馬朗早期詩作〉，《香港文化空間與
　　文學》（香港：青文書屋，1996 年），頁 9-10。

的文學痕跡，反而是詩人作者本身的閱讀吸收和文學想像，例如浪漫派的
田園想像和詩人對抒情詩的傾向等等。文學意象的運用本來不必與社會發
展情況掛鈎，否則就會牽涉到比較當時上海和香港的經濟和都市水平的變
化。像馬朗和劉以鬯這類在上海時期已經開始寫作的作家，與其要論證上
海與香港之間是否真的有足夠的都市化水平差距可以支撐這套論述，不如
回歸到也斯所提出的香港地緣政治優勢和自由，如何令香港在戰後取代上
海成為新的現代主義中心來得更為有力。

　　換言之，在解釋南來作家來港後的文學變化時，需要謹慎檢視「都市」
是否最適合的論述框架。要發揮都市論述的最大效用，可以集中於一些只有
着眼於都市特質才作出最佳詮釋的課題，例如也斯提出都市空間與文學形式
的關係就非常重要。反觀有些香港都市特質如果已經在其他框架之中得到
充分論證，例如香港文學寄生於商業社會的問題，與其由都市的普遍特質作
出解釋，不如從文化市場和生產機制出發更能切中要害。又例如討論南來作
家移居香港後產生的創作變化，像馬朗和劉以鬯，既然是在也斯的香港現代
主義研究之中已經確立的論點，一旦由都市特質再次解釋，反而需要額外的
社會學資料，比較和論證上海與香港的都市化水平，以使他的論點成立。另
外，近年部分學者研究五十年代前後由上海來港的作家、報人、電影編劇與
導演等等，爬梳他們怎樣把上海的都市感性和現代文藝影響帶來香港，比較
來港前後的創作變化，大大豐富了對滬港兩地文藝關係的了解。[74] 可以說，

74　魯嘉恩《香港文學的上海因緣（1930-1960）》選取葉靈鳳、劉以鬯、馬朗、徐訏四位由上
　　海來港的作家為個案研究，緒論中對這一代上海的南來作家有扼要的介紹。魯嘉恩：《香港
　　文學的上海因緣（1930-1960）》（香港：嶺南大學中文系哲學碩士論文，2005 年）。
　　又例如黃淑嫻研究易文的文學與電影作品，指出上海新感覺派的影響如何體現在他來港後的
　　電影作品上，上海的都市經驗令他在刻劃香港生活時更為得心應手。黃淑嫻：〈重繪五十年
　　代南來文人的塑像：易文的文學與電影初探〉，《香港文學》總 295 期（2009 年 7 月），頁
　　86-91。
　　又如須文蔚等比較易金上海時期與香港時期寫作的都市傳奇如何先後反映滬港兩地的都市化
　　過程。易金上海時期的作品明顯受新感覺派小說影響，多為前衛的短篇小說。來港後因為謀
　　生需要，轉為報刊連載長篇小說，作品規模更大、更着重在渲染曲折離奇的傳奇色彩、更為
　　商品化和通俗化。參考須文蔚、翁智琦、顏訥：〈1940-60 年代上海與香港都市傳奇小說跨
　　區域傳播現象論〉，《台灣文學研究集刊》第 16 期（2014 年 8 月），頁 33-60。

也斯作為倡議香港都市文學論述的先驅，為我們留下了一些重要的基本框架，有待我們繼續發展和填補相關的研究。

　　更進一步而言，香港都市文學研究是否可以拓展到現代主義及後現代主義等等前衛實驗形式以外？以其他文學手法創作的都市文學，相對上較少獲得研究者的重視。例如浪漫主義、現實主義等等，往往對都市抱持否定的態度，但是這不意味它們沒有能力深入表現城市主題。事實上，在西方的討論中，都市的興起其實和浪漫主義、現實主義、自然主義等等多個流派都有關聯。[75] 就香港文學而言，目前對這方面的研究似乎仍有不少值得發展的空間。

（三）反思都市論述的限度與邊界

　　上述對都市論述框架解釋效力的討論，又可引申至討論都市研究的範圍和界線問題。[76] 當都市已經成為地球上超過一半人口所居住的空間，[77] 人口在千萬以上的城市數量愈來愈多，更多的大城市陸續晉身國際大都會的行列，「都市」似乎膨脹為無所不包的主題，都市文學的定義就需要更謹慎的釐清和劃界。都市文學研究本來就存在不少疑難，其中一個問題是「都市」在社會和文化上與「資本主義」和「現代性」等課題難以割裂討論。[78] 都市社會學對這方面的思辨很值得參考。沙維奇與渥德指「都市研究」在社會學上一度被批評是無法成立的研究範疇，及至文化研究興起後，「都市」才

75　理查德・利罕（Richard Lehan）著，吳子楓譯：《文學中的城市：知識與文化的歷史》（上海：上海人民出版社，2009 年），第三編：「現代主義／都市主義」，頁 61-218。

76　參考王家琪：〈香港文學的都市論述及其邊界〉，《中國現代文學》第 38 期（2020 年 12 月），頁 73-92。

77　根據聯合國經濟和社會事務部人口司編制《2018 年版世界城鎮化展望》，全世界超過 55% 人口居於城市。到 2050 年，這一比例預計將增加到 68%。參考聯合國網站：https://www.un.org/development/desa/zh/news/population/2018-world-urbanization-prospects.html，最後瀏覽日期：2020 年 10 月 8 日。

78　Savage and Warde, "Introduction," 4-5.

重新成為熱門議題，新的都市文化研究許多都與文學及文學批評相關。[79] 最初被否定的原因是社會學家認為都市生活經驗根本無所不包，這門學科的界線無法釐定，尤其在已高度發展的西方國家，「都市的」已經是沒有意義的標籤。[80] 關於「都市」研究的爭議，班德爾饒有深意地提出幾點提醒：

> 都市文化研究的任務之一是鑒別甚麼是都市的、甚麼是國家的，以及哪些是大都會現代性所特有的，這一點可以把大都會文化和由國家意識形態及文化工業所推動的一般發展區別開來。更廣泛地，我們必須深入考察所說的文化（或藝術）到底只是發生在這個城市還是屬於這個城市。何種特殊的社會構成和經驗在某種特定意義上是城市的，也就是說，它們多多少少得是空間的，而何種特殊的社會構成和經驗可以使文化形式定型，無論是日常生活還是藝術。[81]

也就是說，都市文化研究需要解答空間性的都市經驗與文化形式的關係，同時還要與資本主義、商業文化、現代性等相關概念劃分開來。這個問題在中文文學的語境中更為複雜，因為「都市化」和「現代化」同時意味着西化和殖民主義的影響。[82] 陳曉明在討論中國城市文學時也提出城市文學的範圍模糊，在中國現當代文學史上無法獨立於現代主義等其他線索，又只

---

79 Savage and Warde, "Perspectives on Urban Culture," 114.

80 Savage and Warde, "Introduction," 1-2.

81 托馬斯・班德爾著，何翔譯：〈當代都市文化與現代性問題〉，《帝國、都市與現代性》，頁270。

82 例如上海是當代中國城市文學研究的重要個案，在部分研究文章中，一方面認為物質、消費、西方舶來品、老上海殖民建築等等是「城市文學」定義的關鍵，另一方面這些「資本主義的生活方式」和伴隨都市化而產生的「階級矛盾」在當代中國的意識形態中又往往與負面的批評互相連繫，更為突顯城市文學論述的複雜性。參考蔣述卓等著：《城市的想像與呈現：城市文學的文化審視》，第三章，頁43-79。喻述君：〈試論城市文學發展的困境及其趨勢〉，《湖北函授大學學報》第23卷3期（2010年6月），頁137-138。寇國慶：〈當代城市文學的精神嬗變、價值與可能〉，《貴州師範大學學報（社會科學版）》總163期（2010年2月），頁83-86。

是強大主流的鄉土文學的「他者」和被文學史排斥的部分。要令這項研究成立就必須集中在狹義的都市文學，亦即「對城市的存在本身有直接表現，建立城市的客體形象，並且表達作者對城市生活的明確反思，表現人身與城市的精神衝突的作品」。[83]

　　這些關於「都市」界線的思考對於我們反思香港都市文學論述很有啟發。由此不妨提出以下的問題：怎樣的特質才是「都市的」？這些特質到底是香港獨有的還是都市普遍的特質？都市論述是否只適用於特定歷史時段，有沒有時間下限？當鄰近地區已經高度都市化，都市性還能否視為香港的特點？標籤某地區某部分的作品為「都市」的意義是甚麼？這些都是繼續發展都市文學論述時需要回答的問題。假如認為「都市文學」的討論仍然是有價值的話，都市論述的「限度」或者說「邊界」應該如何釐定？

　　從時間的角度來看，香港文學的都市論述似乎較為擅長處理早期城市化過程產生的變化，以及反映這些變化的作品。例如三十年代的部分香港詩人如鷗外鷗、李育中等借鑒上海現代派的手法描寫最早期的香港都市面貌，[84] 五六十年代現代主義作品所表現的都市感官、意識與經驗，[85] 七十年代產生不少反映香港急速的城市發展的作品，例如劉以鬯《對倒》、《島與半島》、西西《我城》、也斯《剪紙》等等。[86] 但隨着城市發展水平提高，愈接近當下，區別都市題材就愈發困難。如果時間拉近到當下，在極致都市化的地方之中，市民的生活經驗、意識、感受與情思已經先天地內在於都市空間。既然無法指認「都市不是甚麼」，「都市」指的到底是甚麼變得更難說明。如果說在社會學和文化研究上這些新的全球變化意味着都市研究日益重要，那麼在文學研究上反而令「都市文學」的邊界更為寬泛模糊，

83　陳曉明：〈城市文學：無法現身的「大他者」〉，《全球化語境下的當代都市文學》，頁 3。

84　陳智德：〈都市的理念：三〇年代香港都市詩〉，《現代中文文學學報》第 6 卷 2 期及 7 卷 1 期（2005 年 6 月），頁 177-194。

85　鄭蕾：《香港現代主義文學與思潮》（香港：中華書局，2016 年），頁 125-145。陳少紅：〈香港詩人的城市觀照〉，《香港文學 @ 文化研究》，頁 342-374。

86　陳智德：《根著我城：戰後至 2000 年代的香港文學》，第十二至十四章，頁 349-401。

也更有需要把「都市文學」限定在狹義的範圍內。[87]

　　九十年代以來區域格局的變化也促使我們反思把都市文化與香港本土特色掛鈎的論述。羅永生認為這種論述策略只適用於形容八十年代或以前的香港，其後隨着中國經濟起飛、全球化的發展等等，「都市性」已經不能代表香港的獨特性：

> 可是在香港意識當中，卻仍然自戀地殘留着簡單的「城市香港—鄉土內地」的二分〔……〕周邊城市群的出現、追趕，以及全球化的經濟重組，使香港不斷要重新問，何謂使香港具備其與別不同的城市特質？城市特質究竟是使香港獲得它的獨特性（有別於鄉土大陸）的原因呢？還是正因為城市生活方式和體制的趨同性、普遍性、環球性，而使香港慢慢失去它的獨特性？[88]

又例如朱耀偉認為後九七時期香港與內地的關係改變，「內地不少城市愈來愈資本主義化，從前香港的特色逐漸消滅」，[89]香港從前的地緣角色不再明顯，「當中國融入全球資本主義，香港的例外位置便飽受威脅」。[90]

　　但是如果套用至文學研究，社會學上的都市化進程，卻不一定與文學上呈現的印象互相對應。當我們說「香港文學的最大特點是其都市特質」，並不等於宣稱香港是鄰近區域之中「最為都市化」的，而是衡量都市特質

87　關於廣義與狹義的都市文學定義，可參考陳大為的界定：「所有跟都市空間和生活相關的詩（至少包括：生活、消費、政治、文化、歷史、價值觀、欲望、建築、事件），都可以定義為「廣義的都市詩」；至於那些在書寫過程中特別強調「都市」的概念（進行本質性的形上辯證），或鎖定明確的單一都市（刻劃其歷史、文化、消費特質，或獨特的個人記憶）的詩作，即是「狹義的都市詩」。陳大為：〈定義與超越 —— 台灣都市詩的理論建構〉，《亞洲閱讀：都市文學與文化（1950-2004）》（台北：萬卷樓，2004 年），頁 67。

88　羅永生：〈（晚）殖民城市政治想像〉，《殖民無間道》（香港：牛津大學出版社，2007 年），頁 63-64。

89　朱耀偉：〈香港（研究）作為方法〉，朱耀偉主編：《香港研究作為方法》（香港：中華書局，2016 年），頁 19。

90　朱耀偉：〈何為香港？現狀迷思破滅之後〉，同上註，頁 100。

在本地文學創作之中的重要性，以及其在文學史論述上的代表性。由此來
看，香港文學的都市表現仍然十分值得討論。另一方面，在戰後到八十年
代之前，香港文學表現出華文地區之中最突出的都市性。八十年代以來，
台灣方面有林燿德、黃凡等人大力推廣和提倡都市文學，[91]九十年代以後內
地也出現較多城市文學研究，[92]香港文學作為較早探索都市題材的地方，應
有許多可以與各地華文文學比較參照之處。跨區域比較研究相信是未來值
得期待的研究方向，一方面整理歷史上香港與其他東亞城市的差異，另一
方面也尋找香港都市的獨特性、回應當下的全球化挑戰。

　　任何論述框架都會有其適用範圍和限制，釐清都市論述的界限才能繼
續拓展香港都市文學研究。也斯傾向以「共時性」的方式概括都市特質與
香港文學的關係，而且他的香港都市論述主要建立於九十年代至二千年代
初，未及反映近年來香港在區域內的角色變化，但是他經常強調的文化「混
雜」仍然沒有過時，二千年以來不少學者在相似的方向上思考香港的都市
特質，例如李歐梵認為香港不能再單靠經濟定位，而應該保留和發展香港
固有的「世界主義」（cosmopolitanism）優勢，成為真正的國際大都會等
等，[93]都是拓展都市論述框架，回應全球化趨勢的嘗試。

　　總結以上的分析，也斯的論點許多在提出時都是開創性的。也斯作為香
港都市文學研究的奠基者，回顧他的論點有助反思現有論述的特點。他嘗試
建立都市研究與香港文學史之間的理論關係，提出不少總體的判斷。他認為
都市性是香港文學的最大特點，分析香港的都市環境和經驗如何改變此地的
文學形式，產生混雜的語言實驗、非傳統線性的敘述方式、反詩意的都市詩
等等。他又提倡不同範疇和層面的比較研究，例如都市電影與文學的比較、
南來作家在上海與香港時期的作品的比較等等。也斯奠定了香港都市文學論
述的重要性，在他提出的論述之上，有些地方還可以發展下去。例如七十年

91　羅秀美：《文明‧廢墟‧後現代 —— 台灣都市文學簡史》（台南：國立台灣文學館，2013
　　年），頁 15-25。

92　蔣述卓、王斌：〈論城市文學研究的方向〉，《學術研究》2001 年第 3 期（2001 年 3 月），
　　頁 97-107。

93　李歐梵：〈香港文化定位：從國際大都市到世界主義〉，《香港研究作為方法》，頁 78-83。

代是否香港文學與電影的都市態度大幅改變的唯一轉捩點？「都市香港／鄉
土中國」的比較還是「上海—香港」現代主義傳承脈絡更為適合理解個別
的南來作者？這些都需要落實到更多具體作品和文化脈絡之中檢視。

　　在詳細檢視了也斯的香港都市論述後，本章最後會嘗試解答另一個問
題：作為香港都市文學的代表作家，當衡量也斯對於「香港都市論述」的
貢獻，必須同時考慮其文學創作。他的都市文學作品及其論述的關係是怎
樣的？其作品有否提出一些論述未有處理的香港都市特質？以下會透過討
論也斯的三本散文集《新果自然來》、《山光水影》、《城市筆記》，展示青
年時期的他對都市生活、現代化、城鄉對比等問題的看法，突顯都市論述
崛起的前後他對都市的見解有何變化。

四、鄉土・郊野・都市論述的鏡像：
　　青年也斯的「鄉愁」

　　也斯在詩文創作中對都市的看法與在論述中表達的非常不同。比較他
的都市詩與都市論述，兩者分別從兩個迥異的高度和層面來書寫香港：論
述是追求高屋建瓴地、由總體上說明香港的特點，因此要致力把握香港都
市特質最為鮮明、最有代表性的面向。他的詩卻偏好從平視和漫遊的角
度，觀察生活的日常，正如陳少紅所說：

出現在梁秉鈞筆下的「都市地貌」（urban landscape）都是破爛的、
瑣碎的、細微的、灰沉的、清冷的，既沒有五光十色的繁華，也
沒有洶湧熱鬧的喧嘩，詩人帶有流動的觀察卻寫出了都市靜態的
一面，因為他不是着眼於都市偉大的地方，而是留神於平凡而真
實的東西。[94]

94　陳少紅：〈香港詩人的城市觀照〉，《香港文學＠文化研究》，頁 356-357。

也斯曾經在〈書寫一個城市〉（2003）談到創作與論述之間的思維差異：

> 我在首都師範大學的詩歌研究中心講詩，提到了意象的城市與象
> 徵的城市，外在的城市與內在的城市，擁抱馬達的噪音的詩人與
> 批判城市的荒蕪的詩人。這些對詩與城市的觀察，是我對歐美現
> 代詩人的解讀與消化而已。而當我停下來看看自己的詩，我很
> 快就發覺，我寫詩時的思路不是跟寫評論時的思路走的。當我寫
> 詩，吸引我的完全不是那些一組組的觀念，而是眼前的在現實中
> 不斷變化的城市的細節。[95]

他又說：「我們寫詩的時候，未必只着眼於城市是不是現代、後現代，是不
是符合理論，而是不貫徹、不協調的現實引起了我們的感觸」。[96] 可以說，
論述要求確鑿的觀點，需要從俯視的角度、由整體上把握都市特質；文學
卻追求尚未被定型的部分，詩人傾向由平視和流動的角度觀察都市。由此
可見，也斯的作品和論述是互補的，論述沒有觸及之處卻可以在他的作品
中得到展示。

　　樊善標在分析也斯七十年代的香港郊野遊記時，意味深長地指出也斯
建立的都市論述和其創作之間的差異。七十年代的青年作家也斯尚未致力
樹立都市文化為香港最大的特點，他早期的作品是在「都市」成為香港主
流論述之前的，[97] 遂保留了當時他對香港的複雜看法。樊善標先分析了也斯
如何實驗新的遊記寫法，例如不談傳統的山水之美，不記述完整的行程、

95　也斯：〈書寫一個城市〉，《第四屆香港文學節論稿匯編》（香港：香港藝術發展局，2003 年）
　　頁 73。

96　同上注，頁 77。

97　樊善標引用潘少梅的觀點對此作出解釋：「潘少梅〈後殖民時期、香港和女性寫作〉認為，
　　『對香港七十年代末期以來的香港文化研究顯示，一種新的話語逐漸形成。它具有與資本主
　　義發展相符合的意識形態特徵』，其中一個特徵是『鮮明的城市肯定意識』，見張美君、朱
　　耀偉編：《香港文學 @ 文化研究》，頁 572。也斯的香港城市文化論述，也屬於這種『新的
　　話語』。」樊善標：〈三位散文家筆下香港的山 —— 城市香港的另類想像〉，《中國現代文學》
　　第 17 期（2011 年 6 月），頁 132，注 77。

而是速寫般記錄其中一個片斷，在文中重複某些句子造成節奏，這些寫法
實驗都是為了「對文學習套和成規的故意逾越」。[98] 這一系列的形式實驗，
在也斯後來的論述中，被歸納為「跟都市文學的本質有關」，但是樊善標認
為這些散文最初並沒有突出城鄉對比或者所謂「都市」本質的影響，只是
「後來也斯論述香港城市文化時，賦予這種更新精神強烈的歷史階段意味，
但也無可避免地縮小了它的範圍」。[99]

也斯的作品在香港都市文學的譜系之中佔有很重要的位置，代表七十
年代本地作家對都市態度的轉變。他憶述自己率先書寫香港，是有見於「大
家都不怎麼寫香港」，所以他要「寫自己的感受、自己的城市」和「城市的
生活與節奏」。[100] 但是重讀他七十年代的作品，不難發現其中對都市的觀感
和思考遠遠比這樣更為複雜。在他對台灣鄉土和香港郊野的寫作中，鏡像
一樣映照出早期他對都市的看法。下面討論他的三本散文集（《新果自然
來》、《山光水影》、《城市筆記》），嘗試還原其未被論述介入前對都市的
觀感和思考。

（一）鄉土台灣：《新果自然來》

《新果自然來》是也斯 1976 年與西西及吳煦斌到台灣環島旅行後所
寫的遊記，[101] 同年 9 月起在其《快報》專欄連載，但是完整結集出版則在
2002 年。[102] 這本遊記紀錄了七十年代台灣在急速都市化之初的鄉土風貌、

---

98   同上注，頁 131-132。

99   同上注，頁 132。

100 也斯：〈台灣與香港現代詩的關係 —— 從個人的體驗説起〉，《香港文化空間與文學》，頁
     27。

101 資料據黃淑嫻：〈旅遊長鏡頭：論也斯七〇年代的台灣遊記《新果自然來》〉，《香港影像書寫：
     作家、電影與改編》（香港：香港公開大學出版社、香港大學出版社，2013 年），頁 130。

102 也斯：《新果自然來》，香港：牛津大學出版社，2002 年。此前一部分文章曾經收入《神話
     午餐》、《山水人物》、《城市筆記》等書中。

也斯對其心儀的台灣作家的致敬，以及他作為非一般的旅客對於觀光和發展的看法。[103]《新果自然來》之所以值得納入此處的討論，是因為藉由解讀這本遊記，我們可以了解青年時期的也斯對於都市與鄉村、現代化與發展的看法。《新果自然來》離開了香港語境，書寫當時在都市發展水平上尚未追上香港的台灣，再加上台灣明顯的城鄉差異社會結構，頗為便於說明也斯對現代都市的看法，由此得出的觀察有助我們理解七十年代的他對於香港都市特質的觀感。他沒有全面擁抱都市，而是有不少猶疑之處，對於香港的急速變化同樣有其「鄉愁」。

　　《新果自然來》包含二十篇台灣遊記，貫穿各篇的主題可以概括為三組對立項：真實／觀光、鄉村／現代、世俗／神佛。在每組對立項之中，也斯都是取前者而鄙夷後者：

　　書中以第一組「真實／觀光」為主題的文章較多，這組文章包括〈污染的溪水〉、〈石也活着〉、〈自然的遊戲〉、〈新果自然來〉、〈喜點路燈〉。例如〈污染的溪水〉控訴觀光旅遊業對鄉村的污染，文中談到來自礁溪的「台灣年輕詩人」應指林煥彰，他們以為礁溪會是充滿農村風味的小鎮，卻發現該處已然變成觀光勝地而極度失望，觀光客湧至令小鎮失去原貌和原有的人情味，變成做遊客生意的商店，因此他們故意走到後山上看瀑布。文章以清澈的、遊客罕至的上游瀑布，與流經市內的混濁小溪作對比，強烈控訴觀光事業的破壞。〈石也活着〉說他不喜歡野柳的名石，而喜歡佳洛水未被命名的石頭，它們未被標籤或綑綁到特定的想像，每顆石頭的形狀和意味都任由觀看者自由聯想，就像石是活着的。[104] 又例如〈自然的遊戲〉感嘆遊客只顧觀光攝影而忽視身邊真實的美景，都是對於觀光旅遊的強烈批評。

　　這組文章充分展示了也斯相當自豪的非典型觀光旅遊方式。旅行理論

103　對於《新果自然來》如何體現出七十年代香港與台灣的文學交流，請參考陳建忠：〈在浪遊中回歸：論也斯環台遊記《新果自然來》與一九七〇年代台港文藝思潮的對話〉，《現代中文文學學報》第 11.1 期（2013 年 6 月），頁 118-137。

104　也斯：〈石也活着〉，《新果自然來》，頁 21-24。

家厄里（John Urry, 1946-2016）區分了「浪漫式」和「集體式」兩種觀光
方式，也斯顯然屬於前者，是自浪漫主義時代興起之大眾旅遊態度，「特
別強調孤獨、不受打擾、以及與凝視對象有個人、類精神性的關係」。[105]
這類旅客蔑視追求「集體式」觀光的旅客，雖然無可否認他們自身也是旅
客的一種。在也斯到台灣環島旅行的年代，單單是「環島」本身已經是非
常特別的旅行方式。也斯在同名文章〈新果自然來〉解釋這次旅程的計劃，
是追隨他喜歡的台灣作家和作品中提及的地景，跑到沒有遊客知道的地
方，[106] 表明喜歡非觀光景點的普通地方，渴望看到當地居民的日常情態。然
而也斯所渴望看見的「本真」難以避免因為他本人的「觀光凝視」而不再
是「本真」。[107] 這種矛盾可見於〈鹿港的黃昏〉，雖然他表示比起龍山寺，
他比較希望看到居民的生活，然而在文章的篇幅分配上，鹿港文物館、龍
山寺與對施叔青的相關小說寫得最詳細具體，反而當地居民真實的生活
情態卻未見具體描寫，可能反映出他們一行人作為觀光客所能看到的事物
比例。[108]

　　第二組主題是「鄉村／現代」，仔細閱讀不難發現和第一組主題密切相
關——他渴望看到的當地真實面貌通常是鄉土風味的，背後隱隱透露出他
對都市和現代性的批評。在多篇遊記之中都可見他對現代化進程即將淹沒
鄉村的擔憂和遺憾，希望樸素的、原始的鄉土能夠保存。這組文章可以〈佛
塔與十字架〉及〈盛檳榔的杯子〉為例。〈佛塔與十字架〉寫的是淡水，他
喜歡淡水「一方面予人一種很古舊的小鎮的印象，另一方面又好像是在現
代化潮流曖昧的邊緣」，[109] 既有老街建築，其中卻放了新型的彩色電視，老
式商店外放了新買的汽車，目睹這類新舊駁雜的風景，他毫不掩飾地表示

105　約翰・厄里（John Urry）著，葉浩譯：《觀光客的凝視》（台北：書林出版有限公司，2007
　　　年），頁 86-87。

106　也斯：〈新果自然來〉，《新果自然來》，頁 32-37。

107　約翰・厄里（John Urry）著，葉浩譯：《觀光客的凝視》，頁 33。

108　也斯：〈鹿港的黃昏〉，《新果自然來》，頁 54-57。

109　也斯：〈佛塔與十字架〉，《新果自然來》，頁 2。

他希望看到的是樸素的台灣，因此他在街上看見有婦女試穿新潮的高跟鞋時完全不表認同，但看見店家與居民建立在信任而不是貨幣經濟上的交往時則大感驚喜：「這些樸素互信的作風，是古舊的小鎮風氣，恐怕會在現代化的都市中逐漸消失的。」[110]〈盛檳榔的杯子〉則寫他們到山上探視排灣族居住的三地門，熱烈讚美原住民的手作工藝。文章開首提到新建成的水泥大橋令居民交通方便了，然而與此同時老一輩的手藝和傳說也逐漸失傳。兩文都可見也斯對於現代化進程的猶疑，在都市與鄉村之間，寧取鄉村。

　　厄里認為旅客追求的經驗就是「與日常生活經驗形成對比的事物」，這樣的事物通常會被旅客視為是「本真的」。[111] 套用在《新果自然來》，如果把第二組文章和第一組文章合起來看，七十年代正是香港經濟急速增長、新界開發新市鎮的年代。可以說也斯所渴望在台灣看到的質素，恰好是他認為香港缺乏的質素，而這些質素都是西美爾、魏爾思所指出隨着都市發展而變質的部分。黃淑嫻指出，「也斯這一代經歷了五、六〇年代節奏較緩慢和較純樸的香港」，面對急速都市化的七十年代，也斯的散文「可以看到他對經濟掛帥的價值觀有所批評」，因此「《新果自然來》一書中處處尋找的是台灣的純樸，一種香港快要遺忘的元素」，另一方面在他同期寫香港的散文之中，「也斯寫大自然，並不限於表達對它的喜愛，或作為對抗城市化的手段，而是從中理解到人生處世之道」。[112] 可以想像也斯在香港充分體驗到西美爾所說的貨幣經濟與大都會心理異化的關係，旅行時更渴望看到與自己生活日常相反的事物，因此在鄉土台灣尋找慰藉。例如他希望看到農村與漁村風光，而不是現代化的產品；希望買到原住民手作的工藝品，而不是賣給遊客的量販商品；渴求與當地居民的情感交往，例如〈喜點路燈〉就記述他們和路上遇到台灣青年交心詳談，而一路上遇到的台灣人都非常善心地幫忙他們，其反面則是香港這類大都會的人情冷漠。換言之，觀光

110　同上注。

111　約翰‧厄里（John Urry）著，葉浩譯：《觀光客的凝視》，頁 37。

112　黃淑嫻：〈旅遊長鏡頭：論也斯七〇年代的台灣遊記《新果自然來》〉，《香港影像書寫：作家、電影與改編》，頁 137-138。

行為背後可以讀出他對香港的負面觀感和憂慮。

第三組文章以「世俗／神佛」為主題，包括〈沒有蜃樓〉、〈石洞裏的香火〉兩篇。這組文章數量較少，但特別之處在於談到了也斯很少表達的關於宗教的看法。鄉村內包含不少傳統民俗信仰的建築，〈沒有蜃樓〉寫他們到了蘇澳，以港邊的廟宇與廟前造船的老人身影作對比，帶出「所謂蓬萊，所謂仙家，太遙遠，太虛泛了」，漁民的手作才是切實的生活，廟宇不過是裝飾品。[113] 〈石洞裏的香火〉寫他們參觀東海岸的八仙洞，不喜歡洞內放滿宗教祭祀用品和僧人參拜的景象，反而對石洞本身浮想聯翩，想像原始時代的先民如何掙扎求存，暗示靠一己之求生比求神實際。此處他明確肯定入世的價值，和他的文學作品精神相通。否定超越的存在、肯定人的價值，就這點而言也斯的立場又是非常現代的了。

綜觀整部《新果自然來》，也斯追求樸素、真實、在既定秩序以外、非觀光勝地的風景，其台灣遊記意外地反面映照出他對香港大都會的感受，這些都是他在論述香港時所沒有提及過的。反對現代化、傾向鄉村風味，到底僅僅是遊客心態所驅使的觀光取向，還是其實也包含他對香港的都市特質的不滿，所以渴求由鄉村尋求可資補充的美好質素？他曾經借由觀光與在地的對比，闡釋自己如何選擇本地的題材：

> 香港旅遊發展局對外介紹香港時，很喜歡呈現中區的銀行大廈、淺水灣酒店、大嶼山大佛，但我們在香港住久了的人卻未必想寫這些地方。想寫的反而是一些寂寂無名的街道，下面我的一首詩〈木屐〉寫的是中環的樓梯街。[114]

這段話並沒有提及他其實除了書寫「寂寂無名的街道」之外，同時也為香

113　也斯：〈沒有蜃樓〉，《新果自然來》，頁 12-15。

114　也斯：〈書寫一個城市〉，《第四屆香港文學節論稿匯編》，頁 75。另參考也斯、陳智德：〈文學對談：如何書寫一個城市〉，陳素怡編：《也斯作品評論集（小說部分）》（香港：香港文學評論出版社，2011 年），頁 3-7。

港山水郊野寫下了不少遊記散文，其中不只表達出與台灣之旅相同的「反觀光」態度，他在台灣遊記中表達的對鄉土的嚮往和對現代化的批評，一併延伸到他筆下的香港。

（二）郊野香港與都市異化：《山光水影》和《城市筆記》

　　七十年代初也斯寫了不少香港山水遊記，後來沒有被納入他的香港文學史論述的任何部分。它們有助我們還原成為香港都市文學研究者之前的也斯，同時理解建立一套香港都市論述與文學創作之間可能存在的縫隙。以下分別討論《山光水影》（2002）和《城市筆記》（1987），檢視在這些早期的作品中也斯對香港都市生活的觀感和反思。

　　也斯喜歡和朋友遠足郊遊，欣賞香港的自然風光，這些文章後來收錄在《山光水影》，[115] 其中表現的旅行態度和他在《新果自然來》表達的非常相似。這些以郊野為題材的散文沒有《新果自然來》那麼明顯的中心主題，但是我們還是可以從中檢視也斯書寫香港時有否隱約流露出相同的鄉愁或對現代化的批評。先看三篇散文例子。〈風中的營〉（1977）記述他和朋友在某個高山上尋找露營地點，幾個可以紮營的地點不是滿佈牛糞、鄰近墳地，就是已經有很多人駐紮，「如果我們也在那裏睡下來，就跟睡在彌敦道上差不多」。[116] 最後他們寧願在最當風的地點紮營。〈大嶼山〉（1975）「一群朋友在大嶼山租了一個小地方，每人湊那麼一二十塊錢，好教度假時有個歇腳的地點。」[117] 但是大嶼山的遊客愈來愈多，「那些提着收音機燒烤叉子的匆忙的遊客們蜂擁過來，這些旅遊地區也許會逐漸消失了純樸、美好的質素。而我們就只得繼續尋找，在那些被人忽略的角落」。[118]〈爛頭東北〉

115　也斯：《山光水影》，香港：牛津大學出版社，2002 年。

116　也斯：〈風中的營〉，《山光水影》，頁 65。

117　也斯：〈大嶼山〉，《山光水影》，頁 84。

118　同上注，頁 87。

（1977）也是記述大嶼山其中一個海灘碼頭準備發展酒店和旅遊，令他們感到十分惆悵。[119]

這三篇散文和站在鄉土立場反對都市文明擴張不同，它們的共通點是追求城鄉界線的絕對清晰，是希望同時保存郊野和都市的經驗。郊遊是追求和都市日常不同的度假體驗，恰恰是城與鄉的界限分明，才令「郊遊」成為可能，他反對郊野地區開發旅遊業，就是為了維持這種界限。都市生活愈發達，才需要郊野作為休閒。[120] 他的郊遊散文是都市散文的反面，兩面互相依存，兩個都是他的香港。

都市論述除了無法容納他對山水郊野的喜愛，也不能保留他在文學創作中表達的對都市文明的控訴。關於這點我們可以再看另一些例子。在台灣出版的《城市筆記》收錄了也斯多篇書寫香港的散文，[121] 其中「城市傳奇」一輯收錄了幾篇七十年代初寫法界乎短篇小說與散文之間的作品，特別值得注意。它們後來並沒有再收入任何也斯的散文集或小說集，卻保留了他在建立香港都市文化的重要性和價值之前對於香港的複雜觀感，流露了也斯後來較少談論的香港都市生活的負面感受。

舉例來說，〈開屏〉（1973）和〈腳的故事〉（1974）罕有地以城鄉對比為主題，貶抑都市人和都市生活。〈開屏〉諷刺城市人到新界遊覽時大驚小怪的表現。此文講述一車又一車的遊客專誠由城市來到郊外觀賞一隻孔雀，開篇故意比較市區與鄉村的環境差異，這裏空氣更清新、地方更寬廣，然而也正是大量遊客湧至破壞了此地的清靜美好。孔雀可以視為大自然的象徵，城市人只在書上看過孔雀，暗示城市令人與自然環境隔絕；又

119　也斯：〈爛頭東北〉，《山光水影》，頁97。

120　七十年代經濟和交通等改善後，本地郊遊真正流行起來，城市生活的發達也令郊遊需要急增，同時勞工福利改善，訂立了六天工作制、有薪法定假期等，都令本地郊遊大為流行。參考郭永標：《香港本土旅行八十載》，香港：三聯書店，2013年。

121　也斯：《城市筆記》，台北：東大，1987年。書中除了「城市感性」、「城市傳奇」等各輯文章之外，還有一輯「外島風光」，在編選上有意同時呈現他的都市和郊遊散文。較近期的也斯散文選集編選方針較多呈現都市面貌，例如《也斯的香港》（2005），這種改變可能是由於也斯的都市論述甚具影響力，而且九十年代以來「都市」變成香港最受重視的特質，故此這時呈現的也斯筆下的香港割捨了郊野的部分。

正因為前所未見，看到孔雀開屏的一幕，每個遊客都以為是為自己而開屏的，說回去後要買馬票，殊不知其實每一隊遊客經過時孔雀都會「唰的一聲開屏」。全篇用輕鬆幽默的語調暗諷城市人的愚昧和可笑。[122]〈腳的故事〉以青年阿十為主角，他由「一個很遙遠很遙遠沒人知道名字的國家中一個沒人知道名字的鄉村」移居香港，[123] 小說以穿鞋的習慣來象徵阿十的變化，他在鄉下一直是赤足的，來到大城市後才首次買鞋，一直穿不習慣，無法像城市人那樣走路。後來他成為了小有名氣的足球員，逐漸融入都市生活，他學會穿着球鞋活動自如，變得討厭赤足觸碰草地，同時也沾染了城市的壞風氣，「阿十的孩子臉上開始蒙上一層成人的淡漠」，「學會冷酷無情」，隱藏真實情感等等。直到一次比賽受傷，他才反璞歸真，赤足象徵他和土地的連繫，對自然的敏銳感受和熱愛，他終於還是學不會正常走路。[124] 這篇小說的主題非常鮮明，批評城市的罪惡、認為鄉土是美好的，而他也曾經形容自己對都市的觀感最初是陌生的：「回想我最先對都市的認識，確是帶着鄉下孩子的好奇與迷惑的眼光。自己喜歡在都市的角落開蕩，總會找到鄉村找不到的新奇事物。」[125]〈腳的故事〉是一篇例外的作品，是他早期探索如何書寫都市的其中一個實驗，類似的觀點後來再也沒有出現在也斯筆下。作為一個立足香港的青年，他選擇假日和朋友多到大自然走走看看，顯然城與鄉之間不必是互相排拒的。

　　當然，也斯還是較擅長創作以都市為背景的作品。〈信差的下午〉（1974）和〈遊戲〉（1976）皆是以都市景觀和都市經驗為主題，其中卻不乏控訴都市生活異化的面向。〈信差的下午〉講述在洋行任職信差的阿因一天的生活。小說先後呈現兩種截然不同的都市景觀：上班時，他穿梭於中

122　也斯：〈開屏〉，《城市筆記》，頁 168-170。

123　小說沒有直接指明香港，但由文中提及的事物例如「工展會」、「白糖糕」、「涼粉」等等來推測應該是香港。

124　也斯：〈腳的故事〉，《城市筆記》，頁 152-159。

125　也斯在嬰兒時期已經隨家人來港定居，「鄉下孩子」一說應該是形容他成長過程中見證的香港都市化過程，部分地區在六七十年代之前仍是低度開發的鄉郊地帶。也斯：〈城市的誘惑・城市的挑戰〉，吳風編：《也斯卷》（香港：天地圖書，2014 年），頁 419。

環的商業大廈收發信件，這部分強調都市生活節奏的緊張以及人際關係的
疏離。另一部分則是他完成全部派遞工作之後決定開小差，偏離回去公司
的路線，遊蕩於無名而平凡的街道，觀察居民的日常生活。小說的情節和
意象集中表現城市人的溝通失效，阿因所做的雖然是關於溝通的工作，但
是工作時「他很少看見有整個人站在他前面，跟他面對面談話」。他打電話
給朋友卻找不到對方，「感覺自己就像一封送錯了的信」。最後他閒晃到碼
頭，遇見另一個朋友，但無論他如何誇張地跳動和叫喊，那人也好像無法
看見或聽見他。恰在此時阿因的上司路過，他只好躲起來，使自己好像「一
封密封的死信」。[126] 這篇小說藉此諷刺了城市生活的疏離和荒謬。〈遊戲〉
（1976）[127] 講述東里收到某政府部門錯誤發出的罰款，他在不同大廈的不同
部門之間來回，經歷一連串官僚主義的推搪之後，居然被告知要先繳款再
申請退款。小說意味深長地設置了因為殯儀館門口盛大的送葬行列而造成
交通堵塞的場景，與上述官僚體制的經驗共同象徵城市運作系統的擁擠和
崩潰，使東里放棄在限時之前趕抵下一個目的地，反而漫步到公園去和小
孩子玩遊戲。這兩篇小說都諷刺都市的荒謬和滑稽，小說主角由正常而緊
湊的日常行程切換到無實用目的和意義的活動，刻劃個體嘗試脫離「正常」
社會秩序、掙扎抵抗都市生活對人的異化和壓抑。

　　由以上可見，七十年代初的也斯對於都市不無憂慮和抗議。正如他在
一個訪問中所說：「我無意否定現代城市的價值，但同時又不想忽略現代文
明帶來種種非人化的關係。」[128] 這裏的重點不是「也斯亦曾經批評都市」，
而是指出文學創作與文學史論述必然存在的縫隙，這類作品以及前述的
郊野遊記都是無法進入香港都市論述的。在也斯這類作品之中，他把自己
對鄉土的嚮往以及對現代化的遲疑表露無遺，這點和他後來在論文中提出

126　也斯：〈信差的下午〉，《城市筆記》，頁 143-147。

127　也斯：〈遊戲〉，《城市筆記》，頁 164-167。

128　洛楓：〈在舊書店找到的詩集〉，陳素怡主編：《僭越的夜行：梁秉鈞新詩作品評論資料彙編》
　　　（香港：文化工房，2012 年），上卷，頁 14。

七十年代的作家已經接受了都市的現實而較少作出批判有所不同。[129] 他在論述之中致力要建立香港都市論述，集中正面討論其中現代的、都市的、代表香港的部分；然而在詩文創作之中，他卻不自覺地被論述所無法覆蓋和納入討論的部分吸引，探討都市生活對人的異化和個體的掙扎。這就讓他的詩文創作有很重要的討論價值，可以補充其香港都市論述的未及之處。歸根究底，論述的建構總是希望提出確鑿的轉變過程，而文學作品則希望表達較曖昧和感性的部分，流露出青年也斯濃濃的「鄉愁」。都市論述無法完全容納他個人的心情，要析論都市特質就無法兼顧郊野風光，這些卻能在他的散文和遊記中找到。在討論也斯對香港都市特質的看法時，不能略過這些作品。

五、總結

　　本章整理了也斯對香港都市文學的討論，首先借鑒西方理論說明現代主義與都市文化的關係，並指出香港現代主義研究之中常見的都市觀點。其後概括了八九十年代以來香港文學都市研究的重點，參照衡量也斯的都市文學創作與研究皆佔有十分重要的角色。與其他都市文學研究者相比，也斯最特別之處是他嘗試建立都市研究與香港文學史之間的總體理論關係，其中尤為着重申述都市空間與文學形式的對應關係。之後又以上海移居香港的作家個案為例，在「都市香港／鄉土中國」的論述策略與香港現代主義的「上海—香港」發展線索這兩套討論框架之間，嘗試探問都市論述的解釋效力。由此叩問都市論述的應用範圍和時間上是否有下限，提出九十年代以後香港都市文學論述需要回應全球化帶來的改變。本章最後討論也斯的三本散文集《新果自然來》、《山光水影》、《城市筆記》，展示青年時期的他對都市異化、現代社會、城鄉對比等問題的看法，突顯都市論

129　也斯：〈都市文化與香港文學：歷史、範圍與論題〉，《城與文學》，頁 17。

述崛起的前後他對都市的觀感有何變化，以及都市文學作品與論述之間的
縫隙。

　　都市空間成為香港文學景觀中最引人矚目的題材，誠然掌握到香港文
學與文化的特色。但是由文學史建構的角度來看，在都市題材以外，香港
文學還有不少地景值得留意，諸如描寫香港山水郊野的散文不見得就不能
代表香港的特色和地方感（sense of place）。當我們以一部文學作品對都
市的態度作為其本土身份認同的判別標準，背後顯示了殖民現代性、殖民
帶來的發展主義與資本主義價值是香港身份認同的重要部分。對此，朱耀
偉曾經意味深長地提醒：「香港城市小說中的『城市』大概可以說是一個新
保守神話」，被想像和記認為香港身份認同的根源和歸屬，但是我們更應把
「城市」的概念「問題化」（problematize），作為流動的意符。[130]

130　朱耀偉：〈後殖民敘事與香港城市〉，《香港文學 @ 文化研究》，頁 255 及 267。

第四章
七十年代生活化新詩史的建立 *

一、引言：也斯的三重角色

　　「生活化」在香港文學史上用以形容七十年代初在《中國學生周報》（1952-1974）開始踏上文學舞台的新詩。[1] 環顧其他華文地區的文學，鮮見特別標舉「生活」為某類作品的特色，但在香港文學的討論中，「生活化」普遍被論者視為香港文學「在地化」的肇端和最具「香港特色」的文學流派。迄今對七十年代新詩研究最早、最多、觀點最有影響力的是也斯，他在建

---

* 本章部分內容初稿曾經分別發表於以下兩篇文章：〈七十年代香港「生活化」詩歌概念新論〉，《第 42 屆青年文學獎文集》（香港：文化工房，2017 年），第二冊，頁 63-74。〈也斯的七十年代香港新詩論述──以台灣現代詩檢討風潮為燭照〉，《台灣文學研究》第 11 期（2016 年 12 月），頁 93-142。

1 「生活化」也用於標舉香港專欄散文的特色，但本章將集中討論新詩的部分。以「生活化」形容專欄散文的文章可參考以下三篇：也斯：〈公眾空間中的個人論說──談香港專欄的局限與可能〉，《香港文化空間與文學》（香港：青文書屋，1996 年），頁 63-79。葉輝：〈七十年代的專欄和專欄文學〉，《素葉文學》第 68 期（2000 年 12 月），頁 136-140。黃繼持：〈香港散文類型引論──「士人散文」與「市人散文」〉，《現代中文文學評論》第 3 期（1995 年 6 月），頁 55-63。

立「生活化」新詩論述上扮演三個重要的角色：他既是當時《周報・詩之頁》和《大拇指》等「生活化」園地的編輯，又是其中的重要詩人，後來更是最自覺把「生活化」整理為文學史論述的學者，為「生活化」新詩的前因後果和藝術特色寫了不少文章。[2] 目前對七十年代香港新詩的研究以「生活化」為中心，談論本土意識的建立過程，或從都市文學的角度切入，整個討論框架基本上由也斯開創。論及七十年代新詩多徵引他的論文，又以他的「香港十首」為代表作，[3] 可見在「生活化」的課題上他的創作和論述都極有代表性和影響力。

先談也斯的編輯和詩人身份。他主編《周報・詩之頁》期間（第 1112-1128 期，1973 年 11 月 20 日至 1974 年 7 月 20 日），從《周報》棄用的來稿遺珠裏翻出他欣賞的詩發表，由此多位詩人在也斯的發掘下初次發表詩作。[4] 葉輝憶述這些詩人「當時都是文學界的邊緣人，不大能夠在主流刊物發表作品」。[5] 因此可以說「生活化」新詩在也斯的主編下得以集中面世，造成一種文學史現象，論者津津樂道的「生活化」新詩，多指這最後的十期「詩之頁」。也斯如此形容六十年代的香港文壇：

> 比如之前的《文藝新潮》、《新思潮》、《文藝世紀》、《海光文藝》、時報〈淺水灣〉、同時的《好望角》、《華僑文藝》、《純文學》可能都刊過些作者較成熟的作品。六十年代中後期作者群基本沒有很

2　較詳細的文章可參考以下兩篇。也斯：〈解讀一個神話？ ── 試談《中國學生周報》〉，《香港文化空間與文學》（香港：青文書屋，1996 年），頁 165。也斯：〈抗衡與抒情 ── 後期周報幾位香港詩人的聲音〉，《香港文化空間與文學》，頁 38-45。

3　陳智德以「香港十首」指稱也斯在他主編《中國學生周報・詩之頁》期間發表於其中的以香港街道為題材的十首詩，後收入《雷聲與蟬鳴》第三輯。見陳智德：〈越界的本土詩學：論梁秉鈞〉，謝冕、孫玉石、洪子誠主編：《新詩評論》第 18 輯（北京：北京大學出版社，2014年），頁 23-34。另見陳智德：〈揭示幻象的本土詩學 ── 論梁秉鈞的「香港系列」詩作〉，《根著我城：戰後至 2000 年代的香港文學》（台北：聯經出版，2019 年），頁 403-418。

4　也斯：〈「四季」、「文林」、周報『詩之頁』及其他〉，《文藝》第 7 期（1983 年 9 月），「香港文藝期刊在文壇扮演的角色」筆談會，頁 38。

5　葉輝：〈十種個性與二十多年的共同記憶〉，錢雅婷編：《十人詩選》（香港：青文書屋，1998年），頁 VI。

大變動，曾有文社的作者對此提出批評。吳平說難以打開悶局不知是否指這方面。我記得當時比較實驗性的作品和翻譯只能投到《星島日報》〈大學文藝〉版、蔡浩泉辦的《海報》或其他刊物上去。[6]

他憶述在他和李國威主編之前的「《周報》對創新的文藝作品不大歡迎，基本口味偏向穩健保守」，而在他主編期間則起用了很多新人，「新湧現的作者比老作者多」。[7]可見也斯相當重視他促成的文學場域上位置的變動和新詩人的進場。當時也斯已經出版了三本外國文學翻譯，專欄結集出版成《灰鴿早晨的話》，詩和散文更入選一些台灣選集。[8]他以編輯刊物的方式，提拔他所欣賞的詩歌風格，初寫詩的人感到鼓舞而繼續發展這種風格也可以想像，因此能引起不小的影響，許多青年詩人模仿他的詩作。在一個1982年《公教報》的也斯專輯中，松木如此形容也斯：

> ……他差不多是最早一批作家提倡文藝創作要紮根於現實生活，寫身邊具體可感的事物，從這角度理解，也斯是香港的「鄉土」作家，但最重要的一點理由是也斯影響和帶動了一種文風：冷靜觀察，藉客觀景物的排比，流露出作者的反省和情感；表面上樸實平淡，文字接近口語，詩句不避散文化，題材都取自作者日常生活所見所感，然而文字學〔景〕物的背後其實隱藏了作者的洞察和無奈。這種傾向，其實反映了也斯平實、成熟而又帶有睿智的性格，但很多追隨者由於思想深度未足，駕馭文字能力未夠，作品流於鋪陳累贅，平淡乏味，這未嘗不是模仿也斯文風的一種流弊。[9]

6　也斯：〈解讀一個神話？——試談《中國學生周報》〉，《香港文化空間與文學》，頁165。

7　同上注。

8　見小英、杜強合編：〈梁秉鈞著作及有關評論書目初編〉，《文藝》第18期（1986年6月），頁51-53。

9　松木：〈專輯、徐訏、也斯〉，《公教報》1982年4月2日，第10-11版。

其中松木相當準確地概括了也斯的詩作風格，並指出也斯的「生活化」詩
作掀起書寫香港的意識，其詩風在當時已經引起不少的模仿和影響。

　　而作為學者的也斯，對香港文學史的影響更為深遠。八十年代起，他
在反覆的回顧論述之中整理出這段文學史，說明「生活化」的意涵，並追
認「生活化」新詩最先出現於他主編的《周報・詩之頁》，下迄《四季》、
《大拇指》、《羅盤》、《素葉》構成完整的「現代派」脈絡。[10] 這個「現代派」
譜系獲不少論者認同，視之為香港現代詩發展的關鍵線索。[11] 由此時開始，
也斯把「生活化」用作有分類意義的流派名稱，例如他曾經說「《周報》那
時的詩不同《海洋文藝》上面的詩，但也不同比較受台灣詩人余光中先生
影響的《詩風》上面的詩，可說是另有路向」。[12] 後來又進一步說「生活化」
與「新古典」和「寫實」並列為七十年代新詩的三大方向。[13] 也斯的說法極
具影響力，九十年代多篇研究「生活化」新詩的論文皆沿用了也斯的看法。
例如洛楓〈香港現代詩的殖民地主義與本土意識〉對這些詩歌的形式特點
的描述明顯沿襲了也斯的說法：「沒有激情的吶喊，對比五、六〇年代激越
的情緒，這種舒緩、平實的語調，可說是七〇年代開始部分關注本土事物
的詩人共有的態度。過去的激情得以緩和下來以後，便能有更寬廣空間，
承載香港各式細微而瑣碎的事物，這種美學風格的轉變，其中以梁秉鈞的
表現最為透徹。」[14] 又例如羅貴祥〈經驗與概念的矛盾 —— 七十年代香港

10　他在多篇文章中反覆説明這點。也斯：〈「四季」、「文林」、周報『詩之頁』及其他〉，《文藝》
　　第 7 期（1983 年 9 月），頁 36-39。也斯：〈台灣與香港現代詩的關係 —— 從個人的體驗説
　　起〉，《香港文化空間與文學》，頁 21-33。也斯：〈解讀一個神話？ —— 試談《中國學生周
　　報》〉，《香港文化空間與文學》，頁 161-167。

11　採納這系列刊物為「現代派」脈絡的論者非常多，可參考以下幾篇：秀實：〈尋找香港詩壇〉，
　　《星島日報・書局街》1995 年 7 月 24 日，D1 版。王良和：〈青年文學獎與「余派」之説〉，
　　《余光中、黃國彬論》（香港：匯智出版，2009 年），頁 63-64。葉輝：〈十種個性與二十多
　　年的共同記憶〉，《十人詩選》，頁 VI。

12　也斯：〈解讀一個神話？ —— 試談《中國學生周報》〉，《香港文化空間與文學》，頁 165。

13　羈魂訪問梁秉鈞：〈詩・越界・文化探索〉（1997），陳素怡主編：《僭越的夜行：梁秉鈞新
　　詩作品評論資料彙編》（香港：文化工房，2012 年），上卷，頁 34-35。

14　洛楓：〈香港現代詩的殖民地主義與本土意識〉，張美君、朱耀偉編：《香港文學@文化研究》
　　（香港：牛津大學出版社，2002 年），頁 226-240。引文出自頁 239。

詩的生活化與本土性問題〉開首就引用也斯的〈抗衡與抒情〉作為「生活化」詩歌的定義，以也斯所說的形式特點和異於同期內地台灣詩歌的定位為前提進行後文的思考探討。[15]

　　本章將會研究也斯為七十年代「生活化」新詩建立文學史論述的過程。首先由八十年代末說起，指出「余派」爭議與文學史話語權的角力如何促使也斯開始整理「生活化」的歷史。其次探問「生活化」新詩的形式特點和影響來源，把也斯七十年代的詩作分成「電影詩」和敘事抒情詩兩類，分別指出其詩藝養分一方面來自西方文藝如美國反學院詩歌和法國「新小說」，另一方面台灣現代詩和葉維廉的中國詩學理論對他也有所啟發。然後回到六七十年代之交，重溯「生活化」出現的背景，爬梳明朗詩風在香港文壇開始轉折的情形，並提出生活與文學的關係最初出自對現代主義的反省以及現實主義[16]文論，還原「生活化」原本紛歧的面貌，以突顯也斯如何改造並樹立現代派的「生活化」定義。本章最後將會探討也斯如何運用「雙重否定」的論述策略錨定「生活化」在文學史上的流派座標，藉着思考他提出的七十年代新詩三大路向之間的異同，突出他為「生活化」建立文學史地位的方法。由此提出今後繼續發展香港七十年代新詩史時，可在也斯建立的譜系之中納入更多現代派刊物，另一方面補充現實主義這個界定「生活化」的必要參照體系。

15　羅貴祥：〈經驗與概念的矛盾──七十年代香港詩的生活化與本土性問題〉，《香港文學@文化研究》，頁 241-252。

16　「Realism」可翻譯作「現實主義」或「寫實主義」，黃繼持指出在中國新文學的脈絡中，「二十年代通譯為『寫實主義』到三十年代逐漸改譯為『現實主義』，內涵方面是有所變動的（當然也有一定的聯繫），大抵相應於從法國到蘇聯所賦予這個詞的內涵」。參考黃繼持：〈關於茅盾與自然主義的問題〉，《現代化‧現代性‧現代文學》（香港：牛津大學出版社，2003年），頁 79。本書採用這種區分，但也必須一提，在本書討論的範圍內，港台詩人與評論者大多不區分二詞，例如七十年代初溫健騮等人提倡「批判寫實主義」其實是屬於黃繼持界定的「現實主義」。

二、「余派」問題、文學史話語權與 「生活化」論述的發端

　　「余派」問題早已是香港文壇的公案。「余派」一詞出自《羅盤》第 8 期「陳德錦個展」刊出兩篇由《羅盤》友人化用筆名所寫的短評，[17] 非議部分年輕詩人模仿余光中的問題。一直延至余光中離港後，在 1985 至 87 年間，葉輝、羅童（羅貴祥）、王仁芸等人，與胡燕青、李華川、陳德錦等人就「余派」與香港詩壇有無主流的問題展開激烈的爭辯。[18] 雖然單由文章來看，也斯似乎沒有直接參與爭論，但是王良和認為在爭論的過程中：

> 梁秉鈞的作品，一再為他的詩友和學生評論、稱譽，使一些人感到現代派打壓余派的同時，有意標舉一個要取代余光中位置的宗師。梁秉鈞被視為這群人的領袖，要與余光中爭逐主流。[19]

王並認為，論戰的中心不只是兩派人馬的詩觀歧異，更多的是對「主流」位置的競逐，是非常精闢的見解。

　　就本章關注的香港文學史論述的問題而言，還有一位人物需要納入討論：黃維樑和他的《香港文學初探》（1985，下稱《初探》）。黃維樑是著名的余光中研究者，又是「沙田文學」之一員，這些都反映在《香港文學初探》的篇幅分配上。黃坤堯如此概括：

17　筆者曾向《羅盤》創刊人之一的何福仁先生求證，他表示：「貝類和有名都是筆名，我已經記不清作者是誰，但兩位都是羅盤友人，有名的〈信簡〉，上款好像就是寫給我的。」引自筆者與何福仁先生的訪問紀錄。訪問分別於 2016 年 6 月 8 日及 28 日下午進行，訪問記錄將會發表。本章不少觀點深受何福仁先生的訪問啟發，謹此由衷致謝。

18　論戰的詳細經過請參考王良和：《詩觀的衝突與主流的競逐：香港八、九十年代詩壇的流派紛爭 —— 以「鍾偉民現象」映照》，香港：香港浸會大學哲學博士論文，2001 年。另可參考古遠清：《香港當代文學批評史》（武漢：湖北教育出版社，1996 年），頁 320-324。

19　王良和：《詩觀的衝突與主流的競逐：香港八、九十年代詩壇的流派紛爭 —— 以「鍾偉民現象」映照》，頁 159。

在黃維樑的《初探》中，余光中撐起了香港文學的半壁江山，在詩、散文和文學批評中都佔了很重要的位置，成就特大。其次就是黃國彬（1946-　），詩文雙輝，走向博大。[20]

例如「詩論」的部分除了一篇〈香港詩話〉以概論的方式提到了十多位不同流派的詩人外，設有專章討論的詩人就只有余光中、黃國彬和鄭鏡明，「散文」部分和「文學批評」部分都分別有余光中的專章。[21] 黃維樑極力稱譽余光中是「香港詩人」，居港十年期間「發表的詩、文、評論、翻譯，大概有十本書的分量，而內容與香港的生活和文化相涉的頗不少」，而且「經常參加香港的文學活動」，[22] 又在討論胡燕青時指出余氏詩風的影響力。[23] 在出版《初探》之前，黃維樑已經多次提出商榷香港作家的定義應該包括「非生於斯長於斯的作家」，不難明白是為了把余光中納入香港文學史。[24] 單就新詩的部分來看，黃維樑的論述集中突出余光中對香港的影響，所論的詩人流派也不全面，也斯一脈的「生活化」固然沒有論及，現代主義和現實主義等其他發展脈絡也沒有提及。究其原因《初探》的寫法其實是個別文章的結集，編選上也沒有着意呈現香港文學的全貌，然而卻被視為香港學者寫出的首本香港文學專著，其史觀的偏頗遂引起被忽略者的擔憂。[25]

　　由這個角度來看，在「余派」問題上角力的雙方其實不是作為詩人的也斯和余光中，而是作為文學史敘述者的也斯和黃維樑；角力的焦點不是詩歌的風格，而是歷史編纂的話語權問題。駁斥「余派」論述最為用力的

20　黃坤堯：〈八十年代的草圖——讀《香港文學初探》〉，《香江文壇》總第 42 期（2005 年 12 月），頁 30。

21　黃維樑：《香港文學初探》，香港：華漢文化事業公司，1985 年。

22　同上注，頁 17。

23　黃維樑：〈八十年代的香港詩壇（三）〉，《香港文學》第 3 期（1985 年 3 月 5 日），頁 54。

24　黃維樑：〈香港作家的定義〉，《明報》1981 年 2 月 22 日，第 7 版。

25　對黃維樑《香港文學初探》的批評，另可參考以下兩篇。王一桃：〈文章得失寸心知——評黃維樑《香港文學初探》〉，《文匯報》1990 年 2 月 11 日，第 18 版。古遠清：〈黃維樑：一位本土評論家的崛起〉，《香港當代文學批評史》，頁 372-380。

是葉輝和羅童。對於黃維樑認為余光中是香港詩人，葉輝反譏「那香港的
滋味，根本不是滋味」。[26] 羅童的意見尤其尖銳，不只多次正面迎戰「余派」
問題，更指出黃維樑的著作對當時炮製香港文學史的內地學者甚有影響
力，例如潘亞暾就把余光中列為「香港的現代派」，由余開始列出幾代香港
現代派詩人。[27] 羅童又批評參與本地學術會議的部分內地學者歪曲香港文學
史，「不知道是湊巧與否，這次來港的大陸學者，論文的觀點有不少都取材
自黃維樑博士的著作」。[28] 客觀而論，在缺乏史料、無法求證史實的情況之
下仍然以二手材料寫出文學史的責任應該屬於內地學者，但也由此可見羅
童他們感到香港文學史的話語權爭奪問題非常嚴峻。

　　也斯雖然沒有直接回應「余派」論戰，卻多次在其專欄中談論和批評
黃維樑版本的香港新詩史。[29] 對於黃氏主編的小說選，也斯曾批評其標準混
亂；[30] 又說「某位」香港文學評論家寫的評論只是「扭曲了的歷史，混淆了
的資料」，尤其嚴重的問題是「對一代人有意無意的遺漏」，[31] 可能是指黃
維樑沒有討論更多七十年代《周報》一系的詩人。另外，也斯特意討論香

26　葉輝：〈香港的滋味 ── 余光中詩二十年細說從頭〉，《書寫浮城 ── 香港文學評論集》（香
　　港：青文書屋，2001 年），頁 199。

27　羅童：〈歸類法？〉，《信報》1987 年 2 月 13 日，第 14 版。

28　羅童：〈即使眾聲喧鬧〉，《星島晚報・星期日雜誌》1988 年 12 月 18 日，頁 10。

29　在寫詩的看法上，黃維樑和也斯亦曾經隔空爭執。事緣馬若發表了一篇〈都是節奏帶來
　　的 ── 談詩的節奏〉分析梁秉鈞〈冬日船艙〉一詩，黃維樑則在〈八十年代的香港詩壇〉
　　結尾特別拈出此文反駁，又以黃國彬的詩作對比，指馬若的說法不成立。也斯在《十人詩選》
　　的序文中則回應此事，指「黃維樑不同意馬若對節奏的看法，馬若也不同意黃維樑」。以上
　　三文見：馬若：〈都是節奏帶來的 ── 談詩的節奏〉，《星島晚報・大會堂》1984 年 9 月 12
　　日，第 13 版。黃維樑：〈八十年代的香港詩壇（四）〉，《香港文學》第 4 期（1985 年 4 月
　　5 日），頁 56。梁秉鈞：〈抗衡與抒情・藝術與關懷〉，《十人詩選》，頁 XVII。

30　「由黃維樑主編的《當代中國短篇小說選》，香港部分竟然選了西茜凰與倪匡而排斥了大部分
　　香港小說作者，不知如何能向香港作者交代？從水準的參差看來，編選者的動機和識力令人
　　懷疑。」也斯：〈香港小說選集〉，《星島晚報・星期日雜誌》1989 年 1 月 2 日，頁 12。

31　也斯：〈從車上望出去〉，《信報》1987 年 6 月 23 日，第 23 版。

港與台灣文學的關係，強調香港的角色，[32] 暗暗反駁黃維樑單方面強調余光中對香港的影響：

> 〔……〕白萩，及七十年代的吳晟、蔣勳、林煥彰、施善繼及《龍族》諸人，已經在創作上嘗試走一條不同的路，詩人之間有種種交往，對香港當時較生活化的詩亦引為同道。但論香港文學的人很少留意到這方面，強調的反是同時期台灣詩人，尤其余光中對香港的影響。
>
> 余光中七十年代中來港，至八十年代中回台，其間在港教學、創作、演講及出任文獎評判，對青年詩人當然引起一定程度的影響。但如果要細察港台文學的關係，那麼就必須細驗發生影響的時期、作品、詩人，不宜籠統地一概而論。余光中對年青詩人發生影響，顯示他作品有一定的風格和感染力，年青詩人接受影響是他們發展過程的一部分，逐漸也已建立起自己風格了，這兩者都不是壞事。令人擔心的是某些初探香港文學的評論者，把余光中風格定於一尊，並以此作為衡量香港文學的標準，結果自然是抹煞香港文學的特色，嚴重歪曲了香港文學面貌。[33]

「某些初探香港文學的評論者」所指明顯不過。為了和黃維樑的史觀針鋒相對，也斯有意補充另一面向的香港新詩史。他詳細憶述七十年代以來台灣和香港新詩的雙向關係，並特別強調《文藝新潮》曾經影響台灣詩壇，其

32　陳建忠曾指：「也斯並不喜歡中、台兩地的研究者，老愛強調香港受到兩地的影響，顯示也斯堅持標舉的香港文學經驗的自我尊嚴，並更願意自我加以詮釋，乃至實踐。」陳建忠：〈在浪遊中回歸：論也斯環台遊記《新果自然來》與一九七〇年代台港文藝思潮的對話〉，《現代中文文學學報》第 11.1 期（2013 年 6 月），頁 135。

33　也斯：〈港台文學關係〉，《大公報》1988 年 10 月 9 日，第 4 張。

後在七十年代的發展中也是兩地齊頭並進的。[34] 簡言之，也斯的論述特別着重強調香港的主體性，希望呈現出香港詩歌自身的發展脈絡，與台灣相互影響共鳴、而不是單向地被影響的情況。

八十年代中期以來，也斯積極建立香港現代派文學和「生活化」新詩的文學史論述，顯然是感到必須回應余光中代表了七八十年代香港新詩成就的說法，要把相關史料整理出來，重述偏頗的七十年代新詩史，以呈現「發展的全貌」。[35] 單是 1988 年，他不只打算和友人出版《十人詩選》，[36] 還為「生活化」新詩前因後果和藝術特色寫了一系列文章，暗示或明示這批詩人不受余光中的影響。例如〈解讀一個神話？——試談《中國學生周報》〉（1988 年 10 月）及〈抗衡與抒情——後期周報幾位香港詩人的聲音〉（1988 年 11 月）兩文，既說「《周報》那時的詩〔……〕不同比較受台灣詩人余光中先生影響的《詩風》上面的詩」，[37] 又說「生活化」新詩「是堆砌典故的偉大文本想像」以外的選擇。[38] 由此可以推斷，「余派」相關的文學史話語權問題是促使也斯整理「生活化」歷史的最主要動機。

「余派」的爭議深刻地影響了也斯對「生活化」的論述。他追溯「生活化」的抗衡對象指：「它所指涉的風格是相對不同於兩種大方向而言：（一）

34　也斯：〈台灣與香港現代詩的關係——從個人的體驗說起〉，《香港文化空間與文學》，頁 21-33。

　　劉以鬯也有相似的觀點，他在〈三十年來香港與台灣在文學上的相互聯繫〉一文中，反駁「大部分研究者在談論港台文學時總說香港文學深受台灣文學的影響」一說，認為「只對了一半」。他指雖然《文藝新潮》的成立時間「比台灣『現代派』宣告成立遲二十幾天」，但是《文藝新潮》和《現代詩》互相聯繫，並影響《筆匯》，其後《香港時報·淺水灣》副刊及《好望角》等同樣體現出五六十年代兩地文壇如何彼此影響。劉以鬯：〈三十年來香港與台灣在文學上的相互聯繫（上）〉，原刊《星島晚報·大會堂》1984 年 8 月 22 日，頁 16。劉以鬯：〈三十年來香港與台灣在文學上的相互聯繫（下）〉，原刊《星島晚報·大會堂》1984 年 8 月 29 日，頁 10。

35　梁秉鈞：〈抗衡與抒情·藝術與關懷〉，《十人詩選》，頁 VIII。

36　梁秉鈞：〈抗衡與抒情·藝術與關懷〉，《十人詩選》，頁 XXII。文末按語指詩選原訂 1988 年底出版，唯最終隔了十年才成功面世。

37　也斯：〈解讀一個神話？——試談《中國學生周報》〉，《香港文化空間與文學》，頁 165。

38　梁秉鈞：〈抗衡與抒情·藝術與關懷〉，《十人詩選》，頁 IX。

是政治主導的壯麗言辭、（二）是堆砌典故的偉大文本想像。」[39] 下文將會看到前者的確是七十年代的重要背景，後者卻是在與「余派」的角力中才提出的 ——「生活化」最初提出時並未針對「堆砌典故的偉大文本想像」，「偉大文本」、「不奢言藝術的永恆」等並不在也斯七十年代的思考之中。由此更證明「余派」的爭議是「生活化」論述建立的關鍵語境。

關於為甚麼也斯覺得「余派」風格不是適合香港的語言，可以從他對文學在地化的要求作出推測：在地化與余詩對民族情懷的抒寫南轅北轍。葉輝這樣概括余光中的特點：

> 余詩裏的人物 —— 通常是古人，更常見的是借古人喻今人 —— 往往跟抽象的自然界對立、對峙乃至對抗，「人」與「永恆」拔河，中間劃定界線，「踏過界來」就是論定勝負的標準；「夜」是一頭海獸、人和自然界搏鬥起來，經常都由凡人化身為神、神仙、超然於時間（永恆）和自然界之上；這是一種強調象徵性和英雄主義的詩法，精神面貌帶有古典情調，這種詩法講究詩人內在的功力修為多於外界的觀察發現〔……〕[40]

雖然他說余詩「精神面貌帶有古典情調」，忽略了余光中對現代主義的追求，比方前文說「強調象徵性和英雄主義的詩法」就非常富有現代主義色彩，然而借助葉輝這段話還是可以指出余詩和也斯詩作的差異。其一，余詩裏少見此時此地之物與人，對照也斯曾經批評七十年代的香港藝術看不到香港生活的人們，[41] 就明白余詩不會切合也斯追求的在地化的抒情形式，與也斯標明此時此地、書寫日常的街道詩更是兩個極端。其二，余詩的英雄色彩鮮明，也斯卻認為英雄史詩不適合香港，對也斯而言，香港文學的

39　同上注。

40　葉輝：〈兩種藝術取向的探討 —— 從胡燕青、羅貴祥的詩談起〉，《書寫浮城》，頁 214。

41　也斯：〈兩種幻象〉，《書與城市》（香港：牛津大學出版社，2002 年），頁 7-8。

長處別有所在，在於一種平靜蘊藉的抒情詩。[42] 其三，余詩重視象徵和比
喻，以詩人內在駕馭外在現實，也斯八十年代中提出「發現的詩學」正是
針對這種「象徵詩學」。[43] 下文在討論「生活化」與反學院詩歌的關係時，
會再進一步討論兩者是兩種不同的現代派詩歌路線。兩人美學追求的差
異，和文學史書寫權力的爭奪加起來，使「生活化」論述的建立本身就帶
有無法忽視的「抗衡」色彩。

今天回顧爭論的歷史現場，也斯為代表的現代派和「生活化」論述已
經獲得毫無疑問的承認，成為七十年代香港新詩史的最主要部分。杜家祁
認為其中的主因是八十年代末以來香港的社會氣氛轉變，對於民族主義抱
持懷疑、更多地追求本土經驗和身份認同，余光中擅長抒寫的民族情懷因
此失去市場。[44] 王良和則認為「『余派』負面的標籤效應、『余派』向心力的
解體，以及香港詩壇美感價值的轉移，才是真正促使余光中詩風退潮、『余
派』式微的主因」。[45] 詩人陳錦昌曾和王良和談到這場爭議的影響，指也斯
等人極力想「清洗余光中對香港的影響」、「去余化同時本土化」。[46] 換言之
就是這場文學史話語權的爭奪，是以現代派一方「勝出」。如今對七十年代
香港新詩的討論，集中在「生活化」的相關詩人和詩作，例如談論本土意
識的建立過程，或從都市文學的角度切入，極少再把「余派」相關的詩人
納入討論，某程度也是因為余光中的詩作主題和風格無法切合這個香港新

42　例如從他對崑南和王無邪的評價就能明白他的「反英雄」立場：他認為相比起崑南書寫個人
　　英雄悲劇，王無邪以低迴的抒情語調寫出「戰後『無大災難』的殖民地上的無力感」而更具
　　香港特色。也斯（2009）：〈一九五七，香港〉，《也斯的五〇年代：香港文學與文化論集》（香
　　港：中華書局，2013 年 5 月），頁 159。

43　也斯：〈《游詩》後記〉，集思編：《梁秉鈞卷》（香港：三聯書店，1989 年），頁 126-128。

44　杜家祁：〈在殖民地書寫香港經驗 —— 論香港九十年代現代詩中的本土性〉，「中國現代文學
　　研討會：研究方法與評價問題」會議論文（香港：香港中文大學中國語言及文學系，1998
　　年 6 月 11 至 13 日），頁 10。

45　王良和：《詩觀的衝突與主流的競逐：香港八、九十年代詩壇的流派紛爭 —— 以「鍾偉民現
　　象」映照》，頁 162。

46　王良和：〈磅礴偉大同時內煬 —— 與陳汗談他的詩〉，《打開詩窗：香港詩人對談》（香港：
　　匯智出版，2008 年），頁 292。

詩論述框架。

也斯是在八十年代與「余派」相關的文學史話語權的角力之中，藉由多次回顧和論述逐漸把現代派的「生活化」意涵固定下來。先整理一下八十年代的也斯如何定義「生活化」。他回顧「生活化」一名的提出，所憶述的「源頭」是指 1988 年一個回顧《周報》的座談會上「有人提到後期周報上出現的一群詩人，說他們的詩寫得比較生活化，有香港地方色彩，跟當時台灣或大陸的詩作有顯著不同的取向」。[47] 這裏「有人」指的是李國威在中華文化促進中心主辦的「周報座談會」發表的講話，[48] 但其實也斯比李國威更早以文學史總結的方式使用「生活化」一語，例如在〈「四季」、「文林」、周報『詩之頁』及其他〉（1983）他首次回顧《周報‧詩之頁》時已經指出「如果這詩頁有甚麼特色，除了鼓勵不同風格外，那就是為一種不太雕琢的比較生活化的詩留下一個位置，也鼓勵人去寫香港題材的詩」。[49]

也斯似乎已經多次定義過「生活化」的意涵，但是仔細研讀卻發現他的解說多是「否定式」的。究其原因，「生活化」本來不是有明確內涵的術語，故也斯傾向以排除法來反面定義「生活化」，諸如非現實主義、非口號教條、非古典麗辭、非流行濫情、非宏大題材等等。[50] 他自己也認為「生活化」是「含糊的用字」，必須「放回一個歷史的脈絡中」、與其對立面參照

47　也斯：〈抗衡與抒情 —— 後期周報幾位香港詩人的聲音〉，《香港文化空間與文學》，頁 38。

48　講話記錄發表於《博益月刊》的「《中國學生周報》特輯」。李國威：〈《周報》的掙扎〉，《博益月刊》第 14 期（1988 年 10 月 15 日），頁 147-149。

49　也斯：〈「四季」、「文林」、周報『詩之頁』及其他〉，《文藝》第 7 期（1983 年 9 月），「香港文藝期刊在文壇扮演的角色」筆談會，頁 36-39。

50　例如在王良和的訪問中，他說「詩不一定要堆砌華麗的修辭，或是宣揚宏大的觀念，我不太喜歡當時有些詩生硬堆砌古典意象、成語，或用舊詩詞典故入詩〔……〕我想用平易近人的語言，寫生活中的感受、可以回味的東西」。又例如在和葉輝、鄧小樺的對談中說：「在我們六〇年代開始寫詩的時候，周圍充斥的是中國大陸官方的社會主義現實主義、批判現實主義、浪漫革命、激情、政治正確的東西。另一方面從台灣看到則是扭曲的文字心靈底層蠢動的探索。在香港，逐漸覺得那些東西跟自己的生活有很大距離，無法用那些寫法去寫出自己的感受。」皆是採用排除法的定義。見王良和：〈蟬鳴不絕的堅持 —— 與梁秉鈞談他的詩〉，《僭越的夜行》，上卷，頁 51 及 70。

下才能具體界定。[51] 舉例來說，「生活」其實指何種生活（例如政治／非政治的、公共的／個人的、底層人民的／布爾喬亞的等等）、怎樣的語言風格才算得上「生活化」或「明朗」（比如是否指粵語入詩、少用象徵典故、接近日常實用語言等等）都有待仔細釐清。他說《周報・詩之頁》「比較生活化，有香港地方色彩」，[52] 好像就是指本地題材；「一種不太雕琢的比較生活化的詩」，[53] 又指語言上平易自然；「一種探索的行程、不太高蹈的態度、平視的角度」，則又指詩人主體與描寫客體的關係了。[54] 可見「生活」並不是不辯自明的詞語。

　　也斯心目中「生活化」的意思，從他的文論和詩作歸納來看，主要指非政治化的個人日常生活，「生活」專指香港的現實，其中又傾向日常現實而遠離政治現實；語言淺白似乎指接近平易的口語和敘述語調，明朗則是相對超現實主義詩潮的晦澀，但又與台灣現代詩討論裏的「明朗」不同，後者多有返顧中國古典詩詞傳統，與七十年代也斯的想法相反。[55] 也斯談的「生活」除了「此地」更有「當下」的意思，是相對各種沒有在文學中正視當下香港的寫法，提倡革新文學形式以表達現代感性。[56] 所謂「脫離當下生活」者，包括當時的現實主義教條和批判口號，還有五六十年代常見的懷鄉題材，[57] 兩者都是也斯後來反覆批評的，「當下」的取向更能見出「生活化」詩歌是一種文學現代化的追求。

51　梁秉鈞：〈抗衡與抒情・藝術與關懷〉，《十人詩選》，頁 IX。

52　同上注，頁 VIII。

53　也斯：〈「四季」、「文林」、周報『詩之頁』及其他〉，《文藝》第 7 期（1983 年 9 月），頁 36-39。

54　梁秉鈞：〈抗衡與抒情・藝術與關懷〉，《十人詩選》，頁 IX。

55　青年時期也斯對古典傳統的反對意見，請參考本書第五章第二節的剖析。

56　梁秉鈞：〈台灣與香港現代詩的關係 —— 從個人的體驗說起〉，《香港文化空間與文學》，頁 27。

57　對香港五六十年代散文的討論，參考盧瑋鑾：〈五、六十年代的香港散文身影〉，黃繼持、盧瑋鑾、鄭樹森：《追跡香港文學》（香港：牛津大學出版社，1998 年），頁 29-34。

我們可以循也斯定義的「生活化」提出值得繼續追溯的問題：他自己當時的詩作呈現怎樣的「生活化」風格？六七十年代的詩壇環境是怎樣的，如何醞釀新風格的誕生，例如當時有否其他相似的倡議，與也斯的說法有何不同？他談論的這種「生活」與文學的關係在文論上有何淵源？以下嘗試逐一探討上述問題，深入認識「生活化」的意義及其進入文學史論述的過程。

三、重探也斯「生活化」詩歌的特點 及其多重參照對象

如果比較也斯七十年代的詩作以及上述對「生活化」的定義，不難發現其特點比整理後的論述更為豐富。除了題材上刻意選取香港本地風景，以及使用不太雕琢的、平易的語言，詩作的風格卻不一定明朗淺白，也不限於敘述與抒情詩。以也斯發表在《周報》上的「香港十首」為例，如果「生活化」是指語言風格明朗可感，則必須注意到此批詩作只有〈中午在鰂魚涌〉和〈新蒲崗的雨天〉兩首以抒情主體作街道漫遊的詩符合這個印象，也是《雷聲與蟬鳴》最常被引用的兩首詩。另外幾首詩皆是以隱密的主體作攝影機式的描繪，[58] 並不「明朗」或「可感」，反而是不無晦澀的寫法。引申而言，也斯在七十年代發表的詩作可以粗略分成兩類：一是以意象為主，作出攝影機式的冷靜觀察，二是以抒情主體作街道漫遊的詩。前者主體深藏，猶如沒有旁白的電影片段，後者則以第一人稱敘述聲音為主，詩句較散文化，抒情性也較強。對照也斯七十年代所譯介的文藝資源，可以發現兩種寫法各有不同的參考對象，補充「生活化」詩歌的形式特點。

58　可參考王良和的分析：〈眼睛的漫遊 —— 讀梁秉鈞三首街道詩〉，《儳越的夜行》，上卷，頁77-80。

（一）攝影機式的具象寫法：葉維廉的中國詩學與法國「新小說」

　　也斯早期的詩曾經實驗嚴格排除敘事性的寫法，轉求意象、畫面、景物等，令詩中的敘述主體降低至電影鏡頭般的存在。閱讀這些詩的時候，讀者進入詩人設置的觀看位置，彷彿是和他一起逛街，親眼看見那些景象，透過這種手法達到也斯希望大家「正視」在地現實的目的。例如《雷聲與蟬鳴》「澳門」和「香港」兩輯不少詩作都採用這種冷靜白描的手法，多描寫一些狀態，或日常風景不為任何人存在的「無用」一面，例如〈寒夜‧電車廠〉寫回廠後靜止停泊的電車；〈傍晚時，路經都爹利街〉描寫無甚突出之處的平凡街景，卻在諸種冷硬的建築物和地盤的意象旁邊，加插一道沒有人留意的地面水流、一點柔和的燈光等，排列出冷暖、軟硬的對比；〈羅素街〉寫街市攤檔的景觀，同樣是排列出各種對比意象，例如死去的灰滯的鹹魚與鮮嫩的菊花、新鮮的蔬果與醃漬物、擺賣的食材與被丟棄的部分等等。

　　與一般抒情詩「使物皆着我色」完全相反，也斯拒絕以自己的道理、情感或議論籠罩眼前的景物，反而是刻意去除詩人的主體性，模仿無人在場的電影鏡頭效果，既無抒情也無議論，詩意的跌宕鋪排是要仔細研究意象的對比、排列等等才能發現，不可謂不隱密。他在不少訪問之中解釋過這種寫法的目的：

> 我最早的詩對視覺藝術的直接呈現很感興趣，也有人稱之為攝影詩，這也可以說是對之前主題先行或豪言壯語式的主流詩潮不感興趣，向其他媒介尋求啟發的做法。[59]
> 在我們六〇年代開始寫詩的時候，周圍充斥的是中國大陸官方的社會主義現實主義、批判現實主義、浪漫革命、激情、政治正確的東西。另一方面從台灣看到則是扭曲的文字心靈底層蠢動的探

59　羈魂：〈詩‧越界‧文化探索〉，《僭越的夜行》，上卷，頁44。

索。在香港，逐漸覺得那些東西跟自己的生活有很大距離，無法用那些寫法去寫出自己的感受。於是就在各種新媒介裏尋找新的寫作方法。至於《雷》，當時是希望採用類似法國新小說的，或葉維廉所說的，中國古詩的「呈現」手法，不講道理，只呈現景觀，而且是城市景觀。這種以景寫情的含蓄，與當時的激情很不同。[60]

雖然這兩個訪問都是較近年的，但是如果和七十年代的情況作參照，仍是頗為中肯的回顧。他不反對這些詩被稱為「攝影詩」，不過細察詩作對鏡頭調度的模仿，或者稱為「電影詩」較為適合。[61] 他認為是在當時流行的現實主義或超現實主義等寫法之外另闢蹊徑，不惜走到其對立面，以沉默的鏡頭作單純的「呈現」。

也斯特別提到葉維廉的中國詩學和法國「新小說」，對我們理解「電影詩」的寫法很有幫助。先談葉維廉。在也斯赴美跟隨葉維廉攻讀比較文學博士之前，他已經相當欣賞葉維廉的文學批評。他曾經在專欄推介葉維廉在台灣出版的《中國現代小說的風貌》與《秩序的生長》，認為比羅門、張默等人的詩評清晰多了。[62] 也斯曾坦承早年葉維廉給他的影響：

〔……〕我承認受到葉維廉老師那些論文的啟發。六、七〇年代，我看過他的論文，以及他早期一本講述現象表現經驗的書，雖然那是談論現代小說，而不是談論詩。此外，七〇年代初，他經過香港，我跟他做了一個很長的訪問。所以，葉維廉提出的道家美學觀念，對我有啟發，而我所做的，是嘗試把這種觀念轉換來寫都市。[63]

60　鄧小樺、葉輝：〈歷史的個人，迂迴還是回來 —— 與梁秉鈞的一次散漫訪談〉，《僭越的夜行》，上卷，頁51。

61　唯這與八十年代台灣詩人羅青提出的「錄像詩學」不可等同，後者在詩句上更着重後設地點破模仿攝影的手法，也斯當時的詩作則沒有後設的部分。

62　也斯：〈一個時鐘〉，《快報》1972年1月29日，頁碼從缺。

63　王良和：〈蟬鳴不絕的堅持 —— 與梁秉鈞談他的詩〉，《僭越的夜行》，上卷，頁78。

李國威亦指也斯《雷聲與蟬鳴》的「香港」和「澳門」兩輯詩是「利用中國古詩的以景寫情的技巧，以呈現、暗示而非解釋的方式，來寫他對人生和社會處境的各種感受（這方面他是受了葉維廉的《現象・表現・經驗》的啟發）」。[64] 已有論者注意古詩對他的影響，[65] 葉維廉自己也曾經從古典詩學的含蓄表達手法評論《梁秉鈞卷》的詩作，以「物我相遇」時的「凝注的美學」來形容也斯洗盡感傷的語言，提示了讀者「生活化」詩歌與中國古典詩學的可能關聯。[66]

　　電影手法一方面是來自中國古詩「無我」的寫法，另一方面則是法國「新小說」的實驗手法。也斯提到的那本《現象・表現・經驗》的同名文章（1969）以古典詩的抒情原則論小說技法，[67] 要求小說像「詩六義」的「興」一樣，運用暗示、聯想等等，以最少的文字表達最複雜人物內心，像詩一樣「含蓄」不加解說，使小說從敘述（telling）轉向呈現（showing）。作者應像電影鏡頭一樣，在呈現時讀者與故事場景愈接近零距離就愈成功，有如古典詩在抒情的瞬間把情景再現於讀者眼前。試看他如何以論詩的原則討論小說表現手法：「小說裏呈露的事物本來是自身具足的」，「在火花一閃中（極經濟的文字所捉住的最傳神的一刻）使讀者衝入悠悠不盡的現象裏」，這些和他所討論的中國詩學並無二致。例如葉維廉在〈語法與表現〉（1973）說中國詩具「物象的演出性」，「指向一種更細緻的暗示的美感經驗，是不容演義、分析性的『長說』和『剖解』所破壞的〔……〕一種只喚起某種感受但並不將之說明的境界，任讀者移入、出現，作一瞬間的停駐，然後溶入境中，並參與完成這強烈感受的一瞬之美感經驗」。葉同

64　李國威：〈尋找一位詩人〉，《文藝》第 18 期（1986 年 6 月），「梁秉鈞小集」，頁 36。

65　陳素怡：〈景物的自然興發與演出 —— 葉維廉詩論與梁秉鈞七○年代詩作〉，《僭越的夜行》，上卷，頁 226-241。

66　葉維廉：〈語言與風格的自覺〉，《僭越的夜行》，上卷，頁 318-322。

67　該書重新出版時改題《中國現代小說的風貌》。葉維廉：〈現象・經驗・表現〉，《中國現代小說的風貌》（台北：台大出版中心，2009 年），頁 162-192。

樣以電影為比擬,「電影可以說是最能捕捉經驗的直接性的媒介」。[68]他認為法國「新小說」(Nouveau Roman)和新浪潮電影如羅伯—格里耶(Alain Robbe-Grillet, 1922-2008)、費里尼(Federico Fellini, 1920-1993)、莒哈絲(Marguerite Duras, 1914-1996)都能做到這種「物象的演出」,「開始於現象本身」,「使經驗〔……〕純然的『活現』我們的意識裏」。[69]

　　葉維廉的理論中提到嚴格地單純呈現事物、絕對排除解說成分等寫法,都可以解釋也斯「以景寫情的含蓄」的意思。但是葉所嚮往的道家美學與也斯的入世態度是截然不同的。如果葉維廉主張無我「呈現」,也斯的「發現」卻始終有一個(無論隱藏得多深的)漫遊的抒情主體。如果古詩的「無我」是物我融通的表現,也斯嘗試讓城市景觀「自行興發」,卻是傳達出一種大都市超越個體的、自行運轉不息的感覺,其中不無對城市化發展的不可阻擋所體會到的無力感。例如〈北角渡海碼頭〉詩中瀰漫的不安、等待的感覺,各詩中不時出現的建築地盤、「拆建中的摩囉街」和趕往視察最後風貌的詩人等等,所表現出的狀態不是「物我融通」,而是「我」與眼前景象的刻意抽離,兩者的美學效果是完全不同的。有趣的是葉維廉也提到法國「新小說」,雖然也斯一再追述葉維廉對他的影響,但是由也斯七十年代對古典文學的反對態度來看,當時對他啟發較大的應該是西方文藝資源,即法國「新小說」的實驗。

　　法國「新小說」一度是六十年代末、七十年初也斯非常着迷的。[70]也斯在 1972 年和鄭臻(鄭樹森)合力編譯《當代法國短篇小說選》,他的《香港時報・文藝斷想》專欄多次介紹羅伯—格里耶、薩候特(Nathalia

---

68　葉維廉:〈語法與表現 —— 中國古典詩與英美現代詩美學的匯通〉,《比較詩學》(台北:東大,1983 年),頁 40-41。

69　葉維廉:〈現象・經驗・表現〉,《中國現代小說的風貌》,頁 178 及 181。

70　對法國「新小說」的介紹參考:Arthur E. Babcock, *The New Novel in France: Theory and Practice of the Nouveau Roman*. New York: Twayne Publishers, 1997. 張容:《法國新小說派》,台北:遠流,1992 年。鄭臻:〈前言〉,梁秉鈞、鄭臻合譯:《當代法國短篇小說選》(台北:晨鐘,1970 年),頁 1-13。

Sarraute, 1900-1990）、莒哈絲、品哲（Robert Pinget, 1919-1997）等人。[71]
比較「新小說」原本的脈絡，不難發現也斯的譯介「時差」：在他熱情推介
「新小說」的時候，「新小說」的末流在法國已經面臨批評，[72]並有所謂「新
新小說」的出現，[73]此時他談「新小說」，不是因為其「流行」，是因為「新
小說」所反對的十九世紀的寫實傳統剛好可以對應六十年代末、七十年代
初香港流行的現實主義風潮，支援了也斯對於現實主義的反思。也斯在其
專欄討論「新小說」時，往往以「新寫實」、「貼近日常生活」等形容其特
點，從中可以管窺他對於文學描寫日常生活的想法。他第一次在報上譯介
「新小說」時，就定下往後的論述基調，從「新寫實」的角度為「新小說」
辯護，力陳「新小說」的特點諸如人物沒有名字、性格含糊、作品篇幅花
在物件上多於人身上等寫法其實更貼近日常生活現實，「在日常生活裏，在
視線中，在回憶裏，物質的確是佔了不少位置呀」，「在日常生活中，我們
實在聽見過多少不曉得他的名字、性格也不是直截分明的人物呵」。[74]也斯
在介紹薩候特的小說時，強調新小說家的寫實「是一個創造性的（主觀的）
寫實，而不是一種臨摹的寫實」，[75]並再次說她多寫小主題的寫法比起追求
偉大題材的寫法更接近日常生活，「我們日常生活中所遇到的每件事難道都
是轟天動地的？我們生命中的每個時刻、每個舉動，又難〔道〕都是〔充〕

71　請參考本書第二章分析也斯對法國戰後現代主義文藝的譯介。

72　早在 1960、61 年間，正是「新小說」在法國方興未艾的時候，《香港時報‧淺水灣》上就
　　已經有幾篇文章談到「新小說」，劉以鬯寫了一篇談意識流小說的文章，最後談到當時已經
　　興起新的實驗潮流，稱為「反小說」。潘學工曾撰文詳細介紹羅伯―格里耶、薩候特和畢托
　　的「新小說」主張和重要作品，但港台正經歷存在主義的熱潮，因此雖然他們已經注意到反
　　存在主義的「新小說」冒起，但未及深究。學工：〈法國新派小說〉，《香港時報》1961 年 1
　　月 27 至 28 日，第 10 版。劉以鬯：〈現代小說必須棄「直」從「橫」――替「意識流」寫一
　　個註解〉，《香港時報》1960 年 5 月 12 日，第 10 版。

73　1971 年隨着「新新小說派」聲討「新小說」，標誌這股文學潮流已經到了末流。Babcock,
　　The New Novel in France, 1-8.

74　也斯：〈新小說的回顧〉，《香港時報》1968 年 10 月 2 日，第 10 版。

75　也斯：〈沙勞和《狐疑的年代》〉，《香港時報》1968 年 10 月 4 日，第 10 版。

滿哲意、發人深省的？」。[76] 他對「新小說」的譯介反覆借用「日常生活現實」
為修辭，很可能是為了和批判寫實主義指定反映的「集體現實」分庭抗禮，
解除「現實」的階級性和指定「揭露黑暗」的任務。簡言之，他最重視的
「新小說」特點，是對物件的描寫方法、對日常瑣細主題的興趣，以及對
於說教傾向的拒斥。這些加起來變成一種作品中平視的視點，對他的「生
活化」寫法、冷靜觀察的筆觸等都有明顯的影響，啟發了他較為冷調的寫
法。不過也斯這類「電影詩」為數不多，可以想像這種嚴格排除敘事成分
和主體現身的寫法限制不少，也不便於舒展情思，後來他很少再實驗這種
寫法，與此不無關係。

（二）抒情主體的香港街道漫遊：美國民歌與反學院派詩歌

也斯許多首為人喜愛、反覆引述的「生活化」詩作都屬於另一類以敘
事和抒情為主的風格。這類詩作明顯可辨的影響來源是美國戰後詩歌的反
學院主張再加上民歌熱潮帶起的明朗詩風。

民歌可說是這類抒情性的「生活化」詩歌最初的模仿對象。也斯認為
民歌的口語化、生活題材和抒情性是現代詩的理想模樣。六七十年代，在
美國反戰浪潮、民權運動等掀起「反文化」浪潮，尤其是民歌的影響更是
非常深遠，當時不少香港青年也深受鼓動。例如《大拇指》音樂版介紹過
卜・狄倫（Bob Dylan, 1941- ）、拜雅絲（Joan Baez, 1941- ）等美國民歌
手，[77] 吳煦斌甚至借用辛笛的詩句翻譯鍾妮・米曹（Joni Mitchell, 1943- ）
的歌詞。[78]《盤古》也注意到民歌的影響力，雖然在他們轉向左翼思想之後

76　也斯：〈主題的大小〉，《香港時報》1968 年 10 月 5 日，第 10 版。

77　《大拇指》第 17 期（1976 年 2 月 20 日），第 1 及 10 版。

78　吳風譯：〈夏日草坪瑣瑣的聲音〉，《大拇指》第 8 期（1975 年 12 月 12 日），第 8 版。

他們主要着眼於文藝普及化的問題。[79] 也斯不例外地迷上民歌，他曾引用民歌之父活地・居非里（Woody Guthrie, 1912-1967）的話：

> 如果你有新話要說、如果暴風來臨、或洪水淹沒國家、或一車小童冷死在路旁、如果大船沉沒、飛機墜落你居所附近、匪徒跟警察槍戰、或者工人參戰，是的，你總可以在一輛載滿東西的火車中找地方坐下來為他們作一支歌。將來你會聽見全國各處的人唱起你的歌來的……[80]

其中說到民歌的題材取材自身邊事件，而詩人（歌手）並不以精英自居，反而在群眾的中間、表現他們的日常生活，這些都和「生活化」詩歌的特點非常相似。也斯接着舉了鍾妮・米曹幾首歌為例，例如〈巨大的黃色計程車〉（"Big Yellow Taxi"）、〈上一回遇見李察〉（"The Last Time I Saw Richard"）、〈給海鷗之歌〉（"Song To A Seagull"），[81] 他極欣賞她敘說事情的方法和文字，能以自然美麗的語言盛載豐富的社會議題。有趣的是，也斯一邊談一邊翻譯引用她的歌詞，變成中文字句的歌詞讀起來和「生活化」新詩的調子極為相似。他談茱地・歌連絲（Judy Collins, 1939- ）時說到民歌和詩歌的牽連：

79　見《盤古》第 8 期（1967 年 10 月 31 日），頁 29-43。後來《盤古》變得政治化之後，古蒼梧曾經提倡過以民歌表演方式令詩歌普及化，又推介過新中國成立後在〈延安講話〉指導下所創作的以歌頌革命和建設新中國為題材的「新民歌」。古蒼梧：〈新詩的出路〉，《中國學生周報》975 期（1971 年 3 月 26 日），第 1 版。古蒼梧：〈從新民歌體看新詩發展的新方向〉第 57 期（1973 年 5 月 1 日），頁 29-32。

80　也斯：〈鍾妮・米曹的歌〉，《中國學生周報》第 1125 期（1974 年 6 月 5 日），第 9 版。

81　也斯譯了三首米曹的歌詞，見《中國學生周報》第 1125 期（1974 年 6 月 5 日），第 7 版。

> 聽到民歌總是使我想起詩，尤其是我們詩壇的現代詩〔……〕我
> 每趟聽見的時候就禁不住想：為甚麼我們的現代詩寫不出這樣的
> 句子來？[82]

他說最初讀現代詩，「那時的詩對我們來說是可感可觸的」，是新鮮的聲
音；但是寫這篇文章時（1971），「整個詩壇卻陷進紛亂中去」，指涉當時
的現代詩論戰，同時現代詩不再新鮮了，這時候卻有民歌的流行，給他們
新鮮的聲音：

> 這是我們現在挨近現代詩傾耳細聽而聽不見的聲音呵。翻開一本
> 詩選，詩刊，詩集，我看見了甚麼？「子宮」，「內心超昇」，「民
> 族精神」，「禪悟」……夠了。難道我們的詩人不能簡單說一句話
> 而不堆砌名詞？因為沒有感情，所以愛情只是一堆生理名詞，所
> 以智識只是一堆學術名詞。
> 現在聽的這些歌，它們是這麼豐富。歌中有那些親切的東西，
> 熟悉的小人物，半帶幽默半帶哀愁地唱出生命的事件與感情。
> 〔……〕這些歌從現實的東西找到題材，但不僅是皮相的寫實。那
> 些意象和文字都是新鮮的。這些歌植根在現實中，層層茁長開出
> 鮮美的花朵來了。[83]

這篇文章清楚說明了也斯如何把民歌的優點與現代詩的弊端比較思考，他
尤其着重民歌如何表達真切的感情、抒寫親切的人事物，認為是當時的現
代詩已經喪失的質素。簡言之，也斯追求的詩歌美學，是以民歌為範本來
開始試驗「生活化」的寫法。他認為詩歌語言應該向民歌學習其淺白可感，
題材上也應像民歌與現實生活相關。也斯所取法自民歌的是其主體性和抒

82　也斯：〈詩與民歌〉，《城市筆記》（台北：東大，1987年），頁204。

83　同上注，頁206。

情性，多次推崇民歌取材自現實平凡的人事，感情新鮮活潑，「想寫一首詩
像寫一首民歌」，「用最自然的方法來說出自己的想法。沒有群眾的面具，
不躲在別人背後喊」。[84] 這樣的寫法一方面是針對被指晦澀難懂的六十年代
的現代詩，另一方面也和當時被提倡的現實主義不同，鼓勵詩作以易懂的
語言表達一己情感。

　　也斯亦推介不少詩風明朗的美國詩人。也斯最早編譯的譯介專輯之一
就是《星島日報・大學文藝》1968 年 1 至 2 月間一連五期的「美國地下文
學專輯」，他編選的《美國地下文學選》內容包括詩、小說和劇本，以及
不同流派的地下文學。他們的第一個共通點是反學院，也斯心儀的詩人包
括「三藩市復興派」的費靈格蒂（Lawrence Ferlinghetti, 1919-2021）、「垮
掉的一代」的堅斯堡（Allen Ginsberg, 1926-1997）、「黑山派」的克里利
（Robert Creeley, 1926-2005）、「紐約學派」的奧哈拉（Frank O'hara, 1926-
1966）等等，他不厭其煩地在其專欄中反覆推介這幾位詩人，強調他們的
「反學院」和反現代主義。[85] 二十年代以來以艾略特為首的主智和玄學派詩
風，使詩歌在形式上幾乎完全變回格律詩，而新批評亦促使詩人寫出更多
這類詩歌。[86] 反觀美國戰後詩歌的共通點是反思象徵主義、玄學派及新批
評等代表高峰現代主義的詩觀，並挑戰傳統詩學、社會主流想法和各種成
規。[87] 由比尼克詩人和「黑山」詩人領頭的「反學院」詩歌追求美國化、個
性化、熱切流露情感、隨興率真、自由詩體等等，在麥卡錫主義的高壓氛

84　也斯：〈作一支歌〉，《快報》1971 年 8 月 17 日，頁碼從缺。

85　例如指「他們認為既成制度是最大的敵人」，「反對學院派的賣弄學問」，「不讚〔贊〕成炫
　　誇學識，主張直接抒寫胸臆，這只是他們不願意俯首貼耳地服從文學權威和教條的表現」。
　　梁秉鈞：〈序言〉，梁秉鈞編譯：《美國地下文學選》（台北：環宇出版社，1971 年），頁 2
　　及 4。

86　參考趙毅衡：《詩神遠遊：中國如何改變了美國現代詩》（上海：上海譯文出版社，2003
　　年），頁 271-279。

87　Manuel Luis Martinez, "Introduction," *Countering the Counterculture: Rereading Postwar
　　American Dissent from Jack Kerouac to Tomás Rivera* (Madison: The University of
　　Wisconsin Press, 2003), 3-11.

圍下故作驚世駭俗的反叛姿態，並遠離東岸的學院派，以西岸為聖地。[88]
也斯正是就讀英文系，學院課程是正統的英語詩歌傳統。[89]他曾經回顧自己
最初對前衛文學的興趣，是「出諸一種對學院文學的厭倦，對一切反叛，
都有一種莫名的好感」。[90]他當時的專欄和詩評經常談到學院派的問題。他
曾說「很不滿意學校保守的文學課程，自己設法去找各種古怪的外國異類
文學來看」。[91]在推介美國地下文學時，也斯沒有錯過挖苦艾略特的機會，
他把艾略特引經據典的嚴謹詩風與「垮掉的一代」的自由奔放對比，[92]在「高
額」的前者與「低額」的後者之間毫不猶疑地選擇後者，認為廣徵博引而
晦澀的詩風只是考據遊戲。[93]反學院詩對於詩歌個性的追求、直接抒發情感
的寫法，與「生活化」詩歌鼓勵大家「用自己的文字，配合自己的感覺，
把經驗表達出來」，以及要求詩人的自我表達有自己的觀點、個性和語言等
等的倡議是精神相通的。[94]「生活化」的角色就相當於反叛現代主義的反學
院派詩歌，無怪乎也斯稱自己參與倡議的「生活化」新詩為「廣義的現代
派」，[95]指涉他們對現代主義的修正。

88　Linda Wagner-Martin, *A History of American Literature: 1950 to the Present* (Chichester, West Sussex: Wiley-Blackwell, 2013), 13-19. Matei Calinescu, "On Postmodernism," *Five Faces of Modernity: Modernism, Avant-Garde, Decadence, Kitsch, Postmodernism* (Durham: Duke University Press, 1987), 297.

89　他曾形容大學修讀的課程非常保守苦悶。見也斯：〈六、七十年代的香港文學——走過六、七十年代的街道〉，《流行通信》第 5 期（1991 年 3 月），頁 106。

90　也斯：〈海灘（四）〉，《快報》1976 年 11 月 7 日，頁碼從缺。

91　也斯：〈詩與民歌〉，《城市筆記》，頁 206。

92　也斯：〈從「失落的一代」到「希僻的一代」？〉，《香港時報》1968 年 11 月 2 日，第 10 版。

93　「艾略特先生認為詩是給有教養的人們以安憑的一種遊戲。沒有教養的讀者如我，則不免覺得先生的鉅著《荒地》不過是從一大堆書本〔……〕中各自抽出一點東西來，再由以後的批評家還原般把這些東西考據一番放回原位的這樣一種乏味的遊戲了。」也斯：〈現代詩的一些問題〉，《星島日報》1968 年 3 月 5 日，第 6 版。

94　文藝版編者：〈不用寫「詩意」的詩〉，《大拇指》第 9 期（1975 年 12 月 19 日），第 5 版。

95　羈魂訪問梁秉鈞（1997）：〈詩‧越界‧文化探索〉，《僭越的夜行》，上卷，頁 34-35。

　　此外，這派「新美國詩」的「日常生活詩學」（everyday-life poetics）特點不少可以挪用到香港。[96] 據厄普斯坦（Andrew Epstein）的研究，這股詩潮廣泛見於美國戰後各種流派的詩人，以五十年代為轉捩點，其頂峰是七十年代，其中大部分詩人就是上述也斯譯介過的地下詩歌和反學院詩歌。「生活化」詩學標誌他們與高峰現代主義的決裂，他們傾向表現平常的世俗性和變化，詩歌中暴露不加掩飾的個人經驗，運用驚人地口語化的語言，結合流行文化，表現所有形式的「低下」，包括粗鄙、毒品、性、髒亂的現實和肉體的愉悅等等。[97] 厄普斯坦研究的主要一派他稱為「實驗寫實主義」（experimental realism），他們傾向以世俗和經驗主義的而非精神性或神秘的目光來審視現實，是實用主義的、物質主義的、懷疑的，忠於不可窮盡的現在當下，而不是形而上或崇高性。[98] 他們拒絕以象徵或隱喻綑綁特定的日常時刻，也不以日常為達致普遍化和生、死、人性這類宏大結論的跳板。在特定與普遍、具體與抽象、本地與普世、差異與統一之間，總是選前者。這派詩歌顛覆傳統美感和詩意，常用的修辭方式是「顛倒次第」（reversal of hierarchies），比起神聖的、高度美學化的、經典的或傳統的美，更愛平凡、細小、低微、現代的都市的、身體、廢棄物等等。[99] 他們致力於新的詩歌形式實驗，嘗試捕捉注意力、紀錄日常生活之流。有別於現代主義的形式例如象徵和隱喻令日常細節擁有超越的意義、統一而連續的敘述聲音等等，他們轉向新的形式，例如碎片與拼貼、極端的重複性、羅列（listing and cataloging），利用既成的物體、語言、作品或影像、媒介和體裁的混合，甚至不惜以極長的詩體來模仿生活的節奏、複雜程度和闊度。[100] 厄普斯坦所說的「實驗寫實主義」就是也斯倡議的「生活化」的影響

96　Andrew Epstein, *Attention Equals Life: The Pursuit of the Everyday in Contemporary Poetry and Culture* (New York: Oxford University Press, 2016), 6-7.

97　Epstein, *Attention Equals Life*, 7.

98　Epstein, *Attention Equals Life*, 26.

99　Epstein, *Attention Equals Life*, 27.

100　Epstein, *Attention Equals Life*, 18-19.

源頭，因此兩者極為相似，世俗的、物質的、當下的、微小的、排斥說理和宏大結論等等所有特徵都是也斯強調的「生活化」特點。

（三）香港與台灣現代詩的共鳴：白荻的新美街與也斯的香港

　　明朗詩的另一重要啟發，無疑是台灣現代詩。六七十年代，香港和台灣詩壇約莫同時經歷現代詩的檢討風潮和「明朗化」的轉向，青年詩人聲討五六十年代現代詩的寫法脫離現實、語言晦澀。[101] 也斯在當時就十分關注台灣詩壇的爭辯、現實化轉向以及一些語言明朗又嘗試保留詩質的實驗作品，這些給他的「生活化」提供了非常重要的參照。他在八十年代談到香港與台灣現代詩的雙向關係和共鳴，不只是為了駁斥余派的說法，早在七十年代他已經非常重視借鑒台灣詩人的經驗。例如他曾推介七等生的詩集，把七等生與他這代香港年輕詩人作對照，[102] 指小說家寫詩，「更善於把握情節，從現實的片斷中發掘意義」，並推介了多首敘事詩，他批評其中部分敘事詩流於表象的諷刺，而他讚賞的則是「有豐富的寓言質素」，或以「直接簡拙的句子」「表現真摯樸素的感情」，「不夾帶古詩詞，不賣弄流行典故，對社會現貌有所感受但不作空洞的口號吶喊」，「在現實生活中有所感觸，化而為文字又能感人的詩作」。[103]

　　另一例子是白荻（何錦榮，1937- ）在七十年代初寫台南新美街的一系列詩作。白荻早期是現代派詩人，1964 年參與發起《笠》詩刊。[104]「笠」詩社倡議寫實性與本土性，認為詩歌應該明朗、錘煉日常生活語言、紮根現實。[105] 1971、72 年湧現的新生詩社如「龍族」、「大地」等屬聲討伐以「創

101　張雙英：《二十世紀台灣新詩史》（台北：五南，2006 年），頁 245-250。

102　也斯：〈五年集（完）〉，《快報》1974 年 8 月 15 日，頁碼從缺。

103　同上注。

104　〈白荻小傳〉，李敏勇編：《白荻集》（台南：國立台灣文學館，2009 年），頁 7。

105　張雙英：《二十世紀台灣新詩史》，頁 259-262。

世紀」為代表的超現實主義詩潮，要求新詩不忽略「縱的繼承」，並書寫社會現實。1972 至 74 年間更爆發現代詩論戰，許多刊物推出檢討現代詩路向的專號，[106] 全面反省現代主義，思索未來新詩的走向，都令現實主義詩歌首次嶄露頭角。也斯雖然在香港抗擊現實主義路線，但是同時期台灣的現實與本土詩潮對他卻甚有啟發，顯示「生活化」與現實主義實驗方向的相似性。

也斯憶述他開始寫詩時受到台灣詩人的啟發，當時「真看了很多台灣詩作。但輪到自己寫自己的感受、自己的城市，可又覺得人家的再好，也幫不了忙」。接着他特別舉出白萩的詩為例，「有一段時間我也對白萩寫新美街的方法很感興趣」，「但好歸好，新美街到底在台灣呀。看看人家怎樣做總是好的，但到頭來還是要走出自己的路來」。[107] 這段話指出了台灣詩人書寫在地現實的實驗方向曾經啟發也斯尋索書寫香港的方法，因此值得追問「白萩寫新美街的方法」是怎樣的，又如何為他寫香港的詩作提供參照。也斯沒有具體提到任何詩集或詩作，但由其描述來看應是指《香頌》（1972）這本詩集，以及白萩較早發表在詩刊上、當時尚未結集的部分詩作，例如「隨手拈來」組詩，[108] 都屬於白萩由現代詩轉向寫實詩之後的作品。論者認為此階段的詩集《天空象徵》（1969）第一輯仍是現代主義風格，後兩輯詩「轉以素樸的口語表達小人物的無奈與荒謬的人生經驗」，而《香頌》是他搬到台南新美街後的作品，「十分的生活化，無疑是寫實詩的代表」。[109]

白萩的詩在語言轉向明朗化、題材現實化之後，依然保留了現代派的若干特點，包括對文字的講究、意象的經營，還有以詩人主體為中心的抒

106　例如龍族詩社編的「評論專號」（第 9 期，1973 年 7 月）、《中外文學》的現代詩專號（第 3 卷第 1 期，1974 年 6 月）等等。

107　也斯：〈台灣與香港現代詩的關係──從個人的體驗說起〉，《香港文化空間與文學》，頁 27。

108　何步正、鄭臻主編：《月之芒：詩宗社第四號》（台北：環宇出版社，1971 年 2 月 28 日）。後結集於《詩廣場》，台中：熱點文化，1984 年。

109　戴華萱：《鄉土的回歸──六、七〇年代台灣文學走向》（台南：國立台灣文學館，2012 年），頁 106。

情角度。白萩以其鍛煉語言的匠心見稱，與七十年代部分過於平白鬆散的寫實詩不同。[110] 他接受林燿德訪問時說，他們這群「笠」詩人與戰後第一代成長的年輕詩人不同，並不把「現代」與「現實」、「都市」與「鄉土」對立起來，而是「現實主義與現代性兩者並重」。[111] 部分香港的「生活化」詩人也有同感，例如《四季》第 1 期在書評部分有張景熊談白萩的《天空象徵》及《香頌》，[112] 認為白萩使現代派的意象在寫實詩中再生，「直接的日常生活的語言，被白萩安插進他的詩裏完全變為一種全新的感覺」。[113] 也斯曾經分析收錄在《天空象徵》中〈盛夏〉，認為白萩是「冷靜、現實、具有時代感而又不失諸粗糙的詩人」，詩中的意象對照（例如把「花」、「血衣」和「焚屍爐」並列）令人印象非常深刻。[114] 可見他是欣賞白萩既能書寫現實，又與七十年代許多忽略經營形式的寫實詩不同。

　　白萩以抒情語調切入現實生活題材的方式與也斯以敘事和抒情為主的詩作有不少相似之處。其一，兩人都以私人、抒情主體的角度切入在地的現實，並不像寫實詩要求「典型性」和「整體性」，而是着重描寫有私人情感記憶的部分。例如白萩〈天天是〉（1972）以抒情的複沓句式，把居住的社區與詩人和妻子的愛情重疊起來，「天天走新美街天天是／新美街。頓覺世界如此之小／……／時時記着妳時時是／妳。突覺愛如此之小」，後半首則說他甘於居住在平淡的新美街，猶如詩人忠於愛情。[115] 也斯亦傾向取材於個人生活的社區，王良和指他故意選擇「日常生活、平凡街道，甚至是

110　葉笛：〈白萩論〉，林淇瀁編選：《台灣現當代作家研究資料彙編 44：白萩》（台南：國立台灣文學館，2013 年），頁 119-130。趙天儀：〈試論白萩的詩與詩論〉，同前書，頁 167-176。

111　林燿德：〈前衛精神與草根意識 —— 與白萩對話〉，《觀念對話》（台北：漢光，1989 年），頁 44。

112　小克：〈徘徊在白萩的詩林間〉，《四季》第 1 期（1972 年 11 月），頁 83-88。

113　同上注，頁 88。

114　也斯：〈現代詩人筆下的夏天〉，《書與城市》，頁 58-59。

115　白萩：〈天天是〉，《白萩集》，頁 110-111。

工廠區、墳場」，表現出「對平凡的、微小的、日常事物的審美心向」，[116] 葉輝則說「香港十首」所寫的都是當時「環頭環尾」的邊緣地區，「活動半徑是很私人的」。[117] 可見也斯「香港十首」和白萩寫新美街的角度十分相似。

　　其二，兩人即使描寫生活的困頓，但並不採用揭露社會問題或表達議論的筆法，反而寫成優美的抒情詩。例如白萩〈新美街〉（1969）以盲腸比喻短短的新美街（「短短一小截的路 ／ 沒有遠方亦無地平線 ／ 活成一段盲腸 ／ 是世界的累贅」），帶出詩人如何想像自身在世界中的微小角色，這樣的低姿態、切實地掙扎生活的詩人形象，與六十年代的現代詩人倨傲地拒絕世界的高姿態截然兩樣，意象鮮明準確而不深奧。雖然詩的後半部略嫌太直露，然而全詩意象統一，檸檬枝和辛酸的生活與愛情的甜蜜整齊相對，抒發生活感受。[118] 他的情詩例如〈對照〉、〈有時〉等等寫生活的窘困、酸楚以及對妻子的歉疚，都由抒情的角度道出。[119] 也斯〈中午在鰂魚涌〉和〈新蒲崗的雨天〉同樣描寫工作和生活的困頓，都是抒情詩，語調是同情的而不是批判的。不過白萩還有提及階級問題，也斯則完全沒有涉及，這又是兩人的不同之處。

　　其三，兩人的詩句全部以淺白口語寫成，詩的張力或詩意的營造，全憑句子和句子之間出人意表的關聯。對於這點白萩有過精彩的說明，很適合借用來理解也斯的詩歌語言。他認為白話詩的語言與古詩相比還是很貧弱的，拋開了整個中國詩傳統累積的語言和組織關聯後，白話詩人的工作就是發現語言的新關聯，把習以為常的陳腐的日常用語安排在出人意表的情境，使之變成詩。[120] 翻查也斯七十年代的專欄，他曾經引用白萩對詩語言明朗化的看法，其中的見解相信給當時在摸索明朗詩語言的也斯帶來不少

116　王良和：〈眼睛的漫遊 —— 讀梁秉鈞三首街道詩〉，《僭越的夜行》，上卷，頁 83。

117　鄧小樺、葉輝：〈歷史的個人，迂迴還是回來 —— 與梁秉鈞的一次散漫訪談〉，《僭越的夜行》，上卷，頁 54。

118　白萩：〈新美街〉，《白萩集》，頁 100-101。

119　白萩：〈對照〉，《白萩集》，頁 103-104。

120　白萩：〈詩的語言〉，《現代詩散論》（台北：三民，1972 年），頁 89-94。

啟發。他說白萩的語言淺易又不放棄錘煉意象,「跟現代詩前期如洛夫〈石室之死亡〉那種修飾的言語很不同了。他的題材也一反現代詩的晦澀,轉向日常生活的簡單題材」。又說「白萩有一次談到言語的問題」,認為不應該用套語、成語,而改用直接敘事的句子,例如不說「一見鍾情」,而說「我看到一個女人,我很喜歡她」。這類直接敘事的句子代表「現代詩有一類趨向是用淺白的日常用語〔……〕我們反而覺得親切」。[121]

　　這種句子特點非常能夠借用以說明「生活化」新詩的語言特質。與之前的現代詩着重經營矛盾語法和意象張力非常不同,「生活化」詩人刻意起用散文化的句子,不避被認為「非詩意」的解釋性和敘述性的句子。為了追求散文化的句法,詩作或會流於平白直述,詩質過分稀薄。成功的例子則以句子之間令人驚喜的轉折、節奏的錯落構成詩意所在。例如〈新蒲崗的雨天〉以語氣的轉折落差表達詩人在樂觀與悲觀之間徘徊的心情:「我們最後一次 / 在紙堆間拆一些信 / 希望拆出一首詩 / 一朵花 / 一聲招呼」。[122]又例如〈中午在鰂魚涌〉「有時我走到碼頭看海 / 學習堅硬如一個鐵錨」,而這段把眼前所見的意象結合詩人感受的詩句十分有名:「有時我走到山邊看石 / 學習像石一般堅硬 / 生活是連綿的敲鑿 / 太多阻擋　太多粉碎 / 而我總是一塊不稱職的石 / 有時想軟化 / 有時奢想飛翔」。[123] 這些都是沒有任何陳言套語、單純以陳述句組成的詩句,其中的詩意就在於「安排在出人意表的情境,由此把日常用語變成詩」。以上透過把白萩與也斯的詩作比較,嘗試指出兩者的共通點,推測也斯說「白萩寫新美街的方法」帶給他的啟發是怎樣的,側面反映香港和台灣詩壇在明朗化方向上的相通之處,更能體會也斯何以把白萩等寫實詩人引為同路人。

121　也斯:〈詩的森林〉,《快報》1971 年 7 月 17 日,頁碼從缺。

122　梁秉鈞:〈新蒲崗的雨天〉,《梁秉鈞卷》,頁 45-48。

123　梁秉鈞:〈中午在鰂魚涌〉,《梁秉鈞卷》,頁 43-45。

四、「生活化」的多種面貌：明朗、前衛、寫實

接下來會回到六七十年代之交，重溯「生活化」出現的整體背景，爬梳明朗詩風在香港及台灣文壇開始轉折的情形，還原「生活化」原本紛歧多元的面貌，發掘「生活化」的意義尚未定型，在明朗、前衛、寫實等等多種面貌之間拉扯的情形，以突顯也斯如何改造並樹立現代派的「生活化」定義。這一段「生活」涵義的角力史可以視為「生活化」在進入文學史論述之前的「史前史」。

（一）「明朗化」的前衛路徑：「詩作坊」與《70 年代》雙周刊

六七十年代之交，香港和台灣詩壇都經歷了大規模的現代詩檢討和「明朗化」的轉向，主張超現實主義的「創世紀」詩社成為眾矢之的。在檢討的方向上，既有立場近於現實主義的，現代派內部也認真思索詩歌語言的改革問題。來自現實派的討伐之中，以「關傑明、唐文標事件」為代表，香港也有青年文學獎倡議寫實，《周報》上曾經發生論爭呼籲回歸批判寫實主義的路線等等。至於現代派內部的檢討，台灣方面的先行者有「藍星」詩社，香港方面，古蒼梧在《盤古》第 11 期（1968 年）發表了〈請走出文字的迷宮〉批評「創世紀」同仁編的《七十年代詩選》，[124] 還有一場以「一九六〇年至今港台新詩的交通問題與價值問題」為題的座談會。[125] 在這種氛圍下，當時認同現代詩要趨向明朗化的人不在少數，創建學院詩作坊率先領頭倡議，與此同時有一些推崇現實主義的作家也對詩歌與生活的關

124　古蒼梧：〈請走出文字的迷宮 —— 評《七十年代詩選》〉，《盤古》第 11 期（1968 年 2 月），頁 23-27。

125　盤古社主辦：〈新詩座談會 —— 近年港台現代詩的回顧〉，《盤古》第 11 期（1968 年 2 月），頁 16-22。盤古社主辦：〈詩的歷史的任務〉，《盤古》第 21 期（1969 年 1 月），頁 21-27。

係提出不容忽視的意見。也斯對於新詩寫法「生活化」的倡議就是在這種背景之下醞釀產生的，《周報‧詩之頁》的實驗不是單獨的現象。

　　先看「詩作坊」如何倡議明朗化。杜家祁認為「詩作坊」是明朗詩風誕生的搖籃和香港詩風的轉捩點，在「詩作坊」導師戴天及古蒼梧的影響下香港現代詩的語言由晦澀轉向明朗。戴天受美國民歌和反建制文化啟發，古蒼梧則由中國三四十年代新詩看到台灣現代詩以外的可能性。[126] 他們並未指定學員按甚麼路線寫作，只是不鼓勵標奇立異、破壞漢語規範，「寧願提倡平白淺易但能達意、能寫出真情實感的語言」。[127] 把「詩作坊」學員[128]與《周報》一系的詩人名單比較，在也斯列為「生活化」的詩人之中，李國威、李家昇和關夢南都參加過「詩作坊」。「詩作坊」的成果散見於當時的報刊，例如《70年代》雙周刊和《盤古》詩頁，但由於沒有結集，加上不少文藝刊物例如早期的《秋螢》已經難以查閱，「詩作坊」推動香港七十年代詩風改變的作用較容易被忽略。

　　「詩作坊」和也斯談的「生活化」在詩藝影響源頭上是一致的，兩者都是受美國戰後詩歌啟發。據古蒼梧憶述，六十年代末正是美國「新左派」運動最興盛之時，反越戰、嬉皮士運動等方興未艾，對抗美國的極右保守主義社會。而「新左派」又是受中國文革啟發的，文革反權威、反建制的教育傳入歐美，衍生「自由大學」的辦學概念。由美國回來的戴天參考愛荷華作家工作室的形式，與古蒼梧一起主持「詩作坊」，他們兩位的詩觀對當時新一代詩人影響深遠：

126　杜家祁：〈現代主義、明朗化與國族認同 —— 香港六十年代末「創建學院詩作坊」之詩人與詩風〉，《文學論衡》第18、19期（2011年6月），頁109-122。

127　盧瑋鑾、熊志琴訪問：《雙程路：中西文化的體驗與思考 1963-2003：古兆申訪談錄》（香港：牛津大學出版社，2010年），頁83-85。

128　杜家祁指：「詩作坊的學員有李國威、關淮遠、鍾玲玲、癌石（張國毅）、陳國權等，經常出席的大約有十人左右，後期加入的有關夢南、李家昇和麥繼安等，另外常來旁聽的還有劉天賜、黃子程、關永圻等，總共差不多二、三十人。」杜家祁：〈現代主義、明朗化與國族認同 —— 香港六十年代末「創建學院詩作坊」之詩人與詩風〉，頁112。

內容傾向社會批判，詞鋒銳利，意象簡練，節奏明快，剛逝世不
久的金斯堡和民歌手卜狄倫正是當時的代表詩人。這一路詩風有
取代在兩次大戰間雄霸英、美學院以艾略脫、史提芬·史班德等
為代表的現代派詩之勢；後者的風格正好是晦澀、曖昧，節奏
迂迴。[129]

也斯在六十年代末開始從事文藝譯介之後也大力推介這一派美國詩歌，其
與「生活化」詩歌的關係不言而喻，可以說「詩作坊」和也斯的「生活化」
意念是同源的。

　　如果以《70年代》雙周刊所刊登的詩歌代表「詩作坊」的重要成果和
延伸，不難發現「生活化」的寫法除了也斯提倡的「平白」之外，還可以
有前衛先鋒的一面。《70年代》常見詩人有邱剛健、鍾玲玲、淮遠、卡門
（鄧阿藍）、癌石、貝貝（吳仲賢）等等，也斯亦是《70年代》的作者之一，
曾經在其中翻譯過浮里士（John Fowles, 1926-2005）和聶魯達。[130] 與也斯主
編的《周報·詩之頁》相比，兩者的分別反而不在於社會題材之有無多寡，
而在於《70年代》更多前衛的實驗風格，而《周報》則較不講究前衛手法、
更多平白抒情的詩作。《70年代》在政治意識、社運行動和詩歌創作上都引
領風潮，連帶也刊登了不少感發時事、回應政治事件的詩作，但也沒有以
政治為唯一的文藝路線，反而在詩歌實驗上相當大膽前衛，容納的詩風也
很多樣化。以第18期為例，這期是「辛亥革命60周年」專號，並分別報
道了越戰、世界各地的女權運動、波多黎各及玻里維亞的革命運動、爭取
中文合法化運動等等，但激進的政治關懷沒有主導詩的方向，這期「詩之
頁」是特大號，刊出的22首詩裏面，既有邱剛健的異色情欲書寫，[131] 也有

129　古蒼梧：〈話說創建學院與詩作坊〉，《讀書人》第27期（1997年5月），頁80-82。

130　也斯譯：〈人類的不滿足〉，《70年代》第22期（1971年8月），頁4-5。也斯譯：〈黑島
　　　上的詩人──聶魯達近貌〉，《70年代》第25期（1971年12月），頁16。也斯譯：〈聶
　　　魯達詩歌試譯之一：「狂想之書」七首〉，《70年代》第25期（1971年12月），頁18-
　　　19。

131　邱剛健：〈夜行〉，《70年代》第18期（1971年2月1日），頁21。

葉青的靜物描寫；[132] 既有癌石諷刺殖民政府，[133] 也有綠騎士抒發對中國的嚮往。[134] 主題不一，手法有冷嘲熱諷，有超現實的，也有較抒情平實的。《周報·詩之頁》刊出的詩作風格也頗為多樣，像鄧阿藍〈賣報紙的老婆婆〉、〈不要讓爸爸知道〉語調抒情而有階級關懷，平白幽默如銅土和禾迪，[135] 隱晦低迴如吳煦斌，[136] 另外也有不少詩作都傾向寫作古典辭藻意象的詩。[137] 兩份刊物的詩作都不限於單一風格，但是《周報》較為着重提倡平白如話的寫法，而不見《70 年代》較為前衛的表現。

　　換言之，所謂「生活化」可以有多種不同的美學表現，也斯倡議的那種非政治化的個人日常生活、明白如話的口語敘述與抒情語調，只是「生活化」的其中一種面目。參照西方的相關討論更能夠理解這點。六七十年代香港「生活化」詩歌的主要來源是美國戰後詩歌的影響，這些五十年代以來的美國詩歌雖然共同傾向「日常生活詩學」，但是不同詩派之間的風格差異甚大。厄普斯坦認為在美國戰後詩歌的「生活化」詩學之中，「日常」的定義千差萬別，可以是較接近現代主義而賦予日常超越的、精神的、神秘的意義，也可以是盡量完全表現日常的全部沉悶和平庸，也可以被視為前衛極端的實驗。[138] 他認為這種文學上對「生活」的強烈興趣同樣是二十世紀哲學理論的趨勢，一大批當代最有影響力的理論家皆展現出對「日常」的興趣，包括不少學者應用於分析也斯詩作的德塞圖（Michel de Certeau, 1925-1986）、班雅明（Walter Benjamin, 1892-1940），還有海德格（Martin

---

132　葉青：〈晨早〉，《70 年代》第 18 期（1971 年 2 月 1 日），頁 22。

133　癌石：〈警察〉，《70 年代》第 18 期（1971 年 2 月 1 日），頁 22。

134　綠騎士：〈無題〉，《70 年代》第 18 期（1971 年 2 月 1 日），頁 22。

135　例如銅土：〈午飯〉，《中國學生周報》第 1118 期（1974 年 2 月 20 日），第 7 版。禾迪：〈星期六〉，《中國學生周報》第 1124 期（1974 年 5 月 20 日），第 4 版。

136　吳煦斌：〈牆〉，《中國學生周報》第 1114 期（1973 年 12 月 20 日），第 7 版。

137　例如以下幾首：李志雄〈窗上的蝴蝶〉（第 1112 期）和〈中秋〉（第 1116 期），蔡炎培〈無名的戀人〉（第 1116 期），秦天南〈歸路〉（第 1116 期），冬遲〈夢為遠別啼難喚〉（第 1120 期）。

138　Epstein, *Attention Equals Life*, 26.

Heidegger, 1889-1976）、維根斯坦（Ludwig Wittgenstein, 1889-1951）、
列斐伏爾（Henri Lefebvre, 1901-1991）、巴特（Roland Barthes, 1915-
1980）、威廉斯（Raymond Williams, 1921-1988）等等多人，在二十世紀之
前，哲學關注的是形而上，然而二十世紀以來卻轉向世俗了。這其中可以
分成兩個傳統：法國傳統源自馬克思主義，是把日常政治化，較接近社會
學進路，力圖拆解日常生活底下的意識形態運作，與之關聯的是英國的文
化研究，關注日常生活中的微政治（micropolitics）；美國傳統源自現象
學和實用主義，較為去政治化，用的是哲學取向，聚焦在個人和知性的發
掘，把關注日常生活視為一個有療效的、必要的道德倫理任務。[139] 詩歌的表
現與此相關，「生活化」美學可以非常政治化的手段，運用現代主義與前衛
的修辭；也可以是恢復物質具體世界的工具，嚴肅看待日常生活的平庸性
而不作任何理想化或妖魔化。[140] 要言之，在西方文學的討論中，「生活」是
一個範圍廣泛、表現多樣的強大傳統，厄普斯坦認為當代文化仍然屬於這
個傳統。[141] 挪用至香港的情況，我們可以說「生活化」其實有多種方式和
風格。

　　陳智德曾經把七十年代香港詩壇路向總結成四個方向：「七十年代香港
詩壇至少有四種以《周報》、《70 年代》、《詩風》、《海洋文藝》為代表的
取向，這四種取向在七十年代可說並存的」，《周報》代表「生活化」，《70
年代》代表「文學對社會和政治的關注」，《詩風》「重視對古典文學的吸
收」，《海洋文藝》「走社會寫實路線，鼓勵富有批判意識的詩，但與《70
年代》的反建制路向又有不同」。[142] 在這四種方向之中，《周報》一向被視
為「生活化」的代表，但是其他方向未嘗不可視為「生活化」的其他嘗試，

139　Epstein, *Attention Equals Life*, 47-56.

140　Epstein, *Attention Equals Life*, 48 & 56.

141　他觀察到當代文化對「日常真實」的高度興趣，例如電視真人騷、網路現象等等。即使單
　　就當代詩歌而言，他的討論範圍極大，時段由戰前的部分現代主義詩人一直延伸到二千年
　　後。Epstein, *Attention Equals Life*, 41-46.

142　陳智德：〈詩觀與論戰 ──「七、八十年代香港青年詩人回顧專輯」的史料補充〉，《呼吸》
　　第 1 期（1996 年 4 月），頁 49-50。

例如《70 年代》代表前衛的生活風格承接了美國「反建制」詩歌的部分特點；至於《海洋文藝》代表的寫實，追溯起來更是和日常生活有着密切的關係，下面詳細說明。

（二）從現實主義看生活與文藝的關係

　　「詩作坊」雖然倡議「明朗」，但還沒有特別提到「生活」與文學的關係。關於「生活」怎樣開始被標舉為文學的重要元素，不可不提現實主義的影響。現實主義文論強調文藝與生活的關係，1972 年創辦的青年文學獎以及與之相關的現實主義論爭是很好的切入點，展現「生活」概念怎樣開始被重視。七十年代初，一些香港作家有見於文學界耽於個人抒情或模仿超現實主義，感到有需要重提「生活與文藝」的關係，他們提出的呼籲來自批判寫實主義，和也斯談的「生活」涵義完全不同。黃繼持指出「生活化」風格、現實主義與青文獎的關係：

> 一些青年文社中人，例如 1972 年首創「青年文學獎」的大專生，便接過「文學介入社會」的信念，參以歐美激進文藝思潮，給「從生活出發」的命題注入新的內涵。可惜小說創作成績平平，切入現實畢竟不能倚仗理念化的「現實主義」。於是回歸到具體生活和心理情態的如實描寫，而不預設甚麼大道理，成為七十年代以來小說出路之一途。[143]

其中非常清楚地說明了「生活化」來自現實主義的「文學介入社會」的信念，而「歐美激進文藝思潮」應該是指上文提到的美國反文化。此文是概覽香港七八十年代小說特點的短文，因此沒有再就生活與現實的關係詳加

143　黃繼持：〈七、八十年代的香港小說〉，《追跡香港文學》，頁 26。

說明，但是我們可以從當時的一些史料了解最初現實主義的提倡與「生活化」的關係。

青年文學獎的創辦與學運思潮密切相關，陳智德仔細考掘青文獎的相關史料，第一屆青文獎的宗旨僅為「提倡創作」，由第二屆開始真正「提倡寫實」。他提到在 1972 年《周報》有一場論戰題為「香港文學問題討論」，由提振香港青年寫作風氣談到寫實的問題，同年創辦的青文獎籌委參與這場討論，表達出一種文學運動的意圖：

> 在創始之時，已具有一種「運動」的發展藍圖，其對文學改善社會文化環境的抱負，帶着道德意識，與其時青年學生普遍關心社會，肩負知識分子的道德良心密切相關。[144]

隨着青文獎發展，到了七十年代末「寫實」的理念不只受到非議，文獎宗旨本身也愈見模糊。[145] 王良和也探討過青年文學獎首十屆的宗旨變化，同樣指出其「生活化」理念的內涵由最初的左翼色彩到後來轉淡的過程。[146] 可見最初提倡文學應着重與生活的關係，本來帶有強烈的現實主義傾向和社會政治關懷。

我們還可以由《周報》那場論戰切入，檢視當時支持現實主義的作家如何討論文藝與生活的關係，以及他們如何運用「生活」一詞，由此考察「生活」在現實主義脈絡中的具體意涵、用法以及與現實主義文論的關係。該場討論除了有一些提振寫作風氣和擴大文學讀者群的建議之外，還有幾位作者由現實主義的角度批評當時的港、台文學表現萎靡，現代詩首當其

144　陳智德：〈「運動」的藍圖：早期青年文學獎的發展〉，《呼吸詩刊》第 2 期（1996 年 9 月），頁 20。

145　同上注，頁 22-24。

146　他的討論焦點在於釐清青文獎只有首三屆可說是以「從生活出發」為宗旨，因此《羅盤》第 8 期刊出反對「余派」的兩篇文章時，青文獎已經不再以「從生活出發」為最高宗旨，也因此不能非議青文獎新詩組得獎者大多受余光中影響就是「欠缺生活氣息」或「背離宗旨」。王良和：〈青年文學獎與「余派」之說〉，《余光中、黃國彬論》，頁 9-17。

衝，並認為解決方法是把文學拉回現實生活之中。立場較溫和的有第一屆「青年文學獎」籌委主席洪清田，他質問為甚麼當時的學運思潮沒有反映在文學上，鼓勵像左傾後的《盤古》那樣結合政治和文學的寫作方向，以改變抒情懷鄉等舊調；但他也強調創作不應預設路線框限，只要青年「通過文學這媒介呈現出他們的生活（不問那種生活）。我一直相信：社會性和政治性濃的作品有存在價值，很個人化的同樣有價值」。[147] 洪清田認為文學必然反映作者的生活，背後可能是馬克思主義的文藝觀念，但他至少為文學創作保留了自由空間。更重要的是，他指出了「生活」的歧義所在 ——「社會生活」與「個人生活」正是現代派與現實派的最大分歧。

　　提法較激進的是溫健騮、黃俊東、古蒼梧等人，他們直接跳過了洪清田提醒的「個人空間」，所談之「生活」皆是指「群眾生活」，其見解概括而言是希望文學批判香港社會的問題和揭露底層市民的生活，揚棄個人生活感受的抒寫。試看他們的文章如何談論文學與生活的關係。溫健騮猛力批評港、台文學雜誌例如《純文學》、《當代文藝》、《文壇》等等，「和這個時代，或此時此地的香港，毫不鬧些甚麼意見」，「大多作自我表現」，「不看客觀的外在的世界，就失去了豐富的生活基礎，往往導致作品的貧血，以至創作的死亡」。[148] 他進而高呼：

> 目前，尤其在香港這樣的社會，我們真不必要在甚麼象徵，甚麼超現實種種脫離〔現〕實生活的創作方法、脫離大眾的主題上瞎兜圈子。乾脆就舉起批評的寫實主義的大旗。[149]

147　洪清田：〈香港文學問題討論之一：看看青年寫作風氣的凋零〉，《中國學生周報》第 1050 期（1972 年 9 月 1 日），第 4 版。

148　溫健騮：〈香港文學問題討論之二：批判寫實主義是香港文學的出路〉，《中國學生周報》第 1051 期（1972 年 9 月 9 日），第 3 版。

149　同上注。

「象徵」和「超現實」云云，明顯影射台灣現代詩，與之相對的則是集體的外在的「生活」。他屢次用上「生活」二字，與台灣現代詩的極端唯心對立起來，認為結合現實生活才是文學的出路。[150] 該文引起包括也斯在內的強烈反彈後，他再撰文回覆，稱港、台文學都是「資本主義文學」、「多年來是西方的文學殖民地」，而今已經「死去」，「因為這樣的創作並沒有植根在香港現實生活的土壤裏」。他重申文學的唯一出路是結合「客觀的生活現實」，並認為魯迅、茅盾都是優秀的範例。他再次大量用上了「生活」一詞，皆是指涉集體價值、群眾的生活，而且又加上了「反殖」的色彩。他既引用了高爾基（Maxim Gorky, 1868-1936）對現實主義的定義「真實的不粉飾的描寫人和人的生活事件」，[151] 又引用了著名蘇聯文論家盧那察爾斯基（Anatoly V. Lunacharsky, 1875-1933）的文章，指斥現代派文藝只是麻痺人心的工具。[152] 文末列出了幾個內地出版物為參考資料，包括「茅盾的《夜讀偶記》、唐弢的《雜文選》、李何林的《文學的歷史發展和方法》、劉綬松的《中國新文學史稿》和孫犁的《文學短論》」，[153] 其所用的文藝資源之來自左翼文論就很明顯了。黃俊東承接溫的說法，撰文介紹以茅盾為代表的「批判的寫實主義」，並像溫那樣否定個人生活，認為文學只應寫社會現實生活。他以能否透視現實、批判問題、文字功力等評斷二三十年代以來之

150　同上注。

151　見溫健騮：〈香港文學問題討論之八：還是批判寫實主義的大旗〉，《中國學生周報》第1058 期（1972 年 10 月 27 日），第 4 版。溫只說是「一位作家對寫實主義所下的定義」，查原文出自高爾基著，孟昌等譯：〈談談我怎樣學習寫作〉，《論文學》（北京：人民文學出版社，1978 年），頁 163。

152　同上注，溫沒有說明引文出自何人，所引用的兩句為：「消遣的藝術，散心的藝術，永久是一個強有力的政治上的工具，這個工具為着在快樂的節日去安慰那些連麵包都很不夠的群眾」以及「他們知道應該用這種瑣碎的各式各樣無聊和可笑的東西去給一般人消遣，這正是為的要使他們離開嚴重的政治，離開生活裏所發生的嚴重問題」。兩句皆見引於唐弢：〈純文藝〉，《唐弢雜文選》（北京：人民文學出版社，1955 年，第一版），頁 133。

153　溫健騮：〈香港文學問題討論之八：還是批判寫實主義的大旗〉，《中國學生周報》第 1058 期（1972 年 10 月 27 日），第 4 版。

寫實小說，評價仍是較為客觀的。[154] 但是從上述可以看到溫、黃的說法中邏輯跳躍的部分，即使要糾正現代詩唯心的毛病、提倡寫實，卻不等於就是批判寫實主義，一下子把「生活」和「寫實」定得過度狹窄。

　　以上論點的理論基礎可能來自毛澤東的〈在延安文藝座談會上的講話〉。黃繼持在〈毛澤東文藝思想淺析〉剖析了毛的文藝理論與列寧的理論以及三十年代以來大眾文藝討論的關係，其中就談到「生活與文藝」的關係：

> 他用簡樸有力的言語，申說「生活與文藝」的關係，強調文藝的源泉是社會生活，文藝作品中反映的生活比實際生活則可以而且應更集中更典型等。這裏強調的社會生活，範圍比「政治」為廣，又比「經濟基礎」為直接可感。「生活與文藝」關係的提法，接觸到文藝規律的本質問題。毛尤其着重作家對社會生活之參與體驗，以及文藝作品的社會生活效果。[155]

溫健騮等人的主張與〈延安講話〉相比寬鬆得多，他們並未講求「典型」，也沒有強調作家必須親身參與社會，但是對文藝本質規律的信念相同，也追求「大眾化」和要求文學反映生活現實。在論戰不久之前，《盤古》第 48 期（1972 年 7 月）曾經以一整期的篇幅詳細討論中國的文藝政策，由社論到專輯文章皆可以與這場「香港文學問題討論」之中的見解互相參照，顯示當時寫實陣營的討論方向。該期社論的論調與溫健騮的信念如出一轍，並引用〈延安講話〉指文藝應該寫出群眾的生活，大力批評五四「新月派」和「現代派」以及與之一脈相承的港、台文學，並認為模仿西方現代文學

154　黃俊東：〈香港文學問題討論之六：從「批判寫實主義」說起〉，《中國學生周報》第 1053 期（1972 年 9 月 22 日），第 4 版。

155　黃繼持：〈毛澤東文藝思想淺析〉，《現代化・現代性・現代文學》（香港：牛津大學出版社，2003 年），頁 125-126。

是沒有反省帝國主義和殖民主義的問題。[156]

第一屆青文獎賽果不久揭曉，這屆評審包括古蒼梧、李輝英、徐訏和黃繼持，被指「當時的文學觀都明顯左傾」。[157] 雖然青文獎要到第三屆才亮出「文學從生活出發」的宗旨，但實際上在首屆得獎作品的評語中，古蒼梧已經以「生活化」作為文學題材和語言風格上的評價標準，而且貶低「個人」、傾向「集體」。他在《周報》的「青年文學獎入選作品特輯」之中簡單點評得獎作品，認為不少參賽作品「還停留在感傷的情調上面」，但是「一部分作者已開始嘗試更廣闊的現實題材」，「是一個可喜的現象」。對於欣賞的作品他稱讚說「題材現實，有生活感」、「通過生活化的語言來表達人物的個性」、「打破知識分子狹隘生活圈子的框框」，批評時則說「題材都限於作者所生活的小圈子」，「應該開拓自己的生活」等等，[158] 皆可見他如何運用現實主義的「生活化」為文藝批評標準。

第二屆青文獎開宗明義要「提倡寫實」，籌委會特意撰文說明他們認為的「寫實」是甚麼意思，其中「生活」與「寫實」幾乎是同義詞。他們認為六十年代文社潮產生的作品多是模仿台灣現代派，專於抒情和抽象言談，脫離了社會現實；在經歷了幾次重要學運和社運後，他們認為文學應該糾正之前的錯誤路線，改走寫實的道路。他們說的「寫實」不是從文學理論或指導路線出發，反而非常努力提倡文藝「生活化」，這種「生活」無疑是「大多數人的生活」，而不是需要揚棄的「個人小圈子生活」。他們希望寫作的人仔細觀察日常生活，例如說文學要「源自生活、高於生活」，「脫離了日常生活具體事例，創作對象的本質便沒有生命」，如此作品才能

156　該文原為批判余光中。編委會：〈誰避重就輕？誰顛倒了事實？以「文藝服從於政治」的問題論中國國內及台港二十年來的文藝創作〉，《盤古》第 48 期（1972 年 7 月 15 日），頁 1-3。
　　　同期內文有梁寶耳介紹〈延安講話〉的重點，包括人民生活是文藝唯一的源泉以及文學應該普遍化等，但是此文主要是對文藝教條化提出質疑，與社論論調相反。梁寶耳：〈我對「延安文藝座談會講話」、「革命樣板戲」及「白毛女」的一些意見和感想〉，《盤古》第 48 期（1972 年 7 月 15 日），頁 28-30。

157　王良和：〈青年文學獎與「余派」之說〉，《余光中、黃國彬論》，頁 27。

158　古兆申：〈評判的話〉，《中國學生周報》1065 期（1972 年 12 月 15 日），第 6、7 版。

達到藝術的真實，無論是要抒情，還是表達政治思想，都需要與「生活」結合才有感染力。但他們的「生活化」是為了通往更大的社會意識形態問題，藉着日常生活事件呈現其「歷史根源」和「社會背景」，並寫出「香港社會的資本主義與殖民主義本質」，能夠「以小見大」就是最成功的寫實作品。[159]

　　由以上種種材料可見，「生活化」的涵義最初是指集體社會經驗，針對六十年代現代詩以及抒情懷鄉風格等常見文風脫離現實和大眾的弊病，而援引左翼現實主義甚至革命文學的理論提出建言，希望改變香港文學的路向，把學運、社運所培養的社會意識落實到文學創作，寄望文學能夠表現社會集體生活，尤其是揭露社會的問題，文學結合「生活」的倡議最初是出自現實主義文論的。

（三）詮釋權的競逐：建立「生活化」論述的過程

　　現實派雖然重視文藝與生活的關係，但也沒有特別標舉「生活化」一詞。仔細研究也斯倡議「生活化」的過程，就能發現他一再追認的《周報·詩之頁》其實也沒有提出任何「生活化」宣言，當時僅是嘗試對抗現實主義而已。到 1975 年以後也斯主編《大拇指》文藝版以後才正式倡議「生活化」的創作方向，但要直至八十年代初，「生活化」才在也斯手中變成有分類意義的「流派」和文學史現象，他並樹立現實主義與新古典主義作為對立面，建立起一套較完整的「生活化」詩史論述。要言之，是也斯令這個詞語變成香港文學史的關鍵詞的。他之所以選擇了「生活化」一名，很可能是為了與左翼的「寫實」區別開來，又欲保留廣義的現實生活，因此而選取的折衷說法。

　　最初他談論「生活」，是為了反駁現實派對「生活」的狹窄定義。在《周報》那場「香港文學問題討論」幾乎一面倒的意見之中，只有也斯明確

159　籌委會：〈我們應走的創作路向──試剖「寫實」的內涵〉，《青年文學獎 1973-1974》（香港：香港大學學生會及香港中文大學學生會，1974 年），頁 41-48。

反對。他的回應題為「在公共汽車上」，與溫健騮一文下款的「寫於飛紐約
州航機上」針鋒相對，又故意以散文的筆法回應前面各人的評論，由坐公
共汽車的經歷談起，展示其「在地化」的角度。他認為推崇現實主義的各
人以為香港文學「格調太高，脫離群眾」是完全捉錯用神，「現在的問題是
水準太低如何提高」，因此如果劃定「現實」和「群眾」的意義、限制所寫
的題材內容，「只會使香港這樣的原來就不夠活潑多面的文學壓抑得不能動
彈」。他爭辯「現實」和「群眾」的意義應是廣闊多樣的：

> 現實並不僅是局限於一個範圍內，我們不能說寫罷工、寫資本家
> 剝削工人、寫妓女生活的慘痛才是描寫現實；寫學生生活，寫個
> 人感受、寫愛情與婚姻就不是寫實。同樣群眾也是包括了各類不
> 同的人，而不僅是單純只有某幾類型的人才是群眾。〔……〕寫實
> 而要寫指定的、認可的某一面的現實，那真是個笑話。[160]

他認為指定路線的「寫實」是脫離了現實本來的樣貌，根本就「不寫實」，
「個人生活」與「社會生活」同樣可以入文，唯一的評價標準「只是他表現
得是否深入，是否誠懇」。[161] 可以說也斯此文從說話的語調到內容立場都預
示了後來現代派的「生活化」是傾向「在地的日常生活」，又着重抒發真情
實感，都與他不久後開始創作的「香港十首」的宗旨有所呼應。他並在自
己的《快報》專欄中對溫健騮冷嘲熱諷：

> 有一位留美的香港學者，今年匆匆回來香港一趟，逗留了兩三個
> 月左右，又匆匆飛回美國去。就在飛紐約州的航機上，匆匆寫下
> 一篇文章，匆匆寄回香港發表。文章為香港的文藝不振提出解決
> 方法，認為應該舉起批判的寫實主義的大旗，走批判的寫實主義

160　也斯：〈香港文學問題討論之七：在公共汽車上〉，《中國學生周報》第 1057 期（1972 年
　　　10 月 20 日），第 4 版。

161　同上注。

的路線才是辦法。[162]

也斯認為香港文學的問題很複雜，寫實不是解決良方，不過是限制了寫作的空間：「那些指定路線，劃好圈子的人，每一趟都說是為了我們的好，結果只是扼殺了創作的自由。」[163]

　　稍後也斯就接手主編《周報‧詩之頁》，翻查當時「詩之頁」的版面找不到對「生活化」的正式提倡，而只見他一再反擊為文學劃定路線的做法，不妨說也斯一開始只是為了與現實主義抗衡。他在接編的第一期〈編者的話〉就重申自己在論戰中的觀點：「我們不贊成為詩劃定路線，不認為詩只有一種寫法，如果有人對詩有甚麼看法，歡迎他以作品來作最雄辯的說明。」[164] 在最後一期上只是強調「詩之頁」發掘了多位青年詩人，十期之間「發表過的作者卻有五六十位左右」，「像阿藍、禾迪、銅土、莫美芳、康夫和其他許多人，他們的詩我以前都沒有看過，但卻是一種新鮮動人的聲音」。[165]「生活化」的倡議雖然不是首揭於《周報‧詩之頁》，然而也斯在「詩之頁」的編輯工作對於帶動「生活化」詩風卻是功不可沒，畢竟《周報》的發行量很大，接觸讀者層面很廣。

　　如果說《周報‧詩之頁》尚未以任何宣言或說明的形式倡議「生活化」新詩，卻可以說也斯所經手編輯發表、以至他自己當時的詩作風格起了提倡作用。據盧瑋鑾教授所藏香港文學檔案整理的《周報‧詩之頁》目錄，[166]

162　也斯：〈寫實主義〉，《快報》1972 年 9 月 28 日，頁碼從缺。

163　同上注。

164　編者：〈無題〉，《中國學生周報》第 1112 期（1973 年 11 月 20 日），第 7 版。

165　也斯：〈編了十期「詩之頁」的一點感想〉，《中國學生周報》第 1128 期（1974 年 7 月 20 日），第 1 版。

166　該版創立於 1953 年 8 月 21 日，約每月刊出一次，期間曾兩度停辦，第一次停辦是創版不久的第 111 期（1954 年 9 月 3 日）刊出後，暫停了一年左右，至第 180 期（1955 年 12 月 30 日）恢復；第二次停辦正是在也斯擔任編輯之前，自第 816 期（1968 年 3 月 8 日）刊出後，暫停了五年多，直至《周報》由李國威主編，「詩之頁」由也斯接手。編者不明：〈《中國學生周報‧詩之頁》目錄〉，盧瑋鑾教授所藏香港文學檔案，http://hklitpub.lib.cuhk.edu.hk/lovf/currentDrawer.jsp?path=007002047002，最後瀏覽日期：2021 年 3 月 31 日。

也斯主編的十期裏面，共刊出過 58 位詩人的作品，數量最多的是梁秉鈞，
共 9 首；其次是銅土（黃楚喬）、禾迪，共 7 首；再次是吳煦斌，共 6 首；
發表了 5 首詩的有井兒、李志雄、李國威、莫美芳、鄧阿藍。梁秉鈞幾乎
每期都刊出一首以香港為題材的詩。如果「生活化」是指題材上的本地化，
顯然他自己就起了重要的帶頭作用，尤其是在詩題上故意點明香港地景或
當下年份的做法。至於銅土、禾迪、吳煦斌、鄧阿藍等幾位發表較頻密的
詩人，作品語言淺白，抒寫一己情思，題材都取自日常生活。因此，《周
報・詩之頁》的確是「生活化」新詩非常重要的園地。

　　「生活化」用以標示某一類型創作路線要到《大拇指》（1975-1987），
也是首份以「生活化」為主要旗幟的刊物，至此「生活化」一詞才出現足
以與現實主義「生活」抗衡的現代派定義。主編文藝版的也斯有意競逐「生
活」的詮釋權，開始標舉「生活」一詞，並賦予個人抒情的意思，又去除
現實主義的意識形態包袱，提倡多樣的現實生活皆可入詩。他和主編書話
版的何福仁開始以「生活化」一語概括他們的文學口味，以與現實主義的
「生活化」分庭抗禮。何福仁是最先以現代派定義的「生活化」概括七十年
代香港新詩特色的人，他說七十年代以還「一些比較明朗的，口語的，而
且是道地香港的詩作，漸次出現」。而且自覺地把「生活化」詩作與五六十
年代的香港新詩作對比，帶出青年詩人的湧現已經令香港新詩風格大為轉
變。[167] 也斯的角色亦很重要，他使這種現代主義特色的「生活化」成為《大
拇指》文藝版最重要的徵稿原則。他以編者的身份在一本青年刊物上說明
文學寫作的原則，對香港文學發展的影響尤其值得注意。在編者如此鮮明
的旗幟下，《大拇指》成為「生活化」新詩、散文、小說的主要陣地。在《大
拇指》文藝版上可以看到他現身說法，無論徵文評獎還是汰選來稿都強調
生活與詩藝結合，「鼓勵表達當前生活現實的作品」，「要取新鮮、自然、完
整、生活化的作品」，[168] 第一屆小說獎截止前刊出了一篇座談紀錄，也斯以
編者身份說《大拇指》「並不鼓勵鑽牛角尖的形式主義作品，我們歡迎紮實

167　何福仁：〈香港現階段現代詩概況〉，《龍族》詩刊第 16 期（1976 年 4 月），頁 20-21。
168　作者不明：〈徵詩揭曉了〉，《大拇指》第 50 期（1976 年 12 月 10 日），「校緣版」，第 6 版。

而生活化的作品，卻不欣賞口號式的教條文章」。[169] 這些說法仍然是在反擊現實主義劃定路線的做法，此時的「生活化」，主要是形容異於現實主義，然而也希望結合現實生活的創作路線和方向。

也斯之所以選擇了「生活化」一名，很可能是作為「寫實」的折衷說法，既保留了「生活現實題材」的意思，又能夠與現實主義區別開來。把「生活化」抽離於現實主義文論而命名、強調，就是一種爭奪詮釋權的方式。同樣是談文學生活化，現實派與現代派在「個人生活」或「社會生活」的題材選擇上就有顯然易見的對立，題材的差異更率涉到兩派相當不同的美學觀念，但其中不是毫無共通之處，正是兩者之間有所重合，才更需要區別命名。兩派都是對六十年代超現實主義詩風的反省，只是所取途徑殊異。兩派都企圖革新詩歌的語言形式，使之明朗、可感可解；但現實派所考慮的是遷就讀者的接受面向，把新詩晦澀缺乏知音的原因歸咎於詩人的責任，[170] 也斯則認為詩歌乏人問津是社會風氣的問題，[171] 主要考慮詩人的表達面向，以此地當下的語言書寫個人的真情實感。他說：「對於如何寫一首詩的問題，答案不在如何寫出一首文藝腔的詩、一首詩意的詩、或者一首像詩的詩；而在如何用自己的文字，配合自己的感覺，把經驗表達出來吧了。」又說如果作品要感人，「作者有自己新鮮的眼光去觀察，有新鮮的言語來表達。當然，明朗自然不是寫詩的唯一方法，但不妨由此開始」。[172] 也斯的詩作不着重反映現實和發表議論，而強調觀察和表情達意，如果說現實派談「批判」和介入社會、是「熱」的，也斯則談「觀察」和抒情，有

169　作者不明：〈座談・徵文〉，《大拇指》第 19 期（1976 年 3 月 5 日），「文藝版」，第 7 版。

170　溫健騮：〈香港文學問題討論之二：批判寫實主義是香港文學的出路〉，《中國學生周報》第 1051 期（1972 年 9 月 9 日），第 3 版。

171　「許久許久以前，曾經有一個時期，詩是一般人日常生活的一部分；現在，彼此已經遠遠分開，這能怪詩人們嗎？不能的，這一點是不能怪寫詩的人。社會風氣是這樣，對於一些頑固的人來說，即使最明朗的詩也嫌仍不夠明朗，難道我們要求人寫口號詩？」也斯：〈詩與民歌〉，《城市筆記》，頁 207。

172　文藝版編者：〈不用寫「詩意」的詩〉，《大拇指》第 9 期（1975 年 12 月 19 日），第 5 版。

些詩作更刻意營造「冷」的氛圍，[173] 令城市街道的公共空間通過此抒情主體變成個人經驗。如果說古蒼梧、溫健騮、黃俊東等人認為「社會生活」才是「生活」是一種偏頗，也斯特別強調「個人生活」何嘗不是策略性的偏頗呢。

　　從以上整理可見，也斯在七十年代的「生活化」是為了抗衡現實主義，「余派」和新古典文風要到八十年代初才出現在角力的場景之中。香港文壇的火紅政治氣氛隨着文革落幕而冷卻，現實派的主張被證明是錯誤的路線。踏入八十年代，作為學科和研究範疇的香港文學開始建立，在形構香港文學本土論述時，現代派的「生活化」詩作以其在地化的題材和語言而順理成章被視為香港文學的代表作，也斯對「生活化」的詮釋勝出了這場角力。現在談到「生活化」已經不多人談起源自現實主義的部分，然而在對個別詩人的分析中仍然看到兩種「生活化」曾經角力的痕跡。以鄧阿藍為例，為了把「生活化」區別於寫實詩，也斯指鄧阿藍詩作的抒情性比其寫實性更有價值，使其與五六十年代「失諸概念化和空泛」的批判寫實主義詩作不同。[174] 葉輝詳細討論了鄧阿藍「抒情如民歌的聲音」及在詩歌形式上花的苦心，結尾透露其主旨是反對把鄧阿藍納入為現實主義詩人來討論。[175] 羅貴祥則從哲學上的主體性理論入手，引用海德格的「日常性」（everydayness）概念，認為「生活化」詩作是在個人與集體面向之間的協商：

173　鄧小樺在與也斯的訪談中說《雷聲與蟬鳴》「那些詩很涼（cool），像一塊石板，臉貼上去有一片冰涼的感覺」。也斯就這種「冷調」回應指：「我自己很不喜歡 sensational（感官性）、激情的東西，當時大陸革命文學主流是激情的〔……〕選擇 cool 的表達方式是一種抗衡。我們不一定認同香港政府，但我們又未必認同民族主義激情。態度一方面是冷靜的，一方面也想有某些肯定〔……〕。」鄧小樺、葉輝：〈歷史的個人，迂迴還是回來 —— 與梁秉鈞的一次散漫訪談〉，《僭越的夜行》，上卷，頁 51。

174　梁秉鈞：〈抗衡與抒情・藝術與關懷〉，《十人詩選》，頁 XIV。

175　葉輝：〈深藏內斂　就地取材 —— 細讀鄧阿藍的《一首低沉的民歌》〉，《書寫浮城》，頁 245-260。

> 日常性或生活化這些觀念突顯集體性或社會性，但同時亦肯定個
> 人主體在這個眾人世界裏的隱伏潛在。標榜生活化或許不是要否
> 定個人主義，而僅在表明自我主體必須在他人世界裏建立，透過
> 與他人的活動與關係才能構築本我。[176]

他花不少篇幅辯論「生活」的意思不是單純地認同社會集體、忽略個人聲
音，而是「意識對當下的日常經驗的距離性反思」，是個人既在集體之中又
抽離於集體之外，其實是煞費苦心從理論上反駁「生活化」最初的左翼文
論涵義，使「生活」與「集體」脫勾。這些都透露了文學史上曾經有兩種
「生活化」定義互相角力。

（四）小結：七十年代的「生活化」風潮

　　綜合以上所見，詩風明朗化和「生活化」的倡議是六七十年代詩壇的
氛圍和主要訴求，除了《周報》一系，朝這方向努力的其他刊物和團體例
如「詩作坊」、《70年代》、《盤古》等也相當重要。這種趨向日常生活的廣
泛興趣，與美國戰後詩歌的日常生活詩學有大量相通之處。厄普斯坦研究
這個文化現象的成因，提出是戰後時期的一連串因素的影響，包括二戰的
衝擊、冷戰文化要求的服從性、物質富裕、超級消費主義、麥卡錫主義、
核毀滅的恐懼、東方宗教帶來的靜觀法與對當下的凝注、六十年代的政治
運動等等。更重要的是，「新美國詩」對「生活化」的興趣可視為對流行文
化、大眾傳媒、電腦科技等爆炸性發展的最早回應。[177] 對香港而言，七十年
代在麥理浩的管治下，社會民生大幅改善，經濟急速起飛，都市化的步伐
極快，普遍被視為本土身份認同形成的關鍵時期。同時本地影視文化例如

176　羅貴祥：〈經驗與概念的矛盾 —— 七十年代香港詩的生活化與本土性問題〉，《香港文學@
　　　文化研究》，頁244。

177　Epstein, *Attention Equals Life*, 7.

粵語流行曲和電影、電視劇等等蓬勃發展，一系列因素推進了香港人對自己身份的自豪感和對當下生活的正視。[178] 在這種背景之下催生的「生活化」風格就是對這些社會變化的回應，之前的懷鄉情緒和現代主義轉移到對當下世俗生活。不論是較為政治化的、前衛的《70年代》，還是《周報》的平實口語化，或是寫實一脈對於低下階層的注意，全都是反映了七十年代社會的「生活」。

「生活化」論述的建立經歷了不短的變化過程。「詩作坊」最先倡議現代詩要「明朗化」、「走出迷宮」，產生了一批七十年代的重要青年詩人，但還沒有特別提到「生活」與文學的關係。其後，現實主義文論提出重視「生活與文學」的關係，當時支持現實主義的作家談的「生活」是指涉集體生活價值的，促使「生活」開始被標舉為文學的重要元素。而也斯則把「生活」改造成現代派的含義，希望「還原」現實的廣闊意義，並包納個人抒情。有趣的是，當也斯後來致力於回顧和建立「生活化」新詩史時，他未有梳理上述七十年代的多種「生活化」方向，反而着重整理「生活化」以外的詩歌路向，下文將詳細分析這種論述策略。

五、「生活化」詩歌的「雙重否定」策略

在詳細分析了七十年代「生活化」詩歌的各個面向和「生活化」概念的變化之後，最後可以回到本章開首探討過的八十年代的論述建構，總結也斯如何運用「雙重否定」的策略錨定「生活化」在文學史上的流派座標。他一方面以「廣義的現代派」一名區別於當時同屬現代派、但路線不同的刊物，另一方面與現實主義這個跟「生活化」不無共通之處的體系作出明確區隔。由此或者可以說今後繼續發展香港七十年代新詩史，可在也斯建

---

178   高馬可（John M. Carroll）著，林立偉譯：《香港簡史 —— 從殖民地至特別行政區》（香港：中華書局，2013年），頁213-218。

立的「廣義的現代派」譜系之中納入更多現代派刊物，另一方面補充現實主義這個界定「生活化」的必要參照體系。

也斯把「生活化」與「新古典」和「寫實」並列為七十年代新詩的三大方向，與其說是七十年代香港詩壇面貌的概括，不如說是在文學場域內開創「生活化」定位的必要策略：

> 詩壇有哪些路向是個不容易回答的問題。我試以同在一九七二年創辦的三份文學刊物來嘗試勾劃三個方向吧：（一）《詩風》創辦人學養比較深厚，亦重視鍊句修辭，出入於中外詩詞名篇之中，擅用典故借喻，有含蓄之美，當時走的似乎是新古典美學的方向，雖然日後不同的詩人也會有不同發展；（二）《四季》以及後期《周報》的一些作者，嘗試在題材、形式和語言上作廣義的現代派的實驗，其中亦有人以平白的言語寫香港都市日常生活；（三）《海洋文藝》繼承三、四〇年代中國寫實文藝的傳統，關心低下層的民生疾苦，對現代城市採嘲諷態度，是樸素的批判寫實主義。[179]

也斯把「生活化」區別於「新古典」及「寫實」這兩個當時流行的路線，這種論述手法相當於布赫迪厄所說的「雙重決裂」或「雙重拒斥」的佔位策略：「我討厭 X，也同樣討厭 X 的敵手」，[180] 透過設定一系列的對立項，「再與這一系列的雙重否定對立起來」，[181] 藉此在場域上為自己創立新的位置。布赫迪厄以福樓拜為個案，剖析其所作的一連串雙重拒斥的論述操作，對我們理解也斯如何建構「生活化」概念很有啟發。布赫迪厄精闢地分析了福樓拜如何透過拒斥與自己位置非常相近的作家，以標舉自己的獨

179　羈魂：〈詩・越界・文化探索〉，《僭越的夜行》，上卷，頁 34-35。

180　布赫迪厄著，石武耕、李沅洳、陳羚芝譯：《藝術的法則：文學場域的生成與結構》（台北：典藏藝術家庭，2016 年），頁 139-140。

181　同上註，頁 128。

特性。[182] 也斯的「廣義」和「生活化」都是採用排除式定義，「生活化」詩歌既不同於批判寫實主義的路線，又不同於余光中的新古典主義，[183] 雖然後者同樣是反寫實主義的。這實在是典型的「我討厭 X，也同樣討厭 X 的敵手」的雙重拒斥句式，成功為「生活化」一脈詩歌在文學場域上開闢一個此前並不存在的位置。

要研究也斯如何為「生活化」詩歌建立文學史論述，使之在七十年代文學史佔據重要席位，可以從檢視他怎樣劃分和區隔上述三大路向着手。為了突出「生活化」的特點所在，必須強調它與同時期文學場域內其他流派的差異，而較少着墨於和它們有任何共通之處，卻恰好反證了「生活化」與「新古典」及「批判寫實主義」的關係難分難解。以下會先討論「生活化」與被稱為「新古典」的《詩風》之間的差異，也斯暗示後者是學院派詩歌，強調與「生活化」詩歌在多方面的對比，但是兩者實際上屬於現代派內部的路線差異，其後會分析也斯如何藉着強調「抒情」特點把「生活化」區別於現實主義，確立「生活化」一脈詩歌在文學史上的位置。

（一）學術場域中「生活化」論述的反學院修辭

為了和「余派」抗衡，也斯在八十年代回顧和重新闡釋「生活化」的內涵，愈發強調由「反學院」界定「生活化」特點。也斯不只一次把「生活化」詩人與《詩風》作對比，把《詩風》社的詩人視為學院派。他指《詩風》詩人學養深厚、重視雕琢詞藻、運用典故等等，暗示其精英立場，就像上文他一直批評的現代主義學院派詩風。他又說《詩風》較受余光中影響，[184] 而余光中正是學院派詩人的表表者。王良和分析也斯的論述策略指：

182　布赫迪厄著，石武耕、李沅洳、陳羚芝譯：《藝術的法則：文學場域的生成與結構》，頁 150-170。

183　梁秉鈞：〈抗衡與抒情・藝術與關懷〉，《十人詩選》，頁 IX。

184　也斯：〈解讀一個神話？——試談《中國學生周報》〉，《香港文化空間與文學》，頁 165。

余派的風格、取向，在一些明點或不明點卻意有所指的文字中，往往被簡單化為修辭、歷史典故、華美，並鑲嵌在一些貶損性的詞語如「堆砌」、「空洞」、「不真實」之中，與不少現代派詩人共同的取向 —— 生活、口語、樸素 —— 對立起來；在論述香港詩歌的文字中，充斥這種二元對立的觀點。[185]

這一系列「二元對立」最初出自美國地下文學的對學院派詩歌的抨擊，也斯在青年時期十分推崇的這一脈美國戰後詩歌，不只在當時給他「明朗化」的啟發，在後來又協助他展開與《詩風》「學院派」詩觀的抗衡。當然，兩個語境中的「學院派」其實不可等同，余光中不是艾略特那種玄學派詩人，[186] 這更多地是一種修辭策略。

也斯在八十年代把「生活化」整理成文學史論述時，以「反學院」、「反主流」等等標示「生活化」在當時文學場域的座標。有趣的是，此時也斯已經進入學術場域，他的文學史論述卻特別強調反學院。他抗衡既成建制的傾向來自進入學術場域之前的慣習（habitus）。青年時期的他就讀的浸會學院當時還不是大學，他偏好地下文學與一切當時未被主流欣賞的文藝，充分地表現了他的反主流氣質。這些特質貫穿他的整個文學事業，也影響了他的「生活化」論述。他強調「生活化」詩人很多是民間的、草根階層的、非精英的，指他們「在香港接受未必完備的教育，然後踏入社會，從一份工作轉到另一份工作，為生活奔波。這樣的背景，令我們不以知識入詩」。[187] 葉輝對「生活化」詩人的定位很類似：「他們都不是『社會精英』，有些讀過不被承認的大學，有些讀完或未讀完中學便出來社會做事，或者由於沒有較好的學歷，他們在生活和工作中總是遇到好一些意料之中和意

185　王良和：《詩觀的衝突與主流的競逐：香港八、九十年代詩壇的流派紛爭 —— 以「鍾偉民現象」映照》，頁 108。

186　關於這點可參考孟樊：《當代台灣新詩理論》（台北：揚智文化，1998 年，第二版），頁 111。

187　梁秉鈞：〈抗衡與抒情‧藝術與關懷〉，《十人詩選》，頁 XIII。

料之外的挫折〔……〕。」[188]

　　與也斯、葉輝強調「生活化」詩人的草根身份相反，「詩風社」的詩人都出身香港大學，而《詩風》的發刊詞無疑展示現代主義詩人的自我定位：「支持我們的讀者不會多，因為詩本身就不是為巴人下里寫的。但我們不會氣餒，因為我們一早就打定虧本的算盤，因為我們一早就知道：飛得越高就越寂寞。」[189] 學歷等文化資本既關乎詩人運用的語言資源和寫作風格，[190]又關乎詩人在文學場域上的位置。葉輝指「生活化」詩人「當時都是文學界的邊緣人，不大能夠在主流刊物發表作品」，[191] 也斯甚至說「生活化」這個詞「是指這些人當時在社群中所站的位置、文化空間中運作的策略」。[192]由此他主編《周報・詩之頁》的重要性就表露無遺，因為他提供了發表園地給這群在正統以外、未獲承認的詩人，力圖說明普通人寫的詩也可以是詩，詩歌不是精英階層的專屬品。

　　故此，「生活化」的其中一個論述基礎是學院派與非學院派的分野。也斯強調「生活化」與「新古典」在美學路線上的差異，由也斯的闡述來看，他最在意的不是「古典」或「現代」—— 他自己也有不少詩作是嘗試融合古詩手法 —— 而是由用典及煉字所表現出的「學院派」風格問題，也再說明了在也斯的詮釋中「反學院」是「生活化」新詩的重要特點。

188　葉輝：〈十種個性與二十多年的共同記憶〉，《十人詩選》，頁 V-VI。

189　本社：〈發刊詞〉，《詩風》第 1 期（1972 年 6 月），頁 1。

190　這並不是說學院教育必然決定詩人的風格，像何福仁、周國偉等人就因為詩觀不同而退出《詩風》，創辦《羅盤》。關於這點，另見本章最後討論《詩風》的部分。

191　葉輝：〈十種個性與二十多年的共同記憶〉，《十人詩選》，頁 VI。

192　梁秉鈞：〈抗衡與抒情・藝術與關懷〉，《十人詩選》，頁 IX。

（二）現代派的路線差異：再思「廣義的現代派」與「新古典」之對立

　　另一個有趣的問題是，如果「生活化」是「廣義的現代派」，那麼是否代表存在一個「狹義的現代派」？如果有，除了是縱向上與六十年代現代派不同，橫向地有沒有同時期的比較對象？也斯認為《詩風》走「新古典」路線，王良和對余光中及黃國彬詩藝的討論也是以兩人的古典特徵為主。[193] 但是重視雕琢詞藻、運用典故等等，同時亦符合也斯所指的現代主義學院派詩歌的特徵。如果暫時擱下「新古典」與「生活化」的表面差異，《詩風》其實具備不少現代主義特徵。由此來看，「新古典」和「生活化」的劃分操作，是把現代派內部的路線差異改造成可以突出「生活化」語言特點的分類方法。

　　近年部分學者開始反思「新古典」的名目與現代派的關係，可以借助商榷《詩風》在香港文學史上的定位。須文蔚不同意把余光中代表的藍星詩社風格稱為「新古典」，認為「新古典」是一有特定意涵的西方文學流派：

> 新古典主義是西方美學論述中慣用的名詞，指稱十八世紀於羅馬發生的藝術流派，以復古與英雄的歌頌為訴求，〔……〕推崇理性，強調明晰、對稱、節制、優雅，追求藝術形式的完美與和諧。[194]

他提出余光中和藍星的風格應該稱為「現代主義中的抒情傳統」，認為他們是「從台灣現代主義美學狹隘的『橫的移植』觀點中，突圍而出，藉由上溯古典的抒情傳統，安置其現代性」，事實上由三十年代上海現代派以來，「在現代性追求的過程中，回溯古典的努力始終沒有中斷過」，台灣現代詩也多有借用及轉化古典抒情傳統，「但詩論家多半動輒將余光中劃出現代派

193　王良和研究黃國彬和余光中的古典審美心向，參考王良和：〈從偉大、聖潔、飛升到回歸原鄉——論黃國彬的創作意識〉，《余光中、黃國彬論》，頁 181-221。

194　須文蔚：〈1960-70 年代台港重返古典的詩畫互文文藝場域研究——以余光中與劉國松推動之現代主義理論為例〉，《東華漢學》第 21 期（2015 年 6 月），頁 149-150。

的範疇」，直至近來才有陳義芝提出相異的看法。[195] 陳義芝認為「廣義的現代」指經過「古典」及「現實」元素修正的現代主義，余光中自己也提出過類似的「廣義的現代詩」一說。[196] 相同的術語「廣義的現代」在香港和台灣卻有不同的脈絡，兩相對照之下，更能突出也斯所說的「廣義的現代派」刻意把「古典」的部分排除在外，與《詩風》、「余派」作出明確的區別。事實上，重新強調「縱的繼承」是當時香港、台灣不少詩人認同的方向，把某份刊物或某位詩人特別標籤為「新古典」是不符合史實的。例如陳義芝就以「古典化」來概括七十年代台灣新詩的走向，指出無論是前行代的現代派詩人或者是新世代的詩人，都展現出「回歸傳統」的大趨勢。[197] 倘若把有古典情調的詩人排除在台灣現代詩的討論之外，將是不可想像的；然而現在研究香港七十年代新詩因為過分強調《詩風》和《羅盤》的對立關係，以至「現代派」一脈的討論幾乎不包括《詩風》而難稱完整。要是提出一個「廣義的」現代派，或者不應拒斥而是納入《詩風》。

　　我們不妨嘗試把《詩風》放回現代派的脈絡中檢視。七十年代初，《詩風》同樣針對超現實主義詩潮的流弊而提出革新現代詩語言。他們強調必須從現代的角度融會古典傳統，反而並未標舉古典美學的優越性。據詩風社整理 1972 至 75 年間的發表篇目來看，[198]《詩風》首三年刊登過的詩歌評論共 55 篇，其中評論當代港台詩人的共 16 篇，例如余光中、葉珊、北岳（胡燕青）等，也有不少對現代詩的概論，可見《詩風》同人對當前詩壇發展的關注。[199] 其中《詩風》創辦人凝凝（黃國彬）和蕭艾（另一筆名是楚狂

195　同上注，頁 151-153。

196　陳義芝：《聲納：台灣現代主義詩學流變》（台北：九歌出版社，2006 年），頁 83-90。

197　陳義芝：《聲納：台灣現代主義詩學流變》，頁 125-140，第六章：「1970 年代的詩學轉向」。

198　詩風社：〈「詩風」一至三十六期總目錄〉，《詩風》第 36 期（1975 年 5 月 1 日），無頁碼。

199　其中專談古典詩詞的有 11 篇，如談杜甫、周邦彥等；談三四十年代詩歌的有 10 篇，例如卞之琳、徐志摩、郭沫若、孫毓棠等等。按其目錄列入評論類的本有 61 篇，此處把分作上下篇刊登的合為一篇計算；又減去了談西方詩人的三篇：黃國彬談艾略特（第 10 期），素蕾談威佛烈・奧雲（第 13 期），蕭艾談奧登，都應該歸入翻譯介紹類。

生，即陸健鴻）寫了不少談現代詩問題的評論，可以一窺《詩風》的現代派立場。蕭艾談到古典傳統可以如何化用在現代詩中：「古典詩的意象和典故不是不可運用，但應該用現代的語言表達出來」，並指有些古詩意象「跟現代的生活也不相接了」，要避免寫出非新非舊的詩，最要緊的是「現代語言的節奏」。[200] 黃國彬〈詩為甚麼要現代？〉持相同觀點，他認為現代詩應該「運用活的語言，表現此時此地的經驗感受或生命形態」，如果要糅合古典意象或字眼，則必需「考慮該句法和節奏能否與現代節奏調和」，因為他認為現代口語節奏是現代詩成敗的關鍵，勉強加入古典意象只會令詩作不倫不類。[201] 可見《詩風》強調以現代的立場融會古典。與之相反的，是某些從古典詩的成就來貶斥現代詩的說法，[202] 這類厚古薄今、以傳統否定現代的觀點自從五六十年代的現代詩論戰以來就不曾消失，[203] 在七十年代批評現代詩的文章中仍然俯拾皆是。相比之下，《詩風》的現代派立場是毫無疑問的。

　　如果套用「我討厭 X，也同樣討厭 X 的敵手」的雙重拒斥句式，在上述討論中 X 就是現實主義路線。也斯固然是大力反對現實主義，《詩風》在這點上的立場是一致的，兩者都在現實主義的對立面，可能正是因此才更有需要區隔「新古典」與「生活化」的路向。《詩風》發行一年左右收到來信要求他們表現更積極的社會意識，並迎合大眾。《詩風》同人的回應表達出「為藝術而藝術」的堅持，他們強調詩應該是超功利的，「讀詩，主要為了獲得美的感受」，「詩人不是社會改革家，詩人更不是政治宣傳家」，並針對現實主義的思潮說：

200　蕭艾：〈從內容說現代詩的路向〉，《詩風》第 24 期（1974 年 5 月 1 日），頁 2-3。

201　黃國彬：〈詩為什麼要現代？〉，《詩風》第 55 期（1976 年 12 月），頁 24 及 28。

202　例如說現代詩人「作品無法超越前人的，盛唐不用說，即使滿清的一個納蘭性德〔……〕也都不敢妄想」。傷物：〈嘔吐之一〉，《龍族》第 10 期（1973 年 9 月），頁 10。

203　張雙英：《二十世紀台灣新詩史》，頁 145-148。

只要他〔詩人〕能適當地處理自己的思想、感情、經驗 —— 不論
個人的或社會的 —— 然後將它秩序化、美化（指廣義的），寫出
來的便是好詩。我們不是說詩人應將自己關在小天地裏，不理國
家社會大事，詩人如果深刻地體會到人類社會的不平和痛苦，將
這種經驗適當地處理，寫出的詩篇將會是不朽的；我們只不過反
對強迫詩人一天到晚高呼「打倒罪惡，戰勝黑暗」這類口號式的
作品。[204]

《詩風》上雖然不乏抒發民族情懷或以社會事件為題材的詩，[205] 卻激烈拒絕
以社會功能為詩歌唯一價值，由此更可以肯定《詩風》的現代派立場。

　　《詩風》與現代主義的關係一直未得到正視，很大程度上是因為「余派」
與「生活化」新詩的對立，這卻不代表《詩風》就不屬於現代派，而只是
現代派路線的差異。《詩風》和「生活化」新詩「對立」的表象，可以上溯
至何福仁、康夫、周國偉離開《詩風》之後創立《羅盤》。羇魂（胡國賢）
在回顧《詩風》時指：「四十九期（改版第一期）出版後，何福夫、康夫、
周國偉等因詩觀的歧異，與部分成員意見不合而退出。」[206] 後來《羅盤》第
4 期的「創作經驗談」刊出了黃國彬〈論偉大〉和何福仁〈我的書桌〉兩文，
前者追求偉大崇高，後者說由平凡出發，遂被論者視為《詩風》和《羅盤》
的詩觀差異，[207] 而《羅盤》同人再回應黃國彬該文，[208] 加深了兩刊對立的跡
象。到了第 8 期「陳德錦個展」更有文章非議「余派」的模仿問題。筆者
曾就以上問題訪問何福仁，他先詳細地解釋因為怎樣的「詩觀的歧異」而

204　本社：〈幾個有關詩的問題〉，《詩風》第 11 期（1973 年 4 月 1 日），頁 3。

205　參考羅青：〈論《詩風》詩人之詩風 —— 介乎現代與後現代之間的聲音〉，《詩雙月刊》總
　　　第 17 期（1992 年 4 月），頁 73。劉登翰：〈論《詩風》（中）〉，《香港文學》第 125 期（1995
　　　年 5 月），頁 12。

206　胡國賢：〈《詩風》推廣詩歌〉，吳萱人主編：《香港七十年代青年刊物：回顧專集》（香港：
　　　策劃組合，1998 年），頁 77。

207　王良和：〈青年文學獎與「余派」之說〉，《余光中、黃國彬論》，頁 5-74。

208　例如馬若：〈讀關夢南的詩簡有感〉，《羅盤》第 8 期（1978 年 12 月），頁 26-27。

離開《詩風》，明確地談到《詩風》是走現代主義路線，與他們並不相同：

> 我一直替《詩風》拉稿，像西西、也斯、馬若等等，都是我約稿
> 的。第 49 期由我編輯、排版，我改動了他們一向相當固定的版
> 法，陸健鴻他們不大滿意，提出批評，這是我們退出《詩風》的
> 導火線。其實排版是小問題，更深層的原因，顯然是對我約回來
> 的稿並不欣賞。那是較淺白、口語化，也較少經營甚麼典故的寫
> 法。我多少顛覆了他們的詩觀。《詩風》早期同人都出自港大，較
> 為學院，非常現代主義的，T.S. Eliot 那一套，跟台灣藍星詩社接
> 近。《詩風》中人追求宏大的題材，講究煉字，甚至僻字入詩、入
> 文。你看發刊詞就知道，有一種 intellectual snobbishness。西西、
> 馬若等人沒有大學學位，也斯、康夫在浸會畢業，當時也只是專
> 上學院。對詩，以至對文學創作的看法很不同。僻字麗典，我認
> 為是沒有問題的，只是不能是唯一的標準。我認為詩是廣闊多樣
> 的，不應該只偏好一種寫法。[209]

何福仁提到艾略特和藍星詩社都屬於現代主義學院派，同樣的特點例如講
究煉字、僻字入詩、經營典故、堆疊意象追求宏大的氣度等等，都和現代
主義追求的「崇高」（sublime）在本質上相通。究其原因，「現代主義」與
否不光是取決於語言或形式，而是正如也斯自己所說，現代主義是一種精
神和視野。[210]

　　《詩風》和「生活化」詩歌之間的差異，與其說是新古典與現代之間的
對立，不如理解為現代派內部的風格差異。如果我們同意《詩風》是現代

209　引自筆者訪問何福仁先生，訪問分別於 2016 年 6 月 8 日及 28 日下午進行。此為何先生首
　　次詳細談論他們退出《詩風》的事情，謹此致謝。

210　也斯屢次強調現代主義不只是關於技巧，更是關於「現代的視野」，「『現代』並不僅是一
　　種西化影響的狹小流派，而是一種視野與精神」，「『現代性』不僅是裝飾性的技巧，而是
　　一種面對都市現實深化思考的視野」。也斯：〈一九六〇年代的香港文化與香港小説〉，《也
　　斯的五〇年代》，頁 234。

派的重要一員，那麼就會發現在現代主義之後，現代詩的走向不只有《周報‧詩之頁》、《四季》等的「生活化」風格，《詩風》就代表結合古典傳統的嘗試，近於藍星詩社提倡的「明朗」，可以說也斯和《詩風》同人之間的差異，主要是追求明朗化的不同手段而已。現在回顧七十年代港、台詩壇對「縱的繼承」的強調，令人不禁反思是否需要把某份刊物或某位詩人特別標籤為「新古典」，何況古典語言特色與現代主義的美學精神並非互不相容，在討論七十年代「現代派」詩歌譜系的時候，實不能忽略《詩風》的角色與努力。

（三）「生活化」與現實主義的區分

至於「生活化」與現實主義的區隔，更是也斯的用力所在。對於非香港語境的研究者而言，也斯刻意把「生活化」和「現實主義」區別命名的原因需要詳加解說。現實主義本就強調書寫普通人的普通生活，「生活」當然是「現實」的一部分，[211] 厄普斯坦就稱美國的日常生活詩學為「實驗寫實主義」。[212] 再加上「生活化」新詩有不少接近寫實詩的特點，例如語言平白、取材現實等等，可以視為現代派面對當時現實主義陣營的批評必須求變回應，同時現代派內部也需要追求新的表達語言。由上文的討論來看，在也斯對「生活化」的倡議中，「現實」是相當重要的元素，只是他希望書寫的「現實」和批判寫實主義陣營希望書寫的「現實」並不相同而已。他並沒有否定文學與現實的關係，只是不同意批判寫實主義對「現實」的狹窄定義，為此而轉向西方文藝尋找靈感。無論由語言明朗還是取材現實的大方向來

---

211   馬新國主編：《西方文論史》（北京：高等教育出版社，2008 年，第三版），頁 238。

212   Epstein, *Attention Equals Life*, 26.

看，「生活化」與「寫實」也是既相關又相異的。[213]

　　也斯與現實主義陣營對「生活」涵義的觀點歧異，本來就是現實主義文論的重要問題。洪子誠指出自三十年代以來，左翼內部對文學路線、文學與政治的關係等問題所展開的辯論和鬥爭從未稍歇，現實主義傳統就是以文學要真實反映生活為根本特徵的，但是怎樣是真實、怎樣反映等等卻是引起激烈辯論的問題。例如胡風、馮雪峰等人「試圖將文學從政治的過度干預、控制中擺脫」，以倡議「真實」來糾正政治思想指導文藝創作的問題，卻在 1957 年的反右鬥爭中被嚴厲批判。[214] 六十年代以來，「真實生活」的意義發生變化，文學要反映的「生活」是黨的政治路線認定的「理想的生活」，「『真實』已被等同於『應該怎樣』——一種主觀性的認定」，[215] 結果這樣的「生活」只能是脫離現實的了。和七十年代初《周報》的討論比較，支持現實主義的一方有其預想中的「現實生活」，尤其指明文學應該揭露和剖析香港社會的問題，正是以指定的文學樣式反映指定的生活。也斯則極力反對限定「生活」的涵義，原因也在於追求真正的「真實」。

　　正因為「生活化」與現實主義不無共通之處，就更需要在論述策略上作出絕對的區隔。八十年代以後也斯回過頭來整理這段文學史時，集中強調「生活化」的抒情詩特點。也斯選擇了「抒情」為論述重點實在是敏銳地切中寫實詩和現代詩的決定性差異：支持走現實主義路線者大多鄙棄個人抒情。在也斯為「生活化」詩人的合集《十人詩選》寫的序文裏，他說李國威「避開抒情的濫調，切實從現代人真實的感受出發」，吳煦斌的抒情詩是「對習見傳播媒介中傷感、煽情、誇張的表達方法的一種抗衡」等，

213　趙曉彤曾以「人道主義」及意大利「新寫實主義」電影闡釋《大拇指》的「生活化」主張，從跨文藝比較論證《大拇指》的寫實面向，極富洞見。參考趙曉彤：〈兩個「現實」方向的對話：從《大拇指》、《文學與美術》看七十年代中段期香港跨範疇文藝思潮的發展〉，香港中文大學中國語言及文學學部 2014/15 年度講論會文章，發表於 2014 年 10 月 8 日，未刊稿。如果「生活化」就是「另一種寫實」，也斯把其區別命名的用意更需要闡釋，這點正是本章嘗試説明的。

214　洪子誠：《當代文學概説》（南寧：廣西教育出版社，2000 年），頁 31。

215　同上注，頁 44。

都是把「抒情」視為「寫實」的對立面，標舉為「生活化」的最重要特點。[216]
相反，現實主義詩歌鼓勵詩人跨越自身階級書寫他者，並且出於對文學的
社會使命的堅持，個人抒情是被嚴屬指責的。例如在《周報》也斯與溫健
騮等人的論戰中，溫健騮、癌石等人認為在學運潮和革命大潮中抒情詩是
無用之物，例如溫健騮說：「許多作者，包括自己在內，在寫作時，大都作
自我表現。在作品上反映出來的，是只往自己的內裏看，完全沒有了客觀
的世界，物質的世界。〔……〕不看客觀的外在的世界，就失去了豐富的生
活基礎，往往導至〔致〕作品的貧血，以至創作的死亡。」[217] 並認為現代派
的形式諸如象徵主義和超現實主義等是脫離香港社會現實的，個人抒情或
挖掘淺薄無聊的個人內心並無助於改革社會。[218] 未幾，也斯又讀到唐文標對
現代詩的批判，他的回應同樣是從抒情之必要性出發：「照這篇詩論看來，
如果還有人寫詩，能寫甚麼？大自然景物是不能提的，因為這算是『山林
文學』，個人感情是不能寫的，因為這算是浪漫派，憤怒和痛苦是不能寫
的，因為這又算是唯醜主義的文學。這等於把文學的路縮到最窄，不能全
面地表達人生經驗的各面。」[219] 唐文標指控現代詩的其中一條「罪名」就
是「抒情的逃避」：「將社會上、歷史上人類動態的命運，先轉化成個人靜
態的感情。」[220] 借用艾布拉姆斯（M.H. Abrams, 1912-2015）著名的藝術座
標解釋，現代詩上承浪漫主義詩歌，是「表現說」的，現實主義則是在「模
仿說」的基礎上強調「實用說」，詩人主體性的抒情表現是現代詩與寫實詩

216　也斯：〈抗衡與抒情 —— 後期周報幾位香港詩人的聲音〉，《香港文化空間與文學》，頁39-
　　　44。

217　溫健騮：〈香港文學問題討論之二：批判寫實主義是香港文學的出路〉，《中國學生周報》
　　　1051 期（1972 年 9 月 9 日），第 3 版。溫健騮：〈香港文學問題討論之八：還是批判寫實
　　　主義的大旗〉，《中國學生周報》1058 期（1972 年 10 月 27 日），第 4 版。

218　溫健騮：〈香港文學問題討論之二：批判寫實主義是香港文學的出路〉，《中國學生周報》第
　　　1051 期（1972 年 9 月 9 日），第 3 版。

219　也斯：〈談文季〉，《快報》1973 年 9 月 29 日，頁碼從缺。

220　唐文標：〈詩的沒落 —— 香港台灣新詩的歷史批判〉，《文季》第 1 期（1973 年 8 月），頁
　　　35。

之間的決定性差異。[221]

由此引申而言，雖然「生活化」新詩與現實主義具有在文論上的淵源，其本質還是現代詩而不是寫實詩。這裏可以借鑒簡政珍的說法，他提出台灣五六十年代在超現實主義風潮之下仍是有一些「現實詩」出現，例如被視為現代派陣地的《現代詩》，這些詩作雖然結合現實，但與現實主義詩歌有本質上的不同：

> 《現代詩》所同情社會弱勢者的詩作，其實不一定有強烈社會的使命感。所描寫的弱勢族群，在文字的敘述中，泰半是自身生活的寫照。〔……〕和七、八〇年代現實詩的創作動因不同，甚至和六〇年代能真正寫「他」的詩人有別。七、八〇年代的現實詩，詩人本身並不一定是弱勢者，但是卻以不是弱勢者同情弱勢，有更莊嚴的人生觀。在詩人創作生涯的成長中，從寫「我」到寫「他」是很大的跨越。[222]

其中「不一定有強烈社會的使命感」和「是自身生活的寫照」非常合適借以形容「生活化」詩人與現實主義詩人的差異。當然，超越一己、代入他者實在是優秀的文學家的特點，不必限於現實主義，但簡政珍的確點出了構成寫實詩與現代詩最大不同之處在於「寫我」與「寫他」。如果現實主義是以貼近下層民眾和社會問題為作家的「真誠」，對於也斯來說抒發自己真實的生活經驗才是「真誠」。由此看來這點才是他當年與批判寫實主義陣營的爭論的關鍵：也斯談的「生活」與現實主義陣營所談的相反，不着重反映現實和發表議論，而強調詩人作為抒情主體對現實的觀察和表情達意，拒絕現實主義要求詩人拋棄自我主體。

---

221 艾布拉姆斯著，酈稚牛等譯：〈導論：批評理論的總趨向〉，《鏡與燈：浪漫主義文論及批評傳統》（北京：北京大學出版社，1989 年），頁 1-40。

222 簡政珍：〈詩與現實——早期台灣現代詩的現實觀照〉，《台灣現代詩美學》，頁 78。

　　總而言之，也斯的「雙重否定」策略與其說是七十年代香港詩壇面貌的概括，不如說是突出「生活化」定位的必要策略。正是因為「生活化」新詩多是敘事詩，對語言淺白和取材現實等的追求與寫實詩的路線其實非常接近，所以當八十年代末他要建立「生活化」的論述時，就有目的地標舉「抒情」為「生活化」的最重要特點，清楚看到他在建構「生活化」概念的過程中與現實主義劃分的論述操作。理解了也斯的討論框架後，就可以在也斯建立的論述之上，進一步補充七十年代香港新詩史的情形，有不少課題都值得補充，例如在他建立的「廣義的現代派」譜系之中嘗試納入更多現代派刊物，又例如補充現實主義這個界定「生活化」的必要參照體系，都能夠令「生活化」的涵義以及其文學史論述建立的過程更為明晰。

六、總結

　　也斯開創並奠下了七十年代新詩史的討論基礎，更是討論「生活化」最詳細、最重要的評論家，令「生活化」成為香港文學史上極重要的文學現象。本章在他建立的討論框架之上，嘗試補充七十年代的詩壇狀況，擴闊對「生活化」的討論。首先指出八十年代末「余派」爭議與文學史話語權的角力，如何促使也斯開始整理「生活化」的歷史，甚至影響他對「生活化」的界定，七十年代他倡議的「生活化」本來強調與現實主義的對抗，八十年代卻重新賦予對抗「余派」的意涵。其次把也斯七十年代的詩作分成「電影詩」和敘事抒情詩兩類，分析兩者的中西詩藝養分來源，從其作品實際檢視「生活化」的風格特點。然後回到六七十年代之交，重溯「生活化」出現的背景，爬梳明朗詩風在香港開始轉折的情形，並考察現實主義文論怎樣倡議生活與文學的關係，以與也斯對「生活化」的定義作對比，突顯他競逐「生活化」的詮釋權，改造並樹立現代派的「生活化」定義。最後藉着反思他提出的七十年代新詩三大路向之間的異同，探討他如何運用「雙重否定」的論述策略開創「生活化」在文學史上的位置。

附表：也斯主編《中國學生周報・詩之頁》目錄

　　本表節錄自盧瑋鑾教授所藏香港文學檔案整理的《周報・詩之頁》目錄，檔案未有著錄編者姓名。目錄來源：http://hklitpub.lib.cuhk.edu.hk/lovf/currentDrawer.jsp?path=007002047002。第 1120 期藏本版面殘缺。

作者	詩題	日期	期數	頁碼
馬覺	軟弱	1973 年 11 月 20 日	1112	7
吳煦斌	山臉的人	1973 年 11 月 20 日	1112	7
李國威	我可以這樣	1973 年 11 月 20 日	1112	7
癌石	生活	1973 年 11 月 20 日	1112	7
梁秉鈞	傍晚時，路經都爹利街 ——香港・一九七三	1973 年 11 月 20 日	1112	7
李志雄	窗上的蝴蝶	1973 年 11 月 20 日	1112	7
張偉男	守在故鄉外的墓園丁	1973 年 11 月 20 日	1112	7
鄧阿藍	賣報紙的老婆婆	1973 年 11 月 20 日	1112	7
葉維廉	香港素描三首	1973 年 12 月 20 日	1114	7
西西	風景	1973 年 12 月 20 日	1114	7
蔡炎培	影及	1973 年 12 月 20 日	1114	7
梁秉鈞	五月廿八日在柴灣墳場	1973 年 12 月 20 日	1114	7
吳煦斌	牆	1973 年 12 月 20 日	1114	7
關夢南	寄敏儀	1973 年 12 月 20 日	1114	7
莫美芳	巨鳥	1973 年 12 月 20 日	1114	7
蔡炎培	無名的戀人	1974 年 1 月 20 日	1116	7
李國威	給獄中朋友	1974 年 1 月 20 日	1116	7
阿藍	不要讓爸爸知道	1974 年 1 月 20 日	1116	7
梁秉鈞	北角汽車渡海碼頭	1974 年 1 月 20 日	1116	7
銅土	你的存在	1974 年 1 月 20 日	1116	7
秦天南	歸路	1974 年 1 月 20 日	1116	7
李志雄	中秋	1974 年 1 月 20 日	1116	7
葉青	夜的剪影	1974 年 1 月 20 日	1116	7

（續上表）

作者	詩題	日期	期數	頁碼
木頭	市虎的輪	1974 年 1 月 20 日	1116	7
納西	火	1974 年 1 月 20 日	1116	7
馬覺	巴巴拉	1974 年 1 月 20 日	1116	7
阿藍	小聲告訴我	1974 年 2 月 20 日	1118	7
羅青	報仇天	1974 年 2 月 20 日	1118	7
銅土	午飯	1974 年 2 月 20 日	1118	7
梁秉鈞	寒夜・電車廠	1974 年 2 月 20 日	1118	7
莫美芳	詩之外	1974 年 2 月 20 日	1118	7
馬覺	最後的供詞	1974 年 2 月 20 日	1118	7
冬遲	無題	1974 年 2 月 20 日	1118	7
羅少文	那夜，在 Y.M.C.A. 門前	1974 年 2 月 20 日	1118	7
關亞濂	黑騎士	1974 年 2 月 20 日	1118	7
馬若	我幻想着	1974 年 3 月 20 日	1120	4
康夫	群鴉	1974 年 3 月 20 日	1120	4
吳煦斌	懷人	1974 年 3 月 20 日	1120	4
羅少文	懷人	1974 年 3 月 20 日	1120	4
納西	賣藝人	1974 年 3 月 20 日	1120	4
梁秉鈞	羅素街	1974 年 3 月 20 日	1120	4
阿藍	不要再分開	1974 年 3 月 20 日	1120	4
艾未	登肇慶鼎湖山	1974 年 3 月 20 日	1120	4
銅土	眠	1974 年 3 月 20 日	1120	4
裸裸	二十四小詩	1974 年 3 月 20 日	1120	4
關亞濂	洪水退後	1974 年 3 月 20 日	1120	7
早雅	情詩	1974 年 3 月 20 日	1120	7
冬遲	夢為遠別啼難喚	1974 年 3 月 20 日	1120	7
吳漢霖	給亞大	1974 年 3 月 20 日	1120	7
井兒	步卻	1974 年 3 月 20 日	1120	7
小磨	天地	1974 年 3 月 20 日	1120	7
沈傲	雪（在幻想裏）	1974 年 3 月 20 日	1120	7
黑靈	未題	1974 年 3 月 20 日	1120	7
紫竹	黑	1974 年 3 月 20 日	1120	7

（續上表）

作者	詩題	日期	期數	頁碼
靜宇	給失敗者	1974 年 3 月 20 日	1120	7
禾迪	留	1974 年 4 月 20 日	1122	7
禾迪	希望	1974 年 4 月 20 日	1122	7
西西	吾在菜市	1974 年 4 月 20 日	1122	7
張景熊	如何告訴你	1974 年 4 月 20 日	1122	7
井兒	樂趣	1974 年 4 月 20 日	1122	7
吳煦斌	給友人	1974 年 4 月 20 日	1122	7
適然	站	1974 年 4 月 20 日	1122	7
梁秉鈞	拆建中的摩囉街	1974 年 4 月 20 日	1122	7
李國威	我需要一點謊言	1974 年 4 月 20 日	1122	7
莫美芳	他的現實——記一位朋友	1974 年 4 月 20 日	1122	7
冬遲	根	1974 年 4 月 20 日	1122	7
納西	火車站	1974 年 5 月 20 日	1124	4
銅土	四月廿八日	1974 年 5 月 20 日	1124	4
李國威	爭吵之後	1974 年 5 月 20 日	1124	4
禾迪	星期六	1974 年 5 月 20 日	1124	4
禾迪	給 Wilda 和你（任何一個讀這首詩的人）	1974 年 5 月 20 日	1124	4
井兒	題情	1974 年 5 月 20 日	1124	4
井兒	四月	1974 年 5 月 20 日	1124	4
馬若	滾過我身旁的時候	1974 年 5 月 20 日	1124	4
葉輝	花和鳥	1974 年 5 月 20 日	1124	4
李志雄	獻	1974 年 5 月 20 日	1124	4
阿藍	妳睡過的搖籃	1974 年 5 月 20 日	1124	4
莫美芳	站在多風的車站上	1974 年 5 月 20 日	1124	4
梁秉鈞	雷聲與蟬鳴	1974 年 5 月 20 日	1124	4
張景熊	裸跑者的故事	1974 年 5 月 20 日	1124	7
康夫	女孩	1974 年 5 月 20 日	1124	7
沉傲	愛人	1974 年 5 月 20 日	1124	7
沉傲	愛	1974 年 5 月 20 日	1124	7
羅青	哼！你以為這是武俠小説嗎！	1974 年 5 月 20 日	1124	7

（續上表）

作者	詩題	日期	期數	頁碼
羅幽夢	感覺	1974 年 6 月 20 日	1126	7
淮遠	蝦	1974 年 6 月 20 日	1126	7
銅土	而您總催着我去趕路	1974 年 6 月 20 日	1126	7
禾迪	教育	1974 年 6 月 20 日	1126	7
禾迪	我怎懂得？	1974 年 6 月 20 日	1126	7
康夫	試後——兼贈建華	1974 年 6 月 20 日	1126	7
李志雄	端午	1974 年 6 月 20 日	1126	7
林檎	希望	1974 年 6 月 20 日	1126	7
李家昇	我從五百里外走來	1974 年 6 月 20 日	1126	7
莫泰志	另一個世界	1974 年 6 月 20 日	1126	7
吳煦斌	銅鑼灣海傍大道	1974 年 7 月 5 日	1127	7
張景熊	三號和二十三號公共汽車行駛的新路線——給秉鈞	1974 年 7 月 5 日	1127	7
梁秉鈞	中午在鰂魚涌	1974 年 7 月 5 日	1127	7
小米素	耶路撒冷以外——記大嶼山之旅	1974 年 7 月 5 日	1127	7
李志雄	中環	1974 年 7 月 5 日	1127	7
沈傲	風景	1974 年 7 月 5 日	1127	7
銅土	康樂大廈	1974 年 7 月 5 日	1127	7
西西	翻着一本有室內設計的畫報	1974 年 7 月 20 日	1128	8
康夫	當我仰飲天藍	1974 年 7 月 20 日	1128	8
吳煦斌	歌唱	1974 年 7 月 20 日	1128	8
莫美芳	愛	1974 年 7 月 20 日	1128	8
李國威	曇花	1974 年 7 月 20 日	1128	8
淮遠	蜥蜴	1974 年 7 月 20 日	1128	8
張景熊	夜踱戀人的髮	1974 年 7 月 20 日	1128	8
禾迪	未題	1974 年 7 月 20 日	1128	8
梁秉鈞	新蒲崗的雨天	1974 年 7 月 20 日	1128	8
納西	瘋男	1974 年 7 月 20 日	1128	7
銅土	告訴你	1974 年 7 月 20 日	1128	7
羅少文	我看見	1974 年 7 月 20 日	1128	7
何福仁	語言	1974 年 7 月 20 日	1128	7

（續上表）

作者	詩題	日期	期數	頁碼
羅幽夢	隔	1974 年 7 月 20 日	1128	7
沁軒	無題	1974 年 7 月 20 日	1128	7
張偉男	少女	1974 年 7 月 20 日	1128	7
冬遲	距	1974 年 7 月 20 日	1128	7
黃淑玲	夜行	1974 年 7 月 20 日	1128	7
三木	午雨	1974 年 7 月 20 日	1128	7
野女孩	燭之舞	1974 年 7 月 20 日	1128	7
旭青	獅子石道十點鐘	1974 年 7 月 20 日	1128	7
龍騰	黃昏的詛咒	1974 年 7 月 20 日	1128	7
走逃氏	域外老叟	1974 年 7 月 20 日	1128	7
文峯	真	1974 年 7 月 20 日	1128	7
張錦銘	談詩	1974 年 7 月 20 日	1128	9
馬若	噢！和平的夜晚	1974 年 7 月 20 日	1128	9
非冰	白領	1974 年 7 月 20 日	1128	9
賽塞	艇與人	1974 年 7 月 20 日	1128	9
井兒	粉飾	1974 年 7 月 20 日	1128	9
小磨	詩	1974 年 7 月 20 日	1128	9
小磨	火	1974 年 7 月 20 日	1128	9

第五章
也斯的香港抒情方案 *

一、引言：中國文學的抒情傳統

　　晚近中國抒情傳統的研究熱潮風靡學術界，也斯是陳世驤提出中國抒情傳統以來華文世界之中最早關注抒情問題的現代文學學者之一，[1] 已經有不少研究者注意到「也斯與抒情」這個課題的研究價值，例如周蕾、[2] 區仲桃 [3]

---

* 本章部分內容初稿曾經分別發表於以下兩篇文章：〈抒情與寫實：重釋也斯的「生活化」詩歌主張〉，《中國現代文學》第 28 期（2015 年 12 月），頁 129-148。〈文化寓言與粵語抒情：論也斯《剪紙》兼及連載版本的修改〉，《香港文學》第 420 期（2019 年 12 月），頁 13-23。

1　此處指也斯 1988 年發表於第一屆「現當代文學研究討會」的會議論文〈中國現代抒情小說〉（1988），下文會作詳細討論。

2　Rey Chow, "Yesi and Lyricism," in *A New Literary History of Modern China,* ed. David Der-Wei Wang (Cambridge, Massachusetts: The Belknap Press of Harvard University Press, 2017), 940-945. 周蕾：〈在夢的邊緣（懷也斯）〉，黃淑嫻、吳煦斌主編：《回看・也斯（1949-2013）》（香港：康樂及文化事務署，2014 年），頁 10-11。

3　區仲桃：〈《詩經練習》：試論梁秉鈞對香港現代主義詩歌抒情性的繼承〉，《淡江中文學報》第 32 期（2015 年 6 月），頁 313-330。

都由抒情傳統的角度評價也斯的詩歌，較早時陳惠英、[4] 黃勁輝 [5] 亦曾經從抒情小說的角度分別討論也斯的〈島和大陸〉和《剪紙》。此外，論者也多注意到也斯的博士論文對「九葉派」詩人的研究，以及對中國現代抒情小說的討論。本章試圖在以上的研究成果之上，通盤整理也斯從七十年代到九十年代對「抒情」的看法和變化。首先從也斯七十年代的文藝評論開始，爬梳早期他對「抒情」的見解，具體見於他「感傷的五四」的反撥、對西方文藝的譯介和台灣現代詩的評論，他對香港抒情問題的思考由此萌芽。接着下探八九十年代，整理他的博士論文如何闡釋抒情詩的抗衡性，和他自己的文藝主張有何關係，現代主義抒情詩在節制感傷浪漫情緒方面的實驗如何契合他的美學口味，進而影響他詮釋香港現代派詩歌的抒情特點。最後他更把「抒情」提升為香港文化感性的特點，提出他非常獨特的香港抒情方案。

　　所謂「抒情」，陳國球認為在中國古典文論之中是指「情懷由內心向外流注的過程；再者，其往外流之情，又凝定為相對考究的語言形式」，雖然情感是由個人出發，「但其指涉範圍卻可以擴展到公共領域 ——『通諷論』」。[6]「抒情」在傳統詩論之中已經有非常源遠流長的討論，由五四開始則在與西方文學的接觸之下，開始從比較文學的角度思考「史詩傳統」這個「中國文學的缺項」。陳國球認為陳世驤標舉「中國文學的榮耀別有所在，在其抒情詩」，固然是抒情傳統研究的里程碑，但是五四學者已經有不少精彩的思考。中國文學獨尊抒情詩，由胡適視之為落後於西方文學的原因，到聞一多、朱光潛視之為中國文學的長處所在，於 1949 年後繼續由留美學人和台灣學者發揚光大，陳世驤、高友工之後，更有蔡英俊、呂正惠、柯慶明、張淑香等等提出了相關的理論。[7] 因此，黃錦樹稱之為「現代

4　陳惠英：《感性、自我、心象 —— 中國現代抒情小說研究》，香港：商務印書館，1996 年。此為陳的碩士論文修訂出版，第六章「抒情小說與實驗 —— 香港小說舉例」舉出劉以鬯、西西、吳煦斌和也斯的多個作品為例分析香港抒情小說的特點。

5　黃勁輝：〈中西抒情：也斯《剪紙》中七〇年代殖民香港的都市現代情感〉，陳素怡編：《也斯作品評論集（小說部分）》（香港：香港文學評論出版社，2011 年），頁 287-308。

6　陳國球：〈導論：「抒情」的傳統〉，陳國球、王德威編：《抒情之現代性：「抒情傳統」論述與中國文學研究》（北京：生活・讀書・新知三聯書店，2014 年），頁 18。

7　同上注，頁 5-32。

學術視域條件下的發明」。[8]

　　抒情傳統相關的古典文學研究蔚為大觀，若論把抒情傳統研究擴展至中國現代文學研究的學者，則首推王德威。王德威的關注焦點在於「現代性」與「抒情」的辯證關係，在「革命與啟蒙」主流之外發掘中國文學現代性的「抒情」一面。他承接普實克（Jaroslav Pr□šek, 1906-1980）的討論，在隱喻的意義上形容二十世紀的中國為「史詩的時代」，以「史詩」代稱「現代性」和「革命」，而「抒情詩」總被斷定為「不合時宜」。他並把三十年代以來的左翼文學論述重新整理成「紅色抒情」論述，借用中國古典文論的一些概念（例如「興」、「怨」）詮釋革命文學。在這些前提之下，他討論「抒情」與「史詩」的辯證關係，以及疏遠革命文學浪潮的文人如何藉着「抒情」得以安身立命。[9]王德威的研究尤其可以和也斯的研究相提並論，也斯同樣關注「現代抒情」，也同樣着重發掘在中國現代文學的主流史觀以外的潛流，他的抒情概念之中以「抗衡」一義最為重要，尤用於與現實主義的對抗，而他自己也曾經涉入在七十年代香港重演的另一場「史詩與抒情」的角力，並且思考「香港抒情」的可能性和可行方式。

　　也斯作為比較文學學者，他的博士論文《抗衡的美學：中國現代主義詩人研究（1936-1949）》（"Aesthetics of Opposition: A Study of the Modernist Generation of Chinese Poets, 1936-1949"）[10]從抒情的角度闡釋中國現代主義詩歌的特質，並着意分析中國與西方現代主義抒情詩之間的差異，突出中國詩人對西方影響的轉化，也可視為上述抒情傳統討論的一部分。周蕾認為也斯的抒情詩創作之中兼有中國傳統詩學與西方文藝的影

8　黃錦樹：〈抒情傳統與現代性 —— 傳統之發展，或創造性的轉化〉，《抒情之現代性》，頁677-717。

9　王德威：〈「有情」的歷史 —— 抒情傳統與中國文學現代性〉，《現代抒情傳統四論》（台北：台大出版中心，2011 年），頁 2-83。另參考王德威：〈紅色抒情 —— 從瞿秋白到陳映真〉，《抒情傳統與中國現代性：在北大的八堂課》（北京：生活·讀書·新知三聯書店，2010 年），頁132-163。

10　Leung Ping-kwan, "Aesthetics of Opposition: A Study of the Modernist Generation of Chinese Poets, 1936-1949" (Ph.D. dissertation, University of California, San Diego, 1984). Published by Ann Arbor, Mich.: University Microfilms International, 1986.

響，並非常準確地總結了也斯鍾愛的抒情模式是情感的壓制和內省，企圖
達到非戲劇化、間接、低調的效果。[11] 她認為也斯對抒情的看法有若干特點
迥異於一般的抒情詩。一是詩歌主要是「時間的藝術」，也斯的詩反而有
強烈的視覺性與空間性。[12] 二是抒情通常被認為是脫離現實、關注對現世的
超越、沉醉在自己主觀的孤立的世界之中，也斯反而屢次以抒情與香港現
實協商。[13] 三是相比於抒情詩本有的主體性和自我中心，也斯反而想呈現出
物體的自然興發與演出，注重對話性、非自我中心角度。[14] 她的論點甚有啟
發性，可惜礙於篇幅，該文僅就各點作出提綱式的扼要陳述，未及深入闡
釋。而且如果要呈現也斯抒情觀的形成過程，就必須補充也斯最早於七十
年代萌發的相關思考。

　　不少論者已經從抒情的角度詳細分析也斯的文學創作，本章則關注「抒
情」在也斯的香港文學論述之中有何角色和意義。嚴格來說，也斯對抒情
傳統文論的引述只見於〈中國現代抒情小說〉、詠物詩以及抒情電影的討論
等等為數不多的文章，但是也斯的抒情觀卻非常有個人特色。「抒情」的課
題不只有助於我們理解也斯的詩觀、創作主張和對香港文化的看法，更能
夠為中國現代抒情研究補充這個來自香港的例子。在討論香港抒情問題時
不能忽略也斯，由此又可以說在討論中國現代抒情問題時不能忽略香港。

二、香港抒情的起點：從浪漫五四到現代抒情的抗衡

　　七十年代的也斯雖然尚未建立較有系統的論述，但是出於個人的美學
興趣，他早期的文藝評論經常討論抒情的問題。也斯青年時期對抒情的零

11　Rey Chow, "Yesi and Lyricism," *A New Literary History of Modern China*, 942.

12　Chow, "Yesi and Lyricism," 941-942.

13　Chow, "Yesi and Lyricism," 942.

14　Chow, "Yesi and Lyricism," 943.

散思考可以整理成四個方面：（一）首先，他對「感傷的五四」的反感是其抒情思考的起點，促成他對現代主義的追求，為他後來多番論述的「現代抒情」定調；（二）在評論台灣現代詩人時，他表達了和當時重新強調「縱的繼承」的詩壇路向不同的意見，把若干台灣詩人的「古典」和「抒情」特點區別討論，繞過前者而專注於後者，並且由此醞釀思考甚麼語言適合描繪香港現實；（三）他在譯介西方文藝時，以抒情抗衡當時呼聲甚高的現實主義；（四）最後上述對抒情的尋索，歸結於 1977 年寫作的《剪紙》，以愛情故事作為「香港抒情」的隱喻，展示他對粵語抒情問題的思考。而以上各點又都顯然與香港文學適合怎樣的抒情形式有關，在八十年代以後將會發展為他對香港文化的重要見解。

（一）「感傷的放逐」：反撥五四浪漫主義遺緒

也斯最早的抒情思考，可能肇端於對「感傷的五四」的反撥。反思五四浪漫文風在香港文壇的遺緒，促使他尋索抒情在感傷主義以外的其他可能性。這一方面產生了日後他對「現代抒情」的提倡，另一方面令他重新檢視抒情與現實的關係。在也斯的想法中，抒情是深具抗衡性的，是他抵抗現實主義流行的重要據點，一反「抒情」予人消極、逃避現實政治的印象。以下先說明五六十年代香港文壇流行的「感傷」文風，接着再分別解釋也斯由此萌生的現代抒情概念以及他怎樣通過「抒情」與現實主義角力。

也斯在幾處地方提到五四文學傳統對本地創作的負面影響，他的意見可以概括成兩點，分別是批評五四與當下香港現實的隔閡，以及感傷情緒對創作突破的窒礙。他曾經把香港現代主義作品與五四名作對比，突出本地風景的「失蹤」：

我初讀《文藝新潮》的興奮，是知道即使在香港，仍有人可以辦出這麼開闊的文藝雜誌，即使以香港現實為背景，仍有人寫出新

銳的作品來。詩如崑南的〈賣夢的人〉、〈悲愴交響樂〉，葉維廉的〈我們只期待月落的時份〉；小說如馬朗的〈太陽下的街〉、李維陵（衛林）的〈標題〉，都是由香港當時特殊的時空激發出來，在題材或表現方法上有所突破的作品，教當時在摸索中的我看了，知道不一定要是艾略特的城市或佛洛斯特的果園、不一定是徐志摩的康橋或朱自清的秦淮河才是文學，我們生活其中的小小的北角也可以是文學作品的題材。[15]

這段話觸及也斯最初從事寫作的時候本地文學創作面對的困難，是在前行的作品之中未能找到對本地生活現實的反映，缺乏適合參照的文學傳統。在西方現代主義經典與五四著名作品之間，「香港」是不在場的，本地生活情狀的描寫始於香港現代主義實驗。如果以五四傳統為創作的參照，不只是本土風景無從表述，語言文字也與本地生活出現鴻溝，這正是他在另一篇題為〈兩種幻象〉的評論中所解釋的：

每一個時代，應該有它自己的文字。但在香港今天，這種新的文字還在孕育試探，還未創造出來。這種文字不可能是古典文學的文字，也不可能是外國文學的文字，也不可能只是照錄日常使用的方言。五四許多作品，今天讀來文字上已有隔閡；至於香港本身，二十年來留下的嚴肅文學作品不多，加以散逸流失，作為範本也困難。〔……〕這文字的摸索，也是一種生活的摸索。要尋找一種確切表現生活經驗的文字，也是尋找一種正視這種經驗的態度。[16]

15　也斯：〈從緬懷的聲音裏逐漸響現了現代的聲音〉，《香港文化空間與文學》（香港：青文書屋，1996 年），頁 5-6。在刊於《號外》的較早版本中，這段話中列舉的五四作品原為「徐志摩的康橋或老舍的北平」。由「老舍」改為「朱自清」，其突出五四感傷主義之用意更為明顯。也斯：〈一首關於北角的詩〉，《號外》第 12 期（1977 年 8 月），頁 44-45。

16　也斯：〈兩種幻象（六）〉，《快報》1976 年 12 月 7 日，頁碼從缺。

所謂的「文字隔閡」，可以推測一方面是指五四文學在題材內容上與香港生活經驗的疏離，另一方面則是文字形式本身大異於本地習用的生活語言，尤其是感傷的文藝腔調。

也斯認為五四語言其中一個流弊是感傷主義，並特別批評過上一代的五四遺風限制了本地創作的突破。1975 年也斯為港大文社的「香港四十年文學史學習班」主講七十年代的香港文學，就頗不客氣地批評了以南來文人和五四傳統為代表的浪漫感傷文風一直延續到七十年代：

> 在七十年代的文壇上，有一批作者仍是受着五四時代文筆技巧的影響，雖然在用字遣詞上已趨圓熟，但總未能向前跨進一步，作出超越性的嘗試：在取材上，這些作家多只寫風月，寫戀情，寫天倫之樂，間或有老一輩的作家寫抗日憶思，或咬牙斥共。他們的作品在社會性的表現上大致是頗低的。這樣子的文風正是五十年代普遍作者的文風。這不是七十年代作者的突發「復古」，事實上，在整個六十年代這文風是一直延展着的，然未有掀過波瀾。[17]

接着他開列了幾份代表刊物及其常見作者，包括《中文文摘》、《青年雜誌》、《當代文藝》、《文壇》、《星島日報》及《星島晚報》等等，直斥其為「香港文壇發展的障礙」：

> 受着五十年代文風薰陶的這批作家，創作不能突破自己的風格，對所處的時地也沒有敏銳的反應，一直是處在前人的陰影下；因之，出色的作者難以發現。也因沒有去嘗試開拓，去接受新的衝擊。在七十年代的文壇裏，這些作者的創作顯得陳腐。原來在香

17　因手抄資料查閱不易，此處盡量完整引錄。也斯：〈第七講：香港 70-75 年文壇概況〉，《香港四十年文學史學習班資料彙編》（香港：香港大學學生會港大文社香港四十年文學史學習班籌委會編印，1975 年），頁 2。按《資料彙編》共包含七份講稿，每份頁碼重新另起。

港寫作的人根本就不多，五十年代文風的殘留，不啻是香港文壇
發展的障礙。[18]

在這份講稿所附的教材之中，他為這幾份雜誌的書影材料加了按語，例如
說《當代文藝》「傾向抒情和鴛鴦蝴蝶派一路，無論技巧或創作意念上都有
很濃厚的五四影子」，[19]《文壇》「一直是五四時的纖穠輕巧」、「和香港的文
學發展不大銜接」等等。[20] 與這些年輕時的尖銳批評相比，也斯在九十年代
以後的回顧措辭較為中性，指當時這些刊物「口味偏向穩健保守」，「作者
群基本沒有很大變動」，不太接受年輕作者的創新嘗試，令他們有感「難以
打開悶局」，驅使他們自辦刊物、實驗新的路向。[21] 在另一篇回顧文章中，
又談到他出道時的文壇氣氛和尋找突破的困難：

> 早期香港專欄作者不少是南來文人，也帶來了部分上海小報的遺
> 風。在緬懷霞飛路的風光之餘，很少正視英皇道的現實，而且因
> 為思想形態的不同，往往對本地的新生事物採取嘲諷的態度：不
> 是罵年輕人留長頭髮，就是罵年輕人寫新詩。我初寫專欄時，很
> 感覺到周圍那種舊文字背後的舊思想。我自己也留長髮，也寫新
> 詩，真是勢單力薄，但也只能用自己的方法去表達了。[22]

「舊文字背後的舊思想」，應該就是指這種五四遺緒的文風。盧瑋鑾總結
五六十年代香港散文的面貌時，對當時的文壇風氣有同樣的描述：

18　同上注，頁 3。

19　同上注，頁 13。

20　同上注，頁 19。

21　也斯：〈解讀一個神話？——試談《中國學生周報》〉，《香港文化空間與文學》，頁 165。

22　也斯：〈公眾空間中的個人論說——談香港專欄的局限與可能〉，《香港文化空間與文學》，
　　頁 66。

所謂「右翼」文人，離鄉別井與前途未卜的渺茫，經濟一時無法
解決的困頓，文字瀰漫人生途上不可預知的傍徨。他們多寫有家
歸不得的悲情，懷故園斥異地，形成柔弱、無奈、空泛的囈語式
文風，張弓拔弩的反共叫喊並不多見。《中國學生周報》、《人人
文學》、《海瀾》、《文壇》、《星島日報》、《新生晚報》、《香港
時報》、《文學世界》等等刊物報章上，幾乎成為「夜」、「海」、
「夢」、「落葉」、「雪」、「故園故鄉」、「寂寞」、「無依」題材的
園地。寫作技巧亦只求順理成章，不見創新思變。[23]

延至六十年代，這脈作家仍然是「多談故國鄉梓，欠缺港味」，「無法繪畫
刻鏤香港實相」。[24] 在這種風格的影響之下，當時練筆的青年作者莫不模仿
這種文藝腔，「超離現實，朦朧的人生悲苦，凌空的詩思，⋯⋯最易為未
成熟的文藝愛好者接受，故云五十年代中葉，詩有所謂『力匡體』，散文
何嘗沒有『百木體』、『秋貞理體』？青年不自覺的形影模擬，自然滿紙海
夢」。[25] 這些都與也斯對當時文壇的觀察相近。

　　至於也斯筆下的五四文學為何以「徐志摩的康橋或朱自清的秦淮河」
為代表，又何以與感傷主義連上關係，需要由香港的中學教育切入解釋。
陳國球曾經研究中學中文科的課程，指出歷年來一直留在課程上的五四散
文範文篇目，所設定的地理環境不只和香港南轅北轍，其中所描繪的生活
經驗也非香港所有，不少文章更是連時空設定也非常模糊，只能傳達出「虛
幻的中國」，[26] 入選課文「其基調是絕對的陰柔（feminine）」：

23　盧瑋鑾：〈香港散文身影 —— 五、六十年代〉，黃繼持、盧瑋鑾、鄭樹森編：《香港散文選
　　1948-1969》（香港：香港中文大學人文學科研究所香港文化研究計劃，1997 年），頁 ii。

24　同上注。

25　同上注，頁 iii。

26　陳國球：〈承納中國，建構虛幻 —— 香港的現代文學教育〉，《香港的抒情史》（香港：香港
　　中文大學出版社，2016 年），頁 193-225。

我們最親近的現代文學名家，卻都是文弱、感傷的，愁腸百結、
涕淚交零的。在六七十年代的我們，還只是蒙昧的少年〔……〕
誰料，我們不知不覺間竟要延續上一代對已逝年華的感懷呢！ [27]

「延續上一代對已逝年華的感懷」除了是指五四文學作品之中的情感，還加
上了由戰後逃難來港的老師們的人生感慨：

> 50 年代一大批歷劫餘生、從中原南徙的知識分子投身於香港的教
> 育事業。時移世易，他們固然無力回天卻又感時傷世；在殖民政
> 府疏而不漏的監控下，又得迴避當下的政治是非。於是，借「中
> 文」欲招民族文化之魂、以澆自身塊壘……[28]

他並指出長期以來香港的中學課程大體上沿襲內地三十年代的新文學選
本，[29] 而戰後南來投身香港教育事業的文人，自身所受的中學教育正是該等
內地課本，故香港的中學課程「大概很能配合老師們的感舊情懷」，而且老
師建議的課外閱讀書目大抵就是老師年輕時的讀物，「通過師生授受，我們
就活在老師的回憶之中」。[30] 陳國球的研究可以借用解釋也斯這一代青年作
家對五四作品的印象和感受，一方面強烈地感受這些經典沒有任何可以借
鑒描繪香港之處，另一方面對其中瀰漫的感傷情緒非常不耐。

27　陳國球：〈感傷的教育 —— 香港、現代文學，和我（代序）〉，《感傷的旅程》（台北：學生
　　書局，2003 年），頁 III。

28　陳國球：〈文學教育與文學經典的傳遞 —— 中國現代文學在香港初中課程的承納初析〉，《現
　　代中文文學學報》第 6.2 & 7.1 期（2005 年 6 月），頁 112。

29　陳國球：〈文學教育與文學經典的傳遞〉，頁 108。二三十年代內地課文資料及篇目，參考陳
　　必祥：《中國現代語文教育發展史》（昆明：雲南教育出版社，1987 年），頁 42-131，第二
　　章「五四時期和二十年代的語文教育」及第三章「三十年代的語文教育」。

30　陳國球：〈感傷的教育 —— 香港、現代文學，和我（代序）〉，《感傷的旅程》，頁 V。

　　台灣作家的感傷美文也是同一支五四傳統的另一種體現，並且透過文藝刊物在香港傳播。也斯曾經憶述他青年時期接觸現代主義文學的原因，是因為覺得當時《中國學生周報》的文藝版「太狹窄太傷感了」，所以轉向閱讀香港和台灣的現代派作品：

> 例如《中國學生周報》，喜歡電影版、藝叢和讀書研究，因為它們帶給我一個新的、可以補充每日的北角現實的世界，提供了不同的了解這現實的方法，但當時總是不喜歡它的文藝版，覺得太狹窄太傷感了。因為不滿足，就找其他文藝刊物來看，逐漸就看起新出版的《好望角》（崑南的小說、戴天的詩、李英豪的評論⋯⋯）和《華僑文藝》（楚戈的詩畫、商禽和管管的作品⋯⋯）等來。[31]

他另文提到該時期《周報》文藝版受編輯影響，「盛紫娟編穗華版主要從台灣約稿，約來司馬中原、朱西寧、段彩華的小說，還登過瓊瑤早期的短篇」。[32] 據吳兆剛的研究，五十年代甚有影響力的散文家「百木在《周報》的作品多寫對時間流逝的感慨，特別處理歲月帶給人的悲喜，不專從針砭時弊出發，以人的感情流動作為書寫和觀察的角度」，[33] 六十年代「穗華版」則轉為大量刊登台灣文藝，包括司馬中原、段彩華、朱西寧、謝冰瑩、水晶、瓊瑤。[34] 由台灣文學主導的文藝版何以會「太狹窄太傷感」，與當時台灣的文藝政策有關，大部分五四新文學作家因政治審查被禁止傳播，只留下梁實秋、朱自清、徐自摩等等，使感傷抒情傳統一脈獨大。張誦聖指：

31　也斯：〈從緬懷的聲音裏逐漸響現了現代的聲音〉，《香港文化空間與文學》，頁 5。

32　也斯：〈解讀一個神話？　——試談《中國學生周報》〉，《香港文化空間與文學》，頁 165。

33　吳兆剛：〈努力拓墾，孕育新苗：《中國學生周報》文藝版創作園地〉，梁秉鈞、陳智德、鄭政恆編：《香港文學的傳承與轉化》（香港：匯智出版，2011 年），頁 283。

34　同上注，頁 281 及 284。

四九年後的台灣作家所承襲的新文學傳統是經過刻意篩選的：富
有革命意涵的「批判寫實主義」受到壓制，而新文學傳統中不具
抗議色彩的「感性抒情」（lyrical sentimentalism）流派則相對地大
為風行。[35]

她在另一篇論文中更詳細地說明「感性抒情」所指的是文學研究會和新
月派：

在四九年後傳承於五四的新文學傳統中，「批判的寫實主義」顯
然備受壓抑，而「文學研究社」和「新月社」等英美派作家最不
具攻擊性和顛覆性的作品，則被挑選出來加以宣揚〔……〕其主
觀的情感結構 —— 諸如沈從文的田園抒情及冰心的理想化浪漫主
義 —— 仍構成了一九四九年後台灣主流美學的基調」。[36]

王鈺婷研究五十年代台灣女性散文家的抒情美文風格，由戰後台灣對五四
文學的選擇性繼承，上溯到中國抒情傳統與國民黨主導文化之關係。[37] 這一
脈的感傷美文透過文藝刊物也在香港傳播，當時《周報》「穗華版」所刊登
台灣作家裏面，除了司馬中原、段彩華、朱西寧等反共軍中文藝作家外，
不少屬於上述譜系，[38] 傳播同一脈感傷文風，加上愛情小說的代表作家郭良

---

35   張誦聖：〈緒論〉，《現代主義・當代台灣：文學典範的軌跡》（台北：聯經出版，2015 年），
      頁 12。

36   張誦聖：〈袁瓊瓊與八〇年代台灣女性作家的「張愛玲熱」〉，《文學場域的變遷》（台北：聯
      合文學，2001 年），頁 55。

37   王鈺婷：〈緒論〉，《抒情之承繼，傳統之演繹 —— 五〇年代女性散文家美學風格及其策略運
      用》（台南：國立成功大學台灣文學系博士論文，2009 年），頁 1-39。

38   吳兆剛：〈努力拓墾，孕育新苗：《中國學生周報》文藝版創作園地〉，《香港文學的傳承與轉
      化》，頁 281 及 284。

蕙、水晶、瓊瑤，還有也斯經常批評的於梨華等等，[39] 共同構成了感傷柔弱的文壇氛圍。

「感傷」及個人浪漫抒情文章，原只是五四文學的其中一面，卻在戰後香港、台灣由於各自的政治和歷史原因得以成為主流文風，主導了當時對「抒情」語言的想像。這樣的文藝環境和氣氛，構成了香港現代主義文藝興起的背景。《文藝新潮》和「香港現代文學美術協會」的現代派青年作家冒起，力圖反撥這一整個五四感傷浪漫傳統。他們不只針對「五四運動的幽靈」，[40] 更意識到這個傳統與殖民統治的關係，故非常強調提倡民族精神和對殖民統治的覺醒。[41] 也斯雖然幾乎不討論民族主義的問題，然而同樣依賴現代主義以推翻感傷陳腐的文風。下文將會看到也斯對中國現代主義詩人的研究是關注他們如何反思五四的感傷傳統，可以說是以學術研究回應了他自己青年時期的文壇經驗。

39　也斯經常在專欄中對於梨華的留美小說冷嘲熱諷，指其文字陳濫、議論過多、故作悲劇氣氛，在敘述時間的跳接上「解譯〔釋〕性的過程文字，就像過去荷里活電影回憶鏡頭之前的粼粼〔波光〕，用得十分不經濟」。也斯：〈怎樣轉變〉，《快報》1972 年 8 月 18 日，頁碼從缺。又見也斯：〈於梨華的新作〉，《快報》1972 年 8 月 16 日，頁碼從缺。另一方面，也斯曾經批評香港報章刊登的台灣作家過於集中，例如說：「在香港，報章介紹的，雜誌討論的，不是於梨華就是余光中，到頭來或許以為台灣作家除了於梨華便只有余光中。」也斯：〈介紹文學季刊〉，《香港時報》1969 年 1 月 8 日，第 10 版。又例如：「如果有人要罵台灣小說，當然可以。但也看你舉出的理由了。如果說台灣小說家只有瓊瑤，於梨華，李敖（？），如果說台灣小說〔家〕都是愛奧華回來，都是盲目摹倣外國，我們曉得這都不是真的。」問號為原文所有。也斯：〈盲批評家〉，《快報》1971 年 6 月 26 日，頁碼從缺。相對於梨華的留美小說，他推薦另一位同樣寫留學生小說的台灣作家陳錦芳，字裏行間暗含對梨華的批評，說陳「沒有留學文章的酸味」，「留學生去到外國，特別需要強調自己是中國人，寫起小說和散文來，更分外充滿訓誨意味，有些留美小說，常常要忍不住讓主角長篇發言」。也斯：〈畫遊十年（一）〉，《快報》1974 年 10 月 4 日，頁碼從缺。

40　雖然崑南說《文藝新潮》問世後，「五四運動的幽靈不得不匿於一角」，但是由上文整理的情況來看，「五四的幽靈」還盤踞了一兩代人。崑南：〈文之不可絕於天地間者 —— 我的回顧〉，小思編：《舊路行人 —— 中國學生周報文輯》（香港：次文化，1997 年），頁 89。

41　參考葉維廉：〈自覺之旅：由裸靈到死 —— 初論崑南〉，《香港文學探賞》（台北：書林出版有限公司，1994 年），頁 159-186。陳國球：〈情迷中國 —— 香港五、六十年代現代主義文學的運動面向〉，《香港的抒情史》，頁 268-271。

（二）詩觀的萌芽：現代詩人的現代抒情

為了反抗上述五四一脈的感傷文風，也斯轉求反對浪漫主義而起、別創新路的現代主義文藝。也斯對「感傷」的厭惡與他強烈的現代主義口味有關。他當時評介他所欣賞的作家，大多強調他們並不感傷浪漫，或是讚揚他們所抒之情具有現代感。這些評論除了是介紹作家與作品，同時也是借以回應香港、台灣文壇流行的感傷抒情毛病，表達也斯自己的審美品味。

以他對《鄭愁予詩選集》（1974）的評論為例，可以看到他怎樣把「感傷抒情」與「現代抒情」對立起來，大力提倡後者。他形容鄭愁予的文字切實、不多餘、不使用陳濫的語言、不傷感，並再次批評了五四以來的抒情濫調已經定型。如果現在再探索抒情的技藝，就必須是「現代」的抒情：

> 在抒情詩的領域中，五四以來，題材和文字上都似乎有了範圍，許多現在寫抒情詩的人，都虛設了一種過去的風景，寫一種過去的情調，甚至使用一〔種〕過去的文字，一種已認可的詩意文字，來鋪設輕易的詩意，所以許多抒情詩人會予人一種陳腔濫調的感覺。但這是寫的人的問題，而不是抒情詩本身的問題。抒情詩是可以寫的，因為在文學中，感情（不管如何表達出來）始終是一個要素，問題是抒甚麼情。一個現代人當然是抒寫一個現代人的感情，寫自己的感受，而不是用前人的詩句詩情詩景拼砌起來，寫古人的感受，他人的感受。[42]

他欣賞鄭愁予的詩正是由於他沒有感傷的情調、陳濫的文字意象、「多愁善感」或「傷感濫調」，所用之文字是現代的，其抒發之感受也是現代的：

42　也斯：〈鄭愁予詩選集（一）〉，《快報》1974 年 5 月 19 日，頁碼從缺。

> 鄭愁予的抒情詩輕逸，但從不含糊，文字仍然是切實的；抒寫很
> 單純的感情有之，但卻絕不會在文字上虛幌一招，不會不了了之
> 以示餘音嫋嫋，也不會自作多情，在沒有感情的地方強行製造多
> 幾行感情。他不以定型的文字（如古詩詞、如三四十年代的詩作
> 文字）為滿足，在句法、用字、在聲韻（如《錯誤》、《賦別》）
> 和意境〔……〕上都多所創新，可見他一方面抒寫個人感受，但
> 亦絕非多愁善感，發出傷感濫調，相反，是要認真地、用適切字
> 眼寫出自己感受。[43]

也斯對鄭愁予的討論，說明了他對「現代抒情」的興趣，首先是出於對
五四感傷傳統的厭惡，而驅使他思索「抒情」的其他可能性。

也斯所說的「現代抒情」，是要求探索屬於現代的新語言形式和新的
詩意，希望詩歌停止重複傳統詩詞的濫調。青年時期也斯的反古典主義立
場非常清楚，要到赴美留學時期才重新體認中國古典文學傳統。[44] 他對於古
典語言形式的立場反映在他對台灣現代詩的閱讀之中，他繞開這些詩人的
古典特色，集中談「現代抒情」，構成十分特殊的討論角度。〈現代詩人筆
下的夏天〉（1973）推介了多位詩人，包括葉珊、錦連、馬朗、林亨泰、白
萩、薛柏谷、周夢蝶、葉維廉、方莘。其中例如葉珊、葉維廉等詩作都以
古典特色見稱，但是也斯完全沒有提到古典的部分，而是着力推介他們如

43　也斯：〈鄭愁予詩選集（三）〉，《快報》1974 年 5 月 22 日，頁碼從缺。

44　因此他談到想在文學創作上嘗試結合古典傳統，都是八十年代的文章，包括一些對七十年代
　　的創作回顧說當時的「生活化」詩歌希望結合中國山水詩畫「以景寫情」的方法等等，都加
　　入了八十年代的新想法。在七十年代的材料之中所能看到的反而是他對古典傳統的抗拒，經
　　常表達清晰的反古典主義立場，甚至不乏激進的言詞和尖銳的諷刺。例如譏諷古典主義者是
　　「盜竊古墓維生」：「在今天，不是仍有許多人以盜竊古墓維生嗎？他們從死去那麼那麼多年
　　的人身上偷出一點甚麼，販賣出去。不是還有那麼多人以盜竊古人的東西為活嗎？更強暴的
　　盜竊與攫取，還掛上『文化』的名堂呵，這些靠死人吃飯的人。」也斯：〈盜墳者〉，《快報》
　　1972 年 10 月 21 日，頁碼從缺。

何以新的抒情語言以抒發現代的情感。[45] 他提出現代人的感官與古典詩的時代已經全然不同，因而應該以現代的意象、主觀的情緒節奏等抒發現代人的感受。文中所舉例子以葉珊的詩最多，例如〈預言〉、〈夏天的草莓場〉、〈夏天的事〉等等。也斯喜歡葉珊對文字的錘煉，以具體感官意象寫抽象的感情，「用這時代的方法準確地表現這時代的感情」，例如：

> 〈入山〉一詩說「沿窗擺放十二盆盛夏」、在〈玫瑰區域〉說「西方的豆莢在暑天裏炸開不斷的音響！」或在〈山洪〉中說「灑滿聲音的盛夏像不像教我們疲倦的翻譯小說？」，我們會感覺到那構思的新鮮，覺得這真是現代人的句子〔……〕[46]

他談到葉維廉時，也強調其鋪排情緒的現代手法：

> 詩中敘事者面對豐盈繽紛的意象，一邊又面對如何用文字組織新的秩序的挑戰。這種自由，這種個人與外在世界的關係，這種主觀的情緒節奏，完全是現代詩獨有的。[47]

在台灣文學的討論中，對這幾位抒情詩人的研究經常與他們的古典特色緊密扣連，也斯卻選了他們沒有明顯古典特色的詩作，僅僅談到「抒情」，又特別強調抒情的現代性，這種說法在當時是非常特別的。葉珊的例子尤其突出，相比起葉珊比較著名的浪漫主義色彩和古典特色，也斯卻看中其現代主義的部分。他舉出的詩作裏面，除了〈夏天的事〉出自最早的詩集《水之湄》（1960）之外，其餘都出自古典特色轉趨濃厚的《燈船》（1966）、《傳

---

45 這篇文章原刊《文林》「夏之專輯」，也斯是編輯之一，〈現代詩人筆下的夏天〉的前一篇文章羅列介紹了上百首談夏天的古詩，與也斯的討論方向相映成趣。李沆：〈夏天的詩〉，《文林》第 8 期（1973 年 7 月 1 日），頁 22-25。

46 也斯：〈現代詩人筆下的夏天〉，《書與城市》（香港：牛津大學出版社，2002 年），頁 56。

47 同上註，頁 61。

說》（1971）。[48] 奚密指出自葉珊 1966 年起跟隨陳世驤攻讀中國古典詩以來，
所出版的詩集明顯自中國古典傳統大量吸取養分：

> 如果葉珊早期作品的古典印記是它對詩詞語言和意象的融鑄，那
> 麼六〇年代中到七〇年代中的十年裏，楊牧作品最突出的特色就
> 是它對古典題材的處理與古典資源的運用。〔……〕而後者則展示
> 在詩人轉化古典，賦予其現代意義的原創性。[49]

即使作了「現代的轉化」，也斯對於古典的部分仍然一概不提，他喜歡葉珊
詩作的原因，單單是關於現代特色的部分。奚密說葉珊的「抒情唯美可視
為浪漫主義深邃的實踐，但是他處理的手法常常接近現代主義」，[50] 也斯喜
愛的部分顯然是後者，亦即「現代抒情」的形式問題。

　　另一個類似的例子是鄭愁予。鄭愁予較著名的作品多被定位為古典的
與浪漫的，[51] 也斯卻不談這些早期作品，反而推介他風格大變後的敘事詩和
人物素描的詩作，特別拈出收入《窗外的女奴》（1968）的兩首詩〈浪子麻
沁〉和〈旅程〉。楊牧認為鄭愁予這些敘事詩「已經擺脫早期完全抒情的聲
音」，又指這些詩與瘂弦《深淵》的人物速寫詩相比，「漸漸放逐了自我意
識，侵略小說的領土」，是現代詩的新路。[52] 也斯的看法十分相似，除了着
眼於其民歌般的「輕快的節拍」，[53] 以及「創新句法」，[54] 更肯定鄭愁予轉向
敘事詩是尋找新抒情方式的嘗試。他同時指出在當代都市之中抒情的困難：

48　按〈夏天的草莓場〉和〈入山〉出自《燈船》，〈預言〉、〈玫瑰區域〉和〈山洪〉出自《傳説》。

49　奚密：〈楊牧：台灣現代詩的 Game-Changer〉，《台灣文學學報》第 17 期（2010 年 12 月），
　　頁 17。

50　同上注，頁 12。

51　陳政彥：〈析論鄭愁予前期詩作中的古典風格〉，《台灣詩學學刊》第 22 期（2013 年 11 月），
　　頁 95-124。

52　楊牧：〈鄭愁予傳奇（代序）〉，鄭愁予：《鄭愁予詩選集》（台北：志文，1974 年），頁 29-31。

53　也斯：〈鄭愁予詩選集（四）〉，《快報》1974 年 5 月 23 日，頁碼從缺。

54　也斯：〈鄭愁予詩選集（完）〉，《快報》1974 年 5 月 24 日，頁碼從缺。

他實在不可能再耽留在早期的抒情詩那過去了的世界，過去了的
聲音。由五〇年代進入七〇年代，由樸素的台灣去到繁華的美
國，鄭愁予既是對文字十分認真的抒情詩人，倘若不能找到適切
的聲音抒寫當下的現代生活的感受，無疑會寧願沉默吧。[55]

通讀整篇詩評，都沒有提及過鄭愁予的古典特色，而專注於闡發「現代抒
情」的可行方向。也斯暗示以前單純的抒情詩已經不足以應付現代生活的
表達需要，必須尋找能夠「抒寫當下現代生活」的抒情詩，並認為結合敘
事元素是值得嘗試的方向。此時也斯對台灣現代詩的「現代抒情」與敘事
詩的欣賞不久轉化為他對香港「生活化」新詩的倡議，似乎是在台灣詩人
的抒情方式上看到適合香港的道路。[56]
　　也斯之所以排拒古典傳統，原因之一是他判斷香港的現實與古典情調
格格不入，沿着這個思考方向尋索香港的抒情語言。他形容香港如何挑戰
古典美學對詩意的定義：「照習慣上對詩畫兩字了解的意義來說：香港是個
沒有甚麼詩情畫意的地方。」[57]他對民族精神和民族傳統等等有所保留，認
為古典中國的藝術形象就和西方藝術「同樣是不真實的」，[58]「『傳統』、『中
國』、『寫實』這些名詞，竟往往成為掩飾自己的面具」，[59]他批評當時詩歌
走向西化或中國化這兩種極端，「以古典或西洋的生活經驗為自己的經驗一

55　同上注。

56　請參考本書第四章的討論。如果把台灣的「明朗」詩風與也斯的主張作一粗略比較，不難
　　發現台灣新詩達致明朗的其中一個重要手段是融合古典傳統資源，相對於「橫的移植」而
　　言重新強調「縱的繼承」，林燿德就指七十年代初台灣現代詩「訴求古典質材」、「延續抒
　　情文體」。相反，也斯則更願意追求現代感，這點也再次體現了也斯的現代派立場。參考林
　　燿德：〈不安海域：台灣地區八〇年代前葉現代詩風潮試論〉，《文訊》第 25 期（1986 年 8
　　月），頁 95。

57　也斯：〈無詩之地〉，《快報》1973 年 4 月 15 日，頁碼從缺。又例如他諷刺「許多外國人的
　　欣賞中國藝術，確是帶着考古家的態度，他們追尋那種遙遠的幽玄、神秘、古老的中國，而
　　從不面對目前，比如說，生活在香港底其他地方的中國人的創造與感受」。就明確地認為古
　　典傳統與香港現實關係不大。也斯：〈當代的藝術〉，《快報》1974 年 1 月 12 日，頁碼從缺。

58　也斯：〈兩種幻象（一）〉，《快報》1976 年 12 月 2 日，頁碼從缺。

59　也斯：〈兩種幻象（四）〉，《快報》1976 年 12 月 5 日，頁碼從缺。

樣」，認為某些詩寫成「『中國味』的詩，是『詩味』的詩，是『流行』的詩」而不是詩人對當下社會的真實感受。[60] 在〈神秘感〉一文又激動地表示：

> 我對瓊樓玉宇之類的古典名詞毫無反應，所謂「廣寒宮」，只覺是典故，那有甚麼喜歡不喜歡的？說到「仙境」，簡直就像甚麼有機化學名詞一樣陌生〔……〕我不懂仙境，只喜歡人的世界。[61]

他認為這些現有的、既成的「詩意」只是阻礙了詩人發展出自己的聲音：

> 當某首詩相似於過去出現過的詩作，描述過去的詩所描述過的經驗，使用過去的詩所用過的文字時，我們就稱讚這首詩有「詩味」，即是說：這首詩像我們以前所看過的詩了，這樣，只是鼓勵詩作者歸回固定的格式中去，鼓勵他參與古人的混聲合唱，而不鼓勵他唱出自己的歌。[62]

相反，他特別提到嘲諷古典傳統的現代詩人，例如推崇現代派的名將崑南〈旗向〉突出了「古典語言的不足以表達現代經驗」，而關夢南的〈登樓〉一詩也藉由戲仿古詩常見之「登樓」題材諷刺古典傳統不適合現代社會。[63] 他概括香港詩人應該拋棄不屬於我們的古典語言，去開創自己的文字、表達現代的感性：

> 翻開一本古詩集，你傾聽我們的詩人吟詠四時景物，感嘆自己鬱鬱不得意的命運，不錯，這些詩，這些留下來的，都是好詩。然而輪到你了，你這麼一個現代人，你有甚麼不同的話可說沒有？

60　也斯：〈兩種幻象（七、完）〉，《快報》1976 年 12 月 8 日，頁碼從缺。

61　也斯：〈神秘感〉，《快報》1974 年 9 月 24 日，頁碼從缺。

62　梁秉鈞：〈泥造的鳥歌〉（1973），《書與城市》，頁 76。

63　也斯：〈兩種幻象（七、完）〉，《快報》1976 年 12 月 8 日，頁碼從缺。

假設你根本沒有甚麼機會徜徉於山水之間，欣賞自然的美景，假
設你是個分不清花朵名字的笨傢伙，假設你無意於仕途或任何
形式的進取，既不歸隱田園而又不感懷身世，那麼你還可以寫
詩嗎？

幸而，是可以的。現代人仍可以寫一種表達現代人感情的詩。
〔……〕但我們說的當然不是古詩中加入飛機大炮的那種所謂「新
意」，而是切實寫出在這現代環境中的人的感受。詩人一旦能闖出
舊觀念的範限，就會發覺無事不可入詩。這不僅是一種文學的革
新，也是做人的觀念的更新，因為可以好好地正視活着的世界。[64]

他並提出非常具前瞻性的觀點：「如果香港將來還會出現藝術家和作家，
恐怕就不會是田園詩人式的人物，而是認識清楚環境的限度而不失其警覺
性的人物了」，「一種新的詩會產生出來」。[65] 不久他即致力實踐這種「新的
詩」，成為他在《周報・詩之頁》、《大拇指》和《四季》積極提倡的「生
活化」詩歌。

「生活化」可以說是也斯竭力思考「現代抒情」形式所得出的實驗方
向，嘗試實踐上文提到的主張，在他不滿的「感傷的五四」以及南來文人
的「舊文字」以外，尋找能夠達到「現代感」和「詩意」的其他方法，同
時在內容題材上正視香港的事物，以現代人的角度抒寫現代生活和感受，
是「尋找一種確切表現生活經驗的文字，也是尋找一種正視這種經驗的態
度」。[66]「現代抒情」的「現代」，簡言之就是寫出他們這代人自己的詩，不
是南來的懷鄉愁思，不是五四的浪漫色彩，更不是單單套用古典濫調，而
是「唱出自己的歌」。他主編的《大拇指・文藝版》就是以此為創作宗旨，
因為「文藝並不是甚麼高高在上的事情」，文藝是寫出他們自身的感受：

64　也斯：〈給詩洗澡〉，《快報》1973 年 8 月 1 日，頁碼從缺。

65　也斯：〈無詩之地〉，《快報》1973 年 4 月 15 日，頁碼從缺。

66　也斯：〈兩種幻象（六）〉，《快報》1976 年 12 月 7 日，頁碼從缺。

> 對於如何寫一首詩的問題，答案不在如何寫出一首文藝腔的詩、
> 一首詩意的詩、或者一首像詩的詩；而在如何用自己的文字，配
> 合自己的感覺，把經驗表達出來吧了。〔……〕我們是這個時候的
> 人，就該寫自己的感受。前人詩意的句子，若果我們鈔襲成篇，
> 那只是懶惰，不是詩意。[67]

《大拇指》曾有一篇讀者文章談到閱讀文藝版之感受，呼應了也斯的觀點。
該文說：「大家寫詩，又會涉及『中國味』的大前提。吃雪糕、看電影，都
是很西洋氣氛的，把它們入詩，會沒有中國味道，亦不古典。」「慣用的詞
藻和古詩會有極血親的姻緣，如果寫吃雪糕、看電影，該用些甚麼樣的語
言呢？」「既是生活在二十世紀七十年代，眼光何不集中些在四周的景物現
象，而不是堅持自己跑到陶淵明、李白的身邊捨不得離開。」[68]明確說到若
非實驗新的文字模式就無法傳達現代經驗。他們提倡要寫的詩是要寫出自
己生活的題材，如果舊有的文字無法容納「雪糕」和「電影」這類現代生
活題材，就需要改用新的文字，必須是「用自己的文字」。

　　也斯致力追求「更新的」文學樣式以表達新的社會現實，本身就是非
常現代主義色彩的。現代主義的興起是因應工業革命後以至兩戰之間劇變
的社會狀況需要新的美學範式，浪漫主義崇尚自然拒寫城市文明，以及寫
實主義對人與現實的看法都已經過時。[69]在他後來完成的博士論文中，也斯
把這種因應新的表達需要而尋找新表達方法的創作模式（mode of creation）
視為現代主義的核心定義。[70]如果以這點來衡量七十年代也斯的文藝觀，他
可以說是徹頭徹尾的現代主義。當時他對古典傳統語言形式的反思和「現代
抒情」的追求，初步顯露出他對「香港抒情形式」的思考。此時的他最為關

67　文藝版編者：〈不用寫「詩意」的詩〉，《大拇指》第 9 期（1975 年 12 月 19 日），第 5 版。

68　明明：〈讀詩有感一則〉，《大拇指》第 16 期（1976 年 2 月 13 日），第 7 版。

69　James McFarlane, "The Name and Nature of Modernism," in *Modernism: 1890-1930,* eds. Malcolm Bradbury and James McFarlane (Middlesex: Penguin books, 1978), 47 & 49.

70　Leung, "Aesthetics of Opposition," 12.

注的文學形式問題，到了九十年代會逐漸發展為對香港文化表述和身份認同的思考，該等想法都能夠在他七十年代的文字之中找到端緒。

（三）「情感的抗衡」與現實主義的戰火

也斯要追求的個人抒情，在當時卻遭受來自現實主義的批評。部分追求復興批判寫實傳統的作家猛烈批評抒情文風，希望文學能發揮社會功用。他們之所以認為抒情等於逃避社會現實，其印象正是來自五四文學的感傷一脈。也斯不認為「抒情」是消極的，問題只在於「抒誰的情」和「怎樣抒情」而已。抒情倘若去除感傷和陳腐的部分，其實可以深具抗衡性，「抒情」遂成為他當時抵抗現實主義流行的重要支柱。

六七十年代之交，在國際舞台上歐美各地興起「新左派」思潮和反建制運動，內地正值文革運動，香港本地則爆發多場社會運動和學生運動，在種種因素影響下，香港文壇一度掀起現實主義浪潮，試圖把社會批判意識結合到文學創作上。[71] 這種火紅年代的左傾風氣反映在當時政治立場各異的刊物上，例如《盤古》、《海洋文藝》、《七〇年代》等等，同時也主導本地文學獎與論戰的話題。[72] 在現實主義的大潮之下，「抒情」被揚棄和鄙夷。青年文學獎鼓勵青年創作寫實文藝，認為香港、台灣的文藝大多作個人主義的自我表現，與大眾社會現實脫節，只旨在「抒情」、「自得其樂」，「是純純粹粹地以個人為中心」，[73]《中國學生周報》上也出現聲討「抒情」文風的訴求，溫健騮、黃俊東、古蒼梧等人希望文學批判香港社會的問題和揭露底層市民的生活，揚棄個人生活感受的抒寫。他們認為在學運和革

71　陳智德：〈覺醒的肇端：《七〇年代雙週刊》初探〉，《根著我城：戰後至 2000 年代的香港文學》（台北：聯經出版，2019 年），頁 454-455。

72　陳智德：〈「運動」的藍圖：早期青年文學獎的發展〉，《呼吸詩刊》第 2 期（1996 年 9 月），頁 19-24。

73　籌委會：〈我們應走的創作路向 —— 試剖「寫實」的內涵〉，《青年文學獎 1973-1974》（香港：香港大學學生會及香港中文大學學生會，1974 年），頁 41。

命大潮之中，抒情詩是無用之物，挖掘淺薄無聊的個人內心並無助於改革社會，而只是「表達他們『破碎的自己』，『莽林般的憂鬱』和『蒼白的心』」。[74] 也斯在《周報》投稿參與論戰，他反駁上述觀點，爭辯「現實」和「群眾」的意義應是廣闊多樣的，反對他們偏頗地認為「寫學生生活，寫個人感受、寫愛情與婚姻就不是寫實」。[75]

恰好在香港三十年代的左翼文學討論之中也談到抒情的社會功用問題，可以與七十年代初現實主義思潮對個人抒情的抨擊作對照。陳國球曾經討論徐遲在抗日戰爭期間發表於香港的〈抒情的放逐〉所引起的風波，徐遲指現代的科學化和商業文化令抒情變成過時的範式和手段，古詩的天人合一、物我感應的環境改變了，人類抒發感情的方式也變成通俗文化。而現在必須徹底的放逐抒情，雖然他說將來還要召回來的，但是眼下國家面臨危難，抒情、感傷都是不合時宜的，「如果現在還抱住了抒情小唱而不肯放手，這個詩人又是近代詩的罪人」，抗戰詩不應是感傷或抒情的，因為戰爭「炸死了抒情」，留下「炸不死的詩」要負責寫出「我們炸不死的精神」。[76] 徐遲的特別之處在於他既轉向了左翼文學、似乎認同抒情詩「無用」的批評，卻又援引現代主義的資源支持己說，並批評當時的左翼作家主張利用抒情詩作革命鬥爭工具，認為應該放棄抒情。此說卻引起陳殘雲等不少左翼文人反對，後者反而提出革命的抒情，令抒情變成抗戰的重要工具。[77]

但是顯然「抒情」並沒有像徐遲所說的被戰火「炸死」，而且還在五四遺緒的影響下蔚然成為香港和台灣五六十年代的主流文風。社會政治與抒情的張力一直沒有得到解決 —— 套用徐遲的說法則是在他之後現代詩又

---

74 溫健騮：〈香港文學問題討論之八：還是批判寫實主義的大旗〉，《中國學生周報》第 1058 期（1972 年 10 月 27 日），第 4 版。現實主義陣營的批評和論戰詳情請參考本書「生活化」一章的討論。

75 也斯：〈香港文學問題討論之七：在公共汽車上〉，《中國學生周報》第 1057 期（1972 年 10 月 20 日），第 4 版。

76 徐遲：〈抒情的放逐〉，《星島日報・星座》第 278 期，1939 年 5 月 13 日。

77 陳國球：〈放逐抒情 —— 從徐遲的抒情論說起〉，《香港的抒情史》，頁 413-439。

再「苦悶了若干時期」，及至七十年代，現實主義陣營再次要求詩歌由抒情轉向社會批判。我們可以說，七十年代初該次現實主義陣營和現代派的論爭，是二十世紀中國不斷重複的史詩與抒情的角力的一部分。然而在香港，抒情詩的線索很幸運地沒有被干預或中斷，而且每個年代都有更新抒情詩體的探索。參照三十年代徐遲與陳殘雲等的討論，最有趣的啟發是左翼陣營曾經也呼喚並倚重所謂「新的抒情」。例如徐遲希望舊有的抒情轉為「抒詠正義的鬥爭」，陳殘雲認為革命的抒情是更有力的鬥爭工具，穆旦認為抗戰以來需要「新的抒情」等等。[78]但是到了七十年代，在青文獎和《周報》的現實主義討論之中，他們卻並沒有由「抒情」看到任何價值。另一點有趣的是徐遲批評感傷抒情和抒情範式的過時，居然與也斯提倡「現代抒情」的說法非常相近。雖然現實主義陣營對現代詩的批評諸如艱澀、學究、小圈子等等，亦是也斯認為應該予以改革的，但是也斯始終堅持個人抒情之必要，認為「在一個沒有感情的時代中，他們仍然要抒情。不過他們的感情當然是一個現代人的感情，而且用他們獨特的技巧表現出來」。[79]可以說也斯所希望喚起的「新的抒情」，是和上述「紅色抒情」截然對立的「現代抒情」。

與現實主義的「鬥爭需要」，刺激也斯更積極深入地思考「抒情」的「抗衡性」。自從《周報》論戰之後，也斯在個人專欄之中展開長達數年的「翻譯作戰」，一直沒有停止狙擊寫實的教條主義問題，並以外國文藝的翻譯和介紹針對性地回應現實主義的流行。[80]也斯對批判寫實主義的風行深感憤慨，他長期的、不曾放鬆力度地在不同題目下多方面地批評寫實問題，對各類型的寫實文藝大加諷刺撻伐，希望透過翻譯和書評等的方式，「看看是否除了狹義的寫實主義以外，也可有各種不同的方法探討現實」。[81]這個語

---

78   轉引自陳國球：〈放逐抒情 ── 從徐遲的抒情論說起〉，《香港的抒情史》，頁 423-429。

79   也斯：〈現代詩人筆下的夏天〉，《書與城市》，頁 55。

80   對也斯的「翻譯作戰」的詳細討論，請參考王家琪：〈文學翻譯作為評論：也斯六、七十年代的西方文學譯介〉，《中外文學》第 47 卷第 2 期（2018 年 6 月），頁 125-179。

81   也斯：〈《四季》、《文林》及其他〉，《香港文化空間與文學》，頁 170。

境廣泛地影響他對中外文藝的介紹角度和策略，在譯介各種文學、電影、藝術時經常「借題發揮」批評寫實文藝。這種「借題發揮」常常讓他的譯介角度相當特別，在介紹與左翼思潮沒有直接關係的文學作品時也忍不住要回應本地的寫實風潮，由討論廢名的抒情小說，[82] 到介紹新出版的企鵝版《現代歐洲詩叢》、[83] 七等生的詩集，[84] 甚至談齊白石的畫也強調說明他們與寫實主義不同。[85]

　　在對抗現實主義的路上，拉丁美洲文學是也斯其中一個最重要的學習對象，也反映了他如何以抒情抵抗現實主義，這可以舉出兩個例子。第一個例子是智利詩人聶魯達（Pablo Neruda, 1904-1973）。也斯為了說明聶魯達不是政治詩人，而大力推介其抒情詩。由於其社會主義立場以及與中國詩人艾青的友好關係，聶魯達的詩很早就有中譯本，最早的是袁水拍由英譯本轉譯的《聶魯達詩文集》，由前言到譯注都加上了政治化的詮釋，以宣揚共產主義思想，中文讀者多只知道其政治詩〈伐木者，醒來吧〉，那其實只是節譯自其美洲史詩《眾人之歌》的其中一節。在香港報刊上，較早介紹聶魯達的多為左派報刊，也斯希望推翻聶魯達只是政治詩人的刻板印象，[86] 趁着聶魯達獲頒諾貝爾文學獎，寫了他的《快報》專欄上最長的連載文章〈談聶魯達〉，[87] 介紹了聶的生平以及每個時期的詩作風格，一邊介紹一邊翻譯他多首詩作為例，說明聶魯達是在許多題材和風格上都有傲人水平的詩人，政治面向只是其中一面。也斯最欣賞的是寫於《眾人之歌》之後的《元素之歌》（Odas elementales, 1954），「他用一種新鮮的眼光來觀察這

82　也斯：〈寫實主義〉，《快報》1972 年 9 月 28 日，頁碼從缺。

83　也斯：〈詩藝〉，《快報》1974 年 9 月 15 至 21 日，頁碼從缺。

84　也斯：〈七等生的小說〉，《快報》1972 年 11 月 20 日，頁碼從缺。

85　也斯：〈不欲教人仰首看〉，《快報》1973 年 10 月 6 日，頁碼從缺。

86　一年後聶魯達去世，《盤古》上的紀念文章也只強調聶魯達的政治面向，可見也斯要奮筆疾書地抗辯並不是過慮。樂文送：〈聶魯達歌唱新中國〉，《盤古》第 44 期（1972 年 1 月），頁 19。聶魯達著，袁水拍譯：〈新中國之歌〉，《盤古》第 44 期（1972 年 1 月），頁 20-26。

87　見《快報》1971 年 10 月 24 日至 12 月 18 日，頁碼從缺。

個世界平凡的事物，用一種新鮮的方法把它們表現出來」，「充滿甜味」，[88]
再之後的《狂想之書》（*Estravagario*, 1958）則「充滿幽默、自嘲、輕快的
抒情和美麗的想像」。[89] 也斯強調聶轉向政治「並不是因為他服膺某一套甚
麼主義思想」，[90]「而是出於對生活的摯愛，以及對毀滅力量的痛恨」。[91]
「他寫過政治詩，但我們要知道那在他全部詩作中佔甚麼位置，佔多少分
量」。[92] 可以再次看到也斯對於抒情詩的喜愛，以及抒情怎樣作為抵抗文學
政治化的據點。

　　另一個例子是他對阿根廷作家博爾赫斯（Jorge Luis Borges, 1899-
1986，也斯譯為波豈士）的介紹。博爾赫斯並不是以抒情作品而聞名的，更
能突顯也斯的譯介角度怎樣深刻地受到當時本地論爭的影響。他藉着介紹
博爾赫斯而借題發揮，清楚指出現實主義的流行如何驅使他思考抒情。現
實主義所要求的「一瀉千里的號哭式的感情和呼喊口號式的煽動性的感情
都成了模式，不是活生生的感情了」，「充滿怨艾的自供性的文學，以自揭
瘡疤而沉溺於悲苦中為誠實，以不擅修辭為真摯」，和讀者「向詩和小說要
求最直接的東西」，「希望它的功用也在表面：是在批判甚麼，揭發甚麼，
以保證他們閱讀的時間不是白化了」，[93] 這樣的情感是虛假的、是功利地製
造出來的，而且現實主義的情感必定是嚴肅的悲苦的。因此他說：

　　　　在文學方面，人們也逐漸厭倦了狂亂粗糙的煽情的作品，而逐漸
　　　　發掘一些在過去被忽視的相反性質的作品。波豈士近年被一些人
　　　　提出來，也許正是因為人們在他表面晦澀的作品下找到智慧、感

88　也斯：〈新鮮的感覺（談聶魯達之三十八）〉，《快報》1971 年 12 月 4 日，頁碼從缺。

89　也斯：〈狂想之書（談聶魯達之四十二）〉，《快報》1971 年 12 月 8 日，頁碼從缺。

90　也斯：〈聶魯達的兩面（談聶魯達之十八）〉，《快報》1971 年 11 月 12 日，頁碼從缺。

91　也斯：〈基本的元素（談聶魯達之三十六）〉，《快報》1971 年 12 月 2 日，頁碼從缺。

92　也斯：〈無理取鬧的人（談聶魯達之三十）〉，《快報》1971 年 11 月 26 日，頁碼從缺。

93　也斯：〈介紹波豈士（一）〉，《快報》1973 年 1 月 27 日，頁碼從缺。另參考也斯：〈論文與
　　詩篇〉，《快報》1974 年 5 月 1 日，頁碼從缺。〈戰爭遊戲〉，《快報》1972 年 3 月 17 日，
　　頁碼從缺。

情和人道主義的精神。[94]

這裏所說的「一些人」包括了也斯自己，《四季》第二期整理了博爾赫斯的中文評論資料，[95] 表中所列的幾篇譯介文章裏面，只有也斯明言這種抒情的抗衡目的。[96]

在這些文章中，也斯透露出他對於文字和情感經濟的要求，他是由抒情的角度剖析不滿批判寫實主義的原因，概括起來不妨說他是不滿批判寫實主義作品中過剩的情感投資（erotic investment）。在另一篇文章他說「對我們的感受來說，重要的是感情的深厚，而不是感情的姿勢了」，並說「每個人流露感情的方式不同」。[97] 一再呼應了他在《周報》論戰中的觀點，文學的題材不應被限定，唯一的評價標準「只是他表現得是否深入，是否誠懇」。[98] 借用一篇他九十年代的訪問中的說法，批判寫實主義是「媚俗」（kitsch）的，「它是那種裝模作樣的美、故作多情的表達方法。媚俗是一種浪漫甚至傷感的人生觀、廉價的溫情、那是對生命中存在的矛盾和曲折的否認」。[99] 由情感的角度，我們甚至可以串起也斯所反對的諸種文學樣式，他多年來先後貶斥過批判現實主義、浪漫主義、新古典主義等等，他所做

---

94 也斯：〈介紹波豈士（一）〉，《快報》1973 年 1 月 27 日，頁碼從缺。

95 編者不明：〈有關波希士的中文論述〉，《四季》第 2 期（1975 年 5 月），頁 54-55。

96 例如以下兩篇介紹波豈士的生平、作品主題及風格，並沒有特意針對某一文學思潮而言，又以戴天的文章較詳細。戴天：〈誰是波則時？〉，《純文學》第 28 期（1969 年 7 月），頁 110-121。李去：〈波則時簡介〉，《盤古》第 30 期（1970 年 2 月），頁 10-11。

97 也斯：〈感情流露〉，《快報》1974 年 1 月 10 日，頁碼從缺。

98 也斯：〈香港文學問題討論之七：在公共汽車上〉，《中國學生周報》1057 期（1972 年 10 月 20 日），第 4 版。

99 文潔華主持，陶陶整理，訪問也斯：〈談米蘭‧昆德拉的《存在中不能承受的輕》〉，《星島日報‧文藝氣象》1992 年 8 月 28 日，頁 16。下篇亦談到媚俗、中國現代文學與浪漫主義，見文潔華主持，陶陶整理，訪問也斯：〈米蘭‧昆德拉：《不朽》〉，《星島日報‧文藝氣象》1992 年 8 月 29 日，第 41 版。卡林內斯庫指「媚俗」（kitsch）是陳腐化的浪漫主義，以也斯的反浪漫主義來看，他對此反感也很可以理解。參考 Matei Calinescu, *Five Faces of Modernity: Modernism, Avant-Garde, Decadence, Kitsch, Postmodernism* (Durham: Duke University Press, 1987), 237-240.

的正是「情感的抗衡」，反對揮霍情感，不要政治激情，不要商業煽情，不要現代主義的扭曲晦澀或虛浮不實的情，也不要浪漫文風一瀉無餘的濫情，他心儀的抒情「樣式」，是「現代抒情」。

（四）從《剪紙》看粵語作為抒情語言媒介

也斯在七十年代對抒情問題的思索，最終歸結於 1977 年寫作的《剪紙》。他以愛情故事作為「香港抒情」的隱喻，並且探討粵語作為抒情媒介的效力。《剪紙》最初連載於 1977 年 4 月 1 日至 5 月 14 日《快報・快活林》，1982 年由素葉出版社初次結集成書時，也斯對連載版本作出了多處修訂，[100] 這些修訂透露了他對於香港抒情問題的思考由七十年代末到八十年代初的變化，可以藉此總結上述七十年代也斯對抒情的思考。

《剪紙》是「香港」的愛情故事，以黃和瑤借代「香港」的主體位置，敘述一個「香港」對「中國」與「西方」癡心錯付之後，等待重新振作、再次尋找真愛的故事。因此《剪紙》是一部思考如何抒情的「後設抒情」小說，[101] 也斯藉此表達對香港七十年代文化和文學的批評。很多評論者都注

---

[100] 也斯的主要修改包括：黃給喬的信件內容修改、調整人物形象和加入人物「唐」、小說後半部分情節大幅重寫、加入許多香港文化的議論段落等等。詳細的比較和討論請參考以下兩篇：王家琪〈文化寓言與粵語抒情：論也斯《剪紙》兼及連載版本的修改〉，《香港文學》第 420 期（2019 年 12 月），頁 13-23。趙曉彤〈本土與中國文化關係的重寫：以也斯《剪紙》、《煩惱娃娃的旅程》與《記憶的城市・虛構的城市》為討論中心〉，《思與言：人文與社會科學期刊》第 56 卷第 2 期（2018 年 6 月），頁 115-178。

[101] 黃勁輝〈中西抒情：也斯《剪紙》中七〇年代殖民香港的都市現代情感〉，《也斯作品評論集（小說部分）》，頁 303-307。也有論者以「抒情小說」的概念討論《剪紙》，但是《剪紙》並沒有採用沈從文、廢名等為人熟知的抒情小說筆法，例如依靠景物描寫來暗示感情和寄托人物心境，或以氣氛襯托取代情節敘述，甚至全篇只為了營造一種情調等。這類抒情小說要求從敘述（telling）轉向呈現（showing），有如古典詩在抒情的瞬間讓情景自行呈露於讀者眼前，盡量降低敘述者的中介。《剪紙》着力處不在於減低敘事、以景物暗示心境等等「抒情」和「呈現」，反而在於敘述者大量的「議論」和「解說」，思考抒情的方式和效果。因此黃勁輝的「後設抒情」一說更為準確。

意到《剪紙》的主題是關於情感溝通的隔閡和言語的失效，[102] 喬和黃、瑤和唐的愛情故事，大致上可以「**翻譯**」為也斯對香港的文化批評。也斯通過擬仿兩組悲傷的愛情故事，演繹他七十年代的文學觀：「西化」或「中國化」都不是適合香港的文學形式。黃和瑤分別凝望代表西方的喬和中國的唐，他們面對的感情幻象和〈兩種幻象〉提出的「文學幻象」是平行的設計。黃與瑤的感情「幻象」導致兩人的失語與妄想，他們所遭遇的傳訊和理解的失效其實象徵了也斯所關注的香港文學書寫問題。也斯通過瑤的愛情故事表達他不滿七十年代興起的傳統文化熱潮，又借黃的故事批評部分香港青年對西方文化的盲目嚮往，兩個人物的感情幻象就是來自他們並不能真正看見並理解他們所愛的對象，就像舶來的或傳統的文學形式是無法貼切地表達香港現實的。

　　如果比較連載版本和單行本，最為重要的改動是黃給喬的信件加入了不少古詩詞，又在瑤的部分以「互文」（intertextuality）的方式加入大量粵劇片段。這些改動除了是一般連載作品在結集前都會作出基本潤飾和調整小說結構、情節、人物等等之外，更為重要的是他對古典文學及抒情問題的看法由初寫到結集的幾年之間已經發生了重要變化，因此加入古詩詞以及大量粵劇段落，以補充和推進原版的抒情觀點。這些新增的片段非常受論者重視，例如容世誠從文本互涉討論小說中黃寄給喬的信以及粵劇的片段，其中分析的大部分古詩詞以及所有的粵劇文本包括《紫釵記》、《帝女花》、《再世紅梅記》等等都是單行本新增的構思。[103] 董啟章也以文本編織為討論重點，倚重小說中拼貼粵劇的段落。[104] 陳智德認為音樂是《剪紙》的

102　王仁芸：〈讀也斯的《剪紙》〉，《文藝》第 6 期（1983 年 6 月），頁 33-35。容世誠：〈「本文互涉」和背景〉，《也斯作品評論集（小說部分）》，頁 238-241。董啟章：〈城市的現實經驗與文本經驗〉，《也斯作品評論集（小說部分）》，頁 258。

103　容世誠：〈「本文互涉」和背景：細讀兩篇現代香港小說（節選）〉，《也斯作品評論集（小說部分）》，頁 240-246。

104　董啟章：〈城市的現實經驗與文本經驗 —— 閱讀《酒徒》、《我城》和《剪紙》〉，《也斯作品評論集（小說部分）》，頁 254-260。

表意關鍵，主要分析與粵劇相關的片段。[105] 黃勁輝從抒情小說的角度討論
《剪紙》，從「現代抒情」的角度討論喬收到的信和粵劇片段。[106] 這些一律
都是在單行本才加入的片段，反映了由七十年代末到八十年代初也斯對抒
情的看法發生了重要改變。七十年代的也斯在詩學上追求的是現代抒情，
對古典文學語言有不少尖銳批評，認為古典傳統與香港現實關係不大，只
是堆砌詩意的方便手法。《剪紙》連載和結集出版期間正值他攻讀比較文學
博士，他的論文有一部分是以「現代主義抒情詩」（modernist lyrics）為題
討論馮至、鄭敏與里爾克（Rainer M. Rilke, 1875-1926）的關係，[107] 可能是
也斯較系統地思考抒情問題的起點，對修訂《剪紙》有所影響。古詩詞和
粵劇唱詞的加入說明他開始探索古典傳統的抒情功能，然而黃寄給喬的詩
詞始終無法傳遞其愛情，瑤對粵劇的迷戀也妨礙她活在現實當下，說明也
斯對於古典文學語言的抒情力量仍然有所保留。

　　古詩詞和粵劇曲詞的加入，與連載時就包含的粵語流行歌詞形成刻意
的對照，三者共同構成了也斯對於甚麼才是適合香港的「抒情語言媒介」
的思索。首先，古詩詞和粵劇曲詞似乎都是使用古典文學語言的文本，兩
者在小說中的抒情功能卻不相同，前者代表失效的抒情形式，後者卻是值
得探索和欣賞的。先談前者。上文討論過也斯認為古典語言不適合現代抒
情，這點在小說中表現為喬無法理解黃給她的信件。連載版本裏面，出自
古詩詞的只有一首〈蒹葭〉，其餘本來主要是現代詩，而喬是非常西化、
喜歡美國民歌的女子，並不明白中文詩詞。單行本則加入了朱淑真〈絳都
春〉、韋莊〈浣花詞〉、蘇軾〈水龍吟〉幾首古詩詞，[108] 更為強調黃和喬慣
用的文化編碼的差異，突顯了黃的情感根本無法傳達給喬。同時瑤又因為

105　陳智德：〈另一種「翻譯」與「寫實」：《剪紙》、《重慶森林》與《烈火青春》〉，《也斯作品評論集（小說部分）》，頁 270-286。

106　黃勁輝：〈中西抒情：也斯《剪紙》中七〇年代殖民香港的都市現代情感〉，《也斯作品評論集（小說部分）》，頁 287-308。

107　Leung, "Aesthetics of Opposition," 129-140.

108　分別見也斯：《剪紙》（香港：素葉，1982 年），頁 21、64 及 78。

單戀一個她從未真正結識過的人物而陷於精神問題，每天耽溺於中國傳統剪紙工藝之中寄託她無處表達的情感。以古詩詞和剪紙表達「抒情失效」的主題，似乎是貫徹了也斯的反古典主義立場，而黃因為躲在「別人的文字」背後而無法傳達其真心，反映也斯認為要以自己的文字抒發自己的情感。

　　粵劇曲詞的加入卻說明也斯開始探索古典語言的抒情功能。單行本的《剪紙》加入了一個片段，提到敘述者「我」在聽到瑤和大姊對唱《紫釵記》後，開始對古典的唱詞改觀，欣賞其中真摯的感情。這點或者可以視為也斯的自白，和他以往的現代抒情的立場相比，他對古典語言的看法開始變化。在《剪紙》中，粵劇代表的地方文化比瑤的剪紙和黃的信件更為值得欣賞，「我」甚至頗為嚮往其中的感情，但是瑤也因此而更加理想化和脫離現實。如果剪紙代表瑤的幻象，粵劇其實也是，她要走出幻象、看清楚所愛的對象，重新與現實彌合才能痊癒，意味着粵劇其實也不是也斯認為能夠正視香港當下現實的藝術方式。

　　加入粵劇文本還有另一個可能的原因，就是為了探討粵語能否成為適合香港抒情的語言媒介。《剪紙》的連載版本曾經引用幾段粵語流行曲，單行本加入粵劇唱詞顯然是要與前者形成對照，通過「兩種粵語」解答他在七十年代不時思考的粵語抒情問題。由也斯七十年代幾篇討論流行曲問題的文章來看，他認為流行歌詞的粵語是失效的抒情語言；與之對照的則是採用古典雅麗文字的粵劇唱詞，讓敘述者感受到其中可貴和真摯的情感。香港文學和粵語書寫的議題近年頗受關注，例如樊善標〈粵語入文與雅俗界線 —— 以 1950、60 年代《新生晚報》「新趣」版為考察對象〉討論為甚麼在高雅文學的範圍內，粵語已經見於新詩及小說的實驗，卻仍然很少見於嚴肅的散文創作。[109] 樊善標關注的是粵語用於說理散文時遇到的障礙，也斯的關注恰好相反，他認為粵語在文學表達上的最大困難，是在抒情方面。例如也斯很早就思考香港詩人長期的言文分離對詩歌表現的影響。他

109　樊善標：〈粵語入文與雅俗界線 —— 以 1950、60 年代《新生晚報》「新趣」版為考察對象〉，文潔華編：《香港嘅廣東文化》（香港：商務印書館，2014 年），頁 2-23。

曾在專欄推介七等生的詩集，特別把七等生與他自己這代香港年輕詩人作
對照：

> 七等生這本詩集，作風反而跟許多港台新一代詩人不約而同地吻
> 合：此〔比〕如題材的開廣，從現實生活感受出發多於從文學典
> 故出發，又比如技巧與文字的仍欠磨練等。香港新一代的詩人不
> 少都嘗試不同的題材，在內容的擴展上有七等生的優點，但因為
> 語言與文字分離的吃虧，無疑在表現上也會遇到七等生詩作都所
> 遇到的類似問題。[110]

香港中文教育造成長期的言文分離問題，八十年代末在後殖民思潮的衝擊
下，有學者更開始以「少數文學」（minor literature）的概念討論粵語。[111]
有趣的是，也斯的詩雖然原意是以粵語唸讀理解，但他並沒有刻意大量在
詩中加入粵語元素。《剪紙》也沒有以粵語進行創作，而是拼貼既有的文
本，但是《剪紙》的確是在思考粵語和抒情的問題，這在最初的連載版本
中已有端倪。

　　連載版本的《剪紙》已經包括喬和「我」在的士上收聽電台點唱的情
節，暗暗批評它們無法傳達真摯的感情。幾處流行曲的引用都在喬的故事
出現，正好襯托只能借別人的文字來表達自己感情的黃。一處是喬和「我」
坐在計程車裏聽收音機：

> 這次是一支粵語流行曲而不是一支歐西流行曲，是大衛點給馬利
> 李察點給伊利莎白亨利點給莎翩娜東尼點給露絲……。
> 醉擁孤衾悲不禁

110　也斯：〈五年集（完）〉，《快報》1974 年 8 月 15 日，頁碼從缺。

111　羅貴祥：〈少數論述與「中國」現代文學〉，《他地在地：訪尋文學的評論》（香港：天地圖
　　　書，2008 年），頁 127-128。

　　夜半飲泣空帳獨懷愁

　　喬搖搖頭，好像要把這些傷感的蛛網摔開。一曲完了，又有那麼
　　多人點另一支歌給別人，設法借這些歌詞，傳達一點甚麼。[112]

這首是許冠傑的歌，歌詞由古詩片語堆砌而成。另一處是馬在工作時喜歡
唱流行曲，同樣是許冠傑的歌。事實上，也斯曾經嚴厲批評過許冠傑的歌
詞只是大量借用陳詞舊句，完全沒有傳達真實的感情，「那只是模式的定
型的傷感，叫我們忽視了感情的真貌」，「是以簡化或虛假的言詞來代替真
像」。[113] 在電台這個小片段中，喬說她仍然收到她讀不懂的信，點明流行歌
詞與黃的信件一樣，都是失效的抒情詩，顯示七十年代末也斯已經在思考
粵語的抒情效能。

　　也斯有一些七十年代末的專欄文章可以幫助我們理解他對流行歌詞的
批評，以及為何他認為粵語難以抒情。〈粵語問題〉寫於《剪紙》連載完畢
不久，[114] 他由英語電影的粵語配音，談到廣告及流行曲的粵語問題，其中很
多問題很適合與《剪紙》內容對照。其一是他以「面具」形容大眾媒介中
常見的粵語表達方式，不能不令人聯想到《剪紙》也以「面具」形容黃寄
給喬的信。他說：「目前電視上流行的這種粵語，除了輕浮和油滑以外，是
它不表示任何意見，不站在任何立場，是一種模稜兩可，拒絕與人溝通的
言語。」又以廣告台詞為例，認為其中沒有真正含意的言語只是「面具」：

　　沒法表達的時候，人們唯有躲在常用的口頭禪的背後〔……〕運
　　用這些不經思索的字彙作為面具，是拒絕思索自己的感情，表達
　　真正的意見，是輕視溝通，是根本不願意與任何人有真實或深
　　入的接觸。粵語逐漸只用於指出價錢、牌子、地點、人物，不

112　也斯：〈剪紙〉，《快報》1977 年 4 月 23 日，第 7 版。同見《剪紙》，頁 52。

113　東不拉（也斯）：〈香港歌・香港事：為押韻乜都肯制〉，《大拇指》第 53 期（1977 年 1 月
　　14 日），第 2 版。

114　也斯：〈粵語問題〉，《快報》1977 年 5 月 27 日，第 7 版。

能用於歸納、反省、推論、思考，流行的粵語已經定型，代表一
種固定的想法，一種定型的感情，不足以表達新的思想、微妙的
感受。[115]

他又談到電台點唱的粵語流行曲：「粵語流行曲中，充滿生硬或爛熟的古詩
片語。但如果電台點唱那樣用它來傳達當前的人的感情，無疑僅是虛假的
幻象。」[116] 這篇文章談到粵語流行歌詞以及流行文化使用的粵語都只是固定
套語的堆疊，沒有傳達出真正的、鮮活的感情，正好解釋了《剪紙》多處
引用歌詞的用意，也與黃剪貼的古詩詞互相映照，暗示這是失去效用的抒
情語言。

　　反觀粵劇片段的加入則可探索另一種形式的粵語是否可能傳遞感情。
粵劇把典雅的粵語用於抒情文體，而且所述說的愛情故事成功感動了
「我」，與粵語流行曲的情感失語構成反差，正面肯定了粵劇的抒情效力。
也斯後來曾經多次討論粵劇藝術，例如他認為唐滌生《再世紅梅記》把原
來的京崑劇目改編成粵劇，其中「吸收不同地域的廣東音樂，加入西方音
樂觀念，甚至用了前衛的音響及創作手法，也可見到香港五〇年代文藝『改
編』傳統、傳承與創新的特色」，[117] 甚至把粵劇與香港文學的特色連繫起來
思考。他回顧《剪紙》引用的這兩個粵劇作品，認為唐滌生對湯顯祖《紫
釵記》及周朝俊《紅梅記》的改編非常有個人特色，又特別談到其中鏡像
角色的設計，唐特別指定由同一個演員擔任，是非常精彩的戲劇設計。也
斯說《剪紙》引用唐滌生的作品是向其致敬，「重寫和修改《剪紙》的時
候，自然也不斷想到剪紙和粵劇這類傳統文化及我們這一代多少受到這種
影響」，但他仍認為「儘管我渴望與想像中的傳統文化合而為一，實在已有

115　同上注。

116　同上注。

117　梁秉鈞演講，陳素怡整理：〈《紅梅記》的文化政治〉，《現代中文文學學報》12 卷 1 期
　　（2014 年 12 月），頁 162。

了無可踰越的差距和變異」。[118]

　　粵語抒情的困難無疑關係到香港文化如何表述自身的問題，可以說他對香港文化困境的思考正是源於粵語抒情的問題。這最初可能是來自一次觀劇體驗的啟發。1977 年大學實驗劇團翻譯演出布萊希特《三毫子歌劇》（*The Threepenny Opera*, 1928）的翻譯問題。該次演出把劇本台詞譯為粵語，但是歌唱的部分使用英語。[119] 也斯在專欄發表觀後感想，思考能否連歌詞的部分亦翻譯成粵語而保留詩意？他仍然把粵語的表達問題與大眾文化連繫討論：「這種詩的文字，是極難尋覓，需要痛下苦功的，因為古詩的文字用起來阻隔太遠，而時代曲式的文字又油滑無味」，並期待香港出現能夠把握粵語中的詩意與俚俗的詩人，「要到有一天，要戲劇界出現一個能夠正視和把握粵語，能夠運用粵語中的詩意與俚俗的詩人，布烈赫特在香港的演出，才算真正成功」。[120] 翌日他開始連載〈兩種幻象〉，討論香港還沒有適合自己的文學形式的問題，開首有一段按語，連接前一天的話題：「（因為一齣戲劇，想到我們的戲劇沒有自己的言語，其實也沒有正視我們的現實。這不僅是一個藝術的問題，也是一個生活態度的問題。對此一直有些感想，整理出來，寫在下面。）」[121] 因此，我們可以說當也斯思考怎樣才是適合香港的文學形式時，粵語是其中的重要因素。

118　也斯：〈重象、剪紙、鏡影 —— 從粵劇與文學談起〉，《星島晚報・星期日雜誌》1988 年 8 月 7 日，頁 5。此為該年 4 月底也斯在中華文化促進中心舉行的「從文學角度看唐滌生的《紫釵記》、《再世紅梅記》」講稿。

119　1978 年也斯與大學實驗劇團合作翻譯布萊希特的詩，劇名是《我・布圖・布萊希特》，曾經在藝術中心演出。他在《煩惱娃娃的旅程》記述該次翻譯是與友人 W（榮念曾）合作，是因為上一次觀看《三毫子歌劇》而想到嘗試用粵語譯詩，可惜該次演出沒有任何記錄留存。也斯：《煩惱娃娃的旅程》（香港：牛津大學出版社，2014 年），頁 28-29。

120　也斯：〈找尋一種語言〉，《快報》1976 年 12 月 1 日，頁碼從缺。

121　也斯：〈兩種幻象（一）〉，《快報》1976 年 12 月 2 日，頁碼從缺。

（五）小結

　　總結而言，也斯七十年代對抒情的思考已經涉及多個重要課題，而且表現出強烈的在地關懷，深入而多方面地尋索香港抒情的可行方式。由反思五四感傷主義和排拒古典語言開始，也斯多方尋找現代抒情的語言形式，並在台灣現代詩人身上找到不少啟發。另一方面，六七十年代的現實主義浪潮也刺激他論證個人抒情的意義和價值。最後，《剪紙》的修改過程保留了其「現代抒情」觀轉變的軌跡，而且藉着加入粵劇曲詞與粵語流行歌作對照，提出粵語能否抒情的問題。這個階段的他苦苦思索現代人抒發現代感情應該用怎樣的表述方法，說明早期他對抒情已有強烈興趣，後來貫穿也斯一生的文學創作，以至他從事的香港文化評論。八十年代以後，他調整了部分早期的想法，對於中國古典傳統不再排拒而是轉化，而對於適合香港的抒情形式也終於形成完整成熟的想法。

三、傳統、現代與香港：
抒情傳統與香港文化認同

　　接下來先整理也斯的博士論文對中國現代主義抒情詩的研究，並指出這跟他八十年代的文藝主張有何關係，包括關注古典抒情傳統的現代轉化、現代主義抒情詩的反感傷主義和抗衡性等等，進而影響他詮釋早年「生活化」詩歌的抒情特點，最後更提升為他對香港文化感性的理解，建構他非常獨特的香港抒情觀。由此嘗試評價也斯的論點在眾多關注抒情傳統的現代文學學者之中有何獨特之處，以及在他的闡釋之下，香港有甚麼可以反饋到中國抒情傳統。

（一）古典傳統的轉化及也斯詩學宣言之中的中西抒情資源

也斯在 1984 年完成比較文學博士後，開始談到自己怎樣結合古典傳統寫作詩歌。這些回顧和說明加入了他此時的新想法，與七十年代專欄中表達的反古典立場已經有所不同。例如他說《雷聲與蟬鳴》的「香港十首」希望結合中國山水詩畫「以景寫情」的方法，因為「對葉維廉討論的中國古典詩美學有所感受，想用古典山水詩的直接呈現方法寫現代都市」，[122] 又說是運用了「中國的古典山水詩畫情景交融，有具體呈現、意在言外之妙」等等。[123] 可以說當也斯對於古典傳統與現代抒情的關係有了新的理解，回過頭來發現自己以前的詩學實驗莫不可以從這個角度重新闡發。

也斯改變對古典傳統的看法，顯然有不少得益自其博士研究之處，中國四十年代的現代主義詩人融合和更新古典語言形式的實驗可能給他不少啟發。他的博士題目本來擬為中國古典詩對美國現代詩的影響，後來雖然改成研究「九葉派」詩人，[124] 但是在對中國四十年代現代主義詩歌的討論中仍然看到他關注古典傳統在現代詩之中的表現。也斯認為中國的現代主義文學不同於西方強調與傳統語言的斷裂，[125] 雖然五四新文學運動曾經高呼推倒古典傳統，但是來到三四十年代不少詩人感到語言的危機，他們希望在政治語言和商業通俗語言的壯大下重新打造詩的語言。他們欣賞中國古典語言的彈性，因此對於傳統語言不是選擇割離而是更新和改革。[126] 論文以馮至和辛笛為例，探討他們的抒情詩如何轉化和更新古典語言。也斯

122　也斯（1993）：〈台灣與香港現代詩的關係 —— 從個人的體驗說起〉，《香港文化空間與文學》，頁 27。

123　洛楓整理（1986）：〈在舊書店找到的詩集〉，陳素怡主編：《僭越的夜行：梁秉鈞新詩作品評論資料彙編》（香港：文化工房，2012 年），頁 14。

124　同上注，頁 12。

125　關於西方現代主義與傳統的關係，除了也斯在論文中引用的 Stephen Spender 之外，另可參考 J. V. Cunningham, "Tradition and Modernity: Wallace Stevens," in *The Idea of the Modern in Literature and the Arts*, ed. Irving Howe (New York: Horizon Press, 1967), 286-302.

126　Leung, "Aesthetics of Opposition," 33.

推測馮至選擇十四行體的其中一個原因是其格律與中國古典詩頗有相通之處，認為馮至的詩作中常有對偶句，卻與唐詩的對偶格律不同，也着重參差、不規則的詩行，表現其現代特點。[127] 也斯對辛笛《手掌集》的分析最詳盡，認為辛笛是這代現代主義詩人的實驗成果的集大成者。他分別討論了《手掌集》的三輯詩，認為可以代表辛笛以中國古典詩語言與現代性協商的三個變化階段。早期的第一輯詩作較為接近古典詩，例如四句一組的結構的重複與發展，其中採取的意象並列手法也類似唐詩的直接呈現效果。[128] 中後期的第二、三輯詩作透過更新古典詩的意象、音韻和語法而體現出現代性。[129] 他認為後者尤其值得留意，並指第二階段的詩是辛笛最好的詩，囊括辛笛大部分的現代主義詩作。這階段保留了早期仿似傳統詩詞的整齊和重複的形式，又在其中加入變化的句型，並使用更多的敘述性語言。[130] 結合敘事和解釋句法反而造就了辛笛最好的作品，也令其抒情詩能夠書寫現代性。也斯特別討論到敘述語言的運用，提出雖然解釋性的散文句法被認為是「非詩」的，但是當詩人希望指涉具體的社會政治背景時，就會感到單純的抒情詩手法和古詩的暗示手法並不足夠，觀點令人想起七十年代初他對台灣現代詩人鄭愁予的討論。[131]

　　也斯雖然開始正面和深入討論古典傳統特色，但是他的美學口味仍然是現代主義的。比如同樣是談論古典與現代的美學匯通，他的博士論文指導老師葉維廉就喜歡辛笛「善於冥思物象而從物象的平凡而親切的呈露引

127　Leung, "Aesthetics of Opposition," 132.

128　也斯對《手掌集》第一輯的討論曾經改譯為中文論文，詳細地分析其中的舊詩詞題材、意象、語調等等。梁秉鈞：〈失去了春花與秋燕的 —— 談辛笛早期詩作〉，《八方》第 3 輯（1980 年 3 月），頁 51-63。

129　Leung, "Aesthetics of Opposition," 156.

130　Leung, "Aesthetics of Opposition," 153-156.

131　Leung, "Aesthetics of Opposition," 147-148 & 152.

出宇宙永恆的律動」,[132] 卞之琳某些詩做到「思接千載」,[133] 都透露出非常古典主義的審美趣味。也斯則欣賞他們以抒情詩表述現代性,來自現代主義的抗衡姿態,以及屬於現代主義的對感傷主義的反撥,把討論重點放在抒情詩人如何更新抒情形式之上。所謂詩歌的現代化,他曾經說明不單只是加入現代事物,寫出現代的感受才是最重要的。[134] 換言之,他留心的是傳統的抒情詩手法如何能夠處理現代性帶來的各種感受,以及如何對古典形式進行現代轉化。

　　他對古典傳統和現代轉化的思考反映在八十年代以後的詩作上。〈樂海崖的月亮〉(1978)一詩顯露出改變的端倪,這首後設詩(metapoem)反思古典語言如何面對現代性的問題。[135] 詩人一邊說「無從用唐詩的言語 / 描繪一個陌生世界的細節」,一邊化用唐詩的典故形容眼前的風景和懷人的情緒,典故本身為詩作添加了歷史的向度。詩作看似質問了古典語言在現代情境的適用性問題,但是白話、英語和唐詩典故三者自然的混合本身卻實驗了一個可能的方向。[136] 傳統與現代的結合逐漸成為他其中一個主要創作方向。他的最後一本詩集《普羅旺斯的漢詩》(2012)裏面的「詩經練習」組詩,試圖以白話「翻譯」《詩經》。除了模仿《詩經》的抒情句式之外,[137] 更是實驗古典語言在表述現代社會方面的容量和彈性,為《詩經》的形式注入現代的內容。「詩經練習」組詩共九首,與《詩經》原文對讀後,[138] 可

132　葉維廉:〈我和三、四十年代的血緣關係〉,《花開的聲音》(台北:四季,1977 年),頁 10。

133　葉維廉:〈我和三、四十年代的血緣關係〉,《花開的聲音》,頁 15。

134　也斯:〈給詩洗澡〉,《快報》1973 年 8 月 1 日,頁碼從缺。

135　陳少紅:〈香港詩人的城市觀照〉,張美君、朱耀偉編:《香港文學 @ 文化研究》(香港:牛津大學出版社,2002 年),頁 369-370。

136　梁秉鈞:〈樂海崖的月亮〉,集思編:《梁秉鈞卷》(香港:三聯書店,1989 年),頁 88-91。

137　對於這組詩如何把《詩經》的複沓格運用在現代詩之上,以及怎樣改為《詩經》原作的題旨與情調,可參考區仲桃:〈《詩經練習》:試論梁秉鈞對香港現代主義詩歌抒情性的繼承〉,《淡江中文學報》第 32 期(2015 年 6 月),頁 313-330。

138　參考程俊英譯注:《詩經譯注》,上海:上海古籍出版社,2004 年。

以總結出三種改寫模式：有些只是借題發揮（〈碩鼠〉、〈採綠〉），有些是翻譯了原詩的精神（〈隰桑〉、〈東方之日〉、〈卷耳〉、〈七月〉），有些拓展則與原詩相反（〈漢廣〉、〈關雎〉）。其中〈雞鳴〉最值得分析，原詩寫丈夫貪睡而妻子反覆催請丈夫起床上朝，[139] 也斯只借了其故事梗概，思考的卻是古典語言在現代不再合用的問題。和〈樂海崖的月亮〉一樣，這詩把古今意象並置，像「他說：好似聽見琴瑟的聲音／她說：是鄰居裝修的吵噪」等詩句在幽默中突出了現在已經不是《詩經》的時代，詩人從原詩的天亮，「來不及了／事物在轉變 ── ／更好或更壞？」，想到外在世界的不可掌握和抒情的失效：

> 我們能繼續依賴
> 脆弱的溫情嗎？
> 若我們逃逸出
> 熟悉的語言
> 何處是我們的
> 安頓？[140]

作為也斯的最後一本詩集，他認為古典傳統仍然有值得在現代社會情境下借題發揮或更新之處，始終在實驗古典傳統的現代轉化，同時又突出古典與現代的落差。雖然他持續質問抒情的效用問題，但也反而見出抒情問題實在是他由早期到晚期的創作都非常關心的議題。

　　也斯對古典詩傳統最重要的轉化，是他的詠物詩創作和「發現詩學」的主張，其中更可以看到他在傳統文類之中思考現代／後現代抒情主體的問題。他提出的「發現詩學」是指：

139　程俊英：〈國風・齊風・雞鳴〉，《詩經譯注》，頁 142-143。

140　梁秉鈞：〈雞鳴〉，《普羅旺斯的漢詩》（香港：牛津大學出版社，2012 年），頁 134。

所遇和所感的關係表現在詩裏通常有兩種模式：一種我們可以稱之
為象徵的詩學，詩人所感已整理為一獨立自存的內心世界，對外在
世界的所遇因而覺得不重要，有甚麼也只是割截扭拗作為投射內心
世界的象徵符號；一種我們可稱之為發現的詩學，即詩人並不強調
把內心意識籠罩在萬物上，而是走入萬物，觀看感受所遇的一切，
發現它們的道理。我自己比較接近後面一種態度。[141]

他指自己的詠物詩不是把他對世界的解釋加諸物件使其變成象徵，[142]「不要
隨便把象徵投射到景物上面，變成一些抽象而空泛的濫調」。[143]「發現詩學」
似乎是新的主張，但其基本美學立場仍然是延續他七十年代的「生活化」，
尤其是對學院派詩風的排拒與早期的看法相承，「如果創作不過是把一個一
個象徵收藏在作品中，而批評也不過是把這一個一個象徵尋覓出來，這麼
說，創作和批評的話也豈不是乏味已極？」。[144] 象徵主義提倡去除詩中的敘
述性，力圖切斷詩歌的一切外在意義指涉，把語言盡量還原為音符或顏料
那樣的原始狀態，以象徵無法言說的複雜經驗和內心世界。[145] 也斯把「象
徵」視為高峰現代主義的傲慢表現，而「發現」則是低姿態的，與「生活化」
詩歌的反學院派作風一脈相承。

　　也斯這組「象徵」與「發現」區分的最有意味之處，在於他把後現代
主義的反人類中心、反象徵的看法引入詠物詩的討論，並以外向的「發現」
和「遊歷」顛覆傳統以來抒情詩所代表的內向美典，[146] 雖然他對象徵主義的

141　梁秉鈞：〈《游詩》後記〉，《梁秉鈞卷》，頁 126-128。

142　梁秉鈞、張美君、葉輝、洛楓對談：〈在時間伊始的四重奏〉，Gordon T. Osing 及梁秉鈞
　　　譯：《形象香港：梁秉鈞詩選》（香港：香港大學出版社，2012 年），頁 257。

143　梁秉鈞：〈古怪的大榕樹 ——《島和大陸》代序〉（1987），《梁秉鈞卷》，頁 210。

144　也斯：〈路撒根茲和基頓史丹已死（下）〉，《香港時報》1968 年 9 月 6 日，第 10 版。

145　Graham Hough, "Symbolism," in *The Idea of the Modern in Literature and the Arts*, ed.
　　　Irving Howe, 183-189.

146　參考高友工：〈中國文化史中的抒情傳統〉，《美典：中國文學研究論集》（北京：生活・讀
　　　書・新知三聯書店，2008 年），頁 90-106。

批評不無偏頗。[147] 他選擇了「詠物詩」這個傳統的文類，所用的定義也遵從
傳統界定，然而在他的解說和實驗之中卻加入了現代甚至後現代的思考。
在〈隨物宛轉，與心徘徊 ── 談詠物詩〉（1990），也斯引用《文心雕龍・
物色篇》來界定詠物詩，並以其中「隨物以宛轉，與心而徘徊」二句為詠
物詩應該臻至的境界，要求詠物詩不只賦物更要言情。[148] 也斯起用這個傳統
的文類，卻是為了盛載現代性的思考。他以聶魯達為例，指現代主義詩作
「歌頌現實生活中不純粹不詩意的基本物質」，[149]「面對消費社會中物的製
造與消耗的新規律、面對物的囤積與人的物化，人與物的新的糾纏不清的
關係」，希望探討在後現代社會應該如何寫作詠物詩。[150] 具體在詩作中，也
斯在面對物件時總是放低姿態，賦予物件虛構的主體性，詩人與所詠之物
的關係不是主客關係，而是盡量建立與物體的對話關係。例如在〈鳳凰木〉
（1991）中，解除紅色和鳳凰木的常見比喻，把樹還原為樹本身，「你不要我
用既定的眼光看你」，「我不要你用既定的眼光看我」，以表示他不是傳統的
詠物詩人，這裏詩人與鳳凰木超越了一般的主客關係，並不是詩人單向地描
寫它、歌詠它、賦予它道德價值意義等等，而是在想像之中讓樹與人互相觀
看、質問。[151] 這種心物往還和物我關係就有明顯的後現代色彩，尤其是後現
代主義對浪漫時期以來人類中心主義（anthropocentrism）的反省。[152]

在也斯譯介過的西方文藝之中，以法國「新小說」家羅伯─格里耶
（Alain Robbe-Grillet, 1922-2008）對物件的態度最接近「發現詩學」的想

147　「象徵」或形象思維是藝術活動的基本思維方式，象徵主義亦為現代主義文學留下許多重要
　　的遺產，諸如有力地反撥「模仿論」這個直至十九世紀為止對文學的主流看法，解放了文
　　學的自主性。Hough, "Symbolism," 184, 187 & 189.

148　也斯：〈隨物宛轉，與心徘徊 ── 談詠物詩〉，《香港文學》第 61 期（1990 年 1 月），頁
　　25-26。

149　也斯：〈隨物宛轉，與心徘徊 ── 談詠物詩〉，頁 26。

150　同上注，頁 27。

151　梁秉鈞：〈鳳凰木〉，《梁秉鈞卷》，頁 138-139。

152　羅貴祥：〈羅貴祥、梁秉鈞對談〉，梁秉鈞：《蔬菜的政治》（香港：牛津大學出版社，2006
　　年），頁 134-143。

法。也斯提出的「反象徵」顯然最初是受羅氏的小說理論啟發，最早就是
見於他對羅氏的介紹之中。例如他多次介紹羅伯—格里耶的反象徵、主觀
寫實、對物體的詳細描寫等，[153] 羅伯—格里耶宣稱自己絕對表面化，反對
批評家強行解讀其作品的象徵意義。[154] 在《當代法國短篇小說選》他所寫的
羅伯—格里耶的簡介中，他說：

> 在傳統的作品中，人是世界的中心，他處身在一個不變、安穩的
> 世界中，通過個人的概念來看待這世界上的一事一物，根據自己
> 的了解來闡釋它們。可是在羅布格利葉的作品中，我們卻發現人
> 應屢為他自己偏拗的觀念所欺騙。[155]

談到羅伯—格里耶對物質的描寫，他又說：

> 這樣重新正視人與物各自的位置和他們相互的關係，正顯出以人
> 的狹隘的觀點去判定物、或者憑此與世界溝通，終究是行不通
> 的。這樣一來，就使傳統的「人是世界的中心」的地位發生動搖
> 了。這樣對世界上的諸相平等看待，認為自然中各部分皆相等的
> 觀念，也很有「禪」的味道。[156]

羅伯—格里耶這些反人類中心的觀點就和也斯提出的「發現詩學」相通，
不妨說「發現詩學」就是受其啟發。不過羅伯—格里耶的理論也被批評為
「本體論上的不可能」（ontological impossibility），要由物的世界把人驅逐

153　也斯：〈羅布格利葉的「在迷宮中」（一）〉，《香港時報》1968年10月12日，第10版。
　　　也斯：〈羅布格利葉的「在迷宮中」（二）〉，《香港時報》1968年10月14日，第10版。
　　　也斯：〈羅布格利葉的「在迷宮中」（三）〉，《香港時報》1968年10月15日，第10版。

154　也斯：〈羅布格利葉的兩面〉，《香港時報》1969年1月20日，第10版。

155　梁秉鈞：〈亞倫・羅布格利葉及其作品特色〉，鄭臻及梁秉鈞編譯：《當代法國短篇小說選》
　　　（台北：晨鐘，1970年），頁65。

156　梁秉鈞：〈亞倫・羅布格利葉及其作品特色〉，《當代法國短篇小說選》，頁67。

出去只是無意義的（nonsensical）的，[157] 徹底地反象徵無疑只是一種詩學理想。即使也斯的詠物詩如何努力以物為主體，它們無法不是由詩人「代言」寫成詩作，而也斯其實也不可能沒有把自己要表達的訊息加諸物體之上。但是與其質疑「發現詩學」的實踐可能，不如把其理解為創作過程的描述：要寫出成功的詠物詩的方法，是與物體「對話」，「發現」其特性，使之與詩人想表達的訊息結合。在他寫得最好的詠物詩中，物的性質就能夠與詩人想表達的訊息自然融合，比如〈給苦瓜的頌詩〉（1989）、〈香港盆菜〉（1996）等，比較沒有暴露詩人與物體之間的距離或「象徵意義」的作用。

　　總結也斯由七十年代到八十年代對古典傳統的態度變化，明顯他對古典的態度變得較為寬容、更多地思考與現代詩藝的結合可能，但是其中的現代主義立場是一以貫之的。他的詠物詩可說是把古典文類作出現代、甚至後現代轉化的優秀例子。他把後現代主義的反人類中心、反象徵的看法引入詠物詩的討論，並以外向的「發現」和「遊歷」顛覆傳統以來抒情詩所代表的內向美典，另一方面又由詠物詩盛載現代、後現代、全球化等議題的思考，例如他的食物詩就是藉歌詠食物帶出全球化年代的文化政治議題，「亞洲的滋味」就刻意思考亞洲的歷史、文化、殖民等問題，都是「更新古典」的嘗試。類似的例子還有比如《雷聲與蟬鳴》的「香港十首」實驗，既可以說是取法古詩的直接呈現、意象並列、不加解說，或者「詩六義」之中「興」的以景寫情，也可以說是受電影藝術啟發、模仿鏡頭的效果。

（二）由「九葉派」到「生活化」：現代主義抒情詩譜系

　　四十年代中國現代主義詩人給也斯的另一個重要影響，是其反感傷主義協助他把早年本來就不滿的浪漫感傷文風轉化為詩學論述。他的博士研究以「抗衡性」為現代主義的核心定義，不久即反映在他八十年代對「生

157　Arthur E. Babcock, *The New Novel in France: Theory and Practice of the Nouveau Roman* (New York: Twayne Publishers, 1997), 19-20.

活化」詩歌的論述上。我們由也斯為「生活化」所寫的論文之中，可以看到他怎樣於現代主義抒情詩的譜系之下界定「生活化」的意義。

「生活化」詩歌實在有非常豐富的涵義，但是當也斯開始把「生活化」的成就總結成文學史論述時，他選擇把重點放在他們的抒情特點上。七十年代的他較為強調「生活化」與現實主義的抗衡關係，以及如何運用自己的語言寫出這代人的感受，呼應了他當時的「現代抒情」的主張。例如1977年他曾評介李國威和禾迪的詩，他指李國威對現實的加工過程「不是為了添加一些甚麼詩意的東西，而是更實在地把那情景和那感受寫出來」，因此他的情詩真摯動人；[158] 談禾迪的詩，強調其觀點跳脫成見習慣而顯得清新，語言也樸拙不同於一般認知的詩語言。[159] 到了他為《十人詩選》所寫的序文〈抗衡與抒情 —— 後期周報幾位香港詩人的聲音〉（1988），他更為強調這些「生活化」詩人如何節制抒情的表現。例如說李國威「避開抒情的濫調，切實從現代人真實的感受出發，拋開了種種陳言俗語」，關夢南「不是受了傷就喊痛的激情」，禾迪的詩是「抒情的抗衡」，吳煦斌的抒情詩是「對習見傳播媒介中傷感、煽情、誇張的表達方法的一種抗衡」等。[160] 也斯毫不含糊地展現他對抒情詩的審美品味，對於詩歌形式有明顯的偏好，經他整理後的「生活化」詩歌展現出整齊統一的面貌。無論這是否當時《周報・詩之頁》的實況，或者是否對《十人詩選》的全面概括，他對「生活化」「節制抒情」的論述可說是回應了他早期為了反對五六十年代的感傷文風而提出的「現代抒情」。由他的博士研究可以發現，他認為反感傷主義是現代主義抒情的重要表徵，而「生活化」就是延續了這一脈的「現代抒情」。

七十年代也斯已經透過閱讀香港及台灣的現代派文藝反思感傷的五四遺緒，其博士研究關注現代派詩人的反感傷主張，也是出於類似的動機。

158　也斯：〈詩可以這樣〉，《書與城市》，頁102-105。

159　也斯：〈空氣本是清新的〉，《書與城市》，頁106-110。

160　也斯：〈抗衡與抒情——後期周報幾位香港詩人的聲音〉，《香港文化空間與文學》，頁39-44。

他以「現代主義抒情詩」（the modernist lyrics）為題討論馮至和鄭敏，又在現代主義文學批評的部分討論朱自清和袁可嘉，他對這四位作家的討論和他自身的「生活化」、反感傷和現代抒情美學如此相近，令人無法不感受到他的研究是希望為自己心儀的文學風格追本溯源。先談詩歌創作的部分，以馮至和鄭敏為例，也斯強調他們這代詩人如何發展出不同於五四的語言，尤其是內省的、非傷感的、對情感慎重誠懇的抒情語調。他分析馮至《十四行集》，認為馮至透過翻譯里爾克詩集，而由早期的直接抒情轉向精煉的內省（meditation）以及對日常簡單事物的凝視觀察。[161] 也斯指里爾克在《給一個年青詩人的十封信》裏面「對年輕詩人有既親切又嚴肅的勸告，不贊成濫情和浮淺，贊成收斂的內省、長久醞釀的深思」，[162] 這使馮至的抒情詩在語言和形式的節制上（the economy in language and form）截然不同於五四浪漫一代，由此對抗感傷主義和對世界的麻木無感。[163] 至於鄭敏，也斯在為她的詩集所作的序文〈沉重的抒情詩 ── 談鄭敏詩的藝術〉（1991）中，如此總結其「反感傷」抒情特色：

> 她那一代的詩人已經發展出一種與前輩詩人不同的抒情詩。這種抒情詩與五四初期顯露而簡淺的哲理或抒情小詩、或是爆炸式情感泛濫的浪漫情詩，都有顯著的不同。這一種抒情詩要求感情的節制，融入哲理的反省，要在題材上不落俗套，尤其要以更敏銳的觀察、更專注的檢視，代替傷感的傾訴。抒情並不僅就是感情的流瀉，而是以現代（如果里爾克所代表的）凝練與深度，成為一種現代的抒情詩。[164]

161　Leung, "Aesthetic of Opposition," 132.

162　也斯：〈沉重的抒情詩 ── 談鄭敏詩的藝術〉，《詩選刊》2005 年第 1 月，頁 41。原收入鄭敏著，也斯主編：《早晨，我在雨裏採花》，香港：突破，1991 年。

163　Leung, "Aesthetic of Opposition," 133.

164　也斯：〈沉重的抒情詩 ── 談鄭敏詩的藝術〉，《詩選刊》2005 年第 1 月，頁 41-42。

由此可見，「現代主義抒情詩」最重要的特徵就是對於感傷主義和浪漫主義的反撥，轉求其他抒情的方法。這些新方法可能是像馮至，或者像鄭敏改為着重詩歌的空間特點，或者像辛笛採用對話的語調來避免沉溺於自傷自憐。[165]

　　至於三四十年代的現代主義文學批評，給也斯的影響同樣不可小覷。例如也斯對抒情詩的想法非常接近這批現代主義詩人的老師朱自清（1898-1948）的說法。也斯用一節的篇幅概括朱自清在《新詩雜話》（1947）中的觀點，特別是〈詩的趨勢〉、〈詩與感覺〉、〈詩與哲理〉（1943）三文，以及朱翻譯自麥克里希（Archibald MacLeish, 1892-1982）的文章〈詩與公眾世界〉。[166] 朱在〈詩的趨勢〉引用麥克里希的說法，認為當戰爭和社會經驗成為個人生活經驗的一部分，詩就必須寫出這些部分。但這不代表詩人只需要吶喊，反之更要沉思，詩人透過寫詩「可以解掉群眾心理的影響」，當他們寫自己時，同時就表現出對人類負責任的態度，而所用的詩語又應是「無修飾的平淡的實在感」。[167] 在〈詩與感覺〉他再提倡平凡的題材和語言，指「大自然和人生的悲劇是詩的豐富的泉源」，但「平淡的日常生活裏也有詩」，是「未發現的詩」；[168]〈詩與哲理〉「在日常的境界裏體味出精微的哲理」。[169] 朱提倡擴闊詩的題材，寫出日常沉思美學，除了是想糾正五四以來限於直接抒情和議論而成就不高的新詩，更是苦心想在戰火隆隆和政治高壓的時代維護詩的最後一塊領土，他所推舉的例子正是馮至和卞之琳。在抒情變得艱難的時代，嘗試為抒情詩保留生存的空間，朱自清的詩學主張與也斯不謀而合，也一再令人想起七十年代初香港文壇上「抒情」一度被猛烈攻擊，而也斯是在這種氛圍之下堅持提倡「生活化」和個人抒情的。

165　Leung, "Aesthetic of Opposition," 151.

166　麥克里希著，朱自清譯：〈詩與公眾世界〉，原刊香港《大公報》1940 年 4 月 8 日。朱自清：《新詩雜話》（上海：作家書屋，1947 年），頁 161-182。

167　朱自清：〈詩的趨勢〉，《新詩雜話》，頁 87-97。引文出自頁 92。

168　朱自清：〈詩與感覺〉，《新詩雜話》，頁 20-21。

169　朱自清：〈詩與哲理〉，《新詩雜話》，頁 85。

　　另一位重要的評論家是袁可嘉，他運用新批評理論回應當時感傷主義和教化主義的詩歌潮流，並提出「新詩現代化」的主張，[170] 與也斯的抒情觀頗有相通之處。袁可嘉體認到自己這代現代主義詩人已經寫出真正「現代化的新詩」，「有力代表改變舊有感性的革命號召」。[171] 他反對詩的感傷主義，反對迷信於「激情」、「泛濫成災的感傷傾向」，[172] 更反對「現代詩中的政治感傷性」，[173] 甚至為「感傷」的概念本身寫了篇非常詳盡的分析。[174] 又認為當時的左翼詩歌毫不考慮詩的表達過程，「說明意志的最後都成為說教的，表現情感的則淪為感傷的」，[175] 而他認為「戲劇化」就是把意志和情感轉為詩的關鍵。所謂戲劇化，是要求詩歌「盡量避免直截了當的正面陳述而以相當的外界事物寄託作者的意志與情感」，[176] 而戲劇化的手段可以分成三種：像里爾克那樣把內心思想情感借客觀外物表現，或像奧登刻劃人物，又或者是創作詩劇。[177] 雖然袁可嘉的詩論並沒有真正落實於對中國新詩的分析，引進「戲劇主義」的本土動機較不明確；[178]「戲劇化」的命名也可能不是準確的術語，例如里爾克的抒情詩就和「戲劇」關係不明，何況下文我們會看到也斯對於「戲劇化」的反感，和袁可嘉的論點恰好相反。但是就「反感傷主義」而言，也斯和袁可嘉卻是一致的。無論如何，袁的評論是當時最成熟、最有系統的現代主義詩論，他對感傷主義的抨擊和對於四十年代詩歌才是真的「現代化」的體認，切中了現代主義抒情詩的特點。

170　Leung, "Aesthetic of Opposition," 76-81.

171　袁可嘉：〈新詩現代化〉，《論新詩現代化》（北京：生活‧讀書‧新知三聯書店，1988 年），頁 4。

172　袁可嘉：〈對於詩的迷信〉，《論新詩現代化》，頁 62。

173　袁可嘉：〈論現代詩中的政治感傷性〉，《論新詩現代化》，頁 52。

174　袁可嘉：〈漫談感傷〉，《論新詩現代化》，頁 206-218。

175　袁可嘉：〈新詩戲劇化〉，《論新詩現代化》，頁 24。

176　同上注，頁 25。

177　同上注，頁 26-28。

178　張松建：《現代詩的再出發 —— 中國四十年代現代主義詩潮新探》（北京：北京大學出版社，2009 年），頁 187。

　　也斯的博士論文在八十年代初是創始的起步研究，不久之後許多相關
資料和作品陸續出版，對中國現代主義詩歌的研究也蓬勃起來。其中張松
建研究中國現代詩學的抒情主義，又曾經評介過也斯的博士論文，[179] 其對
四十年代現代主義詩歌的觀點和也斯有許多相承之處，可以說把也斯的觀
點建構成更完整的論述體系。他提出由五四到四十年代抒情譜系的發展是
由「抒情主義」到「反抒情主義」再發展成「深度抒情」。[180] 有見於五四
浪漫主義和抒情主義的泛濫，很快就出現「反抒情主義」的呼聲，最早在
二十年代梁實秋由新古典主義的立場批評浪漫主義，三十年代有金克木提
倡現代派詩歌「主智詩」，又有徐遲「放逐抒情」。[181] 四十年代則對抒情與
反抒情作出更深入的辯證思考，理論上受里爾克啟發甚深，梁宗岱和馮至
都認為「詩是經驗的轉化和再現而非單純的情感放縱和宣洩」，[182] 而在反感
傷主義的人之中，袁可嘉借取「新批評」理論，唐湜提議古典與浪漫的平
衡，李廣田則由文藝大眾化呼籲感傷詩人「從生活改造起來」。[183] 借用張松
建的術語，也斯的研究興趣顯然在於「深度抒情」的方面，在「放逐感傷」
但不放棄抒情的前提下，思考現代抒情的方式。

　　在也斯對「現代抒情」的理解之中，除了反感傷，另一重要的特質在
於「抗衡性」。他先以「抗衡性」（opposition）為現代主義的核心定義，
故把論文題目定為「抗衡的美學」。[184] 接着又特別談抒情詩的抗衡性，引用
阿多諾（Theodor W. Adorno, 1903-1969）談到抒情詩的對抗性，認為這種

179　張松建：〈抗衡的美學〉，《香江文壇》總第 20 期（2003 年 8 月），頁 11-16。

180　張松建：〈「反抒情主義」與「深度抒情」〉，《抒情主義與中國現代詩學》（北京：北京大學出版社，2012 年），頁 86。

181　同上注，頁 76-86。

182　同上注，頁 87。

183　同上注，頁 101-111。

184　以「抗衡」為現代主義的核心定義是取自卡林內斯庫的說法 —— 現代主義是對傳統、布爾喬亞文化和現代主義自身的對抗。在這點之上，也斯綜合了各家理論，強調現代主義的批判性，尤其是抗衡商業和傳統語言，抗衡寫實主義的線性的表述和模仿論。Leung, "Aesthetics of Opposition," 46.

「批判精神」（critical spirit）是這代詩人的獨特之處。[185] 這點對於理解為甚麼也斯稱「生活化」詩歌為「抗衡的抒情」非常有啟發。也斯概括阿多諾和盧卡奇（György Lukács, 1885-1971）的論爭，為個人主義抒情詩辯護。阿多諾指現代主義文藝的價值就在於對社會的否定和堅拒任何形式的和解，[186] 抒情詩透過拒絕描寫和背向社會表達對布爾喬亞社會的抗衡。[187] 阿多諾的說法非常有名，王德威在討論中國現代抒情傳統時引述其中最有力的一句：「抒情作品永遠是社會反抗力量的主體表現」，抒情詩在現代就是「寫出不可能抒情的境況裏的抒情景觀」。[188] 也斯亦引用了這個觀點，其中阿多諾指抒情詩中的主體是相對集體（collective）和客觀（objectivity）而定義和表達自身的。[189] 雖然阿多諾主要從語言哲學上討論抒情詩的先天社會性，其討論主要在抽象層面，不同於也斯認為在特定的社會文化脈絡中，抒情詩精緻內斂的語言也能對抗主流論述，[190] 但是阿多諾的說法頗有助於理解也斯提出的「抗衡的抒情」。引申而言，也斯對四十年代現代主義的研究本身就是這種抗衡精神的體現，相對於中國現代文學史以現實主義和革命文藝為主流論述，也斯着力發掘備受壓抑的現代主義脈絡。而且他強調現代主義的抗衡性，藉此修正了現代主義和抒情詩的封閉和消極面向，使其有與外在思潮和社會現實對話的積極意義，具有很重要的理論意義。

　　綜觀也斯所討論的四十年代中國詩歌的「現代主義抒情」，許多特點與同樣由他提出的「生活化」詩歌的抒情特點十分相近。「生活化」詩歌就是

185　Leung, "Aesthetic of Opposition," 160.

186　Leung, "Aesthetic of Opposition," 41 & 45.

187　Theodor W. Adorno, "On Lyric Poetry and Society," *Notes to Literature* (New York: Columbia University Press, 1991), vol. 1, 37-54.

188　王德威：〈「有情」的歷史 —— 抒情傳統與中國文學現代性〉，《現代抒情傳統四論》，頁 28-29。

189　"The 'I' whose voice is heard in the lyric is an 'I' that defines and expresses itself as something opposed to the collective, to objectivity." Adorno, "On Lyric Poetry and Society," 41.

190　Leung, "Aesthetic of Opposition," 129.

實踐「深度抒情」的現代主義抒情詩，並且發揮着抒情的抗衡性。由此，他把早年的「現代抒情」主張拓展到「反感傷」的範圍以外，而賦予「抒情」更重要的「抗衡」意義。重讀他為《十人詩選》所寫的序文，他認為香港「生活化」詩人所「抗衡」的對象主要是以下三種情感：（一）政治激情，所以他說「生活化」是不同於「政治主導的壯麗言辭」，[191] 例如鄧阿藍的詩就不同於批判現實的詩那種「粗陋的嘶喊」、「失諸概念化和空泛」；[192]（二）感傷主義的直接抒情，李國威「避開抒情的濫調」，而以自嘲、反諷的口吻表達苦澀的感情，「不輕淺」、「不覺傷感」而讓人感到「文字背後深厚的感情」；[193]（三）大眾傳媒和流行文化的「傷感、煽情、誇張」。[194] 細讀全篇序文，雖以「抗衡與抒情」為題，而實際上包含更多與抒情未必有直接關係的觀點，例如說這代詩人正視香港、書寫本土現實，或者是李家昇與黃楚喬在詩與攝影之間的實驗等等。另一方面，「抒情」也可能不是形容個別詩歌例子的最貼切說法，例如他說禾迪的詩是「抒情的抗衡」，[195] 指的其實是她對於不滿的社會現象並不抗議或批評，而只是抒發美好的願望；他說吳煦斌的「抒情詩的態度也是對習見傳播媒介中種種傷感、煽情、誇張的表達方法的一種抗衡」，但是前文討論吳的詩作卻更多地體現出這代詩人不一定只以「本土」為題材，吳煦斌的詩作就充滿山野、原鄉、非現實指涉的世界，反而其詩作怎樣對抗大眾傳媒的語言未有詳細說明。但也斯仍然以「抒情」為題，一再重申他們的抒情特質，足見「深度抒情」、「節制感傷」等等是他最重視的特質，也更突出「抒情」實為他在寫這篇序文的時

191　也斯：〈抗衡與抒情‧藝術與關懷〉，錢雅婷編：《十人詩選》（香港：青文書屋，1998 年），頁 IX。此為序文的增訂版，正文之前新增了一段對當年提出「生活化」的說明。除增訂部分外，正文觀點與 1988 年版本大致相同。為了和下文同樣寫於 1988 年的論文比較，正文以 1988 年版本為準。

192　也斯：〈抗衡與抒情——後期周報幾位香港詩人的聲音〉，《香港文化空間與文學》，頁 40-41。

193　同上注，頁 39-40。

194　同上注，頁 44。

195　同上注。

候特意建立的論述框架。

　　也斯何以希望把「抒情」建構為「生活化」詩歌的研究框架？線索或者在他同期寫作的論文裏。在寫〈抗衡與抒情〉的同月（1988 年 11 月），也斯在香港大學第一屆「現當代文學研究討會」發表了〈中國現代抒情小說〉。[196] 這兩篇同時寫就的重要論文顯示也斯是在中國現代文學的脈絡之下界定香港詩歌的抒情特點。〈中國現代抒情小說〉可以說是把他的博士研究對現代主義抒情特點的討論，延伸到小說的範疇。也斯從中西比較文學及現代文學的高度思考抒情，文中他除了參考費特曼（Ralph Freedman, 1920-2016）的抒情小說專論，[197] 更著重運用高友工的抒情美典分析它們承接自中國古典文學的表達和佈局手法，[198] 嘗試令中國的現代抒情小說有與西方抒情小說對話之可能，「希望通過比較研究，探討中國古典抒情詩的精神和手法，如何形成了中國現代抒情小說獨有的面貌」。[199] 例如他分析沈從文、廢名和汪曾祺的抒情小說時，更多是借用高友工〈試論中國藝術精神〉一文所分析的中國傳統詩學的抒情特點，說明他們如何偏好通過外在的物和景傳達人物內心，分析進路明顯是得力於高友工「質化」（abstraction）和「象意」（symbolization）的討論，而不是費特曼的理論。[200] 他又提出修正普實克對五四抒情小說的說法，認為普實克所提出的五四作品的「主觀主義」和「個人主義」，其實應該細分為兩類抒情性：一類是煥發五四文學

196　梁秉鈞：〈中國現代抒情小說〉，發表於香港大學亞洲研究中心主辦、香港大學中文系陳炳良策劃「現、當代文學研討會」，1988 年 11 月 3 至 5 日。會議論文後結集出版，引文見梁秉鈞：〈中國現代抒情小說〉，陳炳良編：《中國現代文學新貌》（台北：學生書局，1990年），頁 117-135。〈抗衡與抒情〉文後註明 1988 年 11 月初稿。

197　費特曼指西方抒情精神浪潮在浪漫主義時期初見端倪、並在一戰後席捲歐洲文學，文學家往前追認康德哲學、德國浪漫主義與法國象徵主義文學，往後則產生現代主義以還的文藝探索，因此抒情小說的光譜相當寬闊，意象語言、限知敘述、內心獨白和意識流等手法全都包括在內。Ralph Freedman, "Nature and Forms of the Lyrical Novel," *The Lyrical Novel: Studies in Hermann Hesse, André Gide and Virginia Woolf* (Princeton, New Jersey: Princeton University Press, 1963), 1-41.

198　梁秉鈞：〈中國現代抒情小說〉，《中國現代文學新貌》，頁 122-130。

199　同上註，頁 117。

200　同上註，頁 121。

精神、「受浪漫主義影響的個人覺醒和主觀感情的宣洩」，諸如郭沫若、郁達夫、徐志摩等；另一類較受忽視的抒情小說初見於魯迅，而以沈從文和廢名的嘗試最有特色，「不是直接浪漫地宣洩感情，而是有含蓄的內斂和現代的反省」；八十年代後又有汪曾祺、阿城、何立偉等人的繼承發揚。也斯認為後一類作品更值得分析，因為「與西方抒情小說比較研究，一方面可見它的現代性，另一方面又可見它與傳統文學的關係，這些都是中國現代抒情小說獨有的特色」。[201] 文中對浪漫主義及直接抒情的評價較低，與他認定「生活化」詩歌勝在「節制抒情」的論調是一致的。

　　也斯以研究現代主義詩人和抒情小說的同一套修辭（「節制感傷」、「抒情的抗衡性」等等）形容「生活化」詩歌，把「生活化」置於四十年代發展起來的現代主義抒情脈絡之中，或者就是認為香港詩人延續了這一個抒情譜系。只要把也斯在〈中國現代抒情小說〉對浪漫主義的否定，與他在〈抗衡與抒情〉等香港詩歌討論之中所說的反感傷、反濫情作一對照，就能發現也斯在詩歌上的審美品味如何推動了其學術研究。既可以說也斯把「生活化」詩歌的「反感傷」特點演繹為對整個中國現代文學的評價準則，為他所喜好的文學風格追本溯源，又可以說他研習中國現代文學之心得啟發了他由抒情的角度突出香港詩歌的穎異之處，作為詩人的經驗和作為學者的研究是互相補足的。

　　綜上所述，也斯由七十年代初就思考的「現代抒情」，在他的博士研究之中得到深化和系統的表述，而這又反過來支援了他建立「生活化」詩歌的「抒情」論述。也斯對於「浪漫抒情」與「現代抒情」的區分，在中國抒情傳統研究的諸家之中是獨創的觀點。雖然他對抒情的研究規模不若後來者，其論述亦有不少尚待拓展和探討的課題，但是以時間來看，也斯的探索竟在許多華文學者關注抒情傳統之先，而且他的論點非常有個人特色，甚至可說是「香港特色」：也斯對浪漫主義奔放情感的拒斥和現代主義壓抑情感的推崇，背後是他對香港式美學的想像。

201　同上注，頁 119。

（三）香港抒情方案的完成：抒情電影與文化認同

　　進入九十年代，也斯的抒情論述再有重要的詮釋變化，他把在八十年代提出的「生活化」抒情美學特點與本土論述結合，提升為香港身份認同的表現以及文化特點，以至成為香港主體爭奪自身話語權的另類方式。此時他想說明的問題已經超出抒情論述所能承載的界限，進入他着力最深的香港文化研究，「抒情」除了是文學樣式和風格，更是香港地緣政治地位的表徵、身份認同之所繫了。

　　首先，也斯把「現代抒情」的討論由詩和小說的範圍延展到電影分析。[202] 他更把香港置於這道抒情電影線索之末，而且把抒情特點與香港文化感性掛鈎，認為這種表現才是具本土特色的。也斯討論的「抒情電影」，沿用了他在〈中國現代抒情小說〉中提出的「抒情小說」定義，包括減省敘事，淡化情節，反戲劇化，「或以意象、氣氛和語調造成抒情性」，[203] 並且融合中國古詩的抒情手法，「比如中國文學與文字中的『無我』、古詩中情景交融的手法」，以及國畫的留白技法等等，[204] 加上現代主義的心理描寫，混合而成中國現代抒情小說的特色。這些見於沈從文和廢名小說的嘗試，同樣見於「抒情電影」。也斯認為中國抒情電影的譜系始於二十年代，「逐漸成熟於吳永剛、孫瑜、袁牧之、桑弧、費穆等人，而其中又以費穆的《小城之春》作為最成熟的代表」。在《小城之春》（1948）之後，「這個現代抒情電影的傳統在這之後若斷若續，在政治性和商業性的潮流下被淹沒」，「直至在近年的港台電影中再度浮現」，侯孝賢《悲情城市》（1989）、關錦鵬《阮玲玉》都是也斯欣賞的例子。[205] 也斯主要是討論《小城之春》周玉紋的旁白聲音如何是抒情詩人的聲音，一邊敘述故事、一邊帶着內省和感

202　另可參考也斯談沈從文《邊城》抒情電影的文章多篇。鄭政恆編：《也斯影評集》（香港：香港電影評論學會，2014 年），頁 100-106。

203　梁秉鈞：〈中國現代抒情小說〉，《中國現代文學新貌》，頁 118-119。

204　同上註，頁 121。

205　也斯：〈抒情、現代與歷史：從《小城之春》到《阮玲玉》〉，《也斯影評集》，頁 186-187。

情。[206] 接着他以侯孝賢《悲情城市》為例，提出「抒情」手法也可以表達社會和政治議題，《悲情城市》就以個人抒情的小角度側看歷史大事。[207] 他以對《阮玲玉》的分析作結，提出所謂「香港的角度」，一方面是在文化政治上香港與民族主義的疏離，又與現實主義主流史觀疏離、傾向「抒情」這支小傳統重新搬演部分經典中國抒情電影的片段，「特別嚮往於費穆與孫瑜所代表的細膩抒情、人文思考」，而且表現情感的方法是也斯所說的「現代抒情」，即是「把激情節制提煉含蓄表現出來的一種現代性的抒情」，以細節動作隱喻感情、「整體淡化情節、削減戲劇性的處理」。[208] 另一方面又「在感情上認同之餘又有某種現代思考的反省」，間離手法令觀眾時時抽身，「留有餘地而不煽情、細膩關心而不傷感」。[209] 延續這篇論文的討論，他在〈香港的故事：為甚麼這麼難說？〉又詳細討論了王家衛的《阿飛正傳》，認為他拒絕了「阿飛」這主題可能有的曲折離奇的情節和浪漫激情，「把直線敘事變成散點抒情，從順序的時間變成心理時間，從而把戲劇性淡化了」。他列舉多部七十年代以來香港「新浪潮」導演的抒情電影，例如方育平、嚴浩、許鞍華等等，無不是「描寫事物細節、人情關係、閱歷帶來的感悟，而減低故事性和戲劇性」。他並把這種抒情電影特色類比「香港七十年代中以來就有了不強調情節、以氣氛和意象為主的小說」。[210] 可見他企圖反覆論證「抒情」就是香港的特色，無論是文學還是電影。

也斯把這些香港抒情電影的反敘事特點連繫到文化認同的問題，以偏重「抒情」還是「戲劇化敘事」為本土與外來角度的判別準則，似乎是把普實克所說的「抒情性」和「史詩性」（the lyrical and the epic）的對比移用到香港文化的討論。普實克論文集的編者李歐梵認為，普實克以「抒情」與「史詩」勾勒中國現代文學的兩大傳統，其中史詩性指的是茅盾為代表

206　同上注，頁 188-189。

207　同上注，頁 191-194。

208　同上注，頁 196。

209　同上注，頁 197。

210　也斯：〈香港的故事：為甚麼這麼難說？〉，《香港文化十論》，頁 5-6。

的現實主義脈絡，「具有『史詩』的氣魄」，「復興了中國小說的『史詩』傳
統」。[211] 也斯挪用了這組對比，而把其內涵改換成「本地自述」與「外來敘
述」的「香港故事」。在也斯的說法中，「敘事性」和「戲劇」在隱喻的層
面等同「歷史大敘述」，是「一些壓倒性的偉大敘述、政治文化經濟上的
一些精心經營的『劇本』」，《阿飛正傳》這類香港電影「選擇『無故事』
或者『小故事』」則是對這些「敘述」和「劇本」「抱着懷疑的態度」。[212]
「戲劇化」還代表外來者獵奇式的香港故事。〈香港的故事：為甚麼這麼
難說？〉列舉了多種外人對香港的誤解，包括西方暢銷書和外國電影中關
於香港的曲折離奇的故事、李光耀在港大的演講、南來文人對香港的鄙視
等，無不是編造關於香港的「大故事」。[213] 也斯在隱喻修辭而不是理論層面
上運用李歐塔「大論述」（grand narrative）的術語，[214] 並不妨礙我們理解此
文於「抒情／敘事」對反之上建立的論點，抒情性 —— 此處他主要指反敘
事和反戲劇化 —— 成為香港主體爭奪自身話語權的另類方式，抗衡內地、
西方及其他外來者所津津樂道的極盡戲劇化的香港故事。

　　以「抒情／敘事」的對立來討論香港文化表述是也斯獨特的創見，可
以引申兩個問題：一是這種形式特點和也斯個人的美學偏好的密切關係，
輕易可以延伸至討論他的詩文作品，以及他偏好的王家衛、方育平等導
演，但是如果以之檢驗九十年代香港的電影、藝術、文學等等，則未必是
普遍的美學現象或是對九十年代的全面概括。二是「反敘事」的立場雖然
是了維護香港主體的話語權，但是在「破」之後也需要思考「立」的問題，
而「反敘事」只能是「破」除東方主義式表述的權宜之計，在建「立」香
港主體、表述自身時則不宜也無法固守了。

211　李歐梵：〈序言〉，普實克（Jaroslav Průšek）著，李歐梵編，郭建玲譯：《抒情與史詩 ——
　　　中國現代文學論集》（上海：上海三聯書店，2010 年），頁 3-4。

212　也斯：〈香港的故事：為甚麼這麼難說？〉，《香港文化十論》，頁 6。

213　同上注，頁 3-4、8-11。

214　葉蔭聰批評這種說法，可以參考葉蔭聰：〈邊緣與混雜的幽靈：談文化評論中的「香港身
　　　份」〉，《文化想像與意識形態》，頁 31-52。也斯原文的意思應是指該等戲劇化故事背後的
　　　民族主義與殖民主義大論述，不是指情節曲折就是大論述。

近年他再解釋自己《雷聲與蟬鳴》時期刻意隱藏詩人主體的語言實驗，明確將之連接上九十年代以來的香港文化思考，抗議外來作家所寫的香港遊記中所表達出的偏見和陳見，把「發現詩學」挪用自中國舊詩的抒情手法，延伸為對外來敘事的抗衡：

> 我不喜歡象徵主義詩人式的態度是因為他們總好像把別人不放在眼內，他們眼中沒有其他人和事物的特色，一切只簡約成為象徵符號。我在香港當然讀到在許多外來作家寫的遊記和詩中，如寫香港時說望過來夕陽西下，一片黑暗，這其實是一種特定政治立場寫出來的象徵。例如寫沙田的火車來的是人，去的是豬，這當然都含有很大的政治偏見。我一直對這種偏見的投射很敏感，我在七〇年代開始寫香港時有一個極端的想法，想要排除這些濫調。所以曾嘗試用中國舊詩讓景物呈現不加解說的方法寫了一輯城市詩，我在七〇年代譯羅布格里葉（Robbe-Grillet）等人的作品也可說是因為對從前太主觀的文字或將腦中所想種種意念亂投射在世界上的現代主義反感。[215]

在這段稍長的話裏，景物呈現、象徵主義和主觀投射都是詩學討論，外來作家對香港的偏見卻是文化研究範疇的問題，他把自己七十年代以來思考的文學問題重新闡釋為「想消散別人對香港的種種成見」，雖然「對香港的種種成見」是在八十年代中後才大量出現、激起也斯反駁的。[216] 由此可以一再看到他把抒情性視為適合香港主體表述自身的方式。

至此，也斯的抒情在地化思考基本完成，同時也可以說他已大致走出抒情論述的範圍。從抒情主體的顯隱到香港主體的建立，在他的香港文學與文化論文裏可以看到詩歌寫作上節制抒情、反戲劇化等美學特點，在

215　《文化評論》編輯組：〈座談跨文化：形象香港〉（1992），《僭越的夜行》，上卷，頁30-31。

216　羈魂：〈詩・越界・文化探索〉（1997），《僭越的夜行》，上卷，頁41。

九十年代後如何接通他對香港主體性的思考，歸結到「香港故事不易說」，
所以更要慎重選擇說的方式和語言。他的香港文化研究可以接通他早年想
排除一切幻象、真實地呈述香港的想法，「抒情」問題誠然是也斯其中一個
重要思考，使他從文學感性的角度邁向對香港文化特質的深入理解。

四、總結

　　本章試圖全盤整理也斯從七十年代到九十年代對「抒情」的看法和變
化。首先從也斯七十年代的文藝評論開始，爬梳他早期對「抒情」的見解，
認為也斯是出於對「感傷的五四」的反撥，而轉向台灣現代詩。由青年時
期的也斯的反古典主義來看，他是在尋思適合香港現實的文學形式的過程
中關注「現代抒情」的，由此開始他對「香港抒情」的思考。與此同時，
他以抒情的主張抗衡當時流行的批判寫實主義，另一方面更思考粵語抒情
的問題。在這些議題上，他都把抒情聯繫到香港的現實，尤其是他提出的
「生活化」詩歌，更是思考香港抒情形式後所提出的文藝主張。及至八十年
代，他的博士論文對他思考現代主義抒情問題大有啟發，除了讓他開始關
注古典傳統在現代詩的轉化之外，更由中國四十年代現代主義詩人身上，
習得反感傷主義和「抒情的抗衡」的詩學資源，由此影響了他詮釋「生活
化」詩歌，把「生活化」納入整個中國現代抒情詩的譜系之中界定其意義。
最後，他更把「抒情」提升為他對香港文化感性的理解，完成了他非常獨
特的香港抒情方案。八十年代以來香港學者苦苦尋思文化身份與香港的角
色問題，都主要是採用文化研究方法，也斯卻另闢「抒情」作為文學本色
的路徑，是很有特色的嘗試。

　　也斯的論點在關注抒情傳統的現代文學學者之中相當獨特。在參與中
國抒情傳統討論的學者之中，以同樣來自香港背景的陳國球最可以和也斯
比較。陳國球《抒情中國論》以〈在彌敦道上抒情〉為最後一章，透露了
他對中國抒情傳統的研究背後有其深厚的香港情懷。其後他又出版《香港

的抒情史》，把對抒情的思考延續到香港文學史。其中第三輯「申旦抒中情」收錄了四篇討論在香港史上出現過的抒情論的文章，除了〈在彌敦道上抒情〉和對徐訏「放逐抒情」的討論之外，還包括對粵劇《帝女花》及南音《客途秋恨》的分析。此外，他更寫了一篇〈詩裏香港：從金制軍到也斯〉，討論了香港城市書寫。[217] 和陳國球的完整論述相比，也斯嚴格地引用了抒情傳統文論的文章不多，但也斯對「抒情」的討論卻非常有個人特色，尤其是他對於現代主義抒情多年來努力不懈的探討，以及把抒情與香港文化身份結合的討論，都是非常獨特的觀點。再加上也斯的抒情論述以突出香港的角色為其標誌，而其中包含他個人的美學品味和創作經驗，更令他在眾多研究抒情傳統的學者之中顯得非常特別。

　　本章透過整理也斯的抒情論述，試圖把也斯放在抒情傳統研究的行列之中，同時把香港文學置於中國現代抒情的研究體系之中。如果說抒情傳統研究以五四、台灣及留美學者為主，香港獨有的抒情聲音也不應該被忽略。香港文學以其獨有的歷史文化、城市感性和抒情姿勢，能為中國抒情文學增添新的觀點，提供與多種傳統及理論對話的資源。

217　陳國球：《香港的抒情史》，頁 127-145，349-439。

結語

　　本書以「後殖民」、「現代主義」、「都市文化」、「生活化新詩」及「抒情」為也斯的香港文學史論述的關鍵詞，全面探討也斯一生從事的評論，梳理和分析他由六七十年代開始的專欄短評到八九十年代以後的學術論文，並結合其文學創作，嘗試整理並評價他的香港文學史論述，把他講述的「香港故事」整理為完整的體系。各章的分析之中已經詳細闡述也斯的香港文學史論述特點：

　　（一）也斯的文學評論展現出鮮明的文學史意識，就着他關注的若干課題，既提出了基本的歷時敘述框架，又由理論的高度總結香港文學的特點，因此可被視為文學史論述加以探討。例如他認為香港現代主義文學的發達是由於此地的都市特質，又追溯現代主義在香港的發展源流，提出兩代現代主義作家之不同。又例如他深入討論香港的後殖民處境，對香港文化和文學的影響，又循此解釋香港解殖之路不能單純回歸到民族主義等等，這些對香港文學特點的闡釋對後來的研究者影響甚大。

　　（二）也斯的論述基本思路是在中國文學系統之中尋找香港文學的獨特性，在與中國的相對關係之中致力提煉出香港文學的價值、本質、特點等等。例如他非常重視香港是戰後華文地區之中唯一可以自由傳承五四文學傳統的地方，香港因殖民地的身份而倖存於中國當代歷史之外，因而可以承傳在內地中斷的現代主義和抒情傳統，發展成別具香港特色的流派。又例如他認為香港的都市特質啟發並改變南來作家，令他們轉向現代主義，還有認為香港文學對民族主義保有批判的距離等等。這些都可見他對香港主體性的追尋是在與中國的相對關係之中發展的。

（三）他的文學史論述相當倚重個人經驗，文學理論的挪用主要是用以深化早年個人的體會和經歷。他的「越界」評論寫法決定了他的文學史論述是界乎「作家寫史」到「學者寫史」之間，論述圍繞個人經驗的展陳、提升、總結，並加以延伸到公眾層面。這種特點尤其在對七十年代的論述之中最為明顯，無論是談現代主義的範式轉移、「生活化」新詩的出現、專欄文學的發展情況等等，都頗倚重他自己非常年輕就出道的優勢，把自己當年的觀察和經驗轉化為文學史論述。在他的集中討論之下，七十年代成為香港文學史極為重要的階段，負載身份認同、都市文學、新的文學範式出現等等的各種意義。這是因為也斯的經歷代表了戰後成長的一代對香港的摸索、思考、創作實驗以及與中西文藝資源協商的情況，本身就是重要的史料，而且能夠由他的個人回憶延伸到對一代文學的特點探究，以個人記憶介入香港文學的集體記憶，可視為深具個人特色的文學史論述。他對香港文化體會之敏銳和早慧令人驚訝，他個人的觀察和經驗也正是理論和其他研究者無法取代的部分。

（四）他的個人美學口味反映在他的香港文學史論述之中，他集中談論的課題都是他喜愛甚或親身參與創作的，本意不在反映香港文學歷史的全部面貌，而是想為這些他喜愛的文學流派與現象或他所關注的課題建立文學史論述，這點決定了他對課題的選擇和詮釋角度。他對香港文學的討論是區塊式的、以議題為中心的，不同於首尾完整的文學史著述，也不旨在面面俱到。例如他對於六十年代及七十年代都分別聚焦討論他欣賞的現代派及「生活化」詩歌，並提出了兩代作家之間的基本轉變，但是這個轉變過程和細節、當時的文壇的其他風格及流派等等則沒有納入他的討論範圍之內，焦點十分集中。由此又引申到雖然七十年代的現實主義風潮是也斯當時拒斥的重要對象，但他沒有對相關現象加以討論，我們如果要理解也斯的文學主張，就必須把現實主義這個在也斯的香港文學史論述中潛藏而關鍵的角色從背景拉到台前，了解現實主義陣營在六七十年代的情況。由也斯對現實主義的猛烈批評來看，當時現實主義的勢力應該相當大，而且也深深形塑了他對「生活化」和抒情詩的觀念。但是到了他建立香港文學史論述時，他既然主要研究自己欣賞的作家、流派或現象，自然也沒有詳

論現實主義的相關議題，現實主義只以「現代派的對立面」存在於他的論述中。這些沒有在也斯的論述中正面出場的部分往往是形塑其文學史論述的關鍵，因此需要由史料整理開始，理解當時文學場域的狀況如何，才能明白也斯所批評的究竟是甚麼。

（五）他常用的研究方法來自比較文學和文化研究。比較文學的訓練對他尋找香港文學的價值和獨特性很有幫助。他把博士論文對中國與西方現代主義的比較研究延伸至香港現代主義的研究，討論香港小說與西方現代文學的關係；又經常把香港與台灣的現代詩發展比較討論，關注兩地的文學聯繫和共同的轉變等等。此外他也關注文學與其他學科及藝術領域的比較，尤其是經常結合討論文學與電影，更立體地闡釋香港文化特點。文化研究也鼓勵跨科際、跨媒介的思考，特別關注打破文化位階上的雅俗區分、挑戰文化霸權等等。也斯在本地學院率先援引後殖民理論、身份政治、都市空間研究等等來討論香港文化，又身體力行嘗試打破學院評論的界線、與藝術家跨界合作等等。他的香港文化研究充滿文學家的特點與文學關懷，呈現出把文化問題轉譯為文學問題的傾向。這些都可見也斯的文學家本色，和其他後殖民學者不同。

此外，本書也從場域理論探討也斯的論述特點和學術生涯的軌跡。香港文化研究的引入尤其可以代表也斯對於學院建制的挑戰。他在青年時期偏好反叛的地下文學與一切當時未被主流欣賞的文藝，充分地表現了他的反主流氣質。這些秉性貫穿他的整個文學事業，成為大學教授之後，他偏要研究當時在大學體制內尚未獲得承認的香港文學與文化。同時又偏愛「越界」的評論，游走在學院與公共場域之間，撰寫許多非學院式評論的文章。他最有名及最常被引用的評論文章，大多不是典型的學術論文，而是夾有散文筆法的評論。另一方面，他由文學場域跨入學術場域的經歷，深深影響了他的香港文學史論述。他在八十年代以後鑽研的香港文學課題，多與他在六七十年代的經驗一脈相承，他的論述特點大多能夠在他早年的美學口味找到解釋。同時場域理論讓我們發掘也斯拒斥的「對立面」，例如他與現實主義的關係，「生活化」詩歌與學院派詩歌的關係等等，有助理解他當時提出某些文學主張的原因，以及檢視他建立文學史論述時的選擇和策略。

本書尤其着重收集和運用也斯六七十年代的報刊文章和專欄材料，作為一位很早開始文學生涯的作家，這些早期材料充滿未定型的想法，又同時是他許多重要主張的萌芽期，和八十年代以後的學術評論對照往往可以得到有趣的發現。在每章之中，七十年代的材料都發揮不同的角色。在後殖民的課題上，早期材料顯示也斯很早就體會到解殖和建立本土文化身份的必要性；在探討現代主義時，大量七十年代的材料讓我們能夠檢驗也斯當時對現代派文藝的看法；在都市文學研究上，七十年代作品突顯出在都市論述以外的「鄉愁」；在談到「生活化」時，七十年代的材料更有助還原各方對「生活化」的詮釋，以及解釋「生活化」的影響來源；在爬梳他對「抒情」的觀點時，早期文章能夠看到他對抒情詩的愛好和觀點，而且很早就開始思考「香港抒情」的課題。和八十年代及以後的學術論述結合，七十年代的材料能夠說明也斯的思想變化，得出對其研究課題更立體的了解。

由以上的理論出發，本書分別討論了也斯對於「後殖民」、「現代主義」、「都市文學」、「生活化新詩」及「抒情」所提出的文學史論述。這五個關鍵詞概括了也斯對於建設香港文學史的主要貢獻，而且它們是彼此互相關連的。後殖民語境是也斯的論述背景，其他課題的研究皆是建基於此。另外，「現代主義」、「都市文化」、「生活化」及「抒情」顯然具有內在的緊密關係，例如他提出香港的抒情特點是建基於香港的都市特質和現代主義的承傳，他的生活化論述又特別強調抒情，反映出他對現代派文藝的吸收。各章除了總結也斯的論述特點之外，部分章節加入討論他的文學作品，試圖以作品補充其論述未有涵蓋之處，包括由後殖民角度解讀《形象香港》、《記憶的城市‧虛構的城市》、《後殖民食物與愛情》與其後殖民論述的關係；由都市與鄉愁的鏡像關係討論《新果自然來》、《城市筆記》、《山水人物》；重讀《雷聲與蟬鳴》分析生活化詩歌的兩種類型；以及由《剪紙》、《游詩》、《普羅旺斯的漢詩》等作品檢視他如何在創作之中實踐現代抒情構想。

最後，在全盤檢視也斯的香港文學史論述之後，本書嘗試提出在他建立的基礎上還可以進一步思考的課題。其一是香港文學與民族認同的關

係。也斯力抗以民族主義為首的對香港文化的任何扭曲，又強調香港對於民族主義的質疑和反思能力，而香港文學的混雜也突顯了民族主義對純粹和本源的迷思。除了也斯討論的這一面之外，部分作家對民族主義的認同和嚮往也很值得納入香港文學史的框架之中討論，連同也斯討論的部分共同帶出較全面的不同年代不同立場作家的香港文學的認同狀況。其二是現實主義的問題，包括七十年代初現實主義風潮的情形，現實主義對當時文學與評論的影響等等，同時也可思考現實主義文學和電影對都市的表現與態度是否有更多可供探索的空間。其三是在《周報・詩之頁》以外同時期存在的其他刊物對現代詩的看法，例如「詩作坊」、《70年代》、《盤古》、《詩風》等等不同立場的詩刊與組織如何參與現代詩的討論，以補充六七十年代之交香港現代詩轉變的整個圖景。

　　也斯的研究觸及各個香港文學研究中的重要議題，有些議題例如都市文化、「生活化」詩歌和七十年代的重要性等等，更可以說是因為也斯的討論而變成香港文學的重要課題。他的論述思路、觀點等等對於形構香港文學史具有深遠的影響。他的香港文學史論述以香港為本位，而兼具開闊的比較視野，橫向着重與台灣及內地比較，以及與世界文藝風潮的聯結，縱向強調香港對中國現代文學的傳承和轉化。他作為越界評論的先驅，其成就和突破性值得充分肯定，開闢了一條文學研究者能夠追隨的道路。他建立的香港文學史論述，已經成為我們討論香港文學的時候不可繞過的重要基石。

附錄一：也斯作品目錄

　　資料整理自各大圖書館目錄、《回看也斯：1949-2013》、嶺南大學人文學科研究中心「中國當代作家口述歷史計劃」梁秉鈞專頁（https://commons.ln.edu.hk/oh_cca/16/）、陳進權先生「香港文藝剪貼簿」網站（http://myownclippings.blogspot.com/search/label/ 也斯）。

一、本書所用報刊專欄材料（1960 至 1980 年代）

《香港時報・文藝斷想》（1968 年 7 月 24 日 —1969 年 4 月 26 日）

《快報・我之試寫室》（1970 年? —1977 年 5 月 14 日）

《快報・書與街道》（1977 年 5 月 15 日 —1978 年 8 月 15 日）

《星晚週刊・雜文集》（1974 年 3 月 24 日 —1976 年 1 月 30 日）

《星島晚報・喝一口茶》（1977 年 9 月 —1978 年 8 月）

《星島日報・感光紙》（1977 年 2 月 9 日 —1977 年 11 月 21 日）

《號外・城市詩話》（1977 年 2 月 —1978 年 2 月）

《信報・觀景窗》（1986 年 12 月 5 日 —1987 年 11 月 30 日）

《大公報・文學筆記》（1988 年 3 月 1 日 —10 月 15 日）

《大公報・比較文學》（1988 年 10 月 17 日 —1989 年 10 月 30 日）

《星島晚報・星期日雜誌》（1988 年 5 月 22 日 —1989 年 5 月 21 日）

二、專書及文章

（一）詩

梁秉鈞：《雷聲與蟬鳴》，香港：大拇指，1979 年。

---：《游詩》，香港：香港中華文化促進中心，1985 年。

---：《形象香港》，香港：香港大學比較文學系，1992 年。

---：《游離的詩》，香港：牛津大學出版社，1995 年。

---：《博物館》，香港：香港藝術中心，1996 年。

--- 著，張佩瑤譯，李家昇圖像：《食事地域誌》，香港：The Original Photograph Club Limited，1997 年。

--- 著，凌穎詩影像，黃淑嫻編，閔福德（John Minford）譯：《衣想》，香港：青文書屋，1998 年。

---：《東西》，香港：牛津大學出版社，2000 年。

---：《蔬菜的政治》，香港：牛津大學出版社，2006 年。

---：《普羅旺斯的漢詩》，香港：牛津大學出版社，2012 年。

（二）散文

也斯：《灰鴿早晨的話》，台北：幼獅，1972 年。

---：《神話午餐》，台北：洪範書店，1978 年。

---：《山水人物》，香港：香港文學研究社，1981 年。

---：《山光水影》，香港：博益，1985 年。

---：《城市筆記》，台北：東大，1987 年。

---：《昆明的紅嘴鷗》，香港：突破，1991 年。

---：《越界書簡》，香港：青文書屋，1996 年。

---：《越界的月亮》，杭州：浙江文藝，2000 年。

---：《昆明的除夕》，香港：牛津大學出版社，2002 年。

---：《在柏林走路》，香港：牛津大學出版社，2002 年。

---：《街巷人物》，香港：牛津大學出版社，2002 年。

---：《新果自然來》，香港：牛津大學出版社，2002 年。

---：《人間滋味》，香港：天窗，2011 年。

---：《灰鴿試飛：香港筆記》，台北：解碼出版，2012 年。

---：《浮世巴哈》，香港：牛津大學出版社，2013 年。

也斯、四方田犬彥合著，韓燕麗譯：《守望香港》，香港：牛津大學出版社，2013 年。

（三）小說

也斯：《養龍人師門》，台北：民眾日報出版社，1979 年。

---：《剪紙》，香港：素葉，1982 年。（再版，香港：牛津大學出版社，2002 年、2012 年。）

---：《島和大陸》，香港：華漢文化事業公司，1987 年。

---：《三魚集》，香港：田園書屋，1988 年。

---：《布拉格的明信片：也斯小說》，香港：創建，1990 年。

---：《記憶的城市‧虛構的城市》，香港：牛津大學出版社，1993 年。

---：《布拉格的明信片》，香港：青文書屋，2000 年。

---：《後殖民食物與愛情》，香港：牛津大學出版社，2009 年。

---：《煩惱娃娃的旅程》，香港：牛津大學出版社：2014 年。

（四）翻譯

梁秉鈞、鄭臻編：《當代法國短篇小說選》，台北：晨鐘，1970 年。

梁秉鈞編譯：《美國地下文學選》，台北：環宇出版社，1971 年。

梁秉鈞編譯：《當代拉丁美洲小說選》，台北：環宇出版社，1972 年。

蓋瑞‧史耐德（Gary Snyder）著，梁秉鈞、林耀福合編：《山即是心》，台北：聯經出版，1990 年。

龐德（Ezra Pound）著，梁秉鈞譯：〈龐德詩選〉，張曼儀主編：《現代英美詩一百首》，香港：商務印書館，1992 年，頁 79-103。

（五）評論

Leung, Ping-kwan. "Aesthetics of Opposition: A Study of the Modernist Generation of Chinese Poets, 1936-1949." Ph.D. dissertation, University of California, San Diego, 1984. Published by Ann Arbor, Mich.: University Microfilms International, 1986.

也斯：《六〇年代文化剪貼冊》，香港：香港藝術中心，1994 年。

---：《香港文化》，香港：香港藝術中心，1995 年。

---：《香港文化空間與文學》，香港：青文書屋，1996 年。

---：《書與城市》，香港：牛津大學出版社，2002 年。

---：《香港文化十論》，杭州：浙江大學出版社，2012 年。

---：《書與城市》，杭州：浙江大學出版社，2012 年。

---：《城與文學》，杭州：浙江大學出版社，2013 年。

鄭政恆編：《也斯影評集》，香港：香港電影評論學會，2014 年。

（六）選集

也斯著，集思編：《梁秉鈞卷》，香港：三聯書店，1989 年。

也斯著，艾曉明編：《尋找空間》，北京：中國人民大學出版社，1994 年。

也斯：《浮藻》，北京：中國文聯，1995 年。

梁秉鈞：《半途：梁秉鈞詩選》，香港：香港作家出版社，1995 年。

梁秉鈞著，張佩瑤編譯，《帶一枚苦瓜旅行》，香港：Asia 2000，2002 年。

也斯：《也斯的香港》，香港：三聯書店，2005 年。

也斯：《越界的行程》，香港：明報月刊出版社及新加坡青年書局，2009 年。

梁秉鈞著，客遠文（Christopher Kelen）、宋子江、蘇慧瓊、樊星合譯：《游詩：梁秉鈞詩選》，澳門：澳門故事協會，2010 年。

也斯：《也斯看香港》，廣州：花城，2011 年。

梁秉鈞：《梁秉鈞 50 年詩選》，台北：台大出版中心，2014 年。

吳風編：《也斯卷》，香港：天地圖書，2014 年。

也斯著，黃淑嫻、宋子江、沈海燕、鄭政恆編：《也斯的五〇年代：香港文學與文化論集》，香港：中華書局，2013 年。

（七）專書編輯

也斯、范俊風編：《大拇指小説選》，台北：遠景，1978 年。

也斯、鄭臻編：《香港青年作家小説選》，台北：民眾日報出版社，1979 年。

梁秉鈞編：《香港的流行文化》，香港：三聯書店，1993 年。

也斯編：《香港短篇小説選：六十年代》，香港：天地圖書，1996 年。

青文書屋「文化視野叢書」系列編輯：

游靜：《另起爐灶》（評論，1996 年 5 月）

黃碧雲：《我們如此很好》（散文，1996 年 5 月）

心猿：《狂城亂馬》（小説，1996 年 8 月）

李國威：《李國威文集》（1996 年 9 月）

黃淑嫻：《女性書寫：電影與文學》（評論，1997 年 8 月）

王仁芸：《如此》（散文，1997 年 1 月）

葉輝：《浮城後記》（散文，1997 年 10 月）

丘世文：《看眼難忘 —— 在香港長大》（散文，1997 年 11 月）

羅貴祥編：《觀景窗》（評論，1998 年 7 月）

錢雅婷編：《十人詩選》（1998 年 7 月）

丘世文：《周日床上的顧西蒙》（小説，1998 年 9 月）

丘世文：《一人觀眾》（散文，1999 年 3 月）

許焯權：《空間的文化：建築評論文集》（評論，1999 年 4 月）

陳冠中：《什麼都沒有發生》（小説，1999 年 9 月）

陳冠中：《半唐番城市筆記》（評論，2000 年 6 月）

葉輝：《書寫浮城：香港文學評論集》（評論，2001 年 5 月）

崑南：《地的門》（小説，2001 年 7 月）

梁秉鈞、劉紹銘、許子東編：《再讀張愛玲》，香港：牛津大學出版社，2002 年。

梁秉鈞、陳炳良、陳智德編：《現代漢詩論集》，香港：嶺南大學人文學科研究中心，2005 年。

梁秉鈞、黃淑嫻編：《香港文學電影片目》，香港：嶺南大學人文學科研究中心，2005 年。

梁秉鈞、許旭筠編：《東亞文化與中文文學》，香港：明報出版社，2006 年。

梁秉鈞、胡維堯編：《胡金銓電影傳奇》，香港：明報出版社，2008 年。

梁秉鈞策劃，嶺南大學人文學科研究中心、香港文學研究小組主編：《書寫香港@文學故事》，香港：香港教育圖書，2008 年。

梁秉鈞策劃，嶺南大學人文學科研究中心、香港文學研究小組主編：《跟白先勇一起創作：嶺大文學創作坊筆記》，香港：香港教育圖書，2008 年。

梁秉鈞、許旭筠、李凱琳編：《香港都市文化與都市文學》，香港：香港故事協會，2009 年。

梁秉鈞、洪安瑞編：《瑞士阿爾卑斯山的傳說》，香港：MCCM Creation，2009 年。

梁秉鈞、譚國根、黃勁輝、黃淑嫻編：《劉以鬯與香港現代主義》，香港：香港公開大學出版社，2010 年。

梁秉鈞策劃，嶺南大學人文學科研究中心、香港文學研究小組主編：《電影中的香港故事》，香港：香港教育圖書，2010 年。

梁秉鈞、陳智德、鄭政恆編：《香港文學的傳承與傳化》，香港：匯智出版，2011 年。

梁秉鈞、葉輝、鄭政恆編：《香港當代作家作品合集選：小說卷》，香港：明報月刊出版社及新加坡青年書局，2011 年。

梁秉鈞策劃，嶺南大學人文學科研究中心編著：《西新界故事》，香港：香港教育圖書，2011 年。

梁秉鈞、黃淑嫻、沈海燕、鄭政恆編：《香港文學與電影》，香港：香港公開大學出版社及香港大學出版社，2012 年。

梁秉鈞、黃勁輝編：《劉以鬯作品評論集》，香港：香港文學評論出版社，2012 年。

（八）單篇評論文章（先列外文，再列中文）

Leung Ping-kwan. "Literary Modernity in Chinese Poetry." In *Lyrics from Shelters: Modern Chinese Poetry 1930-1950*, edited by Wai-lim Yip, 43-68. New York and London: Garland Publishing Inc., 1992.

---. "Homeless Poems and Photographs." *Nu Na He Duo* 2, no. 2 (1993): 2-6.

---. "Recycling Images in the Cultural Space of Hong Kong." In *Lee Ka-sing, Thirty-one Photographs*, 1-24. Hong Kong: Photoart, 1994.

---. "Problematizing National Cinema: Hong Kong Cinema in Search of Its Cultural Identity." *River City* (Winter 1996): 23-40.

---. "Modern Hong Kong Poetry: Negotiation of Cultures and the Search for Identity." *Modern Chinese Literature* 9 (1996): 221-245.

---. "From Cities in Hong Kong Cinema to Urban Cinema in Hong Kong." In *Fifty Years of Electric Shadows: The 21st Hong Kong International Film Festival*, 25-28. Hong Kong: Urban Council, 1997.

---. "History in Hong Kong Cinema." *Hong Kong Film Archive Newsletter* 1 (1997): 10-11.

---. "Huang Guliu and Eileen Chang on Hong Kong of the 1940s: Two Discourses on Colonialism." *Boundary 2* 25, no. 3 (1998): 77-96.

---. "Eileen Chang and Hong Kong Urban Cinema." In *Transcending the Times: King Hu & Eileen Chang, Catalogue of the 22nd Hong Kong International Film Festival*, 151-153. Hong Kong: Provisional Urban Council of Hong Kong, 1998.

---. "Representing Hong Kong through the Work of the Poet." In *City at the End of Time: Hong Kong 1997*, 13-20. Vancouver: The Pomelo Project, 1998.

---. "Urban Cinema and the Cultural Identity of Hong Kong." *The Cinema of Hong Kong: History, Arts, Identity*, edited by Poshek Fu and David Desser, 227-251. Cambridge: Cambridge University Press, 2000.

---. "Writing between Chinese and English." In *Asian Englishes Today: Hong Kong English Autonomy and Creativity,* 199-205. Hong Kong: Hong Kong University Press, 2002.

---. "Reading Wen Yiduo From Hong Kong and Rethinking the 'Modern' and 'Chinese' in Wen's Works." In *Poet, Scholar, Patriot, in Honour of Wen Yiduo's 100th Anniversary*, edited by Hans Peter Hoffmann, 111-126. Bochum: Projekt, 2004.

---. "Tasting Asia (12 poems and interview)." *Modern Chinese Literature and Culture* 17, no. 1 (2005): 8-30.

也斯：〈西方現代文學對香港小說的影響〉，《比較文學研究》第 1 卷第 4 期（1987年），頁 7-16。

梁北：〈鷗外鷗詩中的「陌生化」效果〉，《八方文藝叢刊》第 5 輯（1987 年 4 月），頁 79-82。

梁秉鈞：〈穆旦與現代的「我」〉，《八方文藝叢刊》第 6 輯（1987 年 8 月），頁 148-158。

--- :〈翻譯與詩學〉，《市政局中文文學週十週年誌慶紀念論文集》（香港：市政局，1989 年），頁 130-137。

--- :〈比較文學與翻譯研究〉,《中國比較文學》第 8 期（1989 年），頁 80-95。

也斯:〈中國現代抒情詩 —— 讀馮至十四行集〉,《詩雙月刊》第 2.6 及 3.1 期（1991 年 7 月），頁 114-118。

梁秉鈞:〈中國新時期文學中的現代主義〉，陳炳良編:《中國現當代文學探研》（香港：三聯書店，1992 年），頁 71-85。

也斯:〈中國當代電影中的文化反思〉,《明報月刊》第 28 卷第 2 期（1993 年 2 月），頁 66-70。

--- :〈新舊交替，商政夾雜 —— 亂潮中的中國電影新趨向〉,《明報月刊》第 29 卷第 1 期（1994 年 1 月），頁 38-42。

梁秉鈞:〈葉維廉詩中的超越與世界〉，廖棟樑、周志煌編:《人文風景的鐫刻者》（台北：文史哲出版社，1997 年），頁 193-212。

--- :〈都市文學的形成〉,《第二屆香港文學節研討會講稿彙編》（香港：臨時市政局公共圖書館，1998 年），頁 93-107。

--- :〈香港現代詩的形成：文化磋商與身份的探索〉，現代漢詩百年演變課題組編:《現代漢詩：反思與求索》（北京：作家出版社，1998 年），頁 37-42。

--- :〈香港電影與歷史反思〉，葉月瑜、卓伯棠、吳昊編:《三地傳奇：華語電影二十年》（台北：國家電影資料館，1999 年），頁 250-258。

--- :〈詩、食物、城市〉,《香港文學》第 191 期（2000 年 11 月），頁 54-59。

--- :〈聞一多的「現代」與「中國」〉,《香港文學》第 201 期（2001 年 9 月），頁 40-45。

--- :〈我看《故事新編》〉,《香港作家》第 5 期（2001 年 10 月），頁 9-12。

--- :〈在時差中寫作〉,《香港文學》第 208 期（2002 年 4 月），頁 8-10。

--- :〈從國族到私情 —— 華語通俗情節劇的變化 ——《藍與黑》的例子〉，廖金鳳等編:《邵氏影視帝國：文化中國的想像》（台北：麥田出版，2003 年），頁 295-306。

--- :〈王家衛電影中的空間〉，潘國靈、李照興編:《王家衛的映畫世界》（香港：三聯書店，2004 年），頁 24-25。

也斯:〈沉重的抒情詩 —— 談鄭敏詩的藝術〉,《詩選刊》2005 年第 1 期，頁 41-42。

梁秉鈞:〈中國三、四〇年代抗戰詩與現代性〉,《現代中文文學學報》第 6.2/7.1 期（2005 年 6 月），頁 159-175。

--- :〈翻譯與詩學〉,《江漢大學學報》第 24 卷第 6 期（2005 年 12 月），頁 21-26。

--- :〈胡金銓電影：中國文化資源與六〇年代港台的文化場域〉,《現代中文文學學報》第 8.1 期（2007 年 1 月），頁 100-113。

附錄二：也斯六七十年代部分報刊專欄文章編目

1. 本表包括以下資料：也斯在《中國學生周報》（周報）和《星島日報·大學文藝》（星島）的投稿（唯不包括其詩作），以及他的三個專欄《香港時報·文藝斷想》（時報），《快報·我之試寫室》及《快報·書與街道》（快報）。簡潔起見，表中報刊名稱採用簡寫，條目按年月順時排列。

2. 1976 年 10 月以前的《快報》材料皆由陳進權先生私人收藏、承蒙許迪鏘先生慷慨提供，謹致謝忱。部分《快報》從缺，較長的從缺日期如下：1970 年至 1971 年 4 月 28 日；1974 年 10 月 7 日至 12 月 31 日；1975 年 1 月 1 日至 3 月 11 日，3 月 17 日至 4 月 6 日，4 月 11 日至 5 月 7 日，5 月 16 日至 31 日；1976 年 2 月 8 日至 5 月 23 日，5 月 25 日至 6 月 20 日，6 月 24 日至 7 月 20 日，7 月 27 日至 9 月 5 日。

3. 部分文題中的明顯誤植錯字，以方括號註明訂正，唯異體字保留，例如「里」（裏）、「虫」（蟲）等等。為保留資料原貌，如果連續刊出的文稿標題原本未有標示「上、下篇」或以數字標明順序者，並不代為補上，標點符號或原本標示有誤（例如數字不順序、中篇最後才刊出等等）也不予更正。

4. 結集統計一欄，只著錄第一次結集。部分文章結集後題目不同，筆者已把能夠發現的著錄，惟必有所遺漏，敬祈指正。

篇名	報紙	日期	結集
Prevert 的詩和畫	周報	1967 年 4 月 7 日	
電影漫談	星島	1967 年 7 月 25 日	也斯影評集
從王文興〈命運的連線〉想起	星島	1967 年 8 月 29 日	
片斷	星島	1967 年 9 月 5 日	
道與路	星島	1967 年 9 月 19 日	
伊安尼斯高日記鈔	星島	1967 年 10 月 3 日	
伊安尼斯高日記鈔	星島	1967 年 10 月 10 日	
托洛城的馬	星島	1967 年 10 月 17 日	當代法國短篇小説選

（續上表）

篇名	報紙	日期	結集
托洛城的馬	星島	1967 年 10 月 24 日	當代法國短篇小説選
文藝斷想	星島	1967 年 11 月 7 日	
非文藝斷想	星島	1967 年 12 月 5 日	
我看羅布格利葉的「不朽者」	星島	1967 年 12 月 26 日	也斯影評集
訪客	星島	1968 年 1 月 9 日	美國地下文學選
費朗格蒂詩鈔	星島	1968 年 1 月 16 日	美國地下文學選
費朗格蒂詩鈔	星島	1968 年 1 月 23 日	美國地下文學選
羅布格利葉的方向	星島	1968 年 2 月 6 日	
在我五歲的時候我看見一個瀕死的印第安人	星島	1968 年 2 月 13 日	美國地下文學選
急先鋒奪命槍	星島	1968 年 2 月 20 日	也斯影評集
現代詩的一些問題	星島	1968 年 3 月 5 日	書與城市（1985 年）
劇壇中的突發劇	星島	1968 年 3 月 12 日	
U	星島	1968 年 4 月 2 日	
談羅布格利葉的作品特色——兼介「新小説」	周報	1968 年 5 月 17 日	
「阿奈叔叔」與西貝兒	時報	1968 年 7 月 24 至 25 日	灰鴿早晨的話
馬加麗・杜拉簡介	周報	1968 年 7 月 26 日	
泰昆尼亞的小馬	周報	1968 年 7 月 26 日	
聽費靈格蒂唸詩	時報	1968 年 7 月 26 至 27 日	灰鴿早晨的話
一盒盒的雜誌	時報	1968 年 7 月 29 至 30 日	
柔軟的雕塑	時報	1968 年 7 月 31 日	
「金龜婿」與「荷蘭人」	時報	1968 年 8 月 2 日	
詩與民歌	時報	1968 年 8 月 3 日	
不落俗套	時報	1968 年 8 月 5 日	
語文問題	時報	1968 年 8 月 6 日	
口味問題	時報	1968 年 8 月 7 日	

（續上表）

篇名	報紙	日期	結集
灰色的綫	時報	1968 年 8 月 8 日	灰鴿早晨的話
設計和書本	時報	1968 年 8 月 9 至 10 日	
畫家設計的鈔票	時報	1968 年 8 月 12 日	
「薩爾夫人」	時報	1968 年 8 月 13 至 15 日	灰鴿早晨的話
禁書「甘蒂」的歷史	時報	1968 年 8 月 17、19 日	
工作中的作家	時報	1968 年 8 月 20 日	
這邊和那邊	時報	1968 年 8 月 21 日	灰鴿早晨的話
波蘭作家占・覺特作品二篇：蘆薈；死亡	周報	1968 年 8 月 23 日	
品特的「黑與白」	時報	1968 年 8 月 23 日	
不同的觀點──續談「黑與白」	時報	1968 年 8 月 24 日	
新的形象	時報	1968 年 8 月 27 日	灰鴿早晨的話
品特的對話	時報	1968 年 8 月 28 日	
伊安尼斯高的「空中飛行」	時報	1968 年 8 月 29 至 31 日	
廟宇和交響樂	時報	1968 年 9 月 2 日	灰鴿早晨的話
言語的悲劇	時報	1968 年 9 月 4 日	
路撒根茲和基頓史丹已死	時報	1968 年 9 月 5 至 6 日	
不要亂罵現代詩	時報	1968 年 9 月 9 日	
談談別人談的「畢業生」	時報	1968 年 9 月 10 日	
矛盾	時報	1968 年 9 月 11 日	
作家・藝術・自我割離	時報	1968 年 9 月 13 日	
電影「偷情聖手」的題外話	時報	1968 年 9 月 16 日	灰鴿早晨的話
鏡頭前邊的編劇和導演	時報	1968 年 9 月 17 日	
加洛克的新書及其他	時報	1968 年 9 月 18 日	
善說故事的加洛克	時報	1968 年 9 月 19 日	灰鴿早晨的話
雜談「意馬心猿」	時報	1968 年 9 月 20 日	
西皮嘻皮和別的什麼	時報	1968 年 9 月 24 日	

（續上表）

篇名	報紙	日期	結集
鍾・拜雅絲的自傳「破曉」	時報	1968 年 9 月 26 日	灰鴿早晨的話
從「巴巴麗娜」的原著說起	時報	1968 年 9 月 27 日	
舊雜誌・新思潮	時報	1968 年 9 月 30 日	
新小說的回顧	時報	1968 年 10 月 2 日	
沙勞和「狐疑的年代」	時報	1968 年 10 月 4 日	
主題的大小	時報	1968 年 10 月 5 日	
價值的變易——談沙勞的金果	時報	1968 年 10 月 7 日	
「向性」試譯	時報	1968 年 10 月 10 日	
羅布格利葉的「在迷宮中」	時報	1968 年 10 月 12、14、15 日	
現代藝術的傳奇人物馬素杜尚	時報	1968 年 10 月 17 日	
杜瀋和「裸女下樓」	時報	1968 年 10 月 19 日	灰鴿早晨的話
反權威的杜瀋	時報	1968 年 10 月 21 日	灰鴿早晨的話
談杜瀋的「既成作品」	時報	1968 年 10 月 23 日	灰鴿早晨的話
放逐歸來的「生活劇場」	時報	1968 年 10 月 24 日	灰鴿早晨的話
介紹羅拔・克瑞利及其作品	周報	1968 年 10 月 25 日	
書本	周報	1968 年 10 月 25 日	美國地下文學選
戲劇的革命	時報	1968 年 10 月 26 日	
電影中的突發劇	時報	1968 年 10 月 29 日	
「地下文學」	時報	1968 年 11 月 1 日	
從「失落的一代」到「希僻的一代」？	時報	1968 年 11 月 2 日	
漫談雜誌	時報	1968 年 11 月 4 日	
不穿象徵的衣裳——談亞倫・堅斯堡	時報	1968 年 11 月 6 日	
亞倫・堅斯堡詩兩首	時報	1968 年 11 月 7 日	
一條船那麼的幼稚園	時報	1968 年 11 月 9 日	

（續上表）

篇名	報紙	日期	結集
夜半	時報	1968 年 11 月 11 日	
陳錦芳的「迴廊」	時報	1968 年 11 月 13 日	
談張愛玲	時報	1968 年 11 月 14 日	
誠意	時報	1968 年 11 月 16 日	
主角的形象	時報	1968 年 11 月 19 日	
兩位黑人作家的觀點	時報	1968 年 11 月 20 日	灰鴿早晨的話
臟腑劇場	時報	1968 年 11 月 22 日	
街頭的戲劇	時報	1968 年 11 月 23 日	
正名	時報	1968 年 11 月 26 日	
從英譯看大江健三郎	時報	1968 年 11 月 27 至 28 日	灰鴿早晨的話
漫談日本作品中譯	時報	1968 年 11 月 29 日	
通俗作家及其他	時報	1968 年 12 月 3 日	
讀杜拉的「英國戀人」	時報	1968 年 12 月 4 日	灰鴿早晨的話
歹角	時報	1968 年 12 月 5 日	
鬼怪之夜與老爺車風雲	時報	1968 年 12 月 7 日	
「人神相忘」	時報	1968 年 12 月 11 至 12 日	
今年看馬倫伯	時報	1968 年 12 月 14 日	
陳腔濫調	時報	1968 年 12 月 17 日	
「人神相忘」試譯	時報	1968 年 12 月 18 日	
新與舊	時報	1968 年 12 月 20 日	
抹除藝術的界綫	時報	1968 年 12 月 21 日	
瘋人院病人演的戲——矛盾的對立須觀眾下結論	時報	1968 年 12 月 23 至 26 日	
歷史背景	時報	1968 年 12 月 30 日	
戀愛中的獵人	時報	1969 年 1 月 4 日	
「千羽鶴」中譯本	時報	1969 年 1 月 6 日	
封閉的世界	時報	1969 年 1 月 7 日	
介紹文學季刊	時報	1969 年 1 月 8 日	
蓋芝和他的新音樂	時報	1969 年 1 月 9 日	

（續上表）

篇名	報紙	日期	結集
枯槁的雕像	時報	1969 年 1 月 14 日	
動態作品	時報	1969 年 1 月 15 日	
羅布格利葉談藝術	時報	1969 年 1 月 17 日	
兩種對立的藝術	時報	1969 年 1 月 18 日	
羅布格利葉的兩面	時報	1969 年 1 月 20 日	
禁書和禁片	時報	1969 年 1 月 22 日	
布洛士談小說技巧	時報	1969 年 1 月 24 日	
談「對摺法」	時報	1969 年 1 月 25 日	
對摺法和繪畫技巧	時報	1969 年 1 月 27 日	
翻譯的一個問題	時報	1969 年 1 月 28 日	
殺虫者	時報	1969 年 1 月 29 日	美國地下文學選
簡單的和複雜的題材	時報	1969 年 1 月 31 日	
幾個畫家的短片	時報	1969 年 2 月 1 日	灰鴿早晨的話
奧比談他的戲劇	時報	1969 年 2 月 3 日	
訪問記	時報	1969 年 2 月 4 日	
諷刺性的文字	時報	1969 年 2 月 6 日	
雜談王楨〔禎〕和的近作	時報	1969 年 2 月 8 日	
中年人觀點	時報	1969 年 2 月 10 日	
賊中賊	時報	1969 年 2 月 12 日	
聲音	時報	1969 年 2 月 15 日	灰鴿早晨的話
克瑞利的短篇「衣裳」試譯	時報	1969 年 2 月 19 日	美國地下文學選
關於「衣裳」	時報	1969 年 2 月 20 日	
被摒棄的人物	時報	1969 年 2 月 24 日	
價值觀的轉變	時報	1969 年 2 月 26 日	
借來的思想與感情	時報	1969 年 2 月 28 日	
朗誦會側記	時報	1969 年 3 月 3 日	
談瘂弦的「深淵」	時報	1969 年 3 月 20 日	
回顧？等待？	時報	1969 年 3 月 26 日	

（續上表）

篇名	報紙	日期	結集
Axolotl	時報	1969 年 4 月 3 日	灰鴿早晨的話
河之第三岸	周報	1969 年 4 月 4 日	當代拉丁美洲小説選
羅密歐・穆克修	時報	1969 年 4 月 26 日	灰鴿早晨的話
反叛及其他	快報	1971 年 4 月 28 日	
使你發笑的小説	快報	1971 年 4 月 30 日	
不僅是惹笑	快報	1971 年 5 月 1 日	
繃帶人蔬菜人	快報	1971 年 5 月 2 日	
好瓜壞瓜傻瓜	快報	1971 年 5 月 3 日	
責任・理想・規則	快報	1971 年 5 月 4 日	
近月中文新書	快報	1971 年 5 月 5 日	
過去與將來	快報	1971 年 5 月 6 日	
一些回答一些感想	快報	1971 年 5 月 7 日	
羅渣華丁的電影	快報	1971 年 5 月 8 至 9 日	
今天的文學	快報	1971 年 5 月 10 日	
外國雜誌	快報	1971 年 5 月 11 日	
微雨	快報	1971 年 5 月 12 日	
芥川與地獄變	快報	1971 年 5 月 13 日	
查案之外	快報	1971 年 5 月 14 日	
年青人的夢	快報	1971 年 5 月 15 日	
夢與做夢者	快報	1971 年 5 月 16 日	
以子之矛攻誰之盾	快報	1971 年 5 月 17 日	
星期天	快報	1971 年 5 月 18 日	
大街與後巷	快報	1971 年 5 月 19 日	
風流公子與品特	快報	1971 年 5 月 20 日	
品特談品特劇	快報	1971 年 5 月 21 日	
每個劇都是個失敗	快報	1971 年 5 月 22 日	
僕人	快報	1971 年 5 月 23 日	
這一個早晨	快報	1971 年 5 月 24 日	

（續上表）

篇名	報紙	日期	結集
沒有錯過什麼	快報	1971 年 5 月 25 日	
會不會來	快報	1971 年 5 月 26 日	
愛與「對不起」	快報	1971 年 5 月 27 日	
卡沙維提	快報	1971 年 5 月 28 日	
推陳出新	快報	1971 年 5 月 29 日	
篠山紀信集	快報	1971 年 5 月 30 日	
誰記得奧斯本	快報	1971 年 5 月 31 日	
滔滔不絕的奧斯本	快報	1971 年 6 月 1 日	
創造性的人	快報	1971 年 6 月 2 日	
風中的甚麼	快報	1971 年 6 月 3 日	
「廣島之戀」的編劇	快報	1971 年 6 月 4 日	
杜赫的「廣場」	快報	1971 年 6 月 5 日	
忽然感到快樂	快報	1971 年 6 月 6 日	
從殼中出來	快報	1971 年 6 月 7 日	
流暢的中板	快報	1971 年 6 月 8 日	
木蘭花凋謝了	快報	1971 年 6 月 9 日	
音樂化的小説	快報	1971 年 6 月 10 日	
夏夜十點半	快報	1971 年 6 月 11 日	
絕望的一夜	快報	1971 年 6 月 12 日	
淡紅色的黎明	快報	1971 年 6 月 13 日	
一夜一日	快報	1971 年 6 月 14 日	
安地馬先生的下午	快報	1971 年 6 月 15 日	
孤獨的等待	快報	1971 年 6 月 16 日	
陳世驤先生	快報	1971 年 6 月 17 日	
人的矛盾	快報	1971 年 6 月 18 日	
風風風	快報	1971 年 6 月 19 日	
馬拉良秀與沙德良秀	快報	1971 年 6 月 20 日	
病後的城市	快報	1971 年 6 月 21 日	

（續上表）

篇名	報紙	日期	結集
貝克特這個人	快報	1971 年 6 月 22 至 24 日	
檯子後面的人	快報	1971 年 6 月 25 日	
盲批評家	快報	1971 年 6 月 26 日	
奇怪的新聞	快報	1971 年 6 月 27 日	
自學者	快報	1971 年 6 月 28 日	
就這樣吧	快報	1971 年 6 月 29 日	
説出口的話	快報	1971 年 6 月 30 日	
故「文學雙月刊」	快報	1971 年 7 月 1 日	
青年電影　青年問題	快報	1971 年 7 月 2 日	
感覺保曼	快報	1971 年 7 月 3 日	
感到他感到的	快報	1971 年 7 月 4 日	
炮火中的臉	快報	1971 年 7 月 5 日	也斯影評集
談到貝多芬	快報	1971 年 7 月 6 日	
不太熟悉的名字	快報	1971 年 7 月 7 日	也斯影評集
等車	快報	1971 年 7 月 8 日	
巴西之夜	快報	1971 年 7 月 9 日	
不是水晶宮	快報	1971 年 7 月 10 日	
電影外的暴力	快報	1971 年 7 月 11 日	
富有生命力的人	快報	1971 年 7 月 12 日	
謀殺了文化	快報	1971 年 7 月 13 日	
玩的得球的人	快報	1971 年 7 月 14 日	山水人物
兩部電影	快報	1971 年 7 月 15 日	
是人不是神	快報	1971 年 7 月 16 日	
詩的森林	快報	1971 年 7 月 17 日	
吹電影的風	快報	1971 年 7 月 18 日	
划者給划者	快報	1971 年 7 月 19 日	
馬與人	快報	1971 年 7 月 21 日	
拉丁美洲小説	快報	1971 年 7 月 23 日	

（續上表）

篇名	報紙	日期	結集
加西亞‧馬基斯	快報	1971 年 7 月 24 日	
發現麥干度	快報	1971 年 7 月 25 日	
第一代與第二代	快報	1971 年 7 月 26 日	
第二代和第三代	快報	1971 年 7 月 27 日	
第四代的孤寂者	快報	1971 年 7 月 28 日	
四年的豪雨	快報	1971 年 7 月 29 日	
一疊梵文的手稿	快報	1971 年 7 月 30 日	
在風中消失	快報	1971 年 7 月 31 日	
像一個神話	快報	1971 年 8 月 1 日	
敗壞了的樂園	快報	1971 年 8 月 2 日	
磨蝕了的輪子	快報	1971 年 8 月 3 日	
書展	快報	1971 年 8 月 4 日	
斷夢與斷想	快報	1971 年 8 月 6 日	灰鴿早晨的話
畢飛畫的明信片	快報	1971 年 8 月 7 日	
談「終局」	快報	1971 年 8 月 8 至 10 日	
現在是什麼時候	快報	1971 年 8 月 11 日	
戲劇中的思想性	快報	1971 年 8 月 12 至 15 日	
成人童話	快報	1971 年 8 月 16 日	
作一支歌	快報	1971 年 8 月 17 日	
忽然想到花生	快報	1971 年 8 月 18 日	
談不談作品	快報	1971 年 8 月 19 日	
早晨和夜	快報	1971 年 8 月 20 日	神話午餐
收信寫信	快報	1971 年 8 月 21 日	
物理‧文學‧生物	快報	1971 年 8 月 22 日	
法則與個別性	快報	1971 年 8 月 23 日	
物理學與希僻思想	快報	1971 年 8 月 24 日	
小偉人	快報	1971 年 8 月 25 日	
再談「小人物」	快報	1971 年 8 月 26 日	

（續上表）

篇名	報紙	日期	結集
文學與滅火筒	快報	1971 年 8 月 27 日	
一支舊歌	快報	1971 年 8 月 28 日	
托爾斯泰	快報	1971 年 8 月 29 日	
沙芙耶娃	快報	1971 年 8 月 30 日	
以貌取人	快報	1971 年 8 月 31 日	
沒有納塔莎	快報	1971 年 9 月 1 日	
柴可夫斯基	快報	1971 年 9 月 2 日	
法國暢銷書	快報	1971 年 9 月 3 日	
竹頭木屑	快報	1971 年 9 月 4 日	
怪異的茶	快報	1971 年 9 月 5 日	
伊力・盧馬	快報	1971 年 9 月 6 日	
克麗之膝	快報	1971 年 9 月 7 日	
四個角色	快報	1971 年 9 月 8 日	
竹頭木屑	快報	1971 年 9 月 9 日	
天人五衰	快報	1971 年 9 月 10 日	
已經很晚了	快報	1971 年 9 月 11 日	
關于電影的	快報	1971 年 9 月 12 日	
談旅行	快報	1971 年 9 月 13 日	
太陽失踪了	快報	1971 年 9 月 14 日	
在公園中	快報	1971 年 9 月 15 日	
孩子的話・孩子的畫	快報	1971 年 9 月 16 日	
腦袋是奇妙的機器	快報	1971 年 9 月 17 日	
喜歡消涼的天氣	快報	1971 年 9 月 18 日	
皇帝的新衣	快報	1971 年 9 月 19 日	
且聽我説	快報	1971 年 9 月 20 日	
青春火花	快報	1971 年 9 月 21 日	
蝙蝠俠與吉訶德	快報	1971 年 9 月 22 日	
偶然見到・偶然想起	快報	1971 年 9 月 23 日	

（續上表）

篇名	報紙	日期	結集
談職業	快報	1971 年 9 月 24 日	
世事與戲劇	快報	1971 年 9 月 25 日	
高達或羅查的方向	快報	1971 年 9 月 26 日	
聲音聲音	快報	1971 年 9 月 27 日	神話午餐
給你，鐵騎士	快報	1971 年 9 月 28 日	
畫與贋品	快報	1971 年 9 月 29 日	
希治閣	快報	1971 年 9 月 30 日	
月餅和月亮	快報	1971 年 10 月 1 日	
離開學校	快報	1971 年 10 月 2 日	
兩男一女	快報	1971 年 10 月 5 日	
給嫦娥的信	快報	1971 年 10 月 6 日	山水人物
不做老油條	快報	1971 年 10 月 7 日	
莫買穩當股票	快報	1971 年 10 月 8 日	
可要剃眼眉	快報	1971 年 10 月 9 日	
被告與法官	快報	1971 年 10 月 10 日	
縫縫補補的畫	快報	1971 年 10 月 11 日	
性感象徵	快報	1971 年 10 月 12 日	
逃進死亡也不行	快報	1971 年 10 月 13 日	
一走了之	快報	1971 年 10 月 14 日	
藝術家是普通人	快報	1971 年 10 月 15 日	
笑個不停	快報	1971 年 10 月 16 日	
固定的形像	快報	1971 年 10 月 17 日	
從角色中出來	快報	1971 年 10 月 18 日	
以物易物	快報	1971 年 10 月 19 日	
飄起來的紙灰	快報	1971 年 10 月 20 日	
不願變狼的羊	快報	1971 年 10 月 21 日	山光水影
書本是一間屋	快報	1971 年 10 月 22 日	
再說一些屋子	快報	1971 年 10 月 23 日	

（續上表）

篇名	報紙	日期	結集
星期五早上	快報	1971 年 10 月 24 至 25 日	
詩壇的畢加索（談聶魯達之一）	快報	1971 年 10 月 26 日	
一頭玩具羊	快報	1971 年 10 月 28 日	
少年時代（談聶魯達之四）	快報	1971 年 10 月 29 日	
二十首情詩（談聶魯達之五）	快報	1971 年 10 月 30 日	
通過愛情（談聶魯達之六）	快報	1971 年 10 月 31 日	
帶來了忍冬花（談聶魯達之七）	快報	1971 年 11 月 1 日	
夜破碎了（談聶魯達之八）	快報	1971 年 11 月 2 日	
出使東方（談聶魯達之九）	快報	1971 年 11 月 3 日	
在曖昧的色間（談聶魯達之十）	快報	1971 年 11 月 4 日	
彩虹地毯的國家（談聶魯達之十一）	快報	1971 年 11 月 5 日	
沒有固定的形式（談聶魯達之十二）	快報	1971 年 11 月 6 日	
新的秩序（談聶魯達之十三）	快報	1971 年 11 月 7 日	
新的階段（談聶魯達之十四）	快報	1971 年 11 月 8 日	
西班牙內戰時期（談聶魯達之十五）	快報	1971 年 11 月 9 日	
世界和詩改變了（談聶魯達之十六）	快報	1971 年 11 月 10 日	
一切都焚燒起來（談聶魯達之十七）	快報	1971 年 11 月 11 日	
聶魯達的兩面（談聶魯達之十八）	快報	1971 年 11 月 12 日	

（續上表）

篇名	報紙	日期	結集
幾句題外話	快報	1971 年 11 月 13 日	
難忘的經驗（談聶魯達之十九）	快報	1971 年 11 月 14 日	
眾人之歌（談聶魯達之二十）	快報	1971 年 11 月 15 日	
那時人就是大地（談聶魯達之廿一）	快報	1971 年 11 月 16 日	
生命並沒有失落（談聶魯達之廿二）	快報	1971 年 11 月 17 日	
馬曹比曹的高度（談聶魯達之廿三）	快報	1971 年 11 月 18 日	
空撒的空網（談聶魯達之廿四）	快報	1971 年 11 月 19 日	
找尋素馨花（談聶魯達之廿五）	快報	1971 年 11 月 20 日	
死亡的世界（談聶魯達之廿六）	快報	1971 年 11 月 21 日	
攀往馬曹比曹（談聶魯達之廿七）	快報	1971 年 11 月 22 日	
石與言語的永恆（談聶魯達之廿八）	快報	1971 年 11 月 23 日	
從石到人的生命（談聶魯達之廿九）	快報	1971 年 11 月 24 日	
卑微的基礎（談聶魯達之三十）	快報	1971 年 11 月 25 日	
無理取鬧的人	快報	1971 年 11 月 26 日	
人比海洋更廣大（談聶魯達之三十一）	快報	1971 年 11 月 27 日	
奔流的活水（談聶魯達之三十二）	快報	1971 年 11 月 28 日	
伐木者，醒來吧（談聶魯達之三十三）	快報	1971 年 11 月 29 日	
到來是為了唱歌（談聶魯達之三十四）	快報	1971 年 11 月 30 日	

（續上表）

篇名	報紙	日期	結集
一塊一塊石子（談聶魯達之三十五）	快報	1971 年 12 月 1 日	
基本的元素（談聶魯達之三十六）	快報	1971 年 12 月 2 日	
元素之歌（談聶魯達之三十七）	快報	1971 年 12 月 3 日	
新鮮的感覺（談聶魯達之三十八）	快報	1971 年 12 月 4 日	
不純粹的詩（談聶魯達之三十九）	快報	1971 年 12 月 5 日	
持着死兔的男孩（談聶魯達之四十）	快報	1971 年 12 月 6 日	
小孩與美人兒（談聶魯達之四十一）	快報	1971 年 12 月 7 日	
狂想之書（談聶魯達之四十二）	快報	1971 年 12 月 8 日	
秋之囑咐（談聶魯達之四十三）	快報	1971 年 12 月 9 日	
木的情詩與石的言語（談聶魯達之四十四）	快報	1971 年 12 月 10 日	
石塊並不抑鬱（談聶魯達之四十五）	快報	1971 年 12 月 11 日	
席終人散（談聶魯達之四十六）	快報	1971 年 12 月 12 日	
橋樑、根、土地（談聶魯達之四十七）	快報	1971 年 12 月 13 日	
如山的重擔（談聶魯達之四十八）	快報	1971 年 12 月 14 日	
回憶的詩（談聶魯達之四十九）	快報	1971 年 12 月 15 日	
不是甚麼權威（談聶魯達之五十）	快報	1971 年 12 月 16 日	
不是神不是雕像（談聶魯達之五十一）	快報	1971 年 12 月 17 日	

（續上表）

篇名	報紙	日期	結集
一個總結（談聶魯達之五十二·完）	快報	1971 年 12 月 18 日	
他們可能是巨人	快報	1971 年 12 月 19 日	
某槍手的話	快報	1971 年 12 月 20 日	
沒有盡頭的鐵路	快報	1971 年 12 月 21 日	
外國人的中國熱	快報	1971 年 12 月 22 日	
龔果爾獎風波	快報	1971 年 12 月 23 日	
聖誕電影	快報	1971 年 12 月 24 日	
聖誕老人	快報	1971 年 12 月 25 日	山水人物
黑澤明的傷口	快報	1971 年 12 月 26 日	
不醒的夢	快報	1971 年 12 月 27 日	
逆風游泳	快報	1971 年 12 月 28 日	
做好自己的工作	快報	1971 年 12 月 29 日	
不妥協的導演	快報	1971 年 12 月 30 日	
挑戰性的電影	快報	1971 年 12 月 31 日	
新年的話	快報	1972 年 1 月 1 日	
聽一些歌	快報	1972 年 1 月 3 日	
阿拉貢與馬蒂斯	快報	1972 年 1 月 4 日	
心之所愛	快報	1972 年 1 月 5 日	
感情的電影	快報	1972 年 1 月 6 日	
屋背上的琴師	快報	1972 年 1 月 7 日	
只愛自己並不夠	快報	1972 年 1 月 8 日	
試場上的失敗者	快報	1972 年 1 月 9 日	
水與血	快報	1972 年 1 月 10 日	
曼杜史覃的回憶錄	快報	1972 年 1 月 12 日	
出土的聖母像	快報	1972 年 1 月 13 日	
昆虫也美麗	快報	1972 年 1 月 14 日	
不要太忙碌	快報	1972 年 1 月 15 日	
勞倫斯作品中譯	快報	1972 年 1 月 16 日	

（續上表）

篇名	報紙	日期	結集
譯作的出處	快報	1972 年 1 月 17 日	
稻草堆裏的愛情	快報	1972 年 1 月 18 日	
再談紅杏	快報	1972 年 1 月 19 日	
布加斯的怪橙	快報	1972 年 1 月 20 至 21 日	
偶然停下來	快報	1972 年 1 月 22 日	
談看書	快報	1972 年 1 月 23 日	
水的故事	快報	1972 年 1 月 24 日	
結他與長髮	快報	1972 年 1 月 25 日	
民歌手	快報	1972 年 1 月 26 日	
死訊與補白詩	快報	1972 年 1 月 27 日	
速成的人	快報	1972 年 1 月 28 日	
一個時鐘	快報	1972 年 1 月 29 日	
還未醒來的	快報	1972 年 1 月 30 日	
荷斯曼的日記	快報	1972 年 1 月 31 日	
給大衛荷斯曼	快報	1972 年 2 月 1 日	
覺不覺得冷	快報	1972 年 2 月 2 日	
法國版畫展	快報	1972 年 2 月 3 日	
顛倒的書	快報	1972 年 2 月 4 日	
安穩的世界之內	快報	1972 年 2 月 5 日	
揭人瘡疤的書	快報	1972 年 2 月 6 日	
兩類藝術家	快報	1972 年 2 月 7 日	
不要只是假笑	快報	1972 年 2 月 8 日	
不願安於落空	快報	1972 年 2 月 9 日	
青年電影	快報	1972 年 2 月 10 至 13 日	
收爐四章	快報	1972 年 2 月 14 日	
就像一枚爆竹	快報	1972 年 2 月 17 日	
每一天都新鮮	快報	1972 年 2 月 18 日	
足本電影	快報	1972 年 2 月 19 日	

（續上表）

篇名	報紙	日期	結集
咖啡店中	快報	1972 年 2 月 20 至 21 日	
吳哥窟的佛像	快報	1972 年 2 月 22 日	
詩與牌子	快報	1972 年 2 月 23 日	
兩種性格	快報	1972 年 2 月 24 日	
蒼蠅們	快報	1972 年 2 月 25 日	神話午餐
麥田捕手呢?	快報	1972 年 2 月 26 日	
我看荷頓	快報	1972 年 2 月 27 日	
哀歌二三	快報	1972 年 2 月 28 日	
荒謬的馬克白	快報	1972 年 2 月 29 日	
只是吃蘋果	快報	1972 年 3 月 1 日	
談誤會	快報	1972 年 3 月 2 日	
電影事〔專〕號	快報	1972 年 3 月 3 日	
中午的街道	快報	1972 年 3 月 4 日	
從珍方達說起	快報	1972 年 3 月 5 日	
一些話	快報	1972 年 3 月 6 日	
你聽見他們嗎	快報	1972 年 3 月 7 日	
夢與咖啡機	快報	1972 年 3 月 8 日	
照片中的女子	快報	1972 年 3 月 9 日	
蒼白如底片的愛	快報	1972 年 3 月 10 日	
心中的病	快報	1972 年 3 月 11 日	
詩診療法	快報	1972 年 3 月 12 日	
保頓諾維茲	快報	1972 年 3 月 13 日	
思想不思想?	快報	1972 年 3 月 14 日	
碎了的酒杯	快報	1972 年 3 月 15 日	
如果我老了	快報	1972 年 3 月 16 日	
戰爭遊戲	快報	1972 年 3 月 17 日	
名著改編	快報	1972 年 3 月 18 日	
車與人	快報	1972 年 3 月 19 至 20 日	

（續上表）

篇名	報紙	日期	結集
一個幽靜的地方	快報	1972 年 3 月 21 至 22 日	神話午餐
車廂中	快報	1972 年 3 月 23 日	
從比知説起	快報	1972 年 3 月 24 日	
共通的情感	快報	1972 年 3 月 25 日	
影響與壓力	快報	1972 年 3 月 26 日	
窗子	快報	1972 年 3 月 27 日	
願偷吻只是個開始	快報	1972 年 3 月 28 日	
魔術師説的故事	快報	1972 年 3 月 29 日	
神話與童話	快報	1972 年 3 月 30 日	
被誤解的人	快報	1972 年 3 月 31 日	
地毯	快報	1972 年 4 月 1 日	神話午餐
玩蛇耍猴走火臥釘	快報	1972 年 4 月 2 日	
以萬物為芻狗	快報	1972 年 4 月 3 日	
談暴力	快報	1972 年 4 月 4 日	
復活談蛋	快報	1972 年 4 月 5 日	
再説蛋	快報	1972 年 4 月 6 日	
木偶與驢皮公主	快報	1972 年 4 月 7 日	
沒有地方去？	快報	1972 年 4 月 8 日	
不成一曲	快報	1972 年 4 月 9 日	
非暴力主義	快報	1972 年 4 月 10 日	
大地震的結局	快報	1972 年 4 月 11 日	
一副骨頭	快報	1972 年 4 月 12 日	神話午餐
電影、天氣、書	快報	1972 年 4 月 13 日	
對大丈夫的看法	快報	1972 年 4 月 14 日	
將會遇到什麼	快報	1972 年 4 月 15 日	
「醒之邊緣」	快報	1972 年 4 月 16 至 18 日	
娜塔莎！	快報	1972 年 4 月 19 日	
娜塔莎印象	快報	1972 年 4 月 20 日	

（續上表）

篇名	報紙	日期	結集
人物與情節	快報	1972 年 4 月 21 日	
胡士托之死	快報	1972 年 4 月 22 日	
一位瑞典詩人	快報	1972 年 4 月 23 至 24 日	
圖書館	快報	1972 年 4 月 25 日	
棋局與棋子	快報	1972 年 4 月 26 日	
父子之間	快報	1972 年 4 月 27 日	
不惹眼的小花	快報	1972 年 4 月 28 日	
從畫展説起	快報	1972 年 4 月 29 日	
翻譯之難	快報	1972 年 4 月 30 日	
花街殺人王	快報	1972 年 5 月 1 日	
卓別靈、勾魂妖女	快報	1972 年 5 月 2 日	
氫彈文化（一）	快報	1972 年 5 月 3 日	書與城市
希僻士與四方頭（二）	快報	1972 年 5 月 4 日	
戰後的變化（三）	快報	1972 年 5 月 5 日	
反理性的文藝（四）	快報	1972 年 5 月 6 日	
抗議運動（五）	快報	1972 年 5 月 7 日	
疾病的徵狀（六）	快報	1972 年 5 月 8 日	
病了又怎樣（七）	快報	1972 年 5 月 9 日	
藥丸文化等等（八）	快報	1972 年 5 月 10 日	
如何建立未來（九‧完）	快報	1972 年 5 月 11 日	
新戰爭與和平	快報	1972 年 5 月 12 日	
風與卡爾漢寧	快報	1972 年 5 月 13 日	神話午餐
談星座	快報	1972 年 5 月 14 至 15 日	
生日宴會	快報	1972 年 5 月 16 至 18 日	
避雨的故事	快報	1972 年 5 月 19 日	神話午餐
空中怪客	快報	1972 年 5 月 20 日	
怪客亞特曼	快報	1972 年 5 月 21 日	
燈泡上繪嘴巴	快報	1972 年 5 月 22 日	

（續上表）

篇名	報紙	日期	結集
掌門人大會	快報	1972 年 5 月 23 至 25 日	
伊魯斯特里	快報	1972 年 5 月 26 日	
甲乙號自我	快報	1972 年 5 月 27 日	
不喜歡的人	快報	1972 年 5 月 28 日	
有一些名字	快報	1972 年 5 月 29 日	
「大鬥爭」的作者	快報	1972 年 5 月 30 日	
關於行	快報	1972 年 5 月 31 日	
假期與雨	快報	1972 年 6 月 1 日	神話午餐
兩位畫家	快報	1972 年 6 月 2 日	
過江龍	快報	1972 年 6 月 3 日	
兩個電影節	快報	1972 年 6 月 4 日	
一個個空殼	快報	1972 年 6 月 5 日	
談電影	快報	1972 年 6 月 6 日	
關於夢	快報	1972 年 6 月 7 日	
「變心」與畢陀	快報	1972 年 6 月 8 日	
變心不得的小說	快報	1972 年 6 月 9 日	
地球的光芒	快報	1972 年 6 月 10 日	
「未央歌」的作者	快報	1972 年 6 月 11 至 12 日	
說「拖派」	快報	1972 年 6 月 13 日	
街景、差使、枝椏	快報	1972 年 6 月 14 日	
糊塗蛋	快報	1972 年 6 月 15 日	
你的節日	快報	1972 年 6 月 16 日	
攪了水的人	快報	1972 年 6 月 17 日	
里爾克與梵樂希	快報	1972 年 6 月 18、20 日	書與城市
桃絲妲娜	快報	1972 年 6 月 21 日	
逐漸變醜	快報	1972 年 6 月 22 日	
老與死	快報	1972 年 6 月 23 至 24 日	
朱里奧‧葛蒂沙（談葛蒂沙之一）	快報	1972 年 6 月 25 日	

（續上表）

篇名	報紙	日期	結集
迷宮中的怪獸（二）	快報	1972 年 6 月 26 日	
三本短篇集（三）	快報	1972 年 6 月 27 日	
動物寓言（四）	快報	1972 年 6 月 28 日	
兔子與獅子（五）	快報	1972 年 6 月 29 日	
被佔據的屋子（六）	快報	1972 年 6 月 30 日	
另一個自我（七）	快報	1972 年 7 月 1 日	
一朵小黃花（八）	快報	1972 年 7 月 2 日	
席拉底斯的偶像（九）	快報	1972 年 7 月 3 日	
「放大」（十）	快報	1972 年 7 月 4 日	
固定了現實（十一）	快報	1972 年 7 月 5 日	
追尋者（十二）	快報	1972 年 7 月 6 日	
樂手與樂評家（十三）	快報	1972 年 7 月 7 日	
勝利者（十四）	快報	1972 年 7 月 8 日	
無憂者（十五）	快報	1972 年 7 月 9 日	
獨腳跳（十六）	快報	1972 年 7 月 10 日	
對鏡大笑（十七）	快報	1972 年 7 月 11 日	
迷宮中的秘密（完）	快報	1972 年 7 月 12 日	
活在習慣中	快報	1972 年 7 月 13 日	
最後一本加洛克	快報	1972 年 7 月 14 日	
那一個島上	快報	1972 年 7 月 15 日	
年輕人	快報	1972 年 7 月 16 日	
書本及書本以外	快報	1972 年 7 月 17 日	
不想回去	快報	1972 年 7 月 18 日	
雨就是如此	快報	1972 年 7 月 19 日	
遮去龍血的樹葉	快報	1972 年 7 月 20 日	
彼特・西嘉	快報	1972 年 7 月 21 日	
路遙知馬力	快報	1972 年 7 月 22 日	
憤怒的與孤寂的	快報	1972 年 7 月 23 日	

（續上表）

篇名	報紙	日期	結集
蛋頭與反蛋頭	快報	1972 年 7 月 24 日	
沒有做的事	快報	1972 年 7 月 25 日	
一個圓圈	快報	1972 年 7 月 26 日	
談戲劇	快報	1972 年 7 月 27 日	
封面設計	快報	1972 年 7 月 28 日	
串門	快報	1972 年 7 月 29 日	
胖女孩	快報	1972 年 7 月 30 日	
沒有想像	快報	1972 年 7 月 31 日	
不宜觀影	快報	1972 年 8 月 1 日	
畫與頑固	快報	1972 年 8 月 2 日	
怎樣說具體一點	快報	1972 年 8 月 3 日	
百萬詩人	快報	1972 年 8 月 4 日	
設身處地	快報	1972 年 8 月 5 日	
青年像	快報	1972 年 8 月 6 至 7 日	
夾縫中的教師	快報	1972 年 8 月 8 日	
夢露、隧道	快報	1972 年 8 月 9 日	
馬馬虎虎	快報	1972 年 8 月 10 日	
思想不是手風琴	快報	1972 年 8 月 11 日	
程抱一	快報	1972 年 8 月 12 日	
從傷口流出樹脂	快報	1972 年 8 月 13 日	
影壇政壇	快報	1972 年 8 月 14 日	
迷幻偵探	快報	1972 年 8 月 15 日	
於梨華的新作	快報	1972 年 8 月 16 日	
報告文學	快報	1972 年 8 月 17 日	
怎樣轉變	快報	1972 年 8 月 18 日	
留美生活另一面	快報	1972 年 8 月 19 日	
這一份人家	快報	1972 年 8 月 21 日	
十分老套	快報	1972 年 8 月 22 日	

（續上表）

篇名	報紙	日期	結集
地下電影	快報	1972 年 8 月 23 日	
被淘汰的人	快報	1972 年 8 月 24 日	山水人物
鳥叫、迷城……	快報	1972 年 8 月 25 日	
專誠拜訪	快報	1972 年 8 月 26 日	
不公平的現象	快報	1972 年 8 月 27 日	
不能飛翔的紙鳶	快報	1972 年 8 月 28 日	
不稱職的人物	快報	1972 年 8 月 29 日	
海鷗、兩作家	快報	1972 年 8 月 30 日	
卓別靈，活下去	快報	1972 年 8 月 31 日	
裘利・羅曼	快報	1972 年 9 月 1 日	
問題中的問題	快報	1972 年 9 月 2 日	
怎樣決定	快報	1972 年 9 月 3 日	
書人	快報	1972 年 9 月 4 日	
無法避開	快報	1972 年 9 月 5 日	
黎明夢魘	快報	1972 年 9 月 6 日	
跟在背後走	快報	1972 年 9 月 7 日	
什麼一回事	快報	1972 年 9 月 8 至 13 日	
江山美人	快報	1972 年 9 月 14 日	
版畫・電花	快報	1972 年 9 月 15 日	
乘車與走路	快報	1972 年 9 月 16 日	
家在何處	快報	1972 年 9 月 17 日	
一些屋子	快報	1972 年 9 月 18 日	神話午餐
關於朋友	快報	1972 年 9 月 19 至 20 日	
一件差使	快報	1972 年 9 月 21 日	神話午餐
喜歡喜劇嗎	快報	1972 年 9 月 22 日	
怎樣選擇職業	快報	1972 年 9 月 23 日	
不成故事	快報	1972 年 9 月 24 日	
美國短篇小說選	快報	1972 年 9 月 25 日	

（續上表）

篇名	報紙	日期	結集
幾個短篇	快報	1972 年 9 月 26 日	
「聰明笨伯？」	快報	1972 年 9 月 27 日	
寫實主義	快報	1972 年 9 月 28 日	
指定線路〔路線〕	快報	1972 年 9 月 29 日	
斷了氣	快報	1972 年 9 月 30 日	
演説者	快報	1972 年 10 月 1 日	
妙文偶拾	快報	1972 年 10 月 2 日	
木瓜與蝴蝶	快報	1972 年 10 月 3 日	
密密麻麻	快報	1972 年 10 月 4 日	
不是信	快報	1972 年 10 月 5 日	
自由、故事、糊塗	快報	1972 年 10 月 6 日	
會酒〔酒會〕、牛仔褲	快報	1972 年 10 月 7 日	
商業藝術	快報	1972 年 10 月 8 至 9 日	
流星雨	快報	1972 年 10 月 10 日	神話午餐
不賭的人談賭	快報	1972 年 10 月 11 日	
賭之外	快報	1972 年 10 月 12 日	
忙碌與懶	快報	1972 年 10 月 13 日	
煙與顏色	快報	1972 年 10 月 14 日	山光水影
路、屋宇、海水	快報	1972 年 10 月 15 日	山光水影
不是幾個人的事	快報	1972 年 10 月 16 日	
關於宣傳	快報	1972 年 10 月 17 日	
不一定要吃花生	快報	1972 年 10 月 18 日	
正入萬山圈子里	快報	1972 年 10 月 19 日	
抗議自己沒有搞好	快報	1972 年 10 月 20 日	
盜墳者	快報	1972 年 10 月 21 日	
波爾、戰爭的影響	快報	1972 年 10 月 22 日	
罪孽感、波爾作品	快報	1972 年 10 月 23 日	
明信片、安娜、咖啡機	快報	1972 年 10 月 24 至 25 日	

（續上表）

篇名	報紙	日期	結集
另一項文學獎	快報	1972 年 10 月 26 日	
候選人	快報	1972 年 10 月 27 日	
非洲、波蘭、巴西	快報	1972 年 10 月 28 日	
世界文壇另一面	快報	1972 年 10 月 29 日	
黃色的燈光	快報	1972 年 10 月 30 日	
蝴什麼蝶	快報	1972 年 10 月 31 日	
不會唱歌	快報	1972 年 11 月 1 日	
被騙的感覺	快報	1972 年 11 月 2 日	
希臘人索巴	快報	1972 年 11 月 3 日	
索巴‧野性呼聲	快報	1972 年 11 月 4 日	
索巴與寫索巴的人	快報	1972 年 11 月 5 日	
神話午餐	快報	1972 年 11 月 6 日	神話午餐
如果你有空	快報	1972 年 11 月 7 日	
龐德的晚年	快報	1972 年 11 月 8 日	
晚年的龐德的印象	快報	1972 年 11 月 9 日	
沉默的詩人	快報	1972 年 11 月 10 日	
還是龐德……	快報	1972 年 11 月 11 日	
風與例外	快報	1972 年 11 月 12 日	
根與蝶	快報	1972 年 11 月 13 日	
陳映真、四季	快報	1972 年 11 月 14 日	
關於變的故事	快報	1972 年 11 月 15 日	
變的力量	快報	1972 年 11 月 16 日	
平凡的故事	快報	1972 年 11 月 17 日	
冒牌醫生的話	快報	1972 年 11 月 18 日	
學習觀看	快報	1972 年 11 月 19 日	
七等生的小說	快報	1972 年 11 月 20 日	
「四季」的書話	快報	1972 年 11 月 21 日	
人‧垃圾‧聲音	快報	1972 年 11 月 22 日	

（續上表）

篇名	報紙	日期	結集
奇怪的批評	快報	1972 年 11 月 23 日	
和詩的詩	快報	1972 年 11 月 24 日	
波豈士與杜勒	快報	1972 年 11 月 25 日	
寫實家的詩	快報	1972 年 11 月 26 日	
藝術與現實	快報	1972 年 11 月 27 日	
電影餐	快報	1972 年 11 月 28 日	
由阿根廷想起	快報	1972 年 11 月 29 日	
克里曼加魯的豹	快報	1972 年 11 月 30 日	
安東舅舅	快報	1972 年 12 月 1 日	
去與留	快報	1972 年 12 月 2 日	
找東西	快報	1972 年 12 月 3 日	
關心、冷落……	快報	1972 年 12 月 4 日	
創世紀復活	快報	1972 年 12 月 5 日	
郵局里	快報	1972 年 12 月 6 日	
電梯與死刑台	快報	1972 年 12 月 7 日	
一位女演員	快報	1972 年 12 月 8 至 11 日	
黃色的風景	快報	1972 年 12 月 12 至 18 日	神話午餐
信件	快報	1972 年 12 月 19 日	
別人的想法	快報	1972 年 12 月 20 日	
某一種演員	快報	1972 年 12 月 21 日	
水撥的心跳	快報	1972 年 12 月 22 日	
太空人寫詩	快報	1972 年 12 月 23 日	
中外、穩健	快報	1972 年 12 月 24 日	
老實人	快報	1972 年 12 月 25 日	
歌聲與燈	快報	1972 年 12 月 26 日	神話午餐
等待	快報	1972 年 12 月 27 日	神話午餐
瑪莉蓮夢露	快報	1972 年 12 月 28 日	
喜歡的電影	快報	1972 年 12 月 29 日	

（續上表）

篇名	報紙	日期	結集
談電影	快報	1972 年 12 月 30 日	
三個問題	快報	1972 年 12 月 31 日	
各類電影	快報	1973 年 1 月 1 日	
寒意、燈色、行人	快報	1973 年 1 月 3 日	
說鎖匙	快報	1973 年 1 月 4 日	
時間的聲音	快報	1973 年 1 月 5 日	
如得其情	快報	1973 年 1 月 6 日	
奇妙的距離	快報	1973 年 1 月 7 日	
對照與襯托	快報	1973 年 1 月 8 日	
兩個影子	快報	1973 年 1 月 9 至 10 日	神話午餐
門內和門外	快報	1973 年 1 月 11 日	
失火與失馬	快報	1973 年 1 月 12 日	
路、肯定、水蠅	快報	1973 年 1 月 13 日	
新年、感覺	快報	1973 年 1 月 14 日	
人為與自然	快報	1973 年 1 月 15 日	
說筆名	快報	1973 年 1 月 16 日	
隔着一條河	快報	1973 年 1 月 17 至 18 日	
一些碎片	快報	1973 年 1 月 19 日	
雜誌文章	快報	1973 年 1 月 20 日	
星座的指示	快報	1973 年 1 月 21 日	
先入為主	快報	1973 年 1 月 22 日	
幾部拉丁美洲新作	快報	1973 年 1 月 23 至 25 日	
祖與占	快報	1973 年 1 月 26 日	
介紹波豈士（一）	快報	1973 年 1 月 27 日	
一個例外的人（二）	快報	1973 年 1 月 28 日	
三十七個讀者（三）	快報	1973 年 1 月 29 日	
古籍中的一頁（四）	快報	1973 年 1 月 30 日	
天堂是個圖書館（五）	快報	1973 年 1 月 31 日	

（續上表）

篇名	報紙	日期	結集
早年的經驗（六）	快報	1973 年 2 月 1 日	
文字建立秩序（七）	快報	1973 年 2 月 2 日	
兩種極端（八）	快報	1973 年 2 月 5 日	
早期的遊戲（九）	快報	1973 年 2 月 6 日	
從看書到看雞（十）	快報	1973 年 2 月 7 日	
後期生活（十一）	快報	1973 年 2 月 8 日	
波豈士的隱喻（十二）	快報	1973 年 2 月 9 日	
幾個短篇（十三）	快報	1973 年 2 月 10 日	
鏡子與地圖（十四）	快報	1973 年 2 月 11 日	
莊周與蝴蝶（十五）	快報	1973 年 2 月 12 日	
遺忘了的言語（十六）	快報	1973 年 2 月 13 日	
神的手筆（十七）	快報	1973 年 2 月 14 日	
一句話包含世界（十八）	快報	1973 年 2 月 15 日	
兩點看法（完）	快報	1973 年 2 月 16 日	
老森的愛情故事	快報	1973 年 2 月 17 日	
找尋一些東西	快報	1973 年 2 月 18 日	
未成形的季節	快報	1973 年 2 月 19 日	
一件簡單的事	快報	1973 年 2 月 20 至 21 日	
期待白馬而顯現唐倩	快報	1973 年 2 月 22 至 24 日	
某一個中午	快報	1973 年 2 月 25 至 26 日	神話午餐
「激流四勇士」的作者	快報	1973 年 2 月 27 日	
借來的一夜	快報	1973 年 2 月 28 日	神話午餐
替別人想想	快報	1973 年 3 月 1 日	
屋與路	快報	1973 年 3 月 2 至 3 日	神話午餐
繫着一對木屐	快報	1973 年 3 月 4 日	
名人的側影	快報	1973 年 3 月 5 日	
由七人影展説起（一）	快報	1973 年 3 月 6 日	
從狹窄追尋深遠（二）	快報	1973 年 3 月 7 日	

（續上表）

篇名	報紙	日期	結集
別人的生活（三）	快報	1973 年 3 月 8 日	
位置在那裏？（完）	快報	1973 年 3 月 9 日	
懶以及其他	快報	1973 年 3 月 10 日	
現代中國作家剪影	快報	1973 年 3 月 11 至 13 日	
坐下來想一想	快報	1973 年 3 月 14 日	
報章的副刊	快報	1973 年 3 月 15 日	
視而不見	快報	1973 年 3 月 16 日	
實驗電影	快報	1973 年 3 月 17 日	
窗外的風景	快報	1973 年 3 月 18 至 19 日	
優雅的藝術	快報	1973 年 3 月 20 日	
不公平的人	快報	1973 年 3 月 21 日	
別人的生活	快報	1973 年 3 月 22 日	
實用的技能	快報	1973 年 3 月 23 日	
夢與現實	快報	1973 年 3 月 24 日	神話午餐
夜班渡輪	快報	1973 年 3 月 25 日	
調整的階段	快報	1973 年 3 月 26 日	
惹笑的特務片	快報	1973 年 3 月 27 日	
李金髮	快報	1973 年 3 月 28 日	
法國織畫	快報	1973 年 3 月 29 日	
紙上的舞台	快報	1973 年 3 月 30 日	
音樂會上的噪音	快報	1973 年 3 月 31 日	
現代之美	快報	1973 年 4 月 1 日	
七十年前	快報	1973 年 4 月 2 日	
醒與詩	快報	1973 年 4 月 3 日	
基本的描寫	快報	1973 年 4 月 4 日	
黑房中的作家	快報	1973 年 4 月 5 日	
高辛斯基的恐懼	快報	1973 年 4 月 6 日	
平凡的瑣事	快報	1973 年 4 月 7 日	

（續上表）

篇名	報紙	日期	結集
五顏六色	快報	1973 年 4 月 8 日	
七情上面	快報	1973 年 4 月 9 日	
一度度的春天	快報	1973 年 4 月 10 日	
關於畢加索	快報	1973 年 4 月 11 日	
強烈的個性	快報	1973 年 4 月 12 日	山光水影
流行曲與革命	快報	1973 年 4 月 13 日	
值得鼓勵的事	快報	1973 年 4 月 14 日	
無詩之地	快報	1973 年 4 月 15 日	
由修路說起	快報	1973 年 4 月 16 日	
詩與名字	快報	1973 年 4 月 17 日	
吉訶德・米勒	快報	1973 年 4 月 18 日	
慷慨・熱情・容人	快報	1973 年 4 月 19 日	
「蝸牛」	快報	1973 年 4 月 20 日	
文學獎揭曉	快報	1973 年 4 月 21 日	
其他的聲音	快報	1973 年 4 月 22 日	
一件小事說起	快報	1973 年 4 月 23 日	
怪畫家	快報	1973 年 4 月 24 日	
不可能是影評	快報	1973 年 4 月 25 日	
虛幻的形象	快報	1973 年 4 月 26 日	
克林的畫等等	快報	1973 年 4 月 27 日	
生老病死	快報	1973 年 4 月 28 日	
在書店中	快報	1973 年 4 月 29 日	
名小說	快報	1973 年 4 月 30 日	
應物現形如水月	快報	1973 年 5 月 1 日	
水與月	快報	1973 年 5 月 2 日	
烏曼與奧斯卡遜	快報	1973 年 5 月 3 日	
學新的技能	快報	1973 年 5 月 4 日	
風景與照片	快報	1973 年 5 月 5 日	

（續上表）

篇名	報紙	日期	結集
醒的詩	快報	1973 年 5 月 6 日	
真空狀態	快報	1973 年 5 月 7 日	
包山節（一）	快報	1973 年 5 月 8 日	
一個老婦人（二）	快報	1973 年 5 月 9 日	
一張海報（三）	快報	1973 年 5 月 10 日	
旗幟不飄	快報	1973 年 5 月 11 日	
城市來的人（五）	快報	1973 年 5 月 12 日	
咖啡館中（六）	快報	1973 年 5 月 13 日	
往北帝廟（七）	快報	1973 年 5 月 14 日	
北帝廣場（八）	快報	1973 年 5 月 15 日	
棚裏棚外（九）	快報	1973 年 5 月 16 日	
神像的車子（十）	快報	1973 年 5 月 17 日	
雨中的包山（十一）	快報	1973 年 5 月 18 日	
還未起行（十二）	快報	1973 年 5 月 19 日	
節目開始（十三）	快報	1973 年 5 月 20 日	
遊行與飄色（十四）	快報	1973 年 5 月 21 日	
隔着雨簾（十五）	快報	1973 年 5 月 22 日	
認不出來（完）	快報	1973 年 5 月 23 日	
紅杏痴魂	快報	1973 年 5 月 24 日	
説話快慢	快報	1973 年 5 月 25 日	
野孩子	快報	1973 年 5 月 26 日	
泡沫人生	快報	1973 年 5 月 27 日	
曹雪芹與風箏	快報	1973 年 5 月 28 至 29 日	街巷人物
逍遙遊與掌上雨	快報	1973 年 5 月 30 日	
廿多本作品	快報	1973 年 5 月 31 日	
放任中的準則	快報	1973 年 6 月 1 日	
下午五點鐘	快報	1973 年 6 月 2 日	神話午餐
不是採訪	快報	1973 年 6 月 3 至 4 日	

（續上表）

篇名	報紙	日期	結集
結婚照片	快報	1973 年 6 月 5 日	
端午與船	快報	1973 年 6 月 6 至 7 日	城市筆記
泡沫人生	快報	1973 年 6 月 8 日	
午飯問題	快報	1973 年 6 月 9 日	
推銷員	快報	1973 年 6 月 10 日	
開屏	快報	1973 年 6 月 11 至 12 日	城市筆記
獨幕劇匯演	快報	1973 年 6 月 13 至 14 日	
關於無名氏的一段話	快報	1973 年 6 月 15 日	
廣闊的路	快報	1973 年 6 月 16 日	
對詩的看法	快報	1973 年 6 月 17 日	
價錢與價值	快報	1973 年 6 月 18 日	
防「導」演員	快報	1973 年 6 月 19 日	
荒謬種種	快報	1973 年 6 月 20 日	
兒童畫	快報	1973 年 6 月 21 日	
在小巴上	快報	1973 年 6 月 22 日	
炎熱・物質	快報	1973 年 6 月 23 日	
尋找書本	快報	1973 年 6 月 24 日	
夏日早晨	快報	1973 年 6 月 25 日	神話午餐
中午輪上	快報	1973 年 6 月 26 日	
無話可說	快報	1973 年 6 月 27 日	
六月感覺	快報	1973 年 6 月 28 日	
不枉此行	快報	1973 年 6 月 29 日	
格言成語等等	快報	1973 年 6 月 30 日	
不見耶夫土欣可	快報	1973 年 7 月 1 至 2 日	
藤田嗣治	快報	1973 年 7 月 3 日	
門外門內	快報	1973 年 7 月 4 日	
訪問與談話	快報	1973 年 7 月 5 日	
七月・循環	快報	1973 年 7 月 6 日	

（續上表）

篇名	報紙	日期	結集
難題・解決	快報	1973 年 7 月 7 日	
亮燈之前	快報	1973 年 7 月 8 日	
電影與乒乓球	快報	1973 年 7 月 9 日	
居住問題	快報	1973 年 7 月 10 日	
文學獎	快報	1973 年 7 月 11 日	
糊塗的天氣	快報	1973 年 7 月 12 日	
去了那里	快報	1973 年 7 月 13 日	神話午餐
閱報及其他	快報	1973 年 7 月 14 日	
車輛，遊戲	快報	1973 年 7 月 15 日	
誰最了解	快報	1973 年 7 月 16 日	
風起時候	快報	1973 年 7 月 17 日	神話午餐
夏迦爾的笑	快報	1973 年 7 月 18 日	
黃這種顏色	快報	1973 年 7 月 19 日	
美勒的閒話	快報	1973 年 7 月 20 日	
怎樣説話	快報	1973 年 7 月 21 日	
感到惋惜	快報	1973 年 7 月 22 日	
擁書而眠	快報	1973 年 7 月 23 日	
對於書	快報	1973 年 7 月 24 日	
鳥的機器	快報	1973 年 7 月 25 日	
涉足新地	快報	1973 年 7 月 26 日	
不是一種對比	快報	1973 年 7 月 27 日	
翻閱舊報刊	快報	1973 年 7 月 28 日	
空白與執拗	快報	1973 年 7 月 29 日	
説笑吧了	快報	1973 年 7 月 30 日	
由廣東説起	快報	1973 年 7 月 31 日	
給詩洗澡	快報	1973 年 8 月 1 日	
未談「家變」	快報	1973 年 8 月 2 日	
新世界的嬰孩	快報	1973 年 8 月 3 日	

（續上表）

篇名	報紙	日期	結集
雪中取火	快報	1973 年 8 月 4 日	
排在行列中	快報	1973 年 8 月 5 日	
談龍	快報	1973 年 8 月 6 至 12 日	書與城市
詩集的封面	快報	1973 年 8 月 13 日	
暫不凝神	快報	1973 年 8 月 14 日	
詩評的得失	快報	1973 年 8 月 15 日	
關於詩評	快報	1973 年 8 月 16 日	
平安夜未央	快報	1973 年 8 月 17 日	
汎舟大河裏?	快報	1973 年 8 月 18 日	
文字問題	快報	1973 年 8 月 19 至 20 日	
談懶	快報	1973 年 8 月 21 日	
幽默之必要	快報	1973 年 8 月 22 日	
狄倫與拜雅絲	快報	1973 年 8 月 23 至 24 日	
老布與大娘	快報	1973 年 8 月 25 日	
酒與詩	快報	1973 年 8 月 26 日	
沙膽大娘	快報	1973 年 8 月 27 日	
鳥鳴和聲音	快報	1973 年 8 月 28 日	
雄獅美術	快報	1973 年 8 月 29 日	
打賭・遊戲	快報	1973 年 8 月 30 日	
避雨	快報	1973 年 8 月 31 日 至 9 月 1 日	
自然的變化	快報	1973 年 9 月 2 日	
無名小子	快報	1973 年 9 月 3 日	
新廣告桃源	快報	1973 年 9 月 4 至 5 日	
大煞風景	快報	1973 年 9 月 6 日	
光影參差	快報	1973 年 9 月 7 日	
塵埃尚未落定	快報	1973 年 9 月 8 日	
慚愧匣	快報	1973 年 9 月 9 日	
等看你的	快報	1973 年 9 月 10 日	

（續上表）

篇名	報紙	日期	結集
專業氣	快報	1973 年 9 月 11 日	
文學季刊	快報	1973 年 9 月 12 日	
這麼一回事	快報	1973 年 9 月 13 日	
讓我來介紹：這位是黃春明……	周報	1973 年 9 月 14 日	
月亮和花燈	快報	1973 年 9 月 14 日	
怎樣做到	快報	1973 年 9 月 15 日	
名詞影評派	快報	1973 年 9 月 16 日	
一本詩選說起（一）	快報	1973 年 9 月 17 日	書與城市
緩和殘酷的力量（二）	快報	1973 年 9 月 18 日	書與城市
光和影（三）	快報	1973 年 9 月 19 日	書與城市
意象與描述性（四）	快報	1973 年 9 月 20 日	書與城市
只是人的語調（完）	快報	1973 年 9 月 21 日	書與城市
突出自我	快報	1973 年 9 月 22 日	
自稱天才的人	快報	1973 年 9 月 23 日	
本地薑唔辣?	快報	1973 年 9 月 24 日	
談「文季」	快報	1973 年 9 月 25 至 29 日	
寫給大地的情詩	快報	1973 年 9 月 30 日	
寫實・六分之一	快報	1973 年 10 月 1 日	
奧登・聶魯達	快報	1973 年 10 月 2 日	
手托木偶戲	快報	1973 年 10 月 3 至 5 日	街巷人物
不欲教人仰首看	快報	1973 年 10 月 6 日	山水人物
小魚煮絲瓜	快報	1973 年 10 月 7 日	
柴爬、銘鈴、芋頭	快報	1973 年 10 月 8 日	
凡人面貌的神仙	快報	1973 年 10 月 9 日	
對手戲	快報	1973 年 10 月 10 日	
既涼又暖的季節	快報	1973 年 10 月 11 日	神話午餐
聲音・車廠・北京人	快報	1973 年 10 月 12 日	神話午餐
星沉影寂	快報	1973 年 10 月 13 日	

（續上表）

篇名	報紙	日期	結集
車與燈光	快報	1973 年 10 月 14 日	神話午餐
失敗者	快報	1973 年 10 月 15 日	
幾個人的早晨	快報	1973 年 10 月 16 日	
黑夜時間	快報	1973 年 10 月 17 日	
意大利式觀影	快報	1973 年 10 月 18 日	
蝴蝶與飛虫	快報	1973 年 10 月 19 日	
蝴蝶、蝸牛、諾獎	快報	1973 年 10 月 20 日	
現實與勢利	快報	1973 年 10 月 21 日	
一盆花	快報	1973 年 10 月 22 日	
愛書的表現	快報	1973 年 10 月 23 日	
關於海報	快報	1973 年 10 月 24 日	
一些説話	快報	1973 年 10 月 25 日	
石像、人	快報	1973 年 10 月 26 日	
過馬路、蜘蛛網結	快報	1973 年 10 月 27 日	
文字的死	快報	1973 年 10 月 28 日	
火焰與雲	快報	1973 年 10 月 29 日	
浪潑、殘暴	快報	1973 年 10 月 30 日	
戰爭與和平	快報	1973 年 10 月 31 日	
兩種淋巴細胞	快報	1973 年 11 月 1 日	
具體刻劃	快報	1973 年 11 月 2 日	
鳥兒唱歌	快報	1973 年 11 月 3 日	
由拒斥到接受？	快報	1973 年 11 月 4 日	
可笑不可笑	快報	1973 年 11 月 5 日	
懷念過客	快報	1973 年 11 月 6 日	
由個人出發	快報	1973 年 11 月 7 日	
閃爍的水滴	快報	1973 年 11 月 8 日	
「齊白石老公公」	快報	1973 年 11 月 9 至 10 日	
寫人物	快報	1973 年 11 月 11 日	

（續上表）

篇名	報紙	日期	結集
有名字的人	快報	1973 年 11 月 12 日	
就是這樣	快報	1973 年 11 月 13 日	
為什麼?	快報	1973 年 11 月 14 日	
毒海鴛鴦等等	快報	1973 年 11 月 15 日	
切斷的頭	快報	1973 年 11 月 16 日	
沙的城市	快報	1973 年 11 月 17 日	
仍然是沙	快報	1973 年 11 月 18 日	
學生周報改版	快報	1973 年 11 月 19 日	
訪嚴以敬——談他的畫、傳達書屋、雄獅美術等	周報	1973 年 11 月 20 日	
青年戲劇	快報	1973 年 11 月 20 至 21 日	
敲響那殼	快報	1973 年 11 月 22 日	
教兒童讀詩	快報	1973 年 11 月 23 至 24 日	書與城市
感受與想像	快報	1973 年 11 月 25 日	書與城市
選詩的顧忌	快報	1973 年 11 月 26 日	書與城市
沒有離開過的風景	快報	1973 年 11 月 27 日	
老樣子的寒冷	快報	1973 年 11 月 28 日	
缺席的鋼琴師	快報	1973 年 11 月 29 日	
奪命童	快報	1973 年 11 月 30 日	
影響·摹倣	快報	1973 年 12 月 1 日	
有趣的管管	快報	1973 年 12 月 2 日	
聖誕老人的消息	快報	1973 年 12 月 3 日	
雜技的故事	快報	1973 年 12 月 4 至 12 日	
四川善人	快報	1973 年 12 月 13 日	
言語的面具	快報	1973 年 12 月 14 日	
四川善人的言語	快報	1973 年 12 月 15 日	
慾海奇女子	快報	1973 年 12 月 16 日	
停電、燈	快報	1973 年 12 月 17 日	
在智利的海岬上	快報	1973 年 12 月 18 日	書與城市

（續上表）

篇名	報紙	日期	結集
神的臉孔	快報	1973 年 12 月 19 日	
人性的觀點	快報	1973 年 12 月 20 日	
問題	快報	1973 年 12 月 21 日	
聖誕傳奇	快報	1973 年 12 月 22 日 至 1974 年 1 月 1 日	
牆上的腳印	快報	1974 年 1 月 4 日	神話午餐
諾獎與中譯	快報	1974 年 1 月 5 日	
需要標準	快報	1974 年 1 月 6 日	
波爾與惠特	快報	1974 年 1 月 7 日	
畫與長廊	快報	1974 年 1 月 8 日	
感情	快報	1974 年 1 月 9 日	
感情流露	快報	1974 年 1 月 10 日	
消失	快報	1974 年 1 月 11 日	
當代的藝術	快報	1974 年 1 月 12 日	
節日	快報	1974 年 1 月 13 日	
海報	快報	1974 年 1 月 14 日	
啞劇演員	快報	1974 年 1 月 15 日	山水人物
花話	快報	1974 年 1 月 16 日	
關於寫	快報	1974 年 1 月 17 日	
真、類型	快報	1974 年 1 月 18 日	
舞與戲之間	快報	1974 年 1 月 19 日	
花與寒冷	快報	1974 年 1 月 20 日	
年畫的故事	快報	1974 年 1 月 22 日、25 至 31 日，2 月 1 至 12 日	
日本片集	快報	1974 年 2 月 14 至 15 日	
蘇辛尼津	快報	1974 年 2 月 16 日	
看看木偶	快報	1974 年 2 月 17 日	
近百年國畫展（上）	快報	1974 年 2 月 18 日	
國畫展（下）	快報	1974 年 2 月 19 日	

（續上表）

篇名	報紙	日期	結集
電檢問題	快報	1974 年 2 月 20 日	
回暖	快報	1974 年 2 月 21 日	神話午餐
源氏「簡」語	快報	1974 年 2 月 22 日	
歌與地下室	快報	1974 年 2 月 23 日	
上上下下	快報	1974 年 2 月 24 日	
泥造的鳥歌	快報	1974 年 2 月 25 至 28 日	書與城市
文字後的眼睛	快報	1974 年 3 月 1 日	
笑話與現實	快報	1974 年 3 月 2 日	
天才的悲劇	快報	1974 年 3 月 3 至 5 日	
摩托車女郎	快報	1974 年 3 月 6 日	
雞蛋的故事	快報	1974 年 3 月 7 日	
棉花路	快報	1974 年 3 月 8 日	神話午餐
七巧板	快報	1974 年 3 月 9 日	
日曆	快報	1974 年 3 月 10 日	
讀米勒	快報	1974 年 3 月 11 至 17 日	
謝林美	快報	1974 年 3 月 18 日	
戲劇・設計	快報	1974 年 3 月 19 日	
第九屆　學聯戲劇比賽一個簡單評介	周報	1974 年 3 月 20 日	
過渡・封閉	快報	1974 年 3 月 20 日	
怕賊的阿嬸	快報	1974 年 3 月 21 日	山水人物
遵循的人	快報	1974 年 3 月 22 日	
群體的壓力	快報	1974 年 3 月 23 日	
雨天	快報	1974 年 3 月 24 日	
胡說咖啡	快報	1974 年 3 月 25 日	
裸與達輪尼	快報	1974 年 3 月 26 日	
身外之物	快報	1974 年 3 月 27 日	
書貴	快報	1974 年 3 月 28 日	
什麼是批評	快報	1974 年 3 月 29 日	

（續上表）

篇名	報紙	日期	結集
晏尼提被捕	快報	1974 年 3 月 30 至 31 日	
青年歷險想起	快報	1974 年 4 月 1 至 2 日	
看地方	快報	1974 年 4 月 3 日	
美麗的硬照	快報	1974 年 4 月 4 日	
為愛而創造──談小王子	周報	1974 年 4 月 5 日	
文明與蠻荒	快報	1974 年 4 月 5 日	
愛爾蘭之旅（一）	快報	1974 年 4 月 6 日	
愛爾蘭之旅（二）	快報	1974 年 4 月 7 日	
釘住的時針（三）	快報	1974 年 4 月 8 日	
鮮明的圖畫（四）	快報	1974 年 4 月 9 日	
愛麗絲餐廳	快報	1974 年 4 月 10 日	
金像之夜	快報	1974 年 4 月 11 日	
配角	快報	1974 年 4 月 12 日	
阿普阿雷阿土	快報	1974 年 4 月 13 日	山光水影
因循的現狀（談《愛爾蘭之旅》六）	快報	1974 年 4 月 14 日	
戰爭的姿態（七）	快報	1974 年 4 月 15 日	
有觀點的描寫（八）	快報	1974 年 4 月 16 日	
早晨	快報	1974 年 4 月 17 日	
書展	快報	1974 年 4 月 18 日	
「幼獅」的詩說起	快報	1974 年 4 月 19 至 20 日	
如此這般	快報	1974 年 4 月 21 日	
特務與音樂家	快報	1974 年 4 月 22 日	
熱愛工作的人	快報	1974 年 4 月 23 日	
不安的畫	快報	1974 年 4 月 24 日	
畫家羅康辛	快報	1974 年 4 月 25 至 27 日	
凱蒂與赫本	快報	1974 年 4 月 28 日	
三見畢加索	快報	1974 年 4 月 29 日	
海鷗	快報	1974 年 4 月 30 日	

（續上表）

篇名	報紙	日期	結集
論文與詩篇	快報	1974 年 5 月 1 日	
張愛玲談看書	快報	1974 年 5 月 2 日	
小雨	快報	1974 年 5 月 3 日	神話午餐
不徹底的人物	快報	1974 年 5 月 4 日	
陌生人與親人	快報	1974 年 5 月 5 至 6 日	山光水影
候車	快報	1974 年 5 月 7 至 9 日	山水人物
局外人的話	快報	1974 年 5 月 10 至 11 日	
這一扇牆	快報	1974 年 5 月 12 日	
比賽	快報	1974 年 5 月 13 至 18 日	
鄭愁予詩選集（一）	快報	1974 年 5 月 19 日	
鄭愁予詩選集（二）	快報	1974 年 5 月 20 日	
戲中戲・人物	快報	1974 年 5 月 21 日	
鄭愁予詩選集（三）	快報	1974 年 5 月 22 日	
鄭愁予詩選集（四）	快報	1974 年 5 月 23 日	
鄭愁予詩選集（完）	快報	1974 年 5 月 24 日	
失去的記事簿	快報	1974 年 5 月 25 日	
投機寫實主義	快報	1974 年 5 月 26 日	
考試性格的人	快報	1974 年 5 月 27 日	
武俠詩	快報	1974 年 5 月 28 至 29 日	
張愛玲的小說藝術（一）	快報	1974 年 5 月 30 日	
張愛玲的小說藝術（二）	快報	1974 年 5 月 31 日	
張愛玲的小說藝術（三）	快報	1974 年 6 月 1 日	
張愛玲的小說藝術（四）	快報	1974 年 6 月 2 日	
張愛玲的小說藝術（五）	快報	1974 年 6 月 3 日	
張愛玲的小說藝術（六）	快報	1974 年 6 月 4 日	
鍾妮・米曹的歌	周報	1974 年 6 月 5 日	
張愛玲的小說藝術（七）	快報	1974 年 6 月 5 日	
張愛玲的小說藝術（八）	快報	1974 年 6 月 6 日	

（續上表）

篇名	報紙	日期	結集
張愛玲的小說藝術（完）	快報	1974 年 6 月 7 日	
阿榮	快報	1974 年 6 月 8 日	
賣花的男子	快報	1974 年 6 月 9 至 11 日	
荔枝石	快報	1974 年 6 月 12 至 13 日	神話午餐
工廠區的水神	快報	1974 年 6 月 14 至 15 日	布拉格的明信片
鄉村教師	快報	1974 年 6 月 16 日	
再談鄉村教師	快報	1974 年 6 月 17 日	
胡蘭成的書	快報	1974 年 6 月 18 日	
稻草人	快報	1974 年 6 月 19 日	
阿木和貝殼	快報	1974 年 6 月 20 至 22 日	
看雲	快報	1974 年 6 月 23 至 24 日	
未完成的舊作	快報	1974 年 6 月 25 至 26 日	
端午的故事	快報	1974 年 6 月 27 至 7 月 9 日	
勝與敗	快報	1974 年 7 月 10 日	
不僅是一下蜂螫	快報	1974 年 7 月 11 日	
這麼多的關心	快報	1974 年 7 月 12 日	
像馬彌貝的海浪碎散	快報	1974 年 7 月 13 日	
全面足球，全面文學	快報	1974 年 7 月 14 日	
足球與文學	快報	1974 年 7 月 15 日	
全面人生	快報	1974 年 7 月 16 日	
現代劍俠	快報	1974 年 7 月 17 日	
故事的結局	快報	1974 年 7 月 18 日	
看見青色的山	快報	1974 年 7 月 19 日	
「原野」的演出	快報	1974 年 7 月 20 日	
舊劇的翻新	快報	1974 年 7 月 21 日	
人的面貌	快報	1974 年 7 月 22 至 25 日	街巷人物
熱情與智慧	快報	1974 年 7 月 26 日	
圖書市場	快報	1974 年 7 月 27 日	

（續上表）

篇名	報紙	日期	結集
談「原野」	快報	1974 年 7 月 28 至 30 日	
結局是敗筆	快報	1974 年 7 月 31 日	
父母心	快報	1974 年 8 月 1 日	
一船的幻象	快報	1974 年 8 月 2 日	
文物囊	快報	1974 年 8 月 3 日	
說話	快報	1974 年 8 月 4 日	
瘋狂春夢	快報	1974 年 8 月 5 日	
脫皮	快報	1974 年 8 月 6 日	
馬虎的手藝	快報	1974 年 8 月 7 日	
馬虎的社會	快報	1974 年 8 月 8 日	
學生周報停刊	快報	1974 年 8 月 9 日	
一些精神	快報	1974 年 8 月 10 日	
五年集	快報	1974 年 8 月 11 至 15 日	
腳的故事	快報	1974 年 8 月 16 至 22 日	城市筆記
日本電影節	快報	1974 年 8 月 23 日	
殺氣沖天	快報	1974 年 8 月 24 日	
胡石傳	快報	1974 年 8 月 25 日	
空椅子	快報	1974 年 8 月 26 日	
米羅	快報	1974 年 8 月 27 日	
音樂與牛	快報	1974 年 8 月 28 日	
他人的世界	快報	1974 年 8 月 29 日	
壞唱機	快報	1974 年 8 月 30 日	
派傳單的人	快報	1974 年 8 月 31 日	
像船的地方	快報	1974 年 9 月 1 至 2 日	
流行小說	快報	1974 年 9 月 3 日	
並不娛人	快報	1974 年 9 月 4 日	
三地的比較	快報	1974 年 9 月 5 日	
香港的作品	快報	1974 年 9 月 6 日	

（續上表）

篇名	報紙	日期	結集
德國電影節	快報	1974 年 9 月 7 至 10 日	
表達感情的舞蹈	快報	1974 年 9 月 11 日	山光水影
情緒的表達	快報	1974 年 9 月 12 日	
會考一九七四	快報	1974 年 9 月 13 日	
了解多一點	快報	1974 年 9 月 14 日	
詩藝	快報	1974 年 9 月 15 至 21 日	書與城市
黑白光影	快報	1974 年 9 月 22 日	
拳師與沙包	快報	1974 年 9 月 23 日	
神秘感	快報	1974 年 9 月 24 日	
少女與吉卜賽人	快報	1974 年 9 月 25 日	
景變集	快報	1974 年 9 月 26 日	
信差的下午	快報	1974 年 9 月 27 至 29 日、10 月 1 日	城市筆記
學習新知識	快報	1974 年 10 月 2 日	
這麼多的花燈	快報	1974 年 10 月 3 日	山光水影
畫遊十年	快報	1974 年 10 月 4 至 7 日	
里與外	快報	1975 年 3 月 12 日	
嬰兒與母親	快報	1975 年 3 月 13 日	
因與果	快報	1975 年 3 月 14 日	
平凡的夜街	快報	1975 年 3 月 16 日	
師門的故事（十一）	快報	1975 年 4 月 7 日	養龍人師門
師門的故事（十二）	快報	1975 年 4 月 8 日	養龍人師門
師門的故事（十二）	快報	1975 年 4 月 9 日	養龍人師門
師門的故事（十三）	快報	1975 年 4 月 10 日	養龍人師門
煙花	快報	1975 年 5 月 8 日	神話午餐
相信	快報	1975 年 5 月 9 日	
作夢	快報	1975 年 5 月 10 日	
心在那里	快報	1975 年 5 月 12 日	
邊界	快報	1975 年 5 月 14 日	

（續上表）

篇名	報紙	日期	結集
習慣	快報	1975 年 5 月 15 日	神話午餐
比農與米蘭	快報	1975 年 6 月 1 日	
過去	快報	1975 年 6 月 2 日	
謬里愛	快報	1975 年 6 月 3 日	
一本小說選	快報	1975 年 6 月 4 日	
談書	快報	1975 年 6 月 5 日	
男女之間	快報	1975 年 6 月 6 日	
從「困」到「昨夜」	快報	1975 年 6 月 7 日	
寂艷顏色	快報	1975 年 6 月 8 日	
隔膜與感應	快報	1975 年 6 月 9 日	
焦點	快報	1975 年 6 月 10 日	
蘇君夢鳳	快報	1975 年 6 月 11 日	
夢鳳與時女	快報	1975 年 6 月 12 日	
邂逅三章	快報	1975 年 6 月 13 日	
方先生的假日	快報	1975 年 6 月 14 日	
癌症患者	快報	1975 年 6 月 15 日	
不同的表現	快報	1975 年 6 月 16 日	
籃球架下	快報	1975 年 6 月 17 日	
保證人	快報	1975 年 6 月 18 日	
「我之試寫室」	快報	1975 年 6 月 19 至 20 日	
初戀	快報	1975 年 6 月 21 日	
精神崩潰	快報	1975 年 6 月 22 日	
勢利	快報	1975 年 6 月 23 日	
霧	快報	1975 年 6 月 24 日	山光水影
小鷹	快報	1975 年 6 月 25 日	
信的草稿	快報	1975 年 6 月 26 日	
兩代的隔膜	快報	1975 年 6 月 27 日	
信的草稿	快報	1975 年 6 月 28 至 29 日	

（續上表）

篇名	報紙	日期	結集
法國默片	快報	1975 年 6 月 30 日	
魚兒浮上海面的日子	快報	1975 年 7 月 1 日	
擇選字句	快報	1975 年 7 月 2 日	
午間音樂	快報	1975 年 7 月 3 日	神話午餐
就像一場鬥牛	快報	1975 年 7 月 4 日	
文如其人	快報	1975 年 7 月 5 日	
變化	快報	1975 年 7 月 6 日	
動物的花界	快報	1975 年 7 月 7 日	
不能歡欣	快報	1975 年 7 月 8 日	
車上的醉漢	快報	1975 年 7 月 9 日	山水人物
鬍子	快報	1975 年 7 月 10 日	山水人物
娜拉與基絲汀連達	快報	1975 年 7 月 11 至 12 日	
酒會	快報	1975 年 7 月 13 至 14 日	
一小時	快報	1975 年 7 月 15 日	
大力水手	快報	1975 年 7 月 16 日	
借傘	快報	1975 年 7 月 17 日	神話午餐
路與平原	快報	1975 年 7 月 18 日	
信心	快報	1975 年 7 月 19 日	神話午餐
堅持馬糞	快報	1975 年 7 月 20 日	
車與果	快報	1975 年 7 月 21 日	
湯美	快報	1975 年 7 月 22 日	
猶疑	快報	1975 年 7 月 23 日	
竹琴	快報	1975 年 7 月 24 日	山光水影
雜碎	快報	1975 年 7 月 25 日	
兩頭	快報	1975 年 7 月 26 日	
「我的一天」	快報	1975 年 7 月 27 日	
雜碎	快報	1975 年 7 月 28 日	
倒楣蛋等等	快報	1975 年 7 月 29 日	

（續上表）

篇名	報紙	日期	結集
高興地看見馴鹿	快報	1975 年 7 月 30 至 8 月 1 日	街巷人物
期望	快報	1975 年 8 月 2 日	
東涌	快報	1975 年 8 月 3 日	神話午餐
污點	快報	1975 年 8 月 4 日	
凍咖啡	快報	1975 年 8 月 5 至 6 日	
過海小巴	快報	1975 年 8 月 7 日	
離島	快報	1975 年 8 月 8 日	
碼頭的阿婆	快報	1975 年 8 月 9 至 10 日	
細節	快報	1975 年 8 月 11 日	山光水影
姆指和腳	快報	1975 年 8 月 12 日	神話午餐
快樂	快報	1975 年 8 月 13 日	
分享與不分享	快報	1975 年 8 月 14 日	
船上	快報	1975 年 8 月 15 至 29 日	養龍人師門
婚姻暗流	快報	1975 年 8 月 30 日	
龍舞	快報	1975 年 9 月 1 日	
寫實劇	快報	1975 年 9 月 2 日	
寫實劇要注意的	快報	1975 年 9 月 3 日	
塞車的故事	快報	1975 年 9 月 4 至 5 日	
希臘短篇小說選	快報	1975 年 9 月 6 至 17 日	
法海的禪杖	快報	1975 年 9 月 18 至 20 日	
鯊魚	快報	1975 年 9 月 21、23 至 30 日，10 月 1 至 3 日	
草	快報	1975 年 10 月 4 至 5 日	神話午餐
夢的工廠	快報	1975 年 10 月 6 日	
來生	快報	1975 年 10 月 7 日	
輪迴・小黃花	快報	1975 年 10 月 8 日	
婚姻暗流	快報	1975 年 10 月 9 日	
尋書	快報	1975 年 10 月 10 日	
第一版	快報	1975 年 10 月 11 日	

（續上表）

篇名	報紙	日期	結集
外行人	快報	1975 年 10 月 12 日	
帳簿	快報	1975 年 10 月 13 日	
秋天	快報	1975 年 10 月 14 日	神話午餐
風與室內	快報	1975 年 10 月 15 日	
在風中	快報	1975 年 10 月 16 至 17 日	神話午餐
沒有交通燈	快報	1975 年 10 月 18 日	
窗框及其他	快報	1975 年 10 月 19 日	
追逐	快報	1975 年 10 月 20 日	
書之外	快報	1975 年 10 月 21 日	
過海	快報	1975 年 10 月 22 日	
荒謬遊戲	快報	1975 年 10 月 23 日	
瘂弦小輯	快報	1975 年 10 月 24 日	
丹納的蝴蝶	快報	1975 年 10 月 25 至 27 日	
七年寫一本書	快報	1975 年 10 月 28 日	
舞獅、趕路……	快報	1975 年 10 月 29 日	
聲音	快報	1975 年 10 月 30 日	
變化	快報	1975 年 10 月 31 日	
請勿觸摸	快報	1975 年 11 月 1 日	山光水影
釣魚的老人	快報	1975 年 11 月 2 日	山水人物
釣魚的老人	快報	1975 年 11 月 3 日	山水人物
裸之大將	快報	1975 年 11 月 4 日	
欣賞花朵的瘋子	快報	1975 年 11 月 5 日	
且探毒龍潭	快報	1975 年 11 月 6 日	
再探毒龍潭	快報	1975 年 11 月 7 日	
三探毒龍潭	快報	1975 年 11 月 8 日	
懺情書	快報	1975 年 11 月 9 日	
夜與早晨	快報	1975 年 11 月 10 日	
責任	快報	1975 年 11 月 11 日	

（續上表）

篇名	報紙	日期	結集
借「人子」談批評（一）	快報	1975 年 11 月 12 日	
開花的自由（二）	快報	1975 年 11 月 13 日	
當機立斷（三）	快報	1975 年 11 月 14 日	
鷂鷹的判別（四）	快報	1975 年 11 月 15 日	
眼光（五）	快報	1975 年 11 月 16 日	
洗去脂粉（六）	快報	1975 年 11 月 17 日	
世間猿（七）	快報	1975 年 11 月 18 日	
鸚鵡的説話（八）	快報	1975 年 11 月 19 日	
判別善惡的老太太（完）	快報	1975 年 11 月 20 日	
權力與文學	快報	1975 年 11 月 21 日	
後街詩人	快報	1975 年 11 月 22 日	
畫家吳昊	快報	1975 年 11 月 23 至 24 日	城市筆記
隨想	快報	1975 年 11 月 26 日	
兀自照耀的太陽	快報	1975 年 11 月 27 日	
有眼光的編輯	快報	1975 年 11 月 28 日	
性格的悲劇	快報	1975 年 11 月 29 日	
從性格談起	快報	1975 年 11 月 30 日	
冬之光	快報	1975 年 12 月 1 日	
靈符	快報	1975 年 12 月 2 至 14 日	
寒夜的老人	快報	1975 年 12 月 15 至 16 日	山水人物
一點點電影	快報	1975 年 12 月 17 日	
寒冷感覺	快報	1975 年 12 月 18 日	
父親	快報	1975 年 12 月 19 日	
命運的嘲弄	快報	1975 年 12 月 20 日	
塘鵝與空椅子	快報	1975 年 12 月 21 日	
傻瓜大鬧科學城	快報	1975 年 12 月 22 日	
古典和現代	快報	1975 年 12 月 23 日	
貼上海報的燈柱	快報	1975 年 12 月 24 日	神話午餐

（續上表）

篇名	報紙	日期	結集
若隱若現的燈	快報	1975 年 12 月 25 日	
介紹兩個劇	快報	1975 年 12 月 26 日	
天空上邊的澄明	快報	1975 年 12 月 27 日	
不為惹笑	快報	1975 年 12 月 28 日	
碰碰車	快報	1975 年 12 月 29 日	神話午餐
言語的動作（談「啞侍」和「椅子」之一）	快報	1975 年 12 月 30 日	
濃縮的對白（之二）	快報	1975 年 12 月 31 日	
雙關的題目（談兩劇之三）	快報	1976 年 1 月 1 日	
兩種言語（四）	快報	1976 年 1 月 3 日	
椅子（完）	快報	1976 年 1 月 4 日	
太陽下山	快報	1976 年 1 月 5 日	神話午餐
老頭和仙子	快報	1976 年 1 月 6 日	
真相	快報	1976 年 1 月 7 日	
暗殺	快報	1976 年 1 月 8 日	
歌廳	快報	1976 年 1 月 9 日	
時光	快報	1976 年 1 月 10 日	神話午餐
芋	快報	1976 年 1 月 11 日	神話午餐
現實和歌舞	快報	1976 年 1 月 12 日	
米	快報	1976 年 1 月 13 日	山光水影
日本	快報	1976 年 1 月 14 日	
片段	快報	1976 年 1 月 15 日	
卡辛	快報	1976 年 1 月 16 日	
觀看	快報	1976 年 1 月 17 日	
那個下午	快報	1976 年 1 月 18 至 20 日	城市筆記
觀人	快報	1976 年 1 月 21 日	
聰明人和好人	快報	1976 年 1 月 22 日	
一些質素	快報	1976 年 1 月 23 日	

（續上表）

篇名	報紙	日期	結集
一部阿根廷片	快報	1976 年 1 月 24 日	
復仇者	快報	1976 年 1 月 25 日	
三個安娜	快報	1976 年 1 月 26 日	
又一年的將去	快報	1976 年 1 月 27 日	
弱點	快報	1976 年 1 月 28 日	
文字	快報	1976 年 1 月 29 日	
牆上的畫	快報	1976 年 2 月 2 日	
除夕	快報	1976 年 2 月 3 至 5 日	
皮影戲	快報	1976 年 2 月 6 日	
黃金萬兩	快報	1976 年 2 月 7 日	
尹縣長（十一）	快報	1976 年 5 月 24 日	
撒哈拉的故事（下）	快報	1976 年 6 月 21 日	
生活的態度	快報	1976 年 6 月 22 日	
經驗與天真	快報	1976 年 6 月 23 日	
兒童詩（二）	快報	1976 年 7 月 21 日	
兒童詩（三）	快報	1976 年 7 月 22 日	
兒童詩（四）	快報	1976 年 7 月 23 日	
兒童詩（完）	快報	1976 年 7 月 24 日	
方言	快報	1976 年 7 月 25 至 26 日	神話午餐
石也活着（一）	快報	1976 年 9 月 6 日	神話午餐
南鯤鯓的老人	快報	1976 年 9 月 11 至 12 日	山水人物
自然的遊戲	快報	1976 年 9 月 17 至 19 日	神話午餐
鹿港的黃昏	快報	1976 年 9 月 20 至 23 日	神話午餐
布袋外的風雨	快報	1976 年 9 月 24 至 25 日、27 日	神話午餐
木的生命	快報	1976 年 9 月 28、30 日，10 月 1 至 3 日	山水人物
民謠	快報	1976 年 10 月 9 至 10 日	城市筆記

（續上表）

篇名	報紙	日期	結集
風馬牛肉麵	快報	1976 年 10 月 11 至 12 日	城市筆記
環境的藝術	快報	1976 年 10 月 17 日	
許多事情	快報	1976 年 10 月 18 至 22 日	
手中的火光	快報	1976 年 10 月 23 日	
桃子的美味	快報	1976 年 10 月 25 至 26 日	書與城市
愛與尊嚴	快報	1976 年 10 月 27 日	
電梯	快報	1976 年 10 月 28 日	
新的計劃	快報	1976 年 10 月 29 日	
問題與閒話	快報	1976 年 10 月 30 日	
海邊	快報	1976 年 10 月 31 日	
花街殺人王	快報	1976 年 11 月 1 日	
傳記	快報	1976 年 11 月 2 日	
隨想	快報	1976 年 11 月 3 日	
海灘	快報	1976 年 11 月 4 至 12 日	
腎‧心‧腦	快報	1976 年 11 月 13 日	
攜帶的東西	快報	1976 年 11 月 14 日	神話午餐
史賓塞日記	快報	1976 年 11 月 15 至 19 日	
生活與作品	快報	1976 年 11 月 20 日	
金屬的心跳	快報	1976 年 11 月 21 日	山光水影
太快了	快報	1976 年 11 月 22 日	
光暗冷暖	快報	1976 年 11 月 23 日	
電車上的嘯聲	快報	1976 年 11 月 24 日	山水人物
起伏	快報	1976 年 11 月 25 日	
煙蒂花	快報	1976 年 11 月 26 日	
雞欄里的天使	快報	1976 年 11 月 27 日	山水人物
影子	快報	1976 年 11 月 28 日	山水人物
歌與俚語	快報	1976 年 11 月 29 至 30 日	
找尋一種語言	快報	1976 年 12 月 1 日	

（續上表）

篇名	報紙	日期	結集
兩種幻象	快報	1976 年 12 月 2 至 8 日	書與城市
原野雙雄	快報	1976 年 12 月 9 日	
默劇	快報	1976 年 12 月 10 日	
赤足天使	快報	1976 年 12 月 11 日	
談話	快報	1976 年 12 月 12 日	
文字真可愛	快報	1976 年 12 月 13 日	山光水影
生命	快報	1976 年 12 月 14 日	
治療咳嗽的方法	快報	1976 年 12 月 15 日	
幻想故事	快報	1976 年 12 月 16 日	
可信賴的	快報	1976 年 12 月 17 日	
由感覺到象徵	快報	1976 年 12 月 18 日	
生物學觀點	快報	1976 年 12 月 19 日	
製罐巷	快報	1976 年 12 月 20 日	
對自然的態度	快報	1976 年 12 月 21 日	
賽跑	快報	1976 年 12 月 22 日	
冬	快報	1976 年 12 月 23 日	
致命的細菌	快報	1976 年 12 月 24 日	
聖誕的故事	快報	1976 年 12 月 25 日	
畫面	快報	1976 年 12 月 26 日	
訊息如鳥鳴	快報	1976 年 12 月 27 日	
影子	快報	1976 年 12 月 28 日	
信心	快報	1976 年 12 月 29 日	
一杯熱騰騰的東西	快報	1976 年 12 月 30 日	山光水影
學術論文	快報	1976 年 12 月 31 日	
年青	快報	1977 年 1 月 1 日	
事情的幾面	快報	1977 年 1 月 3 日	
新年計劃	快報	1977 年 1 月 4 日	
讀書筆記	快報	1977 年 1 月 5 至 6 日	

（續上表）

篇名	報紙	日期	結集
冬天的故事	快報	1977 年 1 月 7 日	
了解	快報	1977 年 1 月 8 日	
文字遊戲	快報	1977 年 1 月 9 至 10 日	
電視西片	快報	1977 年 1 月 11 日	
知識人的偏執	快報	1977 年 1 月 12 至 14 日	
削瘦的靈魂	快報	1977 年 1 月 15 至 17 日	
堪富利保加	快報	1977 年 1 月 18 日	
拘謹的與自然的	快報	1977 年 1 月 19 至 20 日	山光水影
在書店翻書	快報	1977 年 1 月 21 日	
不是寓言	快報	1977 年 1 月 22 日	
鍾理和	快報	1977 年 1 月 23 日	
找尋答案	快報	1977 年 1 月 24 日	
聶魯達回憶錄	快報	1977 年 1 月 25 至 31 日	
在甘地先生左右	快報	1977 年 2 月 1 至 7 日	
早晨	快報	1977 年 2 月 8 日	
快樂與絕望	快報	1977 年 2 月 9 至 10 日	
讀敻虹詩集	快報	1977 年 2 月 11 至 15 日	
預見將來的人	快報	1977 年 2 月 16 日	
交界的地方	快報	1977 年 2 月 17 日	
走廊里的老婦人	快報	1977 年 2 月 20 日	山光水影
祭桌方的小孩	快報	1977 年 2 月 21 日	山光水影
快餐店前兩青年	快報	1977 年 2 月 22 至 23 日	山光水影
茶室的老闆娘	快報	1977 年 2 月 24 日	
急驚風與慢郎中	快報	1977 年 2 月 25 日	
知識	快報	1977 年 2 月 26 日	
翻開一頁書	快報	1977 年 2 月 27 日	
黑鳥	快報	1977 年 2 月 28 日	
認識情感	快報	1977 年 3 月 1 日	

（續上表）

篇名	報紙	日期	結集
逃避	快報	1977 年 3 月 2 日	
快餐	快報	1977 年 3 月 3 日	
祈願達摩	快報	1977 年 3 月 4 日	山光水影
名單	快報	1977 年 3 月 5 日	
地圖外的路	快報	1977 年 3 月 6 日	
笨拙	快報	1977 年 3 月 7 日	
笨與聰明	快報	1977 年 3 月 8 日	
惡補的生命	快報	1977 年 3 月 9 日	
玩物	快報	1977 年 3 月 10 日	
桑青與桃紅	快報	1977 年 3 月 11 至 19 日	
女性的形象	快報	1977 年 3 月 20 至 22 日	
濫調	快報	1977 年 3 月 23 日	
影子	快報	1977 年 3 月 24 日	
歌與景	快報	1977 年 3 月 25 日	山水人物
艾青的憂傷	快報	1977 年 3 月 26 至 31 日	書與城市
笑臉	快報	1977 年 4 月 1 日	
米德自傳	快報	1977 年 4 月 2 至 13 日	
美麗的詩	快報	1977 年 4 月 14 日	
海灣的風	快報	1977 年 4 月 15 至 16 日	
可怕的孩子	快報	1977 年 4 月 17 日	
迷路	快報	1977 年 4 月 18 日	
傑克倫敦與尋金	快報	1977 年 4 月 19 日	
大自然的錯誤	快報	1977 年 4 月 20 日	山光水影
卓別靈	快報	1977 年 4 月 21 日	
共鳴	快報	1977 年 4 月 22 日	
尋求溫暖的人	快報	1977 年 4 月 23 日	
感情、幽默、謙虛	快報	1977 年 4 月 24 日	
走入晨光的路	快報	1977 年 4 月 25 日	山水人物

（續上表）

篇名	報紙	日期	結集
聲音與憤怒	快報	1977 年 4 月 26 日	
談畫	快報	1977 年 4 月 27 日	
意象的生長	快報	1977 年 4 月 28 日	
夏日	快報	1977 年 4 月 29 日	山水人物
百水先生	快報	1977 年 4 月 30 日至 5 月 2 日	街巷人物
現代人	快報	1977 年 5 月 3 日	
阿寶	快報	1977 年 5 月 4 日	
報名表格	快報	1977 年 5 月 5 日	山水人物
小巴里的鏡子	快報	1977 年 5 月 6 日	山光水影
路旁小人物	快報	1977 年 5 月 7 日	
一尾藍色的魚	快報	1977 年 5 月 8 日	
另一種人	快報	1977 年 5 月 9 日	
知性與感性	快報	1977 年 5 月 10 日	
艾小姐的酒	快報	1977 年 5 月 11 日	
母親	快報	1977 年 5 月 12 日	山水人物
林以亮詩話	快報	1977 年 5 月 13 日	
兩個少女	快報	1977 年 5 月 14 日	山光水影
無題	快報	1977 年 5 月 15 日	
另一人	快報	1977 年 5 月 16 日	
的士司機	快報	1977 年 5 月 17 日	
餅店	快報	1977 年 5 月 18 日	山光水影
墜海的人	快報	1977 年 5 月 19 至 21 日	書與城市
正派角色	快報	1977 年 5 月 22 日	
洛奇	快報	1977 年 5 月 23 日	
如何對付天外來客	快報	1977 年 5 月 24 日	
喝咖啡的地方	快報	1977 年 5 月 25 日	
粵語問題	快報	1977 年 5 月 26 至 28 日	
用拇指捵着食指說話的人	快報	1977 年 5 月 29 日	

（續上表）

篇名	報紙	日期	結集
被遺忘的美洲？	快報	1977 年 5 月 30 日	
拉美小說	快報	1977 年 5 月 31 日	
畫後的畫	快報	1977 年 6 月 1 日	
天氣和暖	快報	1977 年 6 月 2 日	
泰山的神話	快報	1977 年 6 月 3 至 4 日	
波希士的文學入門	快報	1977 年 6 月 5 日至 6 日	
懷疑和信心	快報	1977 年 6 月 7 日	
跑步熱潮	快報	1977 年 6 月 8 日	
仲夏夜之夢	快報	1977 年 6 月 9 至 14 日	
沒有絕對純淨的食水	快報	1977 年 6 月 15 日	
冰咖啡	快報	1977 年 6 月 16 日	城市筆記
白日夢	快報	1977 年 6 月 17 日	
自然與刻意	快報	1977 年 6 月 18 日	
螢火蟲	快報	1977 年 6 月 19 日	
給畫拍照	快報	1977 年 6 月 20 日	山光水影
探險者	快報	1977 年 6 月 21 日	
不平衡的翹翹板	快報	1977 年 6 月 22 日	城市筆記
影響	快報	1977 年 6 月 23 日	山光水影
夢的兩邊	快報	1977 年 6 月 24 日	
直言的人	快報	1977 年 6 月 25 日	
根與根據	快報	1977 年 6 月 26 日	
成熟	快報	1977 年 6 月 27 日	
成熟與不成熟	快報	1977 年 6 月 28 日	
轉形〔型〕	快報	1977 年 6 月 29 日	
自主	快報	1977 年 6 月 30 日	
早晨！	快報	1977 年 7 月 1 日	
中午	快報	1977 年 7 月 2 日	
黃昏	快報	1977 年 7 月 3 日	

（續上表）

篇名	報紙	日期	結集
夜晚	快報	1977 年 7 月 4 日	
苦淚	快報	1977 年 7 月 5 日	
帶回公園中的寒冷	快報	1977 年 7 月 6 日	
火車站的甬道	快報	1977 年 7 月 7 日	
蝴蝶與箭	快報	1977 年 7 月 8 日	
生活與小說	快報	1977 年 7 月 9 日	
小說與生活	快報	1977 年 7 月 10 至 17 日	
小巷的早晨	快報	1977 年 7 月 25 至 26 日	
棄置的電視機	快報	1977 年 7 月 27 日	山水人物
曬太陽的方法	快報	1977 年 7 月 28 日	山光水影
城之迷	快報	1977 年 7 月 29 日至 8 月 2 日	書與城市
夏娃的幾面	快報	1977 年 8 月 3 日	
黑雲下	快報	1977 年 8 月 4 日	
生物學與人生	快報	1977 年 8 月 5 日	
翅膀與刺	快報	1977 年 8 月 6 日	
電視人	快報	1977 年 8 月 7 至 15 日	
車禍	快報	1977 年 8 月 16 日	
戲	快報	1977 年 8 月 17 日	
紙團	快報	1977 年 8 月 18 日	
社會生物學	快報	1977 年 8 月 19 至 21 日	
爛頭東北	快報	1977 年 8 月 22 至 30 日	城市筆記
赤柱	快報	1977 年 9 月 1 日	山光水影
含羞草	快報	1977 年 9 月 2 日	山水人物
巴黎的另一方面	快報	1977 年 9 月 3 日	
早上的事	快報	1977 年 9 月 4 日	山光水影
夜	快報	1977 年 9 月 5 日	山光水影
風暴	快報	1977 年 9 月 6 日	
傘	快報	1977 年 9 月 7 至 11 日	

（續上表）

篇名	報紙	日期	結集
這一段路	快報	1977 年 9 月 12 日	
牛奶與爐子	快報	1977 年 9 月 13 日	
大難不死	快報	1977 年 9 月 14 至 18 日	
老人	快報	1977 年 9 月 19 日	山光水影
問題	快報	1977 年 9 月 20 日	
散文詩	快報	1977 年 9 月 21 日	
文藝活動	快報	1977 年 9 月 22 日	
女侍日記	快報	1977 年 9 月 23 日	山光水影
午餐的詩	快報	1977 年 9 月 24 日至 10 月 1 日	書與城市
補充	快報	1977 年 10 月 2 日	
什麼?	快報	1977 年 10 月 3 日	
擠	快報	1977 年 10 月 4 日	
判斷	快報	1977 年 10 月 5 日	
關係	快報	1977 年 10 月 6 日	
片段	快報	1977 年 10 月 7 日	
旅遊報導	快報	1977 年 10 月 8 日	
彩虹的勝利	快報	1977 年 10 月 9 日	山光水影
剛烈小説	快報	1977 年 10 月 10 至 16 日	書與城市
頭	快報	1977 年 10 月 17 日	
怎樣去到藝術中心?	快報	1977 年 10 月 18 至 19 日	
船	快報	1977 年 10 月 20 日	
鄉土	快報	1977 年 10 月 21 日	
補充	快報	1977 年 10 月 22 日	
兩節	快報	1977 年 10 月 23 日	
怪房客	快報	1977 年 10 月 24 至 26 日	
錢幣	快報	1977 年 10 月 27 日	山光水影
雨	快報	1977 年 10 月 28 日	山光水影
三節	快報	1977 年 10 月 29 日	

（續上表）

篇名	報紙	日期	結集
約翰斯的樹	快報	1977 年 10 月 30 日至 11 月 1 日	
原諒	快報	1977 年 11 月 2 至 3 日	
早餐	快報	1977 年 11 月 4 至 5 日	
秋之光	快報	1977 年 11 月 6 日	
訪問的藝術	快報	1977 年 11 月 7 至 9 日	
隙縫裏的琴音	快報	1977 年 11 月 10 日	
鼻子	快報	1977 年 11 月 11 至 19 日	
詩人的日記	快報	1977 年 11 月 20 日至 12 月 2 日	
賣木屐的老人	快報	1977 年 12 月 3 日	山水人物
轉變	快報	1977 年 12 月 4 日	
態度、觀念	快報	1977 年 12 月 5 日	
生活的戲劇	快報	1977 年 12 月 6 日	
日夜	快報	1977 年 12 月 7 至 16 日	城市筆記
諸般事物	快報	1977 年 12 月 17 日	
眼睛練習	快報	1977 年 12 月 18 日	城市筆記
灰塵和蛛網	快報	1977 年 12 月 19 日	
表達	快報	1977 年 12 月 20 日	
一半一半	快報	1977 年 12 月 21 日	城市筆記
生物死物	快報	1977 年 12 月 22 日	城市筆記
早晨	快報	1977 年 12 月 23 日	
冬至老人	快報	1977 年 12 月 24 日	
蘋果裏的蟲、豬耳、聖誕節	快報	1977 年 12 月 25 日	城市筆記
兩則	快報	1977 年 12 月 26 日	
聖誕卡	快報	1977 年 12 月 27 日	山光水影
差利卓別靈	快報	1977 年 12 月 28 日	山光水影
禁葬令	快報	1977 年 12 月 29 日	

（續上表）

篇名	報紙	日期	結集
歲末的聲音	快報	1977 年 12 月 30 日	
碎散	快報	1977 年 12 月 31 日	
鐘錶	快報	1978 年 1 月 1 日	山水人物
咬一口聖誕卡	快報	1978 年 1 月 3 日	城市筆記
卜比的兔子	快報	1978 年 1 月 4 日	
錯愛	快報	1978 年 1 月 5 日	
惡夢	快報	1978 年 1 月 6 日	城市筆記
噴泉	快報	1978 年 1 月 7 日	城市筆記
朱湘的敏感與耿介	快報	1978 年 1 月 8 至 11 日	書與城市
知識和才情以外	快報	1978 年 1 月 12 日	
冬天	快報	1978 年 1 月 13 日	
音樂	快報	1978 年 1 月 14 日	城市筆記
玻璃上的圓洞	快報	1978 年 1 月 15 日	山水人物
不尋常的燈光	快報	1978 年 1 月 16 日	城市筆記
外與內	快報	1978 年 1 月 17 日	
動物園	快報	1978 年 1 月 18 至 20 日	
阿叔	快報	1978 年 1 月 21 至 23 日	山水人物
分鐘	快報	1978 年 1 月 24 日	
人家的老師	快報	1978 年 1 月 25 日	
不肯定的噩耗	快報	1978 年 1 月 26 日	
藝術節的馬	快報	1978 年 1 月 27 日	
闖和做	快報	1978 年 1 月 28 日	
沉滯和衝擊	快報	1978 年 1 月 29 日	
畫出來的真言	快報	1978 年 1 月 30 日至 2 月 1 日	
電腦也要溝通	快報	1978 年 2 月 2 日	
表達	快報	1978 年 2 月 3 日	
頭巾氣	快報	1978 年 2 月 4 日	
周夢蝶	快報	1978 年 2 月 5 至 6 日	

（續上表）

篇名	報紙	日期	結集
春池深且廣	快報	1978 年 2 月 9 至 13 日	
通宵咖啡店的老人	快報	1978 年 2 月 14 至 16 日	山水人物
佐和子的父親	快報	1978 年 2 月 17 至 21 日	山水人物
想看天鵝的女子	快報	1978 年 2 月 22 至 23 日	山水人物
彈結他的男子	快報	1978 年 2 月 24 至 27 日	山水人物
料金先生	快報	1978 年 2 月 28 日	山水人物
遙遠的歌手	快報	1978 年 3 月 1 至 8 日	城市筆記
京都火車站	快報	1978 年 3 月 9 至 17 日	城市筆記
夜行貨車裏的食	快報	1978 年 3 月 18 至 24 日	城市筆記
外國人	快報	1978 年 3 月 25 至 26 日	山水人物
莉莉安的旅程	快報	1978 年 3 月 27 至 28 日	
豬與春天	快報	1978 年 3 月 29 日	山水人物
我找到了？	快報	1978 年 3 月 30 日	
春天的電器	快報	1978 年 3 月 31 日	山水人物
孩子與墳	快報	1978 年 4 月 1 至 2 日	山光水影
墳場的老人	快報	1978 年 4 月 3 至 4 日	山光水影
靈慾交戰	快報	1978 年 4 月 5 日	
盛開的石榴花	快報	1978 年 4 月 6 日	
畢加索夏天	快報	1978 年 4 月 7 日	
找尋畢加索	快報	1978 年 4 月 8 日	
孤獨	快報	1978 年 4 月 9 至 11 日	
眼中的亮光	快報	1978 年 4 月 12 日	
里爾克和羅丹	快報	1978 年 4 月 13 至 14 日	書與城市
推在天氣的頭上	快報	1978 年 4 月 15 日	
昨日之怒	快報	1978 年 4 月 16 日	
關懷與藝術	快報	1978 年 4 月 17 日	
昨日之愛	快報	1978 年 4 月 18 至 19 日	
阿祥訪問記	快報	1978 年 4 月 20 日	

（續上表）

篇名	報紙	日期	結集
喊不出來的洶湧	快報	1978 年 4 月 21 日	
鞋子帽子	快報	1978 年 4 月 22 日	
寵壞了的孩子	快報	1978 年 4 月 23 至 24 日	
輕易成功	快報	1978 年 4 月 25 日	
王文興夏天	快報	1978 年 4 月 26 日	
爬行	快報	1978 年 4 月 27 日	
報導文學	快報	1978 年 4 月 28 日	
讀詩的原因	快報	1978 年 4 月 29 日	
走音的愛	快報	1978 年 4 月 30 日	
酸	快報	1978 年 5 月 1 日	
苦	快報	1978 年 5 月 2 至 4 日	
甜	快報	1978 年 5 月 5 至 6 日	
辣	快報	1978 年 5 月 7 至 8 日	
祝福	快報	1978 年 5 月 9 至 10 日	山光水影
電視與車	快報	1978 年 5 月 11 日	
孤立的守門員	快報	1978 年 5 月 12 日	
賴床	快報	1978 年 5 月 13 日	街巷人物
對事情的看法	快報	1978 年 5 月 14 日	
口中的蟾蜍	快報	1978 年 5 月 15 日	
沒有走的路	快報	1978 年 5 月 16 日	
學到了什麼？	快報	1978 年 5 月 17 日	
三首詩	快報	1978 年 5 月 18 至 19 日	
加斯伯侯沙之謎	快報	1978 年 5 月 20 至 21 日	
看電視	快報	1978 年 5 月 22 日	山水人物
對同學的態度	快報	1978 年 5 月 23 日	
時間	快報	1978 年 5 月 24 日	
正義丸	快報	1978 年 5 月 25 日	
失去作用的人	快報	1978 年 5 月 26 至 27 日	

（續上表）

篇名	報紙	日期	結集
天譴	快報	1978 年 5 月 28 至 29 日	
靜默和神秘的國土	快報	1978 年 5 月 30 至 31 日	
事物的靈魂	快報	1978 年 6 月 1 至 2 日	山水人物
不講原則的遊戲	快報	1978 年 6 月 3 日	
蚊患	快報	1978 年 6 月 4 日	
安妮・荷蘭	快報	1978 年 6 月 5 日	
畫畫	快報	1978 年 6 月 6 至 7 日	
溝通	快報	1978 年 6 月 8 日	
手	快報	1978 年 6 月 9 日	
懷舊及其他	快報	1978 年 6 月 10 日	
早起	快報	1978 年 6 月 11 日	
吉澳的雲	快報	1978 年 6 月 12 至 14 日	山水人物
素材與作品	快報	1978 年 6 月 15 至 21 日	
愛是那水的聲音	快報	1978 年 6 月 22 至 23 日	書與城市
雜文與現代人	快報	1978 年 6 月 24 至 25 日	
獨舞的人	快報	1978 年 6 月 26 日	山光水影
老詩人	快報	1978 年 6 月 27 日	城市筆記
童玩專集	快報	1978 年 6 月 28 日	
藝術與現實	快報	1978 年 6 月 29 日	
初晴	快報	1978 年 6 月 30 日	
希臘人左巴	快報	1978 年 7 月 1 至 9 日	
史楚錫	快報	1978 年 7 月 10 日	
清白者	快報	1978 年 7 月 11 至 12 日	山光水影
進入的是夠生的夜	快報	1978 年 7 月 13 至 15 日	山水人物
石的呼吸	快報	1978 年 7 月 16 至 17 日	山水人物
輿論反應	快報	1978 年 7 月 18 日	
大澳的夜	快報	1978 年 7 月 19 日	山水人物
新果舊書	快報	1978 年 7 月 20 日	山光水影

（續上表）

篇名	報紙	日期	結集
水	快報	1978 年 7 月 21 日	山水人物
冰室的婦人	快報	1978 年 7 月 22 日	
凌晨三時半的雨	快報	1978 年 7 月 23 至 24 日	山光水影
二則	快報	1978 年 7 月 25 日	
安徒生童話	快報	1978 年 7 月 26 至 28 日	
風與人	快報	1978 年 7 月 29 日	
竹葉	快報	1978 年 7 月 30 日	布拉格的明信片
沒有了尾巴	快報	1978 年 7 月 31 日	
走路的樹	快報	1978 年 8 月 1 日	
報導文學	快報	1978 年 8 月 2 至 4 日	
我是緩慢的	快報	1978 年 8 月 5 日	
紙皮袋上的	快報	1978 年 8 月 6 日	
遊客心態	快報	1978 年 8 月 7 日	
深淺	快報	1978 年 8 月 8 至 9 日	
給分流的友人	快報	1978 年 8 月 10 日	
書話	快報	1978 年 8 月 11 日	
大拇指小説選	快報	1978 年 8 月 12 日	
樂觀	快報	1978 年 8 月 13 日	
兩個翻譯劇	快報	1978 年 8 月 14 日	
告一段落	快報	1978 年 8 月 15 日	

附錄三：也斯研究資料

　　資料整理自各大圖書館目錄、香港文學資料庫、嶺南大學人文學科研究中心「中國當代作家口述歷史計劃」梁秉鈞專頁（https://commons.ln.edu.hk/oh_cca/16/）。所有資料按出版日期先後排序。

一、學位論文（只列出至少有一節專論也斯者）

（一）香港學位論文

碩博士論文 ——

梁志華：《從〈剪紙〉、〈煩惱娃娃的旅程〉論也斯筆下的都市》，香港：香港中文大學中國語言及文學系哲學碩士論文，1982 年。

黃靜：《一九五〇至一九七〇年代香港都市小説研究》，香港：嶺南大學中文系哲學碩士論文，2002 年。第八章：「都市的觀察者 —— 也斯」。

陸姵而：《敍述「九七」：香港小説中的時間與敍事》，香港：香港浸會大學中國語言文學系哲學碩士論文，2006 年。第三章第三節：「『起源三』：虛構的城市・想像的城市。」

陳偉儀：《香港小説中的空間》，香港：嶺南大學中文系哲學碩士論文，2006 年。第四章第二節：「也斯的『剪紙』空間」，以及第五章第二節：「也斯的虛構／記憶城市」。

謝伯盛：《香港文學的現代主義：六、七〇年代歐洲電影與香港文學的關係》，香港：嶺南大學中文系哲學碩士論文，2011 年。第四章：「浮動不穩的敍述：《去年在馬倫巴》與也斯的創作」。

李芊芊：《論也斯小説中的越界實踐》，香港：香港大學中文學院哲學碩士論文，2016 年。

王家琪：《也斯的香港文學史論述》，香港：香港中文大學中國語言及文學系哲學博士論文，2017 年。

李滌凡：《從同化到分離：梁秉鈞作品的跨文化闡釋》，香港：香港大學中文學院哲學碩士論文，2020 年。

本科論文 ——

李彩嫻：《也斯筆下的城市生活》，香港：香港中文大學中國語言及文學系本科生畢業論文，1988 年。

吳聲展：《從〈雜技的故事〉到〈剪紙〉—— 評析也斯幾篇小說的「魔幻現實」手法》，香港：香港中文大學中國語言及文學系本科生畢業論文，1990 年。

黃奇龍：《也斯〈養龍人師門〉與魔幻寫實主義》，香港：香港浸會大學中國語言文學系本科生畢業論文，1992 年。

陳玉儀：《也斯小說中的人》，香港：香港浸會大學中國語言文學系本科生畢業論文，1994 年。

李婉薇：《論也斯的〈記憶的城市・虛構的城市〉》，香港：香港中文大學中國語言及文學系本科論文，1996 年。

張佩珊：《記憶與虛構之間 —— 試論八十年代以後也斯小說的文化思考》，香港：香港中文大學中國語言及文學系本科論文，1998 年。

吳潔盈：《遊戲文字的「執着」與「探索」—— 也斯〈布拉格的名信片〉敘事形式研究》，香港：香港中文大學中國語言及文學系本科論文，2002 年。

陳萍萍：《城市遊歷 —— 試論也斯散文集〈在柏林走路〉》，香港：香港中文大學中國語言及文學系本科論文，2003 年。

秦芷茵：《從〈後殖民食物與愛情〉看也斯在小說中呈現的香港後殖民處境》，香港：香港中文大學中國語言及文學系本科論文，2005 年。

陳倩欣：《抒情與自省 —— 論也斯的〈島和大陸〉》，香港：香港中文大學中國語言及文學系本科論文，2006 年。

周沛均：《也斯小說初探》，香港：香港嶺南大學中文系本科生畢業論文，2009 年。

黃偉傑：《都市、體制、魔幻 —— 論也斯的〈李大嬸的袋錶〉、〈養龍人師門〉、〈剪紙〉》，香港：香港嶺南大學中文系本科生畢業論文，2010 年。

（二）台灣學位論文

林麗英：《也斯作品中之歷史、記憶與文化身份》，新竹：國立交通大學外國文學與語言學研究所哲學碩士論文，2008 年。

黃雅蓮：《香港文學與文化身份：以劉以鬯、西西、梁秉鈞為個案的研究》，南投：國立暨南國際大學中國語文學系碩士論文，2011 年。第四章：「文化身份及其外 —— 梁秉鈞的後殖民書寫」。

江江明：《論當代台港「故事新編體」華文小說（1949-2006）》，彰化：國立彰化師範大學國文學系博士論文，2012 年。第三章第二節：「改寫諸神與英雄 —— 王孝廉、也斯、董啟章故事新編體當代神話新解」。

陳筱筠：《1980 年代香港文學的建構與跨界想像》，台南：國立成功大學台灣文學系博士論文，2014 年。第四章第三節：「也斯的島與大陸：中港邊界的反思與中華性的難題」。

楊育青：《香港與跨文化想像 —— 以梁秉鈞、蔡珠兒的飲食文學為考察對象》，台北：國立台北教育大學台灣文化研究所碩士論文，2015 年。

麥梓晴：《梁秉鈞詩內中國文化空間的尋覓》，台南：國立成功大學中國文學系碩士論文，2017 年。

盧姵雅：《梁秉鈞及其飲食詩研究》，高雄：國立高雄師範大學國文學系碩士論文，2018 年。

許碧純：《越界的追尋 —— 也斯行旅書寫研究》，新北市：華梵大學中國文學系碩士班碩士論文，2020 年。

（三）內地學位論文

白娟：《香港都市生態的觀察與思考 —— 試論也斯的香港系列創作》，長春：吉林大學中國現當代文學碩士論文，2008 年。

曾亮：《游離的「旅行書」—— 論梁秉鈞的文學創作》，南京：南京大學中國現當代文學碩士論文，2008 年。

王天益：《從有界到無疆 —— 試論文人梁秉鈞的越界探尋》，濟南：山東大學現當代文學碩士論文，2011 年。

陳思：《論二十世紀七十年代以來香港現代主義文學中的物質書寫》，南京大學中國現當代文學碩士論文，2012 年。第二章第二節：「非人類中心主義與本土經驗的表達焦慮：西西、梁秉鈞的物質書寫」。

二、評論專書

陳素怡編：《也斯作品評論集（小說部分）》，香港：香港文學評論出版社，2011 年。

陳素怡主編：《僭越的夜行：梁秉鈞新詩作品評論資料彙編》，香港：文化工房，2012 年。

黃淑嫻、吳煦斌主編：《回看‧也斯（1949-2013）》，香港：康樂及文化事務署，2014 年。

曾卓然主編：《也斯的散文藝術》，香港：三聯書店，2015 年。

Au, C.T. *The Hong Kong Modernism of Leung Ping-kwan*. Lanham: Lexington Books, 2020.

區仲桃：《東西之間：梁秉鈞的中間詩學論》，香港：中華書局，2020 年。

三、單篇文章（只列出以也斯為題者）

（一）英文文章

Kerr, Douglas W. F. "Leung Ping-Kwan's Amblings: A Review of the Right-hand Pages." *Cha: An Asian Literary Journal*, no. 15 (2011), https://www.asiancha.com/content/view/1007/314/.

Riemenschnitter, Andrea. "Beyond Gothic: Ye Si's Spectral Hong Kong and the Global Culture Crisis." *Journal of Modern Literature in Chinese* 12, no. 1 (December 2014): 108-156.

Chow, Rey. "Yesi and Lyricism." In *A New Literary History of Modern China*, 940-945. Edited by David Der-Wei Wang. Cambridge, Massachusetts: The Belknap Press of Harvard University Press, 2017.

Parkin, Andrew. Review of *City at the End of Time*, by Leung Ping-kwan. *Manoa* 6, no. 2 (1994): 247-249.

Yue, Ming-Bao. Review of *City at the End of Time*, by Leung Ping-kwan. *China Review International* 6, no. 1 (1999): 184-188.

Marchand, Sandrine, and Jonathan Hall. Review of *Travelling with a Bitter Melon, Selected Poems* (1973-1998), by Leung Ping-kwan. *China Perspectives*, no. 46 (2003): 84-86.

（二）中文文章

林柏燕：〈評介「灰鴿早晨的話」──兼談散文〉，《中華日報》1974 年 6 月 13 至 14 日，頁 9。

何福仁：〈或聚或散成圖 —— 評介梁秉鈞的「茶」和李國威的「曇花」〉，《詩風》第 36 期（1975 年 5 月 1 日），頁 2。

西西：〈記一段也斯〉，《大拇指》第 3 期（1975 年 11 月 7 日），第 7 版。

凌冰：〈笨狼的鈴聲 —— 試剖梁秉鈞小說「斷耳的兔子」〉，《大拇指》第 62 期（1977 年 6 月 1 日），頁 8-9。

迅清：〈風景的觸角　觸角的風景 —— 談也斯的「神話午餐」〉，《大拇指》第 83 期（1978 年 9 月 15 日），第 8 版。

黃蕙瑜：〈記一段也斯〉，《大拇指》第 133 期（1981 年 3 月 15 日），第 3 版。

張偉權：〈從也斯的一篇散文說起〉，《星島日報・大會堂》（1981 年 12 月 30 日），第 11 版。

王仁芸：〈讀也斯的「剪紙」〉，《文藝》第 6 期（1983 年 6 月），頁 33-37。

辛笛：〈給也斯先生的一封信〉，《星島日報・大會堂》（1983 年 7 月 20 日），第 16 版。

楊疾：〈專訪也斯〉，《香港透視》第 4 期（1983 年 10 月），頁 62-63。

黎海華：〈透視事物靈魂的素描 —— 也斯的「山水人物」〉，《文藝》第 13 期（1985 年 3 月），頁 52-55。

松木：〈提問，回答，推翻答案 —— 讀也斯的小說〉，《突破》第 12 卷第 3 期（1985 年 3 月 15 日），頁 40-41。

書茵：〈也斯〉，《城市周刊》（1985 年 4 月 20 日），頁碼不明。

迅清：〈重組事物新秩序的詩人 —— 記梁秉鈞〉，《文藝》第 14 期（1985 年 6 月），頁 32-33。

陳寶珍：〈也斯小說中的女性形象〉，《香港文學》第 11 期（1985 年 11 月），頁 74-79。

黃維樑：〈梁秉鈞的《池》〉，《香港文學初探》（香港：華漢，1985 年），頁 88-91。

木華：〈也斯的散文〉，原刊也斯：《山光水影》（香港：博益，1985 年）。收入集思編：《梁秉鈞卷》（香港：三聯書店，1989 年），頁 369-372。

湘湘：〈不喜濫情是也斯〉，《作家小記》（香港：城市出版，1986 年），頁 171-176。

古劍：〈鯉魚門的浪花 —— 也斯印象〉，《台港文學選刊》第 1 期（1986 年 2 月），頁 68-70。

桑妮：〈淺談也斯的散文 —— 讀《山光水影》箚記〉，《讀者良友》第 20 期（1986 年 2 月），頁 77、79、81。

李錦輝：〈看梁秉鈞詩有感〉，《秋螢詩刊》第 28 期（1986 年 4 月 1 日），無頁碼。

羅貴祥:〈後現代主義與梁秉鈞「游詩」〉,《文藝》第 18 期（1986 年 6 月）,頁 44-50。

王仁芸:〈魔幻寫實 —— 也斯小說集《養龍人師門》的創作方法〉,原刊《文藝》第 18 期（1986 年 6 月）。收入集思編:《梁秉鈞卷》（香港:三聯書店,1989 年）,頁 373-385。

小英、杜強合編:〈梁秉鈞著作及有關評論書目初編〉,《文藝》第 18 期（1986 年 6 月）,頁 51-53。

陳炳良:〈筌蹄之辨 —— 談也斯的《剪紙》〉,《文學散論:香港・魯迅・現代》（香港:香江出版,1987 年）,頁 57-64。

葉輝:〈背景・潛背景・複句結構 —— 讀也斯三個中篇小說〉,《作家》第 2 期（1988 年 4 月）,頁 168-173。

黎海華:〈聆聽梁秉鈞詠物詩的主題與變奏〉,《突破》第 15 卷第 12 期（1988 年 12 月 15 日）,頁 50-52。

溫儒敏:〈香港文學批評印象（上）〉,《香港文學》第 49 期（1989 年 1 月）,頁 31-34。

溫儒敏:〈香港文學批評印象（下）〉第 50 期（1989 年 2 月）,頁 33-39。

鄭敏:〈梁秉鈞的詩〉,《香港文學》第 52 期（1989 年 4 月 5 日）,頁 27-30。

陳惠英:〈從茶到酒 —— 讀梁秉鈞的兩首詩〉,《星島晚報・大會堂》（1989 年 5 月 23 日）,第 16 版。

潘亞暾:〈香港第一代作家的傑出代表 —— 也斯及其夫人吳煦斌〉,《香港作家剪影》（福州:海峽文藝,1989 年）,頁 152-160。

何慧:〈從《三魚集》看也斯小說的藝術特色〉,《香港文學》第 55 期（1989 年 7 月）,頁 16-19。

郭恩慈:〈梁秉鈞詩的「空間性」〉,《星島晚報・大會堂》（1990 年 5 月 2 日）,第 16 版。

白楓:〈我們共同的月亮 —— 讀梁秉鈞《樂海崖的月亮》〉,《台港文學選刊》第 4 期（1991 年 4 月 6 日）,頁 93-94。

洛楓:〈空間、歷史、語言的重組 —— 試論梁秉鈞的後現代詩學〉,《詩雙月刊》第 3 卷第 2 期（1991 年 10 月 1 日）,頁 38-48。

艾曉明:〈都市空間與也斯小說（上）〉,《香港文學》第 92 期（1992 年 8 月）,頁 9-13。

艾曉明:〈都市空間與也斯小說（下）〉,《香港文學》第 93 期（1992 年 9 月）,頁 17-24。

謝常青：〈他用自己的方法透視生活 —— 談香港詩人也斯的詩〉，《日出東方永向前：香港澳門文學研究論集》（廣州：暨南大學，1993 年），頁 140-148。

潘亞暾、汪義生：〈梁錫華、也斯等的散文〉，《香港文學概觀》（廈門：鷺江，1993年），頁 620-633。

王仁芸：〈觀看也斯的《剪紙》〉，《香港青年作者協會文集：紀念成立作品選》（香港：香港青年作者協會，1993 年），頁 330-341。

楊世彭：〈藝術論爭：「國際化」？ —— 莫名其妙的「論證」—— 駁斥也斯的《藝術政策》〉，《越界》第 48 期（1993 年 6 月），頁 5。

韋靜：〈也斯、詹宏志、蘇童 —— 談中港台文化空間〉，《越界》第 51 期（1993 年 7 月），頁 6-7。

俞風整理：〈也斯與張灼祥談《剪紙》〉，《大拇指》第 180 期（1993 年 10 月 15日），第 3 版。

張灼祥著：〈也斯：在回憶與虛構之間〉，《作家訪問錄》（香港：素葉，1994 年），頁 259-264。

汪義生：〈喚起失憶城市的記憶 —— 評也斯的《記憶的城市‧虛構的城市》〉，《大公報‧文學版》第 97 期（1994 年 5 月），頁 23。

王一桃著、何機雄編：〈追隨繆司步入文學大門 ——《梁秉鈞卷》簡介〉，《香港文學評析》（香港：雅苑，1994 年），頁 152-155。

沈冬青：〈觀看‧反省‧無聲的掙扎 —— 虛構記憶城市的也斯〉，《幼獅文藝》第 79卷第 6 期（1994 年 6 月），頁 48-52。

陸士清、林之果：〈求新求變的也斯〉，《香港作家》第 51 期（1994 年 12 月 15 日），第 3 版。

王劍叢：〈也斯的創作〉，《香港文學史》（南昌：百花洲文藝，1995 年），頁 234-241。

周蕾：〈香港及香港作家梁秉鈞〉，《寫在家國以外》（香港：牛津大學出版社，1995年），頁 119-150。

董啟章：〈《三魚集》書評〉，《香港文學書目》（香港：青文書屋，1995 年），頁150-151。

王璞：〈小說中的傳統與現代 —— 談也斯的小說《記憶的城市‧虛構的城市》〉，《現代中文文學評論》第 3 期（1995 年 6 月），頁 91-98。

艾曉明：〈也斯的《剪紙》〉，《讀書人》第 5 期（1995 年 7 月），頁 87。

東瑞著：〈淺談也斯的散文〉，《我看香港文學》（香港：獲益，1995 年），頁 198-203。

陳思：〈新詩，這個行業 —— 商禽、也斯《詩的對話》之後〉，《讀書人》第 3 期（1995 年 5 月），頁 80-83。

黃紐：〈試評也斯的《香港文化》〉，《讀書人》第 4 期（1995 年 6 月），頁 92-96。

古遠清：〈細察現象，剖析本質 —— 評也斯的文學評論〉，《香港文學》第 127 期（1995 年 7 月），頁 63-68。

李珊利：〈我與我之外 —— 讀《梁秉鈞詩選》印象記〉，《香港文學》第 136 期（1996 年 4 月），頁 31-32。

董啟章：〈也斯：《記憶的城市‧虛構的城市》〉，《讀書人》第 11 期（1996 年 1 月），頁 52-53。

梁世榮：〈兩位也斯 —— 評也斯的《香港文化》〉，《星島日報》1996 年 1 月 8 日，D6 版。

石磊：〈「吾道孤」的寂寞　也斯及其香港文化空間與文學〉，《明報》1996 年 4 月 7 日，D10 版。

李萬：〈香港的文化空間 —— 評也斯《香港文化空間與文學》〉，《讀書人》第 14 期（1996 年 4 月），頁 42-45。後收入馮偉才：〈香港的文化空間 —— 評也斯《香港文化空間與文學》〉，《遊方吟》（香港：天地圖書，2007 年），頁 103-107。

王璞：〈身份的迷失與認同 —— 也斯小說的一種讀法〉，《香港作家報》第 93 期（1996 年 7 月），第 3 版。

黃思漢著，黃淑嫻譯：〈小說與文化 —— 試論也斯的小說（上）〉，《讀書人》第 21 期（1996 年 11 月），頁 25-34。

黃思漢著，黃淑嫻譯：〈小說與文化 —— 試論也斯的小說（下）〉，《讀書人》第 22 期（1996 年 12 月），頁 78-87。

譚慧瑜：〈梁秉鈞也斯 —— 創作多元不斷求新〉，《我是浸會人：校友專訪集》（香港：獲益，1996 年），頁 44-47。

梁志華：〈無家的詩 —— 讀梁秉鈞／也斯的兩本詩集〉，《讀書人》第 20 期（1996 年 10 月），頁 46-49。

黃念欣、董啟章：〈道是無情卻有情 —— 也斯談文化、學術以外的種種感情〉，《講話文章：訪問，閱讀十位香港作家》（香港：三人出版，1996 年），頁 14-22。

梅子：〈讀也斯的《書與城市》〉，《香港文學識小》（香港：香江出版，1996 年），頁 230-231。

周蜜蜜：〈也斯「越位」的創作〉，《讀書讀作家》（香港：真文化，1997 年），頁 2-6。

錢旭初：〈梁秉鈞詩歌論〉，《世界華文文學論壇》1997 第 2 期，頁 35-39。

樓肇明、蔣暉：〈散文傳統的地域推移和文化變異 —— 關於香港散文〉，《文學評論》第 5 期（1997 年 9 月），頁 109-115。

陳炳良：〈尋言以觀象 —— 也斯小説《象》的一種讀法〉，《形式・心理・反應：中國文學新詮》（台北：台灣商務印書館，1998 年），頁 245-254。

傅天虹等編：〈梁秉鈞《靜物》鑒評〉，《香港詩歌佳作選評》（香港：銀河，1998 年），頁 25-28。

林翠芬：〈也斯的詩緣〉，《香港文化名人》（香港：明窗，1998 年），頁 27-35。

湯惟傑：〈閱讀城市 —— 香港詩人梁秉鈞及其都市寫作〉，《同濟大學學報（社會科學版）》1998 第 1 期，頁 35-39。

王璞：〈在沉重與輕快之間 —— 論陶傑、黃國彬、也斯的散文〉，《香港作家》第 122 期（1998 年 12 月），頁 18-19。

劉登翰主編：《香港文學史》（香港：香港作家出版社，1997 年），頁 357-362，「也斯、吳煦斌等的小説創作」；「也斯的後現代散文」，頁 498-501；「也斯和走向後現代的青年詩人」，頁 427-436；「作家 —— 批評家：劉以鬯、也斯等」，頁 565-574。

吳萱人：〈也斯・文秀〉，《香港六七十年代文社運動整理及研究》（香港：臨時市政局公共圖書館，1999 年），頁 421-424。

余麗文：〈香港的故事：也斯的後殖民話語〉，黎活仁、龔鵬程編：《香港新詩的大敘事精神》（嘉義：佛光大學南華管理學院，1999 年），頁 163-184。

湯惟傑：〈香港作家的崛起：閱讀城市 —— 香港詩人梁秉鈞及其都市寫作〉，《文學與傳記》第 2 期（1999 年 5 月 15 日），頁 64-67。

馬若：〈閱讀梁秉鈞《博物館組詩》〉，《作家》第 4 期（1999 年 6 月），頁 97-99。

趙稀方：〈尋求文化身份 —— 也斯小説論〉，《小説評論》2000 年第 1 期，頁 72-77。

袁勇麟：〈二十世紀香港小説與外國文學關係淺探 —— 以劉以鬯、也斯、西西為例〉，《海南師範學院學報（人文社會科學版）》2001 年第 3 期，頁 85-90。

陳炳良：〈茶煙輕颺落花風 —— 也斯《越界的月亮》探析〉，《文學世紀》第 4 期（2000 年 7 月），頁 12-14。

舒非整理：〈不欲教人仰首看 —— 訪問也斯〉，《文學世紀》第 6 期（2000 年 9 月），頁 4-11。

鴻鴻：〈甜椒和也斯〉，《文學世紀》第 6 期（2000 年 9 月），頁 12。

麥安：〈越界的對話 —— 也斯與顧彬〉，《文學世紀》第 6 期（2000 年 9 月），頁 13-18。

王仁芸：〈關於越界 —— 讀也斯的《越界書簡》〉，《文學世紀》第 6 期（2000 年 9
　　月），頁 20-22。

葉輝：〈「東西」的若干種讀法〉，《文學世紀》第 6 期（2000 年 9 月），頁 23-27。

馬若：〈也斯寄來鄧阿藍和我的合照 —— 回答〉，《香港文學》第 190 期（2000 年
　　10 月），頁 90。

彭智文、吳賢德：〈錯綜交纏的也斯〉，《鑪峰文藝》第 4 期（2000 年 11 月），頁
　　34-40。

余君偉：〈家、遊、行囊 —— 讀也斯的游離詩文〉，《中外文學》第 28 卷第 10 期
　　（2000 年 3 月），頁 222-248。

陳炳良：〈讀梁秉鈞《誌異十一首》〉，《作家》第 6 期（2000 年 8 月），頁 15-20。

周蕾：〈一種食事的倫理觀〉，《作家》第 15 期（2002 年 4 月），頁 114-119。

王光明：〈梁秉鈞：與城市對話〉，《詩探索》2002 年第 Z2 期，頁 198-206。

李遠榮：〈走近也斯〉，《香江文壇》第 2 期（2002 年 2 月），頁 30-34。

王崢：〈從雷聲與蟬鳴中細尋香港的呼吸〉，《文學世紀》第 2 卷第 3 期（2002 年 3
　　月），頁 87-89。

奚密：〈「鴻飛那復計東西」：讀梁秉鈞的《東西》〉，《香港文學》總第 207 期（2002
　　年 3 月），頁 43-45。

李遠榮：〈香港作家也斯的文學道路〉，《香港文藝報》第 2 期（2002 年 7 月 1 日），
　　頁 7。

孫紹振：〈突破抒情和幽默 —— 從也斯說到南帆〉，《文學世紀》第 2 卷第 9 期（2002
　　年 9 月），頁 19-22。

趙稀方：〈我城：西西《我城》，《浮城誌異》，《肥土鎮灰闌記》；也斯《剪紙》，《養
　　龍人師門》，《煩惱娃娃的旅程》〉，《小說香港》（北京：生活・讀書・新知三聯
　　書店，2003 年），頁 145-155。

鄭婉姍：〈在東西中游走 —— 梁秉鈞詩集《東西》中的另一種書寫〉，《當代文壇》
　　2003 年第 2 期，頁 83-85。

費勇：〈眼睛望見模糊的邊界 —— 論梁秉鈞的詩歌寫作兼及香港文學的有關問題〉，
　　《南京大學學報（哲學・人文科學・社會科學版）》2003 年第 5 期，頁 95-101。

黃靜：〈都市的觀察者 —— 也斯〉，《香江文壇》第 16 期（2003 年 4 月），頁 40-
　　46。

文靜：〈怎樣去說今天的故事？ —— 香港文學意識與也斯小說中的文化立場〉，《香
　　江文壇》第 17 期（2003 年 5 月），頁 40-42。

張松建：〈對抗的美學〉，《當代》第 71 卷第 189 期（2003 年 5 月），頁 133-141。

思華：〈也斯文學成就簡介〉，《香江文壇》第 20 期（2003 年 8 月），頁 8。

黃淑嫻：〈電影寫入文學：也斯與歐洲電影文化初探〉，《香江文壇》總第 20 期（2003 年 8 月），頁 23-28。

德林：〈評《帶一枚苦瓜旅行》〉，《香江文壇》總第 20 期（2003 年 8 月），頁 9-10。

趙稀方：〈也斯創作的本土意識〉，《香江文壇》總第 20 期（2003 年 8 月），頁 17-19。

王劍叢：〈人本話語 —— 解讀也斯散文〉，《香江文壇》總第 20 期（2003 年 8 月），頁 20-22。

潘振宏：〈也斯《裸街》〉，楊松年、楊宗翰主編：《跨國界詩想：世華新詩評析》（台北：唐山，2003 年），頁 174-178。

朱詠瑤：〈五位香港作家相關研究資料目錄〉，《文訊》第 217 期（2003 年 11 月）頁 52-53。

白楊：〈從也斯的小說看香港文學意識〉，《文藝爭鳴》2004 年第 5 期，頁 41-43。

周佩敏：〈梁秉鈞與他的食物詩〉，《文學世紀》第 4 卷第 6 期（2004 年 6 月），頁 63-69。

黃顯麟：〈本土文化身份的探尋 —— 讀香港詩人梁秉鈞的詩歌〉，《香江文壇》總第 31 期（2004 年 7 月），頁 9-12。

陳智德：〈遷徙、移民與放逐 —— 梁秉鈞《東西》選〉，陳智德、小西編：《咖啡還未喝完：香港新詩論》（香港：現代詩研讀社、文星文化教育協會，2005 年），頁 108-111。

張憲堂：〈淺談也斯《在地下車讀詩》是後現代散文？〉，《北台學報》第 28 期（2005 年 3 月），頁 401-417。

費朗西斯・密西奧（Francis Mizio）著，黃迅余譯：〈「香港作家印象記」系列之八：梁秉鈞印象記〉，《香港文學》總第 243 期（2005 年 3 月），頁 72-73。

郝鷹：〈文學意識流為香江畫魂：也斯著《也斯的香港》〉，《亞洲週刊》第 19 卷第 16 期（2005 年 4 月 17 日），頁 55。

本刊記者：〈香港的也斯談也斯的香港〉，《性情文化》第 16 期（2005 年 8 月），頁 41-45。

甄嘉儀、周淑華：〈「好遺憾」的也斯〉，《作家》第 52 期（2006 年 1 月），頁 44-48。

顧彬：〈我們該怎樣行動？ —— 詩人梁秉鈞形成期（1978-1984 年）的後現代主義特徵初論〉，《香港文學》總第 255 期（2006 年 3 月），頁 52-55。

陳琳：〈尋找長河中的鑰匙 —— 讀也斯散文集《在柏林走路》〉,《湖北第二師範學
　　院學報》第 23 卷第 5 期（2006 年 5 月）,頁 21-23。

袁勇麟、陳琳：〈20 世紀 90 年代香港小説中的空間書寫 —— 以也斯、董啟章為
　　例〉,《華文文學》第 83 期（2007 年 6 月）,頁 27-31。

謝曉虹、陳志華、袁兆昌：〈翻譯和溝通 —— 初讀也斯《淹死者的超度》〉,《字花》
　　第 9 期（2007 年 8、9 月）,頁 81-82。

洛楓：〈明信片的愛情與政治：讀也斯小説〉,《請勿超越黃線：香港文學的時代記認》
　　（香港：文化工房,2008 年）,頁 180-182。

古遠清：〈也斯：極具現代色彩的詩人〉,《香港當代新詩史》（香港：香港人民出版
　　社,2008 年）,頁 143-147。

陳曦靜：〈一個説故事的人和他的城市 —— 也斯的《剪紙》〉,嶺南大學人文學科研
　　究中心、香港文學研究小組主編：《書寫香港＠文學故事》（香港：香港教育圖
　　書,2008 年）,頁 244-253。

王良和：〈蟬鳴不絕的堅持 —— 與梁秉鈞談他的詩〉,《打開詩窗：香港詩人對談》
　　（香港：匯智出版,2008 年）,頁 60-93。

方星霞：〈平淡麼可又還在咀嚼 —— 論梁秉鈞詠物詩〉,《騰飛歲月：1949 年以來的
　　香港文學》（香港：香港大學中文學院,2008 年）,頁 352-369。

林浩光：〈品嘗金黃色的歲月 —— 梁秉鈞《菜乾》賞析〉,《香港新詩導賞》（香港：
　　匯智出版,2008 年）,頁 96-100。

羅貴祥：〈不存在的中心：後設詩、後設評論與梁秉鈞的「蓮」系列〉,《他地在地：
　　訪尋文學的評論》（香港：天地圖書,2008 年）,頁 171-211。

王良和：〈梁秉鈞的街道詩 —— 高中新詩教學設計的理念〉,《現代中文文學學報》
　　第 8.2 及 9.1 期（2008 年）,頁 398-409。

趙稀方：〈從「食物」和「愛情」看後殖民 —— 重讀也斯的《後殖民食物與愛情》〉,
　　《城市文藝》第 3 卷第 8 期（2008 年 9 月 15 日）,頁 67-72。

金惠媛：〈梁秉鈞詩中 1980 年代的神州風物〉,《香港文學》總第 287 期（2008 年
　　11 月）,頁 12-21。

周立民：〈苦瓜的白和洋蔥的辣 —— 比較余光中《白玉苦瓜》和梁秉鈞《洋蔥》〉,
　　《字花》第 17 期（2008 年 12 月）,頁 112-117。

范美琴：〈也斯：到處詩意〉,鄭培凱主編：《流動情感：2008 城市文學獎作品集》（香
　　港：香港城市大學文康委員會,2009 年）,頁 49-55。

江濤：〈在一枚苦瓜上歌頌肉體 —— 讀梁秉鈞的詩《帶一枚苦瓜旅行》〉,《秋螢》
　　復活號第 70 期（2009 年 4 月 15 日）,頁 56-63。

葉月瑜：〈香港秘聞：也斯的蒙太奇食譜 —— 讀《後殖民食物與愛情》〉，《香港文學》第 303 期（2010 年 3 月），頁 89-91。

江濤：〈《東西》之辯——讀梁秉鈞詩集《東西》〉，《百家文學雜誌》第 11 期（2010 年 12 月），頁 49-56。

池上貞子：〈劉以鬯與也斯 —— 文學長者的繼承與發展〉，《劉以鬯與香港現代主義》（香港：香港公開大學出版社，2010 年），頁 145-160。

葉輝：〈電腦複製時代的鏡象和餘留物 —— 序也斯的新版《剪紙》〉，《Kairos：身體，房子及其他》（香港：唯美生活，2010 年），頁 145-160。

池上貞子：〈抗衡越界之歌 —— 淺談也斯日譯本詩集《亞洲的滋味》〉，《明報月刊》第 46 卷第 10 期（2011 年 1 月），頁 62-66。

陳素怡：〈也斯的古典文學地圖〉，《百家文學雜誌》第 12 期（2011 年 2 月），頁 71-79。

羅銘宇：〈梁秉鈞作為都市漫遊者——論《雷聲與蟬鳴》〉，《百家文學雜誌》第 12 期（2011 年 2 月），頁 80-87。

鄧與璋：〈後殖民主義批評理論與香港文學 —— 以也斯《後殖民食物與愛情》為例〉，《文學評論》第 13 期（2011 年 4 月），頁 41-52。

葉輝：〈「與」的「中間詩學」—— 重讀青年也斯的散文〉，《文學評論》第 14 期（2011 年 6 月），頁 13-18。

黃勁輝：〈中西抒情：也斯《剪紙》中七十年代殖民香港的都市現代情感〉，《文學評論》第 14 期（2011 年 6 月），頁 19-32。

黃淑嫻：〈旅遊長鏡頭：也斯七十年代的台灣遊記〉，《文學評論》第 14 期（2011 年 6 月），頁 33-39。

池上貞子：〈介紹也斯日語詩集《亞洲的滋味》〉，《文學評論》第 14 期（2011 年 6 月），頁 42-47。

翁文嫻：〈無限承接的溫柔 —— 梁秉鈞詩學的香港角色〉，《文學評論》第 14 期（2011 年 6 月），頁 5-15。

樊善標：〈三位散文家筆下香港的山 —— 城市香港的另類想像〉，《中國現代文學》第 19 期（2011 年 6 月），頁 115-140。

劉于慈：〈後殖民的亞洲滋味：論也斯與王潤華飲食詩中的文化情境與地方想像〉，《中國現代文學》第 19 期（2011 年 6 月），頁 215-240。

黃怡訪問、高俊傑整理：〈埋藏於食物夾縫裏的地道故事〉，《字花》第 32 期（2011 年 7 月），頁 28-29。

陳素怡：〈景物的自然興發與演出 —— 葉維廉詩論與梁秉鈞七十年代詩作〉，《香港文學》總第 324 期（2011 年 12 月），頁 16-23。

梁燕麗：〈後殖民的「食物」小敘事 —— 簡析也斯的《後殖民食物與愛情》〉，《香港文學》總第 328 期（2012 年 4 月），頁 74-77。

黃禮孩：〈寫詩是為對抗平庸的口味 —— 評也斯的詩集《東西》〉，《文學評論》第 19 期（2012 年 4 月），頁 114-116。

羅貴祥：〈整體性的瞬間 —— 讀梁秉鈞《在普羅旺斯的漢詩》〉，《文學評論》第 21 期（2012 年 8 月），頁 19-27。

字花編輯室：〈梁秉鈞回應作品詩〉，《字花》第 39 期（2012 年 9 至 10 月），頁 111。

蕭欣浩：〈也斯的跨文化飲食地圖 —— 以其詩作為研究核心〉，《中央大學人文學報》第 53 期（2013 年 1 月），頁 105-137。

作者不明：〈作家也斯逝世〉，《香港作家》第 1 期（2013 年 1 月），頁 35。

作者不明：〈告別人間滋味　香港著名作家也斯病逝〉，《香港文學》第 338 期（2013 年 2 月），頁 95。

張美君：〈永遠懷念梁秉鈞教授／也斯老師：過渡裏的永恆對話〉，《聲韻詩刊》第 10 期（2013 年 2 月），頁 4-6。

作者不明：〈香港著名作家、詩人、學者也斯逝世〉，《台港文學選刊》第 391 期（2013 年 2 月），頁 172。

鄭政恆：〈小說內外：孫述宇、梁秉鈞對談〉，《百家文學雜誌》第 24 期（2013 年 2 月），頁 50-52。

鍾國強：〈學習如何面對失去 —— 懷念也斯和他的詩〉，《香港中學生文藝月刊》第 25 期（2013 年 2 月），頁 78-80。

鮑國鴻：〈流水落花春去也，斯人遠去　懷念也斯先生〉，《香港中學生文藝月刊》第 25 期（2013 年 2 月），頁 81-83。

黃勁輝：〈文壇百載一宗師　世界千行一詩人 —— 追思也斯〉，《百家文學雜誌》第 24 期（2013 年 2 月），頁 12-15。

薛興國：〈點點滴滴悼也斯〉，《百家文學雜誌》第 24 期（2013 年 2 月），頁 16-17。

鄭政恆：〈也斯：傳承與轉化〉，《百家文學雜誌》第 24 期（2013 年 2 月），頁 18-23。

羅淑敏：〈也斯與傳統繪畫藝術的對話〉，《百家文學雜誌》第 24 期（2013 年 2 月），頁 24-28。

楊傑銘：〈「也斯障礙」：從《香港文化十論》看也斯書寫位置的去中心〉，《百家文學雜誌》第 24 期（2013 年 2 月），頁 29-31。

曾卓然：〈讀《也斯看香港》〉，《百家文學雜誌》第 24 期（2013 年 2 月），頁 32-33。

唐文：〈也斯，很想念你〉，《百家文學雜誌》第 24 期（2013 年 2 月），頁 37-38。

魯嘉恩：〈念也斯〉，《百家文學雜誌》第 24 期（2013 年 2 月），頁 39-43。

梅子：〈永遠無法彌補的大闕損 —— 悼念也斯先生〉，《城市文藝》第 63 期（2013 年 2 月），封面裏。

王璞：〈憶也斯〉，《城市文藝》第 63 期（2013 年 2 月），頁 38。

金惠媛著，古松中譯：〈失去也斯的哀痛〉，《城市文藝》第 63 期（2013 年 2 月），頁 43。

羅琅：〈也斯：謙謙君子，笑口常開〉，《城市文藝》第 63 期（2013 年 2 月），頁 44。

黃國兆：〈悼也斯〉，《城市文藝》第 63 期（2013 年 2 月），頁 45。

周蜜蜜：〈越界的也斯〉，《城市文藝》第 63 期（2013 年 2 月），頁 45-46。

馮偉才：〈和也斯的最後一次見面〉，《城市文藝》第 63 期（2013 年 2 月），頁 47。

鄭政恆：〈也斯：在人間閱讀〉，《城市文藝》第 63 期（2013 年 2 月），頁 49-51。

宋子江：〈悼讀也斯 —— 也斯在澳門出版的三本詩集〉，《城市文藝》第 63 期（2013 年 2 月），頁 52、57-58。

葉維廉：〈激盪的傷痛中懷念也斯〉，《文訊》第 328 期（2013 年 2 月），頁 66-67。

廖炳惠：〈哲人已逝，斯人已遠 —— 懷念也斯〉，《文訊》第 328 期（2013 年 2 月），頁 68-70。

李瑞騰：〈也斯深情凝望台灣〉，《文訊》第 328 期（2013 年 2 月），頁 71-73。

陳智德：〈一生奮進 —— 紀念梁秉鈞（也斯）先生〉，《文訊》第 328 期（2013 年 2 月），頁 74-76。

應鳳凰：〈從也斯第一本書看見他與台灣的關係〉，《文訊》第 328 期（2013 年 2 月），頁 77-78。

羅貴祥：〈邊界視野　也斯的香港文化研究〉，《字花》第 42 期（2013 年 3 至 4 月），頁 22-25。

何福仁：〈遑恤身後慮〉，《字花》第 42 期（2013 年 3 至 4 月），頁 40-41。

《狂城亂馬》資料編輯室：〈香港文學史公案：心猿 Second Life〉，《字花》第 42 期（2013 年 3 至 4 月），頁 42。

司徒薇：〈《狂城亂馬》的性別與殖民憂鬱〉，《字花》第 42 期（2013 年 3 至 4 月），頁 43-49。

《狂城亂馬》資料編輯室：〈《狂城亂馬》評論一覽表〉，《字花》第 42 期（2013 年 3 至 4 月），頁 50。

宋巧文、袁勇麟：〈離散群像‧越界書寫‧身份認同 —— 也斯小說研究之一〉，《香港文學》第 340 期（2013 年 4 月），頁 16-25。

蕭欣浩：〈無盡的文學盛宴：也斯跨界的飲食視野〉，《香港文學》第 340 期（2013 年 4 月），頁 26-27。

沈雙：〈也斯的行旅美學〉，《香港文學》第 340 期（2013 年 4 月），頁 28-29。

蔡益懷：〈尋找一種觀看的方法 —— 淺談也斯的「城市詩學」觀〉，《香港文學》第 340 期（2013 年 4 月），頁 30-33。

留婷婷：〈遊離的邊界：梁秉鈞詩作中的澳門意象探析〉，《香港文學》總第 340 期（2013 年 4 月），頁 34-45。

宋珠蘭：〈也斯小說中表現出的香港混種性文化 —— 以《後殖民食物與愛情》為中心〉，《香港文學》第 340 期（2013 年 4 月），頁 50-56。

梁均國：〈也斯和《中國學生周報》〉，《香港文學》第 340 期（2013 年 4 月），頁 57-59。

葉輝：〈Pabitele：中了魔咒的人們 —— 給也斯的最後一封信〉，《香港文學》第 340 期（2013 年 4 月），頁 60-61。

祈大衛：〈詩‧時‧地：尋找梁秉鈞作品的源頭〉，《香港文學》總第 340 期（2013 年 4 月），頁 62-63。

陳國球：〈懷也斯、想香港文學〉，《香港文學》第 340 期（2013 年 4 月），頁 64-65。

黃勁輝：〈追憶也斯二三事：評論、飲食、電影〉，《香港文學》第 340 期（2013 年 4 月），頁 68-71。

池上貞子：〈遠方紛揚雪，遙遙送知音 —— 哀悼也斯〉，《香港文學》第 340 期（2013 年 4 月），頁 72-73。

沈西城：〈也斯與《四季》〉，《香港文學》第 340 期（2013 年 4 月），頁 74。

安妮‧居里安：〈梁秉鈞對事物與香港的熱愛〉，《香港文學》總第 340 期（2013 年 4 月），頁 75。

朴宰雨：〈我還能聽到也斯的大笑聲〉，《香港文學》第 340 期（2013 年 4 月），頁 78-79。

金惠俊：〈說不清楚的味道，說不清楚的也斯〉，《香港文學》第 340 期（2013 年 4 月），頁 80-81。

陳汗：〈悼也斯老師〉，《香港文學》第 340 期（2013 年 4 月），頁 86-87。

古劍：〈憶記也斯〉，《香港文學》第 340 期（2013 年 4 月），頁 88-89。

楊宗翰：〈香港的也斯，台北的灰鴿：一段文學出版因緣〉，《香港文學》第 340 期（2013 年 4 月），頁 90-91。

馮偉才：〈我所知道的也斯的香港文學觀〉，《香港文學》第 340 期（2013 年 4 月），頁 92-93。

梁科慶：〈也說也斯〉，《香港文學》第 340 期（2013 年 4 月），頁 94-95。

古遠清：〈悼堅持研究香港文化的梁秉鈞〉，《文學評論》第 25 期（2013 年 4 月），頁 13-16。

林曼叔：〈千古文章未盡才 —— 悼念也斯〉，《文學評論》第 25 期（2013 年 4 月），封面裏。

許翼心：〈懷念也斯〉，《文學評論》第 25 期（2013 年 4 月），頁 5-7。

金惠俊：〈記憶的香港，記憶的也斯〉，《文學評論》第 25 期（2013 年 4 月），頁 8-10。

伍寶珠：〈悼念也斯老師〉，《文學評論》第 25 期（2013 年 4 月），頁 16-17。

宋巧文、袁勇麟：〈也斯小說的香港在地書寫 —— 也斯小說研究之二〉，《文學評論》第 25 期（2013 年 4 月），頁 18-27。

張清秀：〈舌尖上的身份 —— 再讀也斯的《後殖民食物與愛情》〉，《文學評論》第 25 期（2013 年 4 月），頁 28-30。

黎海華：〈深情的凝視——閱讀梁秉鈞〉，《城市文藝》總第 64 期（2013 年 4 月），頁 66-68。

鄭政恆：〈也斯：詩與電影〉，《香港文學》第 341 期（2013 年 5 月），頁 4-6。

吳萱人：〈再也不必「也斯」〉，《百家文學雜誌》第 26 期（2013 年 6 月），頁 93-94。

陳建忠：〈在浪遊中回歸：論也斯環台遊記《新果自然來》與一九七〇年代台港文藝思潮的對話〉，《現代中文文學學報》第 11.1 期（2013 年 6 月），頁 118-137。

黃淑嫻：〈少年也斯的煩惱：散文寫作與成長矛盾〉，《香港文學》第 344 期（2013 年 8 月），頁 4-7。

銀色快手：〈也斯與台灣的七〇年代 ——《灰鴿試飛：香港筆記》讀後〉，《香港文學》第 344 期（2013 年 8 月），頁 8-10。

王芳：〈重象的並置與互補：睿智的青年也斯 —— 也斯散文集《灰鴿試飛：香港筆記》〉，《香港文學》第 344 期（2013 年 8 月），頁 11-14。

舒非：〈憶也斯〉，《文綜》第 25 期（2013 年 9 月），頁 5-7。

梁科慶：〈也説也斯〉，《百家文學雜誌》第 28 期（2013 年 10 月），頁 27-29。

翁文嫻：〈尋找一種「也斯的敘事體」——港台之間的交流與騷動〉，《文訊》第 336
      期（2013 年 10 月），頁 104-105。

漢聞：〈憶念也斯〉，《城市文藝》第 68 期（2013 年 12 月），頁 44-47。

佐藤普美子：〈傳統的更新 —— 讀梁秉鈞的《聊齋》及《詩經練習》〉，《百家文學
      雜誌》第 29 期（2013 年 12 月），頁 49-56。

凌逾：〈遊牧中西的也斯〉，《城市文藝》第 69 期（2014 年 2 月），頁 61-65。

江濤：〈一闋時間的歌，與詩（讀書筆記）——讀也斯詩歌《七月》〉，《城市文藝》
      第 69 期（2014 年 2 月），頁 73-75。

陳素怡：〈回看也斯〉，《城市文藝》第 69 期（2014 年 2 月），頁 33-35。

舒非：〈憶也斯〉，《台港文學選刊》第 305 期（2014 年 4 月），頁 141-144。

葉曉文：〈帶傷的苦瓜 —— 回應也斯《給苦瓜的頌詩》〉，《香港文學》第 352 期
      （2014 年 4 月），頁 20-22。

孔慧怡：〈也斯，心裏美（散文）——「不帶感傷的回憶」之二〉，《城市文藝》第 71
      期（2014 年 6 月），頁 19、25。

葉維廉：〈語言風格的自覺與營造：論也斯（梁秉鈞）〉，《香港文學》第 358 期
      （2014 年 10 月），頁 69-85。

馬若：〈《普羅旺斯的漢詩・做餅》帶來的記憶 —— 我心中的也斯〉《香港文學》總
      第 360 期（2014 年 12 月），頁 58-61。

退之：〈嚤囉街的鐵器鋪 —— 向也斯致敬〉，《聲韻詩刊》第 21 期（2014 年 12 月），
      頁 34。

郭晉宜：〈「華裔」身份的自我探索與認識 —— 也斯《使頭髮變黑的湯》中的衝擊、
      焦慮與母女關係〉，《人文研究期刊》第 12 期（2014 年 12 月），頁 65-89。

區仲桃：〈《詩經練習》：試論梁秉鈞對香港現代主義詩歌抒情性的繼承〉，《淡江中
      文學報》第 32 期（2015 年 6 月），頁 313-330。

袁楊玲：〈從「都市的空間」到「文學的空間」——讀梁秉鈞的詩《還差幾哩路才到
      新年》〉，《香港作家》2015 年 7 月號（2015 年 7 月），頁 42-45。

姚少龍：〈聽也斯的詩《中午在鰂魚涌》 音樂創作札記〉，《聲韻詩刊》第 25 期
      （2015 年 8 月），頁 158-162。

張雅雯：〈梁秉鈞飲食詩書寫——以《蔬菜的政治》為例〉，《臺灣詩學學刊》第 26
      期（2015 年 11 月），頁 167-189。

曹惠民：〈也斯散文的空間意識 —— 以其香港書寫為考察場域〉，《香港文學》總第
      372 期（2015 年 12 月），頁 55-61。

鴻鴻：〈也斯的野草莓 —— 看黃勁輝《東西》有感〉，《文訊》第 362 期（2015 年
　　12 月），頁 66-72。

王家琪：〈抒情與寫實：重釋也斯的「生活化」詩歌主張〉，《中國現代文學》第 28
　　期（2015 年 12 月），頁 129-148。

方太初：〈也斯的東西，梁秉鈞的文化敘事〉，《香港文學》總第 375 期（2016 年 3
　　月），頁 26-27。

蕭欣浩：〈字也活着：論紀錄片《東西》對也斯創作的處理與再現〉，《香港文學》
　　總第 375 期（2016 年 3 月），頁 22-25。

黃淑嫻：〈我參與也斯紀錄片拍攝的感受〉，《香港文學》總第 375 期（2016 年 3
　　月），頁 19。

黃勁輝：〈文字與影像的實驗：《劉以鬯：1918》與《也斯：東西》導演札記〉，《香
　　港文學》總第 375 期（2016 年 3 月），頁 4-10。

夕樹：〈他離開了，卻散落四周 —— 也斯紀錄片《東西》〉，《字花》第 60 期（2016
　　年 3 至 4 月），頁 9。

黃淑嫻：〈亂世破讀 —— 鄧阿藍和馬若的詩，兼談也斯的序〉，《聲韻詩刊》第 29
　　期（2016 年 4 月），頁 A72-A78。

作者不明：〈香港作家記錄影片《劉以鬯 1918》及《也斯　東西》在港上映〉，《文
　　學評論》第 43 期（2016 年 4 月），頁 118。

張榆：〈談《東西》，記也斯二三事〉，《城市文藝》總第 82 期（2016 年 4 月），頁
　　38-40。

凌逾、朱瑩：〈飲食香港 —— 論梁秉鈞的飲食文化詩學〉，《香港文學》總第 376 期
　　（2016 年 4 月），頁 53-61。

宋子江：〈在澳門翻譯也斯〉，《聲韻詩刊》第 31 期（2016 年 8 月），頁 116-121。

高維志：〈我們帶着許多東西旅行 —— 也斯《東西》觀後〉，《聲韻詩刊》第 31 期
　　（2016 年 8 月），頁 112-115。

孫愛玲：〈認真瀟灑走一回 —— 也斯《東西》觀後〉，《聲韻詩刊》第 31 期（2016
　　年 8 月），頁 108-111。

黃勁輝：〈帶着也斯的《東西》詩遊東南〉，《聲韻詩刊》第 31 期（2016 年 8 月），
　　頁 100-103。

黃梵：〈文學家也斯 ——《山光水影》序〉，《香港文學》總第 382 期（2016 年 10
　　月），頁 66-67。

鄭政恆：〈也斯筆下的卜戴倫〉，《城市文藝》總第 85 期（2016 年 10 月），頁 102-
　　103。

王家琪：〈也斯的七十年代香港新詩論述 —— 以台灣現代詩檢討風潮為燭照〉，《台灣文學研究》第 11 期（2016 年 12 月），頁 93-142。

區仲桃：〈也斯旅遊文學中的多元角度〉，《中外文學》第 46 卷第 1 期（2017 年 3 月），頁 45-75。

余欣娟：〈殖民與樂土的錯位：論梁秉鈞詩的空間隱喻〉，《國文學誌》第 34 期（2017 年 6 月），頁 97-117。

張燕珠：〈梁秉鈞《蓮葉》組詩的一點青綠〉，《聲韻詩刊》總第 37 期（2017 年 8 月），頁 108-109。

金惠俊：〈也斯《後殖民食物與愛情》的香港想像〉，《香港文學》總第 393 期（2017 年 9 月），頁 50-60。

趙曉彤：〈本土與中國文化關係的重寫：以也斯《剪紙》、《煩惱娃娃的旅程》與《記憶的城市 · 虛構的城市》為討論中心〉，《思與言》56 卷 2 期（2018 年 6 月），頁 115-178。

王家琪：〈文學翻譯作為評論：也斯六、七十年代的西方文學譯介〉，《中外文學》第 47 卷第 2 期（2018 年 6 月），頁 125-179。

翁文嫻：〈自法國哲學家朱利安「間距」觀念追探 —— 也斯在中國詩學上打開的「間距」效果〉，《臺大中文學報》第 63 期（2018 年 12 月），頁 155-189。

樊善標：〈也斯中國風景之發現 —— 以《昆明的紅嘴鷗》遊記為中心的分析〉，《中國文學學報》第 9 期（2018 年 12 月），頁 273-296。

鄺可怡：〈互為東西 —— 德法學者視野下的也斯、香港文學與中國現代文學〉，《清華學報》第 49 卷第 1 期（2019 年 3 月），頁 151-185。

余君偉：〈論一九七零年代香港城市詩的特色：以舒巷城、羈魂及梁秉鈞為例〉，《東海中文學報》第 37 期（2019 年 6 月），頁 83-128。

王家琪：〈文化寓言與粵語抒情：論也斯《剪紙》兼及連載版本的修改〉，《香港文學》第 420 期（2019 年 12 月），頁 13-23。

王家琪：〈也斯的香港後殖民文學與論述〉，《臺北大學中文學報》第 27 期（2020 年 3 月），頁 75-144。

主要參考書目

本書所參考的也斯著作以及評論也斯的全部材料已列入附錄一及二，此處不贅。

一、期刊文章

Shohat, Ella. "Notes on the Post-Colonial." *Social Text* 31/32 (1992): 99-113.

Fanon, Frantz. "On Nationalism." In *Postcolonialism: Critical Concepts in Literary and Culture Studies*, vol. II, 443-469. Edited by Diana Brydon. London: Routledge, 2000.

Lee, Leo Ou-fan. "Modernism in Modern Chinese Literature: A Study (Somewhat Comparative) in Literary History." *Tamkang Review* 10 (1979): 281-307.

埃文・佐哈爾著，張南峰譯：〈多元系統論〉，《中外文學》第 30 卷第 3 期（2001 年 8 月），頁 18-36。

王梅香：〈文學、權力與冷戰時期美國在台港的文學宣傳（1950-1962 年）〉，《台灣社會學刊》第 57 期（2015 年 9 月），頁 1-51。

古蒼梧：〈請走出文字的迷宮 —— 評《七十年代詩選》〉，《盤古》第 11 期（1968 年 2 月），頁 23-27。

古蒼梧：〈新詩的出路〉，《中國學生周報》第 975 期（1971 年 3 月 26 日），第 1、6 版。

古蒼梧：〈為甚麼嚴肅的文藝給打入冷宮〉，《中國學生周報》第 1051 期（1972 年 9 月 9 日），第 3 版。

古蒼梧：〈話說創建學院與詩作坊〉，《讀書人》第 27 期（1997 年 5 月），頁 80-82。

向陽：〈七〇年代現代詩風潮試論〉，林燿德主編：《文學現象》（台北：正中，1993 年），頁 332-342。

作者不明：〈座談・徵文〉，《大拇指》第 19 期（1976 年 3 月 5 日），第 7 版。

李家昇：〈為甚麼不試試「電影詩」〉，《中國學生周報》第 983 期（1971 年 5 月 21 日），第 6 版。

李歐梵：〈文學的趨勢 I：對現代性的追求，1895-1927 年〉，《劍橋中華民國史 1912-1949》（北京：中國社會科學出版社，1994 年），上卷，頁 505-566。

杜家祁：〈現代主義、明朗化與國族認同 —— 香港六十年代末「創建學院詩作坊」之詩人與詩風〉，《文學論衡》第 18、19 期（2011 年 6 月），頁 109-122。

秀實：〈尋找香港詩壇〉，《星島日報・書局街》1995 年 7 月 24 日，D1 版。

林少陽：〈「文」與「現實」—— 由東京新感覺派、上海新感覺派至當代香港小説的一個探索譜系〉，《現代中文文學學報》第 7 卷第 2 期（2005 年 12 月），頁 62-80。

林淇瀁：〈沒有鄉土，哪有文學？ —— 七〇年代的現代詩論戰與鄉土文學論戰〉，須文蔚主編：《文學 @ 台灣》（台南：國家文學館，2008 年），頁 167-180。

洪清田：〈看看青年寫作風氣的凋零〉，《中國學生周報》第 1050 期（1972 年 9 月 1 日），第 4 版。

唐文標：〈詩的沒落 —— 香港台灣新詩的歷史批判〉，《文季》第 1 期（1973 年 8 月），頁 12-42。

奚密：〈邊緣、前衛、超現實 —— 對台灣五、六十年代現代主義的反思〉，《現當代詩文錄》（台北：聯合文學，1998 年），頁 155-179。

翁文嫻：〈抒情傳統的變體與現代性發展〉，《鵝湖月刊》36 卷 3 期（總 423 期），頁 42-52。

馬若：〈讀關夢南的詩簡有感〉，《羅盤》第 8 期（1978 年 12 月），頁 26-27。

馬婁（盧因）：〈中國現代詩的方向〉，《香港時報・淺水灣》1969 年 3 月 25 日，第 10 版。

區仲桃：〈都市漫遊：試論香港現代主義詩潮的終結〉，《香港文學》第 296 期（2009 年 8 月），頁 47-51。

尉天聰：〈殖民地的中國人該寫些甚麼？ —— 為香港《羅盤》詩刊而作〉，《夏潮》第 5 卷第 4 期（1978 年 10 月），頁 71。

張錦忠：〈現代主義與六十年代台灣文學複系統：《現代文學》再探〉，《中外文學》第 30 卷第 3 期（2001 年 8 月），頁 93-113。

盛寧：〈歷史・文本・意識形態 —— 新歷史主義的文化批評和文學批評芻議〉，《北京大學學報（哲學社會科學版）》1993 年第 5 期，頁 18-27。

郭楓：〈台灣七〇年代新詩潮初探〉，《美麗島文學評論續集》（板橋：台北縣政府文化局，2003 年），頁 144-237。

陳少紅：〈香港詩人的城市觀照〉，張美君、朱耀偉編：《香港文學 @ 文化研究》（香港：牛津大學出版社，2002 年），頁 342-374。

陳芳明：〈余光中的現代主義精神 —— 從《在冷戰的年代》到《與永恆拔河》〉，林明德編：《台灣現代詩經緯》（台北：聯經出版，2001 年），頁 159-183。

陳國球：〈香港五、六十年代現代主義運動與李英豪的文學批評〉，《中外文學》34.10 期（2006 年 3 月），頁 7-42。

陳國球：〈「抒情」的傳統 —— 一個文學觀念的流轉〉，《淡江中文學報》第 25 期（2011 年 12 月），頁 173-98。

陳智德：〈詩觀與論戰 ——「七、八十年代香港青年詩人回顧專輯」的史料補充〉，《呼吸》第 1 期（1996 年 4 月），頁 48-53。

陳智德：〈「運動」的藍圖：早期青年文學獎的發展〉，《呼吸詩刊》第 2 期（1996 年 9 月），頁 19-24。

陳智德：〈放逐的省思 —— 六十年代的香港新詩〉，《呼吸詩刊》第 6 期（1999 年），頁 74-82。

須文蔚：〈葉維廉與台港現代主義詩論之跨區域傳播〉，《東華漢學》第 15 期（2012 年 6 月），頁 249-273。

黃俊東：〈從「批判寫實主義」說起〉，《中國學生周報》第 1053 期（1972 年 9 月 22 日），第 4 版。

黃國彬：〈詩為什麼要現代？〉，《詩風》第 55 期（1976 年 12 月），頁 24-35。

楊宗翰：〈台灣「現代詩」上的香港聲音 —— 馬朗・貝娜苔・崑南〉，《創世紀詩雜誌》第 136 期（2003 年 9 月），頁 140-148。

楊疾：〈專訪也斯〉，《香港透視》第 4 期，1983 年 10 月，頁 62-63。

溫健騮：〈關於「新詩的出路」〉，《中國學生周報》第 976 期（1971 年 4 月 2 日），第 6 版。

溫健騮：〈批判寫實主義是香港文學的出路〉，《中國學生周報》第 1051 期（1972 年 9 月 9 日），第 3 版。

溫健騮：〈還是批判寫實主義的大旗〉，《中國學生周報》第 1058 期（1972 年 10 月 27 日），第 4 版。

葉維廉：〈論現階段中國現代詩〉，《新思潮》第 2 期（1959 年 12 月），頁 7-8。

趙曉彤：〈兩個「現實」方向的對話：從《大拇指》、《文學與美術》看七十年代中段期香港跨範疇文藝思潮的發展〉，香港中文大學中國語言及文學學部 2014/15 年度講論會文章，發表於 2014 年 10 月 8 日，未刊稿。

趙曉彤：〈從世界到本土的「抗衡」美學建構 —— 以也斯六、七十年代的跨文藝專欄寫作為討論中心〉，香港中文大學中國語言及文學學部 2015/16 年度講論會文章，發表於 2015 年 9 月 15 日，未刊稿。

劉登翰：〈論《詩風》（上）〉，《香港文學》第 124 期（1995 年 4 月），頁 4-9。

劉登翰：〈論《詩風》（中）〉，《香港文學》第 125 期（1995 年 5 月），頁 10-12。

劉登翰：〈論《詩風》（下）〉，《香港文學》第 126 期（1995 年 6 月），頁 44-47。

樊善標：〈故事與散材 ——《江山夢雨》序〉，馬博良：《江山夢雨》（香港：麥穗，
    2007 年），頁 7-41。

樊善標：〈從香港《大公報‧文藝》（1938-1941）編輯策略的本地面向檢討南來文
    人在香港的「實績」說〉，《台灣文學研究》第 6 期（2014 年 6 月），頁 281-
    316。

樊善標：〈文學史「如何香港」的設想 —— 鄭樹森、黃繼持、盧瑋鑾香港文學「三
    人談」與陳國球《香港文學大系總序》〉，《政大中文學報》第 25 期（2016 年 6
    月），頁 91-127。

盤古社主辦：〈新詩座談會 —— 近年港台現代詩的回顧〉，《盤古》第 11 期（1968
    年 2 月），頁 16-22。

盤古社主辦：〈詩的歷史的任務〉，《盤古》第 21 期（1969 年 1 月），頁 21-27。

蔡盛琦：〈1950 年代圖書查禁之研究〉，《國史館館刊》第 26 期（2010 年 12 月），
    頁 75-130。

鄭蕾：〈葉維廉與香港現代主義文學思潮〉，《東華漢學》第 19 期（2014 年 6 月），
    頁 449-476。

蕭艾：〈從內容說現代詩的路向〉，《詩風》第 24 期（1974 年 5 月 1 日），頁 2-3。

癌石：〈新詩的出路像抽水馬桶〉，《中國學生周報》第 978 期（1971 年 4 月 16 日），
    第 6 版。

藍笛：〈無題〉，《中國學生周報》第 982 期（1971 年 5 月 14 日），第 7 版。

羅青：〈論《詩風》詩人之詩風 —— 介乎現代與後現代之間的聲音〉，《詩雙月刊》
    總第 17 期（1992 年 4 月），頁 66-76。

羅幽夢：〈詩絕不可娛人〉，《中國學生周報》第 978 期（1971 年 4 月 16 日），第
    6 版。

羅童：〈歸類法？〉，《信報》1987 年 2 月 13 日，第 14 版。

羅童：〈即使眾聲喧鬧〉，《星島晚報‧星期日雜誌》1988 年 12 月 18 日，頁 10。

關夢南：〈詩和音樂的再結合〉，《中國學生周報》第 978 期（1971 年 4 月 16 日），
    第 6 版。

籌委會：〈我們應走的創作路向 —— 試剖「寫實」的內涵〉，《青年文學獎 1973-
    1974》（香港：香港大學學生會及香港中文大學學生會，1974 年），頁 41-48。

二、學位論文

王良和：《詩觀的衝突與主流的競逐：香港八、九十年代詩壇的流派紛爭 —— 以「鍾偉民現象」映照》，香港：香港浸會大學哲學博士論文，2001 年。

王鈺婷：《抒情之承繼，傳統之演繹 —— 五〇年代女性散文家美學風格及其策略運用》，台南：國立成功大學台灣文學系博士論文，2009 年。

李薇婷：《盧瑋鑾（小思）的香港文學考掘學》，香港：香港中文大學中國語言及文學系哲學碩士論文，2017 年。

陳子謙：《馬博良新詩及文藝活動研究》，香港：香港中文大學中國語言及文學系哲學碩士論文，2007 年。

陳燕遐：《旅行敘事：香港文化的移置論述》，香港：香港科技大學人文學部博士論文，2002 年。

三、專書

Adorno, Theodor W. *Notes to Literature*. New York: Columbia University Press, 1991.

Babcock, Arthur E. *The New Novel in France: Theory and Practice of the Nouveau Roman*. New York: Twayne Publishers, 1997.

Bhabha, Homi K. *The Location of Culture*. New York: Routledge, 2004.

Bourdieu, Pierre. *Homo Academicus*. Translated by Peter Collier. Stanford: Stanford University Press, 1988.

Bourdieu, Pierre. *The Field of Cultural Production: Essays on Art and Literature*. Edited and introduced by Randal Johnson. New York: Columbia University Press, 1993.

Bradbury, Malcolm and James McFarlane eds. *Modernism: 1890-1930*. Middlesex: Penguin books, 1978.

Brooker, Peter, ed. *Modernism/Postmodernism*. New York: Longman, 1992.

Calinescu, Matei. *Five Faces of Modernity: Modernism, Avant-Garde, Decadence, Kitsch, Postmodernism*. Durham: Duke University Press, 1987.

Echevarría, Roberto González. *Modern Latin American Literature: A Very Short Introduction*. London: Oxford, 2012.

Epstein, Andrew. *Attention Equals Life: The Pursuit of the Everyday in Contemporary Poetry and Culture*. New York: Oxford University Press, 2016.

Eysteinsson, Astradur. *The Concept of Modernism*. Ithaca: Cornell University Press, 1990.

Foucault, Michel. *The Archaeology of Knowledge and the Discourse on Language*. New York: Vintage Books, 2010.

Freedman, Ralph. *The Lyrical Novel: Studies in Hermann Hesse, André Gide and Virginia Woolf*. Princeton, NJ: Princeton University Press, 1963.

Haddour, Azzedine, ed. *The Fanon Reader*. London: Pluto Press, 2006.

Hohendahl, Peter. *The Institution of Criticism*. New York: Cornell University Press, 1982.

Howe, Irving, ed. *The Idea of the Modern in Literature and the Arts*. New York: Horizon Press, 1967.

Jørgenson, Marianne and Louise Phillips. *Discourse Analysis as Theory and Method*. London: Sage Publications, 2002.

Jrade, Cathy L. *Modernismo, Modernity, and the Development of Spanish American literature*. Austin: University of Texas Press, 1998.

Kiernan, Robert F. *American Writing since 1945*. New York: Frederick Ungar Publishing, 1983.

Kozlarek, Oliver. *Postcolonial Reconstruction: A Sociological Reading of Octavio Paz*. Cham: Springer International Publishing, 2016.

Kraidy, Marwan M. *Hybridity: Or the Cultural Logic of Globalization*. Philadelphia: Temple University Press, 2005.

MacGowan, Christopher. *Twentieth-century American Poetry*. Maldon, MA: Blackwell Publishing Ltd., 2004.

Martinez, Manuel L. *Countering the Counterculture: Rereading Postwar American Dissent from Jack Kerouac to Tomás Rivera*. London: The University of Wisconsin Press, 2003.

Sarraute, Nathalie. *The Age of Suspicion: Essays on the Novel*. Translated by Maria Jolas. New York: G. Braziller, 1990.

Robbe-Grillet, Alain. *For a New Novel: Essays on Fiction*. Translated by Richard Howard. Evanston, IL.: Northwestern University Press, 1989.

Roszak, Theodore. *The Making of a Counter Culture.* Berkeley: University of California Press, 1995.

Savage, Mike and Alan Warde. *Urban Sociology, Capitalism and Modernity.* London: The Macmillan Press Ltd., 1993.

Wagner-Martin, Linda. *A History of American Literature: 1950 to the Present.* Malden, MA: Wiley-Blackwell, 2013.

小思編：《舊路行人 —— 中國學生周報文輯》，香港：次文化堂，1997 年。

文化／社會研究譯叢編委會：《解殖與民族主義》，香港：牛津大學出版社，1998 年。

王宏志、李小良、陳清僑：《否想香港：歷史・文化・未來》，台北：麥田出版，1997 年。

王宏志：《本土香港》，香港：天地圖書，2007 年。

王良和：《余光中、黃國彬論》，香港：匯智出版，2009 年。

王德威：《抒情傳統與中國現代性：在北大的八堂課》，北京：生活・讀書・新知三聯書店，2010 年。

王德威：《現代抒情傳統四論》，台北：台大出版中心，2011 年。

古遠清：《香港當代文學批評史》，武漢：湖北教育出版社，1996 年。

史書美：《現代的誘惑：書寫半殖民地中國的現代主義，1917-1937》，南京：江蘇人民出版社，2007 年。

布赫迪厄（Pierre Bourdieu）著，石武耕、李沅洳、陳羚芝譯：《藝術的法則：文學場域的生成與結構》，台北：典藏藝術家庭，2016 年。

吉爾伯特（Bart Moore-Gilbert）著，陳仲丹譯：《後殖民理論 —— 語境、實踐、政治》，南京：南京大學出版社，2001 年。

朱自清：《新詩雜話》，上海：作家書屋，1947 年。

朱耀偉：《本土神話：全球化年代的論述生產》，台北：台灣學生書局，2002 年。

米歇・傅柯（Michel Foucault）著，王德威譯：《知識的考掘》，台北：麥田出版，1993 年。

艾布拉姆斯著，酈稚牛等譯：《鏡與燈：浪漫主義文論及批評傳統》，北京：北京大學出版社，1989 年。

吳萱人主編：《香港七十年代青年刊物：回顧專集》，香港：策劃組合，1998 年。

李歐梵著，王宏志等譯：《中國作家浪漫的一代》，北京：新星出版社，2005 年。

亞諾德著，李里峰譯：《歷史學》，香港：牛津大學出版社，2016 年。

冼玉儀編：《香港文化與社會》，香港：香港大學亞洲研究中心，1995 年。

周蕾：《寫在家國以外》，香港：牛津大學出版社，1995 年。

奈莫洛夫（Howard Nemerov）編，陳祖文譯：《詩人談詩 —— 當代美國詩論》，香港：今日世界出版社，1975 年。

孟樊：《當代台灣新詩理論》，台北：揚智文化，1998 年，第二版。

彼得・蓋伊（Peter Gay）著，梁永安譯：《現代主義：異端的誘惑：從波特萊爾到貝克特及其他》，台北：國立編譯館及立緒文化，2009 年。

林燿德編：《文學現象》，台北：正中書局，1993 年。

柯慶明、蕭馳主編：《中國抒情傳統的再發現》，台北：台大出版中心，2009 年。

柯慶明：《現代中國文學批評述論》，台北：大安出版社，2005 年，第二版。

約翰・厄里（John Urry）著，葉浩譯：《觀光客的凝視》，台北：書林出版有限公司，2007 年。

胡伊森（Andreas Huyssen）著，王曉珏、宋偉杰譯：《大分裂之後：現代主義、大眾文化與後現代主義》，台北：麥田出版，2010 年。

香港大學學生會港大文社香港四十年文學史學習班籌委會：《香港四十年文學史學習班資料彙編》，香港：出版資料不詳，1975 年。

香港中文大學中國語言及文學系、香港教育學院中國文學文化研究中心合編：《都市蜃樓：香港文學論集》，香港：牛津大學出版社，2010 年。

馬博良：《美洲三十絃：馬博良詩集》，台北：創世紀詩社，1976 年。

馬新國主編：《西方文論史》，北京：高等教育出版社，2008 年，第三版。

高友工：《美典：中國文學研究論集》，北京：生活・讀書・新知三聯書店，2008 年。

高馬可（John M. Carroll）著，林立偉譯：《香港簡史 —— 從殖民地到特別行政區》，香港：中華書局，2013 年。

張京媛編：《新歷史主義與文學批評》，北京：北京大學出版社，1993 年。

張京媛編：《後殖民理論與文化認同》，台北：麥田出版，1995 年。

張美君、朱耀偉編：《香港文學@文化研究》，香港：牛津大學出版社，2002 年。

張容：《法國新小說派》，台北：遠流出版，1992 年。

張誦聖：《文學場域的變遷》，台北：聯合文學，2001 年。

張誦聖：《現代主義・當代台灣：文學典範的軌跡》，台北：聯經出版，2015 年。

張雙英：《二十世紀台灣新詩史》，台北：五南圖書，2006 年。

章輝：《後殖民理論與當代中國文化批評》，開封：河南大學出版社，2010 年。

許紀霖主編：《帝國、都市與現代性》，南京：江蘇人民出版社，2005 年。

陳平原：《中國小説敍事模式的轉變》，香港：香港中文大學出版社，2003 年。

陳炳良編：《中國現代文學新貌》，台北：台灣學生書局，1990 年。

陳炳良編：《香港文學探賞》，香港：三聯書店，1991 年。

陳炳良編：《文學與表演藝術 —— 第三屆現當代文學研討會論文集》，香港：香港
　　嶺南學院中文系，1994 年。

陳國球、王德威編：《抒情之現代性：抒情傳統論述與中國文學研究》，北京：生
　　活・讀書・新知三聯書店，2014 年。

陳國球：《感傷的旅程》，台北：台灣學生書局，2003 年。

陳國球：《抒情中國論》，香港：三聯書店，2013 年。

陳國球總編：《香港文學大系 1919-1949》，香港：商務印書館，2014 至 2016 年，
　　共十三卷。

陳清僑編：《文化想像與意識形態》，香港，牛津大學出版社，1997 年。

陳惠英：《感性、自我、心象 —— 中國現代抒情小説研究》，香港：商務印書館，
　　1996 年。

陳惠英：《抒情的愉悦》，香港：三聯書店，2008 年。

陳智德：《根著我城：戰後至 2000 年代的香港文學》，台北：聯經出版，2019
　　年。

陳義芝：《聲納：台灣現代主義詩學流變》，台北：九歌出版社，2006 年。

陳德鴻、張南峰編：《西方翻譯理論精選》，香港：香港城市大學出版社，2000
　　年。

陳潔儀：《香港小説與個人記憶》，香港：天地圖書，2010 年。

陳麗芬：《現代文學與文化想像 —— 從台灣到香港》，台北：書林出版有限公司，
　　2000 年。

陶東風：《後殖民主義》，台北：揚智文化，2000 年。

普實克（Jaroslav Průšek）著，李歐梵編，郭建玲譯：《抒情與史詩 —— 中國現代
　　文學論集》，上海：上海三聯書店，2010 年。

黃康顯：《香港文學的發展與評價》，香港：秋海棠文化，1996 年。

黃維樑：《香港文學初探》，香港：華漢文化事業公司，1985 年 2 月。

黃繼持、盧瑋鑾、鄭樹森編：《追跡香港文學》，香港：牛津大學出版社，1998 年。

黃繼持：《現代化‧現代性‧現代文學》，香港：牛津大學出版社，2003 年。

楊大春：《傅柯》，台北：生智文化，1995 年。

楊宗翰：《台灣新詩評論：歷史與轉型》，台北：新銳文創，2012 年。

楊松年：《中國文學評論史編寫問題論析：晚明至盛清詩論之考察》，台北：文史哲
　　出版社，1988 年。

溫儒敏：《中國現代文學批評史》，北京：北京大學出版社，1993 年。

葉維廉：《比較詩學》，台北：東大圖書公司，1983 年。

葉維廉：《中國現代小說的風貌（增訂版）》，台北：國立台灣大學出版中心，2010
　　年。

葉輝：《書寫浮城：香港文學評論集》，香港：青文書屋，2001 年。

廖炳惠：《回顧現代：後現代與後殖民論文集》，台北：麥田出版，1994 年。

劉登翰主編：《香港文學史》，香港：香港作家出版社，1997 年。

樊善標：《爐外之丹：文學評論及其他》，香港：麥穗出版，2011 年。

蔡英俊主編：《抒情的境界》，台北：聯經出版，1983 年。

鄭樹森著，熊志琴訪問整理：《結緣兩地：台港文壇瑣憶》，台北：洪範書店，2013
　　年。

黎活仁、龔鵬程主編：《香港新詩的「大敘事」精神》，嘉義：南華管理學院，1999
　　年。

盧瑋鑾：《香港故事：個人回憶與文學思考》，香港：牛津大學出版社，1996 年。

盧瑋鑾、熊志琴：《雙程路：中西文化的體驗與思考　1963-2003》，香港：牛津大
　　學出版社，2010 年。

盧瑋鑾、熊志琴：《香港文化眾聲道 ── 第一冊》，香港：三聯書店，2014 年。

盧瑋鑾、熊志琴：《香港文化眾聲道 ── 第二冊》，香港：三聯書店，2017 年。

龍族詩社主編：《中國現代詩評論》，台北：林白出版社，1973 年。

羅永生：《勾結共謀的殖民權力》，香港：牛津大學出版社，2015 年。

羅永生：《殖民無間道》，香港：牛津大學出版社，2007 年。

羅永生：《殖民家國外》，香港：牛津大學出版社，2014 年。

羅貴祥：《他地在地：訪尋文學的評論》，香港：天地圖書，2008 年。

羅鋼、劉象愚編：《後殖民主義文化理論》，北京：中國社會科學出版社，1999 年。

蘇珊・桑塔格著，黃茗芬譯：《反詮釋：桑塔格論文集》，台北：麥田出版，2008 年。

鳴謝

　　想起來，我僅僅在大學本科一門文化研究的選修課上見過也斯先生唯一一次。任教那門課的何慶基教授居然邀請到也斯來為我們這二三十個懵懂學生分享他的文藝創作。班上主修文化研究的學生，可能只當作是一次普通的客席課堂，大多在下課後就離開了。只有我和同為中文系學生的好友，十分激動地拉住也斯合照一張。那天課上，也斯談到他幾次跨文藝實驗展覽的設計和藝術裝置，又即席唸了幾首他的食物詩。我第一次感受到，有些詩作原來要聽詩人親自誦讀，才能領略其中的韻味。那年是2011年，剛好是十年前。

　　也斯離世後，我選定了他作為博士論文的題目，但是再沒有機會能夠親身向他問學請教了，這是本書無法彌補的缺憾。只好盡量搜求原始材料，嘗試在文本中認識也斯。如今博士論文能夠出版成書，既惶恐又高興，更想趁此機會，把許多當時不成熟的觀點和說法一一糾正過來。畢業四年以來，每每在教學工作較為空閒的時候反覆修改書稿，但是無論修改多少次，還是無法滿意。要不是出版資助計劃有完成的死線，恐怕沒完沒了，只能歸咎自己學力淺薄。書中各種紕漏，唯望能夠得到各方專家師長斧正。

　　感謝我的博士論文指導老師樊善標教授，論文每部分的初稿都得到樊老師反覆審閱指正。我是個懶散莽撞的學生，很幸運能夠受教於樊老師的門下。感謝慷慨答應為拙著寫序的陳智德教授，他對香港文學史料的重視和嚴謹的治學態度是我努力學習的典範。感謝博士論文考試委員會的危令敦教授、黃念欣教授、王良和教授，在論文答辯會上給予我眾多珍貴的建議，更鼓勵我把論文出版。危老師總是三兩下點撥就讓人茅塞頓開，豁然

開朗。念欣老師仔細的提問，讓我反覆琢磨論文的不足之處。王良和老師的博士論文銳利雄辯，給我很大啟發。感謝陳進權先生借出私人收藏的七十年代《快報》，也感謝許迪鏘先生慷慨轉借，沒有這批材料，書中對也斯青年時期的研究將是完全不可能的。感謝何福仁先生接受訪問，不吝分享七十年代的詩壇情況。本書不少資料來自香港中文大學圖書館香港文學特藏室、香港大學圖書館以及香港文學資料庫，謹此一併致謝。

也斯的香港故事：
文學史論述研究

文化香港叢書

主編 朱耀偉

王家琪　著

責任編輯	張佩兒
版式設計	霍明志
封面設計	黃希欣
排　版	楊舜君
印　務	林佳年

出版

中華書局（香港）有限公司

香港北角英皇道 499 號北角工業大廈 1 樓 B

電話：（852）2137 2338　傳真：（852）2713 8202

電子郵件：info@chunghwabook.com.hk

網址：http://www.chunghwabook.com.hk

發行

香港聯合書刊物流有限公司

香港新界荃灣德士古道 220 至 248 號

荃灣工業中心 16 樓

電話：（852）2150 2100　傳真：（852）2407 3062

電子郵件：info@suplogistics.com.hk

印刷

美雅印刷製本有限公司

香港觀塘榮業街 6 號海濱工業大廈 4 樓 A 室

版次

2021 年 5 月初版

©2021 中華書局（香港）有限公司

規格

16 開（230mm×170mm）

ISBN

978-988-8758-58-6

香港藝術發展局全力支持藝術表達自由，本計劃
內容並不反映本局意見。